English

真英文
文法大全

最完備的文法書！

U0072018

為何畫家要畫畫、小說家要寫小說、音樂家要作曲呢？那是因為，藝術家們擁有必須將自己觀察到的「真實世界」，透過自己最拿手、最有效果的方式傳達給人們的使命。不時透過繪畫、故事及音樂，將「只有自己看得到的世界」傳達出來。

雖然我不是什麼名留青史的偉人，但在我數十年與英文打交道的時光中，我也察覺到了所謂的「只有自己看得到的英文圖景」。我認為這也是一部分的「真實世界」，且同樣也是美到讓人屏息的絕景，而能透過一本書呈現這樣的美景，就是這本書的終極目標。

＊　＊　＊

市面上的英文文法書，總是被期待能扮演「字典」的角色，且為了達成這個目的，四處網羅各式各樣的文法，且將大大小小的規則都逐一條列出來。此外，書中內容與編輯的想法及經驗很少會產生共鳴與連結，在這種情形下產出的內容，最終頂多只能加強讀者們死背文法規則的能力。

想要讀完這樣的文法書，簡直就像是在看「辭海」一樣的苦行，會覺得充滿挫敗感也是理所當然的。另一方面，就算整本讀完，這種以背誦為核心的學習方式，對於理解英文文法的本質毫無幫助，更無法靈活運用所學，當然也就難以自然而然地開口說英文。除此之外，「死記硬背」的東西，時間一久就會「完全忘記」。

＊　＊　＊

再說，用死記硬背的方法來學習很枯燥乏味吧？然而「英文文法」的本身其實並不無聊，無聊的是「單純死背的英文文法」而已。

英文文法的真實面貌其實出奇地簡潔俐落，且充滿美麗動人的魅力。為了傳達「世界的真理」，我們將在本書中重現歷經數萬節課的磨練而來的解說內容，時而追溯英文文法的歷史、時而參考英語系國家的文化背景，在每個當下選擇最合適的講解方式。本書會以「避免死記硬背」、「避免條列式學習的方法」及「明快的節奏」來講解英文文法。應該可以帶領各位，將曾經扁平的英文世界變得立體、讓曾經黑白的英文世界變得繽紛多彩。

那麼，就讓我們開始吧！

關　正生

本書的閱讀方式

☑ 謹慎、踏實派：想要「仔細了解這本書的特色」的話……
　　→ 請直接看下去

☑ 體驗派：正在想「這本書是用什麼方法講解的？」的話……
　　→ 請從 Part 0 體驗本書的世界觀（p.28）

☑ 資優生派：正在想「老師，請趕快上課吧」的話……
　　→ 請從 Part 1 開始（p.42）

關於作者（除了簡介以外的資訊）

　　為了更突顯本書的優勢，先讓大家認識一下作者的厲害之處。

☑「已教學」超過 700 萬名實體及函授課程的學生

　　影片函授的課程，經常會被認為無法聽見學生的聲音，但實際上，透過網路問卷調查，學生反而更能照實提出較瑣碎的疑問。對於這部分提問的回覆與解說也有收錄到本書之中。

☑「徹底解析」各大升學測驗題

　　雖然市面上有很多由教師編撰的文法書，但我做為升學補習班的老師，特別「徹底分析了各大升學測驗題」，因此對於考生們的弱點及出題方向相當了解。本書的解說內容也反映出了這部分。

☑ 英文文法教學對象的範圍廣泛「受到認可」

　　不只針對升學考生，也曾編寫過以中小學生為對象的學習書，撰寫過 NHK 廣播教材的專欄，也開過以大學生、社會人士為主的 TOEIC 測驗應考講座，亦曾於大學及企業等進行演講。教學對象從小學生到常駐紐約的上班族，都能始終如一地教授「實用英文」並受到認可。

☑ 在國內「養成英文實力」

　　我從 12 歲開始學英文，在 28 歲之前都沒有出過國，更不用說短期留學。英文實力的養成完全都在國內，念書的時候也沒有像「一天念 12 個小時的書」這樣苦讀，所以我的英文學習方法「不用出國、不花大錢、不需要超人般的努力」，CP 值超高。我有自信，我的學習方法不僅僅適用於我，也是「任何人都可以做到」的。

本書特色

收錄「核心重點」的文法書

　　伽利略有一句名言：All truths are easy to understand once they are discovered; the point is to discover them.（所有的真理都相同，在發現後要理解並不困難；關鍵在於要先發現它們。）透過本書的明確解說，將可迅速掌握「英文文法的真理」。只要掌握英文文法的「核心」，即可「理解、接受、體驗」英文文法的架構及各種用法。本書將想要強調的概念用 核心重點 標示出來，請特別留意。

涉獵的範圍非常廣泛

　　雖然這本書以各種**學校英文課程及升學考試**為中心，但也解說了在**英文檢定、商務、海外旅行、日常會話、英文新聞、電影、英文原文書**等各種情境及對象中，最好都要先知道的英文文法。舉例來說，只要看一下本書例句情境的豐富和廣泛程度，就可以知道，本書所講解的英文文法，在各種情況下都非常有用。

字字珠璣的英文例句

　　本書例句都是由我最為信賴的 Karl Rosvold 所作，這 9 年來，我們幾乎每天都會見面並交流討論，挑選出最能夠幫助理解英文文法的佳句。我們對於例句的講究，後面會再慢慢說明。（p.39）

費盡心思追求「好讀易懂」

　　「文法書通常都很難懂」的主要原因，在於這些文法書試圖在解說中涵蓋延伸和例外的內容，導致在說明文法時偏離了主題。

　　本書採用了明確策略來解決這個問題，始終專注於最簡潔的學習途徑，歷經數萬節課、千錘百煉的講解方法，將體現在本書的**講解順序、結構、深度及措辭**等方面。

本書使用的講解方法

「深度」與「立即性」雙管齊下

　　為讓讀者們能體會到英文文法的「**深度 (起源和理由)**」，使用了「**能立刻理解及活用**」的方法來解說和呈現結構及例句。舉例來說，在 Chapter 1，只要幾分鐘就可以立即掌握「現在式的核心概念」，不需要使用以往死記硬背（現在式表示習慣、不變的真理、已確定的未來）的方法，而是應該能立即用出 What do you do? 這種真實會用在對話之中的句子。

在「理論」與「直覺」之間遊走

　　如果只是說「請感受一下這個 -ing」，是絕對無法深入腦海之中的。這是因為缺乏「理解」的關係。此外，避免使用文法術語的作法會造成一個很大的缺點，即「說明變得冗長，無法與學校教材或其他的學習內容相連結」。（當然，如果術語本身較難，將會適當解釋）。在本書中，我們將以只有大人才能有效運用的「**理論**」**為中心**，**再適當與「情感」結合**，透過靈活運用這兩種武器來進行解說。

為英文文法的「例外」特別費心

　　學習英文時不可避免會遇到例外，但我不只是單純列出例外狀況而已。

針對「例外」的處理方法 (本書使用的三個技巧)

☑ **透過解釋原由，說明例外「其實不是例外」** 例如：have 的進行式 p.57

☑ **特地為留下深刻印象下工夫**（將例外狀況分門別類／加上說明）

☑ **不刻意說明**（因為若特別強調例外，則會使重要的「原則」所留下的印象變得薄弱，因此，如果不是特別重要的例外，那麼選擇不刻意說明也是一個方法。如何分辨是重要還是不重要的例外，也是本書的賣點之一）

加上作者本人的意見

> **參考** 現在完成進行式（have been -ing）的一般說明
>
> 現在完成進行式可以用來表達從過去演進到未來的事物，也可以用在不久之前結束的動作上。有時就算改用現在完成式，語意也不會改變。

這串冗長的說明相當模糊，不禁讓人想問「真的不會有問題嗎？」，但在大部分的文法書中，對於「現在完成式」與「現在完成進行式」的使用差異，都僅是曖昧不清地模糊帶過。雖然這兩者間的差異的確無法明確區分，但我認為清楚傳達「兩者之間不存在明確差異」這點是很重要的。本書的特點之一，就是**告訴大家「我的看法是這樣，至少就我自己的英文能力來看，有這些知識就很夠了」**。

使用頻率較低的規則也會解釋背後原因

> **參考** 動名詞意義上的主詞的一般說明
>
> 使用所有格或受格。①原則上使用所有格。②動名詞出現在及物動詞後面時，大多會使用受格。③動名詞做為主詞時，只會使用所有格。

要把這些背起來會覺得很痛苦，但只要加上「理由」，容易理解的程度就會大大不同。

> ① 「原則上使用所有格」的理由
>   → 動名詞終究是「名詞」，**名詞前面會出現的是「所有格」**
> ② 「動名詞出現在及物動詞後面時，大多會使用受格」的理由
>   → 受到**及物動詞的後面會接「受格」**（若是代名詞的話）的影響
> ③ 「動名詞做為主詞時，只會使用所有格」的理由
>   → 因為使用受格的話，就會出現**把受格放在句首的不自然的表達型式**
>
> ※ 這裡突然插入了這麼一段次要用法的說明，現在看不懂也不用擔心（詳細說明請見 p.541）

留意在「英文口語」上，是否能「輕鬆脫口而出」

在學習「英文的口語文法」時，經常會忽略**「事先統整能在說話時『瞬間拿出來用的英文文法知識』」**的重要性。本書大量使用「總

7

結」和「統整表格」，竭盡心力在「英文文法的統整」和「方便運用」上下功夫，以提高開口說英文的能力。

> 這本書在各方面都是精心設計，但卻有一件事是刻意不做的，那就是「在解說內容中使用紅字來強調」的部分。本書收錄的解說內容力求精簡，因此不只內容易懂好理解，也能立刻抓住重點牢記於腦海之中。我想請各位把「自己喜歡的部分」或「就是這裡！」的地方，親手加上紅線或你喜歡的顏色，完成屬於自己的文法書吧！

本書的「目標讀者」、「對應範圍」及「目標」

本書的「鎖定範圍」

雖然本書收錄的文法是以高中英文的程度為主，但如果是在基礎概念上容易混淆的單元（如現在完成式、關係代名詞等等），也會利用國中程度的基礎來進行解說。

目標讀者：高中生、大學生、社會人士都可以對應使用

> **高中生**：從日常學習到備考
> （高一到高三，只要是想要掌握英文文法的學生都 OK）
>
> **大學生、社會人士**：非常適合想要掌握高中英文文法的成年人，且本書也收錄了除了升學考試之外的可運用內容及例句，包括「資格檢定、商務、日常會話」等等
>
> **國中生**：不用太過勉強，與其看這本書，不如盡情享受青春吧

本書的對應範圍和最終目標的標準

> ① 學會升學必備的英文文法（考上名校或國立大學等等）
> ② 學會英文檢定必備的英文文法（如 TOEIC 測驗滿分、通過英檢等等）
> ③ 學會測驗以外的必備英文文法（看懂英文新聞、活用商務英文、在日常會話中運用、到海外旅行、看懂英文原文書或電影等等）
>
> ※ 不管是升學考或檢定，雖說考試內容都會「出現很難的文法」，但不會「連很少使用的例外都拿來出題」。也就是說，在學習英文文法上，「本書的內容不會讓你在正式上場時處於劣勢，且會賦予你足夠的競爭力（並讓你順利通過）」

本書「沒有講解」的部分

在教英文時，決定「不講解什麼」是很重要的。因為本書收錄的是「學好英文必備的英文文法」，因此沒有寫進本書的都是「不用勉強自己知道也行」的內容。本書中「沒有講解」的部分如下：

☑ 國中英文程度的常識

本書不會特別說明國中英文程度的常識性知識。舉例來說，一般會從「所有格 my 後面要接名詞」這類內容開始講解，但特別花時間講解這些內容，反倒有可能打亂學習節奏。

☑ 對文法愛好者有吸引力，但不實用的內容

如果在說明「樂器要加上 the（I play the piano）」的時候，同時還說明了「有時樂器不一定會加 the，也可以用 I like piano（我喜歡鋼琴）這種方式表達」等更細微瑣碎的內容，對於文法愛好者來說當然會覺得很棒，可是我並不打算在本書中收錄「不會用來出題」、「不會被誤解」、「在對話時不會感到困擾」或「不會讓人覺得沒禮貌」的內容。

※ 被問到「你喜歡什麼音樂？」時，如果回答 I like piano.，應該可以理解對方是什麼意思吧？此外，各位如果在表達「我喜歡鋼琴曲」時，把 the 加了上去，也絕對不會造成誤解

如果把上述這些內容也囊括進本書的話，當然我們教學方就可以輕鬆避免被人批評「沒有說明例外的用法」或被挑語病的麻煩，但我們也不能為了自我滿足而讓讀者陷入文法的深淵。（在本書中，即使有追加說明延伸內容的情況，也會加上「這部分的使用頻率不高」等評語）

Contents

Part 0
「新的英文世界」

Part 1
掌握英文文法的大框架
（掌握動詞與句子結構的整體印象）

Chapter 1 時態 (1)

Chapter 2 時態（2）⋯⋯⋯71

Chapter 3 連接詞⋯⋯⋯99

Chapter 4 假設語氣 ······ 165

Chapter 5 助動詞 ······ 201

Part 2
詞性的力量・句型的威力

Chapter 8 代名詞

Chapter 9 形容詞

Chapter 10 副詞

Chapter 11 句型

Chapter 12 不定詞 ······ 479

Chapter 13 動名詞

Chapter 14 分詞

Chapter 15 分詞構句

Part 4
昇華「國中文法」

Chapter 16 祈使句／There is 句型

Chapter 17 否定

Chapter 18 疑問詞

Chapter 19 介系詞

建立「結構」的意識

Chapter 20 被動語態

Chapter 21 比較

Chapter 22 關係詞

Chapter 23 強調句型 · 倒裝

本書使用的標記

S → 主要子句的主詞　V → 主要子句的動詞　O → 受詞　C → 補語

s → 從屬子句的主詞　v → 從屬子句的動詞　M → 修飾語

{ 　 } → 可省略　　　[　] → 可與前方詞語替換使用

※[ ] 表示關係詞的「形容詞子句的範圍」（p.811），另外，（ ）表示副詞子句的
　範圍（p.113）、〈 〉則表示名詞子句的範圍（p.849）

Part 0

「新的英文世界」

Good morning. 的直譯是「美好的早晨」，為何會
變成「早安」呢？
取代 Oh my God! 的，為何是 Oh my! 呢？
為何不管哪一國，小小孩都叫「爸爸」、「媽媽」呢？
在正式開始解說「英文文法」之前，先從本書世界
觀來看看「英文本身」的這個世界吧。從現在開始
的幾分鐘之後，你的英文世界應該就會徹底改變
了。

本書的世界觀

真正的英文文法解說從 Chapter 1 才開始，這裡主要談一些「不太像文法」的內容。若你能親自感受到這本書所呈現出來的「原來近在身邊的事物都有其理由，內含著說話者和聽話者的心意」世界觀的話，那就太好了。

不為人知的 Good morning.

Good morning. 大家都知道是「早安」的意思，但仔細想想，直接翻成中文的話是「美好的早晨」對吧，也就是說「早安」裡所包含的「早」並不是 early。

其實，這句話本來是寫成 I wish you a good morning.（wish 人 事物 表達「祝某 人 某 事物」），表示「我祝你有個美好的早晨」。

在英文的世界裡 核心重點 有「招呼＝祈願」這樣的觀念，正因為是祈願所以只會用好的詞語（good）。即使天氣再怎麼不好也會說 Good morning.，絕對沒有聽過別人說 Bad morning. 吧！

就像上面 Good morning.，我們從來沒有建立過「英文的概念、真正的英文」，常會無視潛藏在英文使用者下意識中的想法與心情，只是將「Good morning. ＝早安」原封不動背下來而已。

※ 沒有省略「I wish you a」的例子就在經常於聖誕節被播放的聖誕歌曲中，I[we] wish you a merry Christmas.（祝你有個美好的聖誕節）

上面這個例子反映出，即使是像我們認為「理所應當知道」的表達，只要抓住核心，就能「看見其真實含意並隨之改觀，用起來的感受也因而不同，進而可有效運用」。

取代 Oh my God! 的，為何是 Oh my! 呢？.

大家都知道 Oh my God! 這句話，但卻不太知道在實際會話上「不應該使用」這句話的事實（我自己本身也絕對不會用，上課時也教導學生盡量不要使用這句話）。

母語人士不想用的理由，單純是因為 核心重點 **不能隨便把令人敬畏的 God 給掛在嘴邊**，就連基督教的教誨中也有「不能擅自呼叫神的名字」的觀念。

當然，偶爾還是會聽到有人說這句話，但那僅限於少部分的年輕人，或是在發生的事情過於令人震驚的時候（例如電影中一定會發生令人震驚的事情）。

事實上，如果真的講出來，有可能會被認為「沒有教養」，我也聽過「被父母親禁止說 Oh my God! 的美國人」談起這件事。在這樣的情況下，我們要是不小心說出 Oh my God! 的話，應該會得到非常冷淡的眼神吧。（大概像年輕人說「真神」一樣）

順道一提，像 Oh, my God! 這樣要不要加上逗號，在母語人士之間也各有喜好，兩種都可以，不過加上逗號的似乎是比較舊一點的習慣，我本身也覺得不加逗號的用法（做為現在的英文來說）比較自然一點。

 雖然「原封不動地使用」這句 Oh my God! 不太好，但那些把 God 稍微模糊化的用法則經常會用到

Oh my God! 的句型

Oh my!	※ 不說 God
Oh my gosh! / Oh my goodness!	※ 把 God 模糊化成 gosh / goodness

在「**不能說 God 的話，就乾脆不說**」的想法下，產生了 Oh my! 這種表達方式（女性較偏好使用）。查字典的話可以在裡面找到「Oh my!」的意思（詞性是感歎詞），但 my 本身在「Oh my!」裡沒有獨立的意思，而是由省略 God 而來。

另一種說法則**不是整個省略，而是變成比較曖昧模糊**的 gosh! / goodness 這種概念。

　　這些表達方式在對話中經常用到，是那種只要看電影就一定會聽到的句子（小聊一下，網路用語把 Oh my God! 寫作 OMG!，也許也帶有把 God 模糊化的想法吧）。

　　※ 說到 God 模糊化，goodbye 是從 God be with ye.（願神明伴你左右）（ye 是較古老的 you 說法）」而產生的表達方式

　　如上所述，這些因為是「母語人士都這麼說」，而必須整個記下來的英文說法，就是屬於那種一旦抓住核心，你對它的印象就會完全改觀的例子。

隱藏在身邊的表達方式及隊名中的謎題

問題：空格適合填入的是？

> She is as busy as（　　）.
> 1. a cat　　2. an ant　　3. a bee　　4. a dog

　　「是像螞蟻（ant）一樣忙碌呢？還是像蜜蜂（bee）一樣忙？又或者是像狗還是貓呢？」這個題目是大學升學考試的水準（即使是高三生，答對的機率也很低）。

　　這個題目，其實重點在於「押韻」，核心重點 **英文的世界裡有所謂不斷重複單字開頭字母發音的「頭韻」概念**。像萬聖節（Halloween）時常說的 Trick or treat!，就是大家比較熟悉的押 tr- 韻的絕佳例子。

　　※ 順道一提，這句話雖然被翻成「不給糖就搗蛋」這種聽起來比較有想要惡作劇的感覺，但如果翻成「不想被搗蛋（trick）的話就給糖（treat）」，就會更明確表達出英文原來想表達的意思（同時跟英文的語順也相同）

　　在理解這個概念之後，請重新再看一次題目。這句話中的 busy 是關鍵字，因此押 busy 開頭字母韻的 3. a bee 是正確答案。

> She is as busy as a bee.
>
> 她非常忙碌。
>
> ※ 加重語氣來唸句中的 2 個 b 的話，會比較有英文的感覺

這個句子雖然常被翻成「像蜜蜂一樣忙碌」，但因為真正的關鍵在於頭韻（不是蜜蜂），而且也有用 beaver（河狸）寫作 as busy as beaver 這種說法，所以翻成「非常忙碌」就可以了。

※ 就算是 b 開頭的單字，像 bear（熊）就沒有「忙碌」的感覺，所以不會拿來用在這裡（因為河狸有著一輩子拚命打造水壩的形象）

押頭韻的片語例句

as proud as a peacock（像孔雀一般驕傲）→ 驕傲自滿
as slow as a snail（像蝸牛一樣緩慢）→ 非常緩慢
as cool as a cucumber（像小黃瓜一樣涼）→ 非常冷靜
as clear as crystal（如水晶一般澄澈）→ 非常清楚

※ 也有 crystal clear（非常清晰）這種說法

另外，頭韻也會用在人物角色或團隊名稱上（因為押頭韻會讓韻律感變好）。例如，美國 NBA 的球隊 Cleveland Cavaliers（克里夫蘭騎士）、MLB 的 Pittsburgh Pirates（匹茲堡海盜）跟 Philadelphia Phillies（費城費城人）等等都是押頭韻的例子。

※ 有名的人物角色因為版權問題而無法寫進本書裡，但人物角色名稱也經常會押頭韻。請在稍微留意身邊找找看囉！

上述這些「覺得只能死背的」英文表達，都隱藏著令人感到意外的法則。此外，原來這些「音」的例子在身邊就找得到。

隱藏在「爸爸、媽媽」中的發音及拼寫之謎

不只我們，全世界的嬰兒都會說「爸爸、媽媽」（或發音接近的詞，例如 mom）。其實這裡面是有秘密的。這個「爸爸、媽媽」跟其他幼兒用語（如汪汪、喵喵等等），在動嘴巴的方式上有著決定性的不同。這個不同是什麼呢？請你一邊動動嘴巴一邊思考一下。

　　關鍵在於「嘴脣」。 核心重點 **發「爸爸、媽媽」的音時，嘴脣是上下開合的**（嘴巴不閉起來，想要發出「爸爸、媽媽」的音是不可能的）。另一方面，「汪汪、喵喵」則不用閉嘴巴就可以發音了吧。在說「爸爸、媽媽」的時候，上下嘴脣是一次閉起後，在打開的瞬開發出聲音。這是在牙齒還沒長好的時期，單用嘴脣也可以發出的聲音。

　　這個知識對很多方面都有幫助。舉例來說，不需要再猶豫「12月」的英文是 Decenber 還是 December 了。只要開口說出「dɪˋsɛmbɚ」，嘴巴自然就會閉起來了吧。閉起嘴脣所發出的音不是 n，而是 m，所以 December 才是正確的。另外，唸 interesting 這個單字時，是不閉起嘴脣的 n，而 important 則是閉上嘴脣的 m。

　　這些也是可以透過「聲音」來理解被認為「只能死背硬記的英文」的例子。如上所述，我「解說」了 4 種情況，這些細微的地方都是有著「明確緣由」的。在這一章，我也會像這樣從各種角度來逐一揭開英文文法的核心。

閱讀 Chapter 1 以後內容的方法

解說水準分級

　　不用把這本書的內容想得太嚴肅，請當作一般的書來看就好。如果能按照 Chapter 的順序來看當然是最好的，不過要從自己在意的單元，或按照學校進度、考試範圍、個人喜好來做調整也是 OK 的。另外，書中的小標題被分成了以下三種類型來表示程度水準，可以按照目前的能力和目標，來了解當下必須學習的地方。

【無標記】　　表示「時間」的從屬連接詞

應用　　a 的各種意思　應用

延伸　　強調「反覆」的進行式　延伸

請參考下列圖表，按照各自的目標來調整使用及閱讀方式吧。

內容和水準　　領域	【無標記】高中基礎～一般	應用內容雖然細，但很重要	延伸高中高年級
	思　考　轉　換		

以 TOEIC 測驗為目標	500 分	700 分	850 分以上

　　只憑【無標記】的部分，就可以為你打造出強韌穩固的英文基礎。進一步以公立大學與著名私立大學為目標的人，請至一併閱讀應用部分，以名校為目標的人，則請閱讀延伸部分（因為有「解說流程」，因此不建議跳過【無標記】只看應用和延伸）。另外，思考轉換的部分希望所有人盡可能看過。

順道一提，文法書一般會按照「一般 → 應用 → 延伸」的順序來標示以區分章節，但本書則是盡量以「解說某事物時，會從基礎、一般的內容開始，再一口氣到延申部分一次解說」的方式來呈現。因為這樣一來吸收到的內容就不會只是片斷資訊，而會是一氣呵成地系統性理解文法架構。

※ 因此，可能會有先出現 延伸 部分，再出現 應用 的內容，不過即使跳過 延伸 部分也能順利銜接

本書內其他的補充項目

補充 加強解說、換句話說等等，進一步強化本文內容的部分

+ α 一些追加說明、延伸內容（請在有餘力時閱讀）

FAQ 英文學習者經常提出的疑問（frequently asked questions）

總結 應該重新整理一下的內容總結

參考 「過去較常看到的教法」等，這部分只是拿來對照，不是重要的內容

資料 編撰本書時有幫助的參考資料和調查內容（但沒有重要到需要放進本文），平時建議可以略過。

思考轉換

思考轉換（paradigm shift）又稱為「典範轉移」，是指「某個時代或集團內的主流信念及價值觀發生劇烈變化」的意思。本書的主要內容，擺脫了過去「文法書以羅列文法為主／英文必須死背」的想法，轉向了新的學習概念，並按照情況進一步指示下一階段的進行內容。這些內容將會大大拓展你的英文視野，並激發出各式各樣的想法。

 協力執筆者 Karl 的補充說明

學習模式

依照各位的學習目標及可以運用的時間，這裡列出下面三種模式供參考。當然不管花費多少時間其實都可以，但不知為何學校和補習班都會提倡要「一星期 1~2 次、至少持續一年以上」，我對這種做法並不贊同，**一次念一點的這種做法是非常沒有效率的**，如果是高三或要考大學的人，應該 2～3 個月就要念完。不過若非即將面臨測驗的高三生或重考生，想要按照這裡提出的學習模式來念也行，或是想要多花 2 倍以上的時間來念也可以。

基礎模式

	閱讀範圍	完成時間
第一回	只讀【無標記】	2 天 1 個 Chapter 的速度進行一個半月
第二回	【無標記】／應用	1 天 1 個 Chapter 的速度進行一個月
第三回	【無標記】／應用／追加英文	1 天 2 個 Chapter 的速度進行一個月

□ 三個月達到公立大學與著名私立大學的水準／不擅長英文的人
□ 不看 延伸／思考轉換 部分只看標題讀有興趣的部分

標準模式

	閱讀範圍	完成時間
第一回	【無標記】／應用／思考轉換	2 天 1 個 Chapter 的速度進行一個半月
第二回	【無標記】／應用／思考轉換／追加英文	1 天 1 個 Chapter 的速度進行一個月

□ 二個半月達到公立大學與著名私立大學的水準／英文能力普通～稍微拿手的人
□ 可略過 延伸（有餘力時再學習）

大師模式

	閱讀範圍	完成時間
第一回	全部都讀（【無標記】～思考轉換 和 追加英文）	1 天 1 個 Chapter 的速度進行一個月
第二回	複習自己在意的地方／例句重點式學習／看例句中文翻英文	1 天 2 個 Chapter 的速度進行二週

□ 一個半月達到名校水準／英文拿手的人

【備註】複習方法請參照 p.922 頁

有關 追加英文

有餘力的話請試著做做看偶爾會出現的 追加英文 ，這部分是主要內容以外的追加例句。另外，也請試著將這裡的英文翻成中文看看。一般會有「英翻中已經過時了」的誤解，不過在不斷摸索中藉中文把英文意思寫出來，能夠重新認識重要的文法，或發現自己還沒理解的細微之處。除了能進一步了解中英文間的差異，也同時能鍛鍊自身的中文能力。

有關本書中經常使用的「用語」

☑ 「文法書」 → 指的是「一般坊間的英文文法書或一般學習書」

解說中經常出現像「在文法書中～」，這種將其他書與本書做比較的地方。那是因為藉由確認「一般坊間如何教？都在教些什麼？」，能夠重新整理並將以往和現在所學做出區別。

此外，我會在書中明確指出「這裡的內容沒有出現在其他文法書上過」的原因，是因為這樣可以有效呈現出本書和其他書間的差異（不是因為我想自誇）。　※ **其實還是有點自豪**

☑ 人 → 物 也 OK

如同 want 人 to ～（想要某人做～）一樣，這裡放 人 以外（物品、動物、組織等）也 OK。因為比 want O to ～ 這種標記方式好懂，因此改成這樣的標示方法。

☑ 「母語人士」 → 指的是「英文的母語人士」

「母語人士」嚴格來說是「以母語為主來說話的人」（各位則是「中文母語人士」），不過因為句子會變得冗長，因此只標示為「母語人士」。

☑ 有關升學考試「會不會出」

要百分之百確定會不會出現在升學考試裡是不可能的，但我會利用我超過 30 年、解過大半升學考題的經驗，把「就我知道幾乎沒有出過」的文法題型挑出來，再標示「升學考試不會出」（就算真的出了，也是那種十年才出 1、2 題的程度，因此看作不會出也可以）。

關於「例句」

本書中例句的「類型」

　　說到文法書裡的例句，淨是打網球（Tom plays tennis every day.）啦、開窗（May I open the window?）等等句子，非常單調對吧？另一方面，這種「太過刻意用英文對話」的例句，無論是大學升學考、檢定考還是商務上（使用文法正確的英文可以增加工作上的信賴度），都難以真正發揮作用。因此，本書收錄例句的方針如下：

① 「可幫助理解文法，讓文法感覺更加真實」的英文

　　因為是文法書，這點當然是最重要的。這本書的所有英文句子，都特別傳達出了我想更清楚解釋的想法，並試圖讓英文變得更加生動。

② 能提升學習興趣的英文

　　如果你能用英文文法來講出漂亮的句子，或者學會後能對去國外旅行或工作有幫助，那就會提升你對於學英文的興趣。本書中準備了許多這樣「充滿能量」的英文句子。

③ 用得到的英文

　　以 May I ~? 這個句型來說，比起 May I open the window?（我可以開窗戶嗎？），May I have your name, again?（可以再跟我說一次你的名字嗎？）實用多了（外國人的名字很難，經常會碰到需要重複詢問的情況）。本書收錄了許多實用又方便且「可以直接拿來用」的例句。

④ 刻意採用無聊例句的情況

　　在碰到容易讓人覺得棘手和混亂的內容（例如完成式不定詞等）的時候，我會乾脆使用比較簡單無變化的英文來呈現。另外，如果是會一字不改出現在大考中的固定英文表達方式，我就會直接使用（雖然內容很無趣）。

針對例句所下的「工夫」

① 明確標示例句的「使用情境」

本書的例句既多元又豐富，可用範圍極廣，為了讓學習者能立即理解「這可以用在哪裡？」，這裡利用圖示來表明適用情境。

🔲 升學考試、大學課程、對留學有幫助（雖然有些例句像是日常會話的英文，不過因為這些句子經常「原封不動地出現在升學考試裡」或「海外留學時用得到」，所以也會用這個圖示表示）

🔳 在日常會話（一般對話聊天等）時用得到的句子

🔳 海外旅行（店家、飯店、機場等）、在海外生活用得到的

🔳 在商務或職場上用得到的

🔳 向外國人說明時用得到的

⭐ 在其他情境用得到的

　　※ 順道一提，有些例句翻譯會根據情境改成較口語的表達方式

② 不會在英文句子上加「輔助標示」

例句都不會加底線或粗體字等輔助標示（不過在解說中，有時會為了幫助理解而加上底線）。我們實際看到的英文都是以「原來的狀態」出現，所以這樣可以避免太過依賴底線等的「輔助標示」。

③ 索性使用「較長」的英文句子

不管是「考生寫的」還是「非母語人士說的」英文，都經常因為句子非常短而給人幼稚的印象。如果文法書的例句都很短，可能是因為習慣採用簡短的英文句子。舉例來說，拿「the 比較級 of the two（兩者之中～比較～的）」這個句型來說，就會像下面這樣：

(a) 經常出現的句子

My brother is the taller of the two. 我的哥哥是兩人之中比較高的那位。

(b) 本書出現的句子

I decided to rent the cheaper of the two apartments I looked at.

我決定租我看的那兩間公寓中比較便宜的那一間了。

※ 在實際情境下，(b) 的「長度、難易度、語彙、內容」都是較常出現的

本書例句較長的理由

☑ 為了讓英文的使用狀況及意圖更加清楚（增加使用英文的真實性）
☑ 因為實際使用（升學考或日常會話等）的英文「較長」，必須事先習慣
☑ 藉由習慣看長句，來打造英文的「讀、寫」能力
☑ 為了讓英文能「派得上用場」（如果實際運用 +α 的內容，句子自然就會變長）

I can't afford such an expensive ring. How about this one with a slightly smaller diamond?
我沒有能力負擔那麼貴的戒指。鑽石稍微小一點的這個如何？

※ 這是在說明 such 時所使用的例句。如果只是要解釋 such 的話，有前面那句就夠了，但如果講到這裡就結束，則實際上對話無法成立，因此有時也會加上第二句來補強對話

④ 讓英文保持靈活彈性

在說明較基礎的文法內容時，會索性使用較難的句子來平衡難易度。舉例來說連接詞 although 本身非常基礎，因此例句會調整成像 Although we don't currently have those shoes in your size in stock, we can order a pair and have it here by Friday. 一樣較長的句子。另一方面，本身就比較難的 whereas，例句就會用像 He likes coffee, whereas she likes tea. 這樣較簡單的句子。　※ 翻譯請參照 p.122, 123

⑤ 輕輕帶過不重要的文法，甚至不加例句

不重要的文法細節會改用較簡單的句子，或乾脆不加例句。如果像一般文法書一樣，什麼都加上例句，只是會增加學習者負擔而已（因為有例句，反而只記住瑣碎細節，反而容易忘記重要的內容）。

⑥ 大量使用專有名詞的理由

升學考、電視新聞、商務會話、日常會話中明明經常出現專有名詞，但不知道是不是平常沒有習慣（又或許是太過習慣使用 he / she 的英文），無法順利理解和處理英文專有名詞的人，事實上非常多（特別是在聽力測驗中，會因為出現大量專有名詞而感到慌亂，或在口說測驗時卡住說不出來）。本書為了解決這個問題而在句子裡加了許多專有名詞。

透過上面所提及的巧思及編排細節，我有自信這本書會是例句收錄最完整的一本文法書。

Part 1

掌握英文文法的大框架
（掌握動詞與句子結構的整體印象）

正如前面提到的，接下來將會解說「截至目前為止，在死背學習法中無法看到的英文文法的真實樣貌」。在 Part 1 這章將會解說代表英文「核心」的時態、連接詞、表達「心意」的假設語氣、助動詞等等內容。

眺望如宇宙般神祕浩瀚的「英文文法世界」吧！

時態（1）

【註】有關「現在式的特別用法」

以往的文法書將**現在式的特殊用法**（表示時間、條件的副詞子句中，即使表達的是未來的事物也使用現在式）放在時態的單元中做講解，但本書是放在連接詞（Chapter 3）章節中說明。

原因在於，培養「現在式的感覺」沒有一定的方法，因此沒有必要在時態部分來講解（應該說這樣做的話容易造成挫敗感），而且在理解「副詞子句與名詞子句間的差異」後，講解起來的負擔會比較輕。

INTRODUCTION

「被甩了」和「會被甩」的差別在哪裡？

提問：哪一個悲劇比較痛苦？

> 1. 昨天告白後，被甩了。　2. 告白的話，會被甩。

1. 是**過去式**（告白後，被甩<u>了</u>）。在這裡表達的是在過去時間裡發生的一次性事件，也就是「被甩了」的這件事。

但 2. 是**現在式**（告白的<u>話</u>，<u>會</u>被甩）。事實上，**現在式**不一定表示當下（此時此刻）發生的事情。**過去、現在、未來**全部都可以用現在式來表達。也就是說，「告白的話，會被甩」這句話指的是「昨天、今天、明天，不管哪一天告白都會被甩」的意思。從時態就可明確知道，「被甩了」是悲劇、「會被甩」是超級悲劇的差異點了。

把現在式想成「現在、過去、未來式」吧！

事實上，這個概念在使用英文的世界也是一樣的。雖然叫做**現在式**，但絕對不是只表示「現在當下的這個瞬間」。發生在**過去、現在、未來所有發生的事**都可以使用現在式。

現在的英文文法，會將「現在式的用法」細分條列為「習慣（有～的習慣）」／不變的真理（一直會～永遠都～）／已確定的未來（預定要～）」等項目，讓我們來驗證一下這些是否都有著**現在式＝現在、過去、未來式**的概念吧。

① 習慣：I go to school. 是指「昨天、今天、明天都會去學校」→「我會去學校（學生）」的意思（當然也有休息的日子，但在使用英文的世界，這點程度的小差異還是會用現在式）。因此，身為學生可以說 I go to school.，如果是偶爾才去學校的家長，則不能這樣說。

 如果是大人這樣說的話，也許會被認為是學校的老師，或者是為了取得證照而去上學

② 不變的真理：The sun rises in the east. 也是從**現在、過去、未來式**的概念而來，把它想成「太陽從東邊升起」就可以了。

  ※ 文法書中雖然區別了「不變的真理（100% 一定會發生）」和「習慣（不是 100%）」，但事實上在英文世界裡這兩者都可以用現在、過去、未來式

③ 已確定的未來：光看這句話的話會不知道什麼是「確定」吧？仔細看 The train arrives at eight.，這句用現在式的話，就可以知道「這台電車（昨天、今天、明天都是）8 點抵達」。換句話說，我們可以這麼定義：**現在、過去、未來反覆進行的行為＝確定**。

　　像這樣，只要用一個法則就能夠解決上面列出的幾個用法。此外，在時態的單元裡會不斷出現不知道意思的詞語，這些令人覺得困惑的部分，也不會要你用死背的方式記下來，而是會確實解說。雖然也有人會說「在意時態的話，根本就無法用英文對話了」這種話，但在看完本章（Chapter）之後就應該可以理解，在遇到重要場合（考試、工作或和重要的人對話等等）時「不徹底理解時態就無法讓英文對話成立」。那麼，來開始真的講解時態內容吧！

征服「時態」的心法

- ☐ 跟中文感覺相同的用法，可以略過
- ☐ 許多用法都不需要死背
- ☐ 從「核心」開始理解，之後再逐漸掌握各種用法（特別是現在式和現在進行式）

Yesterday is history. Tomorrow is a mystery.
Today is a gift. That is why it is called the present.
Alice Morse Earle

昨天是歷史。明天是未知。
今天是禮物。這就是為什麼它被稱為 present。
Alice Morse Earle（美國歷史學家及作家）

※ present 除了「現在」的字義之外，同音異義下也有「禮物」的意思

CHAPTER **1-1**

現在式與過去式

1-1-1 現在式的思考方式

把現在式想成「現在、過去、未來式」

英文文法中的「現在式」，比文字描述的「現在式」所涵蓋的範圍更加廣泛，可以用來表示「昨天的事、今天的事、明天的事」。在此請各位用 核心重點 **現在式＝現在、過去、未來式**來思考看看。

> When I ask a girl to go out with me, she says no.
> 每次我約女孩出去都被拒絕。
>
> ※ 直譯是「當我約一個女孩跟我出去（go out with ~）的時候，她說不要。」

利用**現在式 → 現在、過去、未來式**來思考 ask / says，就會變成「不管是昨天、今天還是明天邀約，昨天、今天、明天都會說不要」→「都被拒絕」。

透過現在式來理解會話中的慣用表達（What do you do?）

> What do you do?
> 你從事什麼工作？

這句 What do you do? 用的是**現在式**。因此是「你昨天、今天、明天都做什麼？」→「你平時都做什麼？」→「從事什麼工作（職業）？」。

當你聽到 What do you do? 時（經常會突然被問到這句話），可不能誤會而下意識回答成「嗯？我只是在玩手機……」。此時如果能立刻說出職業，那可是非常帥氣的哦！學生可以回答 I'm a student. 或說 INTRODUCTION 中學過的 I go to school.（我是學生）。

+α　**繼續深入探討 What do you do?**

☐ What is your job? 是比較直白的表達，一般會使用 What do you do?。

☐ What do you do for a living? 雖然有時會加上「為了餬口（維持生計）」，但基本上這句和 What do you do? 的意思完全相同。

☐ What do you do for fun? 這句話直譯是「你為了好玩（for fun）昨天、今天、明天都會做什麼？」→ 意思是「興趣是什麼？」。

☐ I love what I do. 這句話是「我愛我的工作」的意思，what I do 表示「我愛我昨天、今天、明天都會做的事」→ 想成「我愛我的工作」就 OK 了。

※ 這句話是 Emma Watson（英國女演員／在電影《哈利波特》系列中扮演妙麗這個角色時的台詞）

在諺語中也經常使用現在式　應用

　　一般來說，諺語所說的是**現在、過去、未來都會發生的事**，因此常會使用現在式。

> Time flies. 光陰似箭。
> ※ 直譯是「時間會飛（如同飛一般流逝）」／句子中不需要出現 like an arrow（像一支箭）

　　跟朋友對話時，一般不會說「嘿！真是光陰似箭啊」，所以直接把它當成「已經過這麼久了啊（時間過超快）」（一般較常這樣說）的感覺來用就 OK 了。

　　另外，Time flies 也經常會和 when you're having fun 一起搭配使用。

> The amusement park is closing already? Time flies when you're having fun. 遊樂園已經要關了嗎？快樂的時光總是過得特別快。
> ※ is closing（即將（正在）關門）p.62／這裡的 you 是「總稱（大家）」p.325

資料　雖是細節，但可以用「常識」來判斷的內容

☐ **用常識理解現在式的「頻率」**

　　雖然現在式「不必每天都發生」，但「發生的頻率是多久」卻沒有一定，不過可以根據常識和上下文來判斷。

> When Japanese women come of age, they dress up in kimonos, while the men of the southern part of Pentecost Island tie vines around their ankles and jump from wooden towers in a ritual called "land diving," the precursor to modern bungee jumping.
>
> 當日本女性成年時，她們會穿上和服，然而 Pentecost 島南部的男性則會將藤蔓綁在腳踝處，並從木塔上縱身一躍，進行稱為「land diving（陸潛）」的儀式，這個儀式也是現在高空彈跳的前身。
>
> ※ Pentecost 島是西南太平洋的萬那杜共和國的島嶼／vine（藤蔓）／precursor（前身）

　　透過「去年、今年、明年（不管是什麼時候成年）」表達出來的感覺，可以知道這段英文中使用了現在式所能表達的四種時態。（come of age（成年）／dress up（穿上）／tie（綁）／jump（跳躍））。

☐ 亦可從常識判斷出「I'm hungry. 不是現在、過去、未來式」

　　現在式＝現在、過去、未來式的思考方式，嚴格來說只適用於動作動詞，狀態動詞（be 動詞）則有時不適用（動作、狀態動詞的說明請參照 p.59），不過不用擔心，這部分很簡單就可以判斷出來。舉例來說，聽到 I'm hungry.（我肚子餓了）時，不會覺得是「昨天、今天、明天都肚子餓」吧。順道一提，之所以「狀態動詞有時不適用」，理由是「現在當下這一刻的事情會用現在進行式來表達」→「但可以持續進行的只有動作動詞而已」→「因為狀態動詞不能使用進行式，所以只能使用現在式」因此，狀態動詞的現在式有時候會用來表示「當下這一刻」。

　　如果因為覺得有例外而害怕用常識來判斷，就會白白浪費掉所謂**現在、過去、未來式**的思考方式，希望各位能充分利用這個方法。

追加英文

請將以下句子翻譯成中文吧。

I don't give up.

　　※ 這句是前英格蘭足球代表隊選手 David Beckham 的名言

解答範例

我永遠都不會放棄。

　　※ 雖然翻成「我不會放棄」就可以了，但為了和 I won't give up（我（在未來）不放棄）做區分，上面這種翻譯方式比較能體現出現在式的語感。後來成為足球界超級巨星的 David Beckham，小時候在被教練說「不可能成為職業選手」時說了這句話

1-1-2　過去式

「不是現在」的感覺

　　在過去式中，與「回溯時間長短」並沒有關係，不管是一萬年前的事，還是一分鐘前的事，都是使用過去式。 核心重點 **不包含當下這個時間點**才是重點，**現在是現在、過去是過去**，分得一乾二淨的感覺。

　　在文法書中，過去式的用法如「過去一次性的事件、過去的習慣和過去的狀態」等，都被仔細條列了出來，但這些都沒有必要背，因為全都可以用和中文語感相同的方式來理解。請參考以下範例。

① 過去一次性的事件：「～了」

Someone snatched my bag, and I chased after him.

有人搶了我的包包，所以我追了過去。

※ snatched 和 chased 表達的都是「過去一次性的行為」

② 過去的習慣：「我（過去）經常～」

I usually went to Starbucks after work.

我以前下班後通常會去星巴克。

※ 透過 usually 和這裡的 went，可以判斷是「去過好幾次」（沒有 usually 的話，透過上下文來判斷也有可能是 ①「過去一次性的事件」的情況）

③ 過去的狀態

I had a crush on Yuko when I was in high school.

我高中時迷戀過 Yuko。

※ have a crush on ~（迷戀～）（短暫而瘋狂地喜歡過）

有關基本動詞的變化

　　傳達過去發生的事情時，會把動詞變成**過去式**，變化方式有兩種（規則和不規則）。國中在學英文的時候，可能會因為不規則動詞而吃足苦頭，不過到了高中英文（實際使用英文的世界裡其實也是）大部分會遇

到的都是規則變化（只是在字尾加上 -ed）。

※ 如果不規則變化的動詞超多，即使是母語人士也會覺得很吃力吧！

> He put his iPhone on the table.
> 他把自己的 iPhone 放在了桌子上。

這裡需要注意的是 put 這個字（put-put-put 三態無變化）。動詞形態在沒有變化下反而更容易混淆。這句英文中的 put 是**過去式**（現在式的話應該是 puts 才對）。

※ 如果是複數第一人稱、第二人稱、第三人稱主詞的情況，則無法用動詞形態來判斷，而必須透過上下文來確認時態

思考轉換 **文法書沒有說明的「過去式的含義」**

文法書只提到「過去式用來傳達過去的資訊（不提及現在）」的概念，事實上，過去式也有著**過去曾經是（但現在已經不同了）**的含義，又或者可能會傳達出這種意思給對方（特別是在日常會話中）。

剛剛那句英文（I had a crush on Yuko when I was in high school.）多半也有「以前很迷戀，但現在沒有」的含義（這個概念和中文一樣吧）。當然有時無法用「和現在不一樣」來解釋，但在這樣的情況下，通常會加上 I still do.（我現在也一樣），這部分則可以用常識來判斷。舉例來說，日常會話中經常使用的 I knew it!（果然如此（我就知道）！）（直譯是「我之前知道它！」），這句話如果理解成「我過去知道，但現在不知道」的話，那對話就無法成立（前後邏輯不通）了吧！

資料 **有關「y → i」的變化規則**

☐ 第三人稱單數現在式的 s：子音＋y 結尾　　study → studies
☐ 過去式：子音＋y 結尾　　cry → cried
☐ 複數形：子音＋y 結尾　　city → cities
☐ 比較級、最高級：子音＋y 結尾　　easy → easier / easiest
☐ 詞性變化的情況　　marry（結婚）→ marriage（婚姻）

在每個單元中都會逐步學到**「y → i」的變化規則**，但實際上，這些規則中有一個共通點：**不喜歡在字的中間出現 y**。因為如此而不想要出現 ×）studyes 這種變化，進而把 y 變成 i。不過，其實這跟 y 和 i 的發音類似也有關係。

※ 順道一提,雖然 play → played 保持了原本的樣子,但這是為了避免三個母音並排（plaied）的關係。另外,由於 myth（神話）和 Olympic（奧林匹克）原本是希臘文（跟英文不同）,所以字的中間會出現 y

---

CHAPTER 1-2

時態的用法細節

1-2-1 現在式的延伸用法

特別在對話時使用現在式的表達方式

理論上在對話時使用現在式會有點奇怪,不過實際在對話時偶爾會用到。

① 表示同意、感謝、歉意等的表達方式

I see.（我懂了）／I agree with you.（我同意你說的）
I admit ~（我承認~）／I recommend ~（我推薦~）
Thank you for ~（謝謝你~） ※ 現在式句子 I thank you for ~ 的實際說法
I apologize for ~（我為~道歉）

這裡很多都是我們用慣了的說法,所以可能不會特別留意它們的表達方式,核心重點 **事實上,這些說法都是直接傳達最原始的動詞意圖給對方。**舉例來說,I apologize. 這句表達的就是「我做出最原始的道歉動作」。

② I hear ~ / They say ~ 表達「聽說~」

這些表達方式在文法書中通常被稱為「特殊」的說法,在這裡也一併解說,其實這句話可以用現在式的思考法則**「昨天、今天、明天重複聽到,大家都在說」**的概念來思考,就可以理解了。又或者,可以想成 I hear ≒ I know（（有聽說所以）我知道）就 OK 了。

※ 另外,也請留意把 They say ~ 想成「資訊來源 say」,例如 The weather forecast says ~（氣象報導說~）、The newspaper says ~（新聞報導說~）等等說法

③ come from ~ 表達「來自於～」

A: Where do you come from?　B: I come from Okinawa.

A：你來自哪裡？　B：我來自沖繩。

※ 請記得這只是一個慣用表達（儘管大家可能之前就已經知道了）。另外，同樣的 come 也出現在 Here comes the bus.（公車來了），這部分的「實際情境」可以透過下面內容來理解

使用現在式的其他情境（實況／報紙標題／戲劇性的現在）　延伸

為了增加逼真的感覺，就會用現在式來表達**實況**。以廣義來說，**報紙標題**及**戲劇性的現在**（用現在式的口吻描述過去發生的事，也稱為「歷史性的現在」）也包含在實況內。

※ ① 的 I apologize for ~ 等也都可以利用「實況」的觀點來說明

Next, with the mixer on low, I slowly add the flour to the liquid ingredients.

接下來，把攪拌機的速度維持在低檔，我慢慢將麵粉加到液體材料裡。

Prime Minister receives COVID-19 vaccine

首相接種了 COVID-19 的疫苗

※ 這是報紙標題／COVID-19 是 2019 年發生的新冠病毒傳染病（coronavirus disease 2019），COVID 中文叫做「嚴重特殊傳染性肺炎」／vaccine「疫苗」

＋α 英文報紙的標題

因為報紙的標題都是以現在式來表示過去發生的事，所以標題中出現的 -ed（不是過去式）是用來表示被動語態。

思考轉換 為何需要「三單現加 s（第三人稱單數現在式動詞加 s）」

從以前開始就會說英文中有「第三人稱單數後面出現的動詞，只有在現在式時才會加 s」的概念，不過其實正確的概念應該完全相反，**也就是「只剩下第三人稱單數現在式要加 s／第一、第二人稱和第三人稱複數加 s（的這種動詞變化）」的概念已經消失了。**

可以說是英文親戚的歐洲語言（法語、德語等等），對應「第一人稱、第二人稱／單數、複數」的動詞形態漸漸改變，動詞會因為主詞而變化的這點放在古英文上也是一樣（現在只剩下 be 動詞有這種規則，仍然會像化石般根據主詞而變化成 am / are / is）。在以前，一般動詞也會變化，不過那些變化隨著時間流逝而逐漸消失了，現在只剩第三人稱單數現在式的動詞還在隨變化加 s，而這就是三單現加 s 的真面目。

※ 英文是一種全世界流通的語言，而許多人在使用時會追求簡潔，也許因為這樣，才會讓使用頻率很高的第一、第二人稱，從動詞變化的適用對象中消失也不一定

1-2-2　　時 態 的 一 致 性

什麼是「時態一致」？

　　「主句的動詞是過去式」的時候，「從屬子句的動詞也會跟著配合變成過去式」。首先，先確認一下基礎概念吧。

時態的一致性

(1) 現在式 → 轉換成過去式

I think that she is sad. 我 認為 她很難過。
↓　　　　　　　　　　　※ 配合變化 think → thought、is → was
I thought that she was sad. 我 之前認為 她那時很難過。

【注意】為了不要有累贅感，中文翻譯不會特別強調一致性
◎）我 之前 認為她很難過
※「認為」和「難過」時間點相同，改變「認為」的同時也改變了「她很難過」的這件事
△）我 之前 認為她那時很難過
※ 可以解釋成在「認為」之前就已經發生「她很難過」的這件事

(2) 過去式 → 轉換成過去完成式　　※ 過去完成式請參照 p.83

I think that Ren was pleased with the result.
↓　　　　　　　　　　　　　　　　我 認為 Ren 那時對結果感到滿意。
I thought that Ren had been pleased with the result.
我 當時認為 Ren 已經對結果感到滿意了。※ 在「認為」之前就「已經滿意了」

(3) will → 轉換成 would ※從過去看到「未來」

I think that she will be sad. 我認為她會很難過。

I thought that she would be sad. 我之前認為她應該會很難過。

應對「時態一致的例外」的方法 應用

雖然一般都會說明時態一致規則的例外，不過大家不用勉強硬記，請先好好確認下面的解說內容（大致看過也 OK）。

參考 慣用英文文法中「時態一致的例外」

例外（1） 在表達「不變的真理」和「延續至今的習慣」時，不要求時態一致性。

I learned that the earth is round. 我學到了地球是圓的」

※ 雖然主句用的是過去式 learned，但 that 以下表示「（到現在仍然成立的）不變的真理」，所以維持原來的現在式

例外（2） 「歷史事實」可以維持使用過去式。

He said that Shakespeare died in 1616.
他那時說莎士比亞死於 1616 年。

※ 因為是比 said 這個動作更之前發生的事，所以原本應該要用 had died，但是這裡只要用原來的過去式 died 就可以了

其實，這個英文概念 核心重點 **只是按照每個動詞在動作時的時態來判斷而已**。以這句 I thought that she was sad. 來說，只是把它想成「以為」是過去的動作，「覺得難過」也是發生在過去（was）的動作而已。

假如是「現在仍然覺得難過」的話，用 I thought that she is sad. 來表達就可以了。

 用 is 的話，更可以強調出「所以必須快點處理」的意味

這個思維也可以對應使用在「時態一致的例外」上，I learned that the earth is round. 不過是表達「學到了（learned）」發生在過去，而「地球是圓的」是到現在仍成立的事實。

※ 不需要把「時態一致的例外」想成「背面的背面是正面」。順道一提，也是會有母語人士說太快，順勢（看到 learned）就用了 was

> It was announced that Mr. Sato is transferring to Kumamoto next month.
>
> Sato 先生下個月要調到熊本的事宣布了。
>
> ※「宣布」是發生在過去的動作（was announced），「要調單位」表達的則是接下來的預定動作（is transferring）／表示「預定動作」會使用現在進行式 p.64

　　另外，以常識來判斷，可以知道歷史上發生的事件都是在過去，所以應該不會有人認為在 He said that Shakespeare died in 1616. 這句話裡「said 和 died 是同時發生」的吧。

> ※理論上應該要用 had died，但過去完成式對母語人士來說也相當「麻煩」，所以只要不會產生誤會，不用過去完成式也 OK（這在日常會話上經常發生）

CHAPTER 1-3

進行式

1-3-1 進 行 式 的 含 義 與 用 法

進行式（be -ing）的核心是「過程中」

> I'm reading your Facebook page.
>
> 我正在看你的臉書頁面。　※表示「正在看的過程中」

　　進行式表達的是**當下進行的動作**。到國中程度為止，只要翻成「現在正在做～」就已經可以理解這個概念了，但這樣一來，遇到高中英文範圍內的用法及例外就會流於背誦。在此想請大家稍微修正一下，不要用「正在做～」來想，而以 核心重點 **進行式是「在做～的過程中」**的思維來思考看看。

　　舉例來說，當打電話來的對方說 I'm cooking dinner. 時，可能是想表達「我在準備晚餐的過程中」的意思。在現在這一刻，各位是 You are studying English.（在念英文的過程中）對吧？

> ※簡單的句子也許還無法讓你體會到用「在做～的過程中」來思考的好處，但這個思考方式會在之後大大發揮功用

A: Are you ready to order?　　B: We're still deciding.

A: 您準備好要點餐了嗎？　　B: 我們還在看。

※表示「在下決定這個動作的過程中」

強調「變化過程」的進行式 應用

那麼 The bird is dying. 這句話的翻譯又會變得如何？

※ dying 是 die（死）加上 -ing 的形態

如果翻成「那隻鳥是死掉的」，就會變成「鳥已經沒有生命」的意思，所以請在這裡以**過程中**的思維來想想看，用中文表達出「鳥正在死掉的過程中」這點是很重要的，所以把 be dying 翻譯成「在死亡（失去生命）的過程中」→「快要死了」就沒問題了，這裡的想法是將 die 的這個動作，想成「隨時間發生的行為」並描述其**進行過程的狀態**。

※ 這句的翻譯是「那隻鳥快要死了」（必須傳達出「還沒有死」這點）

Some species in the Galapagos Islands are dying off.

加拉巴哥群島上的某些物種正瀕臨絕種。　　※ die off（相繼死去）

+α die 系列的動詞（進行式在翻譯上有「逐漸～，正在～」的意思）

結束類：die（死亡）／drown（溺死）／end（結束）
　　　　　arrive（抵達）／stop（停止）／land（著陸）
變化類：become、get（變成～）

非表達「當下瞬間」的進行式 應用

I'm reading a one-thousand page novel.

我正在看一本 1000 頁的小説。

這句話不僅可用於「在此時此刻打開書來看」的情況，還可以在「不是當下此時此刻」的情境中使用。舉例來說，在和朋友一邊吃飯一邊聊天的時候，如果被問到「最近在做些什麼呢？」，就可以用這

句話來回答。

※ 在文法書裡，這會被說成是「用在一段特定期間」的進行式，不用擔心，這裡也可以
　 用常識（語感）來判斷，即使表達的不是「當下這一瞬間」，但若放大一點來看，這句
　 話所表達的「正在看的過程中」意味，正好就是進行式的核心概念

強調「反覆」的進行式 延伸

有時也會從「過程中」→「不斷反覆的過程中」來強調**動作的反
覆進行**。舉例來說，「總是在抱怨」或「不停反覆敲門敲很多次」等
情境下就會用到這種進行式。

※ 將 be knocking 解釋成「正在進行一次敲的動作」有點牽強，一般會用「不停反覆敲
　 門敲很多次」的意思來理解句意（不需要刻意記，透過上下文也可以理解句意）

He's always complaining about poor service at restaurants.

他總是在抱怨餐廳的服務不好。

※ poor（品質差的）／always 常用在「總是一直～」語氣的句子裡

1-3-2　無法使用進行式的動詞

狀態動詞無法使用進行式

動詞依照意思不同，可分為**動作動詞（可以用進行式的動詞）**和**狀態
動詞（不能用進行式的動詞）**兩個類型。在國中還可以把「無法使用進行
式的動詞」背起來（因為單字量較少），但到了高中階段，單字數量會膨
脹到光靠死背無法應付的數量。以下請先大概確認一下。

※ 從下一頁開始會解說不用死背就可以記住的方法，這一頁大概看過就可以了

參考 慣用英文文法中「進行式的用法」

(1) 可以使用與不能使用進行式的動詞

① 動作動詞（run / eat / study 等）可以使用進行式
② 狀態動詞（like / know / resemble 等）不能使用進行式
　 例如：「我認識他。」×）I am knowing him. ◎）I know him.

(2) 狀態動詞的例子
　① 隸屬關係、組成等：live（居住）/ belong to ~（屬於～；歸～所有）/ resemble（相似）/ have（持有）/ own（擁有）/ remain（維持）/ consist of ~（由～組成）/ contain（包含）
　② 知覺、心理層面等：hear（聽到）/ see（看到）/ smell（聞到）/ taste（嚐到）/ like（喜歡）/ love（喜愛）/ prefer（偏好）/ dislike、hate（厭惡）/ want（想要）/ know（知道）/ believe（相信）/ think（思考）/ doubt（懷疑）/ remember（記得）/ suppose（猜想；認為）/ understand（理解）/ wish（期望）

(3) 例外　雖是狀態動詞，但「因字義差異」而無法使用進行式的動詞
　① have 是「持有（表示隸屬關係）以外」的意思時（「吃、喝」等）
　　She is having lunch. 她正在吃午餐。
　① 知覺、心理動詞表示「有意志的動作」時
　　He is tasting several wines. 他正在試喝幾種葡萄酒。
　　※ 這裡的 taste 是「品嚐」的意思

由「過程」而產生的「5 秒定律」

　　因為進行式的核心概念是**過程**，所以具有**過程**概念的動詞，就**可以在動作過程中停止或再恢復**。透過這點可以判斷，**可以**中斷、再恢復動作的動詞，**即是可以**使用進行式的動詞。

　　※ 例如 study 等字就是可以中斷和再次開始的吧？因此，I'm studying English.（我正在念英文（動作過程中））這句裡用到進行式就是 OK 的

　　反過來說，不符合**過程**概念的動詞是不能使用進行式的，也就是**無法中斷、再恢復動作的動詞，無法使用進行式**。下面是我想出來的 5 秒定律。

　　核心重點 **無法每隔 5 秒中斷、再恢復的動詞，不能使用進行式！**

　　例如 know 或 like 就無法中斷後再恢復。每隔 5 秒「消除記憶、恢復記憶，一下子喜歡、一下子討厭」，這是無法刻意做到的吧。因此，不可能出現如 ×) be knowing / be liking 這種動詞用法。resemble（相像）也是如此，每隔 5 秒長得像、又長得不像……這根本不可能，所以不會出現 ×) be resembling 的用法。

Yurina resembles her mother.

Yurina 和她媽媽長得很像。

　　belong to ~ 也是**無法每隔 5 秒中斷、再恢復的動詞 → 無法使用進行式的動詞**。物 belong to 人（某物屬於某人）的表達方式，在會話上非常實用。

　　※ 以往 belong to ~ 的例句都只會舉所屬社團的例子（I belong to the tennis club.（我屬於網球社）），但其實也經常用來表達「屬於～」和「歸～所有」

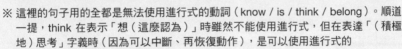

A: Do you know whose wallet this is?

B: I think it belongs to Mr. Masuda.

A: 你知道這是誰的皮夾嗎？　　B: 我想它是 Masuda 先生的。

※ 這裡的句子用的全都是無法使用進行式的動詞（know / is / think / belong）。順道一提，think 在表示「想（這麼認為）」時雖然不能使用進行式，但在表達「（積極地）思考」字義時（因為可以中斷、再恢復動作），是可以使用進行式的

　　看過了**無法使用進行式的動詞**的例句（p.59），一邊想著「這沒辦法每隔 5 秒中斷、再恢復動作啊⋯⋯」一邊確認的話，就可以讓自己沈浸在英文的感覺裡哦。

　　※ 「5 秒」只是因為講起來順口，改成「3 秒」或「1 分鐘」都 OK

補充 有關 die / rain / snow

　　有少數動詞是無法完全適用 5 秒定律的，要特別注意的有 die（p.57），還有 rain / snow，不過相信各位都有看過 It is raining.（正在下雨（在下雨的過程中））這種用進行式表達的句子，所以我想沒有太大問題。

　　※ 如果有學生跑來質問我說「rain 用 5 秒定律來講說不通啊！」，我打算回答「神有辦法讓雨停了又再下啊！」，但 25 年來，沒有一個學生跑來跟我說這件事

驗證看看 have 等動詞的「例外」

　　當 have 表示「持有」的意思時，**無法中斷、再恢復動作 → 所以不能使用進行式**。但在表示「吃、喝」的情況下，就**能夠中斷、再恢復動作 → 因此可以使用進行式**。像 have 這樣，屬於「因字義不同而被區分為『可以使用』和『不能使用』進行式」的動詞還有許多，出

現時只要用 5 秒定律來判斷就 OK 了。

> 💬 Yurina resembles her mother.
>
> 這個葡萄酒喝起來很酸。
>
> ※ taste＋形容詞（有 形容詞 的味道）／這裡這用來形容 wine 的 sour（酸的），是負面意義的酸（如果是好的「有酸味」的話會用 The wine has an acidic taste. 來表達）

　　在這裡的 taste（嚐起來有～的味道）是「不能使用進行式的動詞」。的確葡萄酒的味道不可能每隔 5 秒中斷、再恢復感受味道，所以就這個意思而言是無法使用進行式的。但是 taste 也有「品嚐」的意思（常用以表達「品酒」），如果是品嚐的話，就能夠**中斷、再恢復動作 → 可以使用進行式**。

> 💬 Yurina resembles her mother.
>
> 侍酒師正在品嚐葡萄酒（品酒）。
>
> ※ 順道一提，我在寫這份原稿時用的文書軟體，在 is tasting 的部分出現了代表「文法上可能錯誤」的紅色底線，這是因為程式中設定了「taste 不可使用進行式」

1-3-3　刻意使用進行式的表達方式

強調「暫時性」的進行式表達　應用

　　不能使用進行式的動詞（狀態動詞），可以藉由「刻意使用進行式」來強調進行式所表示的**過程中**的語氣，例如 live 雖然無法每隔 5 秒中斷、再恢復，但經由刻意使用進行式 be living 的方式，便能傳達出「最近將會中斷（之後會在別的地方重新開始新生活）」的語意。

> 💬 I am living in Osaka.
>
> 我（暫時）住在大阪。
>
> ※ 直譯為「正在住在大阪的過程中」

　　像這樣，進行式所傳達的是具有**過程中 → 暫時性**這種意味的語氣。

※ 若被「正在～工作」的中文誤導，把英文翻成 I'm working at ～ 的話，就會被誤會成「只是暫時性在～工作（最近準備要離職）」，一般說法應該是 I <u>work</u> at a bank.（我正在一家銀行工作）

以這個概念來想的話，be 動詞也可以變成進行式。一般會說 You are very kind.（你人非常好），但刻意用進行式說成 You are being very kind.（你（現在這個當下）人非常好），可以表達出這種人非常好的狀態是「暫時性的」的感覺。

A: Do you want me to do something for you?
B: No. Why?
A: Well, you're being very kind today ...

A: 你有想要我幫你做什麼嗎？
B: 沒有。怎麼了？
A: 呃，你今天人特別好……

※ 依照說話方式的不同，這個句子的語意會變成嘲諷或開玩笑，如果帶著微笑（半開玩笑）說的話，對話氣氛會更熱絡而不冷場

強調「變化過程」的進行式表達 延伸

除了**過程中 → 暫時性**以外，還有**強調過程中 → 變化過程**的進行式表達類型。例如 resemble 這個字，若刻意使用進行式，就可以表達出「長得越來越像的這個變化過程」的語意。

He is resembling his father more and more every day.
他一天天長得越來越像他父親了。

※ be resembling 這種表達方式，經常出現在文法書中，因為是特殊用法，也有母語人士會覺得這句話「不自然」而不用，所以只要「當這句話出現時可以知道意思」就可以了

思考轉換 「廣告不是也有用 loving 嗎？」

love 是不能使用進行式的，可是由於速食連鎖店的廣告中使用了 I'm loving it. 這句話，導致全世界的英文老師都覺得困擾。廣告詞原本就有著想要利用刻意破壞文法，來帶出獨特效果的意圖，所以要把廣告裡的句子拿去做文法解析，根本就是相當困難（有時是不可能）的事，就讓我們用**暫時性**及**變化過程**的觀點來驗證看看吧。

假設 ① 暫時性：語意「暫時性的喜愛」不適合用來當廣告吧。但如果意思是「（吃完之後樂趣就會消失所以）我喜愛現在這一刻！」的這種解釋就有可能。

假設 ② 變化過程：將 be loving 想成，**在變化成 love 的過程中、在做成 love 動作的過程中 → 逐漸朝向 love 這個動作的過程**，那麼這種表達方式是有可能可以成立的。

※ 翻譯大概是「啊，也許我會喜歡這個、也許真的會變得喜歡這個」的感覺吧

這也是母語人士在網路上熱烈討論的話題，雖然沒有明確的答案，但我會用 ② 來解釋。透過確實學習英文文法，就可以像這樣提出自己的假設與見解。

 我認識的英國英文老師也表示相當討厭這個 loving，但對美國人來說，雖然這種說法比較隨意，但還是可以感受到「進行式」的語意

總結 可以使用進行式的動詞

(1) 能夠中斷、再恢復 → 可以使用進行式
(2) 無法中斷、再恢復 → 不可以用進行式

　　※ 然而，當把平時無法使用進行式的動詞刻意以進行式（be -ing）來用時……
　　　① 強調「暫時性的狀態」表示「只有現在當下～」
　　　② 強調「變化過程」表示「現在逐漸做成～」

1-3-4　表示「預定行程」的進行式

開始著手進行某事時使用進行式來表達

　　文法書雖然會說「現在進行式可以用來表達近期的預定行程」，但因為無法得知具體「近期」是多久，因此能正確使用的人不多。然而，只要利用進行式的核心概念**過程中**來思考，「正在做～的過程中」→「已經開始著手進行（過程中）～」就可以解決這個問題。

The couple are marrying next month.
這對情侶下個月要結婚了。

結婚這件事本身是在下個月沒錯，但向家人介紹、找會場和決定禮服等等事項，讓當下可以說是在準備結婚的**過程中**。像這樣 核心重點 **著手做某事，且「正在進行中」時，就會使用進行式來表示預定行程。**

※ 不管高中生情侶再怎麼認真，都沒辦法用進行式來表達（沒有認真到要訂婚禮會場的程度吧）

換句話說，被寫進預定事項的行程會使用進行式，這就是「近期的未來」的真面目。即使是從現在算起的一年後也可以用（如果是預定要結婚的話），但也可能就算是明天（如果什麼都沒有開始做的話）也不能用進行式。

順道一提，經常出現在電影廣告中的 Coming soon（近期登場），就是這種進行式的用法。

※ 這是慣用表達，雖然省略了主詞＋ be 動詞，但其實指的是「這部電影目前正在製作中，近期預定登場（come）」的意思

補充 **除了表示來回、出發、抵達的動詞（come / go / leave / arrive 等）以外的其他動詞也 OK**

這種「預定」的表達方式，以往都會說是「主要使用在表示來回、出發、抵達的動詞上」（He arrived in Miyazaki last Wednesday, and he is leaving tomorrow.（他上週三抵達宮崎，明天要離開了），但其實也經常用在其他動詞上。

I am hosting a dinner party tomorrow evening.
我明晚要辦晚餐派對。　※ host（主辦）

FAQ **「現在式」好像也有「表示未來的用法」……**

關於這一點，雖然有「公開行程用現在式，私人行程用進行式」的說法，但如果沒有解理「背後原因」，即使用了也無法體會這種用法的真正含義吧。大家應該要像下面這樣來整理。

現在式：現在、過去、未來式
　　　　→ 表示已確定的將來（所以多用在公開行程）
進行式：開始著手或進行某事的預定
　　　　→ 近期將來（所以多用於私人行程）

The train arrives at eight.（那班火車在 8 點抵達）這句話，因為**昨天、今天、明天會不斷重複發生**，所以使用現在式，可以把這個當成是一種「公開」的概念。

進一步延伸這個概念，雖然是**一次性的行為，但因為確實會發生**（一個行為的確定程度，等同於在現在、過去、未來的反覆發生的行為），所以有時也會使用現在式。

> The President visits Paris next month.
> 總統下個月將造訪巴黎。

另一方面，因為進行式是「正在做～的過程中 → 預定」的概念，因此較常使用在一次性的「私人行程」上。

追加英文
────────

請翻譯以下句子。

(1) Ryo is entering the building.　(2) The train is stopping.

(3) She is attending the awards ceremony next week.

解答範例
────────

(1) Ryo 正在進入那棟建築物裡。　　※在做「進入」這個動作的過程中

(2) 火車正逐漸停下。　　※「停下」這個翻譯並不準確／應是「正在煞車的過程中」

(3) 她下週會去參加頒獎典禮。　　※表示「預定行程」的進行式

1-3-5　過去進行式（was -ing）

只是時間點平行移動到過去（和現在進行式的用法相同）

過去進行式（was / were -ing）表達「在過去的某個時間點正在做～（的過程中）」。各種用法都和現在進行式相同，只是個別時間點變成過去式而已。

① 表達暫時性的過去進行式　※就是「那個時候正在做～的過程中」

> I was reading your Facebook page when you called.
> 你打電話來的那個時候，我正在看你的臉書頁面。

② 表達在過去一段期間裡進行的動作

I was reading the last Harry Potter book when the movie was released in Japan.

我之前在看《哈利波特》最後一集的時候，電影在日本上了。

※ 這裡的 the movie 是指《哈利波特》系列電影的最後一集

③ die 的過去進行式

The roses in my garden were dying when I came back from my trip.

我花園裡的玫瑰在我旅行回來的時候快要死了。　　※正在朝向 die 的過程中。

④ 從過去時間點來看的「預定行程」

They were getting married in three months, but she met someone new.

他們原本要在三個月後結婚，但她認識了新的人。

用過去進行式表示的「客氣表達方式」 應用

　　I was wondering if you would[could] ~（我在想是不是可以請你~）是英文裡一種非常禮貌的請託方式。下面先來看看有什麼前提吧。

前提 ① I wonder if ~ 的意思

I wonder if ~（我想是不是~）帶有表示懷疑的意味，直譯是「我想知道（wonder）是不是（if）~」。

※表示「是不是~」意思的 if 請參照 p.153

前提 ② 「迂迴的說話方式」＝「客氣禮貌」

當有事想拜託對方時，**若直截了當地說，那就會變成命令，改以迂迴方式說的話，則聽起來會比較客氣、比較有禮貌**（中文和英文都有這種情形）。從字面上來看，I wonder if ~（我想是不是~）像是**一個人在自問自答**，這種迂迴的說話方式，不會給對方帶來一定要回答的壓力，因此是客氣禮貌的說話方式。

單用 I wonder if ~ 就可以充分表達出那種拜託別人的禮貌態度，但也可以把時態改成過去進行式，變成 I was wondering if ~，表達出「這個自問自答只是在過去暫時這麼想而已」的意味，這個說法也因此變成最為客氣禮貌的表達方式。

I was wondering if you would like to go with me to see the Japanese national soccer team game next week.

我在想你會不會想要和我一起去看下星期的日本國家
足球代表隊的比賽。

※ 用這種說法提出邀約，是非常客氣的表達方式

追加英文

請翻譯以下句子。

(1) I was taking a bath when the doorbell rang.

(2) I was wondering if you could give me some advice.

解答範例

(1) 門鈴響的那個時候，我正在洗澡。

　　※ 也可能翻成「門鈴響的時候，我洗澡洗到一半／我還在洗澡」

(2) 我在想您是不是可以給我一些建議。

　　※ I was wondering if you could ~ 是非常客氣的請託表達

1-3-6　未來進行式（will be -ing）

在未來某時間點進行的動作

如同**現在進行式平行移動到過去時間點 → 過去進行式**的概念，**平行移動到未來時間點 → 就會變成未來進行式**（will be -ing），表達的基本意思是「（在未來的某個時間點）正在做～（的過程中）吧！」。

但這個用法實際上經常被用來表達「**應該是在～吧**」，表示**在無意外下可以預測將來的後續發展**，變成「**按照現在的狀況繼續下去，應該會～**」的意思。

I'll be guiding your hike today.

你們今天的健行是由我來帶。（我是你們今天健行的導遊）

※ 這是海外旅遊時當地導遊常講的話

這句英文是「按照現在的狀況（只要不發生意外），就會由我來擔任導遊」的意思。

※ 一個人去海外旅遊，在「買不到美術館的票」、「一個人去參觀世界遺產而感到不安」的時候，可以找單日地陪，英文導覽對提升聽力也很有幫助

另外，在高鐵或飛機上的廣播也會使用未來進行式。請好好感受下面英文句子所傳達的那種「如果像這樣順利的話，應該會～」的感覺吧。（也請一併確認現在進行式的用法）

※ 世界各地的機上流程幾乎都是相同的，因此看完底下內容，就可以更了解「在實際旅行時聽到的機上英文廣播」！

Captain's Announcement

Good afternoon passengers. This is captain James Smith speaking. Welcome aboard SKM Airlines Flight 68 bound for Minneapolis. We are currently cruising at an altitude of 35,000 feet at a cruising speed of 470 miles per hour. We are expecting clear skies for the duration of the flight. Our flight time will be 4 hours and 17 minutes, and we will be arriving in Minneapolis at 5:25 P.M. local time. I expect to be able to turn off the seatbelt sign in about 15 minutes. After that, the cabin crew will be serving drinks, followed by a light meal. We will be flying over the Great Lakes later in the flight, so I hope you enjoy the view. Please enjoy the flight.

機長廣播

各位乘客午安。我是機長 James Smith。歡迎搭乘 SKM 航空飛往明尼亞波里斯的 68 號班機。我們目前正以時速 470 英里的巡航速度飛行於 35,000 英尺的高空。我們預期在飛行期間都會是晴朗的好天氣。我們的飛行時間是 4 小時又 17 分鐘，預計於當地時間下午 5 點 25 分抵達明尼亞波里斯。我預期大約在 15 分鐘後關掉安全帶警示燈。在此之後，機組人員將會先提供飲料再上簡餐。我們稍後航程將會飛越五大湖區，希望各位能欣賞這個景色。請好好享受本次航程。

※ captain（機長）／altitude（高度）／for the duration of ~（在～的期間）／local time（當地時間）／~, followed by ~（先～，再～）p.731

用 Will you be -ing? 表達禮貌 延伸

　　比起 Will you ~?（你要去做～？），Will you be -ing?（您有預計／想要做～？）是更有禮貌的詢問方式。因為使用的是未來進行式，所以表達的是「**按照現狀（就流程來說的話）有預計要做～嗎？**」的委婉疑問，也因此語氣聽起來會比較客氣有禮貌。

Will you be joining us for dinner?

您會想要和我們一起吃晚餐嗎？

※ 在豪華遊輪內邀請別人「那我們一起走吧」時可以使用

　　即使是說「我根本不會去坐豪華遊輪」的年輕人，也有可能會在電影裡聽過這句話。另外，下面的這個表達方式，在國外時非常有可能會被問到。

Will you be staying with us tonight?

您今晚打算要住在我們這裡嗎？

※ 這是飯店櫃檯經常用來表示 Checking in?（要辦理入住嗎？）的句子

時態（2）

INTRODUCTION

「不存在中文裡」的時態

「現在我們所學到的現在完成式，是中文裡沒有的時態」。

上課時有聽過上面這句話嗎？有些老師說完這句話後，就直接說「這是表達持續／完成、結果／經驗的句型，翻成中文就是……」。說完「這是中文裡沒有的時態」後，沒有任何說明、馬上教翻成中文的方法，實在非常奇怪吧。我想各位之中應該也有不少人這樣覺得（只是沒有像我一樣有追根究柢的精神而已）。當然，我知道翻中文是必要的，但只是這樣是無法解決現在完成式的文法問題的。

感受中文的侷限性

麻煩請翻譯看看以下的三個句子（時態都不同）。雖然只是寫在紙上，但請各位當作是在上課時會被叫上台作答一樣，清楚寫下中文翻譯。

①I lose my keys.　②I lost my keys.　③I have lost my keys.

① 因為 lose 是**現在式**，所以應該有「昨天、今天、明天鑰匙都不見了」的意思在吧（真是十分健忘的人，雖然這內容不是真的，不過可以趁機複習一下現在式）。

② 的 lost 是**過去式**，③ 的 have lost 是**現在完成式**。我想大多數的人應該會翻成下面的句子。

　②I lost my keys.　　　我弄丟了鑰匙。
　③I have lost my keys.　我已經弄丟了鑰匙。

只要翻成這樣，就可以拿到分數了，各位之中可能有很多人都這樣認為，但如果說現在完成式是**中文沒有的時態**，那麼應該無法翻成中文才對。

仔細思考一下，「做了」和「已經做了」傳達的是同一件事情吧？只是語氣和心情不同罷了，而「弄丟」這件事本身是一樣的，對吧？

※ 各位把「昨天做了某事」裡的「做了」→ 全部變成「已經做了」看看，「做了這件事」的事實本身是沒有變的吧？

　　那麼不一樣的到底是什麼呢？

　　透過完成式的圖像就可以解決這個問題。細節我們留到後面再說，不過若只就這兩個英文句子來下結論，就會像下面這樣：

② **lost 是過去式 → 在過去時間點弄丟**

（不清楚現狀、也有可能已經找回來了）

③ **have lost 是現在完成式 → 在過去時間點弄丟，而且「到現在都是弄丟的狀態」**

　　綜合以上內容來看 ② 和 ③，翻譯時不管翻成「弄丟了」還是「已經弄丟了」，其實都 OK，差別只在於「現在有沒有鑰匙」，因此 ② 和 ③ 傳達的內容並不相同！

征服「完成式」的心法

□ 停止用中文翻譯來思考「完成式」，改用圖像來思考！
□ 現在完成式表達的是「已經做了……然後，現在呢？」
□ 「持續／完成、結果／經驗」的用法，不一定有明確劃分！

Anyone who has never made a mistake
has never tried anything new.

Albert Einstein

一個從未犯錯的人必定未曾嘗試新事物。

Albert Einstein

CHAPTER 2-1

現在完成式 (have p.p.)

2-1-1 現在完成式的「圖像」與「3 種用法」

基本概念

基本句型：**have p.p.** (**has p.p.**)

※ p.p. 是 past participle（過去分詞）兩個單字的開頭字母／比起「過去分詞」，寫成 p.p. 比較輕鬆

否定句：have (has) 的後面加 not／常縮寫為 haven't (hasn't)

疑問句：have 放在句子的最前面。　※ 現在完成式的 have 是「助動詞」

常用縮寫：'ve / 's　例如 I have → I've / he has → he's（跟 he is 的縮寫相同）

現在完成式 (have p.p.) 的 3 種用法

① 持續：「（從過去到現在）一直～」
　Mary has been sick with the flu for a week.
　Mary 得流感已經得一個星期了。
　※ the flu（流行性感冒）

② 完成、結果：「（從過去開始）到現在已經做完～（得到結果）」
　The shop has just closed.
　那家店剛剛已經關了。

③ 經驗：「（從過去到現在）有過～的經驗（現在有這種經驗了）」
　Mano and Rino have seen wild koalas in Australia.
　Mano 和 Rino 在澳洲有看過野生的無尾熊。

表示到現在的「箭頭」

　　現在完成式是**將過去～現在連接在一起的「線性」時態**，請利用下面的**箭頭**想像一下。

※ have p.p. 的句型表示「過去／已完成的事（p.p.）在現在擁有（have）」→「過去＋現在式」

過去＋現在＝have p.p

　　有一點也很重要，現在完成式所強調的重點在於**現在**。have p.p. 中的 **have 是現在式**，所以現在完成式是一個**以現在為中心的表達方式**。

※ 透過上面的圖，可以看到在過去的部分（箭尾）是模糊的，而現在的部分（箭頭）則非常清楚，這是為了要強調「重點在於現在」

所有用法都可以用箭頭解釋

　　核心重點 現在完成式就是指向現在的箭頭圖像。用文字說明就是指**持續／完成、結果／經驗**等用法。請注意無論哪種用法都要符合箭頭區域，一起確認下面這幾句英文吧。

☑ 持續：從過去開始，到現在都持續中

She has believed in Santa Claus since she was a child.

她從小時候到現在都相信有聖誕老人。　※believe in ~（確信～）

☑ 完成、結果：開始於過去，到現在才剛剛完成

The results of the election have just been announced.

這次選舉的結果剛剛才公布。　※完成式＋被動語態（have been p.p.）

☑ 經驗：過去累積的經歷，到現在成為「經驗」

Carlos has seen all the *Harry Potter* movies at least five times each.

每部《哈利波特》的電影 Carlos 都看過至少五次。

※each 表示「每；各自」

I haven't heard of that company before.

我以前從來沒聽過那間公司　※否定句（have not p.p.）／before（以前）

持續／完成、結果的部分，都和箭頭表示的區域相符合吧。

只有**經驗**會讓人覺得「這不是過去的事情嗎？」，不過，在英文中表達的是**過去累積的經驗造就「現在」的我**的概念。

方便用在會話之中的現在完成式句子

How have you been?

（最近）過得如何？

※ 和對方許久不見時可以說的話／現在完成式（持續用法）版本的 How are you?，
  詢問對方「不久之前到現在」的近期狀況

You've reached customer service.

客服中心您好。

※ 直譯是「您已連絡上客服部（完成用法）」／接電話的人會說的話（若將來各位到
  海外工作，可能會用到也說不定）

Have you ever tried *okonomiyaki*?

你有吃過大阪燒嗎？

※ 經驗用法／try（嘗試，吃吃看的意思）

Have we met before?

我們之前有見過嗎？

※ 經驗用法／雖然有可能會讓對方覺得「什麼嘛，你不記得我嗎？」，不過這句話其
  實常在商務場合用到，沒有負面的意思

現在完成式中經常出現的語句

現在完成式的不管哪種用法，都是以**過去～現在的箭頭圖像概念**為大前提，做為基礎來使用各種用法，有時也會需要透過細節來區別並確認用的是哪種用法，其中一個判斷標準就是**搭配（和各用法一起使用）語句**，例如「有 never 不就是要用經驗用法嗎？」等等，一起來看看吧。

※ 畢竟只是判斷標準，不見得 100% 要用那個用法

判斷用法（和 have p.p. 搭配使用的重要語句）

	搭配語句
持續	for、over（持續～（一段時間））/ since（自從～以來）/ in last [past] X year（在過去的 X 年間）/ How long（多久～）
完成、結果	just（剛剛、才）/ already（已經）/ yet〔否定句〕（尚未、還沒），〔疑問句〕（已經）/ recently、lately（最近）
經驗	before（以前）/ once（一次、曾）/ twice（兩次）/ X times（X 次）/ How many times（幾次）/ How often（多常）/ ever（至今為止）/ never（從來沒有）/ so far（到目前為止）

💬 How long have you known Karl?
你認識卡爾多久了？
※ 從 How long 可以看得出來是表示「持續」

💬 I have already made up my mind.
我已經下定決心了。
※ 直譯為「已經決定好心中所想」／可以看得出來是表示「完成、結果」

💬 How many times have we walked by this building? I think we're lost.
我們走過這棟樓多少次了？我想我們迷路了。
※ 從 How many times 可以看得出來是表示「經驗」／by（在～的旁邊）

搭配語句的細節　應用

☑ since

副詞 since（把 since 視為一個單字來使用）是指「此後」的意思，加上用來強調語氣的 ever 就會變成 **ever since（在那之後就一直～）**的意思。

另外，介系詞 since 和 ago 的搭配使用（如 since five years ago），還是不要用比較保險（這個用法的評價兩極，一般會使用 for ~（持續～（一段時間））的表達方式）。

☑ over

over 有**「涵蓋」的感覺**，會變成「涵蓋某期間」→「經過～一段時間，～期間」（例如 over the last few months（在過去的這幾個月期間））。

☑ already

帶有**確定**的語氣，基本上會用在肯定句裡，用在疑問句時則表示「已經結束了嗎？」的驚訝感。因為 already 的概念畢竟是確定和肯定，所以無法構成真正的疑問句，只是在確定已經結束之後，對這個情形表示驚訝而已（雖然這是考試不會出的用法，但為了慎重起見還是說一下）。already 可以放的位置非常自由，但大多是放在 **have 和 p.p.** 之間。

☑ yet

相對於表示確定的 already，yet 則是帶著**懷疑**，因此會用在**否定句裡表示「尚未、還沒」，在疑問句裡表達「已經」**。

※ 雖然跟現在完成式沒有關係，但做為副詞使用時表達的「但是」意義很重要　p.108

☑ once

表示「**一次、曾**」的意思，多被放在句尾（表示經驗用法）。

※ 除了完成式之外，表示「曾經」的意思時，多會放在句首和句中／做為連接詞使用時所表示的「一旦～，就～」意義也很重要

☑ ever

雖然 ever 在字典裡有許多意思，但只要用 **ever＝at any time** 的感覺來想就可以了。不過，any 用在肯定句、否定句或疑問句裡時，個別所表達的意義皆不同，這裡也用相同的方式來思考 ever 就行了。

ever 的細節內容

【肯定句】總是　　※ any 在肯定句是表示「任何～」
舉例來說，forever 是指「不管什麼時候（ever）持續（for）～」→「永遠」的意思。whatever 則有著「不管是什麼」、「即使再～也～」的含義。ever 原則上不會用在肯定句，但在下面兩種情況時會出現。
① **主要子句以外**：if 子句中的「（未來的）某個時間」或比較句型中的「到目前為止」
This is the most interesting book that I have ever read.（這是我到目前為止看過最有趣的一本書）
② **慣用表達**：ever since（在那之後就一直～）
【否定句】絕對不是～　　※not ~ ever ＝ never
【疑定句】至今　　※「（過去～現在的任何一個時間點都可以）至今」
Have you ever lived by yourself?（你至今有自己一個人生活過嗎？）

2-1-2　現在完成式的注意事項

無法使用現在完成式的情況

　　如同 for / since / already 等詞語經常和現在完成式搭配使用，另一方面，也有一些詞語是無法和現在完成式一起使用的。雖然這點經常會用「現在完成式無法和表達過去某一個時間點的詞語一起使用」來解釋，不過，核心重點 **現在完成式原本就是以現在為中心，所以無法和表達過去式的語句搭配使用**，這也是理所當然的。

① 表示過去某一個時間點的詞語

> yesterday（昨天）/ last night（昨晚）/ ~ ago（～前）/ then（那時）/
> when I was a child（當我還是小孩時）等等

×) I haven't slept last night.

◎) I didn't sleep last night. 我昨晚沒睡。

※ 如果是 since last night 之類的話，那就不是「過去的某一個時間點」，而是「過去～現在的一段期間」，所以使用現在完成式是 OK 的

+α | just now 的誤解及兩種含義

　　「just now 不能用在現在完成式裡（一定得使用過去式）」，以前老師都這麼教（我也是這樣學的）。但是現在 just now 卻出現了兩種意思，**「剛才」→ 使用過去式、「現在才剛」→ 使用現在完成式**，認為這個用法 OK 的母語人士越來越多，連 have just now p.p.（現在才剛做了～）的表達方式也可以。

② 用來詢問過去某一個時間點的詞語

> what time（什麼時候）/ when（何時）　　※ 可以和連接詞的 when 一起使用

×) When have you visited Sendai?

◎) When did you visit Sendai? 你何時去仙台的？

與過去式的差異（以圖像來思考）

之前說過，在翻譯的時候，用「做了～」、「已經做了～」這種譯文來區別過去式和現在完成式，是沒有任何意義的（p.72）。重要的是「想要表達的範圍到哪裡？」的這個觀點。

現在完成式是**線狀的（過去＋現在）**，過去式則是**點狀的（只有過去）**的感覺。

※「點」指的不是「一瞬間」，而是指「不超出過去時間的範圍」的意思。當然，過去時間的範圍也有可能是「很長的一段時間」

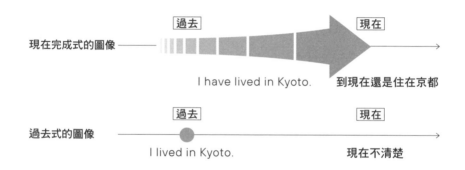

現在完成式的圖像 ── 過去 ── 現在
I have lived in Kyoto. 到現在還是住在京都

過去式的圖像 ── 過去 ── 現在
I lived in Kyoto. 現在不清楚

+α 過去式 finished 與現在完成式 have finished

雖然兩者都表示「結束了」的意思，不過**過去式傳達「某事結束在過去」**，而**現在完成式則有暗示「現在仍然受到影響」**的意味。舉例來說，「（結束後）接下來要做什麼？／我們去玩吧」這種，現在完成式則會有細微的不同，變成「現在要做什麼？」的語氣。

資料 也能用過去式取代

也許是覺得現在完成式很麻煩，原本應該使用現在完成式的地方，有不少母語人士會直接改用過去式，這點是事實（特別是美國人）。

※ 但是，我覺得我們應該盡可能忠於正確的文法，在使用現在完成式上多花一點功夫。如果可以用現在完成式流暢開口說，也就表示你的英文會話實力具有相當的水準

Chiaki and Daiki decided to get married in April.
Chiaki 和 Daiki 決定在四月結婚了。

※ 如果是「之前決定了要結婚，那份決心到現在都還持續存在」，應該要使用 have decided，不過其實有時用過去式 decided 就可以了

思考轉換 自然的現在完成式語感

普通的文法題通通常只會出「要求判別是三種用法裡的哪一種」的題目，
不過如果是句子很長的題目，就會出現許多「難以判別」的英文。
接下來會針對即使是英文高手也容易誤解的內容進行解說。

注意 ①「從特定的語句能判別是哪種用法」……那可不一定！
幾乎所有考生都對「有 for 或 since 的話，就是持續用法」這點深信不
疑。大部分情況下的確是如此，但絕對不是 100%。雖然下面這句英文
「多半」表達的是持續，但也有可能是其他用法。

驗證句：I have studied English for two years
　　　　◎）持續（兩年期間都一直在念英文）
　　　　○）完成、結果（完成念兩年英文的動作）
　　　　○）經驗（曾念過兩年英文）

不管是哪種用法，主要還是必須利用上下文來區分。

※ 我自己學的也是「看到 for / since 就絕對是持續用法」，所以花了很長的時間才擺
　脫這種誤解。我想沒有文法書可以清楚解釋這一點，不過請各位透過閱讀大量英文
　來親自驗證看看吧！

注意 ②「能清楚明確地區分各種用法」……那可不一定！
事實上，現在完成式的句子並不一定能夠被清楚分類為哪一種用法，有
時也會有多種用法混用的情形。

> It's been a while.
>
> 好久不見。
>
> ※ 直譯是「已經過了一段時間」（a while（一段時間））／英文中沒有可以直接
> 　翻成「好久不見」的表達方式，因此會用這個說法來表達（說 It's been a long
> 　time. 也 OK）

這句話容易被誤解成是**持續**（經過一段時間）用法，但也可以想成是**完結**
（沒有見面的一段時間，到現在結束了）。
重點在於，不要以用法來分類，而是改用**從過去到現在的箭頭圖像**來
看，如果可以因此理解這句是**持續＋完結用法**的話是最好的。
今後會遇到許多無法分辨用法的現在完成式（句子越難越是如此），所以
雖然要請你把這個**小觀念**（以三種用法來分類）留在腦海裡，但也要請你
留意**大觀念**（可以解釋三種用法的箭頭圖像）的存在。

補充 **Long time no see. 表示「好久不見」的慣用表達**

　　這是一個文法崩壞的表達方式。據說這是在早期英國和中國在貿易時，中國商人將中文的「好久（long time）／不（no）／見（see）」直接翻成英文所留下來的說法。

　　在英文會話書中，會說這種表達「可以在輕鬆的情境下使用，不能對長輩使用」。因為是較隨意的用法，所以最好不要在正式場合使用比較好。

追加英文 ───────────────────────────

請翻譯以下句子。

(1) Have you attended university since 2021?

(2) A: Have you seen Arnold today?

　　B: Yes, I have. He's at his desk.

(3) Have you ever heard of Burger King?

　　※ Burger King 是「漢堡王（全世界都有分店的速食連鎖店）」

解答範例 ───────────────────────────

(1) 你從 2021 年開始上大學的嗎（你是在 2021 年入學的嗎）？

(2) A: 你今天有看到 Arnold 嗎？

　　B: 有，我有看到。他在自己的位子上。

(3) 你有聽過漢堡王嗎？

　　※ 當想問對方「你知道～嗎？」這句時，突然冒出 Do you know ~?，會有好像在測試對方有沒有常識，有時會讓人覺得很失禮，因此多半會使用 Have you [ever] head of ~? 表示「（到目前為止）你有聽過～嗎？」來詢問／Do you know 人 ? 這句會變成是詢問「你認識某人嗎？」的意思

CHAPTER 2-2

過去完成式（had p.p.）

2-2-1 過去完成式的「圖像」與「3 種用法」

基本概念

基本句型：had p.p.

※ 與現在完成式一樣有「持續／完成、結果／經驗」的用法（英文範例請見內文）

把現在完成式「剪下＆貼上」而已

　　將現在完成式表示**從過去到現在的箭頭圖像**，剪下＆貼上往過去時間一放，過去完成式就完成了。

| 過去的過去 | 過去 | 現在 |

　　重點在於箭頭的前端緊貼著**過去的一點**。現在完成式雖然是以**現在為基準**（到現在為止的箭頭），而過去完成式則是以**過去的某一個時間點為基準**（到過去時間點的箭頭）。換句話說，核心重點 **過去完成式表達的是到過去的某一個時間點的箭頭（持續／完成、結果／經驗）**。讓我們一邊想著這個箭頭、一邊看看英文範例吧。

(1) 表示持續「（到過去的某一個時間點）曾經一直～」

I <u>had lived</u> in Kyoto <u>for three years</u> when I <u>moved</u> to Fukuoka.
　①～②　　　　　　　　　　　　　　　　②
在我搬到福岡之前，曾在京都住過三年。

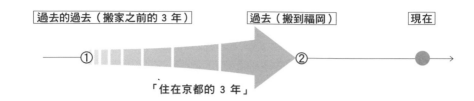

過去的過去（搬家之前的 3 年）　　　　過去（搬到福岡）　　　　現在

「住在京都的 3 年」

※ ① 的時間點稱之為「過去的過去」，表示「比某個過去時間點更久遠的過去」的意思。（但不一定是「非常久遠的過去」）

　　過去完成式 had lived 表達的是 ①～② 的這個區間。換句話說，表示到 ② 時間點（搬到福岡時的某一個過去時間點）的**持續**狀態。

補充 **表達的不一定是很久以前的事**

　　過去完成式表達的不一定是「非常久遠的過去」。舉例來說，以 5 分鐘前做為基準的話，從那個時間點再往前倒轉 10 分鐘（也就是現在起往回算的 15 分鐘前）就可以用**過去的過去**來思考，**與實際時間的長短無關**。下面範例就是**用過去完成式來描述剛發生過的事**。

> I had been asleep for 10 minutes when the telephone rang.
>
> 到電話響的時候，我睡了 10 分鐘
>
> ※ 持續用法／例如現在是 23:05，假設電話響的時間是 23:00，那麼「睡著」的時間點就會是 22:50。（電話響的 23:00 的 10 分鐘之前）

(2) 表示完成、結果「（到過去的某一個時間點）做完～、結果～」

> Matt had already left home when the delivery person brought the package.
>
> 當配送員把包裹送來時，Matt 已經離開家了。

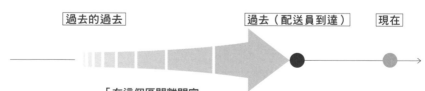

過去的過去　　　　　　　　　　過去（配送員到達）　　　　現在

「在這個區間離開家」

也就是在過去的某一個時間點（配送員來的時候）之前就「已經**完成**離開家的動作」了。

(3) 表示經驗「（在過去的某一個時間點之前）有過～的經驗（到那個時間點已經有經驗了）」

> I had never gone abroad until I was 28.
>
> 我到 28 歲之前都沒出過國。
>
> ※ 這是我的個人經驗（因為我想證明，就算沒去留學也一樣能精通英文）

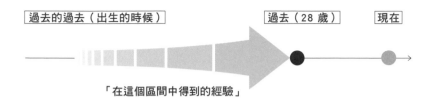

表示「從出生開始到 28 歲的這個過去時間點為止的**經驗**」。

(4)「過去的過去」的用法（以上三個用法以外的用法）

had p.p. 除了三種用法（持續／完成、結果／經驗）以外，還有一個單純表達**過去的過去（比某個過去時間點更早）**的用法。雖然在英文裡會使用過去式（played 或 taught 等等）來表達過去的事物，但並不存在用來表達比這更之前的「過去的過去式」，在沒辦法之下只好改用 had p.p. 來表達。

> ※ 小說裡會用「過去式的口吻」來呈現，當要描寫在那之前的事物時，經常會大量使用過去完成式。透過閱讀自己喜歡的作品的英文版來學習，也是很有趣的喔（請用作品名和「英文版」等關鍵字來查詢看看）

> I lent her the book which I had bought the day before.
>
> 我把我前一天買的書借給了她。
>
> ※「借出」是過去式（lent），「買了書」則應該是比「借出」的時間點更之前（過去的過去），因此「買了」會使用 had bought 的句型

+α 有時也可以改用過去式

似乎連母語人士有時都會覺得要用 had p.p. 這個文法很麻煩,所以經常發生「本來應該使用過去完成式(had p.p.)」的地方卻使用過去式的情況。特別是在說明**動作發生的先後順序時**,或是前後關係很明**確的情況下**(有 before 等)。

※ 當母語人士這樣用時,就心想「啊,原來是嫌麻煩才這麼用的啊」,微笑帶過就好

I smoked two packs of cigarettes a day before I quit.

在我戒菸之前,我一天要抽兩包菸。

※「戒菸」是在過去的某個時間點,由於「抽菸」這個動作是「更早之前」,因此理論上應該要用 had smoked 表達,但這裡卻使用過去式 smoked / quit(戒除)(quit 的過去式和過去分詞都是 quit,在這裡是過去式)

聽的時候很好用的「完成式的圖像」 應用

The bus had already left when I arrived at the bus stop.

公車在我到達公車站牌時已經開走了。

這個句子從 when 開始翻,最恰當的翻法是「到達的時候,已經開走了」。但如果你把注意力放在時態上,你會發現這句英文是按照**過去完成式(had already left)→ 過去式(arrived)**的順序寫的,與兩件事的實際發生順序一致。

| 過去的過去 | 過去(到達公車站) | 現在 |

在這個區間的某處「開走」

實際的順序(公車開走 → 我到達)與**英文的順序**(過去完成式 → 過去式)相同,所以如果從左到右把這個句子翻出來,並聽出「公車開走了 → 那個時候(when)我才到達公車站」的意思,一聽就能直接理解其中意思。

※ 這個句型(S had p.p. when s +過去式)經常用到　p.128

思考轉換 超難的完成式題型

在難度平均的升學測驗中，曾出現過連英文老師們都覺得難的超難題目。

"Have you ever seen that movie?"

"Yes. When I was in Tokyo, I (　　　) it three times."

1. had seen　　2. have seen　　3. saw　　4. would see

（擷錄自日本大學升學測驗）

覺得句意是「有看過三次的經驗」，所以選 1. had seen 的考生占大多數，但在這裡是不能用完成式的。

※ 雖然有時會用「在某特定期間內的經驗不能使用完成式」來解說這個題目，但突然告訴考生這種細節，要用在解題上也很難吧

完成式是指**到一個明確時間點為止的箭頭**，反過來說，**沒有明確時間點的話**是無法使用完成式的。這裡的 When I was in Tokyo，因為**沒有明確的時間基準**，所以不能使用過去完成式，只能使用過去式。

※ 解答：3. saw　翻譯為「你有看過那部電影嗎?」「有，我在東京的時候看了三次。」

I chased Hanada Hanako for two years when I was young.

我年輕的時候，追 Hanada Hanako 追了兩年。

※ chase（追趕；（做為粉絲）追逐）

這個英文句子也是相同概念。在「（範圍很廣的）年輕時候的其中兩年」這句話中，沒有明確的時間基準。「只要是在年輕時候的範圍內，不管哪兩年都可以（國中時期的兩年或高中畢業後的兩年等等，都可以）」。因為不是「有明確時間基準的兩年」，所以不能用 had p.p. 而是使用過去式（chased）。

※ 如果句子改成「到 20 歲的兩年」或「到高中畢業的兩年」的話，那就有明確的時間基準了

說個題外話……因為**沒有時間基準就無法使用完成式**，所以如果有「在沒有時間基準下用來表示經驗的時態」的話，只要把句子改成那個句型就行了（假設這個虛構的時態句型是 hax p.p. 之類的）。然而，（朝越來越簡略的目標發展的）英文並沒有產生新的句型，而是**改用已經存在的過去式**。因此，與其說是「積極選用過去式」，不如說是「因為不能使用過去完成式，所以只好改用過去式來代替」，這是我個人的見解。

CHAPTER 2-3

未來完成式（will have p.p.）

2-3-1 　未來完成式的「圖像」與「3種用法」

基本概念

基本句型：will have p.p.

※ 和現在完成式一樣有「持續／完成、結果／經驗」的用法（英文範例請見內文）

未來完成式也是「現在完成式的剪下＆貼上」

　　未來完成式（will have p.p.）就只是將現在完成式（從過去到現在的箭頭圖像）剪下＆貼上到未來時間而已。

| 過去 | 現在 | 未來 |

　　現在完成式是**到現在為止的箭頭**，過去完成式是**到過去某一個時間點的箭頭**，核心重點 未來完成式是到未來的某一個時間點的箭頭。相信各位已經對完成式有相當程度的理解了吧。讓我們一邊留意箭頭、一邊確認各種用法，提高對完成式的理解程度吧。

(1) 持續：「（到未來的某一個時間點）會是～」

My parents will have been married for 25 years next month.
我父母到下個月就結婚滿 25 年了。

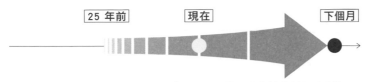

「在這個區間一直維持著結婚的狀態」

　　表示**持續**到未來某一個時間點（下個月）的狀態，最重要的是完成式的箭頭前端時間點（在這裡是「下個月」）。另一方面，箭頭的開端（左邊）時間點不明確也 OK。

　※ 這個句子的箭頭開端部分，正好是比現在再更早（25 年前）的時間點，不過這點對完成式箭頭來說其實不重要

(2) 完成、結果：「（到未來的某一個時間點）應該會完成（某動作或得到某個結果）～吧」

The snow will have already melted by this afternoon.
雪到今天下午就會融完了吧。

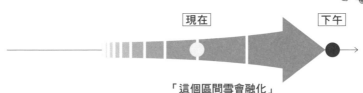

「這個區間雪會融化」

　　這句要傳達的是，到未來的某一個時間點（今天下午）的時候「雪會融完」的完成狀態，也就是會在箭頭區間的某處開始融雪，且到今天下午會**完成**融化這個動作的意思。

(3) 經驗：「（到未來的某一個時間點以前）會有～的經驗吧」

If Nicole changes jobs in April, she will have changed jobs six times.
如果 Nicole 在四月換工作的話，她就換六次工作了。※ change jobs（換工作）

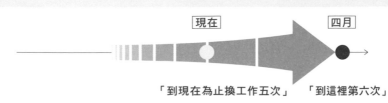

「到現在為止換工作五次」　　「到這裡第六次」

　　表示在未來的某一個時間點（四月）為止所累積的全部**經驗**（總共六次）。

總結 完成式箭頭圖像總整理

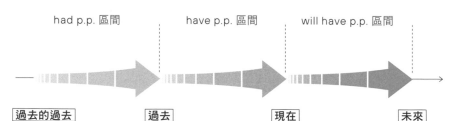

had p.p. 區間　　　　　have p.p. 區間　　　　　will have p.p. 區間

過去的過去　　　　　過去　　　　　現在　　　　　未來

※ 基本上是將「現在完成式（到現在為止的箭頭）」剪下＆貼上在過去和未來時間的感覺

追加英文

請翻譯以下句子。

(1) Ayaka had already made up her mind to go out with Ren when Arata asked her to go out with him.

(2) Himari had never had her own smartphone until her parents bought her one for her twelfth birthday.

(3) At the end of this month, Mr. Blair will have worked at this company for two years.

解答範例

(1) 當 Arata 邀她一起出去的時候，Ayaka 已經決定要和 Ren 出去了。

(2) Himari 在父母買手機給她當 12 歲的生日禮物之前，從來沒有自己的手機。

(3) 在這個月底，Blair 先生就在這間公司工作兩年了。

CHAPTER 2-4

現在完成式的應用

2-4-1 現在完成進行式（have been -ing）

加強「一直在做～」感覺的現在完成進行式

　　現在完成進行式，如同字面所示就是**現在完成式＋進行式**。藉由合併現在完成（一直）與進行式（在做～），用來表達「一直在做～」的意思。

　　核心重點**是加強現在完成式，表示持續意思**的用法。

> The number of subscribers to on-demand video services has been growing rapidly over the last ten years.
>
> 隨選影音服務的訂閱人數在過去十年間持續快速成長。
>
> ※ subscriber（to ~）（（～的）訂閱者，會員）

補充 **have been -ing 句型的演變圖像**

	現在完成	have p.p.
＋）	進行式	be -ing
現在完成進行式		have been -ing

※ p.p. + be → been

「現在完成式（持續）」和「現在完成進行式」的區別是？ 延伸

　　這也是會讓老師欲哭無淚的問題，不管哪一本文法書都寫著「現在完成進行式是用在從過去到現在都持續著的事物上。但也可以用在稍早之前剛結束的動作上。另外，有時也會出現現在完成式和現在完成進行式表達意思幾乎相同的情況。」，這種說明簡直就是什麼都沒說清楚。總之這些說明要表達的是「現在完成式和現在完成進行式之間沒有清楚明確的分界」，不過本書將會嘗試制定更明確的規則。

　　※ 雖然要完全區分是不可能的事，但以下的說明應該能幫助各位整理思緒

請把現在完成進行式想成是在想要強調**持續的語氣**時使用的句型。

have been -ing 所表達的是「持續不斷進行著」的感覺。因此（雖然最終還是得透過上下文來判斷）大部分情況下都會傳達出「今後也會按照這樣的情況繼續進行下去」的感覺。

> Stock prices have been rising steadily over the last six months.
> 股價在過去的六個月裡一直穩定上揚。　　※ stock（股票）

先前雖然有說過（p.81），在使用現在完成式的情況中「就算有 for / since，也不一定就是持續進行的意思（有可能是其他的意思）」，但這裡想要說明的是，現在完成進行式確實是**表達持續的用法**。

☑ 現在完成式：靠上下文來判斷是什麼意思

I have studied English for seven years.

※ 表示持續的「一直在念書」／表示完成、結果的「念了書」／表示經驗的「念過書」都是可能的語意（當然多半是表達「持續」的意思）

☑ 現在完成進行式：持續進行的意思！

I have been studying English for seven years.

※ 表示持續的「7 年以來一直都在念書」／有「今後也會持續下去」的感覺

到目前為止講的都是動作動詞。因為**狀態動詞無法用在進行式裡**（p.59），因此在這種情況下（沒其他辦法）只能用 have p.p. 來表達持續的意思。I have lived in Tokyo for five years. 表示持續的「5 年來一直住在」／完成、結果的「住了」／經驗的「住過」這三種語意都有可能（當然表達「持續」的意思較多）。

＋α have been living 的型式

狀態動詞也有例外可以變成進行式來用的情況，所以也會出現 have been living 的型式。

> Mr. Takenaka has been living in Gifu since 2020.
> Takenaka 先生從 2020 年以來一直都住在岐阜。
> ※ 表示暫時性／表達出將來可能會搬家的語氣／live 的進行式請參照 p.62

總結 想要表達「持續」時的原則

> **動作動詞**：使用現在完成進行式（have been -ing）的話就不會誤會
> **狀態動詞**：可以現在完成式（have p.p.）代替

只要剪下＆貼上，就能解決過去完成進行式與未來完成進行式

　　這跟把現在完成式剪下＆貼上到不同時間，就會變成過去完成式或未來完成式的概念相同，把現在完成進行式剪下＆貼上到過去的話，就會變成**過去完成進行式（had been -ing）**，貼到未來的話就會變成**未來完成進行式（will have been -ing）**。

The meeting had been going on for two hours when Chelsea had to leave.

當 Chelsea 不得不離開時，那場會議已經持續進行了兩個小時。

※ go on（持續進行）／也可以理解成「會議開了兩個小時 → Chelsea 離開」

We will have been flying for 10 hours and 15 minutes when we start our descent into Seattle.

當我們開始降落西雅圖時，應該已經飛了 10 小時又 15 分鐘。

※ 機上廣播／descent（下降）／為什麼 start 是現在式的理由請參照 p.160

總結 12 個時態

　　以 3 欄（過去、現在、未來）X 4 列（基本時態、進行式、完成式、完成進行式）的表格，理論上可以統整出 12 種時態。

時態的 3 X 4 組合（動詞部分以 do 表示）

	過去	現在	未來
基本時態	did	do / does	will do ※ 也有可能出現 will 之外的表達方式
進行式	was[were] doing	am[is / are] doing	will be doing
完成式	had done	have [has] done	will have done
完成進行式	had been doing	have [has] been doing	will have been doing

※ 有關 will 請參照 Chapter 5

2-4-2 現在完成式的常用表達方式

時間流逝的表達方式 (之一)

「～之後經過 年月 」

> ① 年月 have passed since sv (過去式)　※since sv 的 v 是「過去式」
> ② It has been 年月 since sv (過去式)
>   ※因為有 since 所以是現在完成式 (has been)
> ③ It is 年月 since sv (過去式)　※和 ② 的句型相同，即使 has been → is 也 OK

　　「時間經過」的表達方式，與現在完成式所傳達的感覺（從過去到現在）一致。另外，經常出現混合使用 ①＋② ×）It has passed 的錯誤，請多加小心留意，這種表達方式之所以是錯的，是因為「不是 It 經過」，而是「 年月 經過」的緣故。再來，請想想看 ③ 這個說法，是因為混合了「表達時間的 It is 」後才變成能用的表達方式（升學考試或英文報紙上經常看到這種句型）。

Three years have passed since we graduated from junior high school.
　＝ It has been three years since we graduated from junior high school.
　＝ It is three years since we graduated from junior high school.
我們已經國中畢業三年了。

時間流逝的表達方式 (之二)

「～年前過世」

> ① died ~ years ago　※die 是動詞「死」／只是過去式 (died) 的表達方式
> ② have been dead for ~ years　※be dead 表示「死亡的」(dead 是形容詞)

He has been dead for five years.
他已經去世五年了。
※直譯是「已經維持死亡的狀態五年了」／直譯的問題會在 思考轉換 中解說

補充 「○年前死亡・死亡後經過○年」的替換說法

He has been dead for five years. 可以替換說成 He died five years ago. / Five years have passed since he died. / It had been five years since he died. / It is five years since he died. 等不同的表達方式。

have been to ~ 和 have gone to ~

have been to ~	【完成】	剛去過~回來
	【經驗】	有去過~
have gone to ~	【結果】	已經去了~（人已經不在現場）

have been to ~ 有兩個意思，不管哪一個都有著「現在人在這裡」的意味。（be 是「在」的意思）。

另一方面，go 有「離去」的感覺，因此會變成「得到去這個動作的結果，人已經不在這裡了」的意思。

A: Where have you been?
B: I've just been to the station.
A: 你去了哪裡？
B: 我剛剛去了車站回來。
※ A 句的最後雖然沒有 to，卻有副詞片語「to 地方」變成疑問副詞 Where 的感覺

A: Have you ever been to Kanazawa?
B: No, I never have.
A: 你有去過金澤嗎？
B: 沒有，我從來沒去過。
※ 回答是 I never have. 這個語序（= No, I have never been to Kanazawa.）

She has gone to Amsterdam.
她已經去阿姆斯特丹了。　※人現在不在這裡了

+α 連母語人士都會搞混的 have been to ~

　　越來越多母語人士會在應該使用 have been to ~ 的情境中使用 have gone to ~，這樣在表達**經驗**時，就會變成 I have gone to Kanazawa twice.（我（離開）去金澤兩次）。

※ 刻意打破文法規則沒有任何好處，我們還是使用文法正確的句子吧

不用 never / once / twice 等來表示「經驗次數」

This is the first time s have p.p.
s 是第一次做～

This is the first time he has said "Papa."
這是他第一次叫「爸爸」。

思考轉換 語言會透露出生死觀

He has been dead for five years. 如果直譯成「已經維持死亡的狀態五年了」，感覺會相當不自然吧。我想這是因為背後所表達出來的英語系國家**生死觀**而造成的。

※ 以下會將「英語系國家」視為「歐美」（並不是所有英語系國家或歐美國家都一樣，但為了方便解說，我們就專注於說明本身）

在歐美會認為**人是由靈魂（soul）和肉體（body）結合而成**的。由於**靈魂不滅**，所以 soul 最終最理想的去處就是天國，但 **body 則是有期限（壽命）**的，最後會變成 dead 的狀態被埋葬起來，所以 He has been dead for five years. 的 He 指的是 his body。

※ 由於 dead 的一定是 body（靈魂不滅所以不可能 dead），不用刻意說 his body，只用 He 就能順暢溝通了

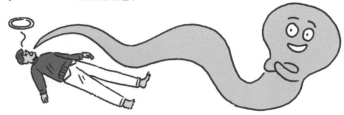

簡而言之，He has been dead for five years. 是「他的<u>肉體</u>（body）<u>已經處</u><u>於死亡的狀態</u>（has been dead）5 年了」的意思。

這一點只要看歐美恐怖電影就可以理解了。處心積慮害人的（大魔王等級）惡魔，身上會同時有許多邪惡的靈魂，那是因為會有惡人出賣靈魂給惡魔。順道一提，「出賣靈魂給惡魔（sell one's soul to the devil）」是「（為了金錢等好處）違背良心的行為」（這些都是會出現在英文字典裡的慣用表達方式）。

因為靈魂本身沒什麼戰鬥力（應該很弱），所以不管怎樣都需要能吸收靈魂的 body，而沒有靈魂的 body（也就是屍體）就只能被埋在墓地（地面下）裡了。**惡魔將死亡的（dead）肉體（body）裡放入邪惡的靈魂（soul），<u>僵屍</u>（zombie）就出現了**，所以僵屍才會從墓地裡爬出來。

有這樣的背景觀念，當然就會習慣用 He has been dead for five years. 這種說法來表達囉。

整理一下重點吧！

連接詞

INTRODUCTION

如果被問到「because 是什麼？」的時候？

假如有個不太會英文的朋友問你：「喂，because 是什麼？」的時候，各位會怎麼回答呢？

我想大家都會回答「因為～（所以～）」這個翻譯的意思吧。但是，光憑這種回答是無法融會貫通連接詞的。

連接詞，不，英文中最重要就是**句型**。因此理想的回答方式是「because 是用來連接副詞子句的從屬接連詞，會以「Because sv, SV.」句型來表達。當然，聽到這個回答的朋友也許會說：「呃，我想問的不是這個⋯⋯」，從屬連接詞的重點不只是「如何翻譯」，對於句型（Because sv, SV. / SV because sv.）的注重也是非常重要的。

特別活躍於長句之中

雖然 because 或 if 等連接詞，大多都是簡單的詞語，但其中像 the moment 這種不被認為是連接詞的詞語也相當多（the moment 絕對不是少見的詞，也曾出現在考試題目之中，相較之下算是滿常看到的）。尤其「不擅長長句」的人，可能其實是弱在從屬連接詞等等的地方，因為不懂從屬連接詞的話，就無法掌握英文的結構。還有像是**同位語的 that**，或一定會在長句理解題型中出現的詞語等等，都會帶大家在這個 Chapter 中精通掌握。

連接詞聽起來沒有什麼，但是一旦你掌握了它們，掌握英文句子結構的能力便會大大提高，成為閱讀長句時的有力武器。正因如此（其他文法書都是在非常後面才會開始提到）本書才會這麼早就提及並學習連接詞。今天學到的東西，一定可以在明天派上用場。

※ 除了升學測驗以外，在資格證照測驗、英文報紙、英文新聞等等，都可以看到連接詞的活躍身影

2 種「連接詞」

連接詞有**對等連接詞**與**從屬連接詞**兩種,各自擁有不同的思維模式。兩者的共通點在於都有**連接某物**(連接在一起)的意義(所以才被稱之為連接詞),但**使用方法**(連接方式)有所不同(順道一提,本章節一開始出現的 because 是從屬連接詞)。

連接詞的整體印象

> (1) 對等連接詞(and / but / or 等等)
> (2) 從屬連接詞(when / if 等等許多)
> ※ 用來連接副詞子句(一部分會是連接名詞子句)

征服「連接詞」的心法

> ☐ 連接詞「句型」很重要
> ☐ 光聽名字覺得沒什麼,但學會就可以培養閱讀長句的實力!
> ☐ 連接詞有兩種(對等連接詞、從屬連接詞),思維模式不同

All things are difficult before they are easy.

Thomas Fuller

萬事起頭難。

Thomas Fuller

※ 比較自然的 before 翻譯方式,請參考 p.128

CHAPTER 3-1

對等連接詞（and 型連接詞）

3-1-1　基本的對等連接詞（之一）
主要的對等連接詞 and / but / or

對等連接詞的三個類別

對等連接詞有**將兩個相等（對等）事物相連接的作用**。以下將對等連接詞分為三個類別解說。

對等連接詞的三個類別

(1) 主要的對等連接詞 and / but / or
(2) 次要的對等連接詞 for / nor
(3) 做為對等連接詞使用的單字 so / yet　※原本是副詞，但也會做為連接詞使用

亦可連接詞組

核心重點 **比起如何翻譯，and / but / or 的「作用（把什麼跟什麼連接在一起？）」才是重點**。不僅僅能連接**單字與單字**（例如 cats and dogs），還可以連接**詞組與詞組**（片語跟片語、子句跟子句）。

Linda stays young by eating a healthy diet and exercising every day.
Linda 透過每天攝取健康的飲食及運動來保持年輕。

※ and 連接在 by 後面的名詞片語（eating a healthy diet 和 exercising）／every day 都進行 eating a healthy diet 和 exercising 的兩種（修飾作用）

連接「3 個」時，用 A, B and C 的型式

句型：A, B and C　※ and 的前面加逗號，變成 A, B, and C 也可以
注意：避免用 A and B and C 的句型（會給人冗長又幼稚的印象）
連接 4 個以上的情況：A, B, C, ~ and X　※ and 暗示「下一個是最後一個」
翻譯方式：中文會統一用頓號來分隔各項，並用「和」、「及」等字連接最後一項，翻成「A、B 和 C」。

> I've been to Canada, the United States, and Mexico.
> 我去過加拿大、美國和墨西哥。

> Finish the work by tomorrow! No ifs, ands or buts.
> 明天以前完成那項工作！不要找任何藉口。

　　使用 or 的方法也是 A, B or C 這種句型。雖然看起來有點特別，但 No ifs, ands or buts. 這個句子，其實只是把連接詞 if / and / but **名詞化**（在字尾加上代表複數的 s），再用 A, B or C 的句型相連接而已。

　　※ 這個慣用表達，直譯是「不要假如（條件）、還有（追加）或可是（反駁）」→「不要找任何藉口、不要說這麼多、不管怎樣」等等，有各式各樣的譯法

表示「也就是」意思的 or

　　除了「還是」、「或者」以外，or 還有「也就是」的意思。這意思沒有什麼特別的，只不過是從「或者」衍生出來的字義而已。**A, or B（A 的說法，或者 B 的說法）→ 變成「A, 也就是 B」（在這種情況下，必須在 or 的前面加上逗號）。**

　　※ 有很多人雖然知道這個意思，但在長句裡看到的時候，多半就忘得一乾二淨了。「出現在困難單字後面的 or」請用「也就是」來想看看

> USB, or Universal Serial Bus, is an industrial standard for computer connectors and has been around since 1995.
> USB，也就是通用序列匯流排，是一種自 1995 年起盛行的電腦連接裝置的業界規格（業界標準）。
> ※ be around（在周圍）→「問世」、「盛行」

關於 and 和逗號　應用

　　即使是英文高手，在寫作時也經常在 and 的前後不小心加上逗號。的確，雖然逗號的規則常常模糊不清（連母語人士也經常意見分歧），但下面這些大原則就先掌握起來吧！

☑ 大原則：有 and 的話不需要逗號

　　原本 and 就是連接詞（用來連接），所以前後不需要逗號。

☑ 逗號不能取代連接詞

　　在英文的世界裡**不能「只用逗號連接句子」**。因此 X) SV, SV. 等等的句型絕對是錯的（考試時會大扣分）。**一定要使用具有連接作用的詞語（連接詞、介系詞、分詞構句等等）**來連接句子。

資料　多用逗號比較好的情況

☐ A and, (M) B

　　在 and 的後面插入副詞（M）讓句型變成 A and, (M) B 的話，常會在 and 的後面加上逗號（但不是絕對會加）。因此在看到 A and, 的當下，就可以知道是 A and, (M) B 的句型了。例如 Julie is a quick learner and, more importantly, she has a strong sense of responsibility.（Julie 是一個學東西很快的人，更重要的是，她的責任感很強）這句英文。（這句裡的 more importantly 的後面出現了逗號，是為了讓這裡的 M 更容易理解。這是自然形成的句型，後面的逗號也可以忽略沒關係）。

☐ A, B and C / A, B, and C 這兩種都 OK

　　and 的前面有沒有逗號都可以（有些文法書會強調是「必要」的，但事實上是因人而異，所以哪一種都 OK，但自己在寫的時候請統一使用一種就好）。

　　※ 關於這個逗號，如果在網路上用「Oxford comma（牛津逗號）」查詢的話，就會出現各式各樣的討論（考試用不到）

☐ SV, and SV

　　and 用來**連接 SV** 時，多半會加上逗號（這個逗號是相當有用的）。透過這個逗號，可以強烈表達出「暫時中斷在這裡」的感覺。

> Our company's team-building event will be held this weekend, and nearly seventy employees are expected to attend.
>
> 這週末我公司將舉辦團隊建立活動，預期會有將近 70 名員工參加。
>
> ※ 這是 SV, and SV 的句型／如同這句的翻譯，不需要刻意將 and 翻出來

FAQ 為什麼母語人士的老師會說「句子開頭出現 But 不好」呢？

△) SV. And SV. / SV. But SV.

◎) SV, and SV. / SV, but SV.

※ 用 and / but 連接 SV 時，前面經常加逗號

　　避免在句首使用 And / But 的理由，是因為**「這樣一來 And 和 But 都無法發揮出原本身為連接詞的功能」**。母語人士認為「句子已經結束在句號了，所以不需要連接詞（也就是 And / But 是多餘的）」（英語系國家的小學和國中多半會這樣教），當然，如果沒有句號，那就需要 and / but。

　　在寫作測驗中最好避免用在句首，然而，我想你在其他情況下，會經常看到這種用法。例如，在長句中將具體內容羅列出來後，下個句子的開頭經常會用 And 來表示「那麼，來總結一下」的意思。

　　另外，在對話中想要「補充些什麼」的時候，經常會在句首使用 And 表示「還有～」，而想找「藉口」時，則會在句首加上 But 表示「但是～」的意思。例如 But I didn't have time.（但是我沒有時間啊）。

　　所以，對於句首出現的 And / But，只要想著「自己不要這樣寫」，看到的時候可以直接忽略。

3-1-2　基本的對等連接詞（之二）and / but / or 以外

次要的對等連接詞 for / nor

介系詞 for vs. 連接詞 for

	介系詞 for	連接詞 for　※正式用法
句型	後面接名詞	for 的後面接 SV（SV, for SV. 的句型）
意思	有「方向性」、「理由」等各式各樣	傳達理由或補充説明「因為～」
其他	核心概念是「方向性」p.676	原則上 for 的前面都會加逗號

I bought an electronic dictionary for you.

我為你買了電子辭典。　※介系詞 for

I bought an electronic dictionary, for you said that they were on sale.

我買了一台電子辭典，因為你説正在打折。　※連接詞 for

資料 連接詞 because 和 for 的差異

	because	for
詞性	從屬連接詞	對等連接詞
句型	SV because sv. Because sv, SV.	SV, for SV. ×）For SV, SV.
連接主要子句	與主要子句之間具有強烈的「因果關係」	對於主要子句的「補充説明」
強調句（p.883）	可以使用 It is because ~ that ~	不可使用
修飾	可以用 only / just / simply 等等修飾（放在 because 的前面）（p.395）	不可修飾

※關於 nor，請參考 neither A nor B（p.109）和 Nor VS.（p.902）的説明

做為對等連接詞使用的單字 so / yet

so / yet 原本是副詞，但可以借用連接詞 and 的力量變成接連詞，SV, and so ~（SV，所以~）、SV, and yet ~（SV，但是~）則是它們原本的句型。

> Omar doesn't eat pork, and so I've prepared these dishes with chicken instead.
>
> Omar 不吃豬肉，所以我改用雞肉來做了這幾道菜。

此外，如果考慮到 so / yet 已經具備 and 的功用，那麼 and so / and yet 裡的 and 就會被省略，用這種方法一想就清楚了。

　※ 在字典裡的 so / yet，除了原本的「副詞」，也會解說「連接詞」的部分

> It is amazing how small yet powerful computers have become.
>
> 電腦可以變得這麼小卻有著高性能，真是令人訝異。
>
> ※ 用 yet 連接在 how 後面的形容詞 small 和 powerful／感嘆句（How 形容詞 sv!）變成真主詞（名詞子句）（「真主詞」請參照 p.328、「感嘆句」請參照 p.663）

FAQ 所謂 and yet，意思是 and 的「所以~」還是 yet 的「但是~」？

　　and 只有連接句子的**功能**，而 yet 負責表達**意思**。因此，**and yet 是「但是~」的意思**。

> Johann Sebastian Bach lived more than 250 years ago, and yet his music is popular among classical music enthusiasts to this day.
>
> Johann Sebastian Bach 是 250 多年前的人，但他的音樂到今天都還是很受古典樂迷的喜愛。
>
> ※ be popular among（在~之間受歡迎）／enthusiast（粉絲，愛好者）

and 最重要的是連接的**功用**，只是常會湊巧表達出「所以~」的意思而已。就像 and yet，當 **and 沒有意思**時，透過上下文關係來看，甚至有可能會變成前後**相反、對比**的意思。

　※ 用字典查 and 的意思時，應該也會看到「但是」的字義（有的字典甚至會說「可以和 but 互換使用」），這也是 and 沒有固定字義的證據

3-1-3 使用對等連接詞的重要表達方式

成為「配對」的用法

對等連接詞的重要表達方式　※不管哪種都是「把 A 和 B 想成是一對或一組」

① **並列類**：both A and B（A 和 B 兩者都）/ either A or B（A 和 B 兩者之一）/
　　　　　　neither A nor B（A 和 B 兩者都不～）
② **對比類**：not A but B（不是 A 而是 B）/
　　　　　　not only A but also B（不只 A 連 B 也～）

Passengers may select either beef or chicken for their entrée.
乘客可以選擇牛肉或雞肉做為他們的主菜。　※ entrée（主菜）

He's not a teacher but a student.
他不是老師而是學生。

留意「SV 一致」

　　在使用這些**成為配對的用法**時，句型裡的動詞會隨裡面的主詞來變化，那麼「要配合（配對之中的）哪一方？」，下面有幾種解決方式（連接詞以外的表達方式也一併整理在這裡）。

成為配對的用法中的「SV 一致」

① **同時配合兩方**　※A 和 B 兩方都重視
　both A and B（A 和 B 兩者都）
　→ 動詞與「A 和 B 兩者（也就是複數形）」一致
② **配合「離動詞較近的那一方」**　※ 以單方做為代表的概念／實際
　either A or B（A 和 B 兩者之一）　　會話中亦可視為複數處理
　→ 動詞配合 B 變化（如果是疑問句則配合 A）
　neither A nor B（A 和 B 兩者都不～）
　→ 跟 either 概念相同

③ 配合意思上「較重要的那方」 ※只要想 A 和 B 是哪一個為主即可
not only A but also B（= B as well as A）（不只 A 連 B 也～）
→ 配合 B 變化
A with B（伴隨著 B 的 A）→ 動詞配合 A
A rather than B（寧願 A，而不是 B）→ 動詞配合 A

Either you or I am wrong. We can't both be right.
不是你就是我錯了。不可能兩個人都對。
※ 這裡的 both 不是「配對」的表達，單純是「兩個人都」的意思（主詞的同位語）

Are either you or I scheduled to work tomorrow?
明天有排班的是你還是我？
※ 店員在確認班表時會說的話／在疑問句中是「動詞靠近 A」，所以動詞是配合 you

+α as well as 的變化

一般都會認為，在 not only A but also B = B as well as A（不只 A 連 B 也～）這個句型裡，比起 A 會更強調 B（因為 B 比較令人出乎意料），但這種解讀方式不適用於 B as well as A，實際上，B as well as A 有時**只是表達並列**（B and A 的感覺）或**藉由調換 A and B 的順序來強調 A**（「不只 B 連 A 也～」的感覺）（英英字典中亦有說明這裡是 and also）。在會話和長句中，當上下文怎麼看都是「B 和 A 相同」或「比起 B 更強調 A」時，只要靈活應對理解就行了。

※ 句型中的動詞只要按照 B as well as A 的原則，「配合 B」變化的話就沒問題了

【驗證句】Copies of Keigo's most recent book as well as his much-loved previous works will be available for purchase.
① 不僅將可購買 Keigo 之前廣受喜愛的作品，也可購買他的新書。
② 將能購買 Keigo 的新書及他之前廣受喜愛的作品。
③ 不僅將可購買 Keigo 的新書，也可購買他之前廣受喜愛的作品。
※ copy（（書等）一本，一冊）／work（作品）

根據上下文，這三種解釋都是可能的，尤其因為這句話中出現了強調的 much-loved，母語人士多半會認為強調的是 A（之前的作品）。

※ 題外話，之前 Karl 在看到裡面出現 as well as 的英文句子時，曾經把 as well as 改成 and，似乎就是把 as well as 當成 and 來用

3-1-4　理解長句必備的對等連接詞思考方式

基本上要看「後面」

在各種測驗中，經常出現 **and** 前後畫了底線詢問要連接的是什麼的題型。當在複雜的英文句子中**看到 and 時，請注意要先看後面再往前找**。　※ 這個想法在 A 的後面出現很長的詞組時（A ~ and B 的句型）非常有用

She wants to visit Milan and see the famous painting, *The Last Supper*.

她想去米蘭看名畫《最後的晚餐》。

※ 請留意 and 後面的 see，在前面找與 see 同形態（原形）的詞語。因為有看到 visit，可以知道 and 是連接 visit ~ 和 see ~（就算不對，也不會是 wants 和 see）

Passengers who requested a special meal and who haven't received it yet should speak to a cabin attendant.

要求取用特殊餐點而尚未拿到的乘客，請洽詢客艙服務人員

※ 連接關係子句（who ~）

A, B and C 時也是相同的概念

She wrote her e-mail address on a sheet of paper, folded it up, and handed it to him under the table.

她將自己的電子郵件寫在一張紙上、摺起來，然後在桌子底下傳給他。

※ and 的後面是 handed，找在 and 之前出現的相同句型（過去式或根據情況用 p.p.）。在這裡 and 是連接三個動詞片語（wrote ~、folded ~ up、handed ~）

有 to 不定詞和 not 時的句型變化 延伸

> As you said, it's better to take an umbrella and not use it than to not have one when it rains.
>
> 就像你說的,帶著傘沒用到要比下雨的時候沒傘來得好。

and 的後面是 not use,因此要找與 not use 形態對等的詞語(但不一定要是否定形態)。在 not 的前面找到了 take,所以可以判斷 and 連接的是這兩個不定詞(to take an umbrella 和 not [to] use it)(not 後面的 to 因為重複而省略)。

順道一提,than 後面的 to not have one,原本應該是 not to ~ 的句型,不過因為 to 和原形動詞之間經常會插入其他單字。考量到這一點,也可以認為是「用 and 連接兩個原形動詞(take 和 not use)」。

※ 在 to 和原形動詞間插入單字時會稱為「分裂不定詞(Split Infinitives)」p.510

that 子句的範圍 延伸

> He thinks that the airplane ticket is expensive, but that he has no alternative.
>
> 他認為機票很貴,但他別無選擇。
>
> ※ 兩個 that 子句用 but 連接

從 but that 的句型,可以判斷 He thinks 的兩個受詞(that ~)是用 but 來連接的。因此 but 後面的 that he has no alternative 也是「他認為的事」(He thinks 的範圍)。如果 but 的後面沒有 that 的話,他的想法就只會有 He thinks 後面的 that the airplane ticket is expensive 而已。but 後面表達的就會是一件事實(不是他認為的事)。

※ 在不會產生誤解的情況下,有時會省略 that,所以 that 並不是絕對必要。另外,有關 that 子句的部分會在 p.135 中從基本概念開始為大家解說

【 but 的後面沒有 that 的情況 】

He thinks that the airplane ticket is expensive, ← 到這裡是「他認為的事」

but ※ but 連接的是兩個 SV(He thinks ~ 和 he has ~)

he has no alternative. ← 這句是「現狀、事實」

CHAPTER 3-2

從屬連接詞（when / if 型連接詞）的基本概念

3-2-1 從屬連接詞的句型與用語

確認用語（從屬連接詞／副詞子句／主要子句／從屬子句）

☑ **從屬連接詞：when / if / because 等字皆是**
☑ **副詞子句：如「if sv」等詞組**

> | 從屬連接詞 |
> ↓　　　主要子句
> (**If** sv), SV.
> 　副詞子句（從屬子句）

> ※ 所謂「子句」是指「含有 sv 的詞組」。if 本身被稱為「從屬連接詞」，請把它想成「個人活動時的藝名」，而 if 所在的這個團體，名字叫做「副詞子句」

☑ **主要子句：主要的 SV**（以上面的例子來說是指後面的 SV）
☑ **從屬子句：包含從屬連接詞的 sv**（以上面的例子來說是 if sv）

> ※ 用來修飾主要句子／這裡的「從屬子句＝副詞子句」。也就是從詞類觀點來看叫做「副詞子句」，從其他觀點（平衡主要子句）來看叫做「從屬子句」

留意「句型」

核心重點 **除了從屬連接詞的意義，句型也要特別留意。請記住用從屬連接詞構成的子句會成為副詞子句。**

從屬連接詞的表達「句型」 ※（　）內是「副詞子句」

(從屬連接詞 sv), SV. ※副詞子句也可以放到後面：SV (從屬連接詞 sv).

⭐ If I fail the test, my mom will take away my video games.
　如果我考差了（不及格），我媽會沒收我的電動。 ※ fail（失敗；不及格）

「副詞子句在後」時的翻譯

She looks different when she puts on her glasses.
她戴上眼鏡之後看起來不一樣。

　　當副詞子句出現在主要子句後面的時候，必須準確掌握含有從屬連接詞的詞組（副詞子句）。

◎）She looks different (when she puts on her glasses).
　　① （她戴上眼鏡之後）看起來不一樣。　　　　※ 先翻副詞子句
　　② 她看起來不一樣（戴上眼鏡的時候）。　　　※ 按英文順序表達
✕）(She looks different when) she puts on her glasses.
　　③ （當她看起來不一樣）戴上眼鏡。　　　　　※ 副詞子句的範圍有誤

　　① 是最完美的翻譯，② 是按英文的順序來看，句意還可以理解（雖然以翻譯來說不夠好，但在掌握長句及聽力的內容上已經很不錯）。③ 則是搞錯了副詞子句的範圍，只掌握到了部分詞組（She looks different when）的意思，造成誤譯。

FAQ　（就上面這個英文句子）when 的前面少了逗號可以嗎？
　　不需要逗號。有很多人以為「從屬連接詞的前面一定要有逗號」，但這其實是誤解，從屬連接詞只是有下列的**傾向**。

有無逗號的傾向

① 副詞子句在<u>前面</u> → 多半<u>有</u>逗號　　　(If sv), SV.
② 副詞子句在<u>後面</u> → 多半<u>沒有</u>逗號　　SV (if sv).

※ ② 的情況是「從屬連接詞變成副詞子句（句子被切斷了）」，所以沒有逗號的情況比較多

不符合「逗號傾向」的情況　應用

☑ （副詞子句放在前面）刻意不使用逗號的情況
問：請唸出以下句子（只在一個地方換氣）

When he spoke his voice was soft and low.

我們很容易會以為 When he spoke his voice 是一個段落（因為會在 voice 之後換氣），但這樣一來，was 的主詞就會消失。

※ 大家都知道 speak 的及物動詞（後面會接名詞，構成像 speak English 這種詞組）用法，不過除此之外基本都是不及物動詞的用法（後面不會接名詞），所以 spoke his voice 這種表達方式是錯誤的

正確應該是在 When he spoke 換氣，唸成（When he spoke）his voice was soft and low.，當然也可以使用逗號（When he spoke, his voice ~），這裡沒用逗號只是因為寫句子的人想說：「不這樣做沒關係吧」，而沒打上逗號而已。（這樣的情形在網路上更明顯）。

※ 順道一提，這是從升學測驗的題目中摘錄出來的英文句子／翻譯是「他的嗓音輕柔低沉」（直譯是「他說話時的嗓音輕柔低沈」）

☑ （副詞子句放在後面）刻意使用逗號的情況

You're hired, provided you can start working tomorrow.

如果你可以從明天開始上班，你就被錄取了。

※ provided 是連接詞「如果～；在～條件之下」／直譯是「你被錄用了，如果你可以明天開始工作的話」

句子中突然出現了 provided，即使是母語人士，可能也無法立刻分辨出這裡的 provided 是連接詞，所以經常會加上逗號（當然沒有逗號也 OK）。

※ 像 provided 這種特殊的連接詞（p.120）和「從左邊開始理解句子意思」（p.127）的情形下經常會使用逗號

總結 對等連接詞與從屬連接詞的比較

	（連接）子句間的關係	連接對象	連接詞多寡
對等連接詞	對等（同位）	單字、片語、子句、句子 ※ 所有都 OK	較少
從屬連接詞	非對等（從屬）	只有句子	較多

3-2-2　介系詞與連接詞的區別

介系詞與連接詞的共通點和差異點

介系詞 vs. 連接詞　※共通點「可構成副詞詞組」／差異點「後面接的詞語型態」

	後面接的詞語型態	構成的副詞詞組的詞性
介系詞	名詞（也包含代名詞和動名詞）	副詞片語、形容詞片語
連接詞	sv（主詞＋動詞）	副詞子句、（極少部分）名詞子句

比起「如何翻譯」首先要注意的是「詞性」

雖然 during 和 while 都會被翻成「在～的期間」，但兩者的詞性卻完全不同。**during 是介系詞，而 while 是連接詞。**升學考中經常出現下面這些組合。

重要的介系詞 vs. 連接詞

	介系詞	連接詞
在～的期間	during	while
到～的時候	by	by the time
因為～	because of	because
除非～	without	unless
儘管～	in spite of / despite / for all / with all / after all / notwithstanding	though / although / even though / even if
不管～	regardless of / irrespective of	whether

> Three meals were served during the flight to Sydney.
> ＝ Three meals were served while the plane flew to Sydney.
> 在飛往雪梨的航程期間會提供三次餐點。
> ※ serve（提供（飲食等））

補充 **「同時」有介系詞和連接詞用法的詞語** ※跟「時間」相關的字較多

① 「時間」相關：before / after / till / until / since
② as ※詳細說明請參考 p.910

總結 **副詞、介系詞、接連詞的特徵**

	搭配？	可以形成怎麼樣的詞組？
副詞	無	成為副詞
介系詞	後面接 名詞	形成副詞片語、形容詞片語
從屬接連詞	後面接 sv	形成副詞子句、名詞子句

☑ **副詞**：獨自（只有單字部分）具有副詞功用。也就是**不需要和其他單字搭配**（像「單口相聲」一樣不需要搭擋的感覺）。

☑ **介系詞**：單獨存在時的名字是介系詞。**需要可以搭配（搭檔）的名詞**。形成的詞組被稱為介系詞片語，可以形成副詞片語和形容詞片語。

☑ **從屬接連詞**：單獨存在時的名字是接連詞。**需要可以搭配的 sv**，形成的詞組被稱為從屬子句，可以形成副詞子句和名詞子句。

　　基於上述內容，可以整理出副詞、介系詞和連接詞，實際在英文句子中構成的表達句型，總結如下表。開始學習閱讀理解長句時，是否能夠理解這些表達句型，將會大大影響你未來掌握英文句子結構的能力哦。

副詞、介系詞、接連詞構成的表達句型 ※（　）表示副詞詞組／有無逗號皆可

	在句子前半	在句子中間	在句子後半
副詞	（副詞）, SV.	S, （副詞）, V.	SV, （副詞）.
介系詞	（介系詞）, SV.	S, （介系詞 名詞）, V.	SV （介系詞 名詞）.
連接詞	（連接詞 sv）, SV.	S, （連接詞 sv）, V.	SV （連接詞 sv）.

3-2-3　從屬連接詞一覽表（之一）表示時間、條件的從屬連接詞

表示「時間」的從屬連接詞

　　從屬連接詞有很多，而且每一個都很重要，但沒什麼機會可以一次仔細查看所有的從屬連接詞，所以請在此好好看過。當然，除了**意思**，也請別忘了留意**表達句型**。

☑ 基本連接詞

when（做～的時候）/ while（做～的期間）/ whenever（做～的時候總是）

I want to use the discount coupon while it's still valid.
我想在折價券還能用的時候用。　※valid（有效的）

☑ 具有連接詞和介系詞兩種意義的連接詞

before（在～之前）/ after（在～之後）/ till、until（直到～）/
since（自從～到現在）

Saki has worked at the same company since she graduated from university.
(= Saki has worked at the same company since graduation.)
Saki 從大學畢業後就一直在同一家公司裡工作。

☑ 從副詞轉化而來的連接詞

as soon as（一～就～）/ by the time（到～的時候）/
immediately（一～就立即～）

※ 只有英式英文才有 immediately 做為連接詞的用法／另外還有 directly 等字，但這種轉化為連接詞的用法比較古老

I bought the new iPhone as soon as it went on sale.
我在新的 iPhone 一開賣就馬上買了。　※ as soon as 的子句會在主要子句後方

☑ 由名詞轉化而來的連接詞（while 以外）

every time、each time、any time [anytime]（每次～）
the moment、the minute、the instant（立即～）
the first time（第一次～時）/ {the} last time （上一次～時）
{the} next time（下一次～時） ※the 經常被省略

Every time she calls me, we end up talking for hours.
每次她打給我，我們最後都會聊好幾個小時
※ end up -ing（最後～）

表示「條件」的從屬連接詞

☑ 基本連接詞

if（如果～）/ unless（除非～否則～）/ once（一旦～就～；一經～便～）/
in case（假如～的情況下；以防萬一～）

Unless it stops raining, we'll have to cancel the game.
除非雨停，否則我們就得取消比賽。

補充 英文語意帶有「若～的時候」時（if 和 when 的區別）
不確定的事物用 if，確定會發生時用 when。

If he comes, we'll need to find another chair.
如果他來，我們就得再多找一把椅子。 ※因為不知道「是否會來」

When he comes, let's start the meeting.
（按照預定）等他來就開始開會吧！ ※已經確定「會來」

☑ 採用 as ~ as / so ~ so 型式表達的連接詞

as long as / so long as（只要～）

as far as / so far as / insofar as（達到～的程度）

※ as long as 和 as far as 的區別請參照 p.129／insofar as 會用在較正式的文書中

As long as it doesn't rain on Saturday, the festival will go ahead as planned.

只要星期六不下雨，慶典會按計畫舉行。

+α insofar 是一個單字

請把 insofar 想成是將 so far as 的 so far 接在表達**範圍的** in（在～的範圍內）表示強調的意思。

Insofar as a treatment is deemed medically necessary, it will be covered by the patient's health insurance.

一項治療手段若達到被認定為醫療必須的程度，則將可由患者的健康保險來支付。

※ deem OC（把 O 認定為 C）的被動語態／cover（提供～保險；支付）

☑ 其他（所有詞語的後面都可加上或省略 that）

suppose、supposing、provided、providing（如果～）/ assuming（假設～）/ granting、granted（假定～也～）/ given {the fact}（考慮到～，有鑑於～）

※ 詳細用法請見分詞構句 p.596 / on {the} condition（在～的條件下）

※ provided / providing 是指「給予～條件的話」、「在～的條件之下」→「如果～」

Provided you have done all the homework assignments, this quiz should be very easy.

如果你已經把全部的回家作業都做完了，那麼這個小考應該非常簡單才對。

※ 這是臨時要小考時，老師經常會說的話／也可以使用 provided <u>that</u> you have ~ 的句型

補充 留意 suppose（原形動詞）的句型

像 provide<u>d</u> / provid<u>ing</u> 一樣，希望各位可以把 suppose / suppos<u>ing</u> 一起記住，不過這裡是原形動詞的 suppose，絕對不是 ×）suppose<u>d</u>。

+α 留意 Suppose sv. 的句型

　　理論上的正確句型是 Suppose sv, SV. ，但實際上經常會**省略主要子句**，只使用 Suppose sv. （「假設 sv.」；「如果 sv. 的話（會如何？）」）。

Suppose you only had $100. What would you spend it on?

我們假設你只有 100 美金好了。你會把它花在哪裡？

※ 直譯是「假如你只有 100 美金」／像這裡一樣，suppose 和 supposing 也可以用在假設句型裡／spend 錢 on ~（把 錢 花在～）

思考轉換 **解開不規則的連接詞（如 by the time）之謎**

類型 ① 從副詞片語轉化而來

by the time 是一個**連接詞**，原本 by the time that sv，只不過是**介系詞 by** 所構成的詞組（**副詞片語**）。為了方便起見，我們只是把它看作是由連接詞所構成的副詞詞組。

類型 ② 從名詞轉化為連接詞或副詞

while 原本是**名詞**。while 的字義「一段時間」，被用在片語 for a while（一陣子）及 once in a while（偶爾）裡。很久以前，使用的是 the while that sv（sv 的時間）的句型，後將其轉化成連接詞運用至今。

另外，後面會出現的連接詞 now that，可以認為是名詞 now 被轉化為副詞使用，且在 now 的後面加上關係副詞的 that 句型而構成。

※ 有關「表示時間的名詞可以做為副詞使用」的部分，會在 p.365 解說

追加英文

請翻譯以下句子。

(1) She rushed to the hospital the instant she got the news of the accident.

(2) The tour bus will depart for Asakusa once everyone is on board.

解答範例

(1) 她一知道事故的消息就立刻趕到了醫院。

　　※ the instant ~（一～就立刻～）／可能會誤譯成「趕到醫院的時候知道消息」

(2) 一旦所有人都上車，觀光巴士就會前往淺草。

　　※ on board（登上交通工具）

3-2-4 從屬連接詞一覽表（之二） 表示時間、條件以外的從屬連接詞

表示「對比」的從屬連接詞

while、whilst、whereas（儘管～）

※ whilst = while（和 while 一樣有「時間」和「對比」兩方面的意思）／whilst 在測驗中不是很重要，但有餘力的話先了解也不會吃虧（是英式英文）

While baseball is popular in Japan and the United States, it is not popular at all in Europe.

儘管棒球在日本和美國很受歡迎，在歐洲卻一點也不受歡迎。

while 除了「時間（在～的期間）」以外，這個「對比（儘管～）」的意思也超級重要。表示對比的 while 經常**接在尾巴有逗號的句子之後**（SV, while sv.），可以從前面往後翻成「SV. 然而另一方面 sv.」（p.127）。

※ 大家經常會誤解「while 放在句首時，無法表達對比的意思」，但如同上面的英文例句，放在句首的 While 用的是「對比」意義，這種句子也很常見。

I got a C in math, while he got an A.

我數學拿了 C，然而他卻拿到了 A。

※A 是「優」，B 是「良」，C 則是「可」的感覺

He likes coffee, whereas she likes tea.

他喜歡咖啡，而她喜歡茶。

表示「語意相反或讓步」的從屬連接詞

> though、although（雖然〜，儘管〜）/ albeit（雖然〜，儘管〜，即使〜也）/
> even though（（已實際發生）即使〜也〜）※用來加強 though 的表達方式 /
> even if（（不清楚實際是否已發生）即使〜也〜）/ if（即使〜）※只有 if 也可以
> 表達 even if 的意思 / whether（不論〜）/ as（雖然〜）※as 有各種不同的意思，
> 詳細請參照 p.917

Although we don't currently have those shoes in your size in stock, we
can order a pair and have it here by Friday.

雖然現在那雙鞋子沒有您的尺寸，但我們可以幫您訂一雙在週五以前到貨。

+α **難考名校也開始用來出題的 albeit** ※發音為 [ɔl`biːt]

　　albeit 在幾百年前寫作 al be it，相當於 although be it [it be]。因為
albeit 這個字包含了 it be，因此使用時經常會將 SV 省略。**意思與
although 相同**（有時也會延伸出 even though 的意思）。

The car is beautiful, albeit a bit pricey.

那台車真美，儘管價格有點高。　※ pricey（高價的）（拼成 pricy 也 OK）

+α **區分 even if 和 even though 的使用差異**

　　兩者在翻譯上都會翻成「即使〜也〜」，但就其根本來看，even
if 是從 if 而來，而 even though 則是來自 though。換句話說，兩者之
間存在著 **if（不確定性）和 though（既成事實）**的差異。

　　even if 是「（實際上如何並不清楚，但）即使〜也〜」，even though
則是「（知道實際上是如此，但）即使〜也〜」。

「即使他有經驗，也無法勝任那份工作」

①Even if he is experienced, he cannot do the job.

※「實際上是否有經驗」不清楚

②Even though he is experienced, he cannot do the job.

※「實際上有經驗」

表示「理由」的從屬連接詞

> because（因為～）/ since、as（因為～）
>
> in that（因為～；基於～的理由）/ now that（既然，因為，而今）
>
> ※ 因為 since 的核心概念是「起點」，所以衍生出了「以某一個時間點為起點」→「自從～」及「以某一個動作為起點」→「因為～」這兩種意思

寫作時請正確使用 because。很多人會把句子寫成 ×）Because SV.，但這是錯誤的。因為 because 是從屬連接詞，因此得使用**從屬連接詞的表達型式**（Because sv, SV. / SV because sv.）。

We went home because it started to rain.
因為開始下雨，所以我們回家了。

補充 because 的例外

只有回答 Why? 時會使用 Because SV. 這種句型（這個在最前面就有講到了，不過其實這是特殊的表達方式）。另一個特殊的表達方式還有 This is because sv.（這是因為 sv）。

+α because 表達的是「新資訊」，since / as 是「舊資訊」

□ **because**：想要強調理由／想傳達對方不知道的理由（也就是新資訊）時，誇張一點地說「（真是太驚訝了，）因為～」的感覺。

She did it because she was angry.
她那樣做（其實）是因為她很生氣。

□ **since、as**：已有明確理由（舊資訊）時使用。傳達出「（就對方所知，）因為～」的感覺（因此無法用來回答 Why 疑問句或用在強調句中）。連接詞 as 在表達「理由」時也和 since 一樣，向對方傳達的都是舊資訊。

※ as 有許多意思，詳細解說請見 p.919

Since we are friends, let's talk frankly.

（你知道的）因為我們是朋友，我們打開天窗說亮話吧

※ frankly（坦白地）／表達「理由」時經常會在句首加上 since（使用 Since sv, SV. 的句型）

總結 because 與 since / as 不同的特色

① 可以回答 Why 疑問句
② 可以用在強調句之中（It is because ~ that~）p.883
③ 可以用副詞修飾（例如 just because ~（只是因為～））p.395

＋α 對話時經常用到的 now that

Now that I think of[about] it, SV.（現在想起來，SV）這樣的表達方式在對話時很好用，可以用來表達「**現在才意識到的事物**」（意思相同的還有 Come to think of it, SV.）。

Now that I think of it, I've met her sister.

現在想起來，我見過她妹妹。

其他的從屬連接詞

☑ 表示「地點」的連接詞

where（在～的地方）/ wherever（無論在哪裡～）/ everywhere（無論何處～）

※ 連接詞的 where 被認為沒那麼重要，但與「表達時間的連接詞 when」相對的「表示場所連接詞的 where」的確存在

Where there's a will, there's a way.

只要有心，就會找到路。

※ 與諺語「有志者事竟成」同義／Where there's a will, there's a way. 劃底線的部分有押韻（頭韻請參照 p.32）／will 是名詞「意志」的意思

☑ 表示「樣態」的連接詞

as、like（好像～）/ as if、as though（彷彿～一般）

※ as if 是「假設語氣」的用法 p.198

It looks like it's going to rain.

看起來好像要下雨了。

　　介系詞 like（好像～）的後面應該要接名詞，但也經常使用 like sv（像 sv 一樣）的句型來表達（經常出現在入學測驗的題目之中）。請把它想成是脫離 like 原本的用法，並改用後面接 sv 的句型（可當成連接詞來用）就可以了。

總結 「一做～就馬上～」的表達方式

① **連接詞表達**：As soon as sv, SV.／The moment[The minute / The instant] sv, SV.／Immediately sv, SV.

② **介系詞表達**：On[Upon] -ing, SV.

　　　　　　　　※on 表達的是「接觸後面接的動作」p.689

③ **否定表達**：No sooner vs ~ than SV.／

　　　　　　　　Hardly[Scarcely] vs ~ when[before] SV.

　　※ ③ 所表達的全部都是從前面開始翻的「一做 sv 的話，馬上就 SV」的意思，所以標示為「主要子句（前半句）用小寫 sv，從屬子句（後半句）用大寫 SV」／有關 sv 的倒裝請參照 p.899

「我一離開家就開始下雨。」

As soon as I left home, it began to rain.

＝ On [Upon] my leaving home, it began to rain.

　　※ my 是「動名詞在意義上的主詞」

＝ No sooner <u>had I left</u> home than it began to rain.　※ 底線部分為「倒裝」

＝ Hardly <u>had I left</u> home when it began to rain

CHAPTER 3-3

從屬連接詞的細節用法

3-3-1 從「左 → 右」表達意思的連接詞

可以從前面開始翻的連接詞 應用

當主要子句後面出現由從屬連接詞所組成的詞組時，基本上會以**從屬子句 → 主要子句**的順序來翻譯。（p.114）

I came as soon as I heard you were in trouble.

① ◎）一聽到你有麻煩，我就來了。

② ○）我來了，一聽到你有麻煩就立刻。　※從主要子句開始翻的翻法

③ ×）我來了立刻，聽到你有麻煩

原則上都會用 ① 的翻法，但有時用 ② 的這種**主要子句 → 從屬子句**順序來翻譯會比較自然。這種句子，大多會在從屬連接詞的前面加上逗號（在平常應該沒有逗號的地方加上逗號，就會成為特殊的閱讀記號）。

※ 當然「逗號不是必須」，在下面的總結中，我刻意列出了沒有逗號的表達方式

(1) 常用及固定的表達方式　※這類表達句型連字典都會收錄

> SV while[whereas] sv.（SV，然而 sv。）
> SV until sv.（SV，直到〜才 sv。）
> SV though sv.（SV，儘管〜。）

She kept blowing into the balloon, until at last it burst with a bang.

她不斷把氣吹到氣球裡，直到最後氣球砰的一聲爆開了。

※ burst（破裂）（過去式、過去分詞的形態都是 burst，在這裡是過去式）

(2) 特別的時態＋ when　※小說裡經常使用

S was -ing when sv.（S 正在做～的時候 sv。）
S was about to ~ when sv.（S 正要做～的時候 sv。）

※ be about to ~（正要做～的時候）p.523

S had p.p. when s ＋過去式（S 做 had p.p. 的時候 過去式 ）

I was just about to go out when my phone rang.
我正要出門的時候電話響了。

　　按照原則翻成「電話響時，我正要出去」也可以，但這樣一來重點就會放在「正要出門」的部分。通常在這句英文 the phone rang 結束後，下一句接「那通電話～」這種與電話內容相關的情況較多，因此配合情境採取「主要子句 → 從屬子句」的翻法，比較能反映出英文的臨場感。

(3) before 的技巧

SV before sv.（先 SV，然後 sv。）
※ 把 before 當成「然後」來思考！

I got up before the sun rose.
我在太陽升起前起床了。　※直譯是「我起床了，在太陽升起以前」

　　當然，從後半句用「在～以前」來想是可以的，但如果試著把 before 當成「然後」來思考的話，就可以從左到右快速理解先後順序。這個 before 的思考方式在聽力上特別好用（因為可以透過時間順序來理解句意，所以不用反覆解讀）。

My mother had met my father only twice before they decided to get married.
在他們決定結婚之前，我母親只見過我父親兩次。
※ 先後順序是「見過兩次（過去完成式 had met）」→「決定結婚（過去式 decided）」，
　相關文法可參考 p.86

3-3-2 必須留意細節用法的從屬連接詞（之一）as long as 與 as far as 的區別

結論：「重點在於 long 和 far 的差異」

as long as 與 as far as 都可以翻成「只要～」，但兩者的使用情境不同。經常看到的說法是「表達條件的時候就用 as long as」，但比起這種說明方式，其實有更簡單的區別方式。就結論來看，重點在於 **long 和 far 的差異**，只要注意 核心重點 **as long as 是時間，as far as 是距離和程度等範圍**就 OK 了。

區別使用 as long as 與 as far as 的時機

> 可以用「在做～的**時間**內」來思考 → as long as（so long as 也一樣）
> 可以用「在做～的**範圍**內」來思考 → as far as（so far as 也一樣）
>
> ※ 還有更簡單的思考方式，就是只要能用「在做～的時間內」來想，就是 as long as，其他都是 as far as

> You can stay here as long as you keep quiet.
> 只要你保持安靜，就可以待在這裡。
>
> ※ 可以用「在保持安靜的時間內」來思考，也就是「保持安靜的一個小時內，都可以待在這裡，但只要一停止保持安靜，就不能待在這裡」的意思

> As far as I know, Masato can be trusted.
> 就我所知，Masato 是可以信任的。
>
> ※ 可以用「就我所知道的範圍內」來思考，如果這裡用的是 long 的話，就會變成「在我知道的時間內」，就像是「知道」這動作本身會被時間限制住似的

+α **使用 as far as 的慣用表達** ※as far as 較常用在慣用表達之中

> as far as the eye can see（目光所及之處）/ as far as I can see（在我看來）※see 是「知道」/ as far as I know（就我所知）/ as far as I remember（就我記得的來說）/ as far as I am concerned（就我個人來說）

3-3-3 必須留意細節用法的從屬連接詞（之二） in case

注意 in case 有兩種意思

in case 的表達句型是 SV in case sv.（in case 子句較常出現在後半句）。

in case 的核心概念是「為～做好準備」

> ① 如果／萬一～　※和 if 意思相似　② 以免／以防萬一～

Take an umbrella with you in case it rains.
帶把傘以免下雨。

※ 這個句子如果用 ① 的意思想成「如果下雨」的話，句意就會變得有點奇怪（「下雨時帶傘」是理所當然的，不用提醒吧），因此用 ② 的意思「以免下雨（為下雨這件事做準備）」來解釋

+ α │ **in case 的特徵**　※透過「不會加多餘的字詞」的概念來掌握

> ① 不加 a / the　✕）in <u>a</u> case　※可能會出現在「改錯題」裡
> ② 不加 not　✕）in case s <u>not</u> v
> 　　　　　　　　※不要被「萬一～的話就不好了」的句意給誤導了
> ③ 不加 will　✕）in case s <u>will</u> v
> 　　　　　　　　※因為屬於「時間、條件的副詞子句」，所以不用加 will　p.160

但是，有時會在 in case 的前面加上**多餘的 just**，表達「只是以免有～的情況」→「萬一～的話就不好了」的感覺，just 有強調 in case 意思的功用。

You should write down your password just in case you forget it.
你應該把密碼寫下來，萬一忘了的話就不好了。

※ 文法書中雖然會出現「in case 後面有時也會使用主詞＋should」這樣的內容，但現在已經不太會使用這種英文表達方式了（但就如同這句英文，主要子句裡經常會出現 should）

補充 in case of ~ 是介系詞

In case of emergency, please push SOS button to notify train crew.
萬一有緊急事件，請按 SOS 按鈕通知列車工作人員。　※車內廣播

3-3-4 必須留意細節用法的從屬連接詞（之三）unless 的真正意義

用 unless = except it 來思考 延伸

Unless I'm mistaken, we've met before.
除非我弄錯了，不然我們以前有見過吧。
※ be mistaken（搞錯）

　　以前經常學到「unless 可以和 if ~ not 互換／unless 帶有否定意味」。的確，按照這個概念來使用 unless 的話，也幾乎不會遇到什麼困難，不過，如果行有餘力，請重新認識一下 **unless = except if**（除了~的情況之外）這個概念。如果是 **SV unless ~. 的句子（從主要子句來理解句意）**，只要想成「**原則上是 SV，但排除~的情況**」，就能準確理解句意（unless 子句表示**特例**）。

　　※ 我曾經看過美國動畫的字幕把 unless 翻成「但是！」

He's going to go by train unless he can get a ride with someone.
除非有人讓他搭便車，不然他打算搭火車去。
※ 直譯是「他打算搭火車去，除非他可以找到人搭便車。」／ride（搭便車）

　　順道一提，unless 放在句首時（Unless I'm mistaken, we've met before.），也可以理解成「排除弄錯的情況，不然我們見過面」的意思。

參考 在牛頓第一定律裡也用到了 unless

A body at rest stays at rest, and a body in motion stays in motion, unless acted on by an external force; inertia is the direct result.

除非受到外力作用，否則靜者恆靜、動者恆動；慣性是其直接結果。

※ unless {they are} acted on（這裡的 they 是指 A body at rest 和 a body in motion）／at rest（靜止）／inertia（慣性；惰性）」

【註】 unless 的慣用表達（unless otherwise noted（除非另有說明））請參照 p.134

總結 本身有 not 語意的連接詞

unless ~ 除非～

in case ~ 以免～

for fear that s should ~ 以免／生怕 s 做～

　　　　　　　　　※ 這是較正式的表達方式／直譯是「因為害怕而不做～」

lest s should ~ 唯恐／以免 s 做～　※較正式的表達方式

before ~ 尚未～之前

No one disagreed with the boss for fear that they should be fired.

因為害怕被開除（為了不被開除），沒有人反對老闆。

※ fire（開除、解僱）

　　另外，before 的意思可以在「以前」→「在～之前」互相替換。在前面也出現過 I got up before the sun rose. 這種句子，可以翻成「我在太陽升起之前起床了」，或只翻成「太陽升起前」也 OK。在考翻譯的時候，題目可能會故意出「太陽還沒升起」這種表達方式。（有很多學生就會因此上當而用了 not）

追加英文

請翻譯以下句子。

As far as I can see, there is no reason why we need to leave right now.

解答範例

依我所見（就我所理解的），我們沒有任何理由必須現在就離開。

3-3-5 從屬子句內省略「s＋be」

省略「s＋be」的條件

從屬連接詞的後面應該是接 sv，但滿足以下條件時可以省略（當然不省略也 OK）。

（加上從屬連接詞）副詞子句內省略「s＋be」的條件

① 副詞子句內的 s＝主要子句的 S 時
② 副詞子句內的動詞是 be 動詞時
※ 主要子句的動詞是什麼形態都可以（因為不會省略）

The floor is slippery when wet.

地板濕的時候很滑。

※ 這個立牌在新加坡經常看到

原本的句子是 The floor is slippery when it is wet.，① 主詞 The floor＝it、② when 子句內的動詞是 is，所以可以省略句中的 it is。

Fasten your seatbelt while seated.

入座時請繫好安全帶。

※ 人正在飛機或計程車裡的時候可能會聽到的句子

因為是祈使句（Fasten 是動詞原形），所以主詞應該是 You，原句是 {You} Fasten your seatbelt while {you are} seated.。

※ 動詞 seat 是「使就座」，be seated 是「就座」→「入座」

此規則的例外情況 應用

即使主詞不同（即使不符合 ① 的條件）有時也可以省略「s＋be」。

☑ **明確知道主詞為何**

Your smartphone is the best way to stay connected to the Internet while on the train.

在搭火車時，保持網路連線的最佳辦法是使用你的智慧型手機。

雖然主要子句的主詞是 Your smartphone，可是原句明顯應該是 while {you are} on the train 吧。像這種不會產生誤會的情況，就會出現例外的省略情況。

☑ 慣用表達（常見片語）的情況

副詞子句內省略 sv 的片語　※因為是慣用表達，有時也會省略 be 動詞以外的詞語

---

① 使用 possible / necessary 的表達（省略表示狀況的 it）

   if possible（如果可能的話）/ if necessary（如果必要的話）/

   as ~ as possible（盡可能～）　※後面的 as 是連接詞

② 使用 any / ever 的表達

   if any（如果有的話、即使有的話也）　※原本是 if {there are} any

   if ever（如果有的話、即使有的話也）　※原本是 if {s} ever {v}

③ 其他（應用）

   unless otherwise stated[noted / specified]（除非另有說明）

All training sessions start at 10:00 A.M. unless otherwise noted.

除非另有說明，否則所有培訓課程均於早上 10 點開始。

這是使用了 SV unless sv.（原則上是 SV，但排除 sv 的情況）的常用片語，unless otherwise noted 的直譯是「排除（unless）用別的方法（otherwise）提醒或表明（noted）的情況」→ 變成了「除非有特別說明／除非另有說明」的意思。

在這裡省略了 it is，it 可以解讀為「表示狀況的 it／表示主要子句內容的 it（培訓課程的開始時間）」。

＋α 只有部分連接詞可以省略

事實上，只有一部分的連接詞（表達時間、條件、樣態、讓步等意義）可以省略「s + be」。舉例來說，when / if / as / though 等是可以省略的，但 because 不行。另外，表示時間的連接詞也是，when / while 可以，但 before / after 卻不可以。

※ 這裡只要有「題目裡出現時看得懂」的程度就行了，自己使用的時候不要省略比較不會出問題

CHAPTER 3-4

構成「名詞子句」的從屬連接詞（that / if / whether）

3-4-1　連接詞 that 的基本概念

基本概念

（1）**連接詞 that 的基本表達型式：that sv**（即是 sv）　※that sv 是「名詞子句」
（2）**that 子句的功用**　※跟名詞的功能相同（可以做為 S、O、C 使用）
　　① **變成 S**（主詞）
　　　That she will come here is certain. 她會來這裡的這件事是確定的。
　　　＝ It is certain that she will come here.　※ 真主詞是 that ~（It 是虛主詞）
　　② **變成 O**（受詞）
　　　I know that he is unmarried. 我知道他沒有結婚。
　　③ **變成 C**（補語）
　　　The problem is that she lacks common sense.
　　　問題在於她卻乏常識。
　　④ **同位語**　　※等同於該名詞／也就是「同位語的 that」
　　　the fact that she stole the money
　　　她偷了錢的這個事實

　　從屬連接詞都可以構成**副詞子句**，但在許多從屬連接詞當中，只有三個（that / if / whether）是「**也**」可以構成名詞子句的。

　　※ 以我的經驗來看，「副詞子句：名詞子句」的比例分別是：that「副 1：名 9」、if「副 7：名 3」、whether「副 6：名 4」的感覺

構成名詞子句的 that（做為 O 或 S 的情況）

　　以「**that sv**」的型式變成名詞詞組（名詞子句），表示「**是指 sv**」的意思。因為 that 是從屬連接詞，所以後面當然會接 sv。

　　另外，「that sv」所構成的詞組畢竟是名詞，所以請注意它最後會成為**句子的一部分**（只要拿去和普通的名詞互相替換看看，就可以抓到感覺了）。

I know his name . 我知道他的名字。

    ↓   ※ 名詞 his name → 可以和名詞子句 that he is unmarried 互相替換

I know that he is unmarried . 我知道他沒有結婚。

名詞子句有成為 S、O、C／成為名詞同位語的作用（和名詞的用法相同）。在上面的句子中是變成受詞，在下面的句子裡則做為主詞。

That she loves him is obvious to everyone who sees them together.
她愛著他的這件事對看過他們相處的大家來說都很顯而易見。

※ That she loves him 是主詞，is 是動詞（ That sv is ~ 的變化句型）／實際上很多會使用虛主詞，構成像 It is obvious to everyone who sees them together that ~ 這樣的變化句型 p.328

「以連接詞 that 做為受詞」的特徵及技巧

能夠以 that 子句做為 O（及物動詞的受詞）的動詞，都會**具有認知和傳達的含義**。

※ 例如，S know that ~（S 知道～）、S think that ~（S 認為～）、S say that ~（S 說～）等等，所有屬於「思考、說」系列的動詞

其實連接詞 that 的確具有**匯整認知內容**的作用。換句話說，連接詞 that 是一個表示「正在思考 that 後面的內容」的記號。

另一方面，核心重點 即使是不認識（不知道意思）的動詞，如果後面接有 that 子句，我們就可以知道那個動詞的意思與「思考、說」有關。

I venture that the price of land in Yokohama will go up in the next few years.
我敢說橫濱的地價將會在未來幾年內上漲。（推測）

venture 的名詞字義「冒險」意外地廣為人知，但應該幾乎沒有人知道它做為動詞時，是表示「敢做～；大膽地說～」的意思吧。這裡如果利用 SV that ~ 的句型，用「思考、說」來去想這個句子，應該就可以理解了（當然「思考」和「說」的意思不同，不過這應該已經足夠讓人能大

致理解句意了）。

※ 像 The fact is that ~（事實是~）裡的 be that ~ 則是完全不同的東西。be 後面接的 that 子句是補語（不是受詞），所以跟上面提到的這個技巧是沒有關係的（我想應該沒有人會去想 be 是什麼意思，但以防萬一）

He tweeted that he would delete his Twitter account.

他發了推特說他會把他的推特帳號刪除。

※ tweet（推文；發推特）

這裡也同樣可以透過 SV that ~ 句型，推測出動詞 tweet 具有「思考、說」的意思，tweet 是「發推特」的意思。

構成名詞子句的 that（做為 C 的情況及 be that ~ 的句型）

經常使用的句型有 The reason is that ~（理由是~）。The reason is 是「主詞＋動詞」，that ~ 是「補語」，**以 that 構成名詞子句來做為補語**才是正確的（請不要用 because，because 構成的會是副詞子句）。

In the winter of 2021 the number of people who got the flu was much lower than the year before. The reason is that everyone was being very careful to wash their hands, wear a mask, and sanitize surfaces.

在 2021 年的冬天，流感的感染人數比前一年要少得多。原因是每個人都非常小心地洗手、戴口罩並消毒各種表面（桌子等表面）。

※ sanitize（消毒）／much 用來強調比較級　p.774

+α The reason is because ~ 的句型

口語上經常會在 The reason is 的後面（不接 that）使用 because。我自己本身也聽過這種講法出現在諾貝爾文學獎頒獎典禮和新聞英文，這種講法就是那麼普遍，可是在考試時，還是使用 The reason is that ~ 比較不會出問題。

順道一提，這種 **because 子句轉化為名詞子句**的部分是完全被認可的，表達的是 **Just because ~ doesn't mean ~（就算~也不意味著~）**的意思，because 子句在這裡是做為主詞（也就是名詞子句）（用在考試上也 OK）。

that 可省略和不可省略的時候

that 的省略（有 3 種規則）

> ① **做為受詞的情況**：可以省略　例：I know {that} he is busy.
> ② **做為主詞的情況**：絕對不可以省略（省略會使句子構造無法掌握）
> ③ **做為補語的情況**：原則上不可以省略，但如果這個表達方式的使用頻率高到被認為是慣用表達的話就 OK
> 　　例：The fact is {that} sv.（事實上，sv）

The truth is, we're already over budget.

事實是，我們已經超出預算了。

※ 原本應該寫成 The truth is that sv. → The truth is, sv.（事實是，sv）的型式（不加逗號也可以）

+α Not that ~（並非~）

雖然省略的不是 that，但從原句 It is not that ~（並非~）來看，經常會將 It is 省略（這句也可以視為慣用表達）。

I love your new hair color! Not that I didn't like it before, but I think the new color really suits you.

我喜歡你的新髮色！不是説我不喜歡之前的，但是我覺得新的顏色真的很適合你。

※ 第二句從整體來看是 not A but B（不是 A 而是 B）的結構

3-4-2　同位語的 that

何謂同位語的 that？

構成名詞子句的 that，具有與某個特定名詞相連接並**說明該名詞**的功用。型式為「名詞＋that」，透過 that 後面的內容來說明名詞。例如 the fact that she passed the examination 就會像下面這種感覺。

the fact	that she passed the examination
名詞	名詞子句
事實	她通過了測驗

→ 她通過了測驗的這個事實　※像是從 that 之後開始翻譯的感覺

雖然是兩個名詞並列，表達出「事實，這個事實的內容進一步詳細說明就是，她通過了測驗」的感覺，**就像利用 that 後面的部分來修飾 the fact 似的**，可以簡單把它想成是「她通過了測驗的事實」。像這樣「並列兩個名詞」的用法，稱為**同位語的 that**。

Many parents are worried by the fact that university tuition has been rising steadily in recent years.

許多家長因近年來大學學費持續上漲（的事實）而感到憂慮。

※ tuition（學費）

＋α　與關係代名詞 that 的區別

連接詞 that 的後面當然是接 SV（完整子句），關係代名詞 that 的後面則是接（少了 S 或 O）不完整子句。

※「不完整」的概念會在 p.830 詳細解說。

The fact that was revealed this morning will have a big impact on the case.

今天上午揭露的事實將會對這個案件產生重大的影響。

※ case（案件）／因為 that 的後面出現 was（因為沒有主詞，所以是不完整子句），因此這裡的 that 是關係代名詞

與同位語的 that 相連接的為屬於「事實、認知和可能性」系列的名詞

　　與同位語的 that 相連接的名詞僅限於**「事實、認知和可能性」系列的名詞**（並非任何名詞都可以）。不過，不必背誦「與同位語的 that 相連接的名詞」，只要透過「這些（事實、認知和可能性）名詞的後面會連接同位語的 that」這種感覺來掌握這個表達方式就行了。

☑ **基本名詞**　※因為是以連接同位語的 that 為前提，翻譯會加上「～的」

fact（～的事實）/ news（～的消息）/ explanation（～的説明）/
knowledge（～的知識）/ conclusion（～的結論）/ idea（～的點子）/
thought（～的想法）/ belief（～的信念）/ feeling（～的感覺）/
impression（～的印象）/ opinion（～的意見）/ hope（～的希望）/
likelihood、possibility（～的可能性）/ rumor（～的傳言）

The rumor that Ms. Okamoto would quit and start working for a competitor appears not to be true.

説 Okamoto 小姐會辭職去競爭對手那裡工作的傳言看來不是真的。

☑ **一般名詞**　※為了準備各種測驗，最好先掌握這些詞語

effect（～的結果或效果）※to the effect that ~（意思是～）/ evidence（～的證據）/
grounds（～的根據）※on the grounds that ~（基於～的根據）/
saying（～的言論或話語）/ sign（～的證據、徵兆或記號）/
agreement（～的一致意見）/ argument、assertion、claim（～的主張）/
complaint（～的不滿）/ certainty、conviction（～的確信）/
view（～的觀點）/ fear（～的擔心）/ doubt（～的懷疑）/
chance、probability（～的可能性）/ condition（～的條件）/
question（～的疑問）/ theory（～的説法或論調）/
prospect（～的期待或展望）

The spokesperson said something to the effect that the negotiations are still ongoing.

發言人的意思大致是談判仍在進行中。

※ 直譯「這位發言人說了某些大意上是談判仍在進行中的話」／spokesperson（發言人）／ongoing（進行中的）

effect 的後面有同位語的 that，to the effect that ~（大意是~）是片語（直譯是「達到~的結果」）。經常像上面這句一樣以 something to the effect that ~（意思大致上是~）的方式使用。

☑ **出乎意料的名詞**　※這些詞語沒有給人那種會和同位語的 that 相連接的感覺

event（~的情況或事件）/ decision（~的決定）/ exception（~的例外）/
failure（~的失敗）/ statement（~的聲明）/ excuse（~的藉口）/
assumption（~的假設或成見）

The business plan is based on the assumption that production will become more efficient in the near future.

這項商業計畫是基於產量在不久的將來將會變得更加有效率的假設。

經常使用的「介系詞＋the fact that ~」　應用

「介系詞＋the fact that ~」的表達型式，其實經常看到（像 p.139 的英文例句中的 by the fact that ~）。特別是和 due to ~（因為~）結合的 due to the fact that ~（因為~的事實），及和介系詞 despite（儘管~）結合的 despite the fact that ~（儘管~的事實）等表達型式都很重要。

※ 可以想成「介系詞的後面不接 sv，所以中間會夾著 the fact that」（這個表達型式在寫作或口說上都很好用）

Many people in this area refuse to vaccinate their children despite the fact that vaccinations help to prevent disease outbreaks.

儘管疫苗接種確實有助於避免疾病爆發，這個地區裡的很多人還是拒絕讓孩子打疫苗。

※ vaccinate（接種疫苗）（名詞形是 vaccination）／outbreak（爆發）

141

3-4-3 「介系詞＋連接詞 that」的特殊表達方式

介系詞的後面不喜歡接 that 子句

由於連接詞 that 接的是名詞子句，雖然原則上名詞子句**和名詞有相同的功用**，但（和名詞不同）**無法接在介系詞的後面**。

※ 沒辦法像一般名詞一樣簡單接在介系詞的後面。請想成是「介系詞後面不喜歡接 that sv 那麼浮誇的句型」就可以了

不過也有例外，**只有 in / except 這兩個介系詞是 OK 的**（其實也是因為經常使用而被當成了慣用表達）。in that ~ 有直譯為「就～這點而言」，以及由其延伸的「因為～」兩種意思（經常是「兩種意思都可以」的情況）。

原則：that 子句無法成為「介系詞的受詞」（「介系詞＋ that sv」是不行的）

例外：① in that ~ 就～這點而言、因為～　※表示範圍的 in（就～這點）

　　　② except that ~ 除了～

Laptop computers differ from desktops in that they are portable.

筆記型電腦就可攜性這點來說與桌上型電腦不同。

We know nothing about Ms. Taira except that she is from Okinawa.

除了知道 Taira 小姐是來自沖繩以外，我們對她一無所知。

＋α **所謂 except sv 的表達方式**

偶爾會有「except that sv」的 that 被省略的情況。這種 except sv 的表達方式幾乎是把 except 當成連接詞在用的感覺（雖然早已出現過在考題裡，不過沒有必要勉強背起來，當作參考就好）。

3-4-4　構成副詞子句的 that

基本概念

句型：SV that sv.　※必定接在「主要子句之後」
判別： that 子句被判斷為多餘，則「構成副詞子句」
意思： ① 結果：因為～結果～、程度：～左右
　　　　② 理由（感情的<u>原因</u>或判斷的<u>根據</u>）：因為～、竟然～

that 副詞子句的「句型」

　　雖然連接詞 that 的主要工作是**構成名詞子句**，但它還有個副業是**構成副詞子句**。但是構成副詞子句的 that 有一點特殊，不會使用從屬連接詞的基本句型（If sv, SV.），而必定會**接在主要子句的後面**。

that 副詞子句的句型

> ×）That sv, SV　◎）SV that sv.　※必定接在「主要子句之後」

> She is happy that her photograph won second prize in the contest.
> 她很高興，因為她的照片在比賽中獲得了第二名。
> ※ win（獲勝）的過去式形態是 won

　　請留意這句英文中構成副詞子句的部分，句子在寫到 She is happy 時就已經完整了（已經是 SVC 句型下的完整句子），所以不缺其他必需要素。因此 **that 之後的部分是多餘的** → 可以判斷是**副詞子句**。

　　像 I know that he is busy.（我知道他很忙）這樣的句子，及物動詞 know 需要受詞（也就是希望後面能有名詞），that 就可以構成名詞詞組。但像這裡的 She is happy 不需要受詞（後面不需要有名詞），就可以認為**句子已經完整了**。

　　※「已完成／完整、不完整」的概念會在關係詞（p.830）詳細解說

that 副詞子句的「含義」

　　that 副詞子句具有**結果、程度／理由**的意思。結果（因為～結果～）和程度（～左右）這兩種含義，會被用來理解 so ~ that ~ 的句子（稍後再詳細解說）。核心重點**除了 so ~ that ~ 以外的所有 that 副詞子句，只要想成理由（感情的原因或判斷的根據）含義的「因為～」或「竟然～」就 OK 了**。特別是在表達感情或判斷之後，會使用 that 來傳達**造成那種感覺或那樣判斷的理由**。剛剛那句英文（She is happy that her photograph won second prize in the contest.）中也是在說完 happy 之後，透過 that 後面的部分加上「因為獲得了第二名」的描述，**傳達 happy 的理由**。

補充 做為慣用表達使用的 be sure that ~（確定～）

　　這裡的 sure 採用和 be happy that ~ 相同的句型（be 形容詞 that ~），本來寫作 be sure of it that ~（it 是型式上的受詞，在這省略了 it），和 happy 等字不同，不如把 be sure that ~ 當成慣用表達來想會比較簡單。除了 sure 以外，也可改放其他如 aware（察覺的）、afraid（害怕的）等字，這種表達方式的特徵就是具有「認知系統」的意味。

追加英文

請翻譯以下句子。

(1) Based on the shape of the stone arrowheads, the archaeologists inferred that the ancient civilization was actually highly advanced.

　　※ arrowhead（箭頭）／archaeologist（考古學家）／請不要查字典，推論看看 infer 的意思

(2) He was not permitted to enter the contest on the grounds that he was a professional, and the contest was for amateurs.

解答範例

(1) 根據石鏃的形狀，考古學家推論這個古文明其實高度發展。

　　※ 因為是 SV that ~ 的句型，因此只要把 infer 想成「思考、說」的意思就 OK 了。正確的意思是「推論」，句子下方給了「推論看看 infer 的意思」的小提示

(2) 基於他是專業人士（以此為業），且這項比賽是給業餘人士參加的，他不被允許參加這次比賽。

　　※ on the grounds that（基於～的理由）／enter（參加）

3-4-5　so ~ that ~ 句型的基本概念

so ~ that ~ 裡的「that 的真面目」

This restaurant is so popular that you have to make a reservation a year in advance.

這家餐廳受歡迎到你必須提前一年預訂。

※ in advance（提前）（in advance 修飾 a year）p.422

　　在我們熟悉的 so ~ that ~ 句型裡的 that，其實是**構成副詞子句的 that**。由於 This restaurant is so popular（SVC）已經是個完整的句子，**因此 that 以下都是多餘的部分 → 也就是副詞子句。**

so ~ that ~ 有兩種含義

so ~ that ~ 的意思

> ① 結果：因為～所以～（造成的結果）　※從前面開始思考
> ② 程度：～到～的地步　※從後面開始思考

　　看到 so ~ that ~ 的時候，一開始先用**結果（因為～所以～）的意思**來思考的話會比較輕鬆（可以從前面開始思考句意）。如果覺得翻譯起來不自然的話，就改用**程度（～到～的地步）的意思**來想就行了。然而，實際上**大部分的句子，用結果和程度這兩種意思來解釋都可以說得通**（以下舉例，同樣的英文可以有兩種解讀方式）。

She got so angry at me that she never spoke to me again.

【結果】因為她太生我的氣了，所以她再也不跟我說話了。

【程度】她氣我氣到再也不跟我說話（的地步）了。

找出 so ~ that ~ 的技巧 應用

以前所舉的 so ~ that ~ 例句，因為「so 和 that 間的位置很近（so kind that ~）」，所以很簡單就能發覺是這個句型，但在實際的英文句子中，有的 so 和 that 是分開的（難以發覺關聯性），而且在口語會話裡有時 that 會被省略（這時，就算直截了當地說「有沒有發現 so 和 that 是重點」，應該也很難知道在說什麼吧）。

看透 so ~ that ~ 的重點在於思考 so 的方式。原本學到的 so，應該是「非常」的意思（本書為了方便起見也是這麼寫的）。

但是 so 真正的意思其實是「像那樣」，所以為了呼應 so（像那樣），that 即是「到什麼地步（程度）」的意思。也就是 核心重點 **so ~ that ~（像那樣~程度大概是到~的地步）才是本來的意思**。就用像這樣「一個人自問自答（到什麼地步？程度大概是~）」的概念，來看一下剛剛那句英文例句吧。

> She got <u>so</u> angry at me → <u>that</u> she never spoke to me again.
> <u>像那樣</u>生氣 → 大概<u>到</u>再也不跟我說話的地步地生氣

這是比較安全的思考方式。透過思考 so（像那樣）的方式，讓腦海中留下「到什麼地步？」的疑問。然後在找到 that 的當下，就可以讓這個疑問消失得無影無蹤了。利用這種思考方式，即使 so 和 that 分開，也可以發現句中的 so ~ that ~ 句型。讓我們來試著練習看看吧！

> Aoyama Flowers sold so many bouquets for Mother's Day that additional delivery staff had to be hired.
>
> 因為 Aoyama Flowers 賣了非常多的母親節花束，所以不得不雇用了更多的送貨人員。
>
> ※ 用上面的思考方式翻譯「賣了像那樣多的花束，程度是多到不得不雇用更多送貨人員的地步」

從結論來看，so ~ that ~ 的概念是「像那樣，程度到~的地步」，不過這點和中文的概念不太一樣，所以若要得到自然的句子，還是得用**結果或程度**的意思來翻譯。

※ 然後在不知不覺中，so 原本的意思就被忽略了，最後被迫變成「非常」的語意

財經傳訊 幫你一手掌握「理財金融、工作趨勢、經營管理」新觀念

財經傳訊 幫你一次進入「人文殿堂、完美溝通、勵志人生」新概念

好書出版·精銳盡出

台灣廣廈國際出版集團 Taiwan Mansion International Group

BOOK GUIDE

2024 財經語言·春季號 01

知·識·力·量·大

＊書籍定價以書本封底條碼為準

地址：中和區中山路2段359巷7號2樓
電話：02-2225-5777＊310；105
傳真：02-2225-8052
E-mail：TaiwanMansion@booknews.com.tw
總代理：知遠文化事業有限公司
郵政劃撥：18788328
戶名：台灣廣廈有聲圖書有限公司

LA PRESS 語研學院 用最新的學習概念、高效學好外語

國際學村 最專業的教學教材選用書！暢銷外語學習書！

國際學村 新制多益、日語檢定專業準備用書

善用你的能力圈，只買你懂的，只做你會的。
讓切老幫助你徹底釋放內在的投資潛能。

NEW

能力圈選股，投資致勝的關鍵

主動投資最為人忽視的致勝關鍵。

近年來「存股」成為股票投資時的顯學，很多投資達人強調買進一些股票長期持有就會有好的回報。但投資真的有這麼簡單嗎？你會不會存到一支業績只是曇花一現，業務卻逐漸走下坡的企業股票？或是，因為沒能很深入瞭解這家公司，當股價有劇烈波動時，你就因為缺乏信心而抱不住股票，最後錯失了股票的成長複利？

如果你投資的股票，其業務內容與營運模式在你理解的能力圈之外，那你的存股結果其實和賭輪盤差不多。

投資要成功的關鍵就在於能否掌握自己的能力圈，並且知道自己能力圈的限制在哪裡，哪些投資可以做，有哪些不能做。要獲得投資成功的關鍵就在你自己身上。

作者／謝毓琛（切老） 定價／550元

神準天王分享日賺10萬元的操盤技巧

100張圖成為當沖贏家

NEW

協助新手克服「貪和怕」兩大心理門檻

本書以此為基礎，針對初學者提供完整的入門系統，在兼顧心理層面的情況下，分享知識。

例如一般小資族，常常因為賺錢的心太急，且只有一套資金，投入之後就沒有轉圜機會，被套又捨不得停損，因而周而復始的淪於失敗的宿命。因此他提出當沖成功的條件，第一條就是現金準備越多越有利：「投資比例要低」，是重要的贏家經驗。

作者提供的許多建議，都考量到心理的層面，如盤中不可任意改變心意。尤其在該不該「留倉」方面。正確的抉擇是當沖就當沖，不要留倉。即使要留倉，也是「做對加碼」式的擴大獲利，而非「做錯攤平」式的抱殘守缺。

除了心理層面的問題，對一個當沖的入門新手，所必須知道的知識面問題，作者也提供系統化的資訊。從如何取得當沖的資格，到什麼價格的標的容易操作，都有詳細的說明。

作者／方天龍 定價／460元

> 【原本的意思】像那樣程度 → 程度到～的地步
> →【結果】因為～所以～（造成的結果）
> →【程度】～到～的地步

so ~ that ~ 句型的延伸內容

so ~ that ~ 用在否定時

問題：請翻譯以下句子。　※翻譯後請確認前後兩句是否互相矛盾

> She is a liar. I'm not so stupid that I believe what she says.

　　第一句翻成「她是個騙子」是 OK 的，第二句用「因為～所以～」的意思來翻的話，就會變成「因為我沒有那麼笨，所以我相信她說的話」這種不知所云的句意。在這裡特別要注意的是 **so 原本的「像那樣」**的意思，如果改用自嘲的語氣來說看看，應該就可以理解意思。

> I'm not <u>so</u> stupid → <u>that</u> I believe what she says.
> 「我沒笨成那樣」 → 「到相信她說什麼的程度」
> → 「我還沒笨到相信她說的話」

思考轉換 **為何否定句用表達「結果」的翻法行不通？**

上一句的英文翻成表示結果的「因位～所以～」意思，就會變成「因為我沒那樣笨所以我相信她說的話」。為何會出現這樣的句意錯誤呢？原因在於使用這種翻法，會把句子斷在了 I'm not so stupid，而 not 的效果就因此停在了前半句（明明 that 以下也應該在否定範圍內）。**so ~ 應該要和 that 一起思考**，如果是肯定句，那麼句子中斷是不會有影響的，但否定句就不行了。不過不管怎樣，只要用 so 原本「像那樣」的意思下去思考，那就可以迎刃而解了。

單獨的 so 也可以表示「像那樣～」 延伸

　　我想大家都有學過，沒有和 that 搭配使用的 so 是「非常」的意思（I'm so happy!（我非常開心！））。雖然字義的確是這樣沒錯，不過實際上這句話是建立在「我是像那樣開心！」的概念上，而從前後句的意思及說話者的語氣，可以判斷出「像那樣」是怎樣，因為**單獨的 so，是從 so ~ that ~ 省略 that 以下部分**（因為情緒強烈而說不出話的感覺）**而來的**。

　有很多學習者會把 so 和 very 當成同義字來用，不過若用普通的表情說 Thank you so much! 的話，其實相當不自然，對方可能會擔心「你是不是在生氣？」

　　因此 I'm so happy!（依照情境不同）只要解釋成充滿感情的「我真的非常開心！」，就可以貼切表達出這句話的真正意思。

※ 因此有 so 的句子，經常與「!（驚嘆號）」一起出現。

> What are you so happy about?
> 你怎麼這麼開心？　　※ 直譯「你因為什麼事開心成那樣？」

　　so（像那樣）的概念對於理解這類疑問句也非常有幫助。只要想成「像那樣」就能夠以自然的方式解釋它了。

所謂 such that 的表達型式

　　such a 形容詞 名詞 that ~（因為是那樣 形容詞 的 名詞，所以～），這個句型和 so ~ that ~ 的意思一樣，都表示**結果或程度**。再者，有時還可以變成 S is such that ~ 的句型。「such a 形容詞 名詞」是將所強調的重點**集中放在 such 這個字之上**的表達型式。

S is such that ~ 的意思

① 結果：因為 S 實在太～，所以～
② 程度：足以做～

> Their relationship is such that they can discuss anything.
>
> 他們的關係好到無話不談。　※用「程度」意思來翻譯

　　這句英文用**程度意思**來翻譯會比較自然，如果用**結果意思**來翻的話，就會變成「因為他們的關係實在太好，所以無話不談」這種有點不自然的翻譯。

※ such that 有時會用在英文倒裝句裡（Such is S that ~ 的句型）（倒裝句會在 p.890 詳細解說）

3-4-7 關於 so that ~ （和 so ~ that ~ 的區別）

連在一起的「目的」

　　跟 **so ~ that ~** 相似的有 **so that ~** 這個表達型式。核心重點 **so** 和 **that** 連在一起時是表示目的（為了~）的意思。

※ 這個「連在一起 → 目的」的概念，在不定詞（so ~ as to ~ 和 so as to ~ 的區別）也會一直用到　p.518

> She took a picture of the entrance so that she would recognize the building the next time she came.
>
> 她拍了一張入口的照片，以便下次她來時能認出那棟樓。
>
> ※ the next time 是連接詞　p.119

　　如果只有說「拍了照片」，當然會反問「為何？」，所以用 so that 之後的部分來傳達**拍照的目的**。

必須有助動詞

　　這個 so that 的後面**必須有助動詞**。助動詞本身是什麼都可以，經常使用的是 will / can（為了時態一致的話會用 would / could）。

They spoke softly so that the baby wouldn't wake up.

他們輕聲說話以免寶寶醒來。

※ so that 之後若是否定句，則翻成「以免～」會比較自然

補充 為何必須有助動詞？

　　所謂**目的**，當然是表示**未來的動作**。大家學習英文的目的是「為了考好、工作要用到、去海外旅遊等等」各種**未來的行為**，而表達目的的記號就是助動詞。

　　說到未來常只會想到 will，但其實**所有的未來式都可以用助動詞表示**。例如 You may go home.（你可以回家）即是表示「接下來隨時都可以回家」的意思吧。像這樣**目的是表示未來的動作 → 未來的動作必須用到助動詞表示**，所以才會有「so that s 助動詞」的表達型式。

進一步的 so that ～ 注意事項 應用

☑ 跟使用片語 in order 的意思相同

　　「so that s 助動詞＝ in order that s 助動詞」，兩者意義相同。

　　※ 同樣「so as to ～ ＝ in order to ～」　p.516

A new weather satellite was put in orbit in order that the weather forecast would be more accurate.

為使天氣預報更加準確，發射了新的氣象衛星進入軌道。　※ orbit（軌道）

☑ 可以省略 that

I'll tell you the password so you can log into the company database.

我會先告訴你密碼，以便你可以登入公司的資料庫。

　　that 被省略之後，就無法與單獨的 so（有「因而」的意思）區別開來，但經常會出現用 so that（目的）或 so（結果）這兩個意思來解釋都可以的情況。上面這句把它想成「結果（告訴密碼，結果可以登入）」的意思就 OK 了。

順道一提，請把這裡的 so（so that 的 so）和剛剛的 so（so ~ that 句型的 so（像那樣）），想成是完全不一樣的意思（因為這裡並非像 so tall 那樣是用 so 來修飾些什麼）。

※ 第一次知道這種省略方式時，我因為覺得「沒有 that 不知道是什麼意思」而感到不安，不過實際用起來也沒什麼困擾。只要好好理解英文的意思就可以了

☑ 關於「加上逗號表示『結果』」

so that 前面加上逗號，構成「~ , so that ~」的句型，基本上是**表示「結果（因為~，所以~）」的意思**，不過有時透過上下文來判斷，最後會發現表達的不是「結果」而是「目的」（表示「結果」意思時不一定必須要有助動詞）。

※ 「目的」和「結果」是一體兩面的關係，這部分會在不定詞時詳細說明　p.499

The door was locked and the lights were off, so {that} it appeared that nobody was home.
門鎖著，燈也沒亮，所以看來是沒有人在家。

接下來是繼續延伸的內容。「~ , so that ~ 表示結果」的這點在文法書或字典上都是這麼寫的，也因此在考試的世界裡，不會遇到任何質疑（我也是這麼認為的），但在現實生活，有許多母語人士對此抱持相反的意見，認為用來表示結果的不是「~ , so that ~」的句型，而是「~ , so ~」的句型（特別是在美國的日常會話中幾乎只會用 so）。簡而言之，**用 so that 表示目的、用 so 表示結果**的情形較多。

※ 整理一下，表示「目的」的有 so that 和 so（省略 that），表示「結果」的情況大部分都是只用 so

以下的英文句子，雖然有逗號，但因為是 so that，所以一般會用「目的」下去理解。

He made a shopping list, so that he wouldn't forget what to buy.
他列了張購物清單，以便他不會忘記要買什麼。

追加英文

請翻譯以下句子。

(1) It's raining so hard that it's dangerous to keep driving.

(2) The restaurant was not so busy that we couldn't get a table.

(3) It is important to have an investment plan so that you can live comfortably in retirement.

(4) She got to the concert early in order that she could get a good seat.

解答範例

(1) 因為雨下得非常大,所以繼續開車很危險。
（雨下得大到繼續開車很危險的地步）

(2) 那間餐廳的生意沒有好到我們會沒有位子的地步。

※ 可用「餐廳的生意沒有好成那樣,那樣是哪樣呢,到沒有位子的地步」來理解

(3) 為了讓你能在退休後舒適地生活,有投資計畫是很重要的。

(4) 為了搶到好位子,她提早去了演唱會現場。

※ 假設是沒有劃位的先搶先贏

3-4-8　構成名詞子句的 if / whether

if 不只可以構成副詞子句，還可以構成名詞子句。

　　可以構成名詞子句的連接詞，除了 that 以外還有 if 和 whether。首先，if 具有三種看起來各不相同的意思，但都具有表示 **核心重點** 一半一半不確定性的共通點。

if 的意思　核心概念：一半一半不確定性

> ① 副詞子句的情況：「如果～的話」、「假使～也～」※ 也有 even if 的表達型式
> ② 名詞子句的情況：「是否～」
>
> > ※ 不管是哪一種意思，都具有「發生可能性是一半一半」的這種無法立即決斷、
> > 不確定的感覺（當然這只是一種比喻，不是說真的剛好是 50%）

I wonder if Santa Claus exists.
我想知道聖誕老人是不是真的存在。
※exist（存在）

　　「聖誕老人是不是真的存在」這句話帶有半信半疑的感覺（沒有把握、不確定的感覺）。wonder（想知道）是**及物動詞**，所以**後面必須接名詞（受詞）**。因此在 wonder 後面立刻出現的 **if ~ 會被視為是名詞子句**。可以透過 **if 構成的是名詞子句 → 表示「是否～」**來判斷意思。

> ※ 因為對於「想知道」，可以反問「什麼？」，所以可以知道 wonder 是及物動詞　p.428

區別 whether

　　連接詞的 whether 可以構成副詞子句或名詞子句，但都具有 **核心重點** **兩者擇一的共通點**（whether 原本是疑問詞，詢問「哪一個？」〔wh- 即是疑問詞在拼字上的線索〕，而這個「哪一個？」是 whether 意思的核心）。順道一提，whether 和 if 只有在**構成名詞子句時的意思會是相同的**。

whether 的意思　核心概念：兩者擇一

① 副詞子句的情況：「不管是～還是～」
② 名詞子句的情況：「是否～」　※和構成名詞子句的 if 意思相同

Whether I go out with her or not, she plans to study abroad next year.

不管我有沒有和她出去，她都計畫在明年出國念書。

※ 副詞子句的 whether（Whether sv, SV. 的句型）

　　whether ～ or not（不管是～還是～）的句型很常用到，因為 whether **的核心概念「兩者擇一」**跟 or not 很搭，所以它們經常搭配著變成一組來用。

※ 有些人認為加上 or not 的話，句子會「變得太冗長」而不喜歡使用，但這種表達方式在口語中很常見

Whether I go out with her or not has nothing to do with you.

不管我有沒有跟她出去都不關你的事。

※ 名詞子句的 whether（Whether sv V. 的句型）／have nothing to do with（跟～無關）p.521

　　因為 Whether ～ or not 是**主詞**，所以可以判斷這個 whether 構成的是**名詞子句**。

※ 跟 if 不同的是，whether 在構成副詞子句和名詞子句時，意思都很相似，不過副詞子句和名詞子句的區分很重要，所以先把目標放在能夠區分它們上吧

總結 if / whether 的含義

連接詞　＼　子句種類	副詞子句	名詞子句
if	如果～的話、假使～也～	是否～
whether	不管是～還是～	

區別副詞子句和名詞子句的注意事項

問題：以下的 if 構成的是副詞子句還是名詞子句？請回答理由。

I don't know if this research will bear fruit.

【不太好的思考方式】翻譯 → 判別

　　憑感覺推測句子的意思，覺得「這個 if 感覺可以翻成『是否～』，用這個翻法的話，if 構成的應該是名詞子句吧」，會這麼思考的人不在少數，但請絕對不要這樣來思考。用這個方法，如果出現不懂的單字（像這裡的 bear fruit（得到成果））的話，根本連 if 是什麼意思都沒辦法判斷。

　　※ 不過話說回來，如果知道句意的話，也不需要「區別副詞子句和名詞子句」了吧，所以這樣根本是本末倒置

【理想的思考方式】判別 → 翻譯

　　know 是及物動詞（「知道」→ 可以反問「什麼？」）。所以請用「因為是及物動詞，所以後面需要接名詞 → if 構成的是名詞子句」的方式來判斷，只要正確理解文法，就能自然而然理解意思。

I <u>don't know</u> | if this research will bear fruit |.
　　及物動詞　→ 名詞子句

　　因為已經知道是**構成名詞子句的 if**，即使句子裡有不知道的單字，也能知道 **if 的意思是「是否～」**。掌握文法可以讓翻譯更輕鬆。

思考的先後順序：×）翻譯 → 判斷是名詞子句
　　　　　　　　　　◎）判斷是名詞子句 → 翻譯
問題解答：名詞子句／理由是「因為 know 是及物動詞，所以後面 if 構成的會是名詞字句
翻譯：我不知道這項研究是否會有成果。

---

if 和 whether 的差異 [應用]

　　if 和 whether 在構成名詞子句時**意思**相同，但**用法**有微妙的不同。要將接下來的內容全部背下來實在太辛苦了，主要先注意三項重點就好。

☑ **構成名詞子句的 if「只能做為受詞（無法成為主詞）」**

☑ **放在句首的 if 構成的絕對是副詞子句（If sv, SV. 的句型）**
　　※ 因為 if 給人強烈的會構成副詞子句的印象

☑ **whether 是萬能的，所以自己要用的時候用 whether 比較保險**
　　（只是要注意拼字正確）

構成名詞子句的 if 和 whether 的差異

	if	whether
整體印象	有限制 ※ 放在句首則必是「副詞子句」	萬能 ※ 放在句首等什麼位置都可以
可以當受詞？	◎	◎
可以當主詞？	× （使用虛主詞 it 的話就 OK）	◎
可以接在句首？	× （倒裝成 OSV 也不行）	◎
可以當補語？	×	◎
在介系詞後面？	×	◎
可以構成同位語？	×	◎ （和 question 等字）
後面接 to 不定詞？	×	◎ whether to ＋原形動詞（是否～）
可以和 or not 一起用？	○）if sv or not ×）if or not sv ※ if 的後面不可以是 or not	◎）whether sv or not ◎）whether or not sv

※ 或許有很多英文能力很好的人，會認為 if sv or not 不能用，不過事實上是可以用的。
　I'm not sure I can do it or not. 意思是「我不確定自己做不做得到」。

補充　whether 和疑問詞的特性相同

　　若知道 whether 原本是**疑問詞**的話，就能理解 whether 的用法跟 if 並不相同。whether 可以做為主詞、可以接在介系詞的後面，還可以變成「whether to ＋原形動詞」的表達型式，全都是因為 whether **殘留著與疑問詞相同的特性**（疑問詞也有可以構成名詞子句、做為主詞、可以做為介系詞的受詞，以及可以變成「疑問詞＋ to ＋原形動詞」等特徵）。

It does not matter whether you wear a tie or not, but you must wear a white shirt.

你打不打領帶不重要，但你必須穿白襯衫。

※ matter（重要，有關係）（詞性是動詞）

　　it 被稱作虛主詞，whether 子句則是真主詞（負責表達主詞實際上的意思）。既然 whether 子句是主詞，自然就是**名詞子句**。

The question whether a low-carb diet is better for you or a low-fat one is, is one that sparks heated debate.

是低醣還是低脂飲食對身體比較好的問題引起了激烈的爭論。

※ or 的後面原本是 a low-fat one is {better}／第一個 one 是 diet，第兩個 one 則是指 question／spark（引起）／heated（激烈的）

　　The question whether ~ a low-fat one is 到此為止是主詞（The question 和 whether 子句是「同位語」）。連接其主詞的動詞是逗號後面的 is。順道一提，有時也會用 of，變成 The question of whether 的表達型式（這種情況下就單純是 of 的受詞）。

總結　可以構成名詞子句的連接詞（that / if / whether）的共通重點

　　① 不是只能構成名詞子句（也可以構成副詞子句）
　　②「從句型來判別」是名詞子句還是副詞子句

思考轉換 if vs. that

if 傳達的是**一半一半不確定感**，與其意思相對的則是 that 傳達出來的**肯定確知**的語氣。例如 I know that ~（我知道～），而 that 以下的內容是表示「肯定後再確知」，因此把 that 以下的部分「當作事實」。

反之，I don't know if ~（我不知道是否～）則是使用帶有**不確定感**的 if。don't know if 和 don't know if that 間有著很微妙的不同，不過文法書和參考書裡都沒有提到這點，所以就先把這裡說的**不確定性和肯定確知**記下來，之後再確認吧。

☑ don't know if ~（不知道是否～）：主詞的人稱、時態沒有使用限制

☑ don't know that ~：不自然的表達方式（因為 that 後面所接的事情會被當作事實，在這裡卻說成「現在不知道」而感覺不自然）／但是在過去式、疑問句（Do you know that ~?）或第二及三人稱（He doesn't know that ~（他不知道～）等句型中卻經常使用

> I didn't know that Real Madrid lost today.
> 我不知道皇家馬德里今天輸了。
>
> ※ 表達的是「我之前不知道」的意思，過去式（I <u>didn't</u> know that ~）是自然的表達方式

另外，wonder if ~（想知道是否可以～）也帶有**不確定的感覺**。

順道一提，字典裡有收錄 wonder that ~（好奇～的事實）的意思，這個也可以利用**表示肯定確知的 that** 來解釋（將 that 後面的內容認定為事實後，感到「好奇」），但實際上這個表達方式很少用到。

追加英文

請翻譯以下句子

(1) I'm going to go to the kitchen to see if your orders are ready.

　※ 餐廳店員會說的話（被客人說「出餐太慢了吧」時會說）

(2) I wonder whether Rin still remembers me.

(3) The point is whether or not she will understand it.

(4) It does not matter whether we take the train or go by car.

(1) 我會去廚房確認您的餐點是否準備好了。

 ※ see if ~（確認是否～）雖然不常被拿來重點解說，但其實是很重要的表達方式

(2) 不知道 Rin 是否還記得我。

 ※ wonder 的受詞是 whether 子句

(3) 重點是她能不能理解。

 ※ The point is ~（關鍵／重點是～）／whether 子句做為補語

(4) 不管我們是搭火車還是開車去都沒差。

 ※ It 是虛主詞，whether 子句是真主詞／直譯「我們是搭火車還是開車去的這件事不重要」

表示時間或條件的副詞子句中的「現在式的特殊用法」

3-5-1　詳述基本規則

表示時間或條件的副詞子句之中會對未來事物使用現在式

針對連接詞和時態的重要規則，有下列幾項：

※ 對這部分感到棘手的人較多，因此這裡分成三項重點進行解說

　　表示時間或條件的副詞子句　之中　會對未來事物使用　現在式
　　　　　　①　　　　　　　　　②　　　　　　　　　　　③

① when（時間）和 if（條件）等**從屬連接詞能構成表示時間或條件的副詞子句**。句型是（If sv), SV.，（If sv)的部分即副詞子句（p.113）。
② 只有在副詞子句**之中**才是現在式。副詞子句以外（也就是主要子句）不適用這項規則。
③ 在需要使用 will 等表示未來動作的地方**使用現在式**。

> We will start the meeting as soon as Mr. Murayama arrives.
> Murayama 先生一抵達我們就會開始開會。

「抵達」是未來（接下來）發生的動作，因為是在 as soon as 構成的副詞子句之中，因此會以**現在式 arrives** 表達。順道一提，主要子句中的未來事物仍然是用表達未來的句型（will start）。

> Unless someone in our group speaks Japanese, it will be hard to communicate with Mr. Takahashi.
> 除非我們組中有人會說日文，不然會很難與 Takahashi 先生溝通。
> ※ unless 構成的副詞子句中用現在式（speaks）／表達「沒有會說的人而覺得艱難」的語意

+α 「**未來完成式 → 現在完成式**」**的改用**

　　未來的事物 → 改用現在式表達的概念，也延伸到**在應該用未來完成式（ will have p.p. ）的地方，改用現在完成式**的表達方式。特別是以完成語氣表示「做完～的話，就～」的意思時，大多會使用 have p.p.，這時候的動詞多半是 finish / eat / read / do with ~（處理～）等字。

I will reply to your text when I have eaten lunch.

等我吃過午餐，我會回你的訊息。

※ text（（智慧型手機的）簡訊、文字訊息）

思考轉換 **為什麼會產生這樣的規則？**

英國最傑出的劇作家莎士比亞（Shakespeare 1564 ~ 1616）的時代，曾經在表示時間或條件的副詞子句中使用原形動詞。

※ 原形動詞和現在式是完全不同的東西。be 動詞的原形是 be，現在式是 is / am / are。另外，原形動詞不會加三單現的 s，所以單純只是原形動詞經常看起來和現在式動詞一樣，但其實很不一樣

If love be blind, it best agrees with night.

如果愛是盲目的，那麼最適合它的便是黑夜。

Romeo and Juliet

當時有著這樣的規定：「if 子句內的動作尚未發生」→「使用動詞原始的變化（原形）」，但隨著時間流逝，許多人開始思考「比起 love be blind，love is blind 不是比較自然嗎？」，然後就開始認為這才是正確的用法。這項規則的建立原因有著眾多說法，但其他的說法都無法解釋莎士比亞的這個英文句子，於是我自己想出了這個概念，也可以說得通看得出來有留下當時規定痕跡的片語 if need be（如果需要的話）（不過比較常用的還是意思相同的 if necessary）。

3-5-2 副詞子句與名詞子句的區別

名詞子句的一般規則 應用

　　表示時間或條件的副詞子句之中會對未來事物使用現在式的這項規則，是以句中存在副詞子句為前提，副詞子句之外（如名詞子句、形容詞子句），仍使用一般表達未來的句型。

I don't know if he will come on time.

我不知道他是否會準時來。

※ 因為及物動詞 know 後面的 if ~ 是表達「是否～」的名詞子句，因此用未來式（will come）來表達未來的事物

需要特別留意的 when 和 if 應用

when 構成的是副詞子句或名詞子句

> ① 從屬連接詞「做～的時候」　※ 構成副詞子句用在 When sv, SV. 的句型裡
> ② 疑問詞「何時」　※ 用 when sv 構成名詞子句（成為「間接問句」）
>
> ※ 構成名詞子句的 when 雖然不是從屬連接詞，但經常出現在考題之中，所以就一起看看吧，總之，只要小心「及物動詞後面接的 when / if 子句」就可以了

Mr. Sawada knows when the company will unveil its next generation of smartphones.

Sawada 先生知道公司何時會推出下一代的智慧型手機。

※ 可以知道 when 是名詞子句 → 疑問詞「何時」的意思／unveil（去除（un）面紗（veil）→（揭開面紗）公開；推出）

總結 when 和 if 構成的「名詞子句」種類

> ① 及物動詞＋ when / if ~　※ 採用這個句型的動詞：know / wonder / see 等
> ② SV 人 when / if ~　※ 採用這個句型的動詞：第 4 句型的動詞（tell / ask 等）

從時態來判斷「when 的含義」 延伸

Please tell me when you will be finished with the conference room.
請告訴我你什麼時候會用完會議室。　※be finished（完結～）

這是 tell 人 物（告訴 人 物）的表達型式，物 的部分是 when 子句。

因為結構是 when s will ～，所以可以判斷這個 when 子句是名詞子句的「何時～」之意。

※ 再次提醒，應該要按照「判別」→「翻譯」的順序來判斷

Please tell me when you are finished with the conference room.
你用完會議室的時候，請告訴我。

「完結～」是**接下來**（未來）會發生的事，但這裡的 when 子句卻使用現在式的 are，因此可以知道這個 when 構成的是副詞子句，表示「做～的時候」。

資料 副詞子句中有現在式以外的表達型態時

雖然偶爾會有人誤以為「副詞子句中只會出現現在式」，但這其實只是**改用現在式表達未來的事物**而已，因此副詞子句裡還是有可能會出現現在式以外的表達型態。

□ **單純描述「過去事物」的情況**

Every time they scored a goal, the fans cheered wildly.
每當他們得分，粉絲們就歡欣鼓舞。

□ **if 子句內出現過去式** → 主要子句使用過去式助動詞的話為「假設語氣」（Chapter 4）

□ **if 子句中出現 will** → 有時說話者想要強調「意志」等意思時，就會使用 will，雖然文法書上一定會提到這個觀念，可是考試不會出這個，也很有可能一輩子都不會看到這個文法的實例，所以就不多說了（這不會在未來造成什麼問題，不用擔心）。

還有，在描述經常性發生的事物時，有時也會把現在式當作「現在、過去、未來式」來用（在這種情況下，主要子句會是現在式）。 p.48

整理一下重點吧！

- _____
- _____
- _____
- _____
- _____
- _____
- _____
- _____
- _____

假設語氣

【註】「假設語氣現在式」的用法會在助動詞部分說明 p.243

INTRODUCTION

假設語氣是「假想」

　　假設語氣表達的是「假想」，這種假想經常出現在日常會話中。「要是趕上那班車的話」、「長得再高一點的話」、「今天會早點下課嗎」……這些全部都是假想，所以會使用假設語氣，而這種表達方式在對話時意外常用。中文裡當然也有表達假想的說法，但中文和英文對於假想的說法有決定性的不同。

　　「我在等待白馬王子出現！」
　　假設有某個女孩在教室裡這麼說。這女孩有多麼相信「白馬王子」的存在呢？光看句子無法得知吧？只能從她的情緒或平時的言行來判斷，換句話說，就是得**察顏觀色**才能知道。雖然是假想的可能性很高，但也許從認識她的朋友來看，她是「認真的」也說不定，就像這樣，中文在這方面意外挺麻煩的。

　　反之，在英文的世界裡有著明確表示「這個是假想哦」的說話方式，這也是為什麼它會被稱為**假設語氣**的原因。下面兩個英文句子的意思明顯不同：

　　如果我遇到騎著白馬的王子，我會和他結婚！
　　① If I <u>meet</u> a prince on a white horse, I <u>will</u> marry him!
　　② If I <u>met</u> a prince on a white horse, I <u>would</u> marry him!

　　① 不是假設語氣。**表示時間或條件的副詞子句之中會用現在式表達未來事物**，表示「未來很有可能發生」，也就是說話者十分相信會有「白馬王子」。
　　② 是以「終究是個假想」為前提，表達出「雖然我知道根本沒有騎著白馬的王子，但假設有的話～」的**假想**。像這樣使用假設語氣的話，就可以清楚明白地表達所說的內容是假想。

大考裡的英文寫作題，有時會出現「如果能見到歷史人物的話，你想見誰？」，或是「假使你是某國的國王，你想做什麼？」這種題目，如果遇到這種題目卻不用假設語氣來寫，而是通篇都用 I will ~ 來寫的話，這篇文章就會變得非常幼稚。

※ 因為會變成積極表示「真心覺得自己有一天會成為國王」的語氣

假設語氣的記號是什麼？

　　如果詢問已經學過假設語氣的人：「假設語氣的記號是什麼？」，我想所有人都會回答相同的答案，大家覺得答案會是什麼呢？

※ 當然第一次學習假設語氣的人可以先忽略這個問題

　　十之八九會回答：「是 if」，但這卻是個天大的誤會。的確在最一開始的假設語氣公式裡有出現 if，但隨著越學越深當然也會出現**沒有 if 的假設語氣**。此外，剛剛那句英文（① If I meet a prince on a white horse, I will marry him!）裡明明出現了 if，可是卻不是假設語氣，所以 if 並非假設語氣的記號。

　　事實上，做為**假設語氣記號**的是**助動詞的過去式**！

　　一般按照「助動詞 → 假設語氣」的順序來解說的文法書較多，但本書會先說明假設語氣再解說助動詞。這是希望各位在看到**助動詞的過去式**（特別是 would / could）時，假設語氣的概念就會先跑出來，並牢牢記在各位的腦海中。

※ 在 ② 的句子中出現了過去式助動詞（would），但 ① 沒有吧（will 不是過去式）

意外浪漫的假設語氣

　　假設語氣的英文是 the subjunctive mood。

　　這裡的 mood 是指「模式（mode）」，也可以把它想成是「假想模式」，這樣就符合假設語氣所要表達的意思了吧？

另外，因為 mood 也有「情緒、心情」的意思，我覺得如果能利用這一點，讓人意識到「假設語氣裡面也包含著情緒、心情」的話，那也滿不錯的。

在說出假想時，可以表達出**憧憬、願望、後悔、悲傷**等等情境，這些情境都**包含了情緒和心情**（mood）。舉例來說，想要傳達的心情如果是「如果能～的話就好了，但實際上做不到，真可惜～」，那就要使用假設語氣，此外，因為**表達這種心情**也是助動詞所負責的工作，所以**假設語氣會使用助動詞的過去式**（使用過去式的理由請參照本章內容）。

整體流程

我們會先學習**使用 if 的公式**，之後再解說**不使用 if 的假設語氣**。雖然**助動詞的過去式是假設語氣的記號**的這個概念很重要，但有時也會有例外，出現沒有過去式助動詞的句型（p.194），但就算是這種情況，也不會對假設語氣是用來**傳達情緒和心情**的前提造成影響。在不使用過去式助動詞的假設語氣句子裡會出現 I wish ～，這種句子從以前開始就多半會像下面這樣處理。

常看到的改寫方式

> I wish I were a bird. 我希望我是一隻鳥。
> ＝ I'm sorry I'm not a bird. 可惜我不是鳥。

有時題庫會把 I'm sorry I'm not a bird. 的重點強調底線劃成這樣，可是即使亂猜，也不會以為這句話想要傳達的心情是「我可不是鳥」吧？重點應該是 I'm sorry 的部分。「（不是鳥）真可惜！」才是這句話要表達的重點，這也可以說是**傳遞情緒**的表達方式。

※ 順道一提，sorry 和 sore（疼痛的；悲痛的）的語源相同，可以表達「悲痛的心情」

征服「假設語氣」的心法

☐ 假設語氣表達的是「假想（不可能發生的事）」
☐ 「假設語氣」的記號是「助動詞的過去式」
☐ 「公式」雖然重要，但不是全部！

If Cleopatra's nose had been shorter,
the whole face of the earth would have been changed.

Blaise Pascal

如果克麗奧佩脫拉（埃及豔后）的鼻子不那麼挺，
這個世界的整體面貌就會不同了。

Blaise Pascal

CHAPTER 4-1

假設語氣的「公式」

4-1-1 　假設語氣的過去式

要談論假想就需要「公式」

　　如果要用中文講**假想**的內容，不會用到什麼特殊的文法，
核心重點 **在英文中則有可清楚表明「這是假想哦」的明確規則，而這
就是假設語氣的公式**。首先就從被稱為**假設語氣過去式**的基本公式開
始看起吧。

假設語氣過去式的公式 ※對「現在或未來」的假想／表面上是用「過去式」

> If s 過去式, S would 原形動詞　「如果（現在）～的話，那～」
> ※ 除 would 外也可以用 could / might / should

因為在 if 子句中使用**過去式**，因此取名為**假設語氣過去式**。但是內容（想傳達的事物）是**對於現在的假想**。也就是**表面是過去、裡面是現在（偶爾是未來）**，這點請特別留意。

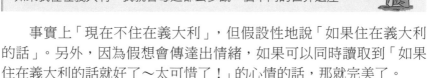

If I lived in Italy, I would visit a different World Heritage site every week.

如果我住在義大利，我就會每週都去參觀一個不同的世界遺產。

事實上「現在不住在義大利」，但假設性地說「如果住在義大利的話」。另外，因為假想會傳達出情緒，如果可以同時讀取到「如果住在義大利的話就好了～太可惜了！」的心情的話，那就完美了。

※ 當然傳達的是什麼心情，得要透過上下文的文意和說話者的狀況來決定

公式中應該注意的地方

☑ 助動詞的過去式

目前因為還在認識公式的階段，所以 if 看起來像是重點，不過 核心重點 **請特別留意「假設語氣的記號是助動詞的過去式」**這點（使用的多半是過去式助動詞 would / could）。

☑ be 動詞使用 were

假設語氣過去式的句型中，不管主詞是什麼（無論是 I 或 it 都一樣）都使用 were。

If I were you, I would tell him the truth.

如果我是你，我會告訴他真相。

「我是你」這完全是假想吧（不是事實）。這個 If I were you 是在提出建議時，為了表現出「我站在你的立場的話（就會這麼做）」的感覺而經常使用。

☑ 不只是「對於現在的假想」也可以用在「對於未來的假想」

假設語氣過去式的公式基本上會用在**對於現在的假想**上，但嚴格來說應該是**現在或未來的假想都可以**。但是沒有必要太過在意這點，

只要（從常識或上下文意）看英文句子，就可以清楚判斷句意了（清楚到過去從來沒有學生問過我這種問題）。下面的句子就是針對未來事物，不會難懂吧？

If you heard him give his presentation, you wouldn't recognize him.
如果你聽到他做簡報，你會以為他是別人（不會認出他）。
※ 並非「對於當下的假想」而是對「未來發生」的假想／hear OC（聽到 O 做 C）

FAQ 聽說「用 I was 取代 I were 比較符合現代潮流」～

確實 was 開始越來越普遍，但原則上還是會使用 were。再說了，使用奇怪的句型（I were），其實是為了表示：就算是**與現在情況不符合的事物 → 刻意用奇怪的句型表達 → 句型也可以傳達「假想」的意味**！在應該使用 I were 句型的情況（寫作測驗等）下，請特別注意。

當然，講錯講成 I was 也沒有問題（我有聽過英文新聞的播報員，使用假設語氣卻說了 I was），但我自己不會刻意使用 was。

※ 另外，之後出現的倒裝句（Were S ~）及片語（as it were（可以說是））也只會用 were。最重要的就是要使用正確的英文！

4-1-2　假設語氣的過去完成式

用來表示過去假想的公式

假設語氣過去完成式的公式　※對「過去」的假想／表面是使用「過去完成式」

If s [had p.p.] , S would have p.p. 「如果（那時）～的話，應該～吧」
※ 除了 would 以外，用 could / might / should 也可以

表達**對於過去的假想**（那時～的話）時，就會使用這個公式。因為 if 子句中使用**過去完成式**（had p.p.）的關係，所以叫做**假設語氣過去完成式**。而想傳達的內容是**對於過去的假想**。換句話說，**表面是過去完成式、裡面則是現在式**。跟剛剛的假設語氣過去式相比，可以知道動詞是**往過去平行移動了一個時間段**。

假設語氣過去式	If s 過去式 , S would 原形動詞

假設語氣過去完成式	If s had p.p. , S would have p.p.

if 子句內**過去 → 過去完成**時，主要子句中的 **would 原形動詞 → 會變成 would have p.p.**。當然因為**假設語氣的記號是助動詞的過去式（would）**，因此這兩者都有在公式中用到。

> If you had read the book first, you would have enjoyed the Harry Potter movie more.
> 如果你之前曾看過這本書，那你應該會更喜歡哈利波特的電影。

雖然一般只要知道公式就行了，可是如果可能的話，我會希望各位能從句子中讀取到「你應該就會更喜歡這部電影的～真可惜啊！」的心情。

would / could 是「假設語氣的記號」

假設語氣的英文是 the subjunctive mood，在 INTRODUTION 有說明過，假設語氣傳達的是 mood（情緒、心情）」。想要傳達**心情**，就需要助動詞，從假設語氣所使用的**時態是過去式**可知，助動詞也會是過去式。因此，**助動詞的過去式才是假設語氣的記號**。

※ 其實英文裡很少把 could 翻成「會了」（不太會談論「過去做得到（現在沒辦法）的事」吧）。如果乾脆把 could 當成「假設式」或「假想式」，而不說它是「過去式」，那麼因為「假設語氣」感到煩惱的人應該會大大減少吧（這當然也是我自己的假想）

+α **假設語氣中「過去式助動詞」所表達的語氣**

	意思	語氣
would	本來應該會～	表示意志或推測「應該～」的語氣 ※ 最常使用
could	本來應該可以～ （應該能夠～）	表示「可以」或「能夠」的語氣 ※ 經常使用

	意思	語氣
might	本來也許～	表達「也許」的語氣 ※ 偶爾使用
should	本來應該～	只用在主詞是第一人稱（I / we）時

If I had studied harder for the test, I might have passed.

如果我那時更努力念書準備考試，那我或許已經通過了。

※ might 表達「或許～」的語氣／I would have passed. 是「我本來應該會通過」

I should have been pleased if your friends had joined us for tea in the garden.

如果你的朋友們那時來和我們一起在花園裡喝茶的話，我應該會很高興。

4-1-3　假設語氣的的概念和感覺

假設語氣 vs. 直述語氣

在這裡先來看看**假設語氣和不是假設語氣的世界**有什麼差別吧！

If it rains tomorrow, I won't go shopping.

如果明天下雨，我就不會去購物了。

這句英文裡雖然有 If，但因為沒有**助動詞的「過去式」**而不是假設語氣。**不是假設語氣 → 不是假想**，所以「下雨＆不去買東西的可能性很高」（這個句子是「在表示時間或條件的副詞子句之中，使用現在式表達未來事物」的句子 p.160）。順道一提，像這種不是假設語氣的句子叫做**直述語氣**，也就是「將有可能發生的事直接描述出來」的講法。

※ 簡而言之，直述語氣就是「一般的句子」，例如 This is an apple. / I play tennis. 等，全部都是直述語氣

假想也有程度之分 應用

假設語氣表達的是**假想、與現實相反或非現實**，因此雖然假設語氣基本上是用來表達「不太可能發生的事」，不過其中也會有「可能發生的事」，可以透過現實狀況、常識或上下文來分辨，嚴格來說，按照假想程度可以分為以下三種類型。

假設語氣的假想類型

① **不可能！**：「與現實完全相反」的假想
② **不知道！**：不管現實是怎麼樣，總之先提出假想再說
③ **有可能！**：在知道「實際上有可能會發生」的前提下使用假設語氣

當然，多半都是 ① 這個類型，但偶爾也會出現「這在現實中不是有可能會發生嗎？」的句子。只有在這種情況下，改用 ② 的假想類型（不管現實是怎麼樣，先提出假想再說）來思考是 OK 的。

If you knew the real me, you'd fall in love with me.
如果你認識真正的我，你就會愛上我。

這個英文句子用 ① 的概念（與現實相反或非現實）來解釋的話，會變成「因為不認識真正的我，所以也不會愛上我」。可是，講這句話的人想表達的應該是 ② 的那種「（先不管實際上會不會，但）如果你認識真正的我（大概不太有機會），那就會～」的感覺吧（雖然還是要看說話者的心情和狀況來判斷啦）。

Would you look something up for me?
能否請你幫我查個東西呢？
※ 直譯是「你會替我查詢（look up）某些東西（something）嗎？」

這裡的假設語氣用在了「有可能會發生」的事上，並在現實上要求對方做某個行為，因此並不是**純粹的假設語氣**，而是**帶有假設語氣**的表達方式（③ 的概念）。上課時曾學過「Will you ~? → Would you ~? 改成過去式，語氣就會變禮貌」的概念，我認為就是因為**假設語氣的**

would，**語氣才會變得客氣禮貌**。would 裡帶著「假想（如果可以的話、如果有意願的話）」的意味，語氣也因此變得有禮貌。

<u>Will</u> you look something up for me? 表達的是「你會為我查個東西嗎？」，而 <u>Would</u> you look something up for me? 則是「<u>能否請你</u>幫我查個東西呢？」的感覺。

＋α **用 would 可以表現出禮貌的語氣**

Would you ~? 不只能用來表達請求，有時在對話中也可以用來表現出禮貌的語氣（當然這也是屬於③的假想）。

> A friend of mine is looking for a babysitter. Would you be interested?
> 我的一個朋友在找保姆。你會不會有興趣呢？

上面例句的後半句中，隱藏著 if she offered you a job 的意思，表達出「（先不管實際上有沒有）也許她（我的這個朋友）會給你這份工作」的感覺。雖然可以把③看成是「對話時的慣用表達」，不過考慮到其中假設語氣所造成的延伸影響，早點知道「**助動詞的過去式時常受到某些假設語氣的影響**」的英文真相，也是很有用的。

4-1-4　　　　**鍛 鍊 假 設 語 氣 的 感 覺**

寫作和口說需要「察顏觀色」

若是中文 → 英文的情況，必須從上下文來**判斷要使用直述語氣 or 假設語氣**。雖然這麼說，但其實並不困難，例如小學生說：「如果你做得到，就給你 100 萬！」，很簡單就能判斷出這句話真正的意思是「如果你真的會就給 100 萬，<u>但實際上你根本不可能做到</u>！」。

> 「如果你爬上那棵樹，就給你 100 萬」
> ① If you <u>climbed</u> that tree, I <u>would</u> give you a million.　※假設語氣
> ② If you <u>climb</u> that tree, I <u>will</u> give you a million.　※直述語氣

①用的假設語氣表達出了「不可能」的感覺，②的話則呈現出實際上有「拿到 100 萬」的可能性，也因此會想要去試試看。

享受「假設語氣的世界」吧！ 應用

detective: If you are guilty, we will find the evidence.

suspect: Even if I were guilty, you wouldn't find the evidence.

警探：如果你有罪，我們會找到證據。

嫌犯：即使我真的有罪，你們也不會找到證據。

　　警探用的是直述語氣（If you are guilty）表達出「犯人有罪的可能性真實存在」，另一方面，嫌犯使用假設語氣（Even if I were guilty）表示「有罪是假想而非現實」→「不承認有罪」。單看中文無法表達出來的背後情緒，可以透過英文來讀取到。

直述語氣和假設語氣混合的句子 延伸

　　有時句子裡也會同時出現直述語氣和假設語氣（混合了事實和假想），這時只要用**「有可能 or 不可能」來判斷兩者的動詞**就 OK 了。

If I had known that he is small-minded, I would never have gone out with him.　※ small-minded（心胸狹窄的）

如果我之前知道他心胸狹窄，我就絕對不會和他出去了。

　　句子整體是**假設語氣過去完成式**，「知道」和「不會出去」都是**假想**（實際上是「不知道而且出去了」），但是「心胸狹窄」這件事是**事實**（that he is small-minded）所以是用 is。

　　※ 而且覺得「現在仍然是心胸狹窄」，所以使用現在式的 is　p.56

參考　「過去式」是「退一步」

　　之前曾說明過，無論是在時態還是假設語氣裡使用**過去式**，理由有時可以解釋為想要表達出一種**退一步**的感覺。

「過去式」的「退一步」

---

① **過去的事物**：從現在「退一步」　※ 一般的過去式
② **非現實的事物**：從現實「退一步」　※ 假設語氣過去式
③ **禮貌的表達方式**：向對方「退一步」　※Would you / Could you ~? 等等

　　而且也可以藉此得出，**退一步 → 過去式**，（從現在）**退兩步 → 過去完成式（had p.p.）**。因此**過去的過去及對過去的假想（假設語氣過去完成式）**都是使用 had p.p.。

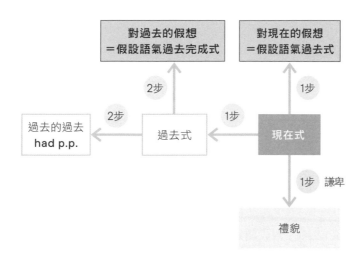

思考轉換 **過去式與現在式的獨特用法**

假設語氣是對**現在的非現實**使用**過去式**。

不過也有與此相反，**對發生在過去的事實使用現在式**的表達方式。簡而言之，透過使用現在式，可以將過去的事實描述地更為生動。

> The car's battery died, and then steam and an awful burning smell comes out from under the hood. This is when we know we're in trouble.
>
> 車子的電池沒電了，然後蒸汽和一股難聞的焦臭味從引擎蓋底下冒了出來。這時我們就知道自己有麻煩了。
>
> ※ died 在這裡表示「已耗盡」的意思，之後的句子就都用現在式，以現場直播般的方式描述／「現況」的部分使用的是現在式對吧 p.54

因為假設語氣會**對現在的事實使用過去式**，造成脫離現實的效果，上面這句英文則是**對過去的事實使用現在式**，呈現出拉回現實的感覺。

追加英文

請翻譯以下句子。

(1) If the gym were closer to my house, I would go there more often.

(2) If we had taken one more step into the street, we could have been hit by that car.

(3) The party would have been more fun if more people had come.

解答範例

(1) 如果健身房離我家近一點，我就會更常去。

(2) 如果我們那時再往街上多走一步，我們可能就會被那輛車撞到了。

(3) 如果那時有更多人來，那場派對就會更好玩。

4-1-5　假設語氣的「混合公式」

混合假設語氣（假設語氣過去完成式＋假設語氣過去式）

　　混合了假設語氣過去完成式（對過去的假想）和假設語氣過去式（對現在的假想）的句型公式，可以表達出「那個時候～的話，現在應該就～吧」的意思（這是經常用到的表達方式）。

混合假設語氣的句型公式

假設語氣過去式	If s ~~過去式~~, S would 原形動詞
	＋
假設語氣過去完成式	If s had p.p., ~~S would have p.p.~~
	↓
混合假設語氣	If s had p.p., S would 原形動詞

「如果（那個時候）～的話，（現在）應該～吧」

　　（假設語氣過去完成式）　　（假設語氣過去式）　※除 would 外也可以用 could

If I had bought that stock five years ago, I would be a millionaire now.

如果我五年前有買那個股票的話，我現在就會是百萬富翁了。

※ stock（股票）／if 子句是假設語氣過去完成式（had p.p.），主要子句是假設語氣過去式（would 原形動詞）

資料 **顛倒類型**（if 子句是假設語氣過去式＋主要子句是假設語氣過去完成式）

混合假設語氣還有一種顛倒類型。理論上可以解釋成「如果現在～的話，那個時候就～了吧」，但這種英文表達方式幾乎沒有在用，所以可以忽略。然而，在假設語氣過去完成式的公式中（If s had p.p., S would have p.p.），當 if 子句中所指事物仍適用於現在現實時，就會因為是**對現在的假想 → 改用假設語氣過去式**（If s 過去式, S would have p.p.），不過這種表達方式很少用到。

> If Ferraris were cheaper, I would have bought one already.
>
> 如果法拉利便宜一點的話，我早就買一輛了。
>
> ※ 事實上「法拉利在現在也不 cheap（便宜）」，所以因為是「對現在的假想」→ 改用「假設語氣過去式」／主要子句則是「對過去的假想」→ 變成「假設語氣過去完成式」

4-1-6 假設語氣「未來式」的公式
（使用 should / were to ～ 的假設語氣）

無法一概而論的「不可能」實在很麻煩

除了對現在的假想（假設語氣過去式）和對過去的假想（假設語氣過去完成式）以外，也有**對未來的假想**。**對於將來事物的假想**則會使用 should 和 were to ～。

假設語氣「未來式」的公式

> ① **If s should 原形動詞, S would 原形動詞／祈使句／直述語氣**等等
>   「萬一（雖然不太可能發生）～的話，那麼／就～」
> ② **If s were to 原形動詞, S would 原形動詞**
>   「（總歸都是虛構的內容）～的話，才會～」
>
>   ※ 除了 would 以外，用 could / might / should 也可以

核心重點 發生在未來的事情，就算覺得「不可能」，多半也無法斷定是 100% 不會發生，因此需要分成兩種公式來表達。如果是現在或過去的事情，當然可以清楚區別是現實還是假想。舉例來說，「我現在立刻再長高 1cm 的話」這完全就是假想吧？可若把時間拉到未

來，那麼即使已經過了 20 歲，「再長高 1cm」的可能性也不是沒有。這種微妙的差異就必須用兩種公式來表達。

☑ should 的感覺

核心重點「雖然還是有發生的可能性，但基本上是不可能的」時，使用 should。

> ※ 早上在趕去學校的路上和人在轉彎處相撞，和對方「你眼睛看哪？」「你才是吧」，這樣你一言我一句地吵了起來，結果這人竟然是轉學生！這種事情平常不太可能發生吧？但也可能會有 1% 的機率發生這種事……這種時候就用 should

☑ were to ~ 的感覺

和有沒有可能性無關（事實上有沒有發生無關緊要）核心重點在**完全假想出來的世界**裡使用，「（無視實現的可能性，反正）**總歸都是虛構的內容**」時使用。

使用 should 的假設語氣是「萬一」的意思

在 if 子句中使用 should 的假設語氣裡，（因為終究是假設語氣）原則上在主要子句裡應該要有助動詞的過去式。這個 should 經常被翻譯成「萬一」，雖然可能性非常小，但只要還是有實現的可能，就無法使用做為假設語氣記號的**助動詞的過去式**（實際上較常使用祈使句）。

If s should 原形動詞, S would 原形動詞／祈使句／直述語氣等等

「萬一～的話，那麼／就～」

> ※ 主要子句用 would / could / might / should 皆可，但 if 子句只能用 should 而已。可以想成「未來的事只有神知道 → 神的意思要用 shall」p.224

If you should have any questions, don't hesitate to ask me.

如果您有任何問題，請隨時問我。

※ if 子句裡用 should／主要子句裡用祈使句（don't）／hesitate to ~（對做～有疑慮）

由於使用 should 的假設語氣，經常用來表達**命令或指示**（如果～的話，請～），因此主要子句裡常會用祈使句（don't 是祈使句的否定）。表達出「我覺得應該是不會，不過如果～的話，請～」的感覺。

> ※ 通常考試時，不會要求要把 should 翻得這麼細，只要翻成「萬一」就可以了

補充 打破「過去式助動詞」的黃金規則

使用 should 的公式，一不小心就會打破**主要子句必須有過去式助動詞**的假設語氣黃金法則，就這點上請特別注意這個公式。

※ 請不要說「句子裡有 should 啊」這種話，should 只出現在 if 子句裡

+ α 表達為對方著想時使用的 should

使用 should 的假設語氣，雖然**實現的可能性很低**，但若刻意在日常對話中使用，那麼可以藉著 should 來表達出**體諒對方**的意味。

If you should fail the exam, you can retake it next week.

萬一你考壞了，你可以下周再考一次。

※ 表達出「只是個發生機率很低的假設，不過如果考壞的話～」這種為對方著想的感覺

使用 were to ~ 的假設語氣是「完全的假想」

當「（無視實現的可能性）總歸都是虛構的內容」使用 were to ~。

If s were to 原形動詞, S would 原形動詞

「（總歸都是虛構的內容）～的話，才會～」

※ 除 would 外，使用 could / might / should 皆可

---

were to ~ 表達的是完全的假想，因此根據假設語氣的原則，**主要子句裡必須有助動詞的過去式**。首先 were to ~ 本身就是比較奇特的句型，可以用 **were to 是脫離現實的句型 → 使用在脫離現實的假想上**，這種方式來理解。

※ 只是把原本表達「接下來要做～」的 be to 句型，變成過去式的 were 而已，were to 是「如果接下來要做～的話」／be to 句型請參照 p.530

If Japan were to win the World Cup, fans would go crazy.

如果日本贏得世界盃，粉絲們會陷入瘋狂。

　　雖然 were to～怎麼看都像是只會出現在英文測驗裡，不過其實在商務場合上也會用到，當想要表達「（無視實現的可能性，但）如果要做～的話，會怎麼做？」時很方便。例如在面試時，公司可能會用到下面這種句子。

> If we were to hire you, when could you start?
> 如果我們錄用你，你什麼時候可以開始工作？
> ※ 一般在面試中不會暗示「錄用的可能性」，所以這只是「（先不談錄用你的可能性，但）如果錄用你的話～」情境下，方便使用的表達方式而已。

FAQ **雖然有學過 were to 是「用在絕對無法實現的情境上」……**

　　從以前開始，錯誤的 were to 說明就到處都是。相較於「機率很低但萬一發生的 should」，較常把 were to 定位在「絕對不可能發生」來解說，經常看到的例句有 If the sun were to rise in the west, I would not change my mind.（除非太陽從西邊升起，不然我不會改變想法）。許多英文老師看到這種句子，就會誤解這個表達方式，以為它只會用來表達「太陽從西邊升起」這種「絕對不可能」的事情。

　　※ 我自己也是這麼學的，一直誤解到我上大學

　　的確，were to 可以使用在「絕對不可能」時，但就像剛才看到的面試英文句子（If we were to hire you, when could you start?），were to 也可以使用在「有可能」的情況。重點不在「有可能」還是「不可能」，而是「總歸都是虛構的內容」，所以才使用 were to。

　　不知道這點的話（如果帶著這種誤解去外商面試的話），聽到 If we were to hire you, when could you start?，以為「were to hire……不可能錄用我啊……」，應該會很沮喪吧！

　　※ 順道一提，這段解說本身是我之前的假想，所以應該要用「假設語氣過去完成式」來表達吧

總結 假設語氣公式一覽表

(1) 假設語氣過去式　※對「現在或未來」的假想／表面上是用「過去式」

If s 過去式 , S would 原形動詞　「如果（現在）～的話，那～」

※ 主要子句裡的過去式助動詞，除 would 外也能用 could / might / should（以下同略）

If I played the drums, I could join his band.

如果我會打鼓的話，那就能加入他的樂團了。

(2) 假設語氣過去完成式　※對「過去」的假想／表面是使用「過去完成式」

If s had p.p. , S would have p.p. 「如果（那時）～的話，應該～吧」

If you had brought an umbrella, you wouldn't have gotten soaked in the rain.

如果你那時帶了傘，你就不會被雨淋得濕透了。　※soak（濕透）

(3) 混合假設語氣　※假設語氣過去完成式＋假設語氣過去式

If s had p.p. , S would 原形動詞

「如果（那個時候）～的話，（現在）應該～吧」

If you had taken my advice then, you wouldn't be in so much trouble now.

如果你那時有聽我的勸告，你現在就不會有這麼多麻煩了。

(4) 假設語氣未來式（之一） ※對「未來」的假想／基本上不可能（「萬一」）

> If s should 原形動詞, S would 原形動詞／祈使句／直述語氣等等
> 「萬一（雖然不太可能發生）～的話，那麼／就～」

If you should have any questions at all, just dial 0 from the telephone in your room to reach the front desk.

萬一您有任何疑問，請直接從房內電話撥號 0 聯絡前台。

※ 這是飯店會用到的話／禮貌的語氣／dial（撥打；撥號）

(5) 假設語氣未來式（之二） ※對「未來」的假想／無視假想內容實現的可能性

> If s were to 原形動詞, S would 原形動詞
> 「（總歸都是虛構的內容）～的話，才會～」

If Watson Natural Foods Co. were to acquire Snacco Ltd., it would become the largest snack food producer in North America.

如果 Watson 天然食品公司收購 Snacco 有限公司，那它將會成為北美最大的零食製造商。

※ Co. ＝ Company（公司）／Ltd. ＝ Limited（有限公司）

資料 公式以外的表達型式

(1) 打破公式的日常對話

有些母語人士不會在一般對話中確實使用假設語氣。我偶爾會聽到 If s would have p.p., S would have p.p. 這樣的句型。就像是被主要子句的句型（would have p.p.）影響，讓 If 子句也使用了同樣的句型。

※ 為了不要讓各位將來在接觸各種英文表達時產生困惑，這裡只是稍微介紹一下，請好孩子們不要模仿

(2) 單純條件句（非假設語氣）

也有可能會看到如「If s 過去式, S 現在式／過去式（如果過去是如此的話，那麼就會是～）」這種句型，但這只是「使用了 If 來陳述過去的事情而已」。

※ 畢竟沒有「過去式助動詞」，所以絕對不是假設語氣！

CHAPTER 4-2

公式之外的假設語氣

4-2-1　省略 if 的「倒裝句」

去除 if 的話，就會產生倒裝句

在公式中有時**會省略 if**，這時句子會倒裝，**倒裝句**的出現就是省略 if 的記號。

「省略 if」發生的倒裝流程（以假設語氣過去完成式為例）

If s had p.p., S would have p.p.

　　　　※ if 消失，had 出現在前面（這裡是倒裝成「疑問句的語序」）

Had s p.p., S would have p.p.

Had I bought Bitcoin last year, I would have made a lot of money.

要是我去年買了比特幣，我就會大賺一筆。

※ Bitcoin（比特幣，一種網路加密貨幣）／原本寫作 If I had bought Bitcoin last year, ~

Were Melissa not so selfish, she would have more friends.

如果 Melissa 不是那麼自私自利，她應該會有更多朋友。

※ selfish（以自我為中心的；自私自利的）／原本寫作 If Melissa were not so selfish, ~

為何許多考生為「假設語氣的倒裝」感到苦惱？

① 以為「假設語氣的記號是 if」

記號是助動詞的過去式才對。

② 市售文法書的簡單帶過跟謊言

在文法書中常會以「有時會倒裝」這樣簡單帶過，讓學習者很容易就忽略了這部分。請大家練習說說看**倒裝版的公式**，如果是假設語氣過去完成式的話，就會說成 Had s p.p., S would p.p. 對吧。

　　另外，有時會出現「假設語氣的倒裝是舊式英文」的說法，這真是天大的謊言，其實在英文新聞或節目中也會用到這種表達方法。

省略 if 的「倒裝句」總結

> **規則**：省略假設語氣的 if → 變成省略 if 記號的**倒裝**（成為疑問句的語序）
> **倒裝後的型式**：（動詞放前面）構成倒裝句
>
> 　　　　　　　　　（但只有 Were / Had / Should 可以）
>
> ※ **一般動詞不可以倒裝**：if you heard ~ → X）Did you hear ~ 或 Heard you ~ 都不行
> 　／原則上 was 也不行
> **意思**：即使倒裝，英文句子的「意思」也不會變

一起來認識一下「接在後面」的倒裝吧 應用

　　用來說明倒裝的例句大都是「從屬子句 → 主要子句」的順序（Were s ~, S would ~），不過實際上也經常看到**倒裝後的副詞子句接在「後面」**的類型。

We could go for a picnic were the weather nicer.

要是天氣好一點的話，我們就可以去野餐了。

※ 原本是 We could go for a picnic if the weather were nicer.

I would have asked Sakura out had I known she liked me.

如果我那時知道 Sakura 喜歡我的話，我就會約她出去了。

※ 原本是 I would have asked Sakura out if I had known she liked me.／she liked me 是過去的事實而非假想，因此使用過去式／ask 人 out（約 人 出去）

Customer service is available 24 hours a day should you have any problems setting up your Bluestar flat-screen TV.

如果您在設置您的 Bluestar 平面電視時遇到任何問題，我們提供 24 小時的全天顧客服務。

※ 原本是 Customer service is ~ a day if you should have ~／Bluestar 是虛構公司名

　　而且，從屬子句放在後面的時，**沒有逗號也 OK**（were / had / should

的前面加不加逗號都可以）。就母語人士而言是「（有 had 那些的）倒裝句一看就懂，何必加逗號，根本多此一舉」的感覺。這種**倒裝之後再接在後面的句子**，經常出現在升學考及英文新聞之中。

 說得沒錯，我也認為不加逗號比較好

4-2-2 「沒有 if 子句」的假設語氣

不一定會直接套用公式

在假設語氣公式中出現的 if 子句，本身就經常**變形或被省略**，所以應該 核心重點 **把假設語氣句子裡「沒有出現 if」的這件事視為理所當然會比較好**。

認出「沒有 if 的假設語氣」的步驟

① 看到過去式助動詞做出反應 → ② 推測是假設語氣
→ ③ 找尋替代 if 子句的表達方式

看到句子時發現裡面有過去式助動詞，然後推測「這說不定是假設語氣？」，接下來帶著這個猜想去尋找**替代 if 子句的表達方式**。所謂**替代 if 子句的表達方式**，是指 if 子句的簡化版，表達型式相當多樣化，不過我在本書中將它們大致整理後分成三種類型。

替代 if 子句的表達方式

(1) if 子句 → 變成副詞的類型
　　① with / without　② to 不定詞　③ 副詞（時間、地點等）　④ otherwise

(2) if 子句 → 變成名詞的類型　　① 名詞＋and ~　② A 名詞 would ~

(3) if 子句完全消失的類型

※ 在唸長句時，若碰到「這裡雖然沒有 if，但屬於假設語氣的表達方式」的說明時，
　 請再回頭確認看看這個分類表

替代 if 子句的表達方式 (1)「if 子句 → 變成副詞」的類型

不使用 if 子句，而是用感覺更輕鬆的 without 或 otherwise 來**取代 if 子句**的類型。單純是減少用字、表現出相對輕鬆感的表達方式。

※ 嚴格來說是「把被稱為 if 子句的副詞子句，替代為副詞片語（without）或單一個副詞（otherwise）」，不過可以簡單用「if ~ 變輕了」的感覺去理解就行了。

if 子句「變輕」的感覺

(If sv), S would 原形動詞	※If sv 的完整句型
↓	↓
(Without ~), S would 原形動詞	※變成較輕鬆的「副詞片語」

① with / without 取代 if ~

I would not have succeeded without your help.

沒有你的幫助，我就不會成功。

※ if you had not helped me → 變成 without your help 的感覺

先看到 would 再推測這句是假設語氣，接下來應該「開始找 if 子句」，但我們可以在這裡找到 without，所以可以完美判斷這是**替代 if 子句的表達方式**。

※ would have p.p. 有很高的機率會是假設語氣，但無法百分之百確定（過去式助動詞＋have p.p. 請參照 p.265）

You could have knocked me down with a feather.

（形容非常驚訝）太難以置信了吧！

※ 這是俚語／直譯是「你可能可以用一根羽毛就把我擊倒」（驚訝成這樣）

② to 不定詞取代 if ~
（a）副詞用法

To hear Atsushi sing opera, you'd think he was Italian.

如果你聽到 Atsushi 唱歌劇，你會以為他是義大利人。

※ 按照公式應該是 If you heard Atsushi sing opera, you would ~

當然不能一看到句首的 To 就認定它是「代替 if 子句的表達方式」（因為放在句首的 To 更多是用來表示「目的」的意思），必須先看到主要子句中的**過去式助動詞**，再來推測這是假設語氣的句子。

(b) 名詞用法

It would be exciting to meet your childhood idol, don't you think?
如果能見到童年偶像的話會很開心吧，你不覺得嗎？

這裡的 It 是虛主詞，而 to ~ 的部分是真主詞，這個句型直譯的話是「做～的話會～吧」，當不定詞表達出「～的話」的語氣時，翻成副詞的「如果～的話」會比較自然。

※ 不定詞隱含的「在未來～」的語氣，非常符合 if 的「如果在未來～」意思　p.524

③ 副詞（時間、地點等）取代 if ~

What would you do in my place?
你站在我的立場會怎麼做？
※ 利用副詞子句 in my place[position] 表達「如果站在我的立場的話」的假設語氣

④ otherwise 取代 if ~

大部分的人大概只記得 otherwise 會翻成「不然」或「否則」的意思，如果再多留意它可以**替換 if 子句**的話，就更可以感受到它的真實英文意義。

經常用到 otherwise 的句型

SV ; otherwise, S would ~ / SV . Otherwise, S would ~
直述語氣　otherwise　假設語氣
※ 這兩種句型的翻譯都是「SV. 否則～會～」／有無逗號都可以

I started immediately after lunch; otherwise, I would have missed the train.　我那時吃過午餐就立刻動身了，否則我會錯過火車。

透過放在一般句子（直述語氣）後面的 otherwise 進入「假設語氣模式」，帶有將 if 子句濃縮成 **otherwise 一個字**的感覺。

If I had not started immediately after lunch, I would have missed the ~.

↓　　※ if 子句變成 otherwise 一個字

Otherwise, I would have missed the train.

　　比起機械式地將 otherwise 翻譯成「否則～」，更完美的翻譯方式是把重點放在由 if 子句濃縮而成的 otherwise 部分，也可以翻譯成「不立刻動身的話～就會～」。

替代 if 子句的表達方式 (2)「if 子句 → 變成名詞」的類型 ﹝延伸﹞

　　if 子句被**濃縮成名詞**的感覺，大多會以下面幾種方式呈現。

①「名詞＋ and ~」：要是有 名詞 的話，就會～ ※and 是「那樣的話」的意思

A little more pocket change, and I would have ordered the grande size.

要是零錢多一點的話，我就會點大杯了。　　※ pocket change (零錢)

②「A 名詞 would ~」：如果 名詞 的話，就會～　※「A ＋名詞」是主詞

A Japanese person wouldn't have hugged a stranger.

如果是日本人的話，就不會給陌生人擁抱了。

　　冠詞 a 的意思是「不管是怎麼樣的 A，只要是一個 A 就行」，A 名詞 would ~ 所表達的是「不管是怎麼樣的，只要是個 名詞 就行，而只要是這個 名詞 就會 ~」的感覺。

替代 if 子句的表達方式 (3)「if 子句完全消失」的類型 ﹝應用﹞

　　在升學考及日常會話中經常用到這種表達方式。

※ 到目前為止一直強調的「如果在句子裡看到助動詞的過去式，就先思考假設語氣的可能性」，可以說就是要培養對這個表達類型的反應能力

I wouldn't say that.

（換作是我的話，）我不會這麼說。

※ 這句話原本的意思是「如果我是你的話，我不會說這種話」的意思，相當於 If 子句的部分（如果～的話）整個消失／也可以想成是像替代 if 子句的表達方式 (2) 的那種「if 子句 → 變成名詞」的類型

解決翻譯題的方法（應對「if 子句完全消失」的訣竅）延伸

有時翻譯題會要求考生翻譯 if 子句消失的句子，而在考試時是不容許出現句意不清的翻譯的。因此這裡要教給大家的技巧是**「爽快加上「if ~」／用「情緒（責難或希望）」或「程度」來結尾**。

① 爽快加上「if ~」（按照文意直接補充「假想內容」）

Ayato said, "One of my teammates was injured. We would have won the game."

Ayato 說：「我們隊裡有一個人受傷了。（如果沒有人受傷的話，）我們原本會贏得比賽的。」

※ 前半段裡的 said 和 was，描述的都是「現實」／後半段因為是「if 子句消失的假設語氣」，所以只要用「（假想內容）原本會贏得比賽」來想，就能理解句意了

像這樣自行補充「雖然是虛構的假想／如果情況不同的話」的內容來翻譯句意是最方便的。順道一提，最理想的是能**根據上下文來補充合邏輯的內容**。「（事實）有人受傷了」，補充「（虛構的假想）如果沒有人受傷的話」，這樣的翻譯就很漂亮。

② 用「情緒（責難或希望）」或「程度」來結尾

基本上翻譯的句子會結束在「原本應該～」的地方，但如果能表達出假設語氣所隱含的情緒的話，那翻譯就更完整了。大部分情況下，若以**情緒**（要是～就好了／原本想～）或**程度**（大概到～／～左右）來結尾，就可以翻出漂亮的句子。舉例來說，像 I could eat a horse.（我餓到不行）這個句子，首先在句子開頭補上「假如有匹馬的話」，再用「**程度**（大概到～／～左右）」來結尾，「（假如有匹馬的話，）我餓到大概可以吃掉一匹馬」，這樣就很完美了。

※ 因為「吃掉一匹馬」＝「不可能的事」，所以可以馬上知道這裡的 could 是假設語氣的記號

資料 極少在考試中看到的替代 if 子句的表達方式

① 分詞構句

　　分詞構句**代替的是副詞子句**（Chapter 15），所以可以用來代替 if 子句。例如這句 Born in better times, he would have become a famous singer.（如果他出生在更好的時代，他就會成為著名的歌手）。

　　※ 雖然這個用法有記載在文法書上，不過因為真的太少見，所以這裡權當補充說明

② except that sv（要不是～）　　p.142

　　也有可能會出現直譯為「除了～以外」→「要不是～」的這種句子，例如 I would have come here much earlier except that my train was delayed by an accident.（要不是我搭的火車因事故而延遲，我早就到這裡了）。

　　※ except that 的後面接的是「**事實**」，所以 my train was delayed 只是單純的過去式

CHAPTER 4-3

假設語氣的「慣用表達」

4-3-1 基本的慣用表達

---

without 的變化

without（如果沒有～的話）的各種變化

> ① if it were not for ~「如果（現在）沒有～的話」　※假設語氣過去式
> ② if it had not been for ~「如果（當時）沒有～的話」※假設語氣過去完成式
> ③ but for ~
> ※假設語氣過去式或假設語氣過去完成式都是用主要子句的動詞來判斷／這是正式的表達方式

If it were not for music, our lives would be dull and boring.

如果沒有音樂的話，我們的生活就會單調又無聊。

※ Without[But for] music 也可以

　　另外，其實經常會使用倒裝句來表達，也就是 if it were not for ~ → were it not for ~ / if it had not been for ~ → had it not been for ~。

> Had it not been for your kind help, I could not have completed the work by the deadline.
>
> 如果沒有你的好心幫忙，我就不可能在截止日期以前完成工作。
>
> ※ Without your kind help 也可以

It is time s＋過去式

It is time s＋過去式（s 是時候做～了）

> It is time {that} s＋過去式
> →「s 是時候 v 了」
> ※ time 的前面經常加上 about 表示「差不多該～」或 high 表示「早該～」

　　這個表達方式很簡單，因為它只能用在假設語氣過去式（也就是過去式），表達**對當下的假想**，也就是「（與現在的實際狀況不同，但本來現在這個時間應該）是時候做～了」。

> It's about time I started studying seriously for my entrance exams.
>
> 我差不多是時候開始為入學測驗認真念書了。

＋α 和 It's time for me to ~ 不同

　　如果把上面的句子換成 to 來寫的話，則會變成 It's time for me to start studying seriously for my entrance exams.，翻成中文後的意思相同，可是表達出來的語氣並不相同。因為 to 是直述語氣，所以傳達的是客觀的「是時候做～」，另一方面，「It's time s＋過去式」會傳達出假設語氣所帶有的**情緒（主觀意識）**，所以會變成「已經到了做～的時間了啊（不做不行）」的感覺。

if I were you 的變化

if I were you（如果我是你的話）的各種變化

① in your place   ② in your shoes   ③ if I were in your shoes

　　這是在對他人提建議時非常好用的句型。②、③ 直譯是「如果我穿你的鞋子的話」→「如果換作是我」。

※ 翻開字典查 shoes 就會發現有「立場」的意思／in 是「穿著（穿戴著〜）」

If I were in your shoes, I would do the same thing.
如果換作是我，我會做同樣的事情。

4-3-2　　I wish ~（希望〜）

I wish 有著「假想的含義」

　　wish 有「希望發生（不可能發生的事）」的意思，也會被用在假設語氣的句子裡。

※ 順道一提，「希望發生（可能發生的事）」時用 hope 或 want

I wish 的「後方句型」

① I wish {that} s 過去式 　「我希望（現在）〜」

※ 和主要子句裡的 wish「時態相同」的假想

② I wish {that} s had p.p. 　「我希望（那時）〜」

※ 比 wish 的時態再「退一步」的假想

I wish I were a bird.
我希望我是一隻鳥。　 ※「希望」和「是一隻鳥」時態相同 → 過去式 were

I wish you had asked me about that earlier.
我希望你之前有問過我那件事。
※ 「希望」是現在，「問」是過去 → 過去完成式 had p.p.

I wish 後面接「if 子句的內容」

跟 **if 子句完全消失的類型**相反，這個 I wish 用在**想要表達消失的 if 子句**時。核心重點 **感覺就像是 wish 的後面出現了 if 子句的內容**。

> 公式： If s 過去式, S would ~　 If s had p.p., S would have p.p.
> 　　　　　　　　↓　　　　　　　　　　　↓
> I wish：I wish s 過去式　　　 I wish s had p.p.
> ※ 藉由不說主要子句來留下念想，可強調浪漫的感覺或表達惋惜的心情

接「**if 子句的內容**」 → **沒有過去式助動詞**是這類句型的重點。因為需要過去式助動詞的是**主要子句**，而 **if 子句不用**。

> ※ 雖然假設語氣的記號是過去式助動詞，但只有「假設語氣未來式的 should」和「It is time s 過去式」，以及這裡的「wish」是不需要有助動詞的

wished 的情況 應用

在主詞或時態改變時的 I wish 句型（She wishes / I wished）也是一樣的用法。過去式 wished 也是**同時態 → 過去式／退一步的時態 → had p.p.** 的概念。

> I sometimes wished I were a bird.
> 我有時會希望我是一隻鳥。　※ 和主要子句的 wished 同時態 → 過去式 were

> When I ran out of money, I wished that I had listened to my parents and gotten a job.
> 當我錢用光了的時候，我就希望我當時有聽我父母的話找份工作。
> ※ 比主要子句的 wished 退一步的時態 → 過去完成式 had p.p.

補充 **假設語氣句型沒有「時態一致」的概念**

原本在使用假設語氣的時候就已經是錯開時態在用了，所以若想要讓時態一致只會變得更加混亂。請記住，假設語氣陳述的終究是一個**遠離現實的假想世界**，因此請把它想成與**現實世界所要求的時態一制沒有關係**。

I wish 的延伸表達方式 (I wish s could) 延伸

 I wish 的後面接的是原本 **if 子句的內容**，所以句子裡不需要出現過去式助動詞，不過也會看到 I wish I could ~ 這種句型的英文句子，所以在這裡我們就來確認一下整體的表達方式吧。

各種「I wish」的表達方式

有無 can 時態	無（一般動作）	有（具有 can（可以）的意思）
假設語氣過去式（對現在的假想）	I wish s 過去式 現在～的話	I wish s could 原形動詞 現在可以～的話
假設語氣過去完成式（對過去的假想）	I wish s had p.p. 那個時候～的話	I wish s could have p.p. 那個時候可以～的話
對未來的假想	I wish s would 原形動詞 將來～的話	------

 在這裡的 would / could 絕對**不是假設語氣的記號**，而只是單純把**表達未來的 will 和表示可能性的 can，以過去式 would / could 來用而已**。換句話說，只是因為想要表示「接下來做～／可以～」的意思時使用 would / could 而已。

> I wish that I could play soccer like Takefusa.
> 我希望我能踢足球踢得像 Takefusa 一樣。　※could 是「可以」的意思

 I wish s could 原形動詞 是表達「現在可以～的話」的句型。另外，I wish I could.（我希望我可以（但現實上不可以）」這句話，經常在「拒絕邀約」時使用。

> A: Would you like to come to the party?
> B: I wish I could, but I already have plans.
> A：你要來參加派對嗎？
> B：我希望我可以，但我已經有約了。
> ※ I already have plans. 是很好用的表達方式

因為 I wish s [could 原形動詞] 裡的 could 已經是過去式了，所以會改用 I wish s [could have p.p.] 的句型。當然，這和假設語氣過去完成式公式裡所使用的 could have p.p. 功能不同（雖然外表看起來一樣）。

> Italy was beautiful! I wish I could have stayed longer.
> 義大利超美！真希望我能待久一點。

I wish s [would 原形動詞] 只是將**表示未來的 will** 變成過去式 would 而已。表達的是對於未來的一次性願望，意思是「將來要是～就好了」。

> I wish you would reply to my text messages.
> 我希望你會回我訊息。

補充 區別 wish 和 hope 所表達的「將來要是～就好了」

① 有可能發生的未來：I hope s [will 原形動詞]
② 不可能（不太可能）發生的未來：I wish s [would 原形動詞]

資料 關於 I wish s [would 原形動詞] 的更多細節
① 如果不是一次性的願望，而是希望「今後一直都～」的情況，就會是 I wish s [過去式]。這個句型是由現在式（也就是現在、過去、未來式）變成的假設語氣過去式。
② 在 I wish s [would 原形動詞] 中，I wish 後面的主詞（s）只能接除了 I 以外的對象（也就是自己無法控制的人事物）。

I wish 的變體

表達 I wish（我希望～）的其他說法

① How I wish ~   ※How 是單純的強調作用（強調動詞的感嘆句的 How）
② If only ~   ※順道一提，跟 only if ~（除非做～以外）是完全不同的意思
③ I'd rather ~   ※常出現 I'd rather you didn't.（我希望你不要）這個句子
④ Would that ~   ※幾乎不會出現，可以直接忽略

> If only I had left home five minutes earlier!
> 要是我早五分鐘離開家就好了！

　　一般學到的 If only ~ 被翻成「要是能~的話」（被當成是和 I wish 不一樣的意思）的情況比較多，不過用 I wish ≒ If only 來想是沒問題的（其實用法相同）。這兩者的些微差異大概只在於 If only 表達的情感較強烈且句子結尾經常有驚嘆號。

　　※ 許多考題中出現的 If only 都可以換成 I wish

> A: May I smoke here?
> B: I'd rather you didn't.
> A：我可以在這邊抽菸嗎？
> B：我希望你不要。

　　I'd rather you didn't. 常出現在對話之中（這是較正式的表達方式），I'd rather 的後面應該接**動詞的原形**（I'd＝I would／rather 是副詞），不過和這裡一樣接 sv 的情況也經常出現。如果用 **I'd rather ≒ I wish** 來思考的話，就比較能夠理解**後面接 sv（過去式）**的表達型式。

　　※ 雖然看上去好像很客氣，但其實這是語氣比較強烈的表達方式

4-3-3　　　as if ~（彷彿~）

as if ~ 裡的時態

　　as if ~ 其實就是「簡直像是~一般」的意思。as if 後面的時態在現代英文中不太區分（以前較重視這點），考試也幾乎不會出現，所以可以簡單看過就好（不過會考「簡直像~一般」的語意）。

參考　在 as if ~ 裡的「動詞形態」　※時態和 I wish 的概念相同

關於 SV as if sv.
① V（主要子句的動詞）和 v（as if 子句內的動詞）是「相同時態」
　→ as if 子句裡用 過去式
② v（as if 子句內的動詞）是比 V（主要子句的動詞）再「退一步的時態」
　→ had p.p.　※現在多以 have p.p. 替代

He ran as if he were being chased by someone.

他跑得像是在被誰追似的。

※ ran 和 were 是時態相同（使用假設語氣 were）／be being chased 是「進行式＋被動語態」的表達型式

---

as if 後面接「現在式」的情況　延伸

當 as if 子句的內容是「有可能發生的事」時，會使用現在式（直述語氣）。可以從時態判斷出說話者對於子句內容的認知為何（可能 or 不可能）。

The detective said, "You are talking as if you know what happened. So, talk."

警探說：「你講得好像你知道發生了什麼事似的。那麼，說吧。」

※ as if you know 是「直述語氣」，因此可以知道警探認為「（對方）知道什麼」

The teacher said, "You are talking as if you knew the answer. But you don't, so just listen."

老師說：「你講得一副你知道答案似的。但你又不知道，所以乖乖聽吧。」

※ as if you knew 是「假設語氣」，把「知道」這個動作當成假設內容

與 as if 相似的表達方式與各種用法

① as though ~ / like ~ →「彷彿～（與 as if ~ 相同）」　※句型是 like sv
② as ~ as if ~ →「彷彿做～似的」
③ S look as if ~ →「S 看起來彷彿～」　※可以成為 look / feel 等字的補語
④ as if to ＋原形動詞 →「彷彿要做～」

※本來的句型是「as if {s+be} to ＋原形動詞」

She treated me as though I were a child.
她對待我的方式好像我是個孩子似的。
※ as though 可以換成 as if 或 like

I remember the scene as clearly as if it had happened yesterday.
我清楚記得那一幕,就好像它發生在昨天似的。

Ben looks as if he had seen a ghost.
Ben 看起來一副見鬼的樣子。※指臉色發白且非常害怕的樣子

Vivian put her finger to her lips, as if to tell us all to keep quiet.
Vivian 把她的手指放在嘴唇上,似乎是要我們大家全都保持安靜。

追加英文

請翻譯以下句子。

(1) But for the ambulance, he would not have made it to the hospital in time.

(2) In your shoes, I would call him right now and explain what happened.

解答範例

(1) 要不是有救護車,他就沒辦法及時趕到醫院了。

　　※make it (to ~)(及時趕上~;成功做到~)

(2) 如果我是你的話,我會馬上打給他解釋發生了什麼事。

助動詞

【備註】本書中的「助動詞」和「have / do」

「可以構成完成式句型的 have / has / had」、「do / does / did（可以構成否定句、疑問句／具有代替動詞、強調一般動詞或倒裝的功能）」等，在文法上被視為「助動詞」來對待，不過其實這些都是跟「時態」有關的內容，在本 Chapter 中只會解說單純的助動詞（can 等等）。

INTRODUCTION

在教會結婚時會用到的 will

以前學過 will 是「會～吧」或「打算要～」的意思，但若認為 will 是這麼虛弱的字，那麼恐怕會對婚禮上的回答產生誤解。下面情境是牧師在詢問新人。

牧師：Will you take Ryo to be your husband?
新娘：I will.

若把這裡的 I will. 想成「我會吧」或「我打算要」的意思，那我想新郎應該會覺得非常不安。事實上，will 的核心應該是「**100% 必定會～**」這種非常有力道的意思。在這裡用「必定會做」來解讀的話，意思就通了吧？

※ 翻譯：「妳願意接受 Ryo 當妳的丈夫嗎？」「是的，我（必定會）接受」／最近較常使用 Do you take ~? / I do. 的方式來問答，不過英國皇室的威廉王子在婚禮上仍是使用 will you ~? / I will.（舊式英文）來問答。

It may rain 的發生機率多高？

我們學過 may 是「可以～」和「或許～」的意思，但光靠記住翻譯來的字義是無法掌握英文真意的，我想就算把 It may rain. 翻成「或許會下雨」，也無法告訴你「或許」的發生可能性有多高。

話說回來，「或許」這個說法其實很曖昧。看著烏雲說「或許快下雨了」的話，這個「或許」也許可以說是 80%。另一方面，對被甩的朋友說「或許還有機會也說不定」的這個「或許」，如果說有 80% 的話，未免也太誇大了，說不定心裡所想的根本只有 1% 也說不定。

英文的 may 則不同，表達的其實是 **50% 這種一半一半的感覺**。當然語言在使用的時候，沒有必要真的算得剛剛好 50%，但若將這種**一半一半的感覺**當作標準，就可以避免出現用 may 表達 80% 的「或許」的這種錯誤了。因此如果說 It may rain. 的話，就可以掌握這句話是要表達「可能會、也可能不會下雨，兩者皆有可能」的感覺。

覺得助動詞很難的人會忘記有「預測」的意思

在最開始學 can 的時候，只學到「會」的意思，在高中學到的則是「可能」，但因為之前已經把「can＝會」的印象深深烙印在腦海裡，結果反倒沒有空間可以放「可能」的意思了。正因如此，請特別留意像 can（可能）或 should（應該）這種**助動詞，都一定具有「預測」語意**的這點。特別是在遇到**過去式助動詞**時，能夠意識到這點是非常重要的，might（也許）或 could（可能）等**過去式助動詞，會用來表達「現在對未來的預測」**。在這個 Chapter 將會逐一解說各個助動詞，在此請先特別注意「過去式助動詞不一定表示過去」的這個大前提。

※「預測」一般還會再細分為「推想」和「推定」，若覺得麻煩，只要記得「預測」就夠了

光靠硬背無法應付的 must 和 have to 的差異

這兩個詞我們學過，感覺好像是一樣的東西，可是使用的情境卻不同，偶爾在說明它們之間的差別時，也只說「這個時候就用 must」，然後叫我們直接背下來。我找到的說明例子如「不想被討厭菸味的女朋友討厭的時候」→ 回答 I <u>must</u> stop smoking.，「被醫生說需要戒煙時」→ 回答 I <u>have to</u> stop smoking. 這種內容，那麼，在「女朋友是醫生」的情況下要怎麼說呢？

當然，本章收錄的內容可以應對任何狀況，且會給出令人信服的解說。

征服「助動詞」的心法

☐ 由「核心」（不是中文翻譯）來思考助動詞
　（最終要把注意力放在「預測」的含義上）

☐ 如果看到「過去式助動詞」的話，首先要想到假設語氣

※ 雖然這點和這個 Chapter 沒有關係

☐ 「過去式助動詞」不一定代表過去

The longest night will have an end.

proverb

最漫長的黑夜也一定會有盡頭。

諺語

基本助動詞的詳細說明
5-1-1　助動詞的基本概念與 will

基本概念

基本句型：助動詞的後面接「原形動詞」　※不會加第三人稱單數現在式的 s
否定句：助動詞的後面（原形動詞的前面）加上 not
疑問句：助動詞放到句首

> ※ 優先順序是「助動詞 → be 動詞 → 一般動詞」（當同時有助動詞和 be 動詞時，會以助動詞為中心來建構否定句和疑問句）／助動詞常因它的功能是「輔助動詞」而被視為次要，但其實它們位於動詞之前，且在否定句和疑問句中扮演非常重要的角色，甚至會認為否定句和疑問句都是圍繞著助動詞而構成

縮寫（經常出現的主要詞語）

> cannot → can't / will not → won't / must not → mustn't
> could not → couldn't / would not → wouldn't / should not → shouldn't

補充　**can not 不存在**

　　can 的否定必須單用一個字來表達（cannot / can't）。分成 2 個字寫成 can not 是錯誤的寫法（出乎意料的是有很多人不知道這點，所以請務必特別注意）。

> ※ 雖然會看到有 can not only ~ but also ~（不只~還有~）的表達型式，但除此之外的其他表達型式還是要盡量避免（自己使用）比較安全。在美國的學校裡寫 can not 有時還會被老師唸

充滿力量的 will

will 的意思　　核心：100% 必定會～

> ① 意志：「打算做～」
> ② 推想：「應該～」、「一定會～吧」、「會做～吧」
> ③ 習慣或習性：「做～的習慣」、「有～的習性」
> ④ 拒絕：「（在否定句）絕對不～」

　　有名的諺語 Where there's will, there's a way.（有志者事竟成。直翻是「有意志的地方就會有路」）中就出現了名詞 will（意志）（這句英文收錄在 p.125）。字典裡 will 的名詞字義是「意志、決心、遺囑」等具有力量的意思，助動詞的 will 也會有這種富有力道的感覺。

> ※ 雖然 will 在「語譯」上可以翻成我們一般知道的「打算做～」、「會～吧」的意思，但請留意 will 在根本上仍會保有這種「力量」的感覺

+α 可以感受到力量的 will　※節錄自前美國總統歐巴馬的演講內容

> ★ I will cut taxes ... cut taxes for 95 percent of all working families.
>
> 我將會減稅……為 95% 的勞動階級家庭減稅。
>
> ※ 順道一提，如果覺得「用 will 語氣太過強烈了」的時候，只要加上 I think 就可以緩和語氣（I think it will rain tomorrow.（我覺得明天會下雨））

以「必定會～」來重新詮釋的各種用法！

　　將文法書條列出的 will 含義，用 核心重點「必定會～」的核心意思逐一詮釋看看吧（「意志」、「推想」等的用法名稱與翻譯會配合一般文法書的呈現方式）。

① 意志：「打算做～」

> I'll take it.
>
> 我要這個。
>
> ※ take 原來的意思是「拿」→「持有、購買」

　　直譯是「我會拿這個」，講出這句話就是「一定會買」的意思。

② 推想：「應該～」、「一定會～吧」、「會做～吧」

> The project will be completed within a month.
>
> 這項專案會在一個月內完成。（帶有「應該會吧」的推想意味）

③ 習慣或習性:「做～的習慣」、「有～的習性」

A bird will think of the first thing it sees as its mother.

鳥有把第一眼看到的事物認作母親的習性。

※ 當然,翻成「鳥會把第一眼看到的事物視為母親」也能充分表達出這個句子的意思／think of A as B(把 A 視為 B)

④ 拒絕:「(在否定句)絕對不～」

The computer won't boot.

這台電腦開不了。

※boot(開機)

資料 表示習慣的 will vs. 現在式(在文法書中指「不變的真理」會用現在式來表達)

① 自然法則中<u>反覆發生</u>的事物 → 使用現在式(昨天、今天、明天都會反覆發生)

　　例如:「太陽從東邊升起」

　　◎)The sun <u>rises</u> in the east.　　×)The sun <u>will rise</u> in the east.

② 像「科學實驗」般的表達 → 使用現在式或 will 都可以

　　例如:「油浮在水上」

　　◎)Oil <u>floats</u> on water.　　◎)Oil <u>will float</u> on water.

※ 用 will 的話,強調的是「浮在水上的『特性』」,而且(因為 will 原本就用來表達未來動作)也帶有「現在做做看的話(油會浮在水上哦)」的意味

三種廣泛出現在對話之中的 Will you ~? 含義

☑ 單純表達「打算做～嗎?」　　※單純用 Will 疑問句來表達

Will you attend the workshop?

你要參加工作坊嗎?

※workshop(工作坊)

☑ **表達請求「可以幫我～嗎？」≒ Please ＋祈使句.**

表達出 Will you ~?（你打算～嗎？）→「（有那個打算的話）可以幫我～嗎？」的感覺。雖然常被翻成「可以幫我～嗎？」，實際上，這種表達方式在口語上帶有輕微的命令語氣。

※ 從附加疑問句（祈使句會用 Will you?）「會與祈使句搭配使用」的這一點可以看出，這其實不是很客氣的說法 p.660

A: Will you go out with me?

B: Yes, of course, I will.

A：你要跟我出去嗎？　B：好啊，當然好啦。

※ I will {go out with you}.／of course 和 I will 常一起出現／其他表示 OK 的還有 Sure. 和 All right.（沒問題），拒絕則會說 I'm sorry, I can't.（抱歉，我不行）等等

☑ **表示邀約「要不要～」、「～如何？」**

Will you have some coffee?

你要喝點咖啡嗎？

Will you ~?（打算做～嗎？）→ 變成「（有那個打算的話）要不要～？」。另外，Won't you ~? 也是相同的意思，表達出 Won't you ~?（你不打算要做嗎？（會做吧?））」的感覺，這是期待對方說 Yes 的說法（稍微有點強勢地勸誘）。

※ 兩句的回答方式都一樣，接受的話就說 Yes, thank you.（好啊，謝謝），拒絕的話就說 No, thank you.（不用了，謝謝你）等等

追加英文

請翻譯以下句子。

(1) A drowning man will grasp at a straw.

(2) He won't say, "I'm sorry."

解答範例

(1) 溺水的人會緊握稻草。

※ 這是諺語／直譯「溺水的人會有朝著（at）稻草緊握的習性」／順道一提，以前的參考書中會使用 catch 這個動詞，其實應該用 grasp 或 clutch

(2) 他不會說「對不起」的。　※ 強烈拒絕

5-1-2　may

---

may 是「50%」

may 的含義　核心：50% 一半一半

① 許可：「可以～」　　※建議程度「可以做，但不做也可以」
② 推測：「或許～」　　※推測「50% 的機率（或許是，也或許不是）」

※ 當然語言在用的時候沒有必要一定要算到剛好 50%（即使是 60%，也不會真的用
數字來表達，所以 OK），只要有「50% 一半一半」的感覺，英文想要表達出來的
那種語氣，就可以貼切地傳達出來了

① 許可：「可以～」　※建議程度「50%」

You may spend up to $50 per day on meals when traveling for business.

你出差時的餐費每天最多可花到 50 美元。

※ 按公司規定「餐費每天最多可以花 50 美元（但沒花到也沒關係）」的語氣

② 推測：「或許～」　※推測「50%」

It may or may not be true.

這可能是真的，但也有可能不是真的

※ may or may not 正好就是核心是「50% 一半一半」才能表達出來的語氣

FAQ 如何判別「或許～」等推測相關表達方式的意思？

最終是透過「文意來判斷」，不過若先掌握以下**思考路線**，應該
會非常有幫助。

基本：助動詞的後面出現「狀態動詞」→ 先考慮具有推測語意
　　　　例：may be（也許）/ must be（一定是）/ can't be（不可能）
注意重點：be 動詞也具有「動作」的意思（I'll be back.（我會回來的）的
　　　　　　 be 是「正在往 back 狀態移動」的意思，因此不是出現 be
　　　　　　 就有「推測」的意思）
應用：即使是「動作動詞」，出現 be -ing 的話，多用來表示推測（因為
　　　　 進行式是「將動作動詞轉為狀態動詞」的意思）/ 被動語態的情況下，
　　　　 意思中的一半一半必須透過文意來判斷

※ 覺得麻煩的話，就想成助動詞後面出現 be 的話就是「推測」（九成都不會有問題），如果還是覺得意思不對勁的話，才建議再思考別的意思

使用在對話中的 May I ~?

理論上否定句或疑問句也會使用 may，但實際上看到 **May I ~?**（**我可以～嗎？**）的機會是壓倒性地多。這個句型是非常禮貌的詢問方式，用來請求許可。

※ Can I ~?（我可以～嗎？）是較隨意的口氣（表現出友好和口語的印象）

💬 May I have your name again?
方便再次請教您的姓名嗎？

聽不清楚或忘記對方姓名時，如果用這麼禮貌的語氣來詢問對方，應該就不會被擺臉色看了吧（這是非常方便好用的表達型式，請務必熟記並靈活運用）。

※ again 可以表達出「雖然我知道我已經問過了，可是～」的語氣

💬 May I take a five-minute break?
我可以休息 5 分鐘嗎？

回答方式的範例

允許的狀況：Sure. / Yes, of course.（當然可以）／Go ahead.（請便）
不允許的狀況：I'm sorry, but you can't.（雖然很抱歉，可是不行）／
　　　　　　　I'm afraid not.（恐怕不行）

表示允許的 may 不能對上級使用　應用

雖然 May I ~? 是禮貌的表達方式，可另一方面，當對方是如長輩等上級時，不能使用 You may ~ 這種表達方式。只有可以給予許可（可使用上對下語氣）的人可以使用表示允許（即使只是 50% 一半一半）的 may（可以～）。

不要自己認為「用 May 問就用 may 回答」，只有上下關係中的上級（父母 → 子女／老師 → 學生等等）能用 Yes, you may. / No, you may not. 來回應。

> ★ A: May I play on the swing?
> B: You may.
> A：我可以玩盪鞦韆嗎？　B：可以。
> ※ A 是小孩，B 是父母／May I ~? 聽起來會是謙遜的語氣

另外，會直接用到 You may ~ 表達的場合，如以下情境。

> ✎ You may go now.
> 你現在可以離開了。
> ※ 在進行面試時，面試官最後會講的句子

> ★ You may kiss the bride.
> 你現在可以親吻新娘了。
> ※ bride（新娘）／舉行教堂婚禮時，有可能會聽到這句英文

資料 may 的細節用法

① may not ~ 表示「不允許～」、「或許不是～」

You may <u>not</u> read the letter.（你不可以看那封信）

He may <u>not</u> be sick.（他或許不是生病）

※ 把 not be 想成是一個固定的搭配，形成 may not be ~ （或許不是～）的感覺

② 禱告句

May SV. 的表達型式是向神明祈禱時的表達方式（因為是書面體的表達型式，所以平常不太會用到）。

> ★ May God bless America, and may God protect our troops. Thank you.
> 願上帝祝福美國並保佑美軍，謝謝。
> ※ 節錄自美國總統 Joe Biden 的當選宣言（2020 年）

5-1-3　must

must 是「只能這樣～吧！」

must 的含義　核心：只能這樣～吧！

> ① 義務：「必須～」　　※「只能這樣做吧！」
> ② 推斷：「一定是～」、「必定～」　※「只能這樣想吧！」

核心重點　使用 **must** 表達，會傳達出「**有一股壓力不停從背後往前進逼，逼迫到再也想不出任何辦法的程度**」→「**只能這樣做吧！**」的感覺。

① 義務：「必須～」　※「只能這樣做吧！」

You must apologize to her.
你必須向她道歉。

不僅僅是翻譯字面上的「必須道歉」，若同時用「現在想不到其他辦法了，就只能道歉！」來思考的話，就會更有臨場感。

I must pass the Waseda University entrance examination.
我必須考上早稻田大學。　　※對自己說「別無選擇，一定要做！」

② 推斷：「一定是～」、「必定～」　※「只能這樣想吧！」

You must be tired. Get some sleep.
你一定很累吧。去睡一下吧。
※ 從對方的樣子來看「除了 be tired 以外，想不到其他形容詞了」→「一定很累吧」

順道一提，如同上面的英文句子，must 用於對**現在的推測**（推測現在的狀況）（對未來的推測（將要～），則會使用 will 等表達方式）。

She must be Ayaka's mother.
她一定是 Ayaka 的母親。
※想表達「一定是～」、「絕對是～」時很方便

在向他人推薦時可以用的 must 應用

You must try *matcha dorayaki*. It's really delicious.
你一定要吃吃看抹茶銅鑼燒。真的超好吃。
※ 回答時可以說 I will（我會吃吃看）／try（嘗試（食物等））

　　我們有時也會說「一定要吃吃看！」這樣向關係親近的朋友推薦吧！英文也是一樣的概念。

 這時的 must 帶有「不吃的話一定會後悔」的心情

　　除此之外，只要在推薦之後加上**理由**（為什麼會想推薦）的話，說出的英文就會更自然。上面的 It's really delicious. 就是推薦理由，其他常見的理由表達方式，還有如 It's fantastic.（這個超棒）、It's like nothing you've ever tasted before.（這和你之前吃過的都不一樣）（直譯是「和你以前曾品嚐過的東西都不像」）等等。

must 的否定句表示「禁止」

　　must not（mustn't）的意思是「禁止（不可以～）」。
※ 這裡是推斷的 must（一定是～、必定～）的否定，can't 則是「不可能～」的意思

Carry-on items must not exceed ten kilos.
手提行李不可超過 10 公斤。
※ 搭飛機時的說明／carry-on（隨身攜帶的）／exceed（超過）

思考轉換 表達「禁止」的 must not 架構

雖然現在要記 must not 還太早，不過本書推廣的是不要死背，所以這裡就先講一下（如果覺得會混淆，那就跳過吧）。must read 表達的是「閱讀是義務」，而否定句 must not read 則是「不讀是義務」→「禁止閱讀」，not 所否定的是後面的動詞（不是前面的 must）。所以是 You must not read this book.（「你的義務是不讀這本書」→ 變成「禁止讀這本書」）。
※ 其實我沒看過 Must S ~? 這種英文疑問句（一般會用 Do S have to ~?（S 必須做～嗎？））

5-1-4　have to ~

跟 must 一樣有兩種含義

have to ~ 的含義　核心：客觀版的 must

> **(1) 含義**　① 義務：「必須～」　② 推斷：「一定是～」、「必定～」
>
> **(2) 發音**　have to [hæf tə] / has to [hæs tə]
>
> **(3) 表達同意**　have got to ~（have 的發音是 [hæv]）
>
> ※have to ~ ＝ have got to ~
>
> ※ 以前多半只學到翻成「必須～」的意思（我是這麼學過來的），但這是錯的／有關
> 　「客觀的」會在 p.257 解說，現在請先確認意思就好

① 義務：「必須～」

I have to pass the entrance examination of a national university.

我必須考上國立大學。　　※客觀／理由是外在因素

② 推斷：「一定是～」、「必定～」

This has to be a mistake.

這一定是個錯誤。　　※直譯是「這必須是一個錯誤」／具備客觀的證據

have to ~ 的「過去」和「未來」

　　must 沒有過去式（在歷史上的 must 原本是過去式，現在則被當成現在式
來用），所以當要表達「（過去）必須～」的時候會用 had to ~。

※ 原則上 had to ~ 的發音是 [hæt̩ tə]，但不用太過在意這點

I had to give the hotel my credit card number when I made the
reservation.

當我預訂時，我不得不把信用卡卡號告訴飯店。

You will have to wait for about an hour.

你將必須等待一個小時左右。　　※表達未來用 will have to ~

have to ~ 的否定句和疑問句

在肯定句時 must 和 have to ~ 的意思相近，但在否定句（和表示禁止的 must not）上，意思卻截然不同。

☑ **否定句　don't have to ~**（沒有必要~）　※「必要」的否定為「不必要」

> You don't have to bring anything.
> 你不必帶任何東西。　※not ~ any（任何／所有~都不~）

☑ **疑問句　Do S have to ~?**（S 必須要~嗎？）

※ 回答時使用 do / does / did，用 Yes, I do. 的方式回答就 OK

> Does she have to take this medicine every day?
> 她每天都必須吃這個藥嗎？　※以 Yes, she does. 等方式回答

和 have to ~ 意思相同的 have got to ~ 　應用

have 和 have got 表達的意思相同，因此 **have to ~ ＝ have got to ~**（這裡的 got 沒有意思）。這個表達方式看上去像是現在完成式，但其實是做為**現在式**使用。

> I've got to go.
> 我必須走了。

追加英文

請翻譯以下句子。

(1) The essay must not exceed 400 words.
(2) Do I have to sign the form?

解答範例

（1）小論文不能超過 400 個字。
（2）我必須在表格上簽名嗎？
　　※have to 的疑問句

5-1-5　　can

特別注意「可能」的 can

can 的含義　核心：隨時都會發生

> ① 能夠：「會／能～」
> ② 允許：「可以～」／（疑問句）提議：「要不要～」
> ③ （疑問句）請求或委託：「可以幫我～嗎？」
> ④ 可能性：「可能」
>
> ※ 因為 can 的「會～」形象過於強烈，以致於容易讓人忽視了 can 的其他意思。特別
> 要注意「4 可能性」

① 能夠：「會／能～」

Penguins can swim very fast.

企鵝能游得很快。

　　「『游泳』這個行為隨時都會發生」→ 亦即「（隨時都）會游」的意思。掌握這個感覺後，應該可以更真實感受下面這些英文句子的感覺。

He can do it if he tries.

如果他有去做的話是做得到的。

※直譯是「他可以做到如果他嘗試去做」

補充　cannot ~ too ~（就算再～也不為過～）

　　可以把 too（太過於～）想成是「做過頭」的意思，cannot ~ too ~ 直譯是「無法～做得太過頭～」→「不管什麼事都絕對不會『做過頭』」→「就算再～也不為過～」。

You cannot be too careful when you drive a car.

你開車時再小心也不為過。

+α 靈活運用 I can't wait 吧

I can't wait {to ~}. 多半會翻成「我等不及～（要做～）了」的意思，不過這個表達方式的語氣比較誇張一點，各位就把這句話當成「非常期待（做～）」的感覺，在對話時很有用哦！

I can't wait to see the movie.
我等不及要看那部電影了。

② 允許：「可以～」／（疑問句）提議：「要不要～」

You can borrow my car as long as you promise to drive carefully.
只要你保證會小心開，我就把我的車借你。　　※表示允許的 can

這個句子裡的 can 是從**能夠**延伸出來的「你會～」→「（因為會，所以）可以～」的前提之下**允許**對方做某動作。

A: Can I see your notes?
B: No problem.
A：可以給我看你的筆記嗎？　　B：沒問題。
※note（記錄；（上課等的）筆記）

Can I ~?（我可以～嗎？）→「（可以的話）可以做～嗎？」，是（比起 May I ~?）語氣上更親切的用法，經常使用在日常會話之中。另外，也**有允許 → 延伸為提議的意思**，也就是 Can I ~?（（可以做的話）要不要一起做～？）的表達方式。

Can I help you with anything?
有什麼是我可以為您服務的嗎？
※ 直譯是「有任何我可以協助您的事嗎？」（提議）／help 人 with 物 （幫忙 人 的 物 ）

③（疑問句）請求或委託：「可以幫我～嗎？」

Can you help me with my homework?
你可以幫我一起寫作業嗎？　　※Can you ~?（（如果可以的話）能幫我～嗎？）

資料 在請求的表達方式中用 Can you ~?

在傳達請求的說法中，不會使用否定的 Can't you ~?（純粹是因為否定疑問句只會用來表達煩躁）。

※ 與 Will you ~? ≒ Won't you ~? 不一樣

總結 「允許、提議、請求或委託」等含義的演變

能夠：「會／能～」
┌→ 允許：「可以～」→ 提議：「（可以的話）要不要～？」
└→ 請求委託：「（可以的話）能幫我～嗎？」

④ 可能性：「可能」

Accidents can happen.
隨時都有可能發生意外。

can 的**核心是「隨時都會發生」→「隨時都可能發生」→「可能」**，傳達出「實際上如何不曉得，不過理論上隨時都有可能會發生」的語意。上面的英文句子直接體現了核心「隨時都會發生」的內容，指「『意外』隨時隨地都可能發生」的意思。

※ 如果是「可能發生（具體的事）」，則不能用 can（碰到這種情況的話，要使用 could / may / might）

☑ **疑問句：「～真的有可能嗎？」** ※表示強烈懷疑

Can it be true?
這是真的嗎？ ※直譯是「這有可能是真的嗎？」

☑ **否定句：「不可能～」**

It can't be true.
這不可能是真的。

※ 否定「可能」→「不可能」／true 有時會被省略，變成 It can't be.（這不可能、不會吧、根本不可能），這種表達方式經常被用在對話之中

+α **常用在理科主題**（科學或醫學等）**裡的 can**

在各種考試中，具有「有可能」意思的 can 是非常重要的。下面的句子是超難的大學入學考試的題目，給大家參考看看。

> Seemingly insignificant infections can cause medical complications if not treated right away.
>
> 若不立即治療，看起來不嚴重的感染，仍有可能會導致併發症的發生。
>
> ※ seemingly（表面上看起來）／insignificant（不嚴重的；不具影響力的）／infection（感染）／medical complications（（內科的）併發症）／if 子句的內容是 if {they are} not treated 的省略（they 是指「infection（感染）」）

can 的替代表達方式 be able to ~

可以將 can 和 be able to ~ 想成是一樣（雖然嚴格來說，can 較常使用在對話之中，而 be able to ~ 則特別用於「強調能力」，所以其實並非完全相同）的意思（不過在使用過去式時的差異較大，這點會在 could 的部分一併講解），未來的事則會使用 will be able to ~（將會可以做~）的句型。

The doctor won't be able to see you until next week.

醫生要到下週才能為您看診。　　※醫院櫃檯會用到的句子／see（看診）

+α **be unable to ~**（無法做~）

I'm sorry, but I am unable to locate your reservation in the system.

不好意思，我在系統中找不到您的預訂資訊。

※ locate（找出）／我在倫敦時入住的飯店也說過一樣的句子（那時稍微大聲地回了「這是你們的責任吧！」，之後就順利入住了）

思考轉換 聽懂 can 的聽力技巧（弱音相關）

雖然跟文法的關聯性不大，不過我要在此介紹可以迅速提升英文聽力能力的訣竅。上課的時候常會聽到「像 can 或 of 之類的單字，只要輕輕帶過就好」的說法，結果大家常就誤以為是要小聲地講 [kæn] 或 [ɑv]，但其實完全不是這樣。

事實上，輕輕帶過的 of 唸起來會變成 [əv / ɔ]。
※ 當我沒聽到這些字時，常會責怪自己（的耳朵），但其實根本沒有必要這樣，因為「不是沒有聽到，而是一開始就不是發這音！」

順道一提，因為 of 弱化後會單發 [ɔ] 的音，造成出現「拼字只留下 o 就好」的概念，甚至後來衍生出 o'clock（整點）這個單字（上標逗號（'）是省略 f 的標記），o'clock 裡的「o」發的就是 of 平時的發音。

只要看字典就能證明這個現象的存在了。在把字典打開之後，會發現有些字會在發音的地方寫著「強」和「弱」，也就是「強音」和「弱音」。許多老師誤以為「弱音」是「小聲發音」，但其實不是，請將「弱音」解釋成**平時真正的發音**。

弱音：平時的發音，例如 of 是 [əv / ɔ]
強音：強調／客氣／句尾時的發音，例如 of 是 [ɑv]
※ 平時不太會用強音，但因為發音清楚，所以偶爾出現時很容易聽到

一般來說，字典上都會將弱音的發音標示放在強音之前，從這點也可以看出「平時較常使用弱音」。
不過，在學校裡卻沒有仔細教弱音，核心重點 **of 等發音最一開始學的就是「強音」，或者應該說只學了「強音」，但實際使用時卻多半發「弱音」**。正是因為不知道這一點，才會在英文聽力上吃足了苦頭。

最後我們以 can 為例來解說強弱音。can 的弱音發 [kən]，但大家都知道的發音卻是 [kæn]，也就是強音。I can do it 平時會唸做 [aɪ] [kən] [du] [ɪt]，只要知道輕輕發音的意思，是指會發成 [kən]，能清楚聽到 can 的機率就會大幅提高。

除此之外，如果我們清楚聽見 [kæn]，那麼就知道 can 在這裡發強音（所以應該會是 Yes, I can. 等句子），或者很可能說的是 can't。因為 can't 語尾的 t 經常被吃掉而不發音（跟 I can do it 的 it 相同），所以 can't 聽起來會像是 [kæn]，但這部分並非弱音，而只是「音被吃掉」的現象。

順道一提，can 和 can't 的發音韻律不一樣，can 會和後面的動詞連在一起快速發音，而 can't 不會，斷開的那種感覺會在 t 被吃掉的那一刻出現（這部分似乎很難用文字說明清楚，但如果你知道了這件事，那麼應該就能夠聽到這種發音了）。

以上，會發弱音的都是超基本的單字（像 of 或 can 等等），所以不用太擔心（要是所有單字都有兩種發音的話，那真是太辛苦了）。只要認識弱音，就可以讓你對英文聽力的世界大大改觀哦！

5-1-6　shall

使用 shall 的慣用表達

　　shall 的核心含義已經消失了，且現在幾乎都只用作慣用表達，所以我們先來確認一下 shall 的表達型式吧（核心概念之後再講解）。

☑ shall I ~?（要我來～嗎？）

Shall I contact you on Wednesday?
要我星期三聯絡你嗎？

回答範例

Yes, thank you. ／ Yes, please. 好的，謝謝你。
I would appreciate it if you did. 如果你這麼做，我會很感謝你。
Would you? 可以嗎？
No, thank you. ／ No, that's all right. 不用了，謝謝你。／不用了，沒關係。

+α **Do you want me to ~?**（你想要我做～嗎？）

　　日常會話中（比起 shall I ~?）更常使用 Do you want me to ~? 的這個句型。直譯是「你想要我做～嗎？」，雖然聽起來好像比較強勢，不過這其實是一種**禮貌提議**的說法。

> Do you want me to help you with your luggage?
> 你想要我幫你搬行李嗎？

☑ **shall we ~?**（要不要（我們一起）～嗎？）≒ **Let's**

> Shall we meet in person or schedule a conference call?
> 我們要不要直接見個面或安排個時間開場電話會議？
> ※ in person（親自；本人）

　　有關回答 shall we ~? 的方式，以前學過 Yes, let's.（好，就這麼做吧！）／No, let's not.（不了，還是別這麼做好了）。的確在使用附加疑問句時，shall 和 let's 經常搭配使用，變成 Let's ~, shall we?（我們一起～吧，好嗎？）（p.660）的表達方式。其實可以使用的回答方式很多，例如對於 shall we start?（我們要開始了嗎？）的問句，就常用 Sure. / OK.（好啊）來回應，而像這裡的二擇一情境，則常用以下方式回答。

回答範例

① 用 Let's 提議

> Let's meet up. 我們直接見面吧。　　※meet up（見面）
> Let's meet online. 我們在線上見面吧。

② 其他的提議表達方式（傳達自己的要求或期望）

> Why don't we talk online? 我們要不要在線上談？
> I'd prefer to meet in person. 我比較想要親自見面。

shall 的核心是「命運或神的旨意」 應用

　　偶爾會看到 I shall ~ 的句型說明，會說這是「比 I will ~ 語氣更強烈一點的表達方式」。的確，知道這個其實就已經夠了，不過在本書中還會從 核心重點 **shall 是「命運或神的旨意」**的觀點來思考（藉此也可同時理解聖經上使用 shall 的意思）。

> I shall never forget your kindness.
> 我永遠不會忘記你的好意。

　　I will ~ 的語氣也可以很強烈（will 是「100% 必定會~」的意思），但 I shall ~ 傳達的是「按照神的旨意來說絕對會~」，又比 will 表現出來的感覺更加強烈。

　　順道一提，shall I〔we〕~? 大概是從「做~是命運嗎？」→「（是命運的話做~比較好）要不要做~？」演變而來的，不過因為這種表達方式已經滲透到日常對話之中了，所以使用的時候已經不再會連想到命運或神的旨意等起源（這麼說來，shall I ~ 的語氣聽起來會有一種高尚的感覺，我想也是受到這點的影響吧）。

補充 麥克阿瑟用的 shall

　　在二次世界大戰時，因日軍襲擊而被迫離開菲律賓的麥克阿瑟（MacArthur）留下了 I shall be return.（我必定會再回來），即是表達了「在命運或神的旨意下，回來這裡是必定會發生的」這樣強烈的語氣。（後來，麥克阿瑟在重新掌權後以駐日盟軍（GHQ）總司令的身份出現在歷史課本之中）

　　※ 電影「魔鬼終結者」的主角說過的名台詞 I'll be back.（我一定會回來）。不知道是不是因為主角是機器人而不信神的關係，所以才沒有用 shall 這個字

在意外的地方看到的 shall 延伸

　　shall 表示是**命運或神的旨意**，因此會在聖經、法律、規則、契約等正式文書上看到它。想像一下向神祈禱或宣傳旨意時的情境吧。

> Ask, and it shall be given you; seek, and you shall find; knock, and it shall be opened unto you.
>
> 你們祈求，就給你們；尋找，就尋見；叩門，就給你們開門。
>
> ※ 來自新約聖經／unto（古英文）和 to 意思相同

> The client shall pay the balance due not less than seven days before the scheduled date of the photo session.
>
> 客戶應在預定拍攝日期前的至少七天支付尾款。
>
> ※ 這是契約文字／balance due（尾款）／not less than ~（不少於～） p.798

資料 You shall ~（你應該要～吧）

　　文法書上會寫「第二或第三人稱的主詞＋shall，可以表達使役語意」（You shall have a watch. 是「你應該要有手錶吧」→「要求你一定要有手錶」），但因為現代英文已經不會這樣用了，所以可以直接跳過也沒關係。不過，這個用法也可以利用「（在命運或神的旨意下）你應該要做～」的觀點來思考。

CHAPTER 5-2

助動詞的過去式

5-2-1 對於「過去式助動詞」要先知道的事

唯有過去式不只是過去的意思

　　助動詞的過去式有點麻煩。**核心重點** **到目前為止講解的基本助動詞，即使變成過去式，也可以照樣運用它們所帶有的推測語意**。換句話說，「may（或許）→ 過去式 might」也是一樣的意思，「can（有可能）→ 過去式 could」的意思也不會改變。

事實上，這種「雖然是過去式卻不是表達過去」的代表性助動詞是 should。前面有說明過 should 是 shall 的過去式，但實際上卻不是用來表達過去，而是全都站在現在的角度來表達了。

就像上面說的這樣，過去式助動詞的語意紛亂，特別留意「**雖說是過去式，但不一定代表過去**」的這個大前提是極其重要的。

看到助動詞的過去式，首先考慮「假設語氣」

在這個章節中，我們會重點講解「助動詞」。如同在 Chapter 4 所強調的，看到助動詞的過去式（特別是 would / could）時，最先應該考慮的是**假設語氣**。

當然，這種態度到了這章也沒有改變，所以之後在確認 would / could 的各種意思時，別忘記「實際遇到英文時，首要考慮的是假設語氣」，之後再逐一確認「不是假設語氣的 would / could（也就是單純表示過去的 would / could）」的意思。

5-2-2　would

首先考慮假設語氣，接著才考慮 will 過去式

would 的含義　核心：假設語氣、will 過去式（必定～）

（1）主要用法（受到假設語氣的影響）
　　① 假設語氣　※ 使用在「不可能的事」（Chapter 4）
　　② 迂迴客氣的表達方式（Would you ~ 等表達方式）※ 使用在「有可能的事」
　　③ 表達推測或委婉　※ 使用在「有可能的事」

（2）做為過去式的用法　※ 表示「必定～」
　　① 過去的習慣：「之前經常～」　※ 後面較常接 often / sometimes
　　② 過去的拒絕：「（用於否定句中）從未嘗試要～」
　　③ will 的過去式　※ 僅在「時態一致」規則下使用

(1) 主要用法（① 假設語氣 ② 迂迴客氣的表達方式 ③ 表達推測或委婉）

※ 假設語氣的用法請參照 Chapter 4

① 的情況就完全是假設語氣，而 ②③ 的情況，則可以說是**受到假設語氣影響**的表達方式。

在 Would you ~?（（如果方便的話）可以請你～嗎？）裡的 Would 帶有「如果方便的話」的語意，也就是利用假設語氣來表現禮貌。

Would you do me a favor?

你可以幫我一個忙嗎？

※ 這是有事要拜託別人時會說的固定表達方式／直譯是「如果方便的話，你可以給我一個恩惠嗎？」／do 人 a favor（為 人 完成一件請託） p.452

would you like to ~（你願意／你想要～）中的 would 帶著「如果方便的話（想要做～）」的假設語氣，因此是禮貌的表達方式（根據不同使用情境，用 want to ~ 有時會給人一種幼稚的感覺）。

I'd like to extend my stay until Thursday if you have any available rooms.　如果你們有空房間，我想要延長住宿到星期四。

※ 飯店中會用到的話／extend（延長）

在應用上，還有 Would you like to ~（你想要～嗎？）→ 表示「（如果想要的話，那麼）要不要～？」的提議。

Would you like to try our home-made ice cream?

你要吃吃看我們自製的冰淇淋嗎？ ※try（嘗試（食物等））

③ 表達推測或委婉的用法中，will（應該將～）在表達上帶有「或許」的語氣，也因此會表現出有點委婉的感覺。

It's 11 p.m. The store would be closed now.

晚上 11 點了。那間店應該現在已經關門了吧。

(2) 做為過去式的用法（① 過去的習慣 ② 過去的拒絕 ③ will 的過去式）

這裡單純是 will（100% 必定會～）的過去式，核心重點 **把 would 想成「100% 必定做了～」就 OK 了**。如果表達的是「習慣」或「拒絕」則仍是「100% 必定會～」的意思。

> We would often talk in the park after school.
> 我們以前經常在放學後去那個公園裡聊天吧。

把這句英文裡的 often 拿掉，就會變成 We would talk（以前必定會聊天），不過實際上「365 天都必定聊天」是不可能（非現實）的，因此幾乎都會在 would 的後面加上 often / sometimes，以稍微妥協的方式來使用這種 100% 的意義。

※ 另一方面，如果看到 would often 或 would sometimes 的表達型式，那就可立即判斷這裡說的是「過去的習慣」

> The computer wouldn't boot.
> 電腦開不了機了。　※ 發生在過去的否定

> She said that she would finish the report by Friday.
> 她說了她會在星期五以前完成報告。　※ 時態一致下 will → would

5-2-3　could

could 帶有「說不定」的意思

could 的含義　核心：說不定的 can

(1) 主要用法
　① 假設語氣：「應該會～吧」　※ 用於「不可能的事」（Chapter 4）
　② 委婉禮貌的表達方式（Could you ~ 等表達方式）　※ 用於「可能的事」
　③ 可能性：「（說不定）可以做～」、「也許～」　※ 用於「可能的事」

(2) 過去式的用法
　　① 過去的能夠：「會／能～」　　※注意跟 was [were] able to ~ 的差異
　　② 過去的可能性：「可能～」
　　③ can 的過去式　※僅在「時態一致」規則下使用

(1) 主要用法（① 假設語氣 ② 委婉禮貌的表達方式）

※假設語氣的用法請參照 Chapter 4

　　「會／能～」的意思在 could 上是非常次要的用法，所以看到
could 時首先應該考慮的就是這裡說的主要用法。

　　could 是在 can 裡加上假設語氣的含義，所以請先將 could 想成
核心重點 **是說不定的 can**，例如 Can you ~?（你可以～嗎？）→ Could
you ~?（可以請你～嗎？）這樣，改用 could 的話就加上了假設語氣的
「或許、也許可以的話」等意思，可以表達出禮貌的語氣。

> Could you send me the revised schedule?
>
> 可以請你把修改過的行程表寄給我嗎？

　　could 也可以用來表示**提議**。翻譯過來就是「如果方便的話，可
以做～」的意思，例如 You could ~ 的語意就是「如果你方便的話，就
可以做～」。

> You could just buy it online and have it delivered to your house.
>
> （如果你方便的話）你可以在網路上買再送到你家就好。
>
> ※ 不加 just 也 OK，這樣一來就會變成「在網路上購買和送到家是兩個分開進行的動
> 　作」的語氣

③ 可能性

　　表達可能性的 could（（說不定）可以做～、也許～）也是非常重要
的語意（新聞報導中經常使用）。

　　※ 有的字典甚至會將這個意思當成 could 的第一個語意／can 表達的是一般的可能性，
　　　無法同 could 般用在具體情境之中

> There could be rain showers tomorrow, so make sure you bring an umbrella.
>
> 明天可能會有陣雨，所以一定要記得帶把傘。
>
> ※ make sure {that} sv（s 必定會 v）

> Everyone, be careful! Anything could happen!
>
> 大家要小心！什麼都有可能會發生！
>
> ※ 我在美國遊樂園的鬼屋裡的時候，聽到一個 6 歲左右的男孩所說的話

> It couldn't be true.
>
> 這不可能。
>
> ※ 跟 It can't be true. 一樣意思

＋α 常用在對話中的 Could be.

It could be true. 直譯是「這或許有可能是真的」→「這說不定是真的」的意思。另外，有時也會省略 true 或主詞的 It，變成 It could be. / Could be.（難說、說不定）的意思。

※ 以嚴格的標準來看可能性的話：can > could。在「說不定」的語意下，could 的「可能性稍微低一點」

思考轉換 方便的 could be 及它可能的未來樣貌

could be 是你在很難回答 Yes 或 No 時很方便使用的表達方式。雖然有的字典說它「和 maybe 的意思一樣」，但其實副詞 maybe 是從 It may be ~（也許~）而來的。maybe 現在已經成為了一個獨立的單字，說不定 could be 將來也會是如此也說不定（剛好這個「說不定」就是 could 所傳達的感覺）。實際上，打破文法限制，讓 could be 像 maybe 一樣，變成副詞放在句首使用，這也是有可能發生的。

表示「會／能～」的 could

(2) 過去式的用法 (① 過去的能夠 ③ can 的過去式)

※ 因為「② 過去的可能性」不太重要，所以不多做講解

You could see more stars here twenty years ago.

二十年前你在這裡可以看到更多星星。

I didn't know what I could do for her.

我那時不知道我能為她做什麼。　※時態一致下 can → could

無法用 could 表達「以前會」的情境

想表達「以前會」的時候，容易下意識使用 could，但其實只有「（當時）如果想做的話就做得到」的時候才能用 could。

※ 因為 can 的核心是「隨時都會發生」→ 所以 could 是「當時（如果想做的話）隨時都可以做」。順道一提，這裡 could 所表達的語意「如果想做的話」，隱含著假設語氣在裡面

She could run fast when she was young.

她年輕時能跑得很快。　※ 年輕的時候「想跑快的話就能跑快」的意思

「（在某個情境之中，只做一次）做到了！」的時候，則會用 be able to ～（因為不能用 could）。所以如果要表達「我得到票了！」，不是 ×）I could get the tickets!，而是 ◎）I was able to get the tickets!。

Gayle was able to find a new job less than two weeks after she quit.

Gayle 在辭職之後，不到兩個禮拜就找到了一份新工作。

※ 「只做到一次」的意思

資料 could 和 be able to ~ 的其他補充

could 和 be able to ~ 的差別相當微妙，如果都只用在現在式的話，其實不用太過在意有何不同（因為幾乎都可以通用），可是因為 be able to ~ 原本表達的就是「暫時的能力」，所以當要表達過去時，就會和 could 的語意產生差異。

另外，在某些例外之中，即使是「只發生一次的事」，在 that 子句中也可以使用 could（例如 I'm glad that you could come.（我很高興你能來））。

順道一提，兩者在否定句中所表達都是「無法」或「不能」的意思，使用 couldn't 或 wasn't able to 都可以。

各種表達「以前會」的說法 應用

除了 was able to ~ 之外，還有其他可以用來表達「以前會」的說法。managed to ~（設法辦到~）、succeeded in -ing（成功做到~）等都是很方便的表達方式。

另外，有時單純使用「動詞的過去式」就足以表達意思。例如用 I met him. 表達「我見到他了」，就是十分自然的說法。

 特意使用 was able to ~，是想要表達出做到這件事所需耗費的辛苦和努力，但若是顯而易見或不需要特別強調的事，那麼用一般過去式會比較自然

+α **生氣的時候可以說 How could you?**

當想指責對方做了令人不愉快的事時，（例如當家人擅自在二手拍賣的 APP 上賣你的重要物品時）就可以說 How could you?（你怎麼（How）可以（could）這麼做？），口語上翻成「你怎麼敢做這種事？」也可以。

※ 這也是「只做一次」的情境，但因為這個說法已經成為慣用表達，所以還是會用 could

追加英文

請翻譯以下句子。

(1) I could talk to Roy about this issue, if you'd like.
(2) Operating your microwave oven with no food inside it could damage the appliance.

解答範例

(1) 如果你希望的話，我可以和 Roy 談談這個問題。

　　※ 表示「想要的話就可以談談」的提議

(2) 如果在裡面沒有食物的時候讓微波爐運轉的話，可能會對微波爐造成損害。

　　※ appliance（電器）（這裡的 the appliance 是指「微波爐」）

5-2-4　might

經常被誤解的 might

might 的含義　核心：或許的 may

(1) 主要用法
　① 較委婉的 may：「（或許）～說不定」、「可以～」　※表示「可能」
　② 假設語氣：「應該會～吧」　※用於表示「不可能的事」（Chapter 4）

(2) 做為過去式的用法
　① may 的過去式　※僅在「時態一致」規則下使用

※ 因為「(1) ② 假設語氣」和「(2) ① may 的過去式」的使用頻率很低，所以這裡就忍痛不多做解說了，取而代之的是會詳細解說「(1) ① 較委婉的 may」的用法（這個用法極為重要）

(1) 主要用法（① 較委婉的 may）

　　我們之前學過「might 是 may 的過去式」，但其實 might 是用來**取代 may** 的（也就是 might 有著**現在**的意思，而不只是過去式的「或許～」）。想成 **might ≒ may** 是 OK，不過嚴格來說，核心重點 **might 是 may 加上假設語氣，表達出「說不定」的感覺**。

might 的重要含義　※「委婉的 may」的感覺（跟 may 一樣有兩種意思）

推測：「或許是～也說不定」　※這個意思比較重要
允許：「或許～也可以」→「為何不～看看」（建議）

（想要回絕時）覺得以 may 的感覺（50% 一半一半）來說，語氣會太強的話，這時使用 might 就剛好。以數字來表示的話 might 大概是 **30% ~ 40%** 的印象。

※ 數字只是個參考，重要的是這裡「或許～」所表達出來的「感受」或「顧慮」的感覺

Ms. Osborne might already know.

Osborne 先生也許已經知道了。

※ 表達出「也許有 30% ~ 40% 的機率會知道」的感覺

You might look up that word in the dictionary.

你也許可以在字典裡查一下那個單字。

※ 建議的「強烈程度約 30% ~ 40%」，有「不查也沒關係」的感覺／look up（查詢）

思考轉換 may 和 might 所分擔的角色

如果説「might 是 30% 而 may 是 50%」，那也許會覺得差別頗大。如果這數字是税率的話，的確是差滿多的，可如果是降雨機率的話，那不管是 30% 還是 50%，都是「帶把傘出門比較好」的心理狀態，兩者沒什麼不同。換句話説，may 和 might 所表達出來的差異可以算在**誤差範圍**裡。

事實上，就連母語人士也對 may 和 might 間的區分越來越模糊。因此最近傾向於在**用法上加以區別：may →「允許」、might →「推測」**，如此的角色分工也開始隨處可見。

※ 當然字典裡還是會寫 might 有著「（可以～）許可」的意思，不過也會有母語人士主張「might 沒有許可的意思」

順道一提，正因為 might 不太會用來表達「許可」，所以當在日常生活中特意使用時，語氣聽起來會比 may 更有禮貌。「可否請你～？」的這句話，以禮貌程度低到高來排序的話是 Can I ~? → Could I ~? → May I ~? → Might I ~?。

※ can 就算變成 could 的形式（原本用 can）也比不上 may 的禮貌程度（雖然在日常會話中用 could 就已經算是十分有禮貌了）

Might I leave the room now?

（如果可以的話）我現在方便離開房間嗎？

+α **You might[may] want to ~（或許你可以做～看看）**

　　直譯是「你或許會想要做～」→「（這麼去想的話）或許你可以做～看看」的**建議表達方式**。語氣上並非強行逼使對方照著自己的建議去做，是種禮貌的表達方式。

> ※ might [may] 本身具有「也許～也說不定」的意思，請想成這是與 want to 搭配而成的「提議表達」

You might want to get a second opinion before you start treatment.
在治療開始之前，或許你可以去尋求第二意見看看。

5-2-5　　should

隱藏其中的 shall

should 的含意　核心：本來～是當然

> (1) 主要用法
> 　　① 義務或忠告：「（當然）必須～」
> 　　② 推測或推斷：「（當然）應該～」
>
> (2) 和「假設語氣」有關
> 　　① 假設語氣過去式或假設語氣過去完成式
> 　　　　　　　　　　　　　　　　※ 使用在「第一人稱」的主要子句裡
> 　　② 假設語氣未來式　※ 用在 if 子句裡（if s should 原形動詞, SV）p.179
> 　　③ 取代假設語氣現在式　※ 做為「（建議、主張、要求等的）慾望動詞」使用 p.243
> 　　④ 表達情緒的 should　p.249

(1) 主要用法（① 義務或忠告 ② 推測或推斷）

　　shall 的過去式是 should，不過這也只是會讓人想問「那又如何？」，因為這樣還是沒有解釋清楚 should 和 shall 間的關係。

　　shall 的核心是「命運」或「神的旨意」，變成過去式的 should 後，就會帶有假設的語氣，表示「如果～」。因此 核心重點 **should 的**

意思即是「（如果遵從命運或神的旨意的話）原本做～就是理所當然的」，把這個核心意義用在「行為」上的話，就會是「必須～」的意思。

> Passengers should always keep their seatbelts fastened when they are in their seats.　乘客於座位上時，應隨時繫好安全帶。

只從譯文「應隨時繫好安全帶」來看，無法掌握到英文句子想表達的真正意思，希望各位能體會到「原本做繫好安全帶的這件事就是理所當然的」的語意。

對「上級」也可以使用 should 延伸

跟以前不同，現在不管哪本文法書都有說「可以對上級使用should」，不過因為翻譯過來的「應該～」這個譯法，會給人嚴格強制的印象，讓許多人不願意實際拿來用。

請各位從 should 的核心「（如果遵從命運或神的旨意的話）原本做～就是理所當然的」來思考，發話者說出的指令，其實是代為轉達命運或神的旨意，表達出「理應做某事」或「做某事會比較好」的意思，而不是發話者自己的意思，因此對「上級」當然也可以使用 should。

> You should replace the battery.
> 你應該要換一下電池。　※因為是「換電池會比較好」的意思，所以用 should

也有「應該是」的意思 應用

這是從 should 的核心「本來做～是當然的」→ 變成「（當然）應該～」而來的。

※ 助動詞一定都有「預測」的意思，所以理所當然會有「（當然）應該會發生／是～」的語意

比起 ~% 的這種機率數字，should 更傾向注重**「本來做～就是當然的」**的這個語氣，但如果非要說個機率數字的話，大概可以想成**有80% ~ 90% 左右的自信**。

除了像 He should be home.（他應該在家）、He should be here shortly.
（他應該很快就到）這些簡單的句子，也可以用在下面這種句子。

Friday should be OK, but I need to check with my boss before I commit.
星期五應該沒問題，但在我答應之前，我得先和我老闆確認一下。
※ 表達「原本星期五這個時間應該是沒問題的」／commit（許下承諾）

(2) 和「假設語氣」有關（① 假設語氣過去式或假設語氣過去完成式 ② 假設語氣未來式 ③ 取代假設語氣現在式 ④ 表達情緒的 should）

※ 因為 should 是以 shall 為基礎發展出來的，所以獨自發展出了一些比較特殊的用法（與其他助動詞不同）。因此，① 和 ② 在假設語氣（Chapter 4），③ 和 ④ 則會在說明 should 的特殊用法時解說。另外，雖然理論上會因為「時態一致」的規則，而有 should 做為過去式的用法，但基本上看不到這種表達型式

5-2-6　ought to ~

用 should = ought to ~ 來思考就 OK

ought to ~ 有著跟 should 一樣的兩種意思（但其實 should 要常用太多了）。

ought to ~ 的含義

① 義務：「應該做～」　② 推測：「認為應該～」

You ought to change your password.
你應該要更改密碼。

It's pretty late, so the supermarket ought to be pretty empty now.
已經很晚了，所以超市現在應該滿空的。　※副詞 pretty 的用法請參照 p.394

否定句 ought not to ～ 表示「不應該做～」

原則上否定句裡的 **not 會放在 to 不定詞的前面**（p.509）。

※ 疑問句理論上是 ought S to ~? 的句型，但相信各位應該沒有看過吧

We ought not to change the time of the meeting.
我們不應更改會議時間。

思考轉換 說話者的「確信程度」

在此整理了一下各助動詞在表達**推測語意**上的強度各自是多少。一般在文法書或參考書中，通常不是「用數字呈現確信程度」，就是「因為無法用數字呈現，所以乾脆不談」，然而本書**雖然以數字呈現確信程度，但這些數字只是參考，重點仍放在強調各助動詞在主軸上的不同**。所謂的「主軸不同」，亦即「有些助動詞可用數字表達，有些則不可以」的意思。在理解這個大前提之後，就一起來看看底下的指標吧。

「確信程度」的指標

could　　might　　may can should would will must

弱　　　　　　　　　　　　　　　　　　　　　　　　　強

50%

可以用數字做為指標的助動詞（may →「50% 一半一半」、will →「100% 必定會」）非常容易理解，而無法用數字呈現的 must，可以透過核心「想不到別的了，只有一個」去思考，就算沒有數字當指標也能正確使用，所以不必在意。當我詢問母語人士在使用 must 時「那個 must 表示的是幾 % 的確信？」，大家都露出驚訝的表情（就我的經驗是這樣）。should 使用時依據的也是「理所當然應該～」的感受，不會每次在使用時都考慮確信程度的百分比。

※ 中文也是一樣，在說「我想不到其他可能性了，只能想到～」或「理所當然應該～」時，也不會每次都在想「改用數字呈現是幾 %？」吧

以上是本書對於「無法用數字表達（但數字還是可以做為參考）確信程度的助動詞」的想法。

總結 **其他的未來表達方式** ※在文法用語上，就算只差一分鐘也算是「未來」

　　正因為「未來」的不確定性（不知道會發生什麼），根據對方的心情及感受差異，在英文中出現了許多不同用法。因為橫跨了數個單元，所以在此先行總結整理（不需要硬背，只要把它當成確認清單運用即可）。

各種未來的表達方式

① 所謂「未來的表達方式」　例如：will / be going to ~ 等等
② 全部的助動詞　例如：may（可以～）表達的是「接下來的動作」
③ 現在式（表示確定的未來）　※「昨天、今天、明天都會重複發生」p.48
④ 現在進行式（做為已決定的日程）　※「已經著手進行的未來事項」p.64
⑤ 不定詞做為受詞的表達方式　例如：plan to ~（計畫做～）p.526
⑥ be to（＋不定詞）：「接下來會～」　p.530
⑦ 片語表達　例如：be about to ~（即將要做～）
⑧ 假設語氣（假設語氣未來式）　※用 should 和 were to　p.179

— CHAPTER 5-3 —

may 的慣用表達／should 的特殊用法

5-3-1 使用 may / might 的片語

理解「may 的片語」的必備知識

使用 may / might 的片語　※片語 ② 和 ③ 用 may 或 might 都可以

① may well ~：「做～是很應該的」、「很有可能會～吧」
② may[might] as well ~：「倒不如～」
③ might[may] as well ~ as ~：「要做～的話，不如做～還比較好」

理解「may 的片語」的必備知識

☑ may 的意思：50% / may ≒ might
☑ well 的作用：強調 ※I know him well.（我和他很熟）
☑ as ~ as ~ 的真正含義：「和～一樣或更～」（≧的感覺）
※ as ~ as ~（相較於等號）是「帶有等號的不等號」p.752

may well ~ 有兩種意思（做～是很應該的／很有可能會～吧）

　　may well ~ 可以分解成「50% 的 may + 強調的 well」，核心重點**想成是「非常地 may」**。may 有兩種意思，所以 may well ~ 當然也會有兩種意思。

may　　　　well
50%　　 + 　強調　→ 建議及推測的程度上升到 70% ~ 80% 的感覺
① 「可以做～」+「非常」→ 「做～是很應該的」 ※強調「許可」
② 「也許會～」+「非常」→ 「很有可能會～吧」 ※強調「推測」
※ 當然這裡的數字只是參考，表達的是「（有 well 所以）比 50% 更高」

You may well get angry with him.
你對他生氣也是當然的。　※直譯是「你對他生氣是很應該的」

　　如果只有 may（You may get angry ~）的話會變成「生不生氣都無所謂」的感覺，但加上了 well，就會上升到**生氣也是很應該的程度**。

You may well get sick if you eat that.
如果你吃了那個，會不舒服也是很合理。

　　像上面這句，may well ~ 所表達的兩種意思，在區別上常常相當曖昧模糊，但只要注意不管哪種意思都會有「難怪你會～，當然，這完全可以理解」的這種**「說的也是」的語氣**就可以了。

+α | **may very well ~ 的表達型式**

用 very 強調 well 表達出「非常且十分地 may」的意思（翻譯成中文的時候很難跟 may well ~ 做出區分）。這個表達型式並不少見，常用在一般對話之中。

Vaccines may very well be one of the most important discoveries in the history of medicine.

在醫學史上，疫苗可以說是最重要的發現之一。　※ vaccine（疫苗）

總結 **may 和 well** ※數字只是參考

may well → 70% ~ 80% 的建議程度、推測 ※may very well 的強調程度更強
may 　　→ 50% 建議程度、推測
might 　→ 30% ~ 40% 建議程度、推測

建議程度 51% 的 may as well（倒不如～）

You may as well ignore his e-mail.
你倒不如忽略他的電子郵件。

原本的句型（省略 as ~ as not ~）
You may as well ignore his e-mail {as not ignore his e-mail }.
　　　　　　　忽略電子郵件 ≧ 不忽略電子郵件

因為 as ~ as 真的是**帶有等號的不等號（≧）**，所以這個句子的直譯就會變成「忽略電子郵件跟不忽略一樣，不過忽略也十分（well）可以（may）」，可以表達出「雖然兩者都一樣，不過硬要說的話，做～會好一點吧」，這種帶有**隨便、放棄、妥協**等等意味的語氣，**核心重點** **比 may 的建議程度高一點點、51% 的感覺。**

※ 常會看到被翻成「做～會比較好」，但這樣的語氣看上去會變成「非常推薦」的感覺，容易造成誤解

The bus won't get here for another 10 minutes, and it's just a 15-minute walk from here, so we might as well walk.

公車要再 10 分鐘才會到這裡，而且從這裡用走的也只需要 15 分鐘，所以我們倒不如用走的吧。

※ may as well ~ ≒ might as well ~

might as well ~as ~（要做～的話，不如做～還比較好）

You might as well throw your money into the sea as lend it to him.

你要借錢給他的話，不如把錢扔到海裡還比較好。

You might as well throw your money into the sea as lend it to him .
　　　　　　　　　把錢扔到海裡　≥　借給他

這個句子的直譯是「你借他錢跟把錢扔到海裡是一樣的，甚至超過」
→ ①「借錢給他，跟扔到海裡一樣」
→ ②「與其借錢給他，不如扔到海裡還比較好」
※ 哪一種翻譯都可以，但 ② 比較常用／雖然說「不如扔到海裡比較好」但也不是真的要丟（不是 may），所以這裡的 might 通常會表達出假設語氣（終究只是假想）的感覺

| +α | **might as well ~ 的兩種可能性**

　　might as well ~ as ~ 如果省略了後面 as 之後所接的內容，有時看上去就會和 may［might］as well ~（倒不如～）一樣，不過其實這是可以區別的，**可能的事**是「建議程度 51% 的輕微建議（倒不如～）」，而**不可能的事**則是「誇張建議」。

That's a terrible investment. You might as well throw your money away.

那真是一項糟糕的投資。你把錢扔掉還比較好。

※ 省略了在 as 之後出現的誇張建議

5-3-2　should 的特殊用法
（代替假設語氣現在式來用）

「假設語氣現在式」的一般說明

　　說到 should 的特殊用法，我們先確認一下以往都是怎麼教的吧。

※ 這裡只是想確認和整理那些「這麼說起來，之前就是那樣學的啊」的內容，所以稍微看過就 OK

參考 傳統的「假設語氣現在式」常見說明

在表達「建議、主張、要求、命令、決定」動詞的後方，做為受詞的 that 子句之中，主詞後會接「『should＋原形動詞（英式英文）』或是『省略 should 的原形動詞（美式英文）』」。這種「原形動詞」的用法稱為假設語氣現在式。

基本句型　　S V that s should＋原形動詞 ╱ 原形動詞
動詞的種類
　建議： suggest、propose（建議）/ recommend（推薦）
　主張： urge、advocate（主張；敦促）
　要求： request、require、demand、insist（要求）
　　　　　ask（請求）/ desire（強烈希望）
　　　　　※ 委婉版的 command / prefer（更喜歡）
　命令： order、command（命令）/ advise（勸告）
　決定： decide、determine（決定）/ arrange（安排；排定）

> Carol suggested that we {should} leave now, before rush hour starts.
> Carol 建議我們現在趕在尖峰時刻開始前離開。

　　上面的說明有兩點奇怪的地方。第一是強迫你把「建議、主張、要求、命令、決定」背下來，第二則是「省略 should」的說法。

※ 「省略助動詞」這說法簡直就是亂講

全部想成是「慾望動詞」（suggest 類的動詞）

核心重點 事實上，這些動詞全都帶有命令的意思。建議是「委婉而溫和的命令」、主張是「輕微的命令」、決定則是「過度地命令」（因為帶著「擅自決定」的意思），差別只在於命令強度而已，就結論來看，這些字全都具有命令語意的基礎。

※ 代表性動詞是 suggest，因此能用在這個句型中的動詞，可稱為「suggest 類」動詞

補充 請留意 suggest 類動詞的「譯文」

這種表達方式的翻譯，通常會與學生從單字表上學到的一般字義不同。舉例來說，一般會將 insist 翻譯成「主張」，可是字典上卻寫著「堅持」，而 urge 最廣為人知的字義是「催促」，字典上寫著的卻是「主張」。然而，如果能理解這些單字全都具有命令語意的話，那麼忽略掉這些枝微末節也沒問題。不過，對於認真使用單字表的人來說，可能會很不習慣這裡的翻譯方式，所以在此先提醒「這種翻譯是正確的」。

接 should 的型式

「should ＋原形動詞」與「原形動詞」表達的概念不同。先來講解英式英文的「should ＋原形動詞」，慾望動詞後面接的 that 子句，表達的是命令內容。

Napoleon commanded that his soldiers should cross the Alps.
Napoleon 命令士兵越過阿爾卑斯山。

that 後的內容是「尚未在現實中發生的事」（不會對「已經越過阿爾卑斯山」的人下命令吧）。核心重點 這裡的概念是現實沒有發生的事（非現實）→ 使用假設語氣的 should。

※ 但只有 should 可以這樣用（would 之類的不行）。should 是特殊的存在（表示未來的假設語氣也只能用 should 吧）。此外，因為這裡的 should 終究是假設語氣的記號，所以不需要翻成「應該～」

　　英文本來就是英國的語言（不是美國），對於傾向忠於英文文法的英國人來說，概念是「**命令內容非現實 → 假設語氣 should**」這種感覺。

接祈使句的型式

　　在美式英文裡，純粹是因為 核心重點 **當慾望動詞出現，後面的 that 子句就要變成祈使句**的概念，而祈使句裡用的是**原形動詞**。因為是 that 子句，所以主詞必不可少，但動詞本身會使用與祈使句相同的形態（也就是原形動詞）。

> The doctor proposed that Robert get an X-ray of his injured foot to check for broken bones.
>
> 醫生提議讓 Robert 受傷的腳照個 X 光來確認有沒有骨折。

　　propose（提議）是**溫和的命令 → 祈使句中用原形動詞**（get）的概念。

※ 順道一提，這個用法有時會被稱為「命令式假設語氣（mandative subjunctive）」這個專有名詞（動詞的 mandate 有「命令」的意思），透過這個專有名詞也可知道這種表達方式是以「命令」的意思為基礎

思考轉換 為何不行以「省略 should」來說明呢？

相較於傳統的說明方式（使用「should＋原形動詞」或「省略 should 的原形動詞」來記憶），我則是分別以「should＋原形動詞」或「原形動詞」來講解。也許有人會認為「這兩個方法都可以吧？」，可是到頭來，如果你記住像「省略助動詞」這種不可能的事情，只會讓你的英文感覺崩壞。刻意去背妨礙正確英文思維的東西，根本就說不通不是嗎？

應用類型（that 子句中的被動語態／suggest 類動詞名詞化） 應用

☑ that 子句中的被動語態（that 子句突然接原形 be）

Some diners at Jay's Grill prefer that their salads be served with the dressing on the side.

Jay's 燒烤的某些客人比較喜歡沙拉上的時候醬料另附。

※ 希望沙拉醬不要直接加在沙拉裡／diner（用餐的客人）／serve（提供（食物等））
／on the side（在旁邊；各別的）

☑ suggest 類動詞的名詞化

（同位語的 that 後接 should＋原形動詞 ／ 原形動詞 ）

Roberta offered the recommendation that we play the game in turns.

Roberta 建議我們輪流玩這個遊戲。

※ Roberta 是女性名（Robert 是男性名）／in turns（輪流）

　　像 recommend → recommendation 這樣的名詞化，也會出現在 that 子句中的 should＋原形動詞 ／ 原形動詞 。

※ 其他的名詞化例子還有 suggestion、proposal（建議，提議）／request、demand、insistence（要求；主張）

因句型而改變意思的 suggest 和 insist 延伸

　　在使用 suggest 句型時，有時 that 子句中的動詞表達的是直述（不是命令）語氣。在這種情況下，因為整體句型是 SV that ～，因此可以**判斷動詞在意義上會與「思考」或「說」有關**（p.136）。

判斷 suggest 和 insist 的含義

	suggest 類的命令動詞 ※ 以「命令」為核心	SV that ～ 中具有認知和傳達含義的動詞 ※ 以「思考」或「說」為核心
suggest	建議　※ 委婉「命令」	暗示　※ 委婉「說」
insist	要求　※ 強烈「命令」	主張　※ 強烈「說」

※ 在語氣上，suggest 是「委婉地」、insist 是「強烈地」

Mr. Shibata insisted that Kyohei dye his hair black.

Shibata 先生要求 Kyohei 把頭髮染黑。

※ 動詞 dye 是原形（dye OC 是「把 O 染成 C」的意思）→ insist 是「命令」語意

Kyohei insisted that he had not dyed his hair.

Kyohei 堅稱他沒有染過頭髮。

※ that 子句表達的是直述語氣（這裡是過去完成式的形態）→ insist 是「傳達」語意

+α 其他動詞也可以用直述語氣

　　除 suggest 和 insist 以外的動詞，在非正式的講法中也可以使用**直述語氣**。例如 The law requires that all vehicles are covered by insurance.（那條法律要求所有車輛都必須投保）這句，that 子句中原本應該用 be，卻用了 are。但（跟 suggest 和 insist 不同）因為知道 require 是表示命令的動詞（不會誤解），所以不會有問題，這部分單純供參考（考試不會考）。

總結 suggest 類動詞

(1) suggest 類動詞屬於**慾望動詞**

(2) that 子句有……① 使用「should ＋原形動詞」

　　　　　　　　　　※ 尚未發生的事（非現實）用假設語氣的概念／should 的特殊用法

　　　　　　　　② 使用「原形動詞」

　　　　　　　　　　※ 命令的內容帶有祈使句的概念／稱為假設語氣現在式

※ 順道一提，最近英國也漸漸有使用「原形動詞」的傾向，所以看到原形動詞的機會增加了

5-3-3 suggest 類形容詞的使用方法

important 隱含「命令」的感覺 延伸

核心重點 具有命令含義的形容詞，在其後出現的 that 子句中，有的會採用「should ＋原形動詞」或「原形動詞」。

※ 在 that 子句中跟 suggest 類動詞的用法相同，因此也被稱為 suggest 類形容詞

suggest 類形容詞的使用方法　　※that 子句跟 suggest 類動詞相同

It is 　suggest 類形容詞　that s 　should＋原形動詞　／　原形動詞

It is vital that the rescue crews find survivors within 72 hours.
救難人員在 72 小時內找到倖存者是至關重要的。

suggest 類形容詞：帶有「重要」、「必要」或「理想」的語意

① 很重要：important、crucial、vital、essential、critical（很重要的）
② 有必要：necessary、indispensable、imperative（必要的）
　　　　　 urgent（急迫的）※urge 的形容詞 / unnecessary（不必要的）
③ 是理想：appropriate、proper（恰當的）/ improper（不恰當的）
　　　　　 advisable、desirable、preferable（期望的；偏好的）

　　一般只會說這些是「具有『重要』、『必要』或『理想』」語意的形容詞」，但大家請特別注意，這裡的每一個意思都潛藏著**命令**的語氣。換句話說，這些都是**說教的形容詞**。像 important 和 necessary 就是不斷提醒和建議對方「很重要、有必要」的意思。把重點放在命令語意上，就可以知道這是**和慾望動詞**（suggest 類動詞）**一樣的語氣**，that 子句的呈現上也是相同概念，所以會**採用「should＋原形動詞」或「原形動詞」**。

It is imperative that you do the pre-reading assignments, or you won't understand the lectures.
你必須做課前作業，否則你上課會聽不懂。

　　因為前面出現了 suggest 類的形容詞（imperative），所以使用原形動詞 do。「必須做課前作業」這種話屬於命令的一種，另外，「做課前作業」是尚未實現的非現實，因此可以說是**非現實 → 假設語氣 should**，或說是**命令 → 祈使句（原形動詞）**。再加上 or 表達的是「不那樣的話」或「否則」的意思，可以被視為前半段句子是表達命令語意的證據。

　　※ 祈使句 or ~ 表達「請做～，否則～」句意的句型請參照 p.610

補充 **essential 的意思是？**

我想應該很容易可以在單字表上，看到 essential（本質上的）、critical（決定性的）、vital（至關重要的）等字義翻譯。的確這些字也有著這些意思，不過首先還是要先掌握前面提到的「**很重要的**」意思。事實上，如果用英英字典查 essential 的話，解說最開頭寫著 important 的字典所在多有（嚴格說起來 essential 比 important 在語氣上稍微強一點）。

It is essential that you drink plenty of water during this heat wave.
在這樣的熱浪知中，喝大量的水是必要的。

資料 **也會用在直述語氣裡**

說話者在知道是事實（已發生的既成事實）後，且有「先聲明，這非常重要」的意識時，有時也會用直述語氣（普通的句型）來表達。只要有「也有這樣的句型」的印象就好，不用太重視沒關係。

思考轉換 **美式說法是「古老的英式說法」**

在美式説法中使用的原形動詞，實際上是 17 世紀的英國所使用的句型。在移居美國的人們持續使用之下，這種説法也就這樣在美國紮根了。
反觀英國，不知道是不是覺得句子裡直接出現原形動詞有些不對勁，或是對假設語氣的意識變強了（我猜這兩種理由都有），而在表達中加上了假設語氣的 should。因此從歷史軌跡來看，「省略 should」的這種思考方式是不正確的。

※ 在莎士比亞（1564～1616）的時代，英式英文中還維持著使用原形動詞的説法。透過歷史，可以知道當時的英文説法與五月花號一起登上了新大陸（美國）（1620年左右）

5-3-4　情緒形容詞的用法

strange 等形容詞的特徵 延伸

在表達情緒及判斷的形容詞之後的 that 子句之中，也會出現採用 **should＋原形動詞**的表達型式。

情緒形容詞的用法　※不採用「原形動詞」只用「should＋原形動詞」

It is 情緒形容詞 that s should＋原形動詞

※ 這種表達方式在英文文法的世界裡，被取名叫作「情緒的 should」，且因為這裡的
should 是假設語氣和感受的記號，因此沒有必要翻成「應該」

情緒形容詞

strange、odd（奇怪的）/ silly、absurd（愚蠢荒謬的）/ wrong（錯誤的；不
道德的）/ regrettable（遺憾的）/ natural（理所當然的）/ reasonable（合情
合理的）/ surprising、remarkable（令人驚訝的）

※ 名詞（a pity / a shame（可惜））用在這裡也 OK

　　雖然只是要說明「這類型的形容詞，後面會出現 should」，可是
我認為，當想表示「這件事情奇怪或令人難以置信」時，會出現「希
望這是一個謊話或假想」的這類情緒，進而（至少在語言上）採取**假設
的表達型式**（與假設語氣一樣使用 should）。

※ 情緒形容詞絕對沒有帶有「命令」的意思，因此不能翻成祈使句（原形動詞）的語氣

It is strange that the lights should be on in that building at night.
晚上那棟建築物裡點著燈真是奇怪。

It is only natural that you should be nervous before your speech.
你在演講前覺得緊張是非常自然的。

※ 因為 natural 看上去實在不像情緒形容詞，所以有時字典裡會特別強調這點（大概
認為情緒是「理所當然」湧現出來之類的吧）／only natural 是「再理所當然不過」
→「極其自然的」

資料　使用情緒形容詞的其他表達型式

　　最基本的是在 that 子句中使用「should＋原形動詞」，但也會出
現「不帶情緒而客觀地訴說 → 直述語氣」、「表示過去動作 → should
have p.p.」等表達型式。

其他助動詞及等同於助動詞的表達方式

5-4-1 助動詞 need

助動詞與一般動詞的區別

need 有**兩個詞性**（助動詞和一般動詞），請留意用法上的差別。

need 的詞性與用法

	助動詞 need	一般動詞 need
基本資訊	不能用在肯定句 ×）S need 原形動詞.	後面接受詞 ◎）S need 名詞／to 原形動詞／ 人 to 原形動詞等等
否定句	S need not 原形動詞. （沒有必要～）※正式的講法	S don't need to 原形動詞. （沒有必要～）
疑問句	Need S 原形動詞？ （有必要～嗎？）※不常使用	Do S need to 原形動詞？ （有必要～嗎？）
變化	沒有變化（不存在過去式）	要加三單現的 s（needs） 有過去式（needed）
其他	need not have p.p.　p.263	特殊的 need -ing 句型　p.559

關於用法的區別，只要想成「助動詞的 need 和 can 的用法相同／一般動詞 need 和 want 的用法相同」應該就可以明白了。

People who do not work well with others need not apply for this position.
無法與他人合作愉快者，請勿應徵此職務。
※ 直譯是「無法和別人好好合作的人，沒有必要應徵這個工作」／助動詞 need

I need to update my résumé with information about my current job.
我得把現在工作的相關資訊更新到我的履歷表上。　※一般動詞 need

5-4-2　助動詞 dare

區別助動詞與一般動詞 [延伸]

　　dare 也有**助動詞**與**一般動詞**的兩種用法（跟 need 的思考方式相同）。不過 dare 有一個麻煩（跟 need 的用法不同）的地方，就是可以省略一般動詞 dare 後面的 to。

※ 助動詞 dare 和一般動詞 dare 的用法可以說是混合（混淆）在一起。順道一提，「可以省略 to 的一般動詞」，除了 dare 以外只有 help 而已　p.470

dare 的詞性與用法　※基本的 dare 意思為「膽敢做～；敢於做～；向～挑戰」

	助動詞 dare	一般動詞 dare ※可省略 to
肯定句	不可以使用在肯定句中 ×）S dare 原形動詞.	S dare {to} 原形動詞. （S 膽敢／竟敢做～）
否定句	S dare not 原形動詞. （不敢～）	S don't dare to 原形動詞. （S 不敢做～）
疑問句	Dare S 原形動詞? （S 敢做～嗎？）	Do S dare {to} 原形動詞? （S 敢做～嗎？）
變化	不需要加三單現的 s 有過去式形態（dared）	要加三單現的 s（dares） 過去式形態（dared）
特殊句型・ 慣用表達	How dare SV!（S 竟敢 V～！） I dare say ~（我敢說應該～吧）	dare 人 to ~ （挑戰 人 去做～）

> 💬 I dare not go out this weekend. I really have to study.
> 我這個週末不敢出去。我真的得念書。　※助動詞 dare

> 💬 How dare you talk to me like that!
> 你竟敢這樣跟我說話！

　　慣用表達 How dare SV!（S 竟敢 V～！）的直譯是「到底是為什麼（How）S 竟然敢（dare）這麼做 V～！」，因為只是把助動詞 dare 改放到疑問句的開頭，所以語順是 How dare 的後面接 SV，請小心不要把 How dare 當作是一個疑問詞（例如像 How old 之類的）。

5-4-3　had better

had better ＋原形動詞（最好～（否則之後會很辛苦））

　　had better 常被翻成「最好～」，所以會容易讓人誤解這是語氣較為柔和的表達方式，核心重點 **實際上，had better 隱含著「不這麼做的話，之後就會很辛苦」或「不做的話就糟了」的情緒**。特別是在與 You 搭配使用的時候，表達的是「相當強烈的建議或警告」，誇張一點也可以說是「恐嚇」。

> You had better call your boss, or she is going to get angry.
> 你最好打給你老闆，否則她會發火的。
> ※ 這裡的 she 是指老闆／had better 的語氣強烈，可以當成像是
> 「祈使句 or ~（去做～，否則～）」這種表達方式來用

補充　**should 和 had better 的謊言與真實**

　　以前我們可能會學到「should 的語氣強烈，而 had better 的語氣較弱」這種謊話（我在國中學到的也是這樣）。如果各位之中也有人這麼認為的話，最好改變一下對 should 和 had better 的印象（這裡的「最好」就是 had better，不改的話就糟了）。請改想成 **should 是建議、had better 是警告**。

　　這裡的意圖也是想表達「不這樣照做的話就糟了」，所以使用 You[I] had better ~

可以用在對等關係及自己身上的 had better

☑ 不可對上級使用 You had better，但可用在對等關係上

　　文法書上會寫「對上級（如老師、上司等等）不能使用 had better」，現在一旦知道 had better 是「語氣強烈」的表達方式，應該就可以理解為什麼了吧。另外，這裡雖然只把重點放在「上級」，但**可以使用在對等關係（如朋友或同事）上**也是很重要的一點。雖然是語氣很強烈的建議，但就如同這裡的英文例句，拿來對同事說是 OK 的。

You had better call a technician to see what is wrong with the computer.

你最好打給技術人員，看看電腦出了什麼問題（否則之後會很糟糕）。

☑ I had better

如果用 You 當主詞，那需要選擇說話對象，但若主詞是 I，那就是「對自己的強烈建議或警告」→「不做的話就糟了」的感覺，所以什麼時候都可以用。

I had better start studying for my entrance exams more seriously.

我最好開始更認真為入學測驗努力念書。

一定要「符合句型」的 had better

容易出錯的 had better「句型」

① had better 的後面 → 接動詞的「原形」
② 否定句中 not 的位置 → had better not ＋原形動詞
　　　　　　　　　　　　　　（表達「最好不要做～」）
③ 縮寫及省略 → 縮寫（You'd better）較多／
　　　　　　　　　也可以省略 'd（寫成 You better）

You had better not stay out too long without putting sunblock on.

你最好不要沒塗防曬乳就在外面待太久（否則會糟糕）。※ sunblock（防曬乳）

You'd better go to the doctor.

你最好去看醫生。　　※ You'd better ＝ You had better

思考轉換 **had better not 的這個語順是有理由的**

在考試裡會將「had better not ＋原形動詞」的「not 的位置」當成重點。我們在學助動詞的否定句時有說過：「will 的後面會接 not」，**其實「原形動詞的前面放 not」才是正確的說法**。按照這個原則，had better 也只

是「原形的前面放 not」概念的體現而已。以這個概念下去思考的話，had better not 的順序是再理所當然不過了。一般就是因為沒有這樣的概念，才會需要不斷提醒「not 不是放在 had 的後面，而是在 had better 的後面」。

※ 順道一提，這裡的「原形動詞」正確來說應該是「原形不定詞」，「not 放在原形不定詞或 to 不定詞的前面」是英文中的絕對規則，在學不定詞時學到的「not to 不定詞」的語序，也可以用來解釋這個概念

5-4-4　used to ~

used to 的兩種含義

「used to ＋原形動詞」的含義　※used 的發音是 [juzt]

① 過去的習慣：「以前經常～」　※used to ＋動作動詞
② 過去的狀態：「以前是～」　※used to ＋狀態動詞

Kanon used to go to the movies almost every week, but now she is too busy to go.

Kanon 以前幾乎每週都去看電影，但她現在忙到去不了。

※ used to ＋動作動詞（go）

There used to be a used bookstore on the corner.

那個轉角以前曾是二手書店。

※ 這是 There is 與 used to 句型相結合的表達方式／be（是～）是狀態動詞，這裡的 used to 表達的是「過去狀態（以前是～）」的意思／翻成「曾有二手書店」的話，看似通順但其實完全翻錯，請小心注意／第二個 used 是形容詞「用過了的；二手的」的意思，發音為 [juzd]

資料 used to 的其他細節用法

□ 可以和模糊的時間（every day / many times / many years 等）搭配使用，但不行和使用明確數字表示的次數或期間（three time / two years 等）一起用

☐ used to ~ 句型的疑問句／否定句：

Did you use to ~? / didn't use to ~

+α **使用 used 的其他表達方式**

① be used to -ing：「習慣做～」　※ to 是介系詞　p.545

② be used to ＋原形動詞：「用來做～」　※副詞用法的「為了～」

A megaphone is used to make the speaker's voice louder.

擴音器用來使說話者的聲音變大。

※ 屬於上面 ② 的表達方式／megaphone 的意思是「發出又大又宏亮（mega）的聲音（phone）的器具＝擴音器」

— CHAPTER 5-5 —

助動詞 vs. 替代的表達方式

5-5-1 **would vs. used to ~**

主觀的 would

助動詞（must 等）和替代助動詞的表達方式（have to ~ 等）有著細微的差異（就像 should 和 ought to ~），而有些在區分和使用方式上的差異特別重要，在這裡特別說明三組重要的助動詞和替代表達方式間的比較。首先就從 would / used to ~ 的共通點（表達過去的習慣）和差異點（表達狀態、對比過去與現在）開始整理吧。

would vs. used to ~

	would ※主觀的	used to ※客觀的
過去的習慣（以前會做～）	○ （不規律的習慣）	○ （規律的習慣）
過去的狀態（以前是～）	×	○
過去和現在的「對比」	×	○

We would often have coffee together after the lecture.

我們以前經常會在下課後一起喝咖啡啊。

※ would 是「主觀的」→「不規律的習慣」（隨心情變化有時會做有時不會做）。另外，因為帶有主觀的心情，因此會出現回想「以前～啊」的感覺

客觀的 used to ~

　　used to ~ 是「**客觀的**」→ 表示「**規律的習慣**」。另外，也可以（客觀的）比較過去和現在。換句話說，也可以用在「以前經常做但現在不做」的句子上（主觀的 would 則無法用在「客觀比較」的句子裡）。

I used to drink coffee, but I don't like it anymore.

我以前常喝咖啡，但我現在不再喜歡喝咖啡了。

※ used to 表達了「和過去的對比」，因此即使沒有 but 的後半句，仍然可以隱隱感受到傳達出來的「現在不喜歡」的語意

She used to work with Bill Gates.

她以前曾經和 Bill Gates 一起工作過。　　※隱含著「現在已經沒有」的意思

思考轉換 所謂「主觀的」或「客觀的」觀點

核心重點 助動詞（would / will / must）是主觀的，替代助動詞的表達方式（used to ~ / be going to ~ / have to ~）則是客觀的。

※ 如果只有 would 和 used to 的話，或許直接把差別背起來比較快，但若從主客觀的觀點來看，在對照下的這三組有著「一連串」的差異

助動詞 vs. 替代的表達方式

意思	助動詞 ※主觀的	替代助動詞的表達方式 ※客觀的
經常做～	would	used to ~
將要做～	will	be going to ~
必須做～	must	have to ~

※ 並非總是可以明確區分，也是會有「在對話裡不管語氣，（比起 must）更常使用 have to」的情況

☑ 助動詞是「主觀」的理由

首先，助動詞是帶有**情感**的，像 will（必定會～）、must（必須～）這些都是帶有情感的表達。說話者的情感就可以說是一種**主觀的表達**。順道一提，像 must 這樣單純的助動詞，專有名詞叫作「情態助動詞」。跟假設語氣一樣將「情態」做為 mood（情感、情緒），只要把情態助動詞（一般助動詞）想成**帶有情緒的主觀表達**就可以了。

☑ 替代表達方式是「客觀」的理由

替代助動詞的表達方式（used to ~ / be going to ~ / have to ~）會被當作一般助動詞（use / go / have）來使用。原本一般動詞就是用來表達**客觀的事實**。I used the pen. 表達的是客觀事實（用了筆）吧（絕對沒有帶著「一定得用筆」的情緒吧）。替代表達方式是因為保留了一般動詞的性質，所以才會是**客觀的表達**。

※ 其他助動詞與替代表達組合間的差異程度沒有這麼大，可以忽略沒關係。硬要說有什麼要特別注意的話，請留意 can 和 be able to 的差異只存在於過去式的這點

5-5-2　will vs. be going to ~

表示當下決定的 will 應用

　　助動詞 will 表達的是主觀的**「單純推測」或「當下突然想到的事情」**，最適合用在想說「那就來～吧」的時候。例如電話響了的時候說 I'll answer it.（我來接吧）。

※ 常會看到用這句話來說明 will，但實際上卻不怎麼會用到，下面例句才是大家比較常用的句子

I'll have a large caffè latte.
我想要一杯大杯的咖啡拿鐵。

※ 在店裡看到菜單才當場做決定的話會用 will／caffè latte 是義大利文，跟法語的 café 不同

表示已經做好安排的 be going to ~ 應用

做為替代表達的 be going to ~ 會用來表達客觀的「**已經安排好的事情**」或「**按當前徵兆所做出的預測**」（這兩者皆是客觀事實）。

※ be going to ~ 表面上看起來是「進行式」，帶有「目前正在朝向 to ~ 內提及的事項進行」的語氣，會在具有客觀根據時使用

She is going to have a baby next month.

她預定下個月生產。

※有「懷孕」等客觀事實時使用

思考轉換 用在天氣預報裡的 will（總是會有例外的概念）

天氣預報具有客觀的根據時，好像可以用 be going to ~ 對吧。但實際上，不知道是不是一邊看天氣圖一邊預測的關係，在新聞英文中使用的是 will。

※ will 多半會用在「自己無法控制」的情況，也許這是其中一個理由

The typhoon will reach Kyushu sometime in the next 24 hours.

這個颱風將在未來的 24 小時內觸及九州。

※sometime（某時）

5-5-3　must vs. have to ~

「源於自己內心」的 must 發展

must 是**主觀的義務**，表示「（自己這麼認為）必須～」。它經常用來表現一種從內心湧現的責任感及說話者的決心。

※「強烈推薦的 must」也是從內心湧現的感覺 p.214

I must go at once.

我必須立即前往。

※對於自己的心情或私事，想表達「必須去」的時候使用

have to ~（從客觀情境來看） 發展

　　have to ~ 是**客觀的義務**，表達出原本「應該做～的事」→「（無可奈何、沒辦法）一定得做～」的感覺。經常在遇到因規則或情境而被強加的義務時使用。

> I have to go now.
> 我必須走了。
> ※表達出「實在沒辦法，我必須離開了」的感覺

補充 **關於在 INTRODUCTION 裡提及的「必須戒菸」**　　p.203

　　透過主觀和客觀視角來思考的話，就可以明白這兩句的差別。「不想被女朋友討厭（所以戒菸）」是**主觀**的心情，因此使用 must，「被醫生建議（所以戒菸）」則是因為有 X 光片等的**客觀事實，造成由外在因素而產生的強制義務**，所以使用 have to 表達。但如果是「女朋友是醫生」的情況，那就要看是哪一個理由比較重要，再來決定要用哪種方式表達就行了。

思考轉換 並非總是會遵守主觀和客觀的原則

主客觀間的差異並非絕對。說到 must 和 have to ~，雖然在英式英文中特別忠實呈現主客觀原則，但對於美式英文來說，比起主客觀差異，倒是更在乎「**一般情況用 have to ~**」的意識，並多在正式場合才用 must。另外，也有因時態限制而只能使用 have to 的情況。像在必須使用 had to 和 will have to 的情況下，在判斷主客觀之前，本身就無法使用 must。

助動詞＋ have p.p.

5-6-1 「助動詞＋ have p.p.」的基本概念

「助動詞＋ have p.p.」是「專注於過去」的表達方式

因為助動詞之後不能放過去式，結果就從「那麼至少放個 have p.p. 吧」這種不得已的手段，產生了**助動詞＋ have p.p.** 的表達方式。

※ 在這裡列出最常用到的六種表達方式，這些表達方式可以清楚整理成兩類

推測 {
① may have p.p. ：「或許是～」≒ might have p.p.

② must have p.p. ：「一定是～」

③ can't have p.p. ：「不可能～」
　　≒ couldn't have p.p. ※沒有 ×）can have p.p. 這種用法
}

{
④ should have p.p. ：「原本應該～／當時真應該～」（嘲諷）
　　　　　　　　　　　　「應該～（推測）」

⑤ ought to have p.p. ：「原本應該～／當時真應該～」（嘲諷）
　　　　　　　　　　　　「應該～（推測）」

嘲諷 {
⑥ need not have p.p. ：「沒有必要～」 ※不常用到
}
}

上面的表達方式分為**推測組**（①②③）和**嘲諷組**（④⑤⑥）（嚴格說起來，④ 和 ⑤ 橫跨兩個組合，但在此請先忽略）。不管是哪一組，核心重點**面對過去情緒的觀點都一樣，分別表達了對於過去的推測，以及對於過去感到的後悔或嘲諷**。

「對過去推測」組：（過去）是～，（現在）推測～

做出的推測內容發生在「過去」，但進行的推測動作（動腦筋做推測的動作）發生在「現在」。

※ 嚴格來說，「推測」表達的是「接下來會發生的事」，但這邊為了要讓大家比較好懂，故意用「對於過去的推測」來說明（如果介意的話，請把「對於過去的推測」裡的推測換成「推想」）

She must be sick.

她（現在）一定是生病了。 ※ 發生在「現在」的事，「現在」進行推測的動作

She must have been sick.

她（之前）一定是生病了。

※ 發生在「過去」的事，「現在」進行推測的動作／經常犯的錯誤是把 <u>must have p.p.</u> 翻成「必須～」的意思，在這裡只是「推測」的意思

I may have read that novel before, but I hardly remember the story.

我以前也許有看過那本小說，但我幾乎不記得故事內容。

He can't have told a lie.

他（之前）不可能是說謊的吧。

補充 「助動詞＋ have p.p.」中使用 may / must / can't 是「推測」

「助動詞＋狀態動詞」會變成「推測」的意思（p.210），而「**助動詞＋ have p.p.」的表達方式**（即使接的是動作動詞）則一定是「推測」的**意思**（上面英文句子裡的 read 和 tell 都是動作動詞）。請注意不要把 may 翻成「可以～」等的語意。

「對過去感到後悔或嘲諷」組：（對過去的動作現在）表達嘲諷

一般會解釋成「**表達對於過去的後悔**」，但如果用「嘲諷」來思考，就更容易理解想表達的其實是「當時真應該要～的啊（沒這樣做真是笨啊）」的這種感覺。

※ 當然不一定全都要翻譯成嘲諷的語氣，只是可以用這種方式去想而已

Lily should have asked for advice.

Lily 真該問問別人的意見的。

※ 順道一提，should have p.p. 和 ought to have p.p. 是一樣的意思

Kimberly ought not to have skipped class.

Kimberly 真不該蹺課的。

※ 以否定句（should not have p.p. / ought not have p.p.）表達「原本不應該～」的
說法也很重要（規則是 not 必須放在 to 不定詞的前面 p.509）／skip（跳過；省略）

5-6-2「助動詞＋have p.p.」的應用

should / ought to ～ 也可以表達「對過去的推測」 應用

到此為止都是把「助動詞＋have p.p.」的表達方式，分成**推測組
和嘲諷組**來講解，可是 should have p.p. 和 ought to have p.p. 嚴格來說
兩組都說得通，因為它們**主要的工作是「嘲諷（那時真應該～）」**，但偶
爾也可以用在**「推測（應該～）」**。

Ryu ought to have brought some spare pencils. Let's ask him if we can
borrow some.

Ryo 應該有帶一些備用的鉛筆來。我們去問他看看能不能借幾支吧。

補充 以否定句表達時會變成「嘲諷」

當 should have p.p. 和 ought to have p.p. **加上 not 的時候，就會變
成嘲諷的意思**（不會是「推測」）。剛剛的英文句子（Kimberly ought not to
have skipped class.）也是否定句，因此可以**立刻判斷是嘲諷**的語意。

That basketball team shouldn't have traded away their superstar.

那支籃球隊真不該把他們的明星球員交易掉的。

※ trade away（賣掉，交易走）

need not have p.p. 表示「沒有必要～」

這種表達方式很少用（特別是在美國），有時間再看就行了。

He need not have worn a suit.

他當時根本不必穿西裝的。　　※隱含著「卻穿了」的語意

263

+α **need not have p.p. 和 didn't need to ~ 的差異**

need not have p.p. 是「明明沒有必要做～（實際上卻做了）」的意思，語意上**帶有「實際上做了」**的意思，但若使用的是一般動詞的 need，表達型式就要寫成 didn't need to ~（那時沒有必要做～），但這樣就**無法判斷「實際上」有沒有做**。

> Leonard didn't need to go to the dentist.
> Leonard 那時不必去看牙醫。　　※不知道實際上有沒有去

不只包含「過去」也帶有「現在完成」的意思 延伸

剛剛說過 may have p.p. 等表達方式，是用來對**過去**進行推測的說法（助詞的後面不能放過去式，所以改以「have p.p. 表示過去」），不過根據上下文也可以解釋成字面上**現在完成式**的意思。

> She must have finished lunch by now.
> 她現在一定已經吃完午飯了。

句子裡有 by now（到現在這一刻的時候），所以可以判斷這句的推測，針對的是「（從過去）持續到現在的事情」。對照下面這句就會更清楚了。

> He must have arrived in Auckland last night.
> 他昨晚一定到達奧克蘭了。

這句裡有 last night，所以 arrive 確實發生在「過去」，因此這句也就是最一開始解說時所說的**對過去的推測**。

追加英文

請翻譯以下句子。

(1) We may have exceeded our budget.

(2) Tyler can't have known our secret.

解答範例

(1) 我們的預算可能已經超支了。

264 (2) Tyler 不可能已經知道我們的祕密了吧。

5-6-3「過去式助動詞＋ have p.p.」的總整理

過去式助動詞必須以「假設語氣」→「推測」的順序來思考

對於「助動詞＋ have p.p.」，只需要把各別所表達的語意記住就好，但若變成「過去式助動詞＋ have p.p.」的話，就**有可能會是假設語氣**，所以在判斷語意上就會變得相當困難。

核心重點 **看到助動詞的過去式時，首先應該用假設語氣來思考句意，如果以假設語氣來看句子，結果前後句意說不通，這時再改成用對過去的推測來思考**，這是最有效的判斷方法。

※ 這種判斷方式就算是英文高手都整理不出來，且這個文法在考試和會話中非常重要

(1) would have p.p. ※ 總之先用假設語氣來思考！
　　① **假設語氣：「原本應該會～」**

> We should have put gas in the car before we went on our trip. We wouldn't have run out of gas if we had.
>
> 我們在出門旅行之前真應該加油的。要是加了的話，我們就不會沒油了。
>
> ※ wouldn't have run out of ~ 是按假設語氣過去完成式的句型來寫的／if we had {put gas in the car before ~ }／前半句的 should have put 是「嘲諷」

　　② **對過去的推測：「應該～吧」** ※ 這是相當細節且高水準的表達方式

would have p.p. 表達的語意幾乎全都是**假設語氣**，但偶爾也會是**對過去的推測**（只有在 would 表示「推測」時）。

※ 我在上課時，經常會語氣肯定地說：「看到 would have p.p. 就用假設語氣來思考吧」。除了以明星學校為目標，或是真想要精益求精的學生之外，其他人都不會因此碰到太大的困難

> I would have been asleep in my bed at the time of the burglary, officer.
>
> 有人進來偷東西的時候，我應該在我床上睡覺吧，警察先生。
>
> ※ burglary（入室盜竊（罪））／officer（官員；警員）

(2) could have p.p.

※ 先思考「假設語氣」→ 再考慮「對過去的推測」（兩者都經常使用）

① 假設語氣：「原本可能可以～」

Jacob could have been a movie star if he had had better luck.

如果他更幸運一點，Jacob 原本可能可以成為電影明星的。

② 對過去的推測：「可能～吧」

（a）肯定句（could have p.p.）：「可能～吧」

英文中不存在 ×）can have p.p. 這種表達型式，所以總是使用否定句型式的 can't have p.p.，但如果 can → could 的話就可以，換句話說，看到 could have p.p.（想像 can have p.p. 存在似的），有時表達的會是「有～的可能性」這種**推測**的語意。

A: Where's Samuel?

B: He could have gone shopping, but that's just a guess. Why don't you just text him?

A: Samuel 在哪裡？

B: 他可能去買東西了吧，不過這只是我猜的啦。你要不要乾脆傳個訊息給他？

※ text（用手機傳訊息）／表達的是「有去購物的可能性」，可判斷為「對過去的推測」

（b）否定句（couldn't have p.p.）：「不可能做了～」≒ can't have p.p.

The prisoner couldn't have escaped because I saw him in his cell just now.

那名犯人不可能已經逃走了，因為我剛剛才看到他在他的牢房裡。

※ prisoner（囚犯）／cell（單間牢房）

(3) might have p.p.　※ 首先考慮「對過去的推測（≒ may have p.p.）」

① 對過去的推測：「可能～吧」

The software we installed might have had a virus.

我們安裝的軟體可能帶有病毒吧。

② 假設語氣：「說不定本來會～」

※ 雖然比不上 would / could 的使用頻率，但也有可能會用在假設語氣裡

If we had met earlier, we might have become good friends.

如果我們早點認識，説不定本來我們會變成好朋友。

(4) should have p.p.　　※大部分表達的都是「嘲諷」或「推測」的語意
① 嘲諷：「原本應該～／當時真應該～的」

Hannah should have gotten the extended warranty for her laptop.

Hannah 真該為她的筆記型電腦延長保固的。　　※warranty（保固）

② 對過去的推測：「應該是～」

It's been four years since we last met Rachel. She should have graduated from college by now.

從我們上次見到 Rachel 到現在已經過了四年。她現在應該已經大學畢業了吧。

※ 現在完成式的推測（by now） p.263

③ 假設語氣：「要是～的話」

　　只有在主詞是**第一人稱**（I / we）的時候，should have p.p. 才會變成假設語氣，所以這是非常少見的用法（p.173）。

總結「過去式助動詞＋have p.p.」的判斷表

用法 助動詞	假設語氣	對過去的推測	嘲諷
would have p.p.	◎ 原本應該會～	● 會～吧、應該會～吧	×
could have p.p.	◎ 原本可能可 以～	○ 可能～吧 ≒ might have p.p. 【否定句】couldn't have p.p. ≒ can't have p.p. 不可能～吧	×
might have p.p.	○ 説不定本來 會～	◎ 可能～吧 ≒ may have p.p.	×
should have p.p.	● 本來應該～ ※只有第一人稱 時可用	○ 應該～了吧 ※ 在這個語意下不存在否定句（換 句話說 shouldn't have p.p. 是 「本來不應該～」（假設語氣）的 意思）	◎ 原本應該～ ／當時真應 該～的

◎：超重要的用法
○：次於 ◎ 的用法
●：少見的用法
×：不存在的用法

今後在看到「過去式助動詞＋have p.p.」出現時，請好好利用這張表格吧。

5-6-4 「助動詞＋have p.p.」的縮寫與發音和聽力的訣竅

聽懂 have 的訣竅

當在使用 have 的縮寫（'ve）及 should've p.p. 的句型時，雖然這個句型本身很簡單，但實際上卻隱含著**聽力的訣竅**。核心重點 **have 在實際對話時，經常會將 h 的發音拿掉，發成 [əv]，此外，也會頻繁出現只發了 [ə] 或 [v] 的情況**。

---

have 的弱音 ※「弱音」和「平時真正的發音」的說明，請見 p.221

> have [həv] → [əv] / [ə] / [v]
>
> ※ 特別會在「助動詞＋have」的時候發生這個情形（做為一般動詞表示「持有」時則不會發生）

例如 should have，一般不會發音成 [ʃʊd] [hæv]，而是 [ʃʊdˋəv] / [ʃʊdˋə] / [ʃʊdˋv]。

---

should have 的發音 ※有 ☆ 的部分是經常使用的發音

> [ʃʊd] [æv] ※should have 中 have 的 h 不發音
> ☆ [ʃʊdˋəv] ※ 發成 should ave
> ☆ [ʃʊdˋə] ※ 兩個字連著發成 shouldave，其中 ve 不發音
> ☆ [ʃʊdˋv] ※ 兩個字連著發成 shouldave，其中 a 不發音

最後的 [ʃʊdˋv] 會寫成 should've 我想大家應該學到的是「寫作 should've → 發音成 [ʃʊdˋv]」，不過其實應該反過來，是「**因為發音為 [ʃʊdˋv] →（為了配合發音）才寫作 should've**」。

另外，如果是 should have been 的時候，因為 ve 和 b 的發音滿像的，所以這裡的 have 只會發成 [ə]，而 should have 發成 [ʃʊdˋə]，這是很常用到的發音方式。

其他的助動詞也是一樣，could have 會被發成 [kʊd`əv]、must have 則是 [mʌst`əv]，這種發音方式其實經常出現。

※ 如果你在唸英文時可以把這個發音方式記住，就可以立即擁有很酷、很道地的發音

+α 使用 would've、could've、should've 的慣用表達
（英文高手會使用這些表達方式）

It's no good going through life saying, "I would've, could've, should've." You have to take action.

在人生中一直說些「本來應該會、本來可能可以、當時真應該」的空話是沒用的。你得真的去做才行。

※ would've 和 could've 最常用在「假設語氣」裡，而 should've 多半表達「嘲諷」或「後悔」，因此如果在一般會話中說 would've, could've, should've，就是指說「本來應該會、本來可能可以、當時真應該」等等與事實相反的假設，也就是「講空話」的意思／It's no good -ing（做～是沒用的）p.556

請翻譯以下句子。

(1) I might have left some money in my pocket when I washed my jeans.

(2) You should have gone to the concert with us. You would have loved it.

(3) She could have bought copy paper already. We should check with her before buying any.

(4) The birthday card I sent you couldn't have arrived already. I just mailed it this morning.

解答範例

(1) 我在洗牛仔褲時可能留了一些錢在口袋裡吧。

　　※ might have p.p. 表示「對過去的推測（可能～吧）」

(2) 你真該和我們一起去音樂會的。你應該會很喜歡。

　　※ should have p.p. 表示「嘲諷（當時真應該～的）」／You would have loved it. 是假設語氣（雖然沒有 if 子句，但帶有「如果一起去的話」這樣的語意）

(3) 她可能已經買影印紙了吧。我們在買之前應該要和她確認一下。

　　※ could have p.p. 是「對過去的推測（可能～吧）」

(4) 我寄給你的生日卡片不可能已經寄到了吧。我今天早上才寄出去的。

　　※ couldn't have p.p. 表示「對過去的推測（不可能～吧）」

Part 2

詞性的力量・句型的威力

看起來非常不起眼的冠詞、名詞、代名詞、形容詞、副詞，卻是可以讓英文文法突飛猛進的重要內容，另外，如果說英文文法的架構是「身體」，那句型就可以說是「軀幹」。

而在 Part 2 之中，將針對這些雖然不起眼、卻非常重要的部分進行解說。

讓我們打造一個「可靠的工具」，
在英文文法的世界裡自由移動吧！

冠詞

【註】使用「a［the］＋單數形」的「統稱用法」整理在「可數名詞」部分 p.297

INTRODUCTION

排名第一的「英文常見疑問」

我曾經詢問過 2000 名高三學生:「你在學英文時遇到的最大問題是什麼?」,排名第一的就是「the 的用法」。此外,在我被某大企業請去演講時,對方也提出了「希望能說明 a 和 the 的差異及用法」的要求。

a 和 the 可統稱為**冠詞**,可以解釋成「放在名詞之前,像王冠一樣的詞語」,儘管 a 和 the 擁有可愛的命名和「零壓迫感」的拼字方式,可卻是擋在男女老少各個年齡層的英文學習者之前、像惡魔一般存在的單字。

的確,要精通冠詞需要耗費龐大的時間及精神,但若學習的都是一些「如說教般的理論」,卻沒有說明真正重要的內容,那實在會讓人覺得非常困擾。實際上,在學了多年英文以後,能自信滿滿說:「我已經徹底掌握冠詞」的人,應該連 1% 都不到吧。由此可知,冠詞是無法光靠背誦與慣用表達型式來解決的。在本 Chapter 中,會先從解決大部分人會有的誤解開始講起,接著再講解新的思考方式。

「第二次用 the」是行不通的!

各位還記得一開始學 the 怎麼用時的感覺嗎?
我想有很多人都是從下面這句話開始學起的吧。

「名詞在最開始出現的時候加 a,第二次開始加 the」

我對這個說明方式印象深刻。為什麼呢?因為我在聽完這個說明之後,就遇到令我感到衝擊的矛盾英文句子 Open the window. 了。這個句子在最開始就用了 the,所以在這裡「名詞在最開始出現的時候加 a,第二次開始加 the」的規則就已經無法成立了。

像這種與 the 有關的說明本來就已經很難懂了，如果一開始根本就是錯的，那麼不管學了多久，都不會形成**正確的英文語感**。因此，請各位從現在起把腦海中的這句話改掉吧。

所謂 the 的核心是……

---

the 是「共同認知」

---

the 的核心是叫作「**共同認知**」的概念。當然，單靠這個概念是無法完全理解英文中用到的大量 the 的，但大部分的 the 都可以透過這個核心概念瞬間理解。正因為這是最一開始學到的規則，所以必須可**以適用於大多數的情況**才對吧。

其他更細微的用法，只要之後碰到時再調整就行了，而且即使遇到了那種情況，核心概念仍是**共同認知**。讓我們在此逐一克服多年來困擾大家的冠詞吧！

※ 一般文法書會按照「不定冠詞 a → 定冠詞 the」的順序來說明，不過本書會先說明 the。這是因為 the 的意思和用法是「有限的」，比起使用廣泛的 a 要明確許多，這樣在學習上也會更有效率

征服「冠詞」的心法

☐ 忘掉以前學過的解說方式
☐ the 是「共同認知」
☐ 比起背誦及慣用表達型式，冠詞更注重理論

Yet the earth does move.

Galileo Galilei

然而地球的確在轉動。

Galileo Galilei

※ 曾經學過的「地球、太陽、月亮等都會加 the」，也可以用「共同認知」來解決

CHAPTER 6-1

定冠詞 the

6-1-1　the 的感覺

the 的核心是「共同認知」

核心重點 the 的使用對象是你和我（在場的大家）都擁有共同認知的事物。喊「一、二、三！」大家同時指向同一個方向的感覺就是 the。透過這個概念就可以清楚解釋 the 的用法。舉例來說，The sun rises in the east.（太陽由東方升起），可以用「天體、方位要加 the」來解釋，但也可以想成：如果和在場的大家說「讓我們指向太陽吧」，所有人都會用手指向太陽，所以 sun 前加 the，用這個概念來思考就 OK（the moon / the earth 也是相同概念）。方位也是因為大家可以指向東方，所以是 the east。

　※ 就算會有人問「東邊是哪邊？」，也不會有人會問「東邊是什麼？」，這就是對於方位的共同認知

　　日常會話中的 Open the door, please.（請開門）也是一樣的道理，如果「房間裡只有一個門」或是「雖然有很多門，但（說的人和聽的人）可以共同認知現在指的是哪個門」的話，就會用 the（而不是用 a）。

⭐ Who will bell the cat?
誰會挺身而出？
※ 諺語／直譯是「誰會給那隻貓繫鈴鐺？」

　　這句諺語來自《伊索寓言》中老鼠不知道誰要去替貓繫鈴鐺的故事，意思是「由誰去解決困難」，這裡 the cat 的共同認知是「讓老鼠困擾的那隻貓」。

「最開始是 a，第二次是 the」的說明到底是什麼意思？

　　I saw a cat in front of my house. The cat followed me to the station.（我在我家前面看到一（某）隻貓。那隻貓跟著我到了車站）的句子中，最開

始出現的 a cat 並非特定對象，但後來就變成特定對象（可以推知是在家前面看到的那隻貓）了，所以加上 the。這種規律被斷章取義後，就變成我們學過的「最開始是 a，第二次是 the」了。

※ 可以這樣解釋的情況的確很多，可是無法適用於 Open the door. 這樣的句子也是事實

此外，這個句子裡直接出現了 the station，可以知道是「說話者和聽話者共同認知的 station」。

※ 在日常對話中如果提到「車站」或「圖書館」等地點，如果沒有特地說明，通常就是指說話者和聽話者都知道的「最近的車站」或「附近的圖書館」，the station 傳達的就是這種感覺

我（住在美國的）哥哥，如果說 I'm going to the store.（我要去（那間）店）的話，我們家的人對於 the store 的共同認知就是 Costco

補充 **the 的語源**

the 是由 that（那個）而來的單字。**the 所帶有的那種「特定」感**，就是源自於 that。可以用「你我都知道的那個」來體會 that 的感覺。

Do you have the time? 是「現在幾點？」

在英文會話書中，經常會看到下面兩句英文的比較。

Do you have time?	你有時間嗎？
Do you have the time?	你知道現在幾點嗎？

the time 是「在場大家可以共同認知的時間」→「共同經歷的時間」→「現在的時刻」的感覺。Do you have the time? 是「你有以某種方式持有（have）現在的時刻（the time）嗎？（有的話請你告訴我）」→「你知道現在幾點嗎？」

※ 突然要詢問「幾點？」的時候，比起 What time is（現在幾點？），說 Do you have the time? 的問法比較客氣

A: Do you have the time?
B: Let me see. It's about twelve-thirty.
A：你知道現在幾點嗎？ B：我看看。大概 12 點半。

解開 the 的細節之謎 應用

☑ the right ＋名詞 (正確的 名詞)／the wrong ＋名詞 (錯誤的 名詞)

從「原本，只有一個正確的」變成 the right，可以讓人想到「與其相對應的錯誤」會是 the wrong。

> I'm afraid you have the wrong number.
> 恐怕你是打錯電話了。　※會對打電話來的人說的話

☑ 加在傳媒之前的 the

on the phone (在電話上)／on the radio (在廣播中)／on the Internet (在網路上)／in the newspaper (在報紙上)／in the dictionary (在字典裡)／according to the weather forecast (根據天氣預報)

「(傳達資訊的)媒體或資訊來源」是因為**「大家都知道的那個○○」**的感覺而加上 the。

※ 與其說 on TV (在電視上)是在講傳媒，其實重點在於「電視上的影像」，所以不加 the 的型式就逐漸確立了 (on the TV 會變成「在那台電視機上面」的意思)

> You shouldn't believe everything you read on the Internet.
> 你不該對你在網路上看到的照單全收。

☑ 關於 the earth

因為 earth 是「可以共同認知」的，所以當然是 the earth，或者用可以提升存在獨特性的 Earth (專有名詞)也 OK (Earth／the Earth 都可以)。另外，英文裡還有 on earth (在地上)這個片語，不過母語人士對於這個用法仍是意見分歧 (除了這個片語之外，只要用 the earth 就行了)。

追加英文

請翻譯以下句子。

It isn't the end of the world.

解答範例

沒什麼大不了的。(這又不是世界末日)

※ 這是用來鼓勵沮喪的人的慣用表達／因為是共同認知的「這個世界」所以是 the world，「這個世界的終結 (世界末日)」也是如此，因此是 the end

6-1-2 the ＋ 複 數 形

「the＋複數形」指的是「特定群體」

因為「the＋複數形」表達的是「大家具有共同認知（可以識別的特定）的複數形」，所以請把「the＋複數形」想成 核心重點 **表示特定群體**的表達方式。

※ 以前樂團的名字（The Beatles 等等）也經常使用，樂團剛好就是特定群體

也可以使用「the＋專有名詞的複數形」 延伸

文法書中會出現「用『the＋姓氏的複數形』來表示『～家的成員』」這種說明，這種表達方式也是「the＋複數形」的一種，總歸來說就是「家族（特定群體）」（如 the Simpsons（辛普森家族）等）的意思。

※ 除了「～家的成員」以外，也可以用來表達「～夫妻」的意思

另外，文法書上也會提到「山脈也會用 the」，把 the Alps（阿爾卑斯山脈）想成是「阿爾卑斯群山的這個特定群體」就能理解了。

這個概念也可用在國名上。像 Japan 這種沒有 the 的專有名詞是不會有問題，但在國名前必須**加上 the 的國家**，如果用「**表示特定群體**」的概念來思考的話，通常就可以理解了。

※ 因為是名字，當然也會出現不符合這種思考方式的國家名稱（如 Republic of the Sudan（蘇丹共和國）等），請先從可以運用這種概念來理解的事物開始學習

加上 the 的國名舉例

the United States of America（美國） ※集結 50 個州而成的特定群體
the United Arab Emirates（阿拉伯聯合大公國）※集結杜拜等大公國的特定群體
the Philippines（菲律賓） ※由許多小島組成的特定群體

Many people have immigrated to the United States from the Philippines since 1990.
自 1990 年以來，有很多人從菲律賓移入了美國。 ※ immigrate（移入）

CHAPTER 6-2

不定冠詞 a / an

6-2-1 **a 的感覺**

「缺乏共同認知」的人事物加上 a

在具有共同認知時會使用 the，而 a 則正好相反，核心重點 **缺乏共同認知 → 眾多當中不特定的一個，使用 a**。the 稱為定冠詞，用在特定的人事物上，而 a 是 **不定冠詞**，用在不確定、不特定的人事物上。

 使用 a 可以表達出「眾多當中的」的意思，因此就算只有 a，也可以表現出「還有其他」的語意

Have you ever seen a koala?

你曾看過無尾熊嗎？ ※不特定的（只要是無尾熊，哪一隻都好）一隻

> **思考轉換** **實際上 an 是從 a 而來的**
>
> 從 one 衍生出了 an（one 和 an 的發音相似），把 an 裡的 n 拿掉後就變成 a 了。原本 one 就是 1 的意思，所以 a / an 也是「眾多當中的一個」的意思。※「從 a 衍生出了 an」其實是誤解，事實恰恰相反（順序是 an → a）

區分 the 和 a 應用

☑ **tell the truth（說實話）/ tell a lie（說謊）**

「事實只有一個（所以能夠有共同認知）」由此可知是 the truth。另一方面，「說謊」裡有著各式各樣的謊言，所以是 tell a lie。英文中存在著如 white lie（善意的謊言（為了不傷害對方而說的謊言））等，具有非常明確認知的各種謊言。

※ 順道一提，在 wrong 的方面是用「the wrong ＋名詞」的表達方式 p.280

☑ 後面出現修飾語時的 the 和 a

若修飾語是關係代名詞的話，（因為是限定用法）經常會用 the。但也有人會因此而擴大解釋，認為「只要有修飾語就一定要有 the」（英文高手特別容易有這個誤解）。的確，這種用法經常看到，但如果是「（即使後面出現修飾語）無法限制只有一個」的情況，會使用 a。

跟我出去的女孩是短髮。

① The girl I go out with has short hair.　　※對於「是哪個女孩」具有共同認知

② A girl I go out with has short hair.　　※還有其他「跟我出去的女孩」

a 的各種含義 應用

①「某一個」　※「眾多當中的一個」→「某○○」

In a sense, it's a completely new concept.

在某種意義上，這是一個全新的概念。

※in a sense（在某種意義上）／兩個 a 都是「某○○」的意思

②「每～」　※「（一個個考慮的結果）每一個～」

The clinic is open six days a week.

那間診所每週看診六天。　　※a week（每週）

③「某程度上」　※可以想成是經常搭配使用的詞組／常出現在慣用表達裡

Just a moment.

稍等一下。　　※a moment 的直譯是「一個片刻」

在 ③ 這種情況，嚴格來說不必一定要是「一個」。片語 a few 是「可以認知為些許的程度」→「一些」的意思，take a walk（散步）是「稍微（某程度上的距離）走走」的語意，on a diet（節食中）是「暫時（某程度上的一段期間）節食」的語意。如果具有「認為從開始到結束是『一整個』過程」的意識，就可以使用 a，只要這樣想就行了。

※ 單純背下來的話，可能會煩惱「這裡要加 a 嗎？」，所以請一邊理解一邊記下來吧

＋α 表達「相同」語意的 a 是舊式用法

　　a 也有「一個種類」→「相同」的意思，不過這種用法只會在諺語中看到。例如 Birds of a feather flock together. 是「物以類聚」（直譯是「有相同羽毛的鳥會聚在一起」）的意思。

（本來應該要用，但）**不使用冠詞的情況** 延伸

☑ 出現在時間表上的事物（學科、運動項目、用餐等等）

mathematics（數學）/ soccer（足球）/ lunch（午餐）等等

☑ a kind of ＋名詞（一種～）　※把 a kind of 整體視為一個等同冠詞的詞組

如 a kind of singer（一種歌手（之類的人））等等

☑ 片語等表達方式　※不使用冠詞的慣用表達

> The boxers stood face to face in the center of the ring.
> 拳擊手們在擂台中央面對面站著。　※face to face（面對面）

　　像 face to face 這種「出現兩次名詞」或「成對」的表達方式，因為沒有冠詞唸起來會比較有節奏感，所以也比較可能會省略冠詞。

☑ 做為補語表示「身分」或「職稱」　※強調「其身分狀態」，當成形容詞使用

> Mr. Honda is president of the company.
> Honda 先生是那間公司的總裁。　※用 the president 也可以

☑ 表示「手段」的 by　※by car（搭車）等等　p.673

資料 冠詞比較表

	a / an（不定冠詞）	the （定冠詞）
特定／不特定	不特定	特定
單數／複數	「只有單數」可加	兩者都 OK
可數／不可數	「只有可數名詞」可加	兩者都 OK

6-2-2 思考「冠詞＋專有名詞」的方法

原則上「專有名詞不需要冠詞」

不加冠詞的專有名詞

> ① 名字（人、國家、大陸、州、都市、山、湖、天體）
> Tokyo（東京）/ Mt. Fuji（富士山）/ Lake Biwa（琵琶湖）/ Mars（火星）
> ② 建築物、設施（車站、機場、公園、大學、橋、寺廟）
> Hyde Park（海德公園）

　　原本專有名詞前是不加冠詞的（各位也不會在自己的名字前面加 the 吧）。此外，車站或公園等設施可以想成是在該地區具有象徵性的存在，**本身就可以被認為是專有名詞**，所以不加 the。

> Amsterdam Central Station is convenient but crowded.
> 阿姆斯特丹中央車站很方便但很擁擠。

a ＋專有名詞 應用

①「～的作品／產品」　※「那個人的眾多作品或產品之一」

> The car that Ted bought is a Porsche.
> Ted 買的車是一輛保時捷。
> ※a Porsche 表示「保時捷公司的眾多產品之一」的意思（順道一提，發音是 [pɔrʃə]）

②「～家的人」　※「眾多家族成員之中的一員」

> He was a Medici.
> 他是梅迪奇家的人。
> ※ 梅迪奇家族是文藝復興時期的義大利重要家族。為米開朗基羅和達文西的創作提供
> 　支持（如果去佛羅倫斯就可以看到梅迪奇家族的建築物）

　　多半只有著名的家族會使用這種表達方式。儘管 Karl is a Rosvold. 這句話的文法正確，但因為 Rosvold 家族鮮為人知，所以不太會用這種方式表達

③「像～的人」　※「眾多如同～般的人之中的一人」

　　天才 Einstein 只有一位，但如果是「像 Einstein 般的人」的話（包括那些自稱自己是 Einstein 的人），就會有超過一位的存在，所以若變成 an Einstein，表達的是「眾多如同愛因斯坦般的人之中的一人」→「像愛因斯坦般的人」

④「叫做～的人」　※「眾多之中的一人」→ 表現出「模糊、不特定的感覺」

There is a Mr. Nakano on the phone for you.
有一位叫做 Nakano 的先生在電話上要找你。

+α **專有名詞的複數形**

　　在遇到有「相同名字的人超過一個」的時候，只要使用複數形的專有名詞就 OK 了，例如 There are two Toms in my class.（我們班上有兩個叫做 Tom 的人）。

思考轉換 **文法書上沒有的「a＋專有名詞」的用法**

當我去皇家馬德里（西班牙足球隊）的主場時，看到了 To be a Real Madrid 這樣的口號，這句話可以解釋成「成為皇家馬德里的一員」（①「～的作品／產品」和 ②「～家的人」合而為一的用法，這樣想就行了）。另外，在英文新聞或小說中，也會看到如 a teary Suzuki 這種說法，表達「（在眾多不同表情的 Suzuki 先生中）含著眼淚的 Suzuki 先生」的意思。

資料 **要加 the 的專有名詞**
　　（海、河川、運河、船、列車、公共建築物、報紙等）

the Pacific Ocean（太平洋）/ the Nile（尼羅河）/ the Suez Canal（蘇伊士運河）/ the Titanic（達尼號）/ the Orient Express（東方快車）/ the British Museum（大英博物館）/ The New York Times（紐約時報）

※ 這些都是固定會加 the 的專有名詞，雖然只能背起來，但就像 the Nile 這樣「聽到『尼羅』大家就會共同認知到的事物 → 尼羅河」，也可以用這種方式來思考

名詞

INTRODUCTION

在國外動物園時的場景

　　我去墨爾本（澳大利亞）的動物園時，遇到了一些當地的幼稚園小朋友。那些看到動物就興奮的幼稚園小朋友們，脫口而出的英文是……

Kangaroos!
Koalas!
Pelicans!

　　是的，全都是**複數形**。就是這一刻，完全顛覆了我對英文複數形的印象。

※ 同樣的場景我在國內也有看過。外國女孩看著抓娃娃機裡的布偶叫著「Rabbits!」。順道一提，在國外旅行時去動物園也很好玩，澳洲或新加坡等地的動物園裡沒有圍欄（但會用樹木或水路隔開），所以可以看到動物放養的樣子

明確表示數量的英文

　　在英文的世界裡，當使用可以一個一個數的名詞時，必須要把「是單數（1 個）還是複數（2 個以上）」給明確表示出來。一隻青蛙的話就是 a frog，超過一隻的就是 frogs，換句話說，必須清楚告訴對方到底是單數還是複數。在本 Chapter 將會詳細講解這種英文表達方式。

正因為無法清楚劃分，才顯得出「英文概念」的重要性

英文世界裡的**名詞**，並非像「apple 可數、kindness 不可數」這樣，可以明確分類（有很多高中生都會誤解這點）。

正確的概念是，根據每個名詞性質的不同，會有做為可數名詞（可以計算的名詞）來用的機會比較<u>多</u>，還是當成不可數名詞（無法計算的名詞）使用的<u>傾向較明顯</u>等判斷，光就**使用偏好及傾向**來看，**幾乎所有的名詞都會有可數和不可數的兩種用法**。翻開字典，大部分的名詞都同時有著表示可數名詞的 ⒸＣ，以及表示不可數名詞的 ⓊＵ。

※ Ⓒ是 countable 表示「可數」，Ⓤ是 uncountable 表示「不可數」。

並非每次出現單字就要「這是可數名詞、這是不可數名詞，而兩種用法都有的是……」這樣背下來（再說這也難以辦到），透過掌握英文概念來**思考**，我們就可以看到英文使用者所注視著的世界。

因此只要將開始學習英文時出現的疑惑，像「為什麼 I go to school. 不是用 a school 呢？」、「為什麼 chalk 和 homework 是不可數名詞呢？」等等逐一破解，只要改變對名詞的感覺，就會讓你看英文的方式變得大不相同。

征服「名詞」的心法

☐ 英文中會清楚明確地表明單、複數
☐ 大部分名詞都同時具有可數和不可數的兩種用法
☐ 掌握可數和不可數的「感覺」

Hold a true friend with both your hands.
Friedrich Wilhelm Nietzsche

要好好把握真正的朋友。

Friedrich Wilhelm Nietzsche

---- CHAPTER 7-1 ----

可數名詞

可 數 名 詞（關 於 複 數 形）

基本概念

	可數名詞（可計算的名詞）	不可數名詞（無法計算的名詞）
概念	具有明確的形態或具體形象	不具有明確的形態或抽象
不定冠詞	單數形前接 a / an	不需要
複數形	有複數形 前面可以接數量表達（two 等）	沒有複數形 前面可以接表示程度的詞語 （much 等）
定冠詞	前面可以接 the （不可和 a / an 併用）	前面可以接 the

※ 在 Chapter 6 中說過「可數名詞的單數形」前面是加冠詞 a / an，因此本章從複數形
開始說明

資料 變成複數形的方法

　　原則上複數形是**加上 s**。雖然有些細微或不規則的變化方式，不
過也不用太花精神背這些，因為複數形實在很常看到，所以出乎意料
地自然而然就會記住。

① **原則**：加上 -s（例如 dog → dogs）
② **加 -es 的情況**

	舉例	備註
以 s、x、sh、ch、o 結尾的單字：**加 -es**	buses（公車）/ boxes（箱子）/ dishes（盤子）/ benches（長椅）/ potatoes（馬鈴薯）	例外：pianos（鋼琴）/ radios（收音機）/ stomachs（胃；肚子）（當 ch 的發音是 [k] 的時候，字尾只要加 s 就 OK 了）等
「子音＋y」結尾的單字：y → **變成 i 加 -es**	city（都市）→ cities	y → 變成 i 的概念請參照 p.52
「f 或 fe」結尾的單字：f 或 fe → **變成 v 加 -es**	leaf（葉子）→ leaves	例外：roofs（屋頂）等等

③ 不規則變化

母音變化：man（男人）→ men / woman（女人）→ women /
　　　　　foot（腳）→ feet

語尾變化：child（孩子）→ children
　　　　　datum（數據）→ data（一般都會用 data）

無變化（單複數同形）：fish（魚）→ fish / sheep（綿羊）→ sheep

容易忘記的「複數形變化」

　　如果是可數名詞（可以數的名詞），那就必須明確標示出單數或複數。單數的重點在於前面要加上冠詞（a / an），複數的重點則在於必須**使用複數形**。

英文：複數形一定會寫出來　　×) many student　◎) many students
中文：不一定要寫出複數形　　◎) 很多的學生　　◎) 很多的學生們

使用複數形的名詞

經常使用複數形的名詞

① **以「一對」為前提的單字**　※ 以日常用品及衣物居多
　(a) 成雙成對：shoes（鞋子）/ socks（襪子）/ gloves（手套）
　(b) 一個物品本身就是一對：glasses（眼鏡）/ binoculars（雙筒望遠
　　　鏡）※ 有 2 個鏡片 / scissors（剪刀）※ 有兩個刀片 / pants、trousers
　　　（長褲、褲子）/ jeans（牛仔褲）※ 有兩個褲管

② **平常多以複數形出現的單字**
　peanuts（花生）/ green peas（豌豆）　　※ 常只稱為 peas

③ **其他**
　goods（商品）/ stairs（樓梯）/ clothes（衣服）/ groceries（食品雜貨）/
　belongings（財產；所有物）/ valuables（貴重物品）
　※ 其他還有像 means（手段）等字，屬於「單複數同形」，會在 p.313 做總整理

+α 表達以「一對」為前提的名詞（前一頁的 ①）「數量」時

　　用 a pair of ~（一對／雙／副／條~）/ two pair of ~（兩對／雙／副／條~），例如 a pair of shoes（一雙鞋）/ a pair of glasses（一副眼鏡）。

That man with a pair of binoculars around his neck is the park ranger.

脖子上掛著一副雙筒望遠鏡的男子是公園巡守員。

以複數形為重點的慣用表達

　　在 make friends with ~（和~成為朋友）這個慣用表達中，必定會使用複數形（friends）。表達出 核心重點「要成為朋友需要複數的人（對方和自己）」的感覺。

※ 雖然若以「自己的角度」看出去，眼前的朋友只有一人，但英文的視角則更廣，也可以說成像是「上帝觀點（從上往下看）」的感覺

需特別注意「複數形」的慣用表達　※皆是「沒有複數就無法成立的行為」

> make friends with ~（和~成為朋友）/ shake hands with ~（和~握手）/
> change trains（轉乘列車）/ change jobs（換工作）/ change [exchange]
> seats with ~（和~換位子）/ take turns {in} -ing（輪流做~）※一般會省略介
> 系詞 in / be on 形容詞 terms with ~（和~有 形容詞 的關係）※常用的形容詞
> 有 good / excellent / speaking（speaking 是「會說話的關係」的意思）等等

To get to Washington Street, change trains at Roosevelt Station and take the Central Line headed to Somerby.

欲前往 Washington 街，請在 Roosevelt 站換車並乘坐往 Somerby 的 Central 線。

※ 與列車相關的題目中，經常會連續出現好幾個很難聽清楚的專有名詞，因此必須好好掌握最常出現的表達型式（To get to ~, change trains at ~（欲前往~，請在~轉乘~））及單字（take（搭乘）/ headed to ~（前往~）），就會相對輕鬆許多

I made friends with a French guitar player on Facebook.

我在臉書上交了一位法國吉他手朋友。

+α **好用的 I'm friends with ~**

也可以使用由 make friends with ~ 衍生出來的「單數主詞＋be friends with ~」的這個表達型式。例如 I'm friends with Haruna.（我和 Haruna 是朋友）。

複數形的各種用法及注意事項（單字及數字相關） 應用

☑ **學術名稱視為單數** ※僅僅以 -ics（～學）當作結尾

> mathematics（數學）/ physics（物理學）/ economics（經濟學）/
> linguistics（語言學）/ statistics（統計學）
> ※表示「統計數字；數據」時會視為複數

☑ **單數和複數擁有不同字義的名詞**

例如 manner（方式）這個字，在以另一字義「禮貌；禮儀」使用時，必為複數形（manners）（因為禮貌和禮儀都有著許多表現方式）。另外，custom（習慣）→ customs（關稅；海關）這個字也很重要。

☑ **no 的後面加「單數形」或「複數形」都 OK** ※常用「no＋複數形」

請把「no＋名詞」想成是「0 x 名詞」。零（0）的後面不管是單數還是複數，最後得到的都是「零（0）」。

> There were no empty tables when we got to Starbucks.
> 我們到星巴克時，沒有空的桌子了。
> ※ no 的後面接複數形（tables）／動詞也要用複數動詞（were）

但若是**平常都用單數形的單字**或是**慣用表達**，那就會用「**no＋單數形**」。

> I have no idea where to take Yuina on our first date.
> 我不知道第一次約會要帶 Yuina 去哪裡。
> ※「I have no idea＋疑問詞」是表示「我不知道～」的慣用表達（idea 是單數）

> 順道一提，如果說成 I have no ideas 的話，就會變成「沒有特別的構想（點子）」的意思

+ α **除了「1」以外都用複數形會比較保險**

☐ zero（零（0））：和 no 概念相同，例如 zero degrees（零度）
☐ 除「整數 1」以外的數（1.2 或 0.4 之類）：一般視為複數（1 以下亦可視
為單數）※ 可以把單數形視為只會用在「整數 1」上的表達方式

複數形的各種用法及注意事項（要求 SV 須一致的名詞）應用

☑ 百分比或分數

百分比的比例或分數必須透過**整體**來判斷，重點在於 of 後面的
名詞。

About 70 percent of the human body consists of water.

人體大約有 70% 是由水組成的。

※ the human body 是單數形，因此「the human body 的 70%」也是用單數表達
（consist 要加三單現的 s）

More than four fifths of the people working at that fast food chain are
part-time employees.

在速食連鎖店工作的人之中，有超過五分之四是兼職人員。

※ 因為是 the people，所以要使用複數形（are）／people 是（乍看是單數，但其實
是不規則變化的）複數名詞 p.312

補充 **percent 和分數的標示**

percent：這個單字本身必須用**單數形** × ）ten percents p.314
分數：以**分子（基數）→ 分母（序數）**的順序呈現

（當作形容詞時，一定要加連字符號 -）

※ 「序數」是「第〜（third 等等）」／「（相較於序數的）一般數字（three
等等）」稱之為「基數」

分子是 2 以上的情況時，**分母要加上複數的 s**

※two thirds（三分之二）

也會用 half（二分之一）/ quarter（四分之一）來表達

※ three quarters [fourths]（四分之三）

☑ 金額、時間、距離等

即使數字本身是複數，在將這個數值視為**一個整體**時，也會將其**視為單數**。

Fifty minutes isn't enough time to finish this test.

50 分鐘不足以完成這項測驗。　　※ Fifty minutes 視為單數 (is)

補充 和「年月＋ have passed since sv」不同

在 Three years have passed since we graduated from junior high school. (從我們國中畢業到現在已經過了三年) 這句話中出現的 Three years 被**視為複數**（have）。這是因為在說這句話時可以意識到「經過一年、經過兩年、⋯⋯」這種複數的感覺。

複數形的各種用法及注意事項（寫作及口說相關）　應用

☑ 「分別各一個」的感覺

想表達「許多人各自都擁有一個」時，可以使用「複數主詞 have 單數形」的表達型式，這是在寫作及口說方面非常實用的說法。

Most people have a smartphone these days.

如今大部分人都擁有智慧型手機。

※ 雖然主詞是複數，但用 a smartphone 是 OK 的／複數形也 OK，連母語人士對此也沒有統一的意見（順道一提，如果用複數形，也可以解讀成「各自都擁有複數台的智慧型手機」）

 是這樣沒錯。如果是我的話，我會盡量不要用會被誤會的句子。舉個例子，Most people have smartphones these days. 很有可能會被解讀成「如今大部分人都擁有複數台的智慧型手機」，所以我會像上面例句裡那樣使用 a smartphone。另外，當想說「大部分朋友們都住在公寓裡」時，如果說 Most of my friends live in an apartment.，可能會被認為是「共同居住在一間公寓裡」，所以這時會用 in apartments。

☑ 在 SVC 句型中的主詞和補語單複數不一致的情況

只要配合主詞決定動詞的單複數就 OK 了（動詞後面的單複數可以忽略）。

What I want you to design is three or four concert posters that we can select from.

我想要你設計 3 或 4 款可以供我們選擇的演唱會海報。

※ 主詞是 What 子句（What I want you to design），所以動詞是單數的 is，後方補語是複數形（three ~ posters）

思考轉換 製造複數形的感覺

一般會藉由**刻意**將通常為單數形的單字**變成複數形**，來製造出一種**複數的感覺**。所謂複數的感覺，是指帶有「數量很多」、「到處都有」或「具體有一個以上存在」等感覺的語氣。舉例來說，當把 sky（平常是單數形）刻意變成複數形的 skie（中文不用翻成「天空們」也 OK），就會給人一種不管從何處看，都看得到天空的遼闊感（這種表達方式意外常用）。

追加英文

請翻譯以下句子。

(1) I haven't been on speaking terms with my brother for ten years.

(2) Half of the tiny country was affected by the storm.

(3) Half of the people in Belgium speak French, and half speak Flemish.

※Flemish（法蘭德斯語（比利時北部的主要語言））

解答範例

(1) 我已經十年沒跟我哥哥說過話了。

※ be on 形容詞 terms with ~（和~有 形容詞 的關係）（形容詞 是 speaking（說話的））／因為是「由複數（對方和自己）成立的關係」所以是 terms

(2) 這個小國的一半都受到風暴的影響。

※ 因為 the tiny country 是單數，所以 Half 之後接單數形（was）／affect（影響）

(3) 比利時有一半的人說法語，還有一半的人說法蘭德斯語。

※ 因為 the people in Belgium 是複數，所以 Half 之後接複數形（speak）／是 and half {of them} speak Flemish 的意思

7-1-2 表示統稱的表達方式「所有叫做 ○○ 的」

可數名詞的統稱表達方式三部曲

① a＋單數形 ※擔任主詞（A＋單數形）／從群體中取出「一個」的感覺

A hummingbird beats its wings 50 times a second when it flies.

蜂鳥在飛行時每秒會拍動翅膀 50 次。

※ 這個句子在英英字典中經常出現／beat（敲打；拍動（翅膀等））／後半句中的 a
是「每～」的意思

② the＋單數形 ※使用在論文等（給人較正式的印象）

在紀錄片等節目中若要統稱某種動物時（「○○ 類」等的感覺）會用
這種表達方式。因為 the 有「（和其他動物不同）就是大家共同認知的那
個品種」的語氣。

The koala and the kangaroo are animals which are native to Australia.

無尾熊和袋鼠是澳洲的原生動物。

※ be native to＋地點（原生於某地點的）

「the＋單數形」表達的印象較為強硬，因此常用在**諺語**上。

The pen is mightier than the sword.

筆比劍更有力量。

※ 表示「筆（言語、文字）比劍（武器、武力）更具有影響力」的名言／也出現在慶
應大學的校徽上／mighty（強力的）（順道一提，almighty 是「萬能的；無限強大
的」的意思）

③ 無冠詞的複數形 ※最常用

She loves koalas.

她喜愛無尾熊。

※ koalas 是「全體無尾熊」的意思／因為一般不會說「無尾熊
們」，所以會想到要用無冠詞的複數形表達的人很少，如果在對
話時脫口而出的話，感覺很帥哦！

補充 「the＋複數形」指的是「特定群體」

He loves <u>the</u> girls. 他喜愛那些女孩。　※例如「特定偶像團體」
He love<u>s</u> girls. 他喜愛女孩。　※統稱「全部的女孩」

＋α 統稱說法的漂亮譯法

　　無冠詞複數形在翻成中文時，若翻成「所有的 ○○」或「全部的 ○○」的話，句子會感覺比較漂亮。在《小王子》的英譯中出現的 Grown-ups like numbers.，可以翻成「所有的大人都只關心數字」，這種翻法就有顧及到英文表達的**統稱**意味。

※ 來源：*The Little Prince* Antoine de Saint-Exupery

思考轉換 加在樂器前的 the

「加在樂器前的 the」（play the piano）是英文老師們的痛點，雖然沒有確切的解釋，但一般認為會加上 the，是因為人們對於樂器的**共同認知**（大家在想到鋼琴、長笛、小提琴……等時都會想到相同的形狀和顏色），以及做為**統稱的 the**（演奏鋼琴的人「彈奏任何可以被叫做鋼琴的東西」）。

不可數名詞的統稱說法

　　無法計算的名詞以**無冠詞的單數形**（沒有 the 的單數形）來表達統稱（因為不能在不可數名詞前加上 a / an 或複數的 s，所以單純使用原始的名詞形態）。

Water turns into ice at zero degrees Celsius.
水在攝氏零度時會變成冰。
※ water（所有叫做水的東西）、ice（所有叫做冰的東西）都是統稱說法／Celsius（攝氏）

不可數名詞

7-2-1 不可數名詞的形狀

當「沒有具體形狀」時「無法計算」

在英文中有**無法計算的名詞**的概念，稱為不可數名詞。

核心重點 **不可數名詞是「沒有具體形狀」**的名詞。舉例來說，pencil 擁有**可以想像的具體形狀**，所以是可數名詞，但 coffee **沒有具體的形狀亦無法想像**，所以是不可數名詞，雖然 coffee 在做為「裝在杯子裡的 coffee」時是可以想像的，可是咖啡本身沒有具體的形狀，因此是不可數名詞。

※ 可以想像出形狀的 cup（杯子）是可數名詞／順道一提，「咖啡豆」也是可數名詞（coffee beans）

因為「肉眼看不見」所以無法計算

沒有具體形狀的類型有兩種，一種是**肉眼看不見**，所以沒有具體的形狀概念。核心重點 **肉眼看不見 advice 或 news → 沒有具體形狀 → 不可數名詞**。

※ 順道一提，在中文裡什麼都可以數，所以會有「一個建議」、「十大新聞」等說法

不可數名詞的特徵 (1) 肉眼看不見（所以沒有具體形狀）

> **資訊類**：information（資訊）/ news（新聞）/ advice（建議）/ feedback
> （回饋意見）/ evidence（證據） ※「證據」是 information 的一種
> **工作類**：work（工作）/ homework（回家功課）/ housework（家事）
> **利害類**：fun（樂趣）/ progress（進展）/ damage（損害）/ harm（傷害）
> **其他**：traffic（交通流量）/ behavior（行為）/ room（空間；餘地）
>
> ※ 說工作類（work / homework / housework）是「肉眼看不到」的東西，也許會讓人
> 覺得無法理解，不過在英文的概念裡，我們看得到的是「工作」的人類、「回家功
> 課」的教科書和「家事」的吸塵器或餐具，而工作（勞動）本身是看不見的

> 🖊 I have a lot of homework to do, but I have no time to do it since I have so much housework.
>
> 我有很多回家功課要做，但我沒有時間做，因為我有超級多家事要做。
>
> ※ time（時間）也是「肉眼看不見」→ 不可數名詞

> 💬 Could you give me feedback on my proposal?
>
> 對於我的提案，可以請你給我一些回饋意見嗎？
>
> ※ 在升學考試中經常出現 information / news / advice，不過從今天起也請開始重視 feedback 這個字

補充 也有「肉眼看不見」卻是可數的名詞

並非肉眼看不見就一定會是「不可數名詞」（這只是不可數名詞的最大特徵）。雖然看不見，但可以計算的名詞，代表例子有 hour / day / year，時間雖然看不見，但可以輕易用數字辨別、具有明確的開始和結束，因此很容易就能化為數字。

因為「可以分割」所以無法計算

不可數名詞的特徵 (2)　可以分割（沒有具體的形狀）

water（水）/ tea（茶）/ wine（葡萄酒）/ sugar（砂糖）/ butter（奶油）/ cheese（起司）/ bread（麵包）/ paper（紙）/ chalk（粉筆）

※ 每一個都是「肉眼可見」的，但這裡不是從可見或不可見的角度出發，而是從「可以分割」的觀點來考慮

第二組是 **核心重點** 可以分割 → 沒有具體的形狀 → 不可數名詞。因為是**就算分割也不會失去本質的東西**（不管形狀變成什麼樣子都 OK），所以才會**無法想像具體形狀**。

※ 把 pen 和 book 切成一半的話，就會失去原本的性質吧？（所以這兩者是可屬名詞）但 chalk 即使被折成兩半，也仍然能充分發揮功能

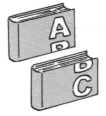

 Toasted bread with butter and sugar on it is called "sugar toast."

上面用奶油和糖去烤的吐司麵包被稱為「脆糖吐司」。

※ 因為 sugar toast 是「名稱」，所以前面不需要加冠詞，原本 toast 也是不可數名詞（屬於 bread，只是有 slice（切片）的感覺）／句首的 Toasted 是動詞「烘烤（麵包等）」的 p.p.

+α 靈活的英文概念（rice（米）／hair（頭髮）等）

延續「可以分割」的概念，**「（分不分割都）無以計數、數不勝數」的名詞**也被視為不可數名詞。其中最具代表性的是 rice（米）和 hair。hair 是「頭髮」的意思，因為多到難以計數，所以是不可數名詞（如 do one's hair（整理頭髮）等用法）。當然，如果想要強調「一根頭髮」時，就可以視為可數名詞（a hair）。

Waiter, there's a hair in my soup.

服務生，我的湯裡有一根頭髮。

依照字義不同來變化可數或不可數（room / paper / work）

當 room 是「房間」的意思時，視為**可數名詞**，但做為「空間；餘地」時，則是**不可數名詞**（因為肉眼看不見）。像這樣根據字義改變來決定是可數還是不可數的單字有很多。特別常出現在考試裡的字是 paper 和 work。

paper	① 紙	※不可數名詞（← 分割後也 OK）
	② 報告；論文；報紙	※可數名詞（← 分割後不 OK）
work	① 工作	※不可數名詞（← 肉眼看不見）
	② 作品	※可數名詞（← 分割後不 OK）

Manami's boss praised her for the work she did to prepare for the presentation.

Manami 的老闆稱讚她為簡報所做的準備工作（各項作業或工作內容）。

※ 因為這裡的 work 是「作業或工作內容」的意思，所以是不可數名詞／因為限定在「為了簡報所做的準備工作」，所以前面加上 the

work 當「作品」時是可數名詞。可以這麼思考，**分割後也 OK →不可數名詞**，反過來就是**分割後不 OK → 不是不可數名詞 → 視為可數名詞**。

※ 收錄音樂家傑作的專輯標題中也經常出現 complete works（全集）的用法，這裡的 works 是指「作品」的意思

This museum has a large collection of works of the Dutch artist, M.C. Escher.

這間博物館有大量荷蘭藝術家 M.C. Escher 的作品。

※ Escher 以「視錯覺藝術」聞名（可以上網查詢看看）

+α 表示「工作（項目）；任務」的 job / task 是可數名詞

job / task 兩者都被視為「一個任務」的意思，由這點來看就知道 job / task 是可數名詞。

※ 不知為何考試只愛考 work，在此一併補充供參考

思考轉換 經常以「英文為前提」來思考

因為語言（文化）的不同，用自己的感覺來判斷可數或不可數是絕對不行的（當然，先做出預測或假設再用字典確認的話，那就很棒）。在接觸英文時，如果看到一些名詞被視為不可數時，大家可以這樣思考：「原來這在英文中被視為可數啊！那是因為『肉眼看不見』還是『分割也 OK』呢？」。看到名詞的複數形時，可以想「原來母語人士在這裡是用複數形啊！」，像這樣不時確認和注意就可以提升英文語感。

閒聊一下，中文裡會將「多到數不清」比喻成「像星星一樣多」，但英文中的 star 是可數名詞，這種時候就可以想「原來母語人士是把 star 視為可以一顆顆數的概念啊」。

7-2-2　表示「整體」概念的名詞

baggage 的真正含義

　　雖然常會聽到「baggage 做為『行李』的意思時，是不可數名詞」這種說明，不過該注意的其實是 baggage 真正的意思，它不只是「行李」，請把它想成是「一組行李」的意思。

　　用英英字典查 baggage 的話，會出現 bags 或 suitcases 的說明。換句話說 核心重點 **baggage 原本就是表示複數的單字**，所以沒有辦法再多加一個 s，更別說加冠詞 a 了（luggage 也是相同道理）。

> Passengers arriving on flight 37 should pick up their
> baggage on carousel 8.
> 搭乘 37 號航班抵達的乘客應至 8 號轉盤領取行李。
> ※ 這是機場廣播／carousel 是「（機場內運輸行李的）轉盤式輸送帶」

其他表示「一整組」的整體類名詞

　　furniture 是「一整組家具」的意思，也就是說 furniture ＝ chairs ＋ tables ＋ beds……等，由各種家具組合而成的一個整體。

> All furniture with a red tag is on sale for 50% off until Sunday.
> 所有上面有紅標的家具到星期天都有打對折的優惠。
> ※ 這句會出現在店內廣播或廣告看板中

表示「一整組」的整體類名詞

baggage、luggage（一整組行李）/ furniture（一整組家具）/ money（所有金錢）/ cash（所有現金）/ produce（農產品整體）/ mail（郵件整體）※mail 做為「電子郵件」的意思時，視為可數名詞 / equipment（一整組設備）/ machinery（一整組機械）※machine（單一台機械）是可數名詞 / clothing（一整套衣物）/ merchandise（商品整體）/ jewelry（珠寶整體）※jewel（（單一件）珠寶）/ scenery（景觀整體）※scene（單一個景色）/ poetry（詩歌整體）※poem（單一首詩）是可數名詞

　　所有可以表示統稱**「一整套、一組、～類」**等**「整體」**概念的名詞，皆會被視為不可數名詞（不加 a / an 或 -s）。money / cash 指的是「（紙鈔、硬幣等的整體）金錢」，所以視為不可數名詞。

> ※ 順道一提 coin（硬幣）和 bill／note（紙鈔）是可數名詞（可以想像具體形象）money [cash]＝coins＋bills [notes] 的意思

> They say if you throw a coin into this fountain and make a wish, it will come true.
>
> 據說如果你丟一枚硬幣進這個噴水池並許願，願望就會實現。
>
> ※ make a wish（許願）／wish 是「一個願望」的意思，因此前面會加 a／句首的 They 是用來表示「大家都說」、「據說」的用法　p.327

追加英文

請翻譯以下句子。

(1) We need to get rid of our winter coats to make room for spring fashions that are arriving next week.

　　※ 服飾店店員會說的台詞

(2) This bread pudding is made with white bread, butter, raisins, eggs, milk, sugar and a bit of vanilla.

　　※ bread pudding（麵包布丁）（類似法國吐司的甜點／網路上搜尋就可以看到圖片了）

解答範例

(1) 我們必須把冬季大衣處理掉來騰出空間放下周到貨的春裝。

　　※ make room（騰出空間）（這裡的 room 是「空間」的意思，不可數名詞）／get rid of ～（處理掉～，去除～）

(2) 這個麵包布丁是用白麵包、奶油、葡萄乾、雞蛋、牛奶、糖和少許香草製成的。

　　※ 這句是希望各位能感受一下不可數名詞（white bread / butter / milk / sugar / vanilla）和可數名詞（raisins / eggs）的感覺／white bread 是指一般的麵包，為和 black bread（黑麥麵包）做區別使用

7-2-3　用不可數名詞傳達「數量」

存放在有具體形狀的容器中

　　雖然**無法想像**不可數名詞的**具體形狀**，但可以藉助**具有明確形狀的名詞**來**傳達數量**。例如 coffee，只要倒在 cup 裡就可以想像出來一定的形狀。

> **(1)「容器」類**：a cup of coffee（一杯（咖啡杯）咖啡）/ a glass of milk（一杯（玻璃杯）牛奶）/ a bottle of beer（一罐啤酒）/ a bowl of rice（一碗飯）/ a spoonful of sugar（一匙糖）※spoonful 是名詞
>
> **(2)「形狀」類**：a loaf of bread （一條麵包）/ a slice of bread[toast]（一片麵包〔吐司〕）/ a slice of cheese（一片起司）/ a piece of baggage[luggage]（一件行李）/ a sheet of paper（一張紙）/ a piece of chalk（一支粉筆）/ a bar of soap（一塊肥皂）/ a bar of chocolate（一條巧克力）
>
> ※ bar（長條狀物）可以當成肥皂和巧克力的計量單位。順道一提，喝酒的 bar 指的是有「（長條狀）吧檯」的店，此外，因為櫃檯形狀的關係，「壽司店」也叫做 sushibar

> 🔊 This bar of soap smells like lavender.
> 這塊肥皂聞起來有薰衣草的味道。
> ※ 直譯是「這一塊肥皂聞起來像薰衣草」/「smell like ＋名詞」的意思是「聞起來有 名詞 的味道」

以複數形表達「容器」的部分

　　a cup of coffee（一杯（咖啡杯）咖啡），cup（可數名詞）本身可以使用複數形。

> ◎）two cups of coffee （兩杯（咖啡杯）咖啡）　　※coffee 保持不變
> ×）two cups of coffees

> One guy in my office drinks ten cups of coffee a day.
> 我辦公室裡有一個人每天會喝十杯咖啡。　　※guy（人：傢伙）

思考轉換 **會話中使用的 coffees**

點咖啡時偶爾會聽到 Two coffees, please. 的說法，這時不需要太在意文法錯誤，因為就算在點咖啡時說「熱的兩杯」，應該也可以順利理解點的是「咖啡」吧！在不會造成誤解的情境下，就比較不會那麼注意文法是否有錯了。

正確的 piece 感覺

　　一般學到的 piece，多半被解讀成「片」的意思，但用在 a piece of baggage[luggage]（一件行李）、a piece of furniture（一件家具）等單字上時，用「片」的意思來解讀就會有點怪怪的。

　　讓我們來掌握一下正確的 piece 用法吧！如果去查英英字典，就會發現 piece 的意思是 a part of something（某事物的一部分），也就是 **piece 本身是存在於整體之中的一部分**，例如將一個圓形的蛋糕分成八等份的話，a piece of cake 就是其中的一片蛋糕，而 a piece of furniture 就是「整體家具」之中的「一件」。

> Misaki bought two new pieces of furniture for her living room.
> Misaki 為她的客廳買了兩件新家具。

CHAPTER 7-3

磨練可數和不可數的語感

7-3-1　可數和不可數的語感

一下子是可數、一下子是不可數的名詞 應用

在此解說同一個名詞在**可數 ⇆ 不可數**之間來回變換的現象。

可數名詞的思考方式　※這是潛藏在深處的英文細節規則

① 加冠詞（a / an）、用複數形（-s）、前接所有格
　→ 可以想像「具體的形狀」

② 不加 a / an 或用複數形 -s 等（視為不可數名詞）
　→「量」　※「可以分割」的概念
　→「目的」或「習慣」　※「肉眼看不到」

母語人士藉由前面加上的 a / an，在腦海中浮現出**具體的形狀**。反過來看，只要用**平時有加 a / an 的名詞，若沒有加 a / an，就視為不可數名詞**（想像不出具體形狀）的方式來思考就可以了。

有關「量」的概念 應用

看到 a pumpkin 腦中可以清楚浮現「一個（完整的）南瓜」的形狀吧。但是（不加 a 的）**pumpkin** 卻視為不可數名詞（表示「量」時使用），在表示「（店內販賣的）切過的南瓜」或「（在國外經常看到的）南瓜罐頭」時可以使用（這是「分割也 OK，所以是不可數名詞」的概念）。

※ 實際上 pumpkin 有時會加上 some 寫作 some pumpkin，這時的 some 表達的是「量」，跟 some pumpkins（幾顆（完整的）南瓜）意義不同

Would you like some more pumpkin?
再來點南瓜怎麼樣？　※推薦對方吃燉南瓜的時候

Bring a pumpkin!

帶個南瓜來！

※《灰姑娘》故事中神仙教母說的話／a pumpkin 是「一整個南瓜（沒有指定是哪一個，只要是完整南瓜都 OK）」／如果是 the pumpkin 的話，就是指大家都知道的「特定的完整南瓜（一個）」

用在餐點上、讓人覺得出乎意料的不可數名詞 應用

Chicken or fish?

你要雞肉還是魚肉？　※空服員會說的話

在這句話中沒有使用 a，因為想表達的只是「用（一小部分切過的）雞肉或魚」做的菜。如果說 a chicken 或 a fish 的話，就會變成「用一整隻雞或一整條連頭帶尾的魚」做的菜。

※ 在 Perth（澳洲地名）時，我曾好幾次看到年輕的女孩子在午餐時吃一整顆蘋果，這時就是 an apple，如果是「切過的蘋果」就會用 apple

前面說過小女孩看到兔子大叫 Rabbits! 的故事（p.288），這裡如果沒有用複數形，而是用 rabbit 的話，就會變成「兔肉」的意思了。

※ 也許你會覺得「天啊，太殘忍了吧……」，但兔肉在義式料理中是很普遍的食材（我在銀座的一家餐館用餐時，曾聽到工作人員用稀鬆平常的語氣說：「這是今天的兔子。」）

所謂「目的」或「習慣」的思考方法 應用

I go to school.（我會去上課）這句英文中的 school 沒有冠詞，原本「學校」擁有具體的形狀（會想到校舍等建築物），所以可以算是可數名詞，但這裡因為沒有冠詞 a，所以會被視為不可數名詞。

雖說如此，也沒辦法像 pumpkin 那樣用**量**來思考 school 這個字（因為說不通什麼是「分割也 OK 的學校」），因此會用**目的或習慣**來思考（也就是「肉眼看不見」的概念）。這裡的 school 即是「學校存在的目的」或「在學校習慣做的事」→「**念書（學校是為了學習而存在）**」的意思。

※ 請用字典查查看 school 這個單字。應該會看到兩類，分別是「U 學校（教育相關）；課程；上課」和「C 學校（建築物）」，證明有沒有 a 意思會不同的這點

因此，I go to school. 是指「我為了上課去學校」的意思，這是只有學生（硬要說的話還有教職員）才可以用的句子。

> ※ 除了念書之外，其他像社團的這種「習慣在學校進行的活動」，也可以用 I go to school. 這個句子，例如 I go to school on Saturdays for club activities.（我每個星期六都為了社團活動去學校）

補充 **使用 school 的表達方式**

> go to school（上學）/ after school（放學）/ on one's way to school（在某人去學校的路上）/ on one's way home from school（在某人放學回家的路上）/ be late for school（上學遲到）/ be good at school（在校表現良好）

補充 **go to school 類型的片語** ※ 表示目的或習慣，前面不加冠詞

> go to school（上學）/ go to university [college]（上大學）/ go to church（做禮拜）/ go to sea（出海）/ be in class（上課中）/ be in hospital（住院中）/ be in prison（坐牢中）

> ※ 美式英文在文法上沒有那麼嚴謹，有時可能會看到 go to a university、be in the hospital 等句子（當然原則上還是要用「無冠詞」的表達方式才不會出問題）。順道一提，「breakfast / lunch / dinner 的前面不加冠詞 a」的原因，可以解釋成「用餐是『習慣性』動作」，因此可視為不可數名詞

+α **對話中 Where do you go to school? 的意思**

我們剛剛學過 go to school（去上課）的意思，而標題這句則沒有那麼常見，但各位可以用「上學」→「在哪裡上學？」→「**是上哪間學校？**」的方式來思考就 OK 了。

I go to school. 的應用（除了學生之外的人要去學校時） 延伸

除了原本習慣會在學校做的事以外的「其他活動（例如相約等等）」或「家長去學校」等情況，不會用 I go to school.，而會將 school 當作一般的可數名詞，在前面加上 a / the / my 等等。

My mother went to my school to talk to my teacher about my behavior.

我媽媽為了和老師談論我的行為而去了學校。

※ 直譯是「我媽媽去了我的學校以和我的老師談論與我的行為有關的事」

思考轉換 把 school 當成「上課」的意思來學比較好

雖然這樣想比較極端，但或許可以認為所有的**英文名詞原本都是抽象**的。一開始先學「school＝上課」，之後再學「加上 a 變成『學校的校舍』」，這樣的學習方法說不定會更有效果。順道一提，原本 school 是希臘文「閒暇（時去學習）」的意思，因此實際上先學「上課」這個意思也比較忠於原義。

7-3-2 不可數名詞 → 變成可數名詞

加上 a / an 或 -s 就會擁有「具體形象」 應用

即使是不可數名詞，只要加上 a / an 或變成複數形，即可被視為可數名詞。舉例來說，kindness（善意）是**不可數名詞**（字典一開頭寫的也是 U（不可數名詞）的字義），如果用 **a kindness 的話，就是「將善意想像成具體的形象」**。

Will you do me a kindness?

你可以幫我一個忙嗎？　※這是對話時的慣用表達／設想成「一個具體的行為」

另外，「對我非常親切」的背後是由許多親切的行為所構成的，也就是 many kindnesses。

※ many kindnesses 大多單純用來「強調」程度，類似 Thanks 的感覺

利用形容詞來成為可數名詞 延伸

利用形容詞來修飾不可數名詞時，這些不可數名詞就會變成**具體或可以預想得到的事物**，因此可被視為（帶有冠詞的）可數名詞（當然原本就是不可數名詞，所以不加冠詞的情況也很多）。

例如 education（教育）基本上是不可數名詞（肉眼看不見），但若加上 balanced 成為 a balanced education，意思就會變成「（在各種類型的教育中的一種）均衡的教育」。

※ 許多字典會寫「education 有時會伴隨冠詞出現」，在遇到這種難懂的說明時，也可以利用這樣的思考方式來理解

同樣地，一般通常不會加冠詞的 breakfast / lunch / dinner（例如 have lunch（吃午餐）），如果有用形容詞修飾，那就會在前面加冠詞，例如 I had a light lunch before the meeting.（我在開會前吃了一頓簡單的午餐）。

這個概念也可以類推到專有名詞之上。例如英文新聞或小說中可能會出現 a teary Suzuki（（在眾多不同表情的 Suzuki 先生之中）含淚的 Suzuki 先生）這種表達方式（p.286），這裡就可以想成是因為出現了修飾 Suzuki 的形容詞 teary，所以在（平時不需要加冠詞的專有名詞）前面加上了 a。

CHAPTER **7-4**

擁有「集合」感覺的名詞

7-4-1 集 合 名 詞
（ 由 複 數 事 物 集 合 而 成 的 一 個 名 詞 ）

集合名詞可以整理分類成兩種 應用

(1) family 類的集合名詞 ※「視為單數或複數」皆 OK

family（家人）/ group（團體）/ staff（工作人員）※（工作人員裡的個別成員是 a staff member 或 staff members）/ team（團隊）/ audience（聽眾，觀眾）/ crowd（群眾）/ class（整班學生）/ committee（委員會）/ party（政黨）

① 將該名詞當作「一個團體」→ 視為單數

💬 My family is on vacation on Miyakojima Island this week.
我們家這週會去宮古島度假。　　※ 視為單數（is）

② 將該名詞當作「每個人的意識」→ 原始用法會視為複數

※在美國也可以視為單數

💬 My family enjoy talking about current events at dinner.
我們家（的每個人）很喜歡在晚餐時談論時事。
※ 視為複數（enjoy）/ current events（時事（非個人私事而是社會新聞等））

(2) people 類的集合名詞

※沒有 a / an 或加 -s 的動詞，視為複數／「群聚而數量眾多」的感覺

people（人們）/ personnel（員工）/ police（警方）/ cattle（牛）
※ people 在指「國民」或「族群」的意思時，會採用 a people、peoples 的形態

✏️ Several people called the police to complain about the cattle which were blocking the road.
幾個人打給了警方抱怨牛群堵住了路。

7-4-2　其他應該留意的名詞

單複數同形的名詞 應用

※ 單複數同形（單數或複數長得都一樣）／用單數或複數形動詞都 OK

　　所謂**單複數同形**，指的是在**複數形態仍維持（跟單數）相同形態**。三條 fish 也仍寫成 three fish（這裡複數的 fish 長得跟單數一樣）。

※ 以前也會看到「用複數形的 fishes 來強調種類豐富」這種說明，但其實用 many kinds of fish（許多種類的魚）這種表達方式就可以了

(1) fish 類（可以捕獵的類型）

fish（魚）/ salmon（鮭魚）/ carp（鯉魚）/ sheep（綿羊）/ deer（鹿）

※ 和日本職棒中的「養樂多燕子（Tokyo Yakult Swallows）」和「西武獅（Saitama Seibu Lions）」不同，「廣島鯉魚（Hiroshima Toyo Carp）」就不寫成 Carps。（順道一提，swallow 是「燕子」的意思）

There are just 5 million people in New Zealand, but there are 26 million sheep.

紐西蘭只有 500 萬人，卻有 2600 萬隻綿羊。

※ 因為是 there are 26 million sheep，所以這裡的 sheep 應該是複數形，卻同樣是 sheep 的形態／動詞是 are （There is 句型）／people 也維持原本的形態（沒有加 -s），使用複數形動詞（are）

思考轉換 **成為狩獵對象的事物會是單複數同形**

事實上，這些單複數同形的名詞，在很久以前都是獵殺的對象。在捕獵成群的獵物時，應該不會有時間去一隻一隻數吧。另一方面，不會被成群捕獵的馬匹就不屬於這一類名詞，此外，如果你想要講的是「騎馬」，我想你自然會意識到每一匹馬的存在吧。

(2) Japanese 類（以 -s / se 結尾的名詞）

> Japanese（日本人）/ Chinese（華人）/ series（系列）/ means（手段）/
> species（物種）

也有原本就以 -s 結尾的單字是單複數同形的。

※ 是不是開始覺得「單複數同形好麻煩啊……」，然而未來在寫作上常會用到，所以還請多加留意

percent 類的名詞 應用

就算前面是複數，後面出現的 percent 和 yen 會（因為語源的關係）維持原本的單數形。

> percent（百分比）/ yen（日元）
>
> ※ 順道一提，dollar（美金）/ pound（英鎊）/ euro（歐元）會是複數形

More than 50 percent of the employees at this company have worked here for more than five years.

這家公司超過百分之五十的員工都在這裡工作了超過五年。

※ 配合 the employees 使用複數形動詞（have）/more than ~ 應該是「超過～」（不是「以上～」）

My gym membership costs 10,000 yen per month.

我的健身房會員資格每個月要繳一萬日元。

※yen 是單數形／membership（會員資格）

有「明確數字」就不會變成複數形的 hundred 類 應用

hundred 類　※就算前面加數字也不會變成複數形

> dozen（一打，12 個）/ hundred（百）/ thousand（千）/ million（百萬）/
> billion（十億）

　　跟 percent 類一樣，即使**前面加數字也不會變成複數形**。例如「200 人」就是 two hundred people。

　　順道一提，英文中的「一萬（ten thousand）」是「10（ten）×1000（thousand）」的概念，這部分只要用「有幾張 1000 元鈔票？」去想就很容易理解了，所以「十萬」的話就是「100 張的 1000 元鈔票（one hundred thousand）」。這種 hundred 類的名詞，在**表示「確切數量不明，不過有很多」時會使用 -s 的形式**，例如 dozens of letters（數十封信）這樣的感覺。

　　※ dozens of ~ 表示「數打~」→「數十~」的意思，不必拘泥於一定要是 12 的倍數

hundreds of ~ 類的表達方式　※hundred 等字加上 -s 時

> dozens of ~（數十個~）/ hundreds of ~（數百個~）/ thousands of ~（數千個~）/ tens of thousands of ~（數萬個~）/ hundreds of thousands of ~（數十萬個~）/ millions of ~（數百萬個~）/ tens millions of ~（數千萬個~）/ hundreds of millions of ~（數億個~）/ billions of ~（數十億個~）

資料　實際上超麻煩的 fruit

　　雖然有許多說明會說 fruit 跟 fish 一樣是**單複數同形**，但嚴格說來它們的用法並不相同。如果是指「（所有的）水果」就是 fruit（視為不可數名詞），因此，普通會用 a piece of fruit 表示「一顆水果」。另一方面，如果指的是「水果（的種類）」時，則會用 a fruit / fruits（視為可數名詞）來表示。

　上面說的完全正確。fruit 有 kinds of fruit 的意思。就像這個句子 Mangos and papayas are both tropical fruits.（芒果和木瓜都是熱帶的水果（種類））

總結 冠詞總表

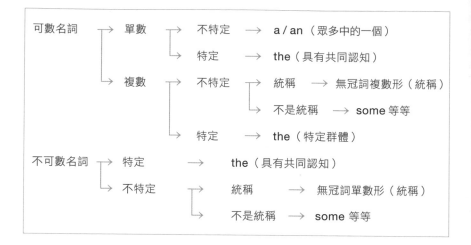

代名詞

【註】「代表 everyone 的 they」是 they 的其中一種用法，會和 every 的用法一併解說　p.385

INTRODUCTION

要先從「表達型式」來開始思考

　　當然，理解代名詞的第一步是要確實理解英文本身，先來挑戰看看大學入學考程度的題目吧（別緊張，當成猜猜看就好）。

問題：以下正確的請打 O，不正確的請打 X。請逐一確認。

1. most boys
2. almost boys
3. most of the boys
4. almost of the boys
5. most the boys
6. all the boys
7. most of boys
8. all of boys

　　「看不懂……」應該是大多數人的感想，不過這些表達方式並不稀奇，實際上還經常出現在各類測驗的題目之中，而這樣的題目，只要掌握重點就能夠百分之百答對。與上面這些表達型式相關的說明，正是收錄在本章節之中，想要徹底征服代名詞就必須**從表達型式著手**，請牢牢記住這點。無論如何，在看完本 Chapter 後，許多疑問應該都能迎刃而解。※ 這題的解說請從 p.342 開始看／解答請參照 p.346

征服代名詞的心法

☐ 從「詞性」和「表達型式」下手，而不是用「翻譯」來思考代名詞
☐ you 這個字非常深奧
☐ 代名詞經常被拿來出題，絕對不能偷懶（但其實並不困難）

If you run after two hares, you will catch neither.

proverb

兩面討好，兩頭落空。

諺語

※ 諺語是說給所有人聽的，因此經常會用「統稱的 you」／neither 的用法也會在本章解說

CHAPTER 8-1

人稱代名詞（指人的代名詞）

8-1-1　人稱代名詞的基本概念

代名詞的 4 種變化

像「I-my-me-mine」這樣的代名詞變化稱為**變格**。英文代名詞做為主詞時會變成主詞形態（叫做主格），做為受詞就會變成受詞形態（也就是受格）。代名詞會透過變化「單字本身的形態」來表現這個代名詞在句子中所扮演的角色。

代名詞的變化

人稱	單複數	意思	主格 （～是）	所有格 （～的）	受詞 （對於～）	所有代名詞 （～的東西）	反身代名詞 （～本身）
1	單數	我	I	my	me	mine	myself
	複數	我們	we	our	us	ours	ourselves
2	單數	你	you	your	you	yours	yourself
	複數	你們					yourselves
3	單數	他	he	his	him	his	himself
		她	she	her	her	hers	herself
		它／牠	it	its	it	無	itself
	複數	他／她／ 它／牠們	they	their	them	theirs	themselves

※ 因為代稱的是人，所以叫做「人稱代名詞」，但也有可以指人以外事物的 they 或 it 等／近年開始出現不表明男女的風潮，因此「雖是單數卻使用 they」的情形逐漸增加，在英文版的推特及 Instagram 上也經常有人使用（現在有些字典裡會收錄「單數形的 they」的解釋）

> This hotel is known for its luxurious rooms and superior customer service.
>
> 這間飯店以豪華的房間和優秀的顧客服務聞名。
>
> ※ 所有格 its 表達的是「這間飯店的」，雖然跟 It's（It is 的縮寫）的發音相同，但在文法上的作用卻不同，請特別注意／luxurious（豪華的）／superior（優秀的）

+α 人稱代名詞的順序是「第二人稱 → 第三人稱 → 第一人稱」

中文會說「我和我妹妹」，但英文則是用 my sister and I（如果是受格，則會用 my sister and me）的語序會比較自然。這是因為想要表達出 核心重點 「**因為尊重而以對話方的第二人稱為最優先，表示謙遜而要把自己擺最後，第三人稱則放在中間（第一人稱之前）**」的感覺。這裡的 my sister 是第三人稱，所以放在 I 的前面。

順道一提，I 總是大寫的理由是「強調及突顯」。據說很久以前是用 ic，後來才從 ic → 變成 i，而因為 i 在寫的時候很難看得清楚（容易漏看），所以為了強調和突顯，才會改用大寫字母來表示。

人稱代名詞的發音與聽力訣竅

前面講解過聽力技巧中弱音的部分（can 在 p.221、have 在 p.269），其實代名詞也有弱音。下面列出的是最具代表性的代名詞。

	強音		弱音
you	[ju]		[jə] / [jʊ]
your	[jʊr]		[jɚ]
he	[hi]		[hɪ] / [ɪ]
his	[hɪz]	→	[ɪz]
him	[hɪm]		[ɪm]
she	[ʃi]		[ʃɪ]
her	[hɝ]		[hɚ] / [ɚ]

	強音		弱音
they	[ðe]		[ðɛ]
their	[ðer]		[ðeə]
them	[ðem]	→	[ðəm]
me	[mi]		[mɪ]
our	[ˈaʊ.ɚ]		[aʊə]
us	[ʌs]		[əs]

這些弱音全部都很重要，其中要特別注意的是 him 和 her。掌握這兩個詞的發音方式，你聽到的世界就會大不相同。這是因為受詞的 him 和 her 會和動詞合在一起發音的關係，所以如果對弱音不熟，聽起來就會相當費力。例如 ask him，聽起來會像 [æsˌkɪm]，for her 的話則會像 [fəˌhɚ]。像這樣知道**實際發音**的話，就可以解決「為什麼沒聽到 him 的發音呢？」之類的困擾了，因為其實不是沒聽到 [hɪm] 的發音，而是一開始就不是發 [hɪm] 的音啊。

8-1-2　人稱代名詞的運用與限定詞

代名詞的細節 應用

☑ 所有格 own 名詞

英文會藉由加上 own（自身的；獨自的）來強調「與其他不同」。例如 from his own angle（從他自身的角度（觀點））」就是這個用法。

☑ 以所有格結束時

當所有格後面接的是**建築相關字彙**（如 house、restaurant、shop 等等）時，偶爾這些名詞會被省略。像 McDonald's（麥當勞公司）和 Denny's（丹尼餐廳），-'s 的後面省略了相當於「公司」和「餐廳」的名詞（這兩者都是美國連鎖餐廳）。

> ※ 直譯是「麥當勞的公司」及「丹尼的餐廳」

☑ 比起 my friend，原則上更會使用 a friend of mine

I'd like to introduce you to a friend of mine.
我想把你介紹給我的一個朋友。

原本 my friend 表示的是「特定的一人」（所有格 my 造成的特定作用），所以最原始想說「朋友」時，原則上會使用 one of my friends / a friend of mine（我的一個朋友）（mine ＝ my friends（我複數的朋友們））。

> ※ 不過現實中使用 my friend 的母語人士也逐漸增加。另外，介紹在身旁的朋友時，基本上會說 This is my friend, Hirokazu.（這是我的朋友 Hirokazu）這種句子

有關限定詞 延伸

可以做為冠詞的單字（也就是限定詞）**一次只能用一個**，因此 ×）「a my ＋名詞」這種表達型式是錯誤的，簡單確認一下後面的內容就可以了。

限定詞　　※「限定詞」(不是詞性名稱)是將下面這些字彙包含在內的「組合名稱」

冠詞 (a 等)／所有格代名詞 (my 等)／指示形容詞 (this / that / these / those)／不定形容詞 (some / any / no / every / another / either / neither)／疑問形容詞 (what 等)　　※括號裡的這些字只要大概看過就可以了

「只能有一個限定詞」的理由

① a / the / my 等字是「**後面會有名詞的暗示**」,「暗示」一個就夠了
② my / this 等表示「**特定**」的東西一個就夠了
③ a 是表示「**不特定**」,my 是表示「**特定**」,放在一起就會產生矛盾

必須注意的限定詞細節重點　延伸

☑「量詞＋名詞」的前面,有可能是 the 或所有格

<u>the</u> three books (那三本書) 這樣的表達型式是 OK 的。

☑「a＋名詞」或「the＋名詞」可能是所有格

A hummingbird's wings beat so fast that you can only see a blur when it flies.

蜂鳥翅膀的拍打速度快到牠們在飛的時候你只能看到殘影。

※ blur (看起來模糊不清的東西)／a hummingbird's wings (蜂鳥的翅膀) 看上去是 a 和 -'s 同時出現,但這只是 a hummingbird 加上所有格的 -'s 的表達型式而已

補充　字典只查在意的地方

原則上所有格是「名詞加上 -'s」,在文法書中會詳細說明這點,但最有效率的學習方式還是在想知道的時候再查就好,一方面是這部分不會考,另一方面則是因為這種瑣碎的文法記了也會忘記。(字典裡會有「-'s」的標題,網路字典的話則到 s 部分捲動查找就好)。下面列出一些資訊給你參考。

□ 發音上 -'s 和「與複數形的 -s 相同」,不同的是不會有 y → i 和 f → v 的情形出現 (只會保留原本的發音再加上 -'s 而已)

□ 複數形所有格只會加上撇號（girls'（女孩們的））
□ 專有名詞以 -'s 結尾時，可以用上標號表達即可（加 -'s 也 OK）

8-1-3 反身代名詞（-self 類代名詞）

-self 類代名詞的兩種用法

像 myself 之類的代名詞被稱為**反身代名詞**。表達「自己做的動作又再回到自己身上」的感覺，下面是具體的使用方法。

☑ **成為動詞或介系詞的受詞** ※成為句子的必備要素

The novelist killed himself.
那位小說家結束了自己的生命。 ※kill oneself（自殺）

主詞和受詞相同的情況下，一定要用反身代名詞。The novelist 和 himself 指的是同一人物。如果是 The novelist killed <u>him</u>. 的話，句意會變成「殺了他（him 跟主詞指的是不同人）」。

☑ **強調** ※不是句子的必備要素（沒有反身代名詞也 OK）

She files her taxes herself, rather than paying an accountant to do it for her.
她自己報稅而不是花錢請會計師幫她報。
※ file one's taxes（報某人的稅）（file 是「提交文件」）／accountant（會計師）

這個句子是 SVO（she files her taxes）的結構，所以就算沒有 herself 也 OK，不過若刻意加上，就可以強調出「不是其他人而是自己」的感覺。

使用 -self 類代名詞的慣用表達

enjoy 的後面會直接加上受詞（-ing、名詞或 oneself）。單純想說「覺得開心」時，會用 I enjoyed myself.（我很開心）來表達。

※ 順道一提，國外的餐廳店員在端出餐點後，會說 Enjoy!（請慢用），除此之外的慣用表達，使用 enjoy 時請一定要有受詞

讓我們一起來確認看看像 enjoy oneself 這種使用 -self 類代名詞的慣用表達吧。

使用 -self 類代名詞的慣用表達（變成片語的慣用表達）

① **動詞＋oneself**
enjoy oneself（某人覺得開心）/ seat oneself（某人就座）※seat 是及物動詞（入座）/ behave oneself（某人約束自己的行為舉止、避免冒犯他人）/ take care of oneself（照顧好自己）※Take care of yourself.（自己保重）是道別時會說的慣用表達 / excuse oneself（恕某人失陪）

② 動詞 **oneself** 介系詞
help oneself to ~（～自行取用）/
devote oneself to ~、dedicate oneself to ~（某人致力於～）

③ **使用 make OC（把 O 變成 C 的狀態）的慣用表達**　p.461
make oneself at home（讓某人覺得自在）/
make oneself understood（讓某人被理解）※（讓某人自己處在（被其他人）理解的狀態）/
make oneself heard（讓某人的聲音或意見等被聽到）※（讓某人自己處在（被其他人）聽到的狀態）

④ **其他（使用動詞的慣用表達）**
say to oneself（自言自語）/ keep ~ to oneself（不說～）

⑤ **介系詞＋oneself**
by oneself（一個人、獨自）/ for oneself（為了某人自己）/
in itself（就其本身而言）/ beside oneself（（因情緒太強烈而）不能自己）/
in spite of oneself（情不自禁）

A: If you don't behave yourself, I'll take away your video games.
B: I'll be good. Please don't do that.
A：如果你不乖乖的，我會沒收你的電動。
B：我會聽話的，拜託不要。　※ video game（電動）

思考轉換 省略 oneself 的「動詞＋oneself」

只用 behave 來表達 behave oneself 也 OK，在先知道這件事後，再來看 He drove himself to the airport.（他開車去了機場）這個句子，就可以推論出「省略原本表達型式中的 oneself，變成 drive to ~（開車前往）」的這個說法（有些字典會在這裡寫「oneself 省略」）。

※ 像 enjoy oneself 這樣不能省略的句子還是比較多，因此請不要隨意省略

8-1-4　代表「一般人」的代名詞
（you / we / they 的區別）

最方便好用的是 you

在寫作或口說上會經常碰到要表示「一般人」或「大家」的情況。這時最方便好用的就是 you 了。

代表「一般人」的代名詞

> ① you　稱之為「統稱的 you」的用法／最方便使用的單字
> ② we　包含說話者自身的特定群體
> ③ they　和 we 相對的群體／用來表達「店員」、「商家」或「一般來說」
> ④ one　書面用語，感覺較生硬（常會用在論文中）
> ※ 因為 people（人們）不是代名詞，所以在此排除，不過也經常會用這個字來表達

用字典查 you 的話，會出現**統稱「任何人、大家」**的字義說明。知道這個用法的人不多，但實際上卻經常出現在測驗、日常會話中的各種場景裡。另外，慣用表達 You never know.（誰也說不準）裡的 You 就是統稱的 you，而 Time flies when you are having fun.（快樂的時光總是過得特別快）裡的 you 也是（p.49 出現過的英文句子）。

※ 翻譯的時候常省略統稱的 you 不翻

思考轉換 英文好的人也會誤解的「統稱的 you」

在很久以前的英文新聞裡，曾將日本的政黨「大家黨」翻譯成 Your Party，導致了一些人的議論及抗議，這可以説就是平時沒在接觸英文新聞的人，會對統稱的 you 不理解的例子（「政黨」是 Party）。

另外，突然要你開始使用統稱的 you，你可能會擔心這種「你就是～」的説法，語氣是不是會過於直接，而讓對方會想反駁「我不是～」，但就我個人經驗來説，從來也沒遇過對方變了臉色發怒的情形，所以不用太過擔心。

※ 反而還曾被誇獎説「you 英文講得真自然」（希望這句裡出現的 you 是「你」的意思，而不是統稱）

假設 we 和 they 是相對的群體

we 代表的是「（相較於相對的群體）我們的群體」。舉例來説就像是「（相較於過去的人）我們現代人」、「（相較於動物）我們人類」等等。如果在沒有對立的前提下使用 we 的話，聽起來會相當不自然。然後**和 we 相對的群體**會使用 they 來表示，也就是説，對現代人來説的「以前的人們」、與人類相比之下的「動物」等等，都會用 they 表示。

※ 知道這點之後，在閱讀長句的時候，就更能理解像是「這個 we 是指『現代人』」之類的意思了

這種相對性，例如有些日本人會説的 we Japanese，有時會帶來一種「我們（跟其他人不同）～」的排他感，或有自我吹噓的感覺，而讓聽的人覺得不舒服。

 我也這樣覺得，雖然我現在知道這樣説的人可能沒有什麼惡意，不過我一開始聽到的時候覺得很驚訝

當要傳達「整體的傾向」時，可以改用 many Japanese（很多日本人）或 Japanese people typically V（日本人通常會～）的説法。

Many Japanese want to be able to watch American and English movies without subtitles.

很多日本人希望能看懂沒有字幕的美國和英國電影。　※ subtitles（字幕）

表示「（跟自己所屬群體不同）世界上的一部分人」的 they

　　模糊地表達世界上存在的一部分人時會使用 they，這個用法比較常見於用來表示「店員」或「商家」，如 They sell eggs at that store.（他們那家店有賣雞蛋）（這個用法經常被用來說明被動的行為），也常用來表達**在一般人之間流傳**的「據說～」語意，如 They say ~。

　　另外，比較少人知道的是 they 也可以用來代表「**政府或警察等握有權威者**」。當在英文新聞中突然看到 they 時，就有可能是表達這個意思。

They legalized same-sex marriage.

政府合法化了同性婚姻。　※ 這個 They 是指「政府」／legalize（合法化）

CHAPTER 8-2

it / one / other 等

8-2-1 it 的特殊用法（之一）不具體的 it

it 指稱的是「三個方向」裡的其中一方

　　在這裡我整理了與 **it** 指稱的「三個方向」有關的內容。核心重點 表示「那個」的 **it** 指的是「**前方**」（在英文句子前段出現過的內容），表示「**天氣**」相關等不具體概念的 **it** 就是指「**上方（天空等）**」，做為虛主詞（或稱假主詞）使用的 **it**（用在 It ~ to ~ 句型裡）指的則是「**後方**」（在英文句子後段出現的內容）。

　　※ 我們所熟悉的是「指前方的 it」，所以接下來會解說的是其他（不翻成「那個」的 it）的用法

指「上方」的 it（不具體概念的 it）

雖然文法書上會把 it 可以代稱的「表示天氣、冷暖、明暗、星期、日期、時間、距離、狀況」條列出來，不過其實只要用上述的**指上方的 it**（指天空中發生的狀態，例如天氣或天體運作的時間等等）來思考就 OK 了。沒有必要把這個 it 翻成「那個」。

天氣　It is rainy.（正在下雨）
時間　It is seven o'clock[Monday / November 1]
（現在是 7 點整〔星期一／11 月 1 日〕）
情況　How's it going?（狀況如何？）

+α 表達「天氣」的 we / they

在表達天氣的時候，如果**說話者身在當地**，或是要描述自己家鄉的天氣（即使當下人不在那裡），那麼除了 it 以外，還可以用 we（在這個情況下動詞會用 have）。

We had a lot of rain in Osaka yesterday.
昨天大阪下了很大的雨。
※ 順道一提，不可以用 ×）I had a lot of rain ~ 來表達（因為雨不可能只下在自己身上）

跟 we 相對的是 they，因此**不身處當地**的話就會用 they（會改說 They had a lot of rain in Osaka yesterday）。這時候說話者或聽話者都不在那個地方。

8-2-2　it 的特殊用法（之二）表示虛主詞或虛受詞的 it

指「後方」的 it（做為虛主詞的 it）

It is hard to know what Chelsea is thinking when she doesn't say anything.
當 Chelsea 什麼都不說時，很難知道她在想什麼。
※ 這是「把很長的主詞（To know ~）擺到後方」→「空出來的空白處用虛主詞 it 填補」→「使用 It is ~ to ~ 的句型」由這種概念而來的句子／it 是虛主詞，to know ~ anything 才是真主詞

補充 有關用語（假主詞／虛主詞和真主詞）

僅僅為了構成句子而加入的 it，稱為「假主詞／虛主詞」，後面接 to ~ 或 that ~ 等相當於真正主詞的內容（稱為**真主詞**）。

It is believed that the dinosaurs were wiped out when a massive asteroid struck the earth 66 million years ago.

據說恐龍在 6600 萬年前因一顆巨大的小行星撞擊地球而滅絕了。

※ 這裡的 It 是虛主詞，that 後方的內容是真主詞／wipe out（抹除；滅絕）／massive（巨大的）／asteroid（小行星）／strike（打擊）（過去式是 struck）／恐龍（dinosaur）的相關內容經常出現在各種測驗之中

指「後方」的 it（做為虛受詞的 it）

概念和虛主詞相同（總之先用 it 填空白再接整個名詞詞組），有時也會被當成受詞來用。

※ 這個 it 是「虛受詞」（不會翻成「那個」），後面的名詞詞組才是「真受詞」

After working for 14 hours straight, Anna found it difficult to keep her eyes open.

連續工作 14 個小時後，Anna 覺得很難保持清醒。

※ find OC（覺得 O 是 C（的狀態））／it 指的是 to 後方的內容／時間＋straight（連續 時間 一直～）

片語裡也會用到的虛受詞 it 應用

從前面開始看到的虛受詞例句都是 SVOC 的句型，事實上 it 也會用在片語裡。例如在片語 **take it for granted that ~**（將～視為理所當然）中，it 是虛受詞，而 that 之後的內容才是真正的受詞。

※ take 是「接受 → 視為」的意思，grant 是「承認」，for 則是「交換」的意思，直譯是「將～視為可以和被承認的東西做交換」

Most people in advanced nations take it for granted that when they turn on the faucet, clean, drinkable water comes out, but that is definitely not the case everywhere.

先進國家裡的人,多半將打開水龍頭就會流出乾淨、可飲用的水視為理所當然,但絕對不是所有地方都是如此。

※ advanced nation(先進國家)/faucet(水龍頭)/drinkable(可飲用的)/definitely(絕對)/the case(這個情況)/not ~ everywhere(不是每個地方都~)表部分否定 p.622

代表副詞子句的 it 延伸

　　因為 it 是**代名詞**,所以做為虛主詞或虛受詞的 it,原則上**代表的是名詞**。不過這種 it 也可以**代表副詞子句**,這裡的副詞子句多半會是 if 子句,表達「如果~的話,就會~」的感覺。

　　※ 在 it 純粹做為虛主詞或虛受詞時,雖然翻譯時不會翻成「那個」,但這裡請先暫時把它想成是「那個」,呈現「虛假的 it +表示「那個」的 it +不具體概念的 it」混雜在一起的感覺

I'd appreciate it if you would lend me 1,000 yen.

如果你借我 1000 日圓,我會很感謝。

※ 虛受詞 it 的後面接 if 子句/I'd appreciate it if ~ 表示「如果~的話,我會很感謝那個的」→「如果可以~,我會很感激」的慣用表達

8-2-3　有 關 於 it 的 細 節 用 法

It seems that ~(似乎是~)的 it 不是虛主詞 應用

　　如果用 it 是虛主詞的概念下去思考的話,那沒有使用虛主詞的原本句型就會變成 ×)That ~ seems.(但 seem 的後面必須要接形容詞等的表達)。所以這裡的 it 其實是「**狀況不具體的 it(表示模糊、不具體的狀況或概念)**」。

　　※ It appears that ~(似乎是~)和 It happens that ~(恰巧是~)等的概念也是如此

> It seems that Mr. Sakurai isn't in the office today.
>
> 看來 Sakurai 先生今天不在辦公室。

原則上 it 是指「前面已經出現過一次的東西」 延伸

　　it 是**人稱代名詞**（和 he / she 同類），而 this / that 則是**指示代名詞**，兩者在實際使用的方式上有著微妙的不同。

　　在對話時如果指向某個東西、想要詢問「那是什麼？」時，是不是很容易脫口說出「What is it?」呢？不過這裡其實說 What is this [that]? 會比較自然。

　　相反地，有時也會有必須用 it，卻用了 this 的情況。

【驗證句】A：I like your blazer.　　B：Thanks. My wife gave this to me.

A：我喜歡你的西裝外套。　　B：謝謝。這是我太太送我的。

※ 這裡用 this 會有些不自然，因為「出現過一次的東西」（在這裡是指 blazer）用 it 會比較自然。所以說 My wife gave it to me. 會比較自然。另外，這種「表達讚美的句子（I like ~）」→「道謝＋補充說明（太太送的）」是典型的英文對話流程

＋α 接續對方的「發言內容」時基本上用 that

　　想用「那個」來代稱對方的發言內容時，（比起 it）用 that 會比較自然（依據情況，有時用 it 會比較自然，不過一般還是會優先考慮使用 that）。這個**接續對方發言的 that** 也會出現在慣用表達之中，如表示同情對方時說的 **That's too bad.**（那真是太糟了），對於對方的提案表示 **That sounds exciting!**（聽起來很讓人興奮！）等句子，都是用 that 來回應對方的發言內容，請多加善用這個表達方式。

※ 僅供參考，當用 this 回應對方的發言時，多半會被認為是在說「與自己有關的事」

8-2-4　the other vs. another

　　「另一個（一人）」的說法可分成 the other 和 another。

　　假設眼前放了兩本書，第一本用 one 的話，核心重點**剩下的那一本就變成了特定的一本書，所以會用 the other**（加上表示具有共同認知的 the）。

「只有兩個」的情況

one　　the other

I have two sisters. One is a college student, and the other is still in high school.

我有兩個妹妹。一個是大學生，另一個還在讀高中。

結論是 the other 和 another 是「the 和 a /an 的差別」

有三者以上時，第一個都會用 one，但無法指定第二個是剩下來的兩個之中的哪一個（剩下的是複數個，所以對於指的是哪一個不具有「共同認知」），因此不能用 the，取而代之的是使用有著 a / an 意味的 another，核心重點 another 的真面目原來是「an + other」。

「三個以上」的情況

one　　another　another　　　　the other

結論就是，the other 和 another 的差別在於 **the 和 a / an** 的不同，換句話說，取決於**是否具有共同認知**。

※ 順道一提，不管全部有幾個，「最後一個」都是用 the other

I bought one smartphone last year, but it stopped working, so I had to buy another.

我去年買了一支智慧型手機，但它壞了，所以我得再買一支。

因為市面上有許多智慧型手機，所以「另外一支」會用 another 來表示。另外，another 有時也會翻譯成「別的（東西）」，所以這個句子翻成「得再買別的」也是 OK 的。

I don't like the color of this blouse. Can you show me another one?

我不喜歡這件上衣的顏色。你能拿別的給我看嗎？

※ one 是「表示前面出現過的東西」，所以這裡指的是 blouse

店裡應該還有好幾件 blouse，所以「別的」會用 another 表示。另外，another 有**代名詞**（單獨使用 another）和**形容詞**（使用「another ＋ 名詞」）用法，不管是哪個用都具有相同的「（不特定的）另一個」概念，也可以像上面例句這樣使用 another one（當然只有 another 也 OK）。

無法使用 another 時　應用

問題：下面的表達方式都是錯的，什麼地方不對勁呢？

1. the another world	2. another boys

大家以前可能會被逼著去背「another 不加冠詞、後面接單數形」的文法規則，不過若從源頭組成（another ＝ an ＋ other）來思考的話，×）the an other world（連續使用冠詞）和 ×）an other boys 都是不行的。修正後會變成：1. another world 2. another boy / other boys（這裡的 other 是形容詞，表示「其他的」）。

※ 這裡是透過分解「源頭組成」來判斷，但實際上不會真的使用分解後的型式（an other）

例外：「another ＋複數形」的表達型式　延伸

只有在 another 的後面接**數量表達**時，才可以用「another ＋複數形」的表達型式。例如 another 10 dollars（再 10 美金），這個表達方式之所以正確，是因為這裡的 10 dollars 是「10 美金為一個單位（視為單數來計算）」的緣故。

Your room is 99 dollars a night, but for another 10 dollars you can upgrade to a room with an ocean view.

您的房間是每晚 99 美金，但您可以額外支付 10 美金升級成海景房。

※ 飯店前台會說的話／for another 10 dollars 直譯是「用另一個 10 美金交換（for）」
→「再支付 10 美金」（也可以想成「再支付一張 10 美金鈔票」的感覺）

+α another few days（再過幾天）

如果把 another few days 分解成 an other few days 的話，就會發現隱藏在裡面的慣用表達 a few（幾個）。

使用 another 的片語 應用

one after another（一個接著一個）（＝one after the other）/
one 名詞 or another（不特定的某個 名詞 ）（＝some 名詞 or other）
one another（互相）　　　　　　　　　　　　　　　　　※注意名詞的位置

The children boarded the school bus one after another.
孩子們一個接著一個地上了校車。
※ board（登上（交通工具））／one after another 做為副詞

補充 one another 和 each other

兩者都是「**互相**」的意思（過去會強調它們間的差異，但現在則通常會將它們視為是相同的表達方式）。不僅僅是意思相同，也請特別注意它們都是**代名詞**的這點。換句話說就是作用和名詞一樣，所以 ×）talk one another ◎）talk with one another 表示「互相交談」的意思（talk 是不及物動詞，後面不直接接受詞）。

8-2-5 the other vs. others 等

表示「剩下」的 the other 和 others 間的差異

只要從「**能否共同認知？**」的觀點出發，思考 the other 和 others 間的差異就簡單了。

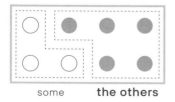

some　　**the others**

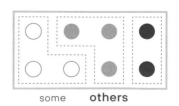

some　　**others**

　　上圖（左側）中，假設從 8 個裝的甜甜圈中吃掉 3 個（some），當被問到「剩下幾個？」時，不管是誰都**可以共同認知**到剩下的是「5 個」，因此這裡的「剩下」會用 the others 來表示。

> ※ 順道一提，「甜甜圈（寫成 doughnut 或 donut 都 OK）」是「可數名詞」（因為一個一個的可以數，並有著具體形狀）

　　接著來說說右邊的圖。假設教室裡有 8 個人，當問到「3 個人是 A 型，請問 B 型有幾個人？」的問題時，因為無法共同認知一個特定的數字（因為除了 A 型之外，還有 O 型、AB 型及血型不明的人），所以（不加 the）只會使用 others（會加上複數形的 -s）。

Some of my cousins live in Tokyo, and the others live in Hokkaido.

我有一些表兄弟姐妹住在東京，但其他人都住在北海道。

> ※ 透過 the others 可以知道「除了東京和北海道的以外，沒有其他的表兄弟姐妹」／不一定要用 some 和 the others 的組合，也可以使用 Some → Two 等的數字表達／「句首的 Some」翻成「有一些～」的話，語氣會比較自然

Some students walk to school, and others come by bicycle.

有些學生走路上學，有些則是騎腳踏車。

> ※ 因為是 others，所以暗示著有「除了走路和騎腳踏車之外，用其他方法上學的學生」存在。例如在這個句子後面，就可以接 A few even come by car.（有一些甚至是開車）這個句子

使用 other 的其他表達 ［延伸］

☑ 使用代名詞 other 的表達

① others（其他人）　※「暗示還有其他好幾個人」的感覺
② some others（（一些）其他的東西）　※ 複數版 another 的感覺

Hybrid cars like the Toyota Prius run on both gasoline and battery power, but some others such as the Nissan LEAF run on batteries only.

混合動力車有像 Toyota Prius 那種用汽油和電池在跑的，但也有一些像 Nissan LEAF 那樣只用電池的。

> ※ some others（表示「（複數的）一些其他的混合動力車」）／run on ~（以～運轉）（on 表示「基於；以～的方式」）

☑ 形容詞 other 的用法　※ 表達「其他的」意思

Apple's iPhone uses the iOS operating system. Other smartphones use Android.

Apple 的 iPhone 使用 iOS 作業系統。另外還有使用 Android 的智慧型手機。

※ 這裡的 other 是形容詞（修飾後面的 smartphones）／operating system 一般稱為 OS／沒有用 the other 是因為還有其他使用不同 operating system 的智慧型手機（如果把 other smartphones 翻譯成「其他智慧型手機」的話，聽起來可能會像「其他全部的智慧型手機的意思」，請特別注意）

8-2-6　it vs. one vs. that 表達「那個」的說法

it / one / that 的三種判別重點

可以用來指「前面出現過的事物」的單字有 it / one / that。一般很常會針對 it 和 one 之間的差異下去說明，不過在實際運用時，其實應該要從三種判別重點下去思考。

it vs. one vs. that

判別重點 ＼ 代名詞	it	one	that / those
① 特定 or 不特定	**特定**	**不特定**	特定
② 前置修飾 or 後置修飾	兩者都 NG	兩者都 OK	**只有後置 OK**
③ 可數名詞 or 不可數名詞	兩者都 OK	**只有可數 OK**	兩者都 OK

① 特定 or 不特定 —— 要用哪一個？

☑ it

用在**特定**的名詞上，表達出像「就是他！」的感覺。現在各位在看的這本書，雖然在書店裡有好幾本，但「各位手上正在看的書」在這個世界上只有一本對吧？也就是說 核心重點「**直接明確指出前面出現過的名詞**」時使用 it。

☑ one

　　one 是指**不特定**的東西，表達出像 核心重點「同樣種類的一個」的感覺。當我們在說「我也有一個」時，說的是擁有「種類相同、但不是特定的一個」，所以會說 I have one, too.。

☑ that

　　that 是「這個、那個」的意思，用來指稱**特定**的某樣東西。

> A: This is my new smartphone. What do you think of it?
> B: It looks nice. Actually, I just bought one, too.
> A：這是我新的智慧型手機。你覺得怎麼樣？
> B：看起來不錯。其實，我也剛買了一支。

　　這段對話中出現的兩個 it 明顯是指「A 買的那支智慧型手機（感覺上面甚至還沾著 A 的指紋）」。在對話最後出現的 one 則單純是指 a smartphone，表示「自己也買了一支智慧型手機」而已。

> ※ 如果買的是相同機種的話，一般會說 I just bought the same one! 但不可以說 ×）I just bought it, too.（只有在東西是全世界獨一無二時才會用 it）

　+α　**one 會根據對方句子的內容變化具體所指內容物**

　　下面的 (i) 和 (ii) 之中的 one，所指的範圍和具體內容物不同（可以透過上下文來判斷 one 是否有涵蓋 new 的意思在裡面）。

　(i) A: I got a new smartphone.　B: I got one, too.　※one = a {new} smartphone
　　　A：我買了一支新的智慧型手機。　B：我也買了一支。
　(ii) A: I got a new iPhone.　B: I got one, too.　※one = a {new} iPhone
　　　A：我買了一支新的 iPhone。　B：我也買了一支。

② 前置修飾 or 後置修飾──哪一個可以用？　※用語的說明請參照 p.357

☑ it

　　不管是從前面還是從後面都無法修飾。核心重點**人稱代名詞（it 是人稱代名詞）必須涵蓋這個單字的所有必要資訊**。在以此為前提之下，例如 she 這個人稱代名詞，裡面涵蓋著「我說的這個她，長得高、人又溫柔……」的意思（也就是單單一個 she 裡，就包含了 tall、kind 等

資訊），只有在說話者彼此都明白這些隱藏資訊時，才會使用代名詞，因此不需要前置或後置修飾。

※ 話說回來，應該沒有看過 ×）tall she、×）good it 等這樣修飾人稱代名詞的用法吧

 one

較常使用前置修飾（如 this one / a small one 等等）。不過也可以使用後置修飾，像是 the one in the box（放在箱子裡的那個）（使用後置修飾時比較常加 the）

A: Which is your suitcase?

B: The one with all the stickers on it.

A：哪一個是你的行李箱？　B：上面都是貼紙的那一個。

※ 透過加上 all 的方式來表達出「滿是貼紙」的樣子

 that / those

that / those 的前面不會加修飾語（that / those 的語源跟 the 相同，和 the 的前面不會加形容詞是一樣的道理）。但是可以使用後置修飾（經常使用 that of ~（～的那個（和前面提過的是一樣的東西））的表達型式）。

The popularity of silver jewelry has increased dramatically in recent years, while that of pearls has declined.

近年來銀製珠寶的受歡迎程度急劇增加，然而珍珠款的卻有所下降。

※ that of pearls = the popularity of pearls，所以 of pearls 是從後面修飾 that

另外，those（that 的複數形）有「**人們（people）**」的意思。指的是「那些的」→「（那些沒有具體形象的）人們」的意思。這個 those 經常被從後面做修飾，例如「those who ~（那些～的人們）」（who 是關係代名詞）和「those ＋形容詞（形容詞的人們）」的表達型式。

※ 「those ＋形容詞」用法請參照 p.358

Heaven helps those who help themselves.

天助自助者。　※諺語／與「天道酬勤」的意思相似

③ 可數名詞 or 不可數名詞 —— 要用哪一個？

☑ it ☑ that

可數或不可數名詞都可以用 it 和 that。it 和 that 的這部分只是給你們參考一下，重要的是接下來的 one。

☑ one

one 只能用來指可數名詞（不可數名詞不能用 one）。

※ one 原本就是「1」，所以可以數「1、2、3...」的才能用 one 代稱

A pen? I'm sure I have one with me.

筆嗎？我確定我有帶一支。　　※這裡的 one 是指 a pen

The bread she makes is much better than that which you can buy at the store.

她做的麵包比你能在店裡買到的那種要好吃多了。

※ bread 是不可數名詞（因為可以分割），因此無法用 one 代稱，而要用 that（that 可以用 which 子句來後置修飾）／much 用來強調比較級　p.774／這裡的 you 是「統稱的 you」

one / ones 的細節用法　延伸

☑ one 加上形容詞時（冠詞 形容詞 one）

one 加上形容詞時，同時必須要加上**冠詞或複數的 -s**（例如 a big one 的表達方式）。請把這個規則想成「加上形容詞」→「升級成一般名詞」→「需要 a / an 之類的冠詞或複數的 -s」。當然如果加的是 this，那就不需要加 a。this one 是正確的說法，但不會出現像 ×）a this one 這種把 a / an 和 this 擺在一起的說法。　　※限定詞 p.321

※ 在車站回答外國人詢問搭車相關問題時，可能會聽到對方指著列車說「This one?」，在對話中會像這樣突然就用到了 one

☑ 「所有格＋one」NG／「所有格 形容詞 one」OK

在英文的概念下，遇到這個情況應該用的是所有代名詞（mine / Tom's 等等），例如 my one 之類的，只要用 mine 就可以了。不過若與

形容詞一起使用，便可以用像 Tom's old one 一樣的說法來表達（和前面的「冠詞 形容詞 one」用法相似，只是把冠詞變成所有格而已）。

☑ **複數形 ones 該注意的地方（形容詞＋ones）**

　　ones 必須要有形容詞（例如 blue ones），沒有形容詞的用法（單獨一個 ones）是錯誤的表達方式，應該要改用 that / some 等來表達，而不能只有一個 ones。

　※ 順道一提，如果是有關係詞修飾的狀況，例如 the ones that ~ 之類的表達方式，那就可以這樣用，因為這樣就構成了包含關係詞的「形容詞子句」

CHAPTER 8-3

其他代名詞

8-3-1 ‖ **2 vs. 3 者以上**

只有兩個的話，不能用 all

　　在英文的世界中，有名的是 **1 vs. 2 以上**的觀念（也就是單數和複數的區別），不過其實也存在著 **2 vs. 3 者以上**的觀念，這點出乎意料地很少人知道。

2 vs. 3 者以上

	2	3 者以上
表達「全部」	both （兩者）	all （全部）
表達選擇 ※ 請注意在肯定句中的意思	either （兩者任一、兩者都～）	any （哪一個、任何一個都）
表達否定	neither （兩者都不～）	none （沒有任何～）

Two taxis drove by but both already had passengers.

兩輛計程車開了過去，但（兩輛）都已經有載客了。

Mr. Takayama, I see you've reserved a mid-size sedan. The keys are in all the cars, so feel free to choose any in our lot, and just give this paperwork to the attendant on your way out.

Takayama 先生，我看到您已經訂了一輛中型轎車。所有鑰匙都在車裡，所以您可以自由選擇我們停車場裡的任何一輛車，只要在離開（停車場）時將這份文件交給服務人員就可以了。

※ 這是在國外租車時店員會說的話／從 all 和 any 可以知道有 3 台以上的車子／sedan（轎車）／feel free to ~（自由地做~；盡情去做~）／lot（有特定功能的空地）／paperwork（文件；文書作業）／attendant（服務人員）／on one's way out（在離開~的途中）

either 的進一步說明（有三種意思） 應用

either 的三種意思（① 是副詞 ② 是形容詞或代名詞 ③ 是形容詞）

① 兩者其一　※有名的句型是 either A or B（是 A 或 B）
② 兩者之中的任何一個都~　※做為肯定句的主詞使用
③ 兩者都~

※ 會用在「具備相對概念的詞語（side / end / hand 等等）」上，例如 either side（兩邊都~）

You can contact me by telephone or e-mail. Either way is fine with me.

您可以通過電話或電子郵件與我聯繫。我都可以。

※ 這是 ② 的用法／直譯是「這兩者之中的任何一個方法（either way）對我而言（with me）都可以（is fine）」

none（沒有任何~）的進一步說明 應用

對於三者以上的東西表示「沒有任何~」時會用 none。none 是 **no 的代名詞版本**（no 沒有代名詞的用法）。單獨使用（表示前面出現過的名

詞）時，有「那些裡面沒有任何～（no ＋前面出現過的名詞）」的意思，none of ～（～之中沒有任何～）的句型也經常會用到。

　　※ 考題的選項 none of the above 使用在「上述的（其他的選項的）沒有一個」

We tested three pairs of wireless headphones, but none of them sounded very good.

我們測試了三款無線耳機，但它們之中沒有任何一款聽起來是非常好聽的。

+α 使用 none 的片語

none other than ～（正是～）　　※直譯是「除了～以外沒有其他」
second to none（一流的，最好的）　　※直譯是「不管對上誰都不會居次」

資料 none 的細節
□ none 沒有形容詞的用法，因此 ×）「none ＋名詞」NG
□ 可數或不可數名詞都可以用 none（不管單複數都可以）
□ 「none of ～」是 OK 的，但 ×）「no of ～」NG　　p.343

8-3-2　most vs. almost 等

重點（1）　從「詞性」觀點來思考

　　most 和 almost 的用法必須利用三個重要的觀點來進行邏輯探討。首先我會從詞性開始講起，不過我會將 one 這一類和 almost 分開說明。

① one / some / many / most / all 等是「形容詞和代名詞」的用法

　　(a) 形容詞的用法：因為形容詞修飾名詞，所以**形容詞可以和名詞及代名詞完美搭配**。many boys（很多男孩）的 many 是形容詞。

　　(b) 代名詞的用法：經常使用「代名詞＋of ～」的表達型式。many of the boys（那些男孩中的很多人）中的 many（很多的<u>男孩</u>）是代名詞（取代<u>名詞 boys</u>）。從 many 變化來的 most 也是如此（具有形容詞和代名詞的用法）。

※ 嚴格來說，most 也有副詞的用法（much 的副詞用法（～得多）會用在最高級裡），
不過目前可以先忽略

many / much 的詞性整理

	形容詞	代名詞	副詞
many	◎ many boys	◎ many of the boys	○（在 p.775 解說） many more boys
much	◎ much money	◎ much of the money	◎（在 p.775 解說） much more money

② almost 是「副詞」

(a) 副詞 almost 不修飾名詞　　×）almost ＋名詞
(b) almost 沒有代名詞的用法　×）almost of ～

<u>＋α</u> **almost / every / no 沒有代名詞的用法**

除了 almost 以外，every（形容詞）和 no（形容詞或副詞）也沒有代
名詞的用法。

　　×）every of the boys　　×）no of the boys

<u>＋α</u> **如果是 all 或 everything 等字，則可以用 almost 修飾**
almost 可以用來修飾部分的代名詞。

　　□ 可以修飾「原本是形容詞」的代名詞：almost all boys 的 all 原
　　　本是形容詞，所以可以用 almost 修飾。almost all of the boys 的
　　　all 是代名詞，所以也 OK。因為 all 原本就是形容詞，所以跟
　　　almost 可以說是非常搭。

※ 在只看到 almost all ～ 的時候，想要判斷 all 是形容詞還是代名詞是不可能的，不過如
果說「只要察覺到 almost 和 all 之間的關聯性，就能立刻判斷出 all 的詞性」，在某種
程度上來說也是個合理的判斷規則

　　□ 可以修飾「擁有部分形容詞」的單字：everything / everyone
　　　（every 的部分是形容詞）是可以修飾的。

※ 經常看到「almost everything 裡的 almost 只修飾 every 的部分」的這種說明，但這
個說法碰到 almost all of the ～ 的話就行不通了，但若用「可以修飾擁有部分形容詞的
單字」來思考的話就說得通了

Almost everyone was surprised when Brenda and Ed announced that they were getting married.

當 Brenda 和 Ed 宣布他們要結婚的時候,幾乎所有人都覺得很驚訝。

重點 (2) 考慮 of 的有無

當 A of B 是「B 之中的 A」的意思時,就會形成「部分 of 全體」的關係。例如 one of the boys / some of the boys / many of the boys / most of the boys 這些說法裡,of 前面的單字表示**部分**,後面的單字則是**全體**。 ※ 這個 of 可稱為「部分的 of」

另外,只有在如 both of the boys / all of the boys 等的表達之中,才會形成「部分=全體」。這裡的 A of B 就是 A = B,of 的**作用是等號**。這種 核心重點 **等號的 of 可以省略**。請看看下面這些可以省略 of 的表達方式(它們全部都是正確的)。

◎) all of the boys / all the boys

◎) both of my parents / both my parents

※ 這部分可以用「等號的 of 可以省略」的說法來解釋,但也有「all 和 both 可以跳過 the / my 來修飾名詞」這種說法 p.359

By the time I booked my flight, all the cheap seats were already sold out.

到我要訂機票的時候,所有便宜的位子都已經賣完了。

※ 這裡就算像 all {of} the cheap seats 一樣有 of 也 OK

補充 **無法省略 of 的類型**

① 無法成為等號的 of ×) most the boys ×) some the boys

② of 後面接代名詞的情況 ×) all them ◎) all of them

+α 「**雖然不是完整的等號,但還是可以省略**」的類型

原則上「無法成為等號的 of 是不可省略」的,但若以「等號(可以想成是 1 倍)」為基準,在「**2 倍**」或「**2 分之 1 倍**」時則可以省略。例如 half of the price / half the price(半價),這兩種表達方式都 OK。另外,一般說到 twice / double 時只會用省略後的型式(例如 twice the size / double the size(2 倍大小))。

Over half the employees at this company currently work remotely.

這家公司超過一半的員工目前都是遠端工作。

※ 這裡寫成 half {of} employees 這樣有 of 的型式也 OK

重點 (3)　對於「特定名詞」的思考方式

在 A of B（B 之中的 A）裡，核心重點「部分的 of」的後面會接特定名詞。

※ 就算搞錯也請不要記成「of 的後面會接 the」這樣，單純只是「只有『部分的 of』會接特定名詞」而已

特定名詞的三個類型

① the	one of the boys	
② 所有格	one of my friends	※ 用「我的」來表示出特定
③ 代名詞	one of them	※ 可以用「代名詞」指出是哪一個，表示特定

Most of the audience clapped when the magician made her assistant disappear.

當魔術師讓她的助手消失時，大多數的觀眾都鼓掌了。

※ most of 的後面需要接特定名詞（the audience）

+α 「部分的 of」後面接「特定名詞」的理由

這裡說明一下「部分的 of 後面會接特定名詞」這個規則的理由。在「部分 of 全體」的表達型式裡，對於**部分**進行描述時必須要將**全體特定化**才行。不然就像突然說「大多數」，也無法得知是「在什麼之中的大多數」，因此必須要把全體特定化。

就來看一下我們在 INTRODUCTION 裡提出的問題吧。一開始覺得困難的題目，現在應該可以輕鬆解決了，就當作複習再做一次試試吧。

問題：以下正確的請打 ○，不正確的請打 X。請逐一確認。

1. most boys
2. almost boys
3. most of the boys
4. almost of the boys
5. most the boys
6. all the boys
7. most of boys
8. all of boys

解答如下。

1. most boys   →   ○（most 是形容詞）
2. almost boys   →   X（almost 不是形容詞）
3. most of the boys   →   ○（most 是代名詞）
4. almost of the boys →   X（almost 不是代名詞）
5. most the boys   →   X（不可省略 of）
6. all the boys   →   ○（可以省略「等號的 of」）
7. most of boys   →   X（「部分的 of」之後接特定名詞）
8. all of boys   →   X（「部分的 of」之後接特定名詞）

8-3-3　有「部分的 of」時的「主詞與動詞一致」

看清楚長主詞和動詞

如果「部分的 of」出現在主詞裡，讓主詞變長的話，就必須正確**看清楚主詞和動詞為何**。

☑ 原則上會配合 A

當「A of B」做為主詞時，動詞會配合 A（of B 只是用來修飾 A）。例如「one of the ＋複數形」，因為主詞是 one 所以動詞必須使用單數動詞。

> One of the streetlights in my neighborhood is out.
> 我家附近的其中一盞路燈壞了。
> ※動詞是 is

☑ 不知道 A 是單數還是複數的情況

　　如果是 most of ~ / all of ~ 等的情況，因為 most 和 all 本身可以是單數也可以是複數，所以決定權就在於 B（全體）了，**B 如果是複數形（是可數名詞），就視為複數，另一方面，B 如果不是複數形（是不可數名詞）就視為單數。**

Most of the shoes in the store are on sale this week.
店裡大部分的鞋子這週都特價。
※ 店員會說的話／主詞是 Most of the shoes，動詞是 are

Most of the pie was eaten by my brother's friends.
大部分的派都被我弟弟的朋友們吃掉了。
※ 主詞是 Most of the pie，動詞是 was

　　most 等變成具體的數字也是相同的思考方式。

Three-quarters of the day was spent cleaning the house.
一天裡四分之三的時間都花在打掃房子上了。
※ 因為 the day 是單數，所以動詞是 was／這裡的「spend 時間 -ing」用的是被動語態，表達「花費 時間 做～」

整理一下重點吧！

形容詞

INTRODUCTION

用「英文文法」就能搞懂 forgettable 和 forgetful 的差異！

與一看就是「英文文法！」的不定詞和關係詞不同，「形容詞」給人一種低調的感覺，往往只是把用法和意義列出來就結束了。在遇到下面這些形容詞時，也只會說：「它們雖然長得很像，可是意思並不相同，好好背起來吧」。

問題：以下四個單字的意思各是什麼？

1. forgettable　　2. forgetful　　3. respectable　　4. respectful

就算是對背單字很有信心的人，如果遇到像這樣沒有上下文、只單純把單字列出來的情況，要正確分辨字義也很難吧。這四個單字最具代表性的字義翻譯是：1. forgettable（易被忘記的）、2. forgetful（健忘的）、3. respectable（值得尊敬的）、4. respectful（恭敬的）。

事實上，只要**留意字尾**（-able / -ible）的部分，就可以大幅減少背誦這些易混淆形容詞的時間。「-able / -ible」最廣為人知的意思是「可以（會、能夠）」，但很少人知道其實「-able / -ible」還有「**被動（被）**」的意思。

如果留意到這裡的被動（被～）語意，就會發現 forgettable 是「可以被忘記的」→「易被忘記的」，另一方面，因為 forgetful 不帶有被動（被～）語意（也就是主動），因此可以用「忘記了」→「健忘的」來思考（詳細說明請看本章後面的解說），用這個方法背單字也會對理解英文文法有幫助。

「Q 彈飽滿」的蝦子……

電視上的美食家在說蝦子很新鮮時，經常會說「吃起來非常 Q 彈飽滿！」。這是因為「蝦子」和「Q 彈飽滿」的形容詞很搭的關係（在說蔬菜水果很新鮮時，不會用「非常 Q 彈飽滿」來形容吧）。

英文裡也有像這樣會固定互相搭配的特定詞語，且其中特別重視的就是形容詞**和名詞的搭配**。例如 salary（薪水）這個單字，要表達「薪水多」的時候（不是 big 或 many）會使用 high 這個字。

　遇到這種情形就會有人說：「salary 就是要用 high，背起來吧」，但其實只要掌握 salary 的語源，就不用像這樣死背了。其實 salary 和 salt（鹽巴）的語源相同（開頭都拼作 sal-），而且在很久以前鹽是很珍貴的，所以 salary 就是「用來買鹽的錢」，這樣只要想成「用 salary 買的很多鹽」或「高高」堆積起來的「用來當作 salary 的鹽」（也有這樣的說法），透過營造出來這種感覺，就能留下深刻的印象了。

high

　題外話，salad（沙拉）的語源也跟 salt 相同。

　雖然形容詞的意思及用法充斥著枯燥乏味的說明，不過若能知道這些背景知識的話，就可以減少背誦帶來的負擔，並且對單字留下鮮明印象。

征服「形容詞」的心法

□ 不要忘記形容詞基本上是「說明名詞的東西」
□ 形容詞的「用法」和「意思」須分開理解
□ 需要背誦的地方就背，可以用邏輯理解的地方就要動腦

If you would be loved, love and be lovable.

Benjamin Franklin

若你想被愛，就要去愛並成為一個受人喜愛的人。

Benjamin Franklin

※ 只要留意 lovable 的字尾 -able，就能正確理解字義

CHAPTER 9-1

形容詞的「用法」

9-1-1 　形容詞的 2 種用法

　　形容詞有兩種用法。大部分的形容詞兩種使用方法都可以，不過也有一些只有單一種用法，另外還有會根據用法而改變字義的情況。讓我們先了解一下這些文法用語的意思吧。

---

(1) 限定用法（修飾名詞）　　the <u>hot</u> coffee　　熱的咖啡
(2) 敘述用法（做為補語）　　The coffee is <u>hot</u>.　　那杯咖啡是<u>熱</u>的。

「限定用法」是什麼？

　　在一個名詞的前面放越多形容詞，這個名詞就越會**被限定住**。例如在描述理想的男友（boyfriend）人選時，如果在前面放了形容詞 kind（kind boyfriend），那就已經限定了某一部分的人了，如果再加上「帥氣、高大、有錢、聰明、風趣……」等這類的形容詞，那人選就會變得相當侷限，所以這種放在**名詞前面的用法 → 稱為限定用法**。

> I have a new good-looking, tall, rich, smart, funny, kind boyfriend.
> 我的新男友帥氣、高大、有錢、聰明、風趣又善良。
> ※ smart（聰明的）／直譯是「我有一個~的新男友」

　　這個句子用了很多形容詞（new / good-looking / tall / rich / smart / funny / kind）來修飾 boyfriend，所以這個 boyfriend 所指的對象就變得非當限定。

「敘述用法」是什麼？

　　「敘述」是「說明陳述」的意思。He is kind. 即是在**說明陳述**這個代名詞 he 的個性，所以這裡的 kind 是敘述用法。就算在這個句子裡追加除了 kind 以外的形容詞，也不會限定住 he 的本身（變長的只是說明而已），因此和限定用法不同。

> My ex-girlfriend's new boyfriend is good-looking, tall, rich, smart, funny and kind.
> 我前女友的新男友帥氣、高大、有錢、聰明、風趣又善良。
> ※ 表現出壓倒性的挫敗感

FAQ 為何 new 和 good-looking 之間沒有逗號呢？

　　這章最開頭的英文句子（I have a new good-looking, tall, rich, smart, funny, kind boyfriend.）之中，new 和 good-looking 之間沒有逗號，這是有個小原因的。雖然這部分不太會考、也不用太在意，不過因為我經常被問到這種逗號問題，所以還是在這裡回答一下。

　　一般來說，英文中「同層次的形容詞較常使用**逗號或 and**」，所以會有 ◎）a big, tall man、△）a big tall man 的傾向。但這裡在句子中出現的 new 表示「（與以往不同的）新男朋友」，所以男朋友的外觀和性格（good-looking 等形容詞）是處於不同的層次。因此 new 的後面自然不會有逗號。

　　※ 因為相同層次（同一面向）的形容詞排排站的時候，看起來可能會很像，這時如果在句子裡又靠得太近，就會變得很難看懂，所以才用逗號或 and 來區隔

資料 **and 的有無** ※這裡繼續用前面出現過的例句

☐ 如果是限定用法，形容詞可以並列（有無 and 都可以）

I have a new good-looking, tall, rich, smart, funny, {and} kind boyfriend.

☐ 如果是敘述用法，必須要用 and

（使用 A, B and C 的句型，因此必須使用逗號）

My ~ new boyfriend is good-looking, tall, rich, smart, funny <u>and</u> kind.

用法受限的形容詞

　　幾乎所有形容詞都可以使用**限定和敘述這兩種用法**，但也有一小部分形容詞是**只能使用單一用法**，另外也有**會因用法不同而改變意思的形容詞**。

(1)「只有限定用法」的形容詞　※只有放在名詞前的用法

> ① **限定或強調**：only、sole（唯一的）/ mere（僅僅的）/ lone（單獨的）/
> very（以 the very 的型式使用）（非常的）/ main、
> principal、chief（主要的）
> ② **比較關係**：elder（較年長的）/ former（之前的）/ latter（後者的）/
> upper（上面的）
> ③ **內外**：indoor（室內的）/ outdoor（室外的）/ inner（內部的）/ outer（外
> 部的）/ urban（都會的）/ rural（鄉下的）
> ④ **現狀或時間**：live（活著的）※發音為 [laɪv]，如果字義是「現場轉播的」，則
> 是兩個用法都通用的形容詞（限定、敘述用法都 OK）/ daily（每
> 天的）/ weekly（每週的）/ monthly（每月的）/ yearly（每
> 年的）

這是唯一一列去大阪的列車。

◎）This is the only train for Osaka. 　×）This train for Osaka is the only.

(2)「只有敘述用法」的形容詞　※不能放在名詞前面

> ① **以 a- 開頭的單字**：alike（相似的）/ alive（活著的）/ alone（獨自的）/
> asleep（睡著的）/ awake（清醒的）/ afraid（害怕
> 的）/ aware（察覺的）/ ashamed（羞愧的）
> ② **情緒或身體狀況**：content（滿足的）/ glad（喜悅的）※「glad＋物品（令
> 人開心或愉快的 物品 ）」這個用法很少用到（不可使用
> 「glad＋人」）/ well（健康的）

這條魚是活著的。

◎）This fish is alive.

×）This is an alive fish. 　※順道一提，living（活著的）「敘述或限定用法都可以」

大家都說我姐和我長得非常像。

◎）People say my older sister and I are very much alike.

※不能將 alike 放在名詞的前面 ×）My alike sister is older than me.

　　只有敘述用法的形容詞，特徵是多以 a- 開頭，這個 a- 是來自於本為介系詞的 in / on，如 on sleep → asleep 這種變化方式。

因此如果從源頭來看，不能使用 ×）an asleep baby 的理由，其實是因為 ×）an on sleep baby 這樣的表達型式是不可能會出現的（介系詞不會這樣插入使用）。

(3) 限定用法和敘述用法下「字義不同」的形容詞

	限定用法	敘述用法
certain	某個	確實的
present	現在的	有出席的
late	已故的；晚的*	遲的
able	有能力的	能夠～ （be able to ~）

＊不只敘述用法，late 在限定用法下也有可能是「晚的」的意思
例如 a late marriage（晚婚）、late 20s（20 歲後半、快 30 歲）

The present president is the former vice president.
現任總統是前副總統。　　※vice（副的）

All members of the club were present at the meeting.
這間俱樂部的全體成員都出席了那場會議。

A certain TV star lives in our apartment building, and I sometimes see him on the elevator.
某個電視明星住在我們的公寓大樓裡，我偶爾會在電梯裡看到他。

I am certain that I told you that the date of the meeting had been changed.
我確定我跟你說過會議日期已經改了。

追加英文

請選出正確的英文句子並翻譯。

① The outdoor pool is open from June to August.

② This pool is outdoor and open from June to August.

解答範例

① outdoor 只有限定用法／直譯是「室外泳池在六到八月開放。」

※ 順道一提，outdoor<u>s</u> 是副詞（如 The pool is outdoors.（泳池在戶外）是第一句型的 SVM） p.391

9-1-2　　　　**限定形容詞**
（不以人為主詞的形容詞）

部分形容詞「不以人為主詞」

（雖然兩種用法都可以，但）有些形容詞的重點並不在於限定還是敘述的這兩種用法，而單純是要特別注意它們**不以人為主詞**的這個重點。

不以人為主詞的形容詞

convenient（便利的）/ inconvenient（不便利的）/ possible（可能的）

※ impossible 是「難易形容詞」的一員　p.505

> Is next Saturday convenient for you?
> 你下週六可以嗎？

就像上面這個句子一樣，主詞（next Saturday）是一個具體的日期或時間點，這個說法在會話上非常實用。另外，convenient 的後面會加上「for ＋人」也是非常重要的一點，規則就是**不以人為主詞 → 採用介系詞 for**，大家應該都很熟悉「It is easy for 人 to ～」的表達句型吧。（p.507）

 順道一提，如果你因為想要稱讚別人，而對那個人說 ×）You are convenient. 的話，對方反而會以為你把他當成「方便的工具」，而對你留下負面的印象

補充 特殊的 difficult / pleasant

在遇到 difficult（困難的）和 pleasant（愉快的）這類的形容詞時，常會看到「不以人為主詞」或「雖然不以人為主詞，但有時還是會以人為主詞」等等意思含糊不清的說明，但因為這部分會跟不定詞搭配使

用，所以後面再在不定詞那章完整說明（p.504）。

+α 「以人為主詞」的形容詞 ※這種用法很少拿來考，看過有印象就可以了

> happy（快樂的）/ sorry（覺得可惜的）/ able（能夠的）/ unable（不能夠的）/
> sure（確信的）/ glad（開心的）/ afraid（害怕的）/ proud（自豪的）

9-1-3　形容詞的位置
（放在前面還是後面？）

原則上「前面」，偶爾是「後面」。

形容詞在原則上會**放在名詞的前面**（a kind boy 等等），但有時也會放在後面。例如 the boy so tall that his feet stick out past the end of the bed（高到腳都伸出了床尾的那個男孩）這段裡，名詞（the boy）的後面出現了形容詞（so tall ~），這裡利用形容詞 tall（高的）構成了一長串的形容詞組（so ~ that 句型），所以被放到後面。

※ so ~ that 構成的詞組根本不可能放在 boy 的前面／stick out（伸出）

放在後面（從後面修飾）的叫做**後置修飾**。順道一提，如果是從前面修飾的話，叫做**前置修飾**（但因為這實在太理所當然了，所以反而不太會用到這個詞）。

※ 在英文世界裡後置修飾並不少見（與後置修飾的類型有關的內容，請見 p.568）

想要區分放在前面和放在後面時的差異及用法相當困難，所以我們晚一點再說明，不過其實只要想著「有時也會從後面修飾啦」就不太會有什麼問題了。

※ 英文能力好的人應該 99% 都是這樣想的

「-thing ＋形容詞」的表達型式

英文裡會看到 something hot to drink（可以喝的、溫熱的東西）這種表達型式，在 something hot 裡是用形容詞 hot 從後面修飾前面的 something。**some / any / no 等都是前面不會出現形容詞**的詞語，所以只好將形容詞往後放來發揮修飾功能。

※ 以 -body 和 -one 等結尾的代名詞也是如此（例如 nobody / anyone 等等）

×) hot something ※some（這類的限定詞）之前不能出現形容詞

◎) something hot ※something hot to drink 會在不定詞的部分解說　p.492

When Aladdin rubbed the old lamp, something extraordinary happened.

當 Aladdin 摩擦那盞舊油燈時，神奇的事情發生了。

※ rub（摩擦）／extraordinary（非凡的；令人驚奇的；神奇的）

「those ＋形容詞（～的人們）」的表達型式

those 的意思是「那些人（people）」，經常使用後置修飾。（p.338）

「those ＋形容詞（那些 形容詞 的人）」例子　※ 形容詞 的部分多為過去分詞

those present（那些出席者）/ those involved（那些參與者）/
those concerned（那些關切的人）/ those interested（那些有興趣的人）/
those accused（那些被控告的人）/ those polled（那些接受民意調查的人）

At the book reading, author Hide Murayama signed copies of his books
for those present.

作家 Hide Murayama 在朗讀會上為那些出席的人在自己的著作上簽名。

※ copy（（書籍等的）本；冊）

補充　有關 those present（那些出席者）

雖然「those ＋形容詞」的說明只有「形容詞會從後面修飾」，但就這點而言，還是有必要想得再嚴謹一點。原因在於，倘若只是想著這裡是 present 從後面修飾 those，那麼這裡的 present 也可以用限定用法來解讀，表示「現在的」意思。但是 **those present 的真面目是 those {who are} present**（省略「關係代名詞＋be 動詞」）。敘述用法 be present 是「有出席的」意思，因此嚴格說來，應該是「關係子句（who～）從後面修飾 those」才對。

※ 順道一提，在說「那些禮物」的時候，用的會是 those presents（複數形名詞）

+α 「those ＋形容詞」的衍生表達

☐ 有時候會出現 all those ~ 的表達方式（all those present 是「所有出席的那些人」的意思）

The party was a big success, according to all those involved.
根據所有參與的那些人的說法，那場派對相當成功。

☐ 過去分詞的後面有時會接介系詞

　　例如 those involved in the project（那些參與這項專案的人）、those concerned about their grades（那些關心自己成績的人（學校老師廣播時可能會說這句話））的這類句子。

☐ those who ~（那些~的人）的表達型式也經常出現　p.338

出現在冠詞前面「引人注目的形容詞或副詞」　應用

　　一般來說，冠詞（a / an / the）會出現在**名詞詞組的前面**（如 the expensive watches 裡是「**the → 形容詞 → 名詞**」的順序），不過也會有**出現在冠詞前面**的例外情形。

引人注目的形容詞或副詞　※放在前面的這個特徵被視為「引人注目」

> **全部**：all（所有的）/ both（雙方的）
> **一半／2 倍**：half（一半的）/ twice、double（兩倍的）
> **強調**：such（那樣的；非常的）/ quite（相當的）/ what（如此的）
>
> ※使用在感嘆句 p.663
> ※ 表示「全部」和「一半／2 倍」也可以用「等號的 of 可省略」來說明　p.344

The new library will have twice the number of books as the current library.
新圖書館的藏書量將會是現存圖書館的兩倍。

The marathon runner made quite a rapid recovery after her injury.
這位馬拉松跑者在受傷後以相當快的速度康復了。　※make recovery（恢復）

「放前面」還是「放後面」？ 延伸

　　以前我們在學**分詞**的時候，有的時候會聽到「一個分詞的話擺前面做修飾，如果修飾語有兩個以上，那就擺後面」這種說法。大多數的英文句子確實都是如此，但其實只有**一個分詞、卻擺在後面做修飾也是很常見的**。這裡的分詞是形容詞的作用（修飾名詞），因此這個規則也適用於形容詞，有時形容詞會因為放在前面還是後面，而有不同的意思，所以這裡稍微解釋一下。

根據形容詞擺放位置而字義不同　※分詞也適用相同概念　p.567

> ① **形容詞放前面**：永久的，有時是指一般的或普通的
> 　　　　　　　　　　（也可單純指「一時的」）
> ② **形容詞放後面**：一時的、具體的

　　在 a responsible man 裡的形容詞放在前面，所以是指「永久有責任」→「有責任感的人」之類的性格或內在方面的主題。另一方面，the man responsible 的形容詞放在後面，因此是指「（在當時）應該負責任的人」的意思。

> Mr. Yamaguchi is a responsible man. He always does what he says he will.
>
> Yamaguchi 先生是一個有責任感的人。他總是説到做到。

> A: Someone has kidnapped my son!
> B: Don't worry, sir. We will find the people responsible.
>
> A：我兒子被綁架了！
> B：別擔心，先生。我們會找到是誰做的。
>
> ※ kidnap（綁架）／B 是警察／the people responsible 的直譯是「應該（對這件事）負責的人」或「造成這件事的人」

追加英文

請翻譯以下句子。

(1) It is possible to go from Tokyo to Osaka in about two and a half hours.

(2) It is possible that it will rain tomorrow.

(3) Sales of the Samurai SX smartphone are double those of the SZ.

解答範例

(1) 在兩個半小時左右的時間裡從東京到大阪是有可能的。

　　※ possible 不以人為主詞／It is possible to ~（做~可以／有可能）（有兩種解讀方式／表示「可以」的情況較多）、It is possible that ~（~可以／有可能）

(2) 明天有可能會下雨。

　　※ 直譯是「明天下雨是有可能會發生的」

(3) 智慧型手機 Samurai SX 的銷量是 SZ 那款的兩倍。

　　※ 在參考書上比較少看到 double those of ~（~的兩倍）的說法，不過這是非常有用的表達方式哦／those ＝ sales

9-1-4　形容詞的順序

關於形容詞順序的規則　延伸

參考　文法書上對於「形容詞順序」的說明

冠詞	大小	性質或狀態	新舊或老少	顏色	材料	名詞
a	big	expensive	new	red	leather	hat

★

Dave stuffed his basketball uniform into his big worn-out yellow nylon gym bag.

Dave 把他的籃球球衣塞進他又大又破舊的黃色尼龍運動包裡。

※ stuff A into B（把 A 塞進 B 裡）／worn-out（破舊的）

　　老實說，即使你把這個順序記下來，實際用到的機會也是少之又少，所以直接忽略掉它也沒關係。不過我在這裡想要使用稍微不一樣的方式來說明這個順序。

利用購物遊戲來克服「形容詞順序」的關卡吧！ 延伸

關於形容詞的順序，我們可以利用**英文的語序和我們的概念是「完全相反」的概念**來理解看看。當英文的語序是「**左 → 右**」，那麼我們的概念就會是「**左 ← 右**」（箭頭方向相反）。讓我們一邊玩遊戲一邊具體說明吧。

問題：請按照正確的英文語序排列以下單字。

small　apples　green　two

假設現在拿著這四張卡片出門買菜。到了店門口時，應該先注意 small apples green two 裡的哪一張卡片呢？應該是 apples 對吧？你不會拿著 green 到蔬菜區說「這裡有 green，可是沒有蘋果……」的，所以應該一開始就要先把 apples 放在心裡，接著才在超市裡開始找。也就是說，**人最先認知到的東西＝在英文中會擺到最後面（最右邊）**，所以可以判斷 apples 會放在最後面。

接下來，到了賣蘋果的地方，就會看到各種顏色和大小的蘋果。那麼接下來在剩下的 small green two 三張卡片中，應該要先注意的是哪一張呢？

當然是 green 對吧？接下來要做的應該是去找綠色的蘋果，而不是拿著 small 的卡片，然後（沒在管蘋果到底是紅還是綠）說我要買小顆的蘋果吧？接下來，在剩下的 small 和 two 中要選哪個呢？正常來說，我們應該不會是看著 two 的卡片，然後手上拿著兩個蘋果說「這蘋果真大啊……」吧？所以應該是照著 small 的卡片來找小顆的蘋果。也就是**認知的順序 green → small ＝英文順序剛好相反**（small green），然後最後應該是剩下的 two，數著「1 個、2 個」地拿在手上。

就像這樣，購物時的概念順序（apples → green → small → two）就會跟英文的順序相反。

認知的順序：two ← small ← green ← apples　※注意箭頭的方向（←）
英文的順序：two → small → green → apples

正確答案：two small green apples

　　在國外的咖啡店點餐時，就可以實際用用看這個思考方式，例如要點「大杯冰豆漿拿鐵（tall iced soy latte）」時，應該是「一開始先思考想喝什麼（soy latte）→ 接著考慮要 hot 還是 iced → 最後決定尺寸（tall）」對吧。

※ 雖然最終仍是「因人而異」，不過還是要了解一下這個英文概念

I'd like to order a tall iced soy latte to go, please. And please put it in this tumbler.
我要外帶一杯大杯冰豆漿拿鐵，謝謝。另外請幫我用這個保溫杯裝。
※ soy 或 soy milk（豆漿）／to go（外帶的）

思考轉換 另外也有「接近本質」的說法

除了前面說的概念之外，也有「接近所修飾名詞本質的形容詞，應該放在更靠近名詞的位置」這樣的說法。如果用剛剛的購物遊戲來解釋的話，可以說是「從本質的部分開始理解和認知」→「更接近名詞」→「英文會往右」。因此在 two small green apples 裡，緊鄰 apples 的 green 是最接近蘋果本質的特點。因為比起蘋果的顏色，大小則更傾向個人主觀看法，所以 green 比 small 更加接近本質（更接近名詞 apples）。另外是最後的 two，數字跟蘋果的本質毫無關係，因此會擺在離名詞最遠的地方。雖然用這個「是否接近本質」的方式來思考也可以，不過在現實中，用「買東西的概念」來思考會比較簡單吧。

9-1-5　形容詞的詞性變化
（複合形容詞 / the ＋形容詞）

用連字號讓「名詞 → 形容詞」

如果在複數的單字間加上連字號，就可以讓這個詞組變成**形容詞**（**用來修飾名詞**）。例如 two-week vacation（兩週的假期）就是用連字號連接 two 和 week，並拿來修飾名詞。

特別要留意的是**不會變成複數形**的這點。不是 ×）two-weeks，而是 two-week 才對。核心重點 **用連字號連接後，雖然會變成形容詞，但不會因此變成複數形**。（形容詞沒有「單複數」，對吧？）

※ 重點整理……① 因連字號而形容詞化 ② 不會變成複數形

> Four-leaf clovers are said to bring good luck.
> 據說四葉草會帶來好運。

four-leaf 修飾的是後面的 clovers。因為 four-leaf 是形容詞，所以不會變成複數形，但 clovers 是名詞，所以用複數形沒問題，這裡表達的是**總稱**（代表全部的四葉草）。

※ 當然，如果只有「一株」四葉草的話，則為單數形（a four-leaf clover）

連字號的形容詞化經常用到

連字號的形容詞化不僅經常出現在各大測驗考題之中，也經常用在日常會話、英文報紙、英文新聞之中。例如英文報紙上的人物介紹，不會一下子揭露人物的所有資訊，而是會在報導中以小標的方式逐一介紹。舉例來說，在前田徑選手 Usain Bolt 的報導中，除了在最一開始介紹名字之外，後面還用了 the 30-year-old Jamaican（這個 30 歲的牙買加人）來介紹（這個說法可以表示年齡和國籍）。

以連字號形成形容詞的例子

※ 裡面也會出現 old、consuming、worn 等原本就是形容詞的字

> my three-year-old daughter（我三歲的女兒）/ a two-week vacation（兩週的假期）/ two one-dollar bills（兩張一美金紙鈔）/ ten ten-yen coins（10 個 10 日元硬幣）/ a three-story building（一棟三層樓的建築物）/ time-consuming（耗時的）/ worn-out（破舊的）(p.361)
>
> ※wear（穿戴；磨損）的過去分詞形 worn

補充 story 有「樓層」意思的原因

a three-story building 中的 story 是「樓層」的意思。據說在古老的歐洲建築中，每層樓都會裝飾或畫上「與歷史故事相關的圖樣」，以表明這是哪一層樓。所以如果是三層樓的建築物，那就會有三個 story（故事），因此 story 就有了「樓層」的意思。

> Brian left two one-dollar bills and a handful of coins on the table as a tip for the waitress.
>
> Brian 在桌上留了兩張一美元鈔票和一把硬幣做為給女服務生的小費。
>
> ※ leave（留下）／two bills（兩張鈔票）加上形容詞 one-dollar（一美元的）／a handful of ~（一把的～）

思考轉換 「連字號的形容詞化」與「不用連字號的副詞化」

在「名詞 → 形容詞」時會使用連字號，但在「**名詞 → 副詞**」時只要**維持複數形**（不需要使用連字號）**就 OK** 了。也許你會覺得要記得這些變化很麻煩，但其實副詞化就是**照原樣使用**，而且也是我們平常看得很習慣的表達方式。例如 She is 17 years old.（她是 17 歲）這句中的 17 years 修飾的是形容詞 old，因為「修飾形容詞 → 副詞」，所以這個 17 years 具有**副詞功用**（雖然本身是名詞）。(p.422)※ 只要想成「有連字號才會有麻煩」就行了

「the ＋形容詞」＝「形容詞＋ people」

剛剛是加上連字號的「**名詞 → 形容詞化**」，這裡則是要介紹「**形容詞 → 名詞化**」。「**the ＋形容詞**」＝「**形容詞＋ people**」的意思是「形容詞 的人」（加上 the 之後形容詞名詞化）。例如 the rich ＝ rich people（有錢人）。這裡的 the 表現出了**共同認知**，表達「聽到 rich 的時候，大家共同認知的對象」→「有錢人」。

the ＋形容詞 (1)　基本詞語

the old、the elderly（老人）/ the young（年輕人）/ the rich（有錢人）/ the poor（窮人）/ the Japanese（日本人）/ the living（生者）/ the dead（死者）

The rich say they pay too much tax; the poor say the same thing.
有錢人說他們交了太多稅；窮人也說了一樣的話。
※ 後半句的意思是 the poor (= poor people) say they pay too much tax

　　如果形容詞的部分改用**過去分詞**，也是一樣的概念（p.p. 被視為形容詞）。

the ＋形容詞 (2)　使用 p.p. 的類型（有時表示的是單數的人）

the accused（被告人）/ the deceased（死者）/ the injured（傷者）/
the unemployed（失業的人）/ the vaccinated（接種過疫苗的人）/
the unvaccinated（沒有接種疫苗的人）/ the gifted（有天賦的人）

※ 這裡的 gift 是「（由神賦予的）禮物」→「（給予）才能」，所以 the gifted 直譯就是「被賦予才能的人們」

Angelica's parents enrolled her in a special school for the gifted.
Angelica 的父母把她送進了一所給天才念的特殊學校。
※ enroll 人 in ~（將 人 送進～）

CHAPTER 9-2

需要「辨別字義」的形容詞

9-2-1　看起來相似的形容詞
（forgetful / forgettable 等）

「動詞＋ -able / -ible」是「可能與被動」的意思

核心重點 **如果一個易混淆形容詞的字尾是 -able / -ible，那麼就用「可以被～」來思考**，讓意思能變得更加明確。

※ 如果在思考的時候能加上類似形容詞的「就像」，想成 <u>就像</u>可以被～」的話，那就更加完美了

「動詞＋ -able / -ible」的特徵　※雖然 -able / -ible 的拼字不同，但特徵是一樣的

> ① 可能：「可以～」　② 被動：「被～」

近年來對於環境的關注，讓 renewable（可再生的）這個字經常被用到，嚴格來說，這個字的意思是「可以<u>被</u>再生的」，只要理解這一點，便能夠正確使用這個單字。

✕）We are renewable. ※ 句義「我們是可以被再生的」不合理

◎）Solar energy is renewable. 太陽能是可再生（可以被再生）的。

驗證 forgettable vs. forgetful

一起將容易混淆的形容詞兩兩對照來確認一下吧。因為 **-able / -ible 是被動**，反過來說就可以想成：**除了 -able / -ible 之外，其他字尾都是主動的意思。**

☑ forgettable 是「容易被忘記的」

動詞 forget（忘記）＋可能與被動（-able），即為「就像<u>可以被</u>（周圍的人）forget」→「容易被忘記的；沒有（讓人）留下深刻印象的」的意思。

> The romantic comedy film I saw last night was completely forgettable. I don't recommend it.
>
> 我昨晚看的那部浪漫喜劇電影毫無記憶點。我不推薦。

☑ forgetful 是「健忘的，記性不好的」

-ful 不是被動 → 是主動，所以是「可能會 forget」→「健忘的」。

> They have developed a smartphone app that reminds forgetful patients to take their medications.
>
> 他們開發了一款可以提醒健忘的患者吃藥的智慧型手機 App。
>
> ※ remind 人 to ~（提醒 人 做～）／medication（藥物）

　　當然 -ful 也帶有「充滿著～」的語氣，但相較於這麼細微的差別，還是先透過**主動或被動**這種決定性的差異來判斷吧。

☑ respectable 是「值得尊敬的；了不起的；得體的；體面的」

respectable 這個字是由「動詞 respect（尊敬）＋ 可能與被動（-able）」組成，所以是「可以被 respect」→「值得尊敬的；了不起的」的意思，但 respectable 也經常會用來表達與原意稍有不同的「得體的；體面的」字義。

> The restaurant we are going to is fancy, so please wear respectable clothes, not shorts and a T-shirt.
>
> 我們要去的是高檔餐廳，所以請穿體面的衣服，別穿短褲和 T 恤。
>
> ※ fancy（高檔的；華麗的）（當名詞時也有「想像力」的意思）

☑ respectful 是「表示敬意的；尊敬的」

-ful 不是被動 → 是主動，也就是「正在 respect」→「表示敬意」的意思。

> Ryo's parents taught him to be respectful of the elderly.
>
> Ryo 的父母教導他要尊敬老年人。
>
> ※ be respectful of ~（對～表示尊敬）／the elderly（老年人）　p.366

+α respective 是「各自的」

另一方面，從 respect（尊敬）衍生出來的單字是 respectful 和 respectable，又因為 **respect 做為名詞時有著「著眼點」的意思**，所以從這個「著眼點」字義衍生出了 respective。

因為是從名詞衍生出來的，所以跟「主動或被動」無關，單純只是「就各自的著眼點」→「各自」的意思。

☑ **regrettable 是「令人遺憾的；感到後悔的」**

regrettable 是「動詞 regret（後悔；遺憾）＋可能與被動（-able）」所組成，也就是「可以被 regret 的」→「令人遺憾的；感到後悔的」的意思。

It is regrettable that you did not have a chance to meet Tanya.
很遺憾你沒有機會見到 Tanya。

☑ **regretful 是「覺得遺憾的；後悔的；惋惜的」**

-ful 不是被動 → 是主動，所以是「正在 regret」→「覺得遺憾的」的意思。

Amanda feels regretful about not keeping in touch with her high school friends.
Amanda 後悔沒有和她的高中朋友保持聯繫。
※ keep in touch with ~（與～保持聯繫）／not 否定的是動名詞　p.543

就算是困難的字，也可以一看就理解 應用

舉例來說，雖然看到 likable（也可以拼成 likeable）這個單字，就可以預測這個字應該是好的意思，但幾乎沒有人知道正確的意思（這是連課本上都不太會教的困難單字）。不過各位現在應該能相當準確地預測它的字義了。

> She may be inexperienced, but she is likable and willing to learn.
>
> 她也許經驗不足，不過她很討人喜歡而且願意學。
>
> ※ 公司在決定要錄用時可能會說的話／inexperienced（經驗不足的）／be willing to ~（樂意做~）

　　在考慮到 -able 的意思之後，就知道這裡表達的是「可以被喜歡的」（用英文來想的話，就是「be likable = can be liked」）。也就是說，意思是「她是可以被喜歡的人」→「她很**討人喜歡**」，只要把這個字想成是和在 INTRODUCTION 中說明過的「lovable（令人喜愛的）」相同的意思就 OK 了。

FAQ **knowledgeable 表示「知識淵博的；有見識的」，但沒有被動的感覺……**

　　請不要擴大解釋「動詞＋ -able / -ible」的使用範圍，然後想著「knowledgeable 也是被動嗎？」。只要說到「被動」，大前提就是單字必須是「**動詞＋ -able / -ible**」的形式，因此這個思考方式只適用在**由動詞衍生**的形容詞上，而 knowledgeable 是從名詞（knowledge）而來的，所以用「被動」去想是行不通的。

　　※ 順道一提，有個沒那麼重要的單字 knowable，也就是把 know 加上 -able，應該可以推測出字義是什麼吧，意思就是「可知的；能認知的」的意思

　　另一方面，「名詞＋ -able」又是完全不同的東西。這裡一併說明一下，「名詞＋ -able」裡的 -able 單純是「適合」或「持有」的意思。舉例來說，reputable 是「享有聲譽的；值得信賴的」、reasonable 是「有道理的；（價格）合理的」、favorable 是「贊同的；適合的」等等，雖然也可以用「動詞＋ -able」來解釋，不過 repute（聲望）、reason（道理）、favor（善意）這些字比較常做為名詞，而且你也可能會覺得乾脆直接背起來還比較快。

總結 **容易混淆的形容詞（經常出現在考題中的單字）**

	主動 （正在～）	被動 （可以被～）
forget 忘記	forgetful 健忘的，記性不好的	forgettable 易被忘記的
respect 尊敬	respectful 表示敬意的；尊敬的	respectable 值得尊敬的；了不起的；得體 的；體面的
regret 後悔	regretful 覺得遺憾的；後悔的；惋惜的	regrettable 令人遺憾的；感到後悔的
envy 嫉妒	envious 嫉妒的；羨慕的	enviable 令人羨慕的

在考題、日常對話、工作業務中極為常見的 available

　　available 一般較常看到的中文翻譯有「可以使用的；可以得到的；可取得聯繫的；有空的」等意思。我們先來好好理解 available 這個字的意思吧。

　　動詞 avail 是「對～有幫助」的意思，而 available 是「可以有幫助的」→「可以被使用的」的意思。請務必想成是「**be available ≒ can be used**」。

　　由此可知，available 的主詞就是**被使用的對象**。

　　※ 順道一提，動詞 avail 本身經常以片語 avail oneself of ~（利用～）的型式使用

Free Wi-Fi is available in the hotel lobby.
飯店大廳裡有免費無線網路可以用。　　※表示「可以被利用」的意思

available 的感覺是「準備好可以用」

　　核心重點 **請把 available 的語氣想成「想用的時候就可以用」，且是「已經準備好可以用」**的感覺。換句話說就是「東西已經準備好可以用」→「**可以使用的；可以得到的**」及「人已經準備好可以用」→「**可取得聯繫的；有空的**」。

This smartphone is available in 128, 256 and 512GB models.

這款智慧型手機有 128、256、512GB 的型號可以選。

※ available 是「可以得到的」的意思／商品是「準備好可以用」的狀態

Are you available sometime tomorrow?

你明天有時間嗎？

※ available 是「有空的（free）」的意思／人是「準備好可以用」的狀態

　　透過上面的解說，可以知道 available 這個字可以用在各種情境之中，只要熟悉使用方式就非常好用。另外，會出現在飯店裡的標示 NO ROOMS AVAILABLE（已客滿）是指「準備好可以用的房間是 0」的意思。

 unavailable for comment 是「無法取得評論」

　　這個有點難的表達方式雖然不太會出現在考題裡，但經常會在報章雜誌中看到。當媒體試圖向相關人士取得意見而不得時，就會用上這個表達方式，可以理解成「（有關人士的）相關評論（無法）準備好可以用」的意思。

The doctor who performed Mr. Kennedy's operation was unavailable for comment.

無法取得為 Kennedy 先生進行手術的醫生意見。　　※perform（執行）

9-2-2　單字的搭配性
（固定的搭配詞）

形容詞和名詞的搭配性

英文裡的某些名詞無法使用 many 等的詞語來表達「多」或「少」（兩者不可搭配使用）。我們一起來看看常出現在題目裡的字吧！

用來表示「多」或「少」的重要「名詞和形容詞搭配」

	名詞	（與名詞搭配使用的）形容詞
金錢類	income（收入）/ salary（月薪，年薪）	high、low*
	price（價格）/ cost（費用）/ wage（時薪，週薪）	high、low
	sum（總計）/ expense（支出，開銷）	large、small
	tax（稅金）	high、low / heavy、light（many、much 也可以）
群眾類	population（人口）/ audience（聽眾，觀眾）/ family（家人）/ crowd（群眾）	large、small
數量類	number（數字）/ amount（份量）/ quantity（數量）	large、small / high、low
交通類	traffic（交通量，車流量）	heavy、light
雨或雪	rain（雨）/ snow（雪）	heavy、light
災害	earthquake（地震）/ typhoon（颱風）/ hurricane（颶風）/ fire（火災）	frequent（頻繁的）rare（罕見的）
時間	watch（手錶）/ clock（時鐘）	fast（快的）slow（慢的）

* 雖然在字典上也可能會看到 large[small] salary 的說法，不過很多母語人士都不會這樣說，所以還是盡量不要使用比較好

People with high incomes have to pay high taxes.

高收入者必須繳納高額稅金。　※income / tax 用 high 表達

It was hard to see the road in the heavy rain.

在大雨中很難把路看清楚。　※常和 rain 搭配的是 heavy

用想像來理解搭配使用的單字詞組

Employees at that company get high starting salaries but the work is incredibly stressful.

那家公司員工的起薪都很高，但工作壓力非常大。

前面曾經建議過大家用堆得高高的（high）鹽巴來想 salary 這個字（p.351），現在讓我們再來看看其他的單字吧。

☑ **traffic（交通量，車流量）**　※不是「交通」而是用「交通量」或「車流量」來思考

「交通流量大」的概念是「流量很重」的感覺，所以會用 heavy traffic 和 Traffic is heavy. 的方式表達。可以想像因塞車而使得車流量變得沉重的畫面。

☑ **population（人口）**

請像在學地理時的那樣，用從上往下看的角度來想像一下，感覺像是「人口多的話，占據的面積就 large」，所以會用 large / small 來表達。

　※ 請記得和 large 一組的基本上是 small（和 big 一組的是 little）。可以用 large / small（L 尺碼、S 尺碼）、big brother（大哥）/ little brother（小弟）的方式來記，這樣就不會混淆了

China's population is larger than India's.

中國的人口比印度的更多。

資料 越來越常用的 cheap price

因為 price 一般都是和 high / low 搭配使用，所以原則上不會使用

expensive（貴的）或 cheap（便宜的），所以 low price（便宜的價格）才是正確的表達方式，不過實際上會說 cheap price 的母語人士漸漸變多了。這件事只要大概有個印象就好（考試的時候最好不要用）。

> The discount shoe store has the cheapest prices in town.
> 那間賣鞋的折扣商店是鎮上最便宜的。
> ※ 直譯是「那間折扣鞋店有著鎮上最便宜的價格」

9-2-3　數量形容詞（表示數量大小的形容詞）

可分為「可數名詞用」和「不可數名詞用」的數量形容詞

數量形容詞　※可數和不可數名詞會分別使用不同的表達方式

	可數名詞用	不可數名詞用
許多的，大量的	many a large number of ~	much a great deal of ~ a large amount[quantity] of ~
一些的 （肯定）	a few	a little
幾乎沒有的 （否定）	few very few*	little very little*
只有一些的 （否定）**	only a few	only a little
相當多的 （用 few / little）	quite a few a good few	quite a little*** quite a bit of ~
不少的 （肯定）	not a few（≒many）	not a little（≒much）

*very 僅用來表示強調，因此不管是 very few 還是 very little，請都視為否定就行了

**only 具有否定的意味（僅僅只有～）

*** 不知為何一般不太會看到 quite a little（雖然考題裡有時也會把 quite a little 當成選項，但幾乎不會是正確答案）。反倒是 quite a bit of ~ 比較常用，所以先放在這裡

表達出「某程度上」感的 a

a few / a little 裡的 a 表達的是「一個的」→「某程度上來說這樣是一些」→**「有一些」**（帶有肯定的感覺）。另一方面，few / little 則是「沒有 a（連某程度都不到）」→「幾乎沒有」（否定的感覺）。

※ 有關 a 的「某程度上」的意思，請參照 p.283

She has a few friends, so she is never bored.

她有一些朋友，所以她永遠不會感到無聊。

※ 這個句子裡的 a few 明顯是「肯定」意味

He has few friends, so he often spends his weekends alone.

他幾乎沒有朋友，所以他經常獨自度過週末。

補充 「一些」或「幾乎沒有」是主觀判斷

區別「肯定（a few / a little（一些））」和「否定（few / little（幾乎沒有））」的標準是由**說話者的想法**來決定的，因此沒有具體的數值可以做為標準，就算只有 2～3，只要說話的人覺得「有」就用 a few / a little，但即使達到了 100 或 1000，如果說話者覺得「幾乎沒有」，那就會用 few / little。

quite a few 之所以是「相當多的」的理由

quite a few 經常出現在考題裡，不過卻從來沒有好好說明過。

※ 比較常看到的說明是：quite 是「相當」、a few 是「一些」，quite a few 乍看之下會以為是「非常少的」，但其實是「相當多的」的意思，一定要特別注意……等內容

在過去，a few 總是被強調意思是「一些」，然而 核心重點 **a few 呈現出來的是肯定的形象，表達的是「（雖然不多，但是）有！」**的意思。所以當**表示強調的 quite** 加在了 a few 之前時，quite a few 就是指「『（雖然不多，但是）有！』的程度很強！」→「許多」的意思。

※ 經常在當某人事物「被認為很少」，但「實際上有很多」時使用

The report contained quite a few errors.

那份報告（實際上）有相當多的錯誤。

請留意 few 的變形（fewer / the few）　應用

不知道是不是因為很少有機會能說明 few 的使用形態變化，所以用的時候經常會犯錯，這裡特別說明兩個重要的使用形態，一起來確認看看吧。

☑ 比較級 fewer（更少的）

fewer 是由「few（幾乎沒有）→ 比較級 fewer（更少的）」變化而來的，表現出**朝著幾乎沒有的方向更進一步**的感覺。

The popularity of LINE has led to fewer people making phone calls these days.

LINE 的流行讓現在打電話的人變得更少了。

※ 這是「原因 lead to 結果」的表達型式　p.908／fewer people 是動名詞 making 在意義上的主詞 p.541

☑ a few 的變形

有時也會出現 a → the / my 的變化，不過基本上都一樣是肯定意味的「一些～」。

另外，the few 也可以做為名詞「少數派」的意思（也可以把 the few 想成「the ＋形容詞（形容詞 的那些人）」的表達型式，經常被拿來當作 the many（多數派）的對比）。

In many systems of justice, the needs of the many outweigh the needs of the few.

在許多司法體系中，多數人的需求比少數人的需求更重要。

※ outweigh（比～更重要）

追加英文

請翻譯以下句子。

As average ocean temperatures rise, major typhoons and hurricanes are becoming more frequent.

解答範例

隨著海洋平均溫度的升高，大型颱風和颶風變得更加常見。

> ※「出現颱風和颶風的機率很高」會使用 frequent（頻繁的）來表達　p.373／這裡的 as 是「比例的 as（隨著～）」的意思　p.913

9-2-4　可數和不可數名詞皆可使用的形容詞

可數和不可數名詞皆可使用的 a lot of / some、any

　　想說「許多的」的時候，使用可數和不可數名詞皆可使用的 a lot of 是最方便的（在一般對話裡則常用 lots of～）。

A lot of singers these days use computer software to change how they sound.

現在有許多歌手會使用電腦軟體來改變他們的聲音。

※ 這裡接在 a lot of 後面的是可數名詞（singers）／these days 修飾 A lot of singers　p.398

Japan imports a lot of food from countries such as the United States, China, Brazil and Canada.

日本從美國、中國、巴西和加拿大等國家進口大量的食物。

※ a lot of 的後面接不可數名詞（food）／這個 food 泛指「所有的食物及食品」／A such as B 的意思是「如同 B 的 A」或「A，例如 B」

補充　**如果是 a lot，則是「副詞」**

　　在考題中經常出現「×）a lot ＋名詞」的陷阱。表示「很多」或「非常」的 a lot（後面沒有 of）是**副詞**（不過有時也可以做為名詞，表示「很多的事情」）。

My hometown has changed a lot in the last few years.
我的家鄉在過去幾年裡改變了很多。 ※ a lot 修飾 has changed

---

some 和 any 的細節 應用

　　以前會看到的說明多半是「some 用在肯定句，如果是否定句或疑問句，則 some → any，不過在請託或提議等的疑問句裡也會使用 some」這種內容。但請各位先暫時把這些都忘掉，改用下面提到的內容來思考一下。

☑ **有著斷定、特定或「限制」感的 some**
　　核心重點 **some 有著「就算看不清楚，但可以斷定某個東西確實存在」的感覺。**
　　並非「那個也是、這個也是」，而是限制在某個特定東西裡的感覺。透過這個特點也可以聯想到「some ＋單數名詞」（某個 單數名詞 ）和「some ＋數字」（大約 數字 ）的意思。
　　另外，在表達請求或邀請的句子裡，也可**藉由 some 來判斷**說話者期待能得到肯定的回覆（這就是「疑問句使用 some」的真正目的）。

Would you like some coffee?
你想要喝點咖啡嗎？ ※帶著「你會說要喝吧」的意味

☑ **有著非斷定、不特定（無限制、自由選擇、任意、不確定）或**
　「開放」感的 any
　　核心重點 **在肯定句使用 any 時，會表現出一種「不管怎樣的～都～」的任意意味**，這就是所謂「開放」的感覺。
　　另外，在 if 子句中較常使用 any，這是因為「無法斷定 if 子句裡的條件內容」的情況較多的緣故。

If you need any help, don't hesitate to give me a call.
如果你需要任何幫助，請隨時打電話給我。
※ 雖然也可以用 some 表達，但就會變成斷定的感覺（If you need some help, don't hesitate to give me a call.（如果你需要一些幫助（你應該會需要吧），請隨時打電話給我））

☑ 否定句中的 some 和 any（形容詞和名詞都是一樣的思考方式）

> not ~ any ~（任何～都不～）　※not ~ any ~ ＝ no　p.621
> not ~ some ~（部分的～不是～）　※也有這種表達型式（延伸內容）

I don't like any of my classmates.

任何我的同學我都不喜歡。

※表示「全部都討厭」／這裡的 any 是代名詞

I don't like some of my classmates.

部分的同學我不喜歡。

※表示「討厭一部分」／這裡的 some 是代名詞

9-2-5　使用 number 的表達方式

a number of ~ 和 the number of ~

> ① a number of ~（很多的～，幾個的～）
> ※ 主詞是「～」的部分（複數名詞）／動詞要用複數形態（are 等等）／這裡的 a 是表
> 　達出「某程度上」的感覺
> ② the number of ~（～的數量）　※主詞是 number／動詞是單數形態（is 等等）

A number of students were late for class.

幾個學生上課遲到了。

※ 複數主詞「a number of ＋複數名詞」會使用複數形態的動詞 were

The number of students who passed the test was surprisingly low.

通過測驗的學生人數出乎意料的少。

※ 主詞是抽象概念的 number（數量），因此用單數的動詞形態

意想不到的 a number of ~ 含義

　　以前學到的 a number of ~ 可能只會針對「很多的～」意思來說明，不過實際上 a number of ~ 也可以表達語氣比較不強烈的「**幾個的、若干的（several）**」的意思（可以透過上下文來判斷）。當用「很多的～」來翻譯，卻會讓句意顯得不自然時，請改用感覺上數量比較少的「幾個的、若干的（several）」來試試看。

　　※ 順道一提，several 是指「三以上，但不到 many 的程度」這種感覺

　　另外，把形容詞（large / good / great）加上去後，句意就會更加清楚。a large number of ~ 是「大量的～」，而 a small number of ~ 是「少量的～」意思。

　　※ a large number of ~ 有時會被認為應該翻成「非常大量的～」，不過因為 large 已經讓句意更加清楚了，所以其實不需要多加「非常」

A large number of graduates from my high school go on to study at university.

我念的高中有大量畢業生繼續念大學。　　※ graduate（畢業生）

寫作時很好用的表達方式　應用

☑ 表達「很多人～」等的表達方式

很多人～	→ Many people ~
部分人～	→ Some people ~　　※直譯是「有些人～」
幾乎沒人～	→ Few people ~
越來越多人～	→ More and more people ~
越來越少人～	→ Fewer and fewer people ~
	※「比較級 and 比較級」是「越來越～」的意思 p.785

More and more people are worried about the pandemic.

越來越多人擔心疫情。

※ pandemic（流行病；流行中的疫情）

☑ **the largest number of ~ 的表達方式**（請注意下面的 a 和 the）

> a number of ~ 　　　　很多的～，幾個的～
> 　　↓ 加上 large（意思變得更加清楚）
> a large number of ~ 　　（非常）大量的～
> 　　↓ 最高級表達（a → the）
> the largest number of ~ 　最大量的～

It is Canada rather than England or the United States that the largest number of Japanese students want to study in.

最多日本學生想去念書的地方是加拿大，而不是英國或美國。

※ It is B rather than A that ~ 是表示「比起 A（其實）是 B～」的強調句　p.882

資料 many / much 的細節用法

　　有時會在英文寫作的指導裡看到「肯定句用 a lot of，原則上 many / much 會用在疑問句或否定句裡」這種說明，然而實際上在肯定句裡使用 many / much 的情況很多。這方面的用法區分相當細微，而且有許多都是源於使用習慣和直覺的說法，因此只要對這些用法有個「嗯，也是會有這樣的說法」的印象，就已經十分足夠了。

☐ **修飾主詞時** ※經常用 many

Many Europeans can speak two or more languages fluently.

許多歐洲人能流利地說兩種以上的語言。

☐ **修飾受詞時** ※經常用 many

Higashino Keigo has received many awards for his mystery novels.

Higashino Keigo 的懸疑小說得過很多獎。

☐ **修飾 so / as / too / how / very 的情況** ※不可使用 a lot of

He realized that he had so much debt that he would never be able to pay it back.

他意識到自己欠的債已經多到他永遠都還不完了。

※ debt（負債）／pay back（償還）

資料 「many a＋單數名詞」表示「許多的～」

雖然意思是「複數」，但名詞之前會加上 a，並使用單數形表達（動詞也是單數形）。這是非常少見的正式表達型式（表達「經常是這種情況」的感覺）。

Many a mother of small children wishes she could have a domestic helper.

許多有幼兒的母親會希望她們能有家庭幫傭。

※ domestic（家庭的，家事的）／wishes s could ~ 的用法請參照 p.196

9-2-6 each / every / either 的特徵

被視為單數的「三個 e」

each（每個的）、every（所有的）、either（任何一個的）這三個字的字義看起來都「像是複數」，然而它們具有 核心重點 **注重每個個體的性質，並被視為單數**的特徵。舉一個熟悉的例子，every day 的 day 用的是單數形（不是 days）對吧。另外，因為 each / every / either 都是以 e 開頭的單字，所以就把它們整理成**被視為單數的「三個 e」**的這個說法。

※ 順便也把和 either 用法歸為一類的「neither 被視為單數」一併記住吧

Each passenger is allowed to bring one carry-on bag and one personal item on board.

每位乘客被允許攜帶一件隨身行李和一件個人物品登機。

※ 這是搭乘飛機時的注意事項說明／Each 後面的 passenger 是單數形，動詞也是單數形（is）／on board（登上（飛機等））

A: Would you like coffee or tea?

B: Either one is fine.

A：你想要喝咖啡還是茶？　B：都可以。

使用 every 的重要表達方式：「每個～」

「每個～」

① 「每個～」　every 基數 複數　　every three days 每三天
　　　　　　　every 序數 單數　　every third day 每個第三天
② 「每兩個～」every two 複數　　every two years 每兩年（隔年）
　（每隔一個）every second 單數 every second year 每個第二年（隔年）
　　　　　　　every other 單數　　every other year 每隔一年（隔年）

※「every other 單數」是「每兩個～」的特殊表達方式

The presidential elections are held every four years.
總統大選每四年舉行一次。

要把「基數的後面是複數形、序數的後面是單數形」背下來很麻煩，所以只要對下面這些有印象就行了。

「every 基數 複數」的印象

every [four years]　　※ 每個〔4年〕／four years 是一個詞組

every 修飾的是叫做 [four years] 的詞組。「每個（every）4年期間」→「每4年」。因為 [four years] 是「一個（單數）」詞組，所以我們可以認為放在**被視為單數的 every 之後也是 OK 的**。

「every 序數 單數」的印象

[every] [fourth] year　　※ every 和 fourth 修飾的都是 year

every 和 fourth 修飾的都是 year，意思是「每個（every）第 4 個的（fourth）年（year）」→「每個第 4 年」。原本「第 4 年」本身就只有一個，所以是**單數形**。

「每兩個（每隔一個）」也是相同的想法，會以 every two 複數 / every second 單數 來表達，另外，只有「每兩個」會特別用 other，以 every other 單數 的形式來表達。

Bill goes jogging every other day after work.
Bill 每隔一天（每兩天一次）就會在下班後去慢跑。

用 they 來表達 everyone 延伸

代名詞 everyone 也是被視為單數的字，但在用其他代名詞表示 everyone 時，以往會受到「無法確定性別的話，就先視為男性」的習慣影響，而使用 he 表達。後來受到男女平等的觀念影響，改用「he / she」表達（這目前為止還是 OK 的表達方式，另一個比較不常用的寫法是 s / he）。但不知道是不是 he / she 用起來太麻煩，最近在（現代英文）口語上一般會用複數形的 they（their / them / theirs）表達（雖然也有嚴謹的母語人士不喜歡使用這種 they，但覺得「用 they 最自然」的母語人士也很多，所以在考試裡用 they 也可以）。

※ 從 LGBTQ 的觀點來看，也有為了避免直接斷定性別，而使用 they 的想法（這個 they 於 2019 年被韋氏字典選為「年度單字」）

總結 every / each 的比較

	every （所有的）	each （每個的）
形容詞的用法	every＋單數形	each＋單數形 ◎）each boy ×）each boys
代名詞的用法	無 ×）every of ~	each of＋特定名詞（複數形 OK） ×）each of the boy ◎）each of the boys 那些少年們中的每一個（的少年）
副詞	無	◎）They each have ~　※強調用法 ×）They each <u>has</u> ~
2 vs. 3 以上	3 以上	2 以上

※ 多出來的 each 請想成是強調（both、all 也有相同的用法）的功能／這個情形下的 each 是「副詞」，不過想成是「當成同位語來用的代名詞」也 OK

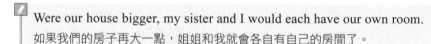

Were our house bigger, my sister and I would each have our own room.

如果我們的房子再大一點，姐姐和我就會各自有自己的房間了。

※ each 的位置在後面（主詞的後面或受詞的後面），另外，當有助動詞或 be 動詞時也會放在後面／這個句子是假設語氣 if 條件句的省略表達型式，原本是 If our house were bigger, ~　p.185

副詞

INTRODUCTION

副詞是像繪畫及鮮花一般的東西

在句子的構成要素上,副詞是「不必要的東西」。因為副詞無法做為主詞或受詞,所以在英文句子的構造上被視為「沒有也可以的東西」,但這並不代表副詞不重要。

從前面我們提到過的內容來看,「副詞子句」就非常重要吧?在接下來會解說的內容中,也有「不定詞的副詞用法」及「分詞構句的作用(分詞構句被當成副詞詞組)」等副詞相關概念,「副詞」在各種情境中都很常用到。

另外,雖然副詞不是句子的必備要素,但實際上卻有著「裝飾英文句子的作用」,因此副詞用得越多,句子的內容就會越豐富。

裝飾房間的繪畫及鮮花,在生活上是「沒有也可以」的吧?但是什麼都沒有的房間,看起來總覺得有些單調,所以我們會用繪畫及鮮花來裝飾房間。「裝飾英文句子」就是**修飾**,像這樣為英文句子增添色彩的即是副詞,事實上副詞真的很常用,所以如果掌握得好,便可以造出更豐富多變的英文句子。

具體來說,在講到平常的習慣時,只要加上 usually,就可以讓句子變得更有實感,用副詞 pretty(相當;滿~)(「不到極致,但還可以」的那種語氣)」說 pretty smart(滿聰明)的話,就可以傳達出更加豐富的感覺,而在聽到新聞主播講 reportedly(根據報導~)時,也可以更清楚理解這裡的英文句子是什麼樣的語氣。

然而,想要像這樣來替英文句子增色,就必須掌握 usually 的正確擺放位子,同時也必須知道 pretty 不是「漂亮的」的意思,還有 reportedly 的含義,之後我們就會仔細說明這些副詞的使用方法。

大量出現在對話及新聞之中的副詞特殊用法

　　本書的一大特色就是收錄了副詞的特殊用法（包括強調、限定和同位語），這些特殊用法幾乎很少被好好說明，但這實際上是在各種測驗、日常對話和新聞英文中經常出現的表達方式。我在這幾年都一直在為 CNN 撰寫一系列解說英文文章的專欄，在詳細解說這些用法時，得到了非常好的迴響。因為就連平時會聽英文新聞的英文高手，也不一定能確實理解這些表達方式。

　　具體的內容我們會在本章中好好說明，讓各位能清楚了解如 way behind schedule（進度遠遠落後）裡 way 的用法、在日本新幹線廣播裡會聽到的 shortly after arriving at Nagoya（在抵達名古屋後不久）裡 shortly 的用法，或者 here in Tokyo 是「在東京這裡」的意思，而不能翻成「在東京裡面的這裡」，以及 right here in Tokyo 的 right 不是「右邊」的意思等等表達方式。

　　此外，我將透過英文的核心概念，為各位詳細解說以往只能用死背來學習的那些文法。

征服「副詞」的心法

- □ 副詞是「文法句型上不一定要有，內容上卻必須要有」的字詞
- □ 副詞也有英文文法的理論
- □ 能充分運用的話，就可以使英文句子更加多采多姿

Our greatest weakness lies in giving up.
The most certain way to succeed is always to try just one more time.

Thomas Edison

放棄是我們最大的弱點。
最可靠的成功方法一直都是再試一次。

Thomas Edison

※ always 是「頻率副詞」，使用重點在於「位置」

所謂副詞「詞性」的概念

10-1-1 副詞的概念（與名詞的區別）

副詞的 2 大特徵

問題：請翻譯以下的句子。

> 過來這裡（請過來這裡）。

　　如果不要想太多，腦海中應該會立刻浮現 Come here. 吧？雖然這是正確答案沒錯，不過這裡的重點在於 **here 是副詞**的這點。正因為這些單字我們都很熟，所以反而沒有機會去深入思考，現在就讓我們來好好看一下副詞的特徵吧。

副詞的特徵

> ① 修飾除名詞以外的部分　② 前面不需要介系詞

　　正確答案的 Come here. 中，副詞 here 修飾的是動詞 Come，且副詞前面不需要介系詞，所以正確答案不會寫成 ×）Come to here.。

　　一般容易把 here 誤認為是名詞（原本其實不會注意到詞性的事），所以必須要強烈意識到「here 是副詞！」的這件事。

　　`+α` **home 可以當名詞或副詞**

　　stay at home（待在家裡）之中的 home 是名詞，但是 home 也有副詞的用法 （go home / come home），因此 stay home 的說法也是 OK 的。

來看看容易被誤認成名詞的副詞

　　下面列出類似 here、home 等等需要特別注意的副詞。

　　※ 一般認為 home 可以翻成「在家；回家；到家」等等的意思，這點跟副詞的性質類似

容易和名詞混淆的「副詞」

① **地方** ※「地方」相關的副詞經常出現在考題裡
home（家裡）/ here（在這裡）/ there（在那裡）/ abroad、overseas
（在國外）/ downtown（在市中心）/ somewhere（在某處）/ anywhere
（在任何地方都）/ upstairs（在樓上）/ downstairs（在樓下）/ inside、
indoors（在室內）/ outside、outdoors（在室外）

② **方位、左右、其他**
east（東）/ west（西）/ south（南）/ north（北）
　　※go east = go to the east／名詞需要加上 the
left（左）/ right（右）　　※turn left = turn to the left／名詞需要加上 the
overnight（一整晚；一夜之間）

Why is Ayumu going overseas?
為什麼 Ayumu 要出國？　　※overseas 是副詞不需要加 to

I'm planning to go downtown to see the parade this weekend. Do you
want to come with me?
我打算這個週末去市中心看遊行。你要和我一起去嗎？
※downtown 是副詞不需要加 to

＋α **from ＋副詞**
　　因為副詞會含有「方向（朝～）」的意思，所以不需要再加 to 了，
但是相對會因為沒有「起點（從～）」的意思，而在前面加上 from。
　　from abroad（來自國外）也是很常用的表達方式，「留學生」則會
寫成 a student from abroad[overseas]（這是寫作時很好用的表達方式）。

10-1-2　副詞的字尾

以 -ly 結尾的單字

　　以 **-ly** 結尾的單字幾乎都是副詞。例如 safe（安全的）是形容詞，
而 safely（安全地）是副詞。不過，也有一些是例外（以 -ly 結尾但卻不是

副詞的單字），例如 friendly（親切的）就是形容詞。過去會要求各位全部背起來，但在這裡只要用下面的法則就可輕鬆解決。

加上 -ly 的話，詞性會「往右跑一格」

名詞 → 形容詞 → 副詞
　　+ ly　　　+ ly

換句話說，字尾 -ly 的單字詞性即是 核心重點 **名詞＋ly＝形容詞、形容詞＋ly＝副詞**。以 -ly 結尾的單字大多都是**副詞**（數不清地多），但字尾是 ly 的**形容詞**則數量有限，因此形容詞反而較常出現在考題之中。

以 -ly 結束的「形容詞」

① **時間相關**
　daily（每天的）/ weekly（每週的）/ monthly（每月的）/ yearly（每年的）/ nightly（每晚的）
② **其他的「名詞＋ -ly」**
　friendly（友善的）/ lovely（惹人喜愛的）/ timely（適時的）/ costly（花費高昂的）/ manly（有男子氣概的）
③ **特殊類型**（名詞以外＋ -ly）
　lonely（孤獨的）※原本是形容詞 lone / likely（有可能的）/ unlikely（不太可能的）※介系詞 like + ly 的特殊類型（介系詞 like 有表達「相同（地）」這種較古老的用法，但現在變成「（像～一樣的）可能」的意思）

補充 **有關 timely 的翻譯方式**

在字典裡有時會看到字義寫作「及早的」，不過其實翻成「**適時的；及時的**」會更淺顯易懂。順道一提，常見的表達方式有：

timely arrival（及時抵達）/ timely advice（適時的建議）/ in a timely manner[fashion]（及時的）（manner / fashion 是「方法」的意思）等等。

+α **同時具有副詞功能的單字**

雖然前面的單字都是**形容詞**，但其中也有單字具有副詞的作用（同時兼具兩種詞性性質的單字很常見）。重要的兩大類型如下：

① likely（可能的）、unlikely（不太可能的）等也具有副詞用法

② 大多為時間類的單字，像 daily（在形容詞以外）有做為副詞表達「每天」的用法

He reads several daily newspapers.

他會看好幾份日報。

※ 這個 daily 是形容詞（修飾名詞 newspapers）

He reads the newspaper daily.

他每天都會看報紙。

※ 這個 daily 是副詞，表示「每天」（修飾動詞 reads）

資料 也會有副詞 → 轉為形容詞使用

　　kindly 是「形容詞 kind + ly」 → 副詞表示「親切地」的意思，但同時 kindly 舊時也有著形容詞「替人著想的」的意思。像這類的轉用無以計數，但會出現在考題之中的多半是像前一頁 friendly 那樣的類型，所以不用太擔心。

除了 -ly 以外，具有副詞特徵的字尾

　　副詞中也有許多不是以 -ly 結尾的單字。雖然以 -ly 結尾的副詞的確較多，但「副詞 → -ly 結尾的單字」卻不是絕對。

除了 -ly 以外，具有副詞特徵的字尾

① **-ward**（朝～方向）　※ 也可以像 -wards 這樣加上 s

forward（朝前方）/ backward（朝後方）/ afterward（之後）

② **-s**　※ -s 具有「表示副詞」的作用，因此實際上以 -s 結尾的副詞也很多

always（總是）/ besides（除此之外）/ upstairs（往樓上）/ downstairs（往樓下）/ indoors（在室內）/ outdoors（在戶外）　p.391

③ **-wise**（像～一樣；朝～方向）　※ 放在字尾的 -wise 與 way 的意思相同

otherwise（用別的方法）/ likewise（同樣地，照樣地）/ clockwise（順時針方向地）/ counterclockwise（逆時針方向地）

wise 較為人所知的是形容詞「有智慧的；明智的」的意思，但**放在字尾的 -wise 表示的是副詞**。另外，雖然前面舉例的單字裡只有 otherwise 較常見，但其他的單字也會出現在日常對話之中

> The dealer dealt the cards clockwise around the table.
> 荷官以順時針方向發牌。
> ※ dealt 是 deal（發（紙牌））的過去式／dealer 是指「荷官」

其他讓人出乎意料的副詞 [應用]

☑ pretty（相當；滿～）

過去我們學過用副詞 pretty 表達「相當」的用法（很多字典都這麼寫，我以前也是這麼相信的），這個意思的確經常用到，但準確來說，pretty 表達的是**「超過 a little（稍微地），但還沒到 extremely（極度地），跟 fairly（頗為，相當地）一樣程度」**等，必須透過上下文來判斷的「語意模糊的表達方式」。

> Jacob's new electric car is pretty fast.
> Jacob 的新電動車速度還滿快的。
> ※ 依據上下文來判斷是「相當～」或是「還滿～」的意思，大概是「比普通速度來得快，但沒有像跑車那麼快」的感覺

+α Pretty Please!

Pretty Please!（真的拜託！）這種表達方式雖然不會出現在考題裡，但會出現在對話之中（這種說話方式比較幼稚，會給人一種「眼睛濕漉漉地說話」的感覺）。

☑ this（這樣地）/ that（那樣地）

this / that 具有**副詞用法**，分別表示「這樣地」和「那樣地」。

> When are we going to land in Auckland? I didn't realize the flight would be this long.
> 我們什麼時候會在奧克蘭降落？我沒想到會飛這麼久。　※ land（降落）

10-1-3　副詞的功用（與形容詞的區別）

總而言之是「修飾名詞以外的詞語」

英文中將「副詞」叫做 adverb，這個單字本來的意思是「附加（ad）在動詞（verb）上的東西」，換句話說，adverb 就是「用來增添（修飾）動詞意義」的意思。

但實際上，副詞除了動詞以外，還可以修飾許多東西。經常看到「副詞可以修飾動詞、形容詞、其他副詞、句子等等」這樣的說明內容，但要把這些背起來，不如直接以 核心重點 副詞是「修飾名詞以外的詞語」來思考比較乾脆。

※ 常與副詞一併比較說明的「形容詞」，則是具有「修飾名詞」的作用

☑ 「副詞修飾 → 其他的副詞」／「副詞修飾 → 動詞」

I almost always take the train to work.

我幾乎總是搭火車去上班。

※ 副詞 almost → 修飾副詞 always 表達「幾乎總是」，同時副詞 always → 修飾動詞 take，串聯起來就變成「幾乎總是搭～」的意思

「副詞可以修飾<u>其他的副詞</u>」裡的「其他的副詞」也可以是「副詞詞組（副詞片語或副詞子句）」。

Rachael has salad every day partly because it is easy to make.

Rachel 每天都吃沙拉的部分原因是因為它很容易做。

※ partly（部分，一部分）／partly because ~（（也有其他的原因，不過）部分原因是～）是常用的表達方式（後面還可以再加上其他理由，像是「沙拉是健康的食物」等等）

+α 副詞＋because ~　※在 because 的前面加上副詞，添加更多意思

mainly because ~（主要是因為～）/ partly because ~（部分原因是因為～）/ precisely because ~（正是因為～）/ probably because ~（大概是因為～）/ just because ~（就只是因為～）

☑ 副詞修飾 → 形容詞

Staying at that hotel is extremely expensive.

住在那間飯店是非常昂貴的。

※ 副詞 extremely（極端地；非常地）→ 修飾形容詞 expensive

☑ 副詞修飾 → 句子

Unfortunately, she is not available at the moment.

May I take a message?

不巧的是，她現在不在。需要我為您留言嗎？

※ Unfortunately 修飾整個句子（表示句子的整體內容是「不幸地」、「不巧地」）／at the moment（現在）

像這樣修飾整個句子的副詞，在句子的一開頭就能表達出整句話的方向性（句子的內容會是什麼走向？），這種表達方式相當好用。

※ 如果能像這樣用副詞當作英文對話的開頭，感覺很帥！

經常用來修飾句子的副詞

surprisingly、amazingly（令人驚訝地）/ unexpectedly（出乎預料地）/
luckily、fortunately（幸運地）/ unfortunately（不幸地；不巧地）/
sadly（悲傷地）
obviously（顯而易見地）/ actually（事實上）/ possibly（説不定）/
probably（有可能）/ perhaps、maybe（也許）/ certainly（無疑地）/
personally（就個人而言）
seemingly、apparently（似乎；顯然）/ supposedly（據説；根據推測）/
reportedly（（不確定真偽）據報導，據傳）/
allegedly（（不確定真偽）據傳，據稱）

這些用來修飾整個句子的副詞並不困難，不過可以注意一下其中的 reportedly 和 allegedly，雖然不太會出現在英文考題之中，卻經常在英文新聞裡出現，所以接下來會詳細解説這兩個字的用法。

396

經常出現在英文新聞裡的 reportedly 和 allegedly 應用

☑ 表示「（不確定真偽）據報導，據傳」的 reportedly

　　當記者寫了一篇無法確定真實性的文章時，因為後來有可能會被發現文章內容是假的，所以就會利用 reportedly 這個字來逃避責任。reportedly 用在報紙上的話，還有可以縮減字數的好處，另外，也可以單純表達「據傳言～」的意思。

> The two companies are reportedly in negotiations to jointly develop a new type of solar panel.
>
> 這兩家公司據傳正在協商要共同開發新款的太陽能板。
>
> ※ 副詞 jointly 是修飾動詞 develop ／像這樣將副詞放在 to 不定詞之間的用法也很常見（稱為分裂不定詞的用法）p.510

☑ 表示「（不確定真偽）據傳，據稱」的 allegedly

　　allegedly 與 reportedly 的意思大致相同，要說比較大的差異就是 allegedly 較常使用在「似乎做出了犯罪（相關）行為時」。

　　※ allegedly 是表達「（未經證實地）宣稱」的動詞 allege 的衍生字

> The police are looking for Seki Masao, who allegedly robbed a convenience store late last night.
>
> 警方正在尋找 Seki Masao，據稱他昨天深夜搶了一家便利商店。
>
> ※ 「~, who ~」是關係代名詞的非限定用法　p.834

 使用 allegedly 來說的話，就算因此被別人告了也可以逃避責任

修飾名詞的副詞（例外的副詞） 應用

　　也有會被用來**修飾名詞的副詞**例外，這部分的解釋看起來有點難懂，不過考試也不會考與這相關的詞性問題，所以只要確認一下意思就行了。

可以修飾名詞或代名詞的「副詞」

① 帶有「**孤獨感**」的字：only、alone（只有）　※alone 要放在名詞的後面

② 表示時間或地方的字：today（今天）/ these days（最近）/ here（這裡）　※全部放在名詞後面

③ 放在數字前的單字：about、around、approximately、roughly（大約）almost、nearly（幾乎）

　　　　　　　　　　※詳細請參照 p.420／almost 也可以「修飾特定代名詞」p.343

④ 其他：even（即使～）/ else（～之外）　※else 要放在名詞後面

※ 有人會說「這些字也都有形容詞的用法」，這樣說也不是不行，可是因為這些表達方式主要仍是做為副詞使用，而且最重要的是，它們的語序特殊，所以我認為把它們當作形容詞是有點勉強的

Only she knows the combination to the safe.

只有她知道這個保險箱的密碼。

※ 也可以說 She alone knows ~／safe（保險箱）

Young people today often send text messages instead of making phone calls.

現在的年輕人經常發訊息而不是打電話。

※ today 修飾 Young people 表示「（與以前的年輕人相比）現在的年輕人」

總結 形容詞與副詞的區別

	形容詞	副詞
修飾部分	修飾名詞	修飾名詞以外的其他
在句子裡的功能	成為 C（補語）	成為 M（修飾語）
以 -ly 結尾的組合	名詞＋-ly	形容詞＋-ly

10-1-4　連接副詞

總而言之是「副詞」

　　however 等等被稱為**連接副詞**的詞語，在長句和寫作中扮演了重要的角色。

　　雖然我們經常只把重點放在這些詞語的意思上，但真正重要的其實是詞性。

連接**副詞**

　　就像這種感覺，也就是說，連接副詞最終仍舊是**副詞**。

　※ 「眼鏡猴」是「猴」而不是「眼鏡」吧！但如果講到「眼鏡猴」，大家都會聯想到「眼鏡」吧？大概就是這種感覺

　　連接副詞雖然像連接詞，但畢竟扮演的是**副詞的角色**，當然也就沒有連接詞那樣可以連接句子的功能了。

　×）SV however SV.　※副詞 however 無法「連接」句子
　◎）SV. However, SV.　※句首的 However 之後必須加逗號

> Chris has a driver's license. However, he almost never drives.
> Chris 有駕照。不過，他幾乎沒開過車。

　　連接副詞在長句中很重要，不過我們常只重視這些字詞的意思，而沒有意識到連接副詞的「副詞」身分，這樣就會讓你在寫作中失去分數。在此我們先好好掌握重要的詞語吧！不僅要知道**意思**，也要注意**詞性**（是副詞）。

重要的「連接副詞」 ※以下包含與「連接副詞」作用相同的「副詞片語」

☑ 反對或異議

however / yet（然而）

still / all the same / nevertheless / nonetheless（儘管如此）

on the other hand / by contrast / in contrast（另一方面）

on the contrary（相反地，剛好相反）/ even so（儘管如此）

though（儘管）

※除了「連接詞」以外也有「副詞」的用法／擔任副詞時大多會用在句中或句尾

instead / alternatively（作為替代，或者）

indeed / rather / in fact / as a matter of fact（實際上）

※ 「否定句. In fact ~」的句型（也就是放在否定句之後）表達的是「不是～而是（事實）～」的意思

My brother likes playing outdoor sports. In contrast, my sister likes staying inside and reading.

我弟弟喜歡戶外運動。另一方面，我妹妹則喜歡待在屋裡看書。

※ outdoor 是形容詞「室外的，戶外的」的意思（雖然 outdoors 也可以當形容詞，但「副詞用法」比較重要）／這裡的 inside 是副詞

☑ 排列

also / besides / moreover / furthermore / what is more / in addition / additionally（而且，此外還有）

※ besides 也有「介系詞（而且～；此外還有～）」的用法／beside（在～的旁邊）是純然的介系詞 p.712

similarly / in the same way（相同地）

firstly、secondly、finally（第一、第二、最後）/ first of all、to begin with、to start with（首先，一開始）/ for one thing（一方面）※在陳述「理由」時使用

then（然後）/ meanwhile、in the meantime（同時；在此期間）

otherwise（否則）/ in exchange（做為交換，取而代之）

I don't want to listen to music right now. Besides, I don't like that band.

我現在不想聽音樂。而且，我不喜歡那個樂團。

☑ 舉例或換句話說

for example、for instance（例如）/ specifically（具體來說）/
by way of illustration（舉例來說）

※illustration（圖例）（請特別注意是「利用圖示舉例」）

in other words / that is {to say} / namely /
to put it differently（換句話說，也就是）※put 是「<u>放置詞語</u>」→「描述」的意思

I'm sorry, but your warranty is valid for only 90
days. In other words, you will have to pay for the
repairs yourself.

我很抱歉，但您的保固效期只有 90 天。換句話說，您
必須自行負擔維修費用。

☑ 描述原因或結果

so / thus / therefore（因此）
consequently、in conclusion、as a result（結果）
that is why（這就是為什麼）
in short / in brief / in a word / to sum up /
to make a long story short（簡而言之，總之）
accordingly（照著；相應地）

Miyabi practices the guitar for at least an hour every day. As a result,
after just one year he has become really good.

Miyabi 每天至少練習一個小時的吉他。結果在短短一年之後，他就變得很厲
害了。

鎖定副詞的「位置」

10-2-1 「副詞位置」的概念

鎖定大方向「強調時放前面，說明時放後面」

　　副詞（與名詞和動詞不同）並不是句子結構上的必要元素。就某種意義來說，有著因存在感薄弱，所以不管放在哪個位置都可以的一面，可就另一方面來說，其實每個副詞都有自己的偏好和傾向，所以也會在文法書上看到非常詳細的規則。要把這些規則全部背下來，根本就是一種沒有什麼意義的苦行，而且也幾乎不會出現在考題之中。

　　這本書的目標是要讓理解文法變得更有效率，所以我們會特別注意母語人士的**使用傾向**，並將重點統整出來，下面是歸納出來的**兩大使用傾向**。

☑ 強調副詞 → 放前面

　　想要用來強調的副詞，原則上會**放在前面**。例如強調副詞 very，就會像 very kind 那樣放在 kind 的前面。也就是說，核心重點**像 very 那樣具有強調作用的詞語，會放在跟 very 一樣的位置**。只要這樣想就 OK 了。

> This carbonara made with *shirataki* instead of pasta is surprisingly tasty.
> 這道用蒟蒻絲而不是義大利麵條做成的義式培根蛋黃義大利麵意外地美味。
> ※ surprisingly 放在 tasty 的前面／made 是過去分詞（修飾 This carbonara）

☑ 陳述副詞 → 放後面

　　說明動作進行的**地點或狀態（情況）時**，副詞原則上會放在**動詞後面**（例如 explain clearly（清楚說明））。如果是不及物動詞的話會直接放後面（「不及物動詞＋副詞」），及物動詞的話則會放在受詞後面（「及物動詞＋受詞＋副詞」）。

　　※ V＋O 間的關係緊密，因此原則上不會在中間安插副詞

補充 **靈活運用副詞吧！**

　　雖然原則上是「及物動詞＋受詞＋**副詞**」，但當受詞太長的時候，有可能會變成「及物動詞＋**副詞**＋受詞」，或是「**副詞**＋及物動詞＋受詞」。這部分不需要勉強去背，只要大概知道「有時候也會這樣」就夠了。另外，在被動語態的 be 動詞和 p.p. 之間也經常會加入副詞。

Merlion Café is conveniently located near the station.

魚尾獅咖啡廳位於車站附近交通很方便的地方。

※ 這個句子是在 be located（位於～）的中間，放進了副詞 conveniently（方便的）的常用句型／直譯是「位置方便」 →「交通很方便的地方」／café 原本是法文，所以在 e 的上方會有記號

細節內容 (複數副詞並排時)

　　陳述副詞經常用來說明**地點或時間**等資訊，原則上會按照「地點 → 時間」順序排列，不過有時也會變成「**地點 → 情況 → 時間**」的順序。

I ran inside quickly before it rained.

我在下雨前飛快地跑了進去。

※ inside（地點）＋ quickly（情況）＋ before it rained（時間）的順序（before ~ 是副詞子句）

+α **沒有按照「地點 → 時間的順序」時**

　　畢竟是副詞，所以有時也會不按牌理出牌。應該很常看到時間副詞出現在句首的句型（Last year I went ~）吧？另外，疑問詞也是 where and when / when and where 兩種表達方式都可以。

思考轉換 遇到不懂的單字時的祕訣

講到「強調副詞」就會想到 surprisingly（令人驚訝地），這個字本身就具有強調的作用，所以翻譯的時候並不一定必須按字面翻成「令人驚訝地」，也可以用意譯來解釋成「非常」的意思。如果你能反過來利用這點，就可以獲得一個可稱為絕招的法則。

如果看不懂的單字是以 -ly 結尾的話，就把這個字的意思想成「非常」來試著解讀看看！

再講仔細一點，請先確認一下以 -ly 結尾的單字是不是放在可以用 very 替換的位置上，如果是放在那個位置時，我想幾乎都可以翻成「非常」的意思。

用來表示強調的副詞裡也有很多困難的單字，像是 exceptionally（格外地）/ extraordinarily（超凡地）/ extremely（極端地）/ tremendously（極巨大地）/ incredibly（難以置信地）等等，但不管哪一個字都可以用「非常」的意思來解決（雖然無法表達出不同單字在語氣上的細微差異，但仍可充分理解語意）。例如可以把 exceptionally lucky 翻成「非常幸運」，意思也完全沒問題。

當然，不是所有字尾加上 -ly 的單字都適用。像 probably（有可能）或 hardly（幾乎不）等字，就必須當成基礎單字記下來。不過，當在冗長的句子中出現困難或不懂的單字時，這個方法絕對非常有用哦！

The rent in this area is prohibitively expensive; we'll have to choose another location for the store.

這一區的租金非常昂貴，我們必須找其他地方開店。

※ prohibitively 在字典上的意思是「昂貴到令人望而卻步地」

10-2-2　有固定位置的副詞（之一）enough

會在考題中出現的三種「有固定位置的副詞」

　　副詞的位置具有某程度的自由，像是 yesterday 可以放在句首或句尾，或者 however 可以放在句首、句中或句尾（但會因為擺放的位置不同，而在語氣上有些差異），不過與這類副詞的擺放位置有關的內容，不會用來出題。

　　考試會考的內容是**有明確固定擺放位置的部分副詞**，其中最重要的只有三大類型（enough／頻率副詞／任性副詞）。

放在後面做修飾的 enough

　　原則上強調副詞會放在**想要強調的單字前面**（p.402），但 enough 是例外。「副詞的 enough」必須放在想要修飾的形容詞或副詞的**後面**，也就是「形容詞 或 副詞 enough to ~（形容詞 或 副詞 的程度到了足以~）」的表達型式。

> She was kind enough to tell me the way to the library.
> 她和善地告訴我怎麼去圖書館。
> ※ 直譯是「和善的程度到了足以告訴我怎麼去圖書館」→ 一般會翻成「和善地為我~」或「和善地~」，kind enough to ~ 很常在日常會話之中使用

FAQ **好像有看過 enough 放在前面做修飾……**

　　上面提到的是「副詞的 enough」，如果是「形容詞的 enough」，放在前面或後面都可以（因為是形容詞，所以只能修飾名詞）。

enough 的詞性與位置

> ① 形容詞「足夠的，充足的~（去做~）」　※修飾名詞（前後都 OK）
> 　　◎）enough 名詞 to ~　　　◎）名詞 enough to ~
> ② 副詞「足夠地，充足地~（去做~）」　※修飾形容詞或副詞（只能從後面）
> 　　×）enough 形容詞 或 副詞 to ~　　◎）形容詞 或 副詞 enough to ~
> ※ 覺得麻煩的人只要想成「enough 是從後面修飾」就不會錯了

> Our van is big enough to fit eight people.　※副詞的 enough
> ＝ Our van has space enough to fit eight people.　※形容詞的 enough
> ＝ Our van has enough space to fit eight people.
> 我們的廂型車足以容納八個人。　　　　　　　※形容詞的 enough（從前面做修飾）
> 　　　　　　　　　　　　　　　　　　　　※fit（適合於）

enough 的意思不是「十分」！？ 延伸

　　應該有人曾學過 enough 的字義是「十分」，這個字義的確可以用來解釋大多數英文句子裡出現的 enough，不過，核心重點**實際上 enough 有著「足夠」或「充足」（而可以去做〜）這兩種意思**（這點不管是副詞的 enough，還是形容詞的 enough，都是相同的概念），而 enough to 〜可以是「〜的程度剛好足以去做〜」的意思，所以 enough money to 〜的意思是「錢足夠做〜」或「錢剛好夠做〜」（錢足夠的程度不一定是「十分足夠（綽綽有餘）的」）。

> My son had just enough money every month to pay his rent, but not
> enough to pay for a smartphone.
> 我兒子每個月的錢剛好夠他付房租，但不夠他付手機費。
> ※ 第一個 enough 是形容詞，第二個是名詞表示「足夠的東西」

　　如果把 enough 解釋成「足夠付房租」的話，會給人還有餘裕的感覺，就會與後半段的句子意思不合，所以前半段是「剛好夠」的意思，才會符合 but 之後的 not enough 所表達的「不足以達到可以支付手機費用的程度」。

　　※ 這個句子裡用 just enough 會更凸顯「剛好夠」的感覺，不過就算沒有 just，光靠 enough 也可以表達出「勉強足夠」的感覺

10-2-3 有固定位置的副詞（之二）頻率副詞

所謂的頻率副詞是什麼？

always 和 sometimes 等表示「動作進行頻率」的副詞，稱作**頻率副詞**。文法書上寫著「頻率副詞會放在 be 動詞的後面、助動詞的後面，以及一般動詞的前面」，這樣的說明方式不僅冗長，而且若句子裡同時出現助動詞和 be 動詞時，便會不知該如何排列才好。

頻率副詞 ※百分比只是參考

100%	always	總是
80%	usually / generally	通常
60%	often / frequently	經常
50%	sometimes	有時
20%	occasionally	偶爾
10%	seldom / rarely	很少～
5%	hardly ever / scarcely ever	幾乎不～
0%	not / never	從不～

以上列出的 13 個副詞當中，各位絕對有自信知道要擺在什麼**位置**的單字是 not 吧。這是因為在學否定句型時有學過 not 的擺放位置，所以我們只要把 **not 想成是頻率副詞的代表**就可以了。

證明看看「和 not 位置相同」的規則

將文法書上寫的說明「頻率副詞會放在 be 動詞的後面、助動詞的後面，以及一般動詞的前面」，改用 核心重點 **所有頻率副詞的擺放位置都和 not 相同**來檢驗看看吧。

【be 動詞的後面】He is not a student.
【助動詞的後面】He can not play the piano.
　　　　　　※ 助動詞和 be 動詞間有「助動詞優先」的規則（cannot be ~）
【一般動詞的前面】He does not live in Tokyo.

就像這樣，not 原本也是「放在 be 動詞的後面、助動詞的後面，以及一般動詞的前面」。也可以用同樣的方法來判斷除了 not 以外的頻率副詞該放在哪裡。

I usually leave home at about 8 o'clock.
我通常在 8 點鐘左右離開家。　　※usually 放在一般動詞之前

His music is seldom played on the radio these days.
廣播最近很少播放他的音樂。　　※seldom 放在 be 動詞的後面

seldom / rarely 是一組的，hardly / scarcely 是一組的　應用

seldom / rarely（很少）表示**頻率**，容易跟這兩個字混淆的 hardly / scarcely（幾乎不）表達的則是**程度**（hardly 會在 p.418 中詳細講解）。而且，若使用 hardly / scarcely 來表示**頻率**，會再加上 ever。換句話說，可以想成 seldom＝rarely ≒ hardly ever＝scarcely ever。

Nanase hardly ever talks about her family.
Nanase 幾乎不談論她家庭的事。
※ 也可以把 hardly ever 換成 scarcely ever、rarely 或 seldom

資料 也有會出現在其他固定位置的頻率副詞

□ 部分頻率副詞放在「句首」或「句尾」都 OK
usually / often / frequently / sometimes / occasionally 等等，放在句首或句尾都可以。例如 He goes to the gym often.（他經常去健身房）。

□ 「一定頻率」的副詞會放在句尾
所謂一定頻率是指 daily（每天）/ weekly（每週）/ monthly（每月）/ yearly、annually（每年）等等。例如 Most car owners renew their auto insurance policies annually.（大多數車主每年都會續保他們的汽車險）。

□ 在否定句情況下，會放在比 not 更前面的位置
例如 He sometimes doesn't go to school.（他有時不會去上學）。

10-2-4　有固定位置的副詞（之三）　　有特殊語序的「任性副詞」

so / as / too / how / however 的語序是「so 形容詞 a 名詞」

在眾多的副詞當中，只有 so / as / too / how / however 這五個字會採用特殊的語序，請確認一下前面出現過的「一般副詞」的語序吧，這些副詞一般都會自己移動到想要修飾的單字旁邊，這種主動性會讓這些字帶有**個性謙虛**的感覺。

一般副詞（very 等）　※個性謙虛

> very ：She is a very good singer. 她是非常棒的歌手。
>
> ⟵ 因為個性謙虛，所以自己主動移到對方（good）旁邊

相較於一般副詞，so / as / too / how / however 的個性可以說是既任性又自我。核心重點 **自己不想動，而是把想要修飾的單字叫到自己的旁邊。**

任性副詞（只有 so / as / too / how / however）　※非常任性！

> so ：She is so good a ~~good~~ singer. 她是非常棒的歌手。
>
> ⟵ 因為個性很任性，所以 so 不會自己移動

I have never seen as beautiful a rose as this one.
我從未見過和這朵一樣漂亮的玫瑰。

※ 這個句子是將 a beautiful rose 放在 as ~ as 中間的結果，最開始的 as 把 beautiful 叫到了自己的旁邊

任性副詞

個性既任性又自我的副詞	so / as / too / how / however
任性副詞使用的語序	任性副詞 形容詞 冠詞 名詞

how 和 however 可以接子句 應用

　　如果仔細區分任性副詞，則可以分為單純的副詞（so / as / too）和可以接子句的副詞（how / however）。

how / however 的細節

① how 表示「如何地」或「多少地」　※疑問副詞（接疑問句或感嘆句）
② however (a) 表示「然而」的連接副詞 ※不「任性」而會單獨使用 p.399
　　　　　　 (b) 表示「無論如何」的複合關係副詞
　　　　　　 ※任性的語序（However 形容詞 或 副詞 sv, SV.） p.863

People who work with Mr. Kawaguchi always talk about how hardworking an employee he is.
和 Kawaguchi 先生一起工作的人都會説他是個非常勤奮的員工。

　　因為 how 和 however 可以接子句（後面接 sv），所以在句型結構上和 so / as / too 不同，不過這五個字**有著會按照任性副詞語序排列**的共通點，因此和 so / as / too 一起說明會比較能清楚整理。

※ 如果還是抓不著頭緒的話，可以先跳過這部分，等看完複合關係副詞（p.856）後再回頭看也行。現在就先掌握「連接副詞的 however 和任性副詞之間沒有關係」的這點吧

跟 such 的比較 應用

　　such 的語序也很特殊，經常混入任性副詞裡出現在考題之中。

※ such 在分類上會視為「形容詞」，是比起詞性更重視「語序」的單字

任性副詞 vs. such 型式・both 型式

① so / as / too / how / however　　so 形容詞 a 名詞
② such / quite / what　　　　　　 such a 形容詞 名詞
③ both / all / half / twice / double　both the 形容詞 名詞
　　　　　　　　　　　　　　　　　 ※of 的省略請參照 p.344

※ 順道一提，在 ① 和 ② 之中，是以 so 和 such、too 和 quite 及 how 和 however
　 兩兩一組來對照的

I can't afford such an expensive ring. How about this one with a slightly smaller diamond?

我買不起這麼貴的戒指。這個鑽石稍微小了一點點的怎麼樣？

※ 用 slightly（一點點）表現出比較級 smaller 的「差距」 p.774

What a great day!

多麼美好的一天！

※ such 型式的語序／省略 What a great day {it is}!

資料 區分 so 和 such 的超仔細使用說明

名詞是複數形（複數名詞）的情況：只有 such 也 OK。

※ so 在用的時候要「和冠詞一起」（例句請參照 p.414）／so many 和 so much 是例外

I am really lucky to have such kind and intelligent people as my coworkers. It's the main reason that I love my job.

我真幸運有這麼善良又聰明的同事。這是我熱愛我的工作的主要原因。

※ such A as B 不是「像 B 一樣的 A」的意思，這裡的 as 單純是「做為〜」的意思／
　that 是關係副詞

思考轉換 從「聲音」思考 such 的特殊性

英文喜歡節奏有「強弱」的變化。very 有兩個母音，單單 very 一個字裡就有著「強弱」的節奏。

另一方面，such 只有一個「強」的母音節奏，所以在 such 後面加上形容詞（因為必須傳達語意，所以說的時候也要加強）的話，會呈現「強－強」的節奏。雖然「強－強」並不一定 NG，但還是會希望能盡量避免，所以也有說法是說在這種情況下，such 的表達方式會發生語序變化。

a very good book

強－弱——強

× ）a such good book

※不喜歡「強－強」的節奏連接方式

such a good book

強—弱—強

因為英文是一種語言，所以也必須注意聲音的部分，知道還有這種思考方式也會對學習有幫助。

※ 如果有興趣的話，可以找「英文語音學」或「英文的歷史」方面的書來看看

10-2-5　片語中的「副詞位置」

「動詞＋副詞」的片語中間夾著代名詞

採用「動詞＋副詞」型式的片語有著「若受詞是代名詞，則會將該代名詞夾在（動詞和副詞）中間」的規則。例如「pick up＋人」（開車去接 人 ）」，如果 人 是代名詞的話，就必須夾在 pick 和 up 之間。

※ 也可以說是「副詞會往後移」的規則

×）pick up you　　◎）pick you up　※ pick 是動詞，up 是副詞

順道一提，如果受詞不是代名詞而是名詞（例如 the man 或 Paul 等等），那麼夾不夾在中間都可以。

※ 雖然這規則看來很麻煩，但簡而言之就是「代名詞一定要夾在中間」

「動詞＋副詞」的受詞是……

① 名詞 的情況：「片語的後面」或「夾在中間」皆可
　◎）動詞＋副詞 名詞 　　pick up Paul　※ 強調後面的 Paul
　◎）動詞 名詞 副詞 　　pick Paul up　※ 強調後面的 up（搭上）

② 代名詞 的情況：一定要「夾在中間」
　×）動詞＋副詞 代名詞 　　pick up you
　　　　　　　　　　　　※ 後面不可以是用來代稱舊資訊的代名詞 p.414
　◎）動詞 代名詞 副詞 　　pick you up　※ 這個表達型式常考！

+α　**pick up 的各種意思：核心是「拾起」**

① 撿起；拿著　　② 獲得；（在途中）購買　③ 開車搭載或接送某人
④ 學會，習得（知識）⑤ 恢復，好轉
⑥ 被（警察等）逮捕；帶走　⑦ 搭訕

※ 上面這些意思全都帶有「拾起」→「獲得」或「抓住」的感覺。另外，「挑選」的英文是 pick（out）

掌握頻繁出現在考題裡的片語

平常不太有機會能一口氣查看各種**代名詞要夾在中間的片語**，一起來看看有哪些重要的片語吧！

※「夾在中間」是重點，最好從一開始就把 you 或 it 等代名詞夾在中間來唸唸看

代名詞要夾在中間的片語

☑ **使用 up 或 down 的片語**

pick 人 up（開車搭載或接送 人）/ bring 人 up（養育 人）/ look ~ up（查詢~）/ make ~ up（編造~；修補~）/ give ~ up（放棄~）/ turn ~ down（拒絕~）/ put ~ down（放棄閱讀~）

☑ **使用 out 的片語**

pick ~ out（挑選~；辨別~）/ carry ~ out（實踐~，進行~）/ figure ~ out（理清~）/ make ~ out（辨認~；理解~）/ work ~ out（解決~）/ point ~ out（表示~；指出~）/ leave ~ out（省去（人員等）~）/ fill ~ out[in]（填寫~）/ hand ~ out（分發~）

☑ **使用 back 的片語**

call 人 back（回 人 電話）/ bring ~ back（歸還~）/ take ~ back（撤回~；拿回~）

☑ **使用 on 或 off 的片語**

put ~ on（穿上~；裝出~）/ try ~ on（試穿~）/ turn ~ on（打開~（開關））take ~ off（脫掉~）/ see 人 off（送別 人）/ turn ~ off（關掉~（開關））/ call ~ off（中止~）/ put ~ off（推遲~）/ lay ~ off（解雇~）

☑ **使用 in 的片語**

hand[turn / give] ~ in（交出~）/ take ~ in（吸收~；理解~；欺騙~）/ call ~ in（呼叫~）/ let ~ in（讓~進入）

☑ **其他**

bring ~ about（引起~）/ take ~ over（接手~）/ get ~ across（傳達~；把~說清楚）　※表示「跨越~」意思的 across 是介系詞

Mayu had enough time to re-read her essay before she handed it in.

Mayu 在把她的小論文交出去之前有足夠的時間可以再看一次。

※ hand 和 in 的中間夾著 it／essay（作文；小論文）

It was so interesting a book that I couldn't put it down.

這是一本有趣到我停不下來的書。

※ put down 表示「放下」→「（把書放下）停止閱讀」

補充 與介系詞 on 的區別

只有副詞會有「夾在中間」的情況。如果是介系詞的話，那就不可以夾在中間。不幸的是，現在想區分副詞和介系詞，唯一的方法就是把它們記住。

※ 偶爾會看到「能輔助動詞表達意思的話是副詞，否則就是介系詞」這種說明，不過我不太清楚這句話確切是什麼意思

我按照自己的方法將訣竅整理出來後，成功將容易跟介系詞搞混的字縮減到 on 和 in（比起介系詞，在片語裡出現的 up、down 等字多半是「副詞」），再來是 on 只有在**表示「穿衣服」時是副詞**，除此之外都是**介系詞**。只要掌握這兩點，大致上就沒問題了。

副詞的 on　　◎）put it on（穿上）　※一定會夾在中間

介系詞的 on　×）depend him on　◎）depend on him（依靠他）

思考轉換 為什麼要「夾在中間」？

英文在傳達資訊時，都是「先從已經知道的資訊（舊資訊）開始，接著再傳達新得到的資訊（新資訊）」，這樣的順序在表達上會比較流暢。

首先，代名詞代表的是**舊資訊**。這是因為代名詞所指的是對話雙方都知道的人事物，（突然出現一個 He 的話，會不知道指的是什麼吧？），此外，如果可以的話，會希望能避免在句尾使用代表舊資訊的代名詞（也就是句尾要盡量放**新資訊**）。這樣一來，為了不要把代名詞放在句尾，就出現了像 pick you up 這種語序的表達方式。

※ 順道一提，法語在這方面更加麻煩，如果把 Je t'aime.（和 I love you. 的意思相同）直接翻譯成英文，就會變成 I you love 的語序，法文在受詞是代名詞時，會因為不喜歡被擺在句尾，而改放到「動詞的前面」

CHAPTER 10-3
分辨「容易混淆的副詞」

10-3-1 「用法」容易混淆的副詞

各自注重的地方不同

☑ **although vs. though** ※請留意詞性

　　兩者皆是從屬連接詞，但 though 也有**副詞**的用法，如 SV, though.（不過 SV 就是了）這種表達型式，可以用來**補足**語意（這裡的 though 會帶有輕描淡寫的感覺）。

although vs. though

	從屬連接詞	副詞
although	◎）Although sv, SV.	×）SV, although. 的表達型式是錯的
though	◎）Though sv, SV.	◎）SV, though.（不過 SV 就是了）

Though he looked everywhere in his apartment, Keita couldn't find his keys.

儘管 Keita 找遍了整間公寓，他還是找不到他的鑰匙。

※ though 是連接詞

The trains in Tokyo are quite convenient. They're really crowded during rush hour, though.

東京的電車相當方便。不過尖峰時刻真的很擠就是了。

※ though 是副詞

☑ **ago vs. before** ※請留意時態（兩者的意思皆是「在～之前」）

① ago（在～之前）：用過去式 ※以現在為基準

② before（在過去的一個時間點～之前）：用過去完成式（had p.p.）

　　※ 以過去的某一個時間點為基準／before 單獨用也 OK（在單獨使用表達「之前」的意思時，有時也會使用現在完成式及過去式）

Karl came to Japan twenty-seven years ago.

Karl 在 27 年前來到了日本。

Karl had started studying Japanese two years before he came to Japan.

Karl 在來日本的兩年前開始學日語。

※「來日本」→ 過去式、「來日本的兩年前」→ 過去完成式（表示「過去的過去」）╱這個 before 雖然是連接詞，但概念和副詞的 before 一樣╱two years before ～（在～的兩年前）的表達型式請參照 p.422

☑ **too vs. either**　※請留意肯定 or 否定（兩者都是「也～」的意思）

① too：用於肯定句

② either：用於否定句

Aoi likes chocolate ice cream. She likes rum raisin ice cream, too.

Aoi 喜歡巧克力冰淇淋，也喜歡蘭姆葡萄冰淇淋。

※ 也可以省略成 She likes rum raisin {ice cream}, too.

I don't want to study, and I don't want to work, either.

我既不想讀書，也不想工作。

☑ **recently / lately vs. these days / nowadays**　※請留意時態

　　具有「最近」這個意思的副詞，在字典裡沒有詳細說明要如何區分，不過請特別留意有兩類「最近」，分別是用在**現在完成式**的 recently / lately 和用在**現在式**的 these days / nowadays（知道這些其實就夠用了）。

　　※ 也可以記成 -ly 類是「完成」相關、days 類是「現在」相關

① recently / lately：主要用在現在完成式（偶爾會用過去式或過去完成式）表達「（到不久之前的）最近」的意思，呈現出現在完成式的感覺。

Ayato has been promoted recently.

Ayato 最近升職了。

※Ayato has recently been promoted. 的擺放位置也 OK

② these days / nowadays：主要用在現在式（偶爾會用現在完成式）

表達「（跟過去不同的）最近」的意思，（與過去形成對比）用在**現在式**（或現在進行式也 OK）。在長句中，當出現 in the past（在過去）、once（曾經）時，後面經常會看到 these days / nowadays，表達出「雖然在過去是～，但最近～」對比語意的句子。

※ 但有時也會出現將 these days 用在現在完成式的罕見例子（p.377／不可改用 nowadays）

Before the war, everyone was poor, but people's lives are much easier these days.

在戰爭之前所有人都很窮，不過最近大家的生活好過了多了。

※ 過去（Before the war）和最近（these days）形成對比／much easier 的直譯是「很大程度地更加輕鬆」（much 用來強調比較級）

資料 recently 也可以用在過去式（表示「稍早之前」）或過去完成式

正如 Recently, my friends and I went to the new amusement park in Hong Kong.（最近我和朋友去了香港新開的遊樂園），recently 也會使用在過去式裡。另一方面，lately 的用法相當受限（主要使用在否定句或疑問句裡／如果是肯定句則會和 much 及 a lot 一起用），雖然字典裡可能會寫「也可以用在現在式或過去式裡」，但因為只能在語意接近現在完成時使用，所以當想要表示「最近」時，還是用 recently 會比較保險。

※ yet vs. already 在「現在完成式」（p.78）、very vs. much 在「比較」（p.775）的部分中說明

10-3-2 「意思」容易混淆的副詞

加上 -ly 意思產生變化的副詞

在確認容易混淆的副詞之前,先來看看**副詞的大前提**吧。

需要先知道的「副詞」詞性相關知識

> ☑ 因為加上 -ly 所以詞性發生改變
>   (a) 形容詞＋ -ly ＝副詞 (b) 名詞＋ -ly ＝形容詞
> ☑ 也有許多不加 -ly 的副詞(並非「副詞一定要加上 -ly」)
> ☑ 也有即使加上 -ly,意思也不會改變的副詞 ※形容詞被當成副詞使用
>   例如 quick(ly)(迅速地)、slow(ly)(緩慢地)

接下來進入主題。hard(努力地)和 hardly(幾乎不～)乍看之下相似,但意思完全不同,我們必須確認的就是這種副詞。

> Haruna hardly studies, but she always gets good grades.
> Haruna 幾乎沒有在念書,但她卻總是能拿到好成績。

加上 -ly 後意思改變的副詞(重要詞語)

不加 -ly 的副詞	加上 -ly 的副詞
hard(努力地;困難地)	hardly(幾乎不) ※hardly ≒ scarcely／表示「程度」
late(遲地,晚地)	lately(最近)
most(最為)	mostly(大多數時候,通常(usually)／大部分(for the most part))
near(附近)	nearly(幾乎) ※直譯是「以接近的狀態」／nearly ≒ almost
short(突然地;出其不意地)	shortly(不久,馬上)
just(恰好;僅僅)	justly(公平地)
sharp(銳利地;急劇地／～整(指時刻))	sharply(銳利地;急劇地／嚴厲地,尖刻地)

這些字全都是「從形容詞衍生出兩個副詞」的感覺，一個維持了原來的拼字，另一個則加上了 -ly。

※ 意思較麻煩的 hardly，可以把它想成形容詞 hard 表示「困難的」→ 副詞 hard 表示「（從困難中）努力地」，副詞 hardly 表示「困難到幾乎沒辦法」→「幾乎不～」的感覺

補充 因為 hardly 是否定詞，所以常和 any 搭配使用

I'm so busy with work that I have hardly any time to update my blog.

我的工作忙到我幾乎沒有時間可以更新部落格。

※ 雖然 hardly 放在動詞的前面也 OK（I hardly have any time ～），但如果像這句一樣「黏在一起（並排）」，就可以明確表現出這兩個字是搭配使用的

＋α 意想不到的 sharp 字義：「～整（指時刻）」

The express train to Rome left Milano Centrale
station at six o'clock sharp.

開往羅馬的特快車在六點整從米蘭中央車站出發。

※ 語序用 sharp at six o'clock 也 OK／義大利文 centrale 是英文 central（中央的）的意思／米蘭中央車站是像博物館一樣莊嚴的建築物

加上 -ly 之後意思會有「微妙」變化的副詞 應用

有關加上 -ly 的副詞，整體的感覺大致如下。

① **整體的傾向**：即使加上 -ly，意思也不變　　　　例如 slowly
② **中間的副詞**：加上 -ly 之後，意思會有微妙變化　例如 highly
③ **必須特別注意的副詞**：加上 -ly 後，意思會改變　例如 hardly

② 的部分請把「微妙變化」想成是**比喻上的意義延伸**。從 high（高的）延伸至 highly 表示「比喻上的高」→「非常地，高度地」，從 close 表示「靠近地」→ closely 延伸成「精神上的靠近」→「密切地，嚴密仔細地」。

※ 實際舉例有 highly successful（非常成功）／highly likely（非常有可能）／be closely watched [monitored]（被密切觀察（監視））／be closely linked（有密切關聯）等等

Elephants are highly intelligent creatures with excellent memories.

大象是擁有優秀記憶力的高智慧生物。

10-3-3　almost 的使用方法

表示「再一點點」的 almost

前面已經出現過兩個 almost 的重點：**almost 是副詞**（p.342）以及 **nearly ≒ almost**（p.418），接著來解說 almost 的用法。almost 雖然被翻作「幾乎」，但是請將 almost 想成是 核心重點 **有點不夠、不完全的語氣**。例如 almost 70% 的話，那大概就是 68% 左右的程度，就算不是 68% 也不會真的到 70%。

> A: Are you ready?　 B: Almost!
>
> A：你準備好了嗎？　 B：快好了！
>
> ※ 猜謎節目或運動比賽的現場轉播中，也經常因為「只差一點點」的感覺，使用 almost 表示「可惜！」

和「幾乎」、「大約」的差別

> ① **在指定數值的附近都可以**：about、around、approximately、
> 　　　　　　　　　　　　　　　roughly（大約）
> ② **不到指定數值**：almost、nearly（幾乎快到，接近）
> ③ **略高於指定數值**：barely（僅僅，勉強達到地）
>
> ※ about 原本是「在～周圍」的意思，所以只要是在指定數值的周圍「往上或往下都可以」p.701

> Nearly 100 people attended the ceremony.
>
> 接近 100 人出席了那場典禮。　 ※不到 100 人（例如 96 人）

修飾動詞的 almost 和 nearly

問題：適合放入空格中的是哪一個？

> I（　　）eat fruit for breakfast.
> 1. almost 　　　2. mostly

　　這道題目很多人會答錯，因為在看到題目時，心中會猜這句英文應該是要說「我幾乎都吃水果當早餐」，因而被「幾乎」兩字誤導。

> 「almost＋動詞」／「nearly＋動詞」表示「再一點點就～（但實際上沒有）」

　　當 almost、nearly 透過「有點不夠」的語氣來修飾動詞（或形容詞及副詞），就會變成「再一點點就～（但實際上沒有）」的意思，所以如果是 I <u>almost</u> eat fruit for breakfast.，那麼表達的意思是「差一點點就吃（雖然到快要吃的地步，但最終沒有吃）」。

※ 在這樣的情況下，嚴格來說必須用過去式 I almost ate ~（我差點吃了～），語氣才會比較自然（在這個語意下，almost 會搭配使用「過去式」）。因此，正確答案是 mostly（大部分）／直譯是「我大部分都吃水果當早餐」

There was heavy traffic on the way to the airport, and Olivia nearly missed her flight.
去機場的路上車超多，讓 Olivia 差點錯過了她的班機。
※ nearly missed 是「差點 miss，但最終沒有 miss」的意思／heavy traffic 的意思請參照 p.374

CHAPTER 10-4
「地方」及「時間」副詞的特殊用法
（強調、限定、同位語）

10-4-1　副詞的強調用法

用於強調的 right　應用

　　大家應該對 right 的名詞字義「右邊；權利」不陌生吧？不過 right 其實 核心重點 還可以做為副詞，有著強調「地方」及「時間」的作用。大家熟知的片語 right now（正是現在）中的 right 即是用來強調 now 的，而 right here 則是強調地點，表達「正是這裡」的意思。

※ 在聽力測驗中經常出現「問路」或「要求帶路」的對話，可不能誤以為 right here 是「右邊這裡」的意思（這種陷阱很常遇到）

> I'm right in the middle of a meeting. Can you come back to see me after lunch?
>
> 我現在正在開會。你能午餐後再回來找我嗎？

這裡的 right 被用來強調 in the middle of～（在～的中間），而 right in the middle of～ 可以用來強調**地點**（所在位置正是在中間）或是**時間**（正是在做～之中）。

用於強調的 well（相當地）/ way（～得多，遠超過）　延伸

和 right 一樣，**well 和 way** 也有強調的作用。well in advance（相當早地）或 way behind schedule（進度大大落後）等表達方式經常用到，分別以 well 強調 in advance（事先）和以 way 強調 behind schedule（進度落後）。

> Flights to Ireland often sell out in July and August, so travelers are encouraged to purchase their tickets well in advance.
>
> 飛往愛爾蘭的班機在七八月時常常都會銷售一空，所以建議旅客要提前很多購票。　※be encouraged to～是「鼓勵／建議去做～」的意思

10-4-2　副詞的限定用法

「限定」副詞的範圍

在 I was born after the war.（我在戰後出生）（這裡的 the war 是指「第二次世界大戰」）這個句子中，副詞片語 after the war 帶有一種沒有邊界的無限感。這句指的不只是在戰後幾年間出生的人，也包括了從戰後到現在所出生的所有人。當想限制這樣一個沒有邊界和終點的副詞時，就會在副詞句片語（after the war）之前放數字。

※ 我想把這種表達方式稱為「限定用法」（由於大多數的文法書都沒有這種解釋，所以這是本書限定的專有名詞）

I was born seventy years after the war.

我在戰後的七十年出生。

※ 用 seventy years 限制 after the war 的範圍，表示「從戰爭結束後經過 70 年」

　　順道提一下這句話的唸法（有些人會在 I was born seventy years 的後面換氣），一般會將 **seventy years** 和 **after the war** 連在一起一口氣唸完，換氣換在 I was born 的後面會比較自然。

　　這種說英文的**節奏**對於口說測驗來說很重要，而在聽英文時也能注意一下母語人士會在哪裡換氣。

※ 順道一提，seventy years 是做為副詞的功能（用來修飾副詞片語 after the war）。也就是以名詞充當副詞使用

+α 各種限定用法的表達型式

　　除了 two months before ~（在~的兩個月以前）以外，也經常看到 soon after ~、shortly after ~、immediately after ~ 等等表達「在~之後馬上」意思的表達型式（soon / shortly / immediately 原本就是純粹的副詞）。

We will depart shortly after arriving at Nagoya, so please be ready to get off before the train stops.

我們在抵達名古屋之後很快便會發車，因此請在列車到站前準備下車。

※ 車廂內的廣播／get off 是「（從電車等交通工具）下車」的意思

10-4-3 副詞的同位語用法

將兩個副詞並排在一起的表達方式 應用

　　核心重點 英文裡經常使用「模糊的副詞 → 直接且具體的表達型式」的說法。例如，back in 2020（回到（過去的）2020 年），先是「表示回到過去的模糊的副詞（back）」→ 再是「直接且具體的副詞片語（in 2020）」，英文經常運用這樣的方式來表達。

※ 因為是將兩個副詞並排在一起的表達方式，所以我想將這個用法稱為「同位語」

> Passengers going to the Tokaido, Osaka Higashi, and subway lines, please change trains here at Shin-Osaka. Thank you.
>
> 前往東海道線、大阪東線和地鐵線的乘客,請在新大阪站這裡換乘。感謝您。
>
> ※ 先用模糊的 here 提示,再用直接且具體的 at Shin-Osaka 詳細描述地點(表達出「在新大阪站這裡」的語意)／句首的 Passengers 可以表達出稱呼「各位乘客」的意思

同位語要如何翻譯? 延伸

　　因為是「同位語」,所以在 back in 2020 中 back = in 2020,直接解釋的話就是「回到過去(back)就是指回到 2020 年(in 2020)」。不過在翻譯時不會翻成這樣,如果想要翻得比較自然,可以單純翻成「在 2020 年」(忽略模糊的副詞)。

> While the total number of the employees has increased globally, the number here in London has remained steady.
>
> 雖然全球的員工總數增加了,但在倫敦的人數仍一如既往。

　　很多人會把這個句子錯譯成 ×)「在倫敦之中的這裡(表示是在倫敦的某處)」,但其實 here = in London,所以應該是「在倫敦(這裡)」。這句英文的前半段出現 globally,將目光投向全世界,但因為後半段想把大家的視線引導回倫敦,所以先用 here 將焦點轉移到說話者的所在地,之後再具體說明所在地是「在倫敦」。

句型

INTRODUCTION

「句型」很有用!

　　「句型」是指「英文句子採用的表達型式」。通常我們學英文的時候會學到各式各樣的「句型」,不過實際學了這些之後,不覺得老是會在「這個是 S(主詞),然後這個是 V(動詞)……所以這是第一句型」之類的地方卡住嗎?

　　然後在到了要「思考或翻譯句子意思」的階段時,只要碰到不懂的單字就不知道該怎麼辦,最終陷入必須詞彙大比拼的陷阱裡。既然結果變成這樣,那之前花時間在判斷「第一句型」有何意義呢?不過說是這樣說,我想大部分學生的真正心聲是「不知道句型要怎麼用……」。

　　事實上,知道句型怎麼用可以帶給你很大的好處。不然學這些就沒有意義了,對吧?能靈活運用句型可以給你帶來的好處如下:

**　　掌握句型的優點 ①　能夠理解英文的「骨架」!** 掌握句型的背後概念是:**各位「目前看到的和將來會看到的所有」英文句子,都可以分門別類成五種表達型式。** 這些無限多的英文句子,都可以歸納整理成五種型式,只要透過「喔,這是那個句型」來辨認,我們就可以理解英文句子的架構。

**　　掌握句型的優點 ②　了解動詞的意思!**

　　其實有時候「知道句型就可以知道動詞的意思」。因為每個句型的動詞意思都已經確定了(儘管是大致上),即使不懂句中動詞的意思,也可以透過句型來推敲出大概的意思。

　　※ 大家一定都學過句型,但我想各位應該沒有學過這個「祕密」。這個方法非常方便好用,請務必要好好掌握

句型被討厭的理由

雖然句型有著這麼棒的優點，但這些好處卻很難推廣，甚至有時只會一再強調學習句型的缺點。

的確有些句子無法用這五種句型來分類（從句型的觀點很難解釋）。例如 There is 句型和祈使句。但像這樣的例外句型只是少數，而且是初學英文時會出現的內容，但有時卻會被拿來做為「句型派不上用場」的佐證。

但即使如此，我還是覺得應該學這五種句型，不，應該說是絕對要學。想要正確理解英文，學習這五種句型是不可避免的，且學會之後應該能成為你在學習英文的路上強而有力的武器。

征服句型的心法

□ 句型是有用的
□ 首先要能夠辨認出五大句型
□ 但不可以只因能成功辨認而滿足（必須留意句型帶來的好處）

It takes twenty years to make an overnight success.

Eddie Cantor

我花了二十年的時間才一夜成名。

Eddie Cantor

※ take 的用法在 p.454 說明／overnight 主要是副詞（p.391）用法，不過這裡是形容詞，表示「一夜之間的」

動詞的概念與用法

11-1-1　不及物動詞與及物動詞的思考方式

含糊其詞的不及物動詞和及物動詞的說明

在認識五大句型之前，必須先理解不及物動詞和及物動詞。被稱為不及物和及物的概念，是用來區分動詞的方法之一。因為動詞的類型眾多，在無法直截了當解釋不及物和及物動詞的情形下，文法書上的解釋常都是含糊其詞的。

> **參考** **不及物動詞與及物動詞**（概念上的說明）
>
> 不及物動詞：<u>自己可獨力完成的動詞</u>／不需要受詞
> 及物動詞：<u>對其他人事物造成影響的動詞</u>／需要受詞

雖說概念就是如此，但如果一直用這種方式說明，並說「如果有不懂的地方，就查一下字典」的話，會讓人覺得學起來很麻煩吧。因此在本書中，我想在知道會有例外的前提下，為不及物和及物動詞訂下規則。

判別不及物動詞與及物動詞

立即判別不及物動詞與及物動詞的方法　※ 先從「及物動詞」開始思考

> **及物動詞：**可以反問「什麼？」
> **不及物動詞：**反問「什麼？」的話會很奇怪 → 用「是喔」回答
>
> ※ 雖然不能 100% 完全正確分辨，不過這樣想就能瞬間理解，且可適用很多情況，所以這是一種性價比很高的辨別方法

雖然標題是寫不及物動詞與及物動詞，不過還是先從**及物動詞**開始思考吧。

核心重點 可以反問「什麼？」的是及物動詞。

> like（喜歡）→ 可以反問「什麼？」→ 及物動詞
> buy（買）→ 可以反問「什麼？」→ 及物動詞

相較於此，**核心重點 反問「什麼？」會很奇怪，但可以回答「是喔」就結束的是不及物動詞。**

> live（住）→ 反問「什麼？」很奇怪 → 回答「是喔」→ 不及物動詞
> run（跑）→ 反問「什麼？」很奇怪 → 回答「是喔」→ 不及物動詞

對於 live 可以問「在哪裡？」、「何時開始？」、「跟誰？」等等的各種問題，但是沒有人在問「什麼？」的吧？只要先用「什麼？」來反問，覺得語意自然的話，那就是「及物動詞」，如果覺得不自然，再轉用回答「是喔」來確認看看。

※ 直接用「是喔」回答的話是犯規的！因為這樣一來全都會被判斷成不及物動詞，像是「我知道那個」→「是喔」、「我喜歡」→「是喔」、「我買了」→「是喔」等等的情形

補充 及物動詞後面接「名詞」

像 I buy <u>avocados</u> every day.（我每天買酪梨）這樣，及物動詞的後面必須放可以對應「什麼？」的**名詞**，這個名語被稱為**受詞**。

及物動詞後面接的詞，從「詞性的觀點」來看稱為「名詞」，從「要素（功能）的觀點」來看叫做「受詞」（簡單來說就是同一個東西有兩種名字）。

總結 不及物動詞與及物動詞（實質上的說明）

	立即判別的方法	後面接的詞性（有無受詞）
不及物動詞	反問「什麼？」很奇怪 → 回答「是喔」就結束了	後面不會接名詞 ※ 較常出現介系詞、形容詞、副詞
及物動詞	可以反問「什麼？」	後面會接名詞 ※ 這個名詞稱為「受詞」

有關不及物動詞與及物動詞的「三大前提」

☑ 不管是哪個動詞，都有不及物與及物兩種用法

幾乎所有的動詞都有**不及物和及物的兩種動詞用法**，所以請想成「動詞原本就是如此」。

※只有不及物用法的動詞（例如 happen（發生））和只有及物用法的動詞極為罕見，幾乎很難看到（只有及物用法的例子有 ruin（使毀滅、毀壞），不過這個單字以前也曾有不及物的用法）

run 表示「跑步；經營」的情況

> ①「跑步」→ 反問「什麼？」很奇怪 →「是喔」→ 不及物動詞
> ②「經營」→ 可以反問「什麼？」→ 及物動詞
>
> ※run 也有「讓商店上軌道或運作」→「經營」的意思

grow 表示「成長；培育」的情況

> ①「成長」→ 反問「什麼？」很奇怪 →「是喔」→ 不及物動詞
> ②「培育」→ 可以反問「什麼？」→ 及物動詞

💬 The last time I met you, you were just a little boy, but you've grown into a handsome young man.

我上次見到你的時候，你還只是個小男孩，但你現在已經長成一個英俊的小伙子了。

※ 從屬連接詞 the last time 表示「上次～的時候」／grow into ~ 直譯是「長成～」

💬 My mother grows bitter melons in flowerpots on our balcony.

媽媽在我們陽台的花盆裡種苦瓜。

※bitter melon（苦瓜）

☑ 依據不同動詞而有不同的用法偏好或傾向

具有明確**偏好使用不及物或及物用法的動詞**非常多。例如 read 絕大多數時候都是表示「看～（書等）」的**及物動詞**，而做為不及物動詞的「閱讀」，相較於及物動詞的用法，使用頻率明顯較低。

※ 可以透過累積英文的使用經驗來體會和學習「用法偏好或傾向」，但也可以利用查字典來確認（最常用的用法會列在最前面），如果查 read 的話，會最先看到「及物用法」→ 表示「read 較常做為及物動詞使用」

☑ 留意眼前看到的所有英文

利用動詞的使用「偏好」來區分及物或不及物是個有效的方法（不過準確度並非 100%），即使原本認為某個動詞可能是「及物動詞」，但如果發現後面沒有名詞（受詞），那就必須**修正軌道**，改以「不及物動詞」的用法來理解（這種做法正是「閱讀英文」所需的腦力勞動）

例如 run 這個字，最先想到的是不及物動詞「跑步」的用法，如果句子是 She runs in the park. 就可以按照預測來推斷句意是「她在公園跑步」的意思。

但是像 She runs a convenience store. 這樣，run 的後面有名詞（受詞）的話，就修正預測字義的軌道，改用不及物動詞「經營」的用法來推斷句意是「她經營著一間便利商店」即可。

> My family have run a convenience store for three generations.
> 我們家族已經三代都在經營便利商店了。
> ※現在是第三代在經營

只要運用這個概念，就可以區分大多數動詞的用法。用起來究竟是否真是如此，希望各位能在未來遇到的許多英文句子裡親身確認及體會。

※ 順帶一提，不及物動詞和及物動詞的概念在時態（p.45）、句型（p.425）、被動語態（p.717）、關係詞（p.801）等等單元扮演重要的角色，如果你不知道不及物動詞和及物動詞，就什麼都沒辦法學了

不及物動詞 ⇆ 及物動詞間的字義轉換

不及物動詞和及物動詞之間在字義上的細微差異，核心重點 能夠透過「在『做～（不及物動詞）』⇆『使做～（及物動詞）』間做轉換」或「暫時加上受詞」來理解。

※ 及物動詞的英文是 transitive verb，帶有「對其他人事物造成影響」的意味，因此符合「使做～」的意思（順道一提，反義詞的不及物動詞用的是 intransitive）

① 在不及物動詞「做～」⇆ 及物動詞「使做～」之間轉換

※ 較常見的狀況是「以不及物動詞用法為主的動詞 → 及物動詞用法」

grow：不及物 →「成長」
　　　 及物 →「培育～」　※想成「使～長大」就 OK 了
walk：不及物 →「走路；散步」
　　　 及物 →「使～散步」　※想成「讓～走路」
run：不及物 →「跑步」
　　　 及物 →「經營～；運轉～」　※想成「經營商店等；讓機器等運轉」

Mari likes to listen to music while she walks.
Mari 喜歡在散步時聽音樂。

Some people walk their cats, but I'm not sure if the cats
really enjoy it.
有些人會遛貓，但我不確定那些貓是不是真的喜歡散步。

② 暫時加上受詞充當「～什麼」

※ 及物動詞用法為主的動詞變成不及物動詞用法的情況

write：及物 →「寫～」
　　　 不及物 →「寫作；執筆」
read：及物 →「看～」
　　　 不及物 →「閱讀；讀到」
buy：及物 →「買～」
　　　 不及物 →「購買」

Please write your name at the top of the form.
請把你的名字寫在這張表格的最上方。

I got a cramp in my hand after writing for over an hour because I don't
write very much these days.
因為我最近不太常寫字，所以在寫了一個多小時後，我的手抽筋了。
※cramp（抽筋，痙攣）

總結 不及物動詞與及物動詞

	不及物動詞	及物動詞
英文標記	vi.（intransitive verb）	vt.（transitive verb）
表達型式説明	獨自可表達意思的動詞	對其他人事物造成影響的動詞
後面接的詞性 （有無受詞）	後面不會接名詞 ※較常接介系詞、形容詞、副詞	後面會接名詞 ※該名詞稱為「受詞」
立即判別的 方法	反問「什麼？」很奇怪 → 可以回答「是喔」就結束	可以反問「什麼？」
被動語態	無法構成被動語態	可以構成被動語態　p.721

※那些無法用「什麼？」反問的及物動詞（如 reach（抵達～）/ join（參加～）/ discuss（討論關於～）等等），之後也請一併確認一下（不過當務之急還是先掌握反問「什麼？」的判別法）p.904

11-1-2 「成對」動詞的整理與對照 （lie / lay 等）

不及物動詞和及物動詞之間的角色劃分

與既是不及物動詞又同時是及物動詞的這種單字（例如 grow）不同，也有動詞**會清楚劃分不及物和及物所扮演的不同角色**。

下面我們會一起來看看成對的重要動詞，有三個重點必須特別留意（是不及物動詞還是及物動詞？／含義／過去式及過去分詞形態）。當然，這裡也適用及物動詞可以反問「什麼？」和不及物動詞可以結束在「是喔」的規則。raise（提高）可以反問「什麼？」，所以是及物動詞，又或者乾脆直接記住「raise 是及物動詞」，就能立刻分辨出這裡的 raise 是「上升」還是「提高」的意思了吧（順道一提，rise 是「上升」→「是喔」的不及物動詞）。

☑ lie vs. lay　※請留意劃底線的 lay（根據時態的不同來判斷）

> lie　不及物 →「躺；被平放；呈〜狀態」　lie-<u>lay</u>-lain
>
> 　　　　　　　　　　　　※「lie＋形容詞」的表達方式也很重要　p.446
>
> lay　及物 →「放置，平放」　lay-laid-laid　※和 pay – paid – paid 的變化相似
>
> ※ 以前也學過 lie（被平放）、lay（平放）的字義，但若平常不會這樣用的話，不只很
> 　 難記住、翻譯起來也不自然，一般不會說「我讓書平放了」吧

 也有很多母語人士會搞錯 lie 和 lay 的用法

The cat lay on the sofa, washing itself.

那隻貓躺在沙發上理毛。

※ 這個 lay 是 lie 的過去式（如果是現在式的 lay，要用 lays 且後面需要接受詞）。因
　 為是 lie，所以只要想成「（貓）躺著」就可以了／washing 是用分詞構句表達出
　「然後；同時」的語意　p.584

Ron laid his books on the table.

Ron 把他的書放在桌上。　※lay 帶有小心翼翼輕放的語氣

☑ rise vs. raise

> rise　不及物 →「上升」　rise – rose – risen
>
> raise　及物 →「提高」　　raise – raised – raised　※也有「養育」等字義

The fast-food restaurant said it raised its prices because the price of ingredients had risen a lot over the past month.

這家速食店表示，因為食材價格在過去的這一個月間漲了很多，所以他們調高了售價。

※raise 的後面有受詞（its prices），rise 沒有（a lot 是「副詞」）

+α **arise 是不及物動詞**

※ 在考試的時候也可以想成 arise ≒ rise（強調的 a + rise ＝ arise）

> **arise** 不及物 →「上升；產生」 arise – arose – arisen

Several issues arose during the negotiations.
在談判期間產生了幾個問題。

☑ grow up vs. bring up

> **grow up** 不及物 →「成長」 grow up – grew up – grown up
> **bring up** 及物 →「養育」（＝raise） bring up – brought up – brought up

☑ sit vs. seat

> **sit** 不及物 →「坐」 sit – sat – sat
> **seat** 及物 →「使就座」 seat – seated – seated

　　seat 這個字常以 seat oneself 表示「使某人自己坐下」→「某人入座」及被動語態的 be seated（入座）的型式來使用。在飛機或計程車中，會看到 Fasten your seatbelt while seated.（入座時請繫緊安全帶）這樣的句子。

※ 關於 while {you are} seated 的 you are 省略，請參照 p.133

☑ die vs. kill

> **die** 不及物 →「死亡」 die – died – died
> **kill** 及物 →「殺死」 kill – killed – killed

　　正如前面提過的，如果你還是覺得這部分很讓人困惑，建議你「先記『其中一個動詞』」，只要先記住其中一個，在考試的時候，就可以利用刪去法來確定另一個動詞的意思。

CHAPTER 11-2
第 1 句型、第 2 句型、第 3 句型

11-2-1　5 大句型的整體概念及思考方式（預想與修正）

基本概念

我們先來看看句型解說中會用到的術語吧。請留意**縮寫**（S、V、O、C、M）和**詞性**（名詞、形容詞、副詞、動詞）這兩項的內容。

句子的要素　※可以把「要素」想成「功能」，用這種方法思考會更好懂

縮寫	縮寫的含義	要素	功能	要素的詞性
S	subject	主詞	句子的主角	名詞
V	verb	動詞	對應「做～」或「是～」的意思，表示「動作」或「狀態」	動詞
O	object	受詞	承受動作的詞語 ※相當於「被～的 ○○」或「接受～的○○」	名詞
C	complement	補語	補充主詞內容的詞語	形容詞或名詞
M	modifier	修飾語	修飾句子的作用 （補充更多詳細資訊）	形容詞或副詞

詞性：單字被賦予的角色（以「詞」做結尾）
　　例如：名<u>詞</u>、形容<u>詞</u>、副<u>詞</u>、動<u>詞</u>
要素：在英文句子中發揮的功能
　　例如：主詞、受詞、補語、（描述主要動作的）動詞

必須特別注意「詞性」和「要素」的區別，不過，**「動詞」在這兩者**（詞性或要素）都會出現。做為「要素」，有時也會看到「主要動詞」（表示主詞所做動作的動詞）的說法，但實際上這個詞不常用到。

※這個說法有時會造成令人困擾的混淆，不過術語也不能隨便更改，所以雖然麻煩，但還是一併整理在這裡

基本的四大詞性（名詞、形容詞、副詞、動詞）會在句子中成為各種要素（扮演 S 或 V 等角色），具體說來就像是「名詞能夠當主詞、受詞或補語等」這種表達方式，請記住這點。

※ 剛剛介紹的術語不用背也沒關係，一邊看解說一邊確認術語會比較有效率

從「動詞」做出某種程度的預測，如果預測錯誤再嘗試更正

做為句子中心的**動詞**，好比在足球中場或管弦樂隊中扮演指揮的角色，為英文句子指出了方向。此外，由於動詞在方向上具有某種程度的**偏好**，因此事先了解「方便運用在各句型中的動詞」是非常有用的（例如 stand，第一個就可以聯想到會運用在第 1 句型裡做為不及物動詞的「站立」）。掌握的知識越多，讀起英文來就會越流暢。累積對於動詞的知識和使用經驗，將可以提高預測「是哪種句型？」的準確度。

但是，不能只看動詞來判斷（因為即使是母語人士也無法斷定）。因為若 stand 的後面接的是名詞，那就必須調整成「這是使用及物動詞 stand 的第 3 句型（SVO）（更正先前的預測）」這樣了（及物動詞的 stand 是「抵抗；忍受」的意思）。

I can't stand the noise from the construction site right next to my office.
我受不了正好在我辦公室旁邊的建築工地所發出的噪音。
※ 用 right 強調形容詞片語（next to my office）／construction site（工地）

平常較常用於第 3 句型的動詞，若後面連續出現了兩個名詞，那就可以推測這是第 4 句型（SVOO），若動詞後面是「名詞＋形容詞」的話，則可以判斷是第 5 句型（SVOC）。像這樣 核心重點 **先做某種程度的預測，然後再根據每個句子的情形修正**，才是正確閱讀英文所必需的能力。

各句型的「含義」

一旦確定了句型，就可以在一定程度上預測出動詞的意思。這就是句型的力量和優點。接下來會針對每個句型進行詳細解說，當然一定會有例外，不過大致上的主要用法偏好或傾向如下所述。

※ 若能事先了解這些概念，將來在學英文時應該會覺得更加輕鬆

各句型中具代表性的「動詞意義」 ※細節及例外等會在各句型的詳細說明中解說

	代表性的意義	代表性的動詞例子
第 1 句型（SV(M)）	「存在」或「行動」	live 居住 walk 行走
第 2 句型（SVC）	「等於」的意思	be 成為～；即是～ seem 似乎～
第 3 句型（SVO）	具有多種含義，無法一概而論。 ※只有第 3 句型是單字量大者具有優勢	
第 4 句型（SVOO）	給予	give 給予～ show 展示～，給～看
第 5 句型（SVOC）	使 O 做 C O 知道 C	make 使做～ find 知道～

　　如果跟你說「動詞意義是由句型決定的」，你可能不會相信，這部分就得靠各位今後在接觸各種考題或英文報紙時慢慢驗證與體會。總有一天會發現「啊！真是如此」，讓你可以相信這句話是真的。當然，如果你覺得「等不了！」的話，那就請靈活思考以下內容，這五個句子的動詞都是 get，但在各個句型中的意思卻都令人意外的不同。最常看到的字義「得到」，反倒只出現在第 3 句型，而且在第 4 句型之中會變成「得到」的反義詞「給予」的意思。

第 1 句型：Percy got to the station on time.
　　　　　Percy 準時到達車站了。　　※get 是「抵達」的意思
第 2 句型：I'm getting hungry. What's for lunch?
　　　　　我有點餓了。午餐吃什麼？　　※get 是「變得～」的意思
第 3 句型：She got a vaccine.
　　　　　她打了疫苗。　　※get 是「得到」的意思
第 4 句型：The cabin attendant got the passenger a blanket.
　　　　　乘務員拿了一條毯子給乘客。　　※get 是「拿取後給予」的意思
第 5 句型：The news got my family excited.
　　　　　這個消息讓我的家人都很興奮。

　　　　　　　　　　　　　　　　※get 是「讓～（處於某種狀態）」的意思

因為「基本動詞 get 的翻譯會有很多不同的意思」，所以不要只是死記硬背，請務必利用句型的力量來解讀！

11-2-2　　第 1 句型　SV(M)

只要有 S 和 V 就可以成立的「第 1 句型」

Time flies.（光陰似箭）這個句子，Time 是主詞，而 flies 是動詞（原形 fly），像這樣只要有 S 和 V 就可以成立的，被稱為**第 1 句型**。

※這個句子是「現在式」p.49

通常伴隨著 M

只有 SV 就結束的英文句子實際上非常少見，後面幾乎都會**伴隨著 M（修飾語）**。這句 He lives（他居住）做為第 1 句型雖然可以成立（已滿足英文**結構上**的條件），但在**內容和提供資訊方面**完全沒有意義，所以一般會像 He lives in Sendai.（他住在仙台）這樣加上修飾語。

※in Sendai 是「介系詞＋名詞」→「副詞片語」（發揮 M 的作用）p.668

在文法書中會將第 1 句型寫作 SV，但基於實際使用狀況，本書會以 SV(M) 代表。第 1 句型常用的基本動詞如下所示。

※這些不用背，只要大致看過，知道「SV(M) 會用這種動詞」就可以了

第 1 句型常用的動詞例子

① **存在・行動**：be（存在；有）/ live（居住）/ stand（站立）/ go（前往，去）
② **出現・消失**：appear（出現）/ disappear（消失）/ die（死亡）
③ **感情・其他**：laugh（笑）/ smile（微笑）/ talk（説話）

I'll be at home all day today.
我今天一整天都會待在家裡。　※at home / all day / today 全部都是 M

The boy smiled proudly when the art teacher praised his drawing in front of the class.
這個男孩在美術老師當著全班面前稱讚他的畫時驕傲地微笑。

第 1 句型的動詞意義（存在‧行動）

　　第 1 句型的動詞經常用來表示**「存在」**或**「行動」**。倒過來想就是，就算出現不懂的動詞也能推測出大致的意思。在遇到 核心重點 **第 1 句型的句子，只要用「存在」或「行動」的意思下去想，多半都可以順利理解句意**。

問題：請思考以下句子的意思。

> We got to Tokyo.

　　我們可以從**片語 get to ~（抵達~）**來解釋這個句子，但即使不知道 get to ~ 的意思，只要從句型下手就可以順利解決。

> We <u>got</u> (to Tokyo).
> S 　V 　　M 　※第 1 句型／「介系詞＋名詞」是 M

　　因為是第 1 句型，所以可以推測 got 的意思是「存在」或「行動」。不論是句意是「我們<u>存在</u>在東京」，還是「我們在東京<u>行動</u>」，最後要表達的內容都一樣，所以能夠理解這個句子主要想說什麼。

　　嚴格來說，介系詞 to 表達的是**方向和到達範圍**，所以**「朝向~（移動）」**的意思與動詞意義恰好一致。

　　※解答：我們抵達了東京（動詞表示「存在」或「行動」）

　　前面的英文句子（Time flies.）也是第 1 句型，所以可以想成「時間<u>行動</u>」→「時間流逝」，而 He lives in Sendai 所表達的「他住<u>在</u>仙台」也是一樣。

　　※雖然 live 的意思是基本常識，不過現在的練習可以當成是未來碰到困難句子時的預演

用困難的句子來實際演練看看

問題：請思考以下句子的意思。

> Many people settled in Brazil at that time.
> ※知道 settle 意思的人，請當作不知道來思考看看

Many people <u>settled</u> (in Brazil) (at that time).
　　S　　　V　　　M　　　　　　M　※第 1 句型／M 不論幾個都 OK

這個句子也是 SVM，從 in（在～之中）來切入的話，可以推測是「在那時很多人在巴西之中」的意思。順道一提，在字典上 settle 的意思是「安頓下來；定居」。

※解答：第 1 句型，表達「那時很多人在巴西定居」

補充 雖然不是 100%，但可成為相當不錯的工具

雖然第 1 句型的動詞不全是「存在」或「行動」的意思，但大多數例外都是基本單字（如 die / smile / talk 等等），所以不會造成問題（p.439）。當然，例外也存在於因難的動詞之中，但若因此而不使用這個方法，那就太浪費了，所以未來若在第 1 句型的句子裡看到不認識的動詞時，就先利用**「存在」或「行動」**的動詞意義來思考看看吧。

The surfer waded into the water.
那個衝浪的人踏進了水裡。

※一般人沒事不會知道 wade 是「涉水而過」的意思，所以這時請運用句型的力量，從 into（進入～之中）這個字來切入，便可推斷 wade 的動詞意義是「行動（也就是行走的意思）」了

追加英文

請翻譯以下句子。

The delivery men carrying the heavy refrigerator staggered up to the front door.

解答範例

搬著沉重冰箱的貨運人員們步履蹣跚地走到了前門。

※ refrigerator（冰箱）、front door（正門，前門）／主詞是 The delivery men carrying the heavy refrigerator、動詞是 staggered，只要從 up to ~（到～）切入，推測出 stagger 的意義是「移動」就 OK 了／stagger 在字典裡最主要的字義是「蹣跚；踉踉蹌蹌地走」，能從 up to ~ 推測出 stagger 具有「移動」意義，仍對理解很有幫助

11-2-3　第 2 句型　SVC

在第 2 句型中，S ＝ C

　　第 2 句型（SVC）中「S ＝ C」一定成立。C 是「補語（補充主詞內容的詞語）」，可以扮演 C 的有形容詞及名詞。

　　在 SVC 句型中常用的代表性動詞是 be 動詞（be 動詞的核心是「相等」／如果是「有；存在」的意思的話，就會變成第 1 句型）。運用 be 動詞的英文句子，從簡單的 He is shy.（他很害羞）到偉人名言都經常見到。

　　※Love is blind.（戀愛是盲目的）（Geoffrey Chaucer）、Knowledge is power.（知識就是力量）（Francis Bacon）、My life is my message.（我的人生即是我要傳達的信念）（Gandhi）等等

採用第 2 句型的動詞

　　看到以下動詞就先思考「會是 SVC 嗎？」，這點很重要。

第 2 句型常用的動詞例子（所有的不及物動詞／be 以外的「一般動詞」）

① **存在・持續**：be（成為～；即是～）／
　　　　　　　　 keep、remain、stay、hold、lie（維持～的狀態）
② **變化**：become、get、turn、grow、come、go、fall（變成～）／
　　　　　　 prove、turn out（結果是～）
③ **感覺**：seem、appear（似乎～）／ look（看起來～）/ feel（感覺像是～）/
　　　　　　 sound（聽起來～）/ taste（嚐起來～）/ smell（聞起來～）

Emi had to remain perfectly still while the dentist examined her teeth.
在牙醫檢查她的牙齒時，Emi 必須保持完全不動。
※still（不動的）（perfectly 修飾形容詞 still）

I'm growing impatient because the bus is late.
因為公車遲到，我逐漸失去了耐心。
※impatient（不耐煩的）

That sounds interesting!

那聽起來很有趣！

※覺得對方的提案「聽起來不錯」時的回應方式

具有 be 動詞穿著「布偶裝」的感覺

採用第 2 句型的動詞，不管哪一個，**基本上都擁有 be 的語意，或沾染著 be 動詞的色彩**，打個比方來說，這些動詞就像是 **be 動詞穿著布偶裝**的感覺。

The children are happy. 這些孩子們很開心。（用 be 動詞判定）

↓　are 變成 look 的感覺

The children look happy. 這些孩子們看起來很開心。

The children in the park look happy.

公園裡的這些孩子們看起來很開心。

※除了「幸福」以外，happy 也經常用來表達比較輕鬆的「開心，快樂」的意思

如果擁有 be 動詞會變形的印象，那就更容易理解**加上分詞（-ing / p.p.）C** 的表達方式，也就是 **be -ing / p.p. → look -ing / p.p.** 的感覺。

※原本分詞就具有形容詞的功能，所以可以當作 C　p.564

Debbie looked surprised to see Ron when she got on the bus.

Debbie 看起來很驚訝會在上公車時看到 Ron。

C 是名詞時

C 主要是形容詞（或分詞），但名詞也可以當補語。

※ 名詞可以做為「S、O 或 C」使用　p.436

After deciding to become a climate scientist, Erika became serious about studying in her science classes.

在決定要成為一名氣候科學家後，Erika 在科學課程的學習上變得更加認真。

※ climate（氣候）／serious（認真的）／前半句 become 的後面是接名詞（a climate scientist），後半句的 became 是接形容詞（serious）

總結 判斷 SVC

① SV ＋形容詞 → SVC

She looks happy. 她看起來很開心。

※happy 是形容詞／She = happy

② SV ＋名詞 ┬→「S＝名詞」的話是 SVC

She became a YouTuber. 她成為了 YouTuber。

※She = YouTuber

└→「S≠名詞」的話是 SVO　※不是 SVC

She felt her pulse. 她量了自己的脈搏。

※She ≠ her pulse／及物動詞 feel（感受看看）／pulse（脈搏）

seem / appear 的表達型式

來看看經常用在 SVC 句型裡的 seem / appear 要如何使用吧。

seem / appear 的表達型式

seem[appear] ＋形容詞 →「似乎 形容詞 」

seem[appear] to ~ →「似乎～」※把 seem[appear] to 當成一個助動詞　p.527

≒ It seems[appears] that sv. →「似乎 sv～」　p.330

Ms. Inagaki appeared confident and competent in her interview, so I think we should give her a job offer.

Inagaki 小姐在面試時顯得有自信又能幹，所以我覺得我們應該給她一個工作機會。

※ confident（有自信的）、competent（能幹的）皆為形容詞／後半的 we should give her a job offer 是第 4 句型，直譯的話是「我們應該給她一份工作的提議」

The antique Chinese painting that my grandfather bought appears to be a forgery.

我爺爺買的古董國畫似乎是贗品。　※forgery（偽造（品））

+α　seem[appear] to ~ 的細節

□ 將 seem[appear] to 視為一個助動詞

若按照「seem / appear 的後面會接形容詞」的規則去思考，那就會把 seem[appear] 後面 to 的內容想成是形容詞，然而實際上若利用「seem[appear] to 是一個助動詞」的方式來思考會比較好理解。

□ to 的後面接狀態動詞

seem[appear] to 的後面一定會接「狀態動詞（be 等等）」。seem / appear 的功能在於對某狀態的推測，表達出「似乎是～」的意思。

第 2 句型中的動詞意義（等於）

SVC 句型中，因為 C 較常為形容詞，以此倒推的話，也就 核心重點 可以得出「『動詞＋形容詞（-ing／p.p.）』的表達型式就會是 SVC 句型」的預測結論。

To succeed in life, you must stay curious.

要擁有成功人生，你必須保持好奇心。

這裡的 stay 並非「停留」，而是「保持～（的狀態）」的意思，但即使不清楚意思，只要透過「動詞＋形容詞」的型式也可以預測出「you ＝ curious 且這是必須（must）」→「必須有好奇心」的意思。

※you 是「不特定任何人」的總稱　p.325

The book lay open on the desk.
那本書打開著放在桌上。

　　只要 lay（lie 的過去式）是動詞，那 open 就應該是形容詞（因為不能連續接兩個動詞）。透過**「動詞＋形容詞」→ 判斷為 SVC**，可以預測是「那本書＝open 的狀態」→「書是打開著的狀態」的意思，所以這裡的 lie 是「呈現～（的狀態）」的意思（順道一提，用在第 1 句型時，表達的是「存在，在；躺」的意思）。

　　就像這樣，即使不知道 stay / lie 的含義，也可以預測出句意。

　　當然，如果你知道 stay 的意思，就可以知道這是「<u>保持有好奇心的狀態</u>」的意思，若知道 lie 的意思，也可以理解這句的語氣是「<u>書呈現打開的狀態</u>」。

補充 ▌擅長英文的人怎麼想

> **不擅長英文的人這樣想**：stay 除了「停留」的意思，還有「保持」的意思。必須透過上下文來判斷哪一個意思才是對的。
>
> **正確的思考方式**：如果能看透句型，就能猜出大致的意思。從 stay 的「停留」字義來看，因為句型是 SVC，所以可以推測是帶有「停留在～」的語意，而 lie 的意思也可以從「存在，在」的字義切入，推測在 SVC 句型裡表達的是「存在於～的狀態」。

　　英文好的人不會死記很多 stay 的意思，而是會在掌握了句型後，將動詞所帶有的語意加以運用在各個句型之中，然後再用字典確認是否正確。換句話說，不是「不懂所以查字典」，而是先預測大概有可能的意思，再「為了確認預測是否正確而查字典」。

※ 當然，這並不意味「不必記字義」，還是應該要先知道單字的常用字義，不過，「沒背過就不可能知道意思」是一種誤解

come 和 go 的語意

　　在 SVC 句型的常用動詞之中，具有獨特語意的代表性例子是 come 和 go。這兩個字在 SVC 句型裡都是「變成～」的意思，但語意解釋上卻完全相反。

> **come** 表示「變成好的狀態」或「回復原本的狀態」
>
> ※原本是「朝著中心」的意思
>
> **go** 表示「變成不好的狀態」　※原本是「遠離中心」的意思

　　come 原本是「朝著中心」的意思，在出現要朝著話題中心前進，也就是「來」的情境時，會用 come。下面對話的話題中心是「進行 dinner 的地點」。

A: Dinner is ready.

B: Oh, I'm coming.

A：晚餐準備好了。　　B：噢，我來了。

※如果說成 I'm going，就會「遠離話題的中心」（也許會被解釋成「要出門」）

使用 come 的片語　※朝著中心 →「變成」好的狀態／「回復」原本的狀態

① **「變成」好的狀態**：come true（實現）/ come right（順利）

② **「回復」原本的狀態**：come loose（鬆開）/
　　　　　　　　　　　　come undone[untied]（解開）

※ ② 的變化結果不一定是「好的狀態」（「朝著中心」被解釋成「回復原本的狀態」）

My shoelace came loose, and my shoe fell off.

我的鞋帶鬆開了，然後鞋子掉了。

※loose（鬆的）（發音為 [lus]）／fall off（掉落，脫落）

　　go 是「遠離中心」的意思，會用在變化後是「不好的結果」時。（不幸的是）用 go 的片語比起 come 更多。

使用 go 的片語　※遠離中心 →「變成」不好的狀態

go wrong（不順利；出錯）/ go bad（變差；壞掉）/ go sour（（牛奶、優酪乳等）酸掉，臭掉）/ go mad[crazy]（發瘋）/ go bankrupt（破產）/ go flat（爆胎）/ go blind（失明）/ go deaf（失聰）/ go astray（誤入歧途）/ go viral（廣為流傳（爆紅））※viral 是「病毒性的」，利用「病毒（virus）一口氣擴散」來比喻 / go green（有環保意識）※雖然是「好的狀態」卻使用 go（我想大概是注意到 go 和 green 間可以壓頭韻吧）

> The company will go bankrupt if it cannot get a loan to cover its debts soon.
>
> 那間公司如果不能趕快拿到貸款來償還債務的話，就會破產。

+α 表達「成年」的片語 come of age

由「of＋抽象名詞＝形容詞」的用法，將 of age → 視為 old（形容詞），表達出「變成有年紀的人」的感覺（因為算是「好事」，所以使用 come）。這種表達方式比較舊一點，較常出現在儀式和宗教內容中，也有出現在 p.50 的例句短文（When Japanese women come of age, they dress up in kimonos, while the men of the southern part of Pentecost Island tie vines around their ankles and jump from wooden towers in a ritual called "land diving," the precursor to modern bungee jumping.）之中。

※ 比較有名的「of＋抽象名詞＝形容詞」例子有 of importance＝important 等等　p.688

11-2-4　第 3 句型　SVO

第 3 句型中「S ≠ O」

及物動詞的後面是接名詞（受詞），在動詞後會接受詞（O）的是**第 3 句型**。「受詞」是「承受動作的詞語」，主要可以理解成是「被～的○○」或「接受～的 ○○」的詞語。在第 2 句型（SVC）中「S＝C」一定會成立，但在第 3 句型（SVO）中「S ≠ O」。

※ 原則上是 S ≠ O，但有時也會出現如 He killed himself.（他自殺了）這樣的句子，在 S 和 O 指相同對象時會使用反身代名詞（-self）　p.323

只有第 3 句型是單字量越大越有優勢……

在第 1 句型或第 2 句型的解說中，都有提到「可以從句型來預測動詞意義」的特色，但是第 3 句型中會出現的動詞意義有無數個，因此無法一一預測（第 4 和第 5 句型則可以，所以這裡就放過我吧）。不過，什麼都不說的話實在太無趣了，所以我要來介紹一些有用的特色。

☑ **動作動詞基本上是「影響」的意思**

　　SVO 句型（V 為動作動詞的情況）所表達的基本語意經常是「（S 對 O）產生影響」。在第 1 句型中出現的不及物動詞 walk（行走），多半是「行動」的意思，但若 walk 變成及物動詞，就會變成「對 O 產生影響，讓 O 行走」→「帶 O 散步」的意思。

> Welcome to Yumi's Dog Café! You can pet the dogs for 500 yen per hour, or if you'd like to walk a dog, that's 1,000 yen per hour.
>
> 歡迎光臨 Yumi's 狗狗咖啡廳！1 小時 500 日元可以摸狗，或者你想遛狗的話，每小時是 1000 日元。
>
> ※ 動詞 pet（輕拍，輕撫）基本上也是「造成影響」

☑ **後接 that 子句做為受詞的動詞，具有「認知」或「傳達」的意思**
　　SV that ~ 的表達型式都具有「認知」或「傳達」的意思（p.136）

> ※ 雖然我們書裡沒有特別寫，但英文中經常有「當動詞的使用方式相同時，表達的語意也會相似」的情況（例如和 rob 人 of 物（從 人 奪取 物）同一型式的 cure 人 of 疾病（治療 人 的 疾病），最原始的意思是「從 人 奪取 疾病」）

CHAPTER 11-3

第 4 句型

11-3-1　第 4 句型　ＳＶＯＯ（之一）give 類・buy 類

第 4 句型的動詞後面會接兩個受詞

第一個受詞是表示**施加動作的方向性（往～的對象）**，第二個受詞則是表示**該動作所提供的人事物（給～的東西）**。簡單來說，表達型式是「Ｖ 人 物」（人 只是方便舉例，其實動物或公司等等的任何人事物都 OK）。

Please give me a hint, and I can guess the answer.
請給我一個提示，然後我就可以猜出答案來。

「Ｖ 人 物」的語意會和「給予」有關

可以運用在「Ｖ 人 物」裡的動詞，除了 give 以外，最一開始學到的還有 teach（教導）/ show（給～看）/ lend（借出）/ send（寄送）等等。當然，我想我們記的都是翻譯過來的字義，然而 核心重點 **其實這些動詞的基礎，全都是 give 的「給予」。**可以用 teach（給予知識）/ show（給予視覺資訊）/ lend（暫時給予）/ send（以寄送的方式給予）來理解。

My aunt sent us all cute Christmas cards.
我阿姨寄給我們大家可愛的聖誕賀卡。
※「人」的部分是 us all（我們大家）（這裡的 all 是同位語的用法）

不認識的動詞也可以用「給予」解決

以 give 的意思做為基礎，反過來想就是 核心重點 **在「Ｖ 人 物」裡看到不認識的動詞時，可以用「給予」來思考。**

※也有少數幾個動詞的意思是相反的「拿取」，這部分稍後會看到　p.454

> The school grants members of the baseball team athletic scholarships.
>
> 這間學校給予棒球隊隊員體育獎學金。
>
> ※athletic（體育的）／scholarship（獎學金）／the school 也可以解釋成「本校」

　　就算不知道 grant（授予）的意思，也可以從「V 人 物」來推測。

　　另外，這個方法不只適用於「不認識的動詞」，也適用於「你以為你知道的動詞」。雖然前面已經說過「get 人 物」的語意都和「給予」有關了（p.438），但因為這部分十分重要，所以這裡再提醒一次。

> ※雖然字典上寫著「拿給，拿取後給予，買給」等等各種詳細的字義內容，不過總結起來就是「給予」的意思

> The baby's parents got him lots of educational toys.
>
> 寶寶的父母買了很多益智玩具給他。
>
> ※educational（教育的）／toy（玩具）

第 4 句型 → 第 3 句型的互換改寫

　　可以將「V 人 物」中的人和物互換，變成「V 物 to 人」的表達型式，在這種型式下必須使用介系詞（主要是 to 和 for）。

> 她送了一台筆記型電腦給孫女。
>
> She sent her granddaughter a laptop.　※ SV 人 物（第 4 句型）
>
> → She sent a laptop to her granddaughter.　※ SV 物 to 人（第 3 句型）

+α 「V 人 物」和「V 物 to 人」在使用上的區別

　　因為英文「重點會放在後面出現的內容」的特色，對應於「送了孫女什麼東西？」的問題，應該要回答 She sent her granddaughter a laptop.，若問的是「筆記型電腦送給了誰？」，則應該要回答 She sent a laptop to her granddaughter.。

　　另外，使用「V 物 to 人」句型的理由之一，就是想要避免出現（ × ）give the student it 這樣的句子（因為代名詞傳達的是前面出現過的舊資訊，所以不會想在重要的句尾放代名詞）（結果就是又多了一個「V 人 物」中的物不放代名詞的規則）。

區分 to 和 for 的使用方法

　　變換句型時使用的介系詞大多是 to。在剛開始學英文的時候，用 to 以外介系詞的例外只有「make / cook / buy 會用 for」，所以直接背起來比較快，但越學越多之後，這些例外的數量就會增加，所以請想成 核心重點 **to 是必要的、for 是不必要的**。

區分「to 人」和「for 人」的使用方法

> 「to 人」：不加的話，句子在語意上不成立（傳達的是必要資訊）
> 「for 人」：就算不加，句子的語意仍然可以成立

　　只要知道這點，幾乎可以對應使用在所有動詞上。例如只有 Andy gave a toy. 這樣，那麼傳達的資訊有點不夠，需要「給誰？」對吧？這時在對應動詞 give 的情況下就會用 to，句子就會變成 Andy gave a toy to his sister.（Andy 給了妹妹玩具）。

　　另一方面，單一句 She bought candies.，句意就可以成立，這時若想要多加表達「給某人」的話，就會對應加上「for 人」，變成 She bought candies for me.（她買了糖果給我）。

SVOO 的類型（1）　單純 give 類的動詞

　　第 4 句型的大部分動詞（改寫成第 3 句型時）都會採用 to，只有一部分動詞會對應使用 for，另外還有一些動詞使用的是除 to 和 for 以外的介系詞，所以這裡將會用在第 4 句型中的動詞細分為 5 類。但請不要忘記，前提是這些動詞**全部都會用在 SVOO 中／變成「給予」的意思**（不是「給予」而是「奪取」意思的例外類型將在（3）登場）。首先來確認**（1）單純 give 類**的動詞吧。

單純 give 類　基本型式：give 人 物 ⇆ give 物 to 人 ※必須有 to ～

> give（給予）/ send（寄送）/ teach（教導）/ tell（告訴）/ show（給～看）/ bring（帶來）/ lend（借出）/ pay（支付）/ sell（販賣）/ throw（投擲）/ write（寫）/ allot（分配給）/ award（頒發）/ grant（授予）/ hand（親手交給）/ offer（提供）/ pass（傳遞）/ promise（承諾）/ do（造成）※使用 do 時，物 會是……「good（好處；利益）/ harm、damage（損害）/ justice（正義）/ a favor（恩惠）/ honor、credit（信譽）」等等名詞

　　give 類的動詞有無數個，反而沒有必要背，不過必須特別注意動詞 do，只要是「do 人 物」的型式，雖然語意當然是「給予 人 物」，不過動詞 do 後所接的 物 名詞類型是固定的（會放「善惡」或「利害」相關的名詞），如 Would you do me a favor?（能請你幫我一個忙嗎？）也是運用了這種表達型式（p.227）。

The tar in cigarette smoke does your lungs harm.
香菸菸霧中的焦油會對你的肺造成傷害。

SVOO 的類型 (2)　buy 類的動詞

buy 類　基本型式：buy 人 物 ⇆ buy 物 for 人　※沒有 for ~ 也 OK

buy（買）/ get（購買（購買之後給予））/ cook（料理）/ find（找到）/
sing（唱歌）/ play（演奏）/ make（製作）/ prepare（準備）/ call（呼叫）

I'll cook you dinner today.
我今天會做晚飯給你。
※要用 for 的話，會寫成 I'll cook dinner for you today.

＋α get ⇆ buy

　　get 的整體意義大致上可以理解成「給予」，不過仔細來說，get 擁有「拿來；取得後給予；買給」的意思。因為 get「不一定需要『對象』」，而且帶有「買來之後給予」的意思，所以是屬於 buy 類（I got a dress for my sister.（我買了洋裝給妹妹））。

資料 也有用 to 或 for 都可以的動詞

　　出現在第 4 句型裡的動詞之中，也有用 to 或 for 都可以的動詞。例如像 The mother sang a lullaby to her baby.（母親唱搖籃曲給她的孩子聽）這句，sing 的後面也可以使用 to。如果用來出題，考題中不會問 to 和 for 的語意有何不同，因此單純當參考即可。

　　※常會用「催眠曲」或老歌當作 lullaby（籃曲）

11-3-2 第 4 句型 SVOO（之二）
take 類

SVOO 的類型（3） take 類的動詞

也有跟「V人物」型式表達的「給予」意思相反，表示「從人奪走物」意思的特殊動詞。因為數量不多，所以只要把這些記住，之後就可以自由使用將不認識的動詞解讀成「給予」的這個技巧。

核心重點 這些 take 類動詞，雖然每個字都是獨立的，但用法其實都是「V人物」的型式，且都有著「奪取」的意思。

※ 透過「give and take（施與受）」這個慣用表達就可以知道 give 的反義詞是 take

take 類 基本型式：take人物（從人奪走物） ※原則上不能用介系詞改寫

take人時間	花費人時間	※表示「從人奪走時間」
cost人金錢	耗費人金錢	※表示「從人奪走金錢」
生命	犧牲人生命	※表示「從人奪走生命」
save人勞力	節省人勞力	※表示「從人奪走勞力」
spare人勞力	空出人勞力	※表示「從人奪走勞力」／請參照下一頁
owe人金錢	欠人金錢	※表示「（暫時）從人奪走金錢」
deny人物	拒絕給予人物	※表示「（暫時）從人奪走物」
refuse人物	拒絕給予人物	※表示「（暫時）從人奪走物」

Online banking saves me the time and effort of going to a bank in person.

網路銀行替我省下了親自去銀行的時間和麻煩。

※直譯是「線上銀行業務省下我親自去銀行的時間和勞力」／save 帶有「拿走囉～」的正面感覺

It took Marty a year to find the courage to ask Caroline out.

Marty 花了一年時間才鼓起勇氣約 Caroline 出去。

※ask人out（約人出去）

補充 It takes 人 時間 to ~ 表示「人 做 ~ 花費 時間」

雖然這個表達型式已經變成固定句型了，不過這個表達方式最原本是從「take 人 時間（從 人 奪走 時間）」而來的，直譯為「奪取時間」→「花費時間」的意思。

要注意的重點細節……① It 是虛主詞，to ~ 是真主詞、② 人 經常省略、③ 也可以改用「It takes 時間 for 人 to ~」的句型（for 是不定詞在意義上的主詞）。

腳踏兩條船的 spare 應用

「spare 人 物」的表達型式同時具備 **give 類的「給予」**和 **take 類的「奪取」**兩個意思。

判別 spare：透過 物 的名詞種類來判別

① spare 人 時間・金錢　　→ give 類的「給予」

※ 語意是「給予多餘的東西」

② spare 人 負面意義單字　→ take 類的「奪取」

※ 負面意義單字 是指 trouble 等等的字

※ 這只是一種判斷的「傾向」，而非絕對性的法則，因此若根據上下文判斷，語意明顯錯誤，請切換「給予 ⇆ 奪取」的思考方式來再想一遍

Could you spare me a few minutes?

可以請你空出幾分鐘的時間給我嗎？

※ give 類的「給予幾分鐘」／字典上說 spare 是「分出」的意思，但若想成「給予時間」會更好懂

By moving into a furnished apartment, I spared myself the expense of buying furniture.

因為搬進的公寓附家具，我省下了買家具的錢。

※ spare myself the expense of ~ 表示「替自己拿走 ~ 的支出」→「我省下 ~ 的錢」／furnish（配置家具）

11-3-3 第 4 句型 SVOO（之三）其他的 SVOO

SVOO 的類型（4） ask 類的動詞

☑ ask 類

※ ask 人 物 = ask 物 of 人（部分可以用 from）／語意從 take 類的「奪取」而來

> ask、demand、require（要求）/ beg（乞求）/ expect（期待）
>
> ※ demand、beg、expect 一般使用「V 物 of 人」的表達型式

核心重點 **意思取自「在情感上對他人進行奪取」**，即為「（向對方）提出要求或期望」的意思。May I ask you your name?（方便請教您的姓名嗎?）這句就等同於詢問「可以奪取你的名字（做為情報）嗎?」

※ 雖然知道「ask 人 物（詢問 人 物 ）」的概念就已經夠了，不過我還是把它和 SVOO 放在一起來整理

> 💬 May I ask you a favor?
>
> ＝ May I ask a favor of you?
>
> 我可以請你幫個忙嗎?
>
> ※ 直譯是「我可以要求取得（ask）一個你的（of）恩惠（a favor）嗎?」

SVOO 的類型（5） 其他會用在 SVOO 裡的動詞 延伸

☑ play ※ play 人 物 ⇆ play 物 on 人 表示「把 物 作用在 人 身上」

> ✎ Tomohiro likes to play tricks on Kensuke.
>
> Tomohiro 喜歡對 Kensuke 開玩笑。
>
> ※ 雖然是以 SVOO 的句型 Tomohiro likes to play Kensuke tricks. 為前提，但其實使用 on 的型式更為常見

☑ **其他**（charge / envy / forgive / pardon）　※語意來自「奪取」之意

The restaurant charged us a fee for the glasses we broke.

這間餐廳向我們收了被我們打破的玻璃的錢。

※for（針對～）／charge 人 錢（向 人 收取 錢）（有著「想要奪取」的感覺）

　　若以 envy 表達「想要奪取的心情」→「羨慕；忌妒」、forgive / pardon 表達「奪取責任」→「原諒」來思考，那就可以將這些特殊動詞理解為 take 類的延伸。

─ CHAPTER 11-4 ─

第 5 句型

11-4-1　第 5 句型　SVOC

判別 SVOO 和 SVOC

　　（和第 4 句型相同）第 5 句型中的動詞，後面會連續接上兩個句子要素。雖然在第 4 句型（SVO_1O_2）中 $O_1 \neq O_2$，但**在第 5 句型（SVOC）中 O＝C** 是成立的。

區分第 4 句型和第 5 句型

	第 4 句型（SVO_1O_2）	第 5 句型（SVOC）
共通點	V 的後面連續接上兩個句子要素	
差異點	$O_1 \neq O_2$	O＝C

檢驗例句：下面的兩句動詞皆是 make，請透過後方的表達型式來判斷。

① **My father made me a pizza.**

　　爸爸做了披薩給我。　　　　　　　　　　※me ≠ a pizza 所以是第 4 句型

② **Reading every day made me a better writer.**

　　每天閱讀讓我成為更好的作家。　　　※me = a better writer 所以是第 5 句型

C 的部分如果是名詞，就按照上面的方法區別，但如果是形容詞（「SVO＋形容詞」的表達型式）便可以立即判斷是 SVOC 句型了。

His voice makes me sleepy.
他的聲音讓我昏昏欲睡。　　※直譯是「他的聲音讓我想睡覺」

O 與 C 的關係

除了 O＝C 以外，SVOC 各要素之間還有一個重要的關係，特別當動詞出現在 C 的位置時（分詞或部分會特別用原形動詞），比起 O＝C，請將 O 和 C 想成是「**主詞＋動詞**」的關係。

※雖然 SVOC 句型中 O＝C 的這件事大家都知道，但也因為這個語意太過深植人心，導致沒什麼人會留意到 O 和 C 呈「主詞＋動詞」的關係

A: Do you have any plans on Saturday?
B: I'm not sure. Let me check my schedule.
A：你星期六有什麼安排嗎？
B：我不確定。讓我確認一下我的行程表。

※祈使句中 Let 是 V、me 是 O、check ～ 是 C／「主詞＋動詞」的關係（由 me 來 check）

---

3 步驟理解 SVOC

理解 SVOC 的 3 個步驟

(1) 對會用在 SVOC 中的動詞做出反應
(2) 掌握 O 和 C
(3) 理解 s'v' 間的關係

一開始先看到 (1) 對會用在 SVOC 中的動詞做出反應，後面會解說語意及用法上的細節，現在重要的是要保持在看到動詞時想著「會不會是 SVOC 句型」的心態。

這些動詞從 make 開始都是很基本的動詞，但反而卻是最麻煩的，因為我們在看到 make 時，第一時間就會聯想到「製作」的意思。不過從現在開始，核心重點 **看到 make 應該要先想「使役動詞不是會用在 SVOC 裡嗎？」**，這就是征服 SVOC 句型的重點。

※ 本書將會用在 SVOC 中的動詞分成七類。這看起來或許很麻煩，但因為沒有這樣細分，而感到困惑的人實在非常多，所以我認為這是最好的方法

(1) 對會用在 SVOC 中的動詞做出反應
step 1：看到這些動詞就預測是 SVOC！

① 使役動詞（make / have / let）　② 感官動詞（see / hear / feel / find 等）
③ 類使役動詞（keep / leave / get 等）
④ 命名・希望類動詞（call / name / want 等）
⑤ V 人 to ~（allow / enable / force / advise 等）　⑥ help
⑦ regard 類（regard / think of / look on 等）※動詞的細節及含義會在後面仔細說明

(2) 掌握 O 和 C
step 2：思考成 s'v'！

① C 是形容詞或名詞　→ 想成 O＝C
② C 是動詞相關（原形・分詞等）→「主詞＋動詞」的關係　※用 s'v' 標示

在對於用在 SVOC 的動詞做出反應後，接下來就是要掌握 O 和 C 間的關係。雖然也有可能 **O＝C**，不過這裡希望各位特別留意的是 **s'v' 的關係**。清楚掌握意思後，再看到下一步驟的 (3)。

※不是主要的 SV 而是「隱藏的 SV」，所以加上「apostrophe（撇號）」標記為 s'v'

(3) 理解 s'v' 間的關係
step 3：留意「做」or「被做」！

① 主動（s' 做 v'）：v' 是……(a) 原形 / to 不定詞
　　　　　　　　　　　　　　※只有 V 是使役或感官動詞時會用「原形」
　　　　　　　　　　　　　(b) -ing
② 被動（s' 被做 v'）：v' 是…… p.p. / to be p.p.

☑ 關於 原形 / to 不定詞（使役或感官動詞的使用情況）

　　請把 原形 / to 不定詞 想成是一張卡片（呈現正反面的關係）。如果是使役或感官動詞，那就會用 原形，也就是不會用 to 不定詞。

　　※ 被賦予「使役」或「感官」這個名字的動詞有特殊待遇，它們是被視為「可以用原形」的「貴族」級動詞

> I'll have Sophia e-mail you the file.
>
> 我會要 Sophia 用電子郵件寄檔案給你。
>
> ※ e-mail[email] 是原形動詞／e-mail[email] 人 物（用電子郵件寄 物 給 人）／直譯是「我會要求 Sophia 用電子郵件寄給你那份檔案」

補充 在使役或感官動詞之後，不用「原形」也 OK

　　許多人會將上述的說明擴大解釋，誤以為「使役或感官動詞的後面只能用原形」，但其實也可以採用 -ing / p.p 的形態。（細節與限制條件請參照 p.467）

☑ 有關 原形 / to 不定詞（使役或感官外的其他動詞的情況）

　　不要求使用 原形 的動詞都會使用 to 不定詞。

　　※「沒有自己名字的動詞（allow / enable / need 等大多數）」是無法成為貴族的「庶民」，所以沒有「使用原形」的特權

> Takumi needed his boss to let him take a few days off.
>
> Takumi 不得不要求他的老闆讓他請幾天假。
>
> ※need 人 to ~（不得不要求 人 做～）／這是 let O 原形 的表達型式／take ~ off（請～（時間的）假）

☑ 有關 原形 / to 不定詞（help 的情況）

　　help 是例外，唯一 原形 和 to 不定詞 兩者都可以用的動詞。

　　※help 雖然是庶民出身，但可以往上爬晉升為貴族階級　p.470

☑ 有關 -ing

　　畢竟 原形 / to 不定詞 只是一張有正反面的卡片，所以與 -ing 放在一起想也 OK。換句話說，卡片上用「原形或 -ing」或「to 不定詞或 -ing」替換都是可行的。

☑ 有關 p.p. / to be p.p.

如果是被動的關係，那麼必須採用 p.p. 或 to be p.p. 的其中一種表達型式（也有兩者都可以的例外，但不是太重要）。請特別注意「**p.p. 表示被動**」就可以了。

I couldn't make myself understood in Italian.

我沒辦法用義大利文好好溝通。

※ make oneself understood 直譯是「讓自己（被你周圍的人）
　理解」→「好好溝通」

11-4-2　第 5 句 型 的 動 詞
（使役或感官動詞）

使役動詞只有 make / have / let

粗略地說，所有使役動詞都可以翻譯成「使做～」，接下來將在這裡解釋其中的細微差別。

☑ make（強制或必然）

「製造出 OC 的狀態」→「**強制或必然地使做～**」的語意。表達出來的不一定會是「強迫～做」的意思，也很常出現「因為主詞的關係，而不可避免地做～」的語意。

What makes you so sure?

是什麼讓你這麼確定？

※直譯是「什麼使你如此肯定？」／「是有什麼樣的根據讓你覺得肯定是如此？」

☑ have（利害關係）

have 會使用在表達**獲利**或**受害**的語意上。已往我們學過 have OC 會有「讓～做～」、「請～做～」、「被～」等各種不同的翻譯方式，核心重點**重要的是不要拘泥於翻譯，而是去感受英文所傳達出來的那種獲利或受害的關係。**

在 I had my wisdom teeth pulled put.（我拔了智齒）這句中存在被動

關係是事實，即使可以翻譯成「我讓智齒被拔掉了」、「請人拔掉了智齒」、「智齒被拔掉了」等，但不管怎麼翻，事實都不會改變（wisdom teeth 智齒（複數形））。

※「獲利」與「受害」是一體兩面的這件事，之後會在被動語態的地方詳細講解　p.718

I'll have my assistant arrange a hotel for your stay.
我會請助理替您安排下榻的飯店。
※「獲利」的語意／arrange（安排）

I had my iPhone's battery replaced for free.
我免費換了 iPhone 的電池。
※「獲利」的語意／直譯是「my iPhone's battery 被 replace 了」表達的是被動關係，所以會用 p.p. 的形態（replaced）

I had my wallet stolen from my car.
我的皮夾被從我車子裡偷走了。
※「受害」的語意／因為是「皮夾被 steal」所以表達的是被動關係，採 p.p. 的形態（stolen）／在翻譯「我被偷走了～」時，經常發生 ×）I was stolen 的誤譯，這是絕對 NG 的翻法　p.723

補充 比起「地位高或低」，have 更以「利害」做為考量因素

雖然經常聽到「使役的 have 不能對長輩或上級使用」的說法（的確因為「主詞具有所有權」的關係，較常用在「上司 → 下屬」的情境之中），不過像 I had my hair cut.（我剪了頭髮）這樣的句子，地位高低不會影響句意吧（客人地位比較高嗎？還是如果請大師來剪，大師的地位就比較高？）比起思考這些，不如從利害來思考，這樣應該就能正確理解英文原本想要表達的意思。

※順道一提，這裡的 cut 是 p.p.（被剪的），表示被動關係

☑ let（允許）
有著「讓～隨心所欲」的語意。

My brother won't let anyone touch his video games.
我弟弟不讓任何人碰他的電動。

另外，在祈使句的表達型式之中，可以用「Let me ＋原形動詞（讓我～）」來**提出請求**，如 Let me help you.（讓我來幫你）這種句子。

 這是禮貌傳達「我想幫你，拜託讓我幫忙」心情的說法

Please let us know if there is anything we can do to make your stay more pleasant.

請告訴我們還能做些什麼來讓您住得更加愉快。

※ 飯店工作人員在接待客人時會講的話／只是將 let me 換成 let us 而已／to make ~ 是副詞用法／make OC 的 C 是形容詞 more pleasant

感官動詞和使役動詞的思考方式相同

和使役動詞一樣，因為單字本身都很簡單，所以在看到這些動詞時，能做出「也許會是 SVOC？」的預測是很重要的。

感官動詞

① see（看見）/ look at（注視；看）/ observe（觀察）/ notice（注意；察覺）/ watch（看；留神觀察）/ hear（聽見）/ overhear（無意中聽到）/ listen to（聆聽）/ feel（感受）/ think（思考）/ consider（思考；認為）

② find（發覺到；感到）/ perceive（察覺到；感知到）/ catch（目擊到）/ smell（聞起來）

※① 和 ② 的用法有些不同，不過目前先忽略沒關係（詳細可參照 p.467）

 Please click the "like" button if you found this video tutorial helpful.

如果您覺得這支教學影片有幫助，請按「讚」。

※ 這裡 find O C（覺得 O 是 C）的 C 是形容詞（helpful）

 I heard my number called and walked over to the teller window.

我聽到叫到了我的號碼，所以向出納窗口走去。

※ 這個句子是 hear O p.p. 的表達型式，直譯為「聽到 my number 被 call」／teller window（銀行的出納窗口）（ATM 是 automatic teller machine 的縮寫，teller 是指「銀行出納人員」）

原形與 -ing 的差異　延伸

　　感官動詞 see 後面的 C 可以是原形或 -ing。翻譯時只要單純分成：**原形是「做」、-ing 是「正在做」**的意思就可以了，明白了這一點，就可以解開各種疑惑，這裡就來一起看看吧。

> We saw Paul running in the park.
> 我們看到 Paul 正在公園裡跑步。
> ※ 目擊「正在跑步的動作」

> We saw Paul run in the park.
> 我們看到 Paul 在公園裡跑步。
> ※ 看見「跑步這個動作之中的一部分（開始跑～結束之間的一部分）」

　　running 是進行式的語氣，意思是「正在做～當中」，另一方面，run 表達的是一般動作（的完結），所以看到的是「完整的跑步這件事（從開始到完結為止的一整個過程）」。

理解 catch / find 的特殊用法　延伸

　　了解原形和 -ing 的語意之後，就可以理解 catch 的用法了。catch 做為感官動詞時是「目擊到」的意思，但 ×) catch 人 原形 的型式是 NG 的，這裡一定要用 -ing（這是連問都不必問，絕對要記住的「片語」）。

　　因為「目擊」這個行為，本身就是「看到動作進行中的樣子」，所以 catch 和 -ing 是絕配（如果是從頭看到尾，那應該就不能叫做「目擊」了，對吧）。

> ★ A member of the paparazzi caught the celebrities kissing in the hotel lobby.
> 一個狗仔目擊了名人在飯店大廳裡接吻。
> ※ celebrity（名人）

　　find 也一樣，C 不會是原形，而會用 -ing。

※ 這裡只是「用 -ing 取代原形」，因此 find O p.p.（發現 O 被～了）的表達型式是 OK 的　p.467

I find myself wasting time on Twitter all too often, but I don't think I'm addicted to it.

我發現自己太常在推特上浪費時間了，不過我不認為我有沉迷推特。

※ I find myself -ing 的直譯是「我發現自己處在～的狀態之中」→「（在沒發現的情況下）一直做～」／all too often 表示「太過頻繁」（all 是強調）／be addicted to ~（上癮～；沉迷～）

11-4-3 類使役動詞（keep / leave / get）的用法

跟使役動詞不一樣！

核心重點 看到 keep / leave / get 時，先預測這是 SVOC 的句子吧。不管是這三個的哪一個，都有著使役的意思（也有人會把 get 視為使役動詞），但因為它們不具有使役動詞被賦予的特權（C 可以用原形動詞），所以在本書中被歸類成「類使役動詞」，做為明確的區分。

「類使役」動詞 ※基本：keep / leave / get　應用：set / hold

keep（將 O 保持在 C 狀態）/ leave（將 O 留在 C 狀態）/ get（讓 O 變成 C）/ set（把 O 調整成 C 狀態）/ hold（將 O 保持在 C 狀態）※表達出來的感覺要比 keep 更短暫

※其實我想叫它們「放置類動詞」，但因為誤解「get 是使役動詞」的學生實在太多了，所以為了徹底表明「get 不是使役動詞」，才會取名成「類使役動詞」（雖然聽起來不怎麼樣）

Keep the kidnapper talking for at least 30 seconds. That will give us enough time to trace the call.

讓綁匪持續説話説至少 30 秒，這樣我們就有足夠的時間可以反向追蹤了。

※ keep OC 的 C 是 -ing／kidnap（綁架）／trace the call 表示「追蹤打來的電話」→「反向追蹤」

> +α 棘手的 get 用法
>
> ① get 人 to ~ → 「讓 人 做～」　※「人 做～」的主動關係
> ② get 人 p.p. → 「為了讓 人 做～」　※「人 被做～」的被動關係

　　因為 get 不是使役動詞，因此不存在 ×）get 人 原形 的表達型式。另外，要表達被動關係的話是 get 人 p.p.，不需要有 to，所以也不會變成 ×）get 人 to be p.p.。

　※ 在被動關係下直接使用 p.p.（就像 make 人 p.p. / have 人 p.p.），這就像是「只有在被動關係時，才能趁亂模仿崇拜的名人（使役動詞）」的感覺

I get my teeth cleaned every six months.
我每六個月洗一次牙。

總結 使役動詞、感官動詞、類使役動詞的詳細用法

V 的種類		C 的內容	to	原形	-ing	p.p.
使役	make		× 注1	○	×	○
	have	使役（獲利）	×	○	△ 注2	○
		受害	×	× 注3	○ 注4	○
	let		×	○ 注5	×	×
感官	see / hear / feel		× 注1	○	○	○
	find / catch / smell		×	×	○	× 注6
類使役	get / leave		○	×	○	○ 注7
	keep		× 注8	×	○	○

注釋 1 被動語態時採用「to 不定詞（而不是原形）」。使役動詞中只有 make 可以是被動的（因為 make 的主詞具有較強的因果關係）

注釋 2 有一部分可以，但這部分暫時忽略也不會有問題（因為從上下文就可以理解了）／這個表格中將 have 細分成表達「獲利（為利益而做）」和「受害」。傳統上一切都用 have 處理就是造成混淆的原因

注釋 3 die 的話是 ○
（因為用 dying 會是「垂死＝還活著」的意思，所以用 die 代替）

注釋 4 「在主詞所及範圍之外所發生的」會使用 have 人 -ing 的型式。如：I won't have you talking to me like that.（我不會讓你那樣跟我說話）

注釋 5 let 只用原形（超純粹的使役動詞）／被動關係的表達型式也是 let O be p.p.（幾乎沒看過有人用過）／也有與 SVOC 相似的「let O 副詞」型式（let one's hair down 表示「把（綁好或盤好的）頭髮放下」，比喻「放鬆」）

注釋 6 只有 find 是 ○（find O {to be} p.p. 的型式，有 to be 也 OK）

注釋 7 get O to 原形 雖然 OK，但 ×）get O to be p.p. 是 NG 的，應該要用 get O p.p. 的型式

注釋 8 因為是保持的意思（維持著原狀不動），所以 to 不定詞是 ×

11-4-4　命名・希望類的動詞

命名・希望類

> **命名類**：call OC（把 O 叫做 C）/ name OC（把 O 命名為 C）/
> elect OC（把 O 選為 C）/ appoint OC（任命／指派 O 為 C）
> **希望類**：want OC（（S）希望 O 是 C 的狀態）/
> like OC（（S）偏愛 O 是 C 的狀態）

Sony named its first portable audio player the Walkman.

Sony 將它的首款隨身聽命名為 Walkman。

I want my eggs scrambled.

我想要炒蛋。

※ 在餐廳點菜時會說的句子（如果把 I want 改成 I'd like 的話，語氣就會更加禮貌）／
scramble（拌炒）

追加英文

請翻譯以下句子。

(1) I left the door unlocked for you.

(2) I'll keep my schedule open.

(3) Fermented herring is called Surströmming in Swedish, but many people
just call it the stinkiest fish they have ever smelled.

※ ferment（發酵）／herring（鯡魚）／Surströmming（瑞典鹽醃鯡魚）（用鹽巴醃製鯡
魚的瑞典食品，據說是「世界上最臭（stinky）的食物」）

解答範例

（1）我為了你而沒有鎖門。　　※leave OC 的 C 是 p.p.（unlocked）

（2）我會把我的行程空下來。

※ 這個 open 是形容詞「未定的（狀態）」／順道一提，動詞 open 是「打開（動作）」

（3）發酵鯡魚的瑞典語叫做 Surströmming，但許多人只說它是他們聞過最臭的
魚。

※ 前半句是 S is called C（被動語態），後半句是 call OC（主動語態）／Swedish（瑞典
語）

11-4-5　使用「SV 人 to 原形」表達型式的動詞

SV 人 to ~ 的表達型式是 SVOC

用 to 不定詞當 C 的動詞有很多（之前提過的那些「沒有自己名字的庶民」）。to 不定詞有**朝著未來的傾向**（p.524），因此這些動詞中，不管哪一個都具有「接下來去做～」的語意，例如 allow 人 to ~ 即為「允許人接下來去做～」的意思。

會使用「SV 人 to ~」的動詞例子

allow、permit（允許）/ want（想要）/ ask（請求）/ advise（建議；忠告）/ expect（期待）/ need（有必要）/ urge（催促；力勸）/ enable（使能夠）/ cause（引起）/ encourage（鼓勵）/ determine（下定決心）/ incline（使傾向於，使想要）/ force、oblige、compel（強制）/ order（命令）/ require、request（要求）/ drive（驅使）/ wait for（等待）/ depend on（依賴）/ arrange for（調整）/ call on（號召；請求）

※ 有些只能使用被動語態（be p.p. to ~）的型式（determine 和 incline 等等），不過先知道原始型式是有益無害的

Airplanes have enabled people to travel to the opposite side of the world in less than a day.

飛機使人們可以在不到一天的時間內飛往世界的另一端。

※ 直譯是「飛機賦予人們能力可以～」

除了單一動詞以外，還有片語（動詞詞組）會使用「SV 人 to ~」的型式。例如 wait for 人 to ~（等待人去做～）/ depend on 人 to（依靠人去做～）/ arrange for 人 to ~（為人安排去做～）/ call on 人 to ~（拜託或請求人去做～）等等，都是重要的表達型式。

The city of Johannesburg has called on residents to conserve water to avoid the suspension of water service.

約翰尼斯堡市請求居民們節約用水以避免停水。

※ conserve（保留；節約）／suspension（中止）／service（（水、電等）公共服務系統）

11-4-6   **help 的用法**

從庶民躋身貴族行列的 help

在現代英文中 help 是特殊的存在。核心重點**原本是庶民出身的 help，表達型式是 help 人 to 原形，逐漸成長後就開始可以出入貴族階級（可用原形）了，也就是變成可以使用 help 人 原形 的型式。**因為可以省略 to，所以 help 是非常特別的動詞。

Some private investigators help clients find out if their spouses are cheating.

有些私人調查員會協助客戶查明他們的配偶有沒有出軌。

※ 可以用原形 find out，也可以用 to find out／spouse（配偶）／cheat（欺騙；出軌）

總結 help 的用法

(1) 後面接 人
  ① help 人 to 原形 / help 人 原形 →「幫助 人 做～」　　※ to 可以省略
  ② help 人 with ~ →「幫助 人 做～」
     ✕）help my work　　◎）help me with this work
(2) 後面接原形
  help to ＋原形 / help ＋原形 →「對做～有幫助」
(3) 使用 help 的片語　help oneself to ＋物
                    →「自行取用 物（食物、物品等）」

470

資料 **to 的省略**

在英文的世界裡，可以省略 to 是非常罕見的。可能因為 help 之後可以省略 to 的這個用法，已完全變成了常態（完全成立），所以經常出現在各種測驗中。用法還沒確立（在考題中還不會出現）的是 know（被當成感官動詞來用的感覺，所以也有人會覺得可以用「know O {to} ＋原形」的型式）。

另外，在句型上可以省略 to 的句型有「All you have to do is {to} ＋原形（你所要做的只有～）」。（這個句型對於考試來說很重要 p.521）

11-4-7　　regard 類的動詞

V A as B 是「把 A 視為 B」的意思

核心重點 只要是「V A as B」的型式，不管 V 是什麼動詞，原則上都會是「把 A 視為 B」的意思。即使不認識那個動詞，也可以知道大概的意思。順道一提，這裡的 as 是「介系詞的 as（做為～）」。直接看例子會更好懂，請看下面這個句子。

My father uses the box as a chair.

請先當作不知道 use 的意思，改從「動詞 A as B」的型式來判斷，就可以知道這是「把 A 視為 B」的意思，而這句話大概是「父親把那個箱子視為椅子」的意思。換句話說，即使不知道 use（使用），也還是可以用「視為」來理解句意（雖然這樣不會是 100 分的翻譯）。

會用「V A as B」型式的動詞

來確認一下偏好用「V A as B」的動詞吧。只要是這樣的表達型式，全部都可以用「視為」來理解，不過下面還是列出最具代表性的翻譯方式供參考。

regard 類的動詞　V A as B 是「把 A 視為 B」的意思

① 文法題中的常見動詞：regard、look on（視為）/ think of（想到）
② 長句裡常見的動詞：
see（視作）/ take（接受）/ view（視為）/ identify（認定）/ refer to（提及，談論到）/ describe（描述）/ recognize（認出；認可）
③ 其他（有點難度）的動詞：
imagine（想像）/ interpret（解釋；詮釋）/ picture（描繪）/ acknowledge（認知到）/ define（定義）/ treat（對待）/ quote（引用）/ consider（認為）

※ 填空題比較常出現的只有 ① 的三個動詞，請好好把握。②③ 出現在長句時，請不要因為「糟糕，我不知道它的意思」而感到慌張，反正只要用「是 V A as B 吧」來判斷就行了

German automobiles are regarded as some of the best in the world.
德國汽車被認為是世界上最好的汽車之一。

各種「V A as B」的注意事項 應用

☑ V A as B 是 SVOC

在「V A as B」中 **A＝B**，有時也會寫成「V O as C」，不過因為想要讓各位加深對 as 的印象，所以在本書中不用 O 和 C，而是用 A 和 B。

※ 因為是「視為」的意思，也可以稱為「類感官動詞」

☑ 也經常出現被動語態

A is p.p. as B. 可以表示「A 被視為 B」的意思（前面的例句就是用被動語態）。

☑ B 有時也會是形容詞或分詞

因為 as 是介系詞，所以後面原本是接名詞，但在「V A as B」中允許**用形容詞（分詞）來當作 B**（而且經常出現）。

※ 我想可能是因為 A＝B 和 O＝C 的混淆，讓「用形容詞當 B」變成可以被接受的

在 as 後面接現在分詞的例句之中，經常會看到 saying。「**動詞 A as saying ~.**」表達「**認為 A 正在說～**」→「**根據 A 所說，～**」的語意，經常在新聞報導中見到這種表達方式。

> The mayor was quoted as saying her top priority was education.
> 根據市長所說，她的第一優先是教育。

☑ 「**V A as B**」的例外　※不是「視為」意思的動詞

> S replace O as ~ →「S 代替 O 擔任～」
> S strike 人 as ~ / S impress 人 as ~ →「S 給 人 留下～的印象」

> Lately robotic pets have been replacing actual pets as companions for the elderly who live alone.
> 最近寵物機器人已逐漸取代真正的寵物來陪伴獨居老人。
> ※companion（朋友；同伴）／the elderly（老年人），說明請見 p.366

11-4-8　不知道動詞字義也能懂（SVOC 句型）

從句型來了解意思（1）

與其他句型不同，在判斷出是 SVOC 句型後，能預測的不是動詞本身的意思，而是可以透過動詞前後的句子要素（S 和 OC），確定整個句子的大概意思。換句話說，如果是 SVOC 句型，在語意上會是「因為 S 所以 O 做 C（或是「成為 C」）」的意思，這個時候動詞本身的意思是什麼也就不太重要了，就像是**整句話的意思已經確定了似的**。

換句話說，核心重點**如果可以判別出是 SVOC 句子的話，剩下只要想成「因為 S 所以 O 做 C（或是「成為 C」）」就可以大概理解句意**。

問題：請思考看看下面句子的「句型」和「語意」。

The news rendered him speechless.

　　應該很少人知道 render 是什麼意思吧？接下來讓我們從句型下去思考吧。him 是受詞所以是 O，speechless 是形容詞所以是 C（-less（沒有～）是形容詞字尾）。在知道這個句子是 SVOC 的情況下，可以知道句意會是「因為 The news，所以 him 成為 speechless」。

The news rendered him speechless.
這個消息使他無言以對。　　※ render OC（使得 O 成為 C）

思考轉換 **試著匯整會用在 SVOC 的動詞**

會用在 SVOC 的動詞有很多種，但代表性的共通點就是都有著「使役」的意義。

☑ 使役（make / have / let）：請把使役動詞想成 SVOC 的代表。

☑ 感官（see / find 等等）：雖然語意上是「S 感覺 O 是 C」，但究其根本卻包含著如同使役的意思，只要想成「因為 S 的感覺，所以（在腦海中）O 是 C」，這樣想就可以找到與使役動詞間的共通點。

☑ 類使役（keep / leave / get 等等）：雖然用法和使役動詞不同，但意思相似，詳細說就是「因為 S 而使 O 處於 C 狀態」。

☑ 命名・希望類（call / name 等等）：表示「S 讓 O 被稱作 C」或「S 希望 O 成為 C」。

☑ V 人 to ～：表示「O 由於 S 做 C（或是「成為 C」）」　　※ **稍後講解**

☑ help：表示「在 S 的幫助下，O 做 C（或是「成為 C」）」

☑ regard 類：只要想成和感官動詞一樣有著「視為」的意思就 OK 了。

如上所述，被認為語意無共通點的 SVOC，可以透過「使役（因為 S 所以 O 做 C（或是「成為 C」））」這個基礎來統整。

從句型了解意思 (2)

雖然可以推測出來 render 的意思，但實際上會用在 SVOC 中的動詞，每個都相當重要，因此務必要確實掌握這章，這樣應該就不太會再出現「不知道動詞意思」的情況了。

其實，最能看出這種 SVOC 解讀法威力的是「SV人to~」這種表達型式。會用在這種句子裡的動詞數量，從高中開始就大大增加，想要將所有的動詞背起來是不可能的（當然像 allow / enable 等基本的動詞還是一定要知道的），這時這種句型理解的規則就能大大派上用場了。

> The law compels all citizens and foreign residents to join the national health care system.
>
> 這項法律強制所有公民及外國居民都必須加入國家醫療保健系統。

如果你知道 compel 人 to ~（強制 人 做~）的意思，就可以在翻譯時多加「必須」來強化動詞語氣，如果不知道，多少也可以透過 SVOC 的解讀法，理解這個句子大概是在說「因為這項法律，所以所有公民及外國居民會加入～」的意思吧。

> ※ 一般不知道 SVOC 解讀法的人，會「因為不知道 compel 的意思，只好忽略它（然後因此感到慌張）」，但現在大家都可以用「即使有不知道的字，也能大概知道句意（有信心可以忽略它也沒關係）」這樣的態度來面對了

追加英文

請翻譯以下句子。

(1) She waved him goodbye.   (2) She waved the taxi to stop.

解答範例

(1) 她向他揮手告別。

> ※ SVOO 句型，在「向他說 goodbye」的前提下，做出 wave（揮手）的動作

(2) 她把那輛計程車攔了下來。

> ※SVOC 句型，透過句型解讀，可以知道大概句意是「因為她，計程車停了下來」，wave 是「揮手示意」的意思

Part 3

攻略「動狀詞」

所謂「動狀詞」，是將不定詞、動名詞、分詞、分詞構句統整後的稱呼，這是很多人不擅長的領域，因此只要掌握這部分，各位的英文能力應該就會有大幅度的提升。這部分特別容易成為入學測驗或資格測驗中出現的考題內容，因此也是一個可以期待能順利拿分的單元，我將在這裡仔細說明需要從詞性觀點理解的動狀詞。

讓我們在這裡加把勁，快速提升英文能力吧！

不定詞

INTRODUCTION

明明很簡單，為什麼很多人不擅長？

不定詞其實很簡單。不過與其說「簡單」，不如說是「淺白」，因為跟其他單元相比，不定詞沒有「很深」的內容。話雖如此，實際上卻有很多人「覺得不定詞難搞又棘手」，所以這裡先來搞清楚為什麼會這樣吧。如果能清楚了解原因，應該就能對症下藥，消除讓人覺得困難的徵結點了。

話說回來，會覺得不定詞難搞並不是各位的錯，我認為主要原因在於各種課程和書籍在「教學內容」上存在歧異，也因此產生了兩個問題，一是「教學重點偏差」、二是「沒有解說背景資訊」。

(1) 教學重點偏差

① 立刻就教你「3 種用法的翻法」

就像「名詞用法的翻法是～」這樣，直接從翻譯方式開始說明起，導致在看到不定詞時，必須思考該套用哪種譯法，既耗費時間、又無法及時針對聽到的內容做出回應，所以這個教法是完全錯誤的。

※「先翻譯後思考」的缺點，稍後會詳細說明　p.485

② 過於強調「接近動詞」的性質

不定詞、動名詞、分詞可以統稱為動狀詞。動狀詞又稱為**準動詞**，也就是**接近動詞**的意思，但不知為何，書上大多都只強調動狀詞具備的動詞性質（後面可以接受詞、可以用副詞修飾）。

當然，這本身沒錯，但是透過這種方式學習，「動詞的形象」過於鮮明，反而會忽略了不定詞最重要的 **3 種用法**（名詞、形容詞、副詞）**的區別**。

※「不定詞不是動詞！」這點很重要！掌握不定詞的第一步，就是在特別注意動詞性質的同時，意識到動狀詞具備的「名詞、形容詞或副詞的功能」

(2) 不解說背景資訊

① 不告訴你不定詞「有多廣」

不定詞用法的個別內容很單純（也就是「淺白」），但需要處理的內容卻很多。光在國中就會學到 **3 種用法、真主詞、疑問詞＋to 不定詞、意義上的主詞、tell 人 to 不定詞、原形不定詞**等，到了高中，有**完成式不定詞、be to 句型**等，新的用法接二連三出現，讓許多人感到厭煩。

> ※ 我想如果一開始就說「雖然很多，但都很簡單」，各位會比較有安全感。此外，本書中把「疑問詞＋to 不定詞」移到負擔較少的「疑問詞」（Chapter 18）之中，並將原形不定詞（make OC 的表達型式）改放到「使役動詞」之中，藉此減輕不定詞這章本身的負擔，並提高本章的整體素質

② 不告訴你各種用法之間「沒有關聯」

要學習的內容很多，但卻「無法感受到各項內容間的關聯性」，這就是不定詞。舉例來說，即使你知道 **3 種用法**，也必須把**完成式不定詞**和 **be to 句型**當成兩種不同的內容來理解。

明明努力學習了，卻沒有「深入」的感覺，如此難以捉摸，當然不禁會讓人思考「不定詞到底是什麼？」

> ※ 不定詞的表達型式通常很簡單，就算真的有困難，下一個用法也會是全新的開始，不用擔心

不管遇到上述內容的哪一項，會開始討厭不定詞也是理所當然的（應該有很多人是「上述四項全中」吧）。但反過來說，只要「了解原因」，就能找到完美的應對方式。

詞性的重要性

動詞的「跑」和名詞的「跑步」，**意思**雖然相似，但**詞性**完全不一樣吧？下面用實際例句來清楚理解詞性的重要性。

描述用動詞　◎）他跑得快。　×）他跑步快速。
受詞用名詞　×）他希望跑。　◎）他希望能跑步（想要跑）。

詞性在英文裡也一樣重要。動詞 run 是「跑」，但在這裡加上 to 變成 <u>to run</u> 的話，就可以成為名詞表示「<u>跑步</u>」。這種「to＋原形動詞」的表達型式被稱為 **to 不定詞**。藉由 run → to run 的型式，可以變換成三種詞性（名詞、形容詞或副詞）。

不定詞的真面目是「to＋原形」，且具備名詞、形容詞或副詞的功能。掌握動詞前面加上 to，就會**變換詞性**的感覺很重要。

變換成名詞、形容詞或副詞時，分別稱為**不定詞的名詞用法、形容詞用法及副詞用法**。

征服「不定詞」的心法

☐ 不定詞的真面目是「具備動詞性質，可發揮名詞、形容詞或副詞功能」的詞組！

☐ 留意名詞、形容詞或副詞的用法！

☐ 「不定詞的範圍雖廣，但內容淺白」，準備好逐一解決這些簡單的任務吧！

The purpose of our lives is to be happy.
the 14th Dalai Lama

我們生命的目的是快樂。

第十四世達賴喇嘛

CHAPTER 12-1
不定詞的三種基本用法

詳述三種用法

加上 to 之後，就不再是動詞！

☑ **「不定詞」這個用語**：嚴格來說有 **to 不定詞**和**原形不定詞**兩種。通常會把「to 不定詞」叫作「不定詞」、「原形不定詞」叫做「原形」（本書中的「不定詞」也是指「to 不定詞」）。

☑ **不定詞的型式**：「to ＋原形」 ※ to 的後面不會接過去式或加三單現的 s

☑ **與介系詞 to 的區別**：介系詞和不定詞的判別，要看**後面接的詞性**

判斷 to：後面接「原形」還是「名詞」？

① to 不定詞：to ＋原形	例 He wants to swim.
② 介系詞 to：to ＋名詞（代名詞或動名詞）	例 I go to school.

☑ **不定詞的功用：不定詞是具有名詞、形容詞或副詞功能的詞語。**雖然保留了動詞的特質，如「可以接受詞」、「可以用副詞修飾」等等，但因為不是動詞，所以單一個不定詞無法成為主要動詞（也就是不能擔任 SV 的 V 部分）。

◎）He runs fast. 他跑得很快

×）He to run fast. 他的跑步快速

核心重點 「to ＋原形」在英文中，可以發揮名詞（名詞用法）、形容詞（形容詞用法）或副詞（副詞用法）等三種作用中的其中一種。首先來確認一下詞性的功用和具代表性的翻譯方式吧。

to 不定詞的三種用法　※「功能」比「翻譯」重要！

	各詞性的**功能**	常見**翻譯**方式
名詞用法	和名詞一樣，可以成為 S、O 或 C	「做～的事」
形容詞用法	修飾名詞	「用來～的」、「要做～的」
副詞用法	修飾名詞以外的其他	「為了～」、「而～」

判斷用法的大原則

　　有不少考生是把三種用法「翻譯之後再判斷」，但請盡量避免這樣的做法。如果養成了依賴翻譯來判斷的習慣，之後就會花費許多時間在翻譯，然後才思考。再說，都已經會翻譯（已經了解意思）了，再去考慮用法不就沒有意義了嗎？

三種用法的判斷方法

> **NG 的思考方式（從翻譯判斷）**：翻成「做～的事」→ 名詞用法／翻成「為了～的」→ 形容詞用法／翻成「為了～」→ 副詞用法，以先翻譯句意的方式思考。
>
> **正確的思考方式（從型式判斷）**：從英文的表達型式、詞性來判斷用法 → 運用「因為是那樣的用法，所以是這個意思」的方式來思考。

　　看到 to ～，首先應該考慮「**發揮的是名詞、形容詞還是副詞的功能？**」。核心重點**判斷出詞性之後，再按照各種不同用法來思考不定詞所表達的含義**。像這樣**從型式來思考**，判斷起來快速、正確又輕鬆。舉例來說，看到以 To ～ 開頭的句子，就可以用「To ～ 是否可以做為主詞？」來判斷。

判斷句首的 To ～

> 做為主詞 ─── 名詞用法 → 是「做～的事」的意思
> 無法做為主詞 → 副詞用法 ┬→ 原則上是「為了～（目的）」
> 　　　　　　　　　　　　└→ 如果助動詞是過去式，句意是「如果～的話（假設）」

> To swim in the sea is a lot of fun.
>
> 在海裡游泳非常好玩。
>
> ※ To swim in the sea 是 is 的主詞／fun 是名詞，因此不會變成 ×）very fun（不過在口語上 OK）

> To swim in the sea, he will buy the swimsuit.
>
> 為了在海裡游泳，他會去買泳衣。
>
> ※ 因為有「主詞＋動詞（he will buy）」，To swim in the sea 不是句子的必備要素 → 當作副詞

＋α │ 以 To 開頭的句子大多是副詞用法

　　一般可能會認為「用 to 不定詞開頭的英文句子，多是名詞用法」（因為經常出現在考題中），實際上卻**幾乎看不到做為主詞的名詞用法**。

※ 當然不能太快下結論，而是必須「從型式來判斷」，但我想各位應該要先知道這個事實。雖然也有人會覺得，前面出現的以 To swim 做為主詞的英文例句不是那麼常見，但拿這句當作判斷用法的例句是很適合的

　　To ~ 在諺語中經常會是名詞用法，因此出現在一般對話之中時，有時會給人一種像是在「講諺語」或「高高在上」的感覺，所以我自己基本上會盡量用虛主詞 it 或動名詞來做為主詞。

思考轉換│對「不定詞」這個用語的誤解，還有它的真面目

不定詞的意思是「不固定的詞」。偶爾會有人誤會而解釋成「因為不能固定做為名詞、形容詞或說法，所以叫做不定詞」（這完全是誤解）。下面我們來講講正確的說法，不過「不定詞」這個用語本身，在英文中並沒有太大的意義，所以直接忽略也沒關係。

不定詞的意思是：**不會根據主詞人稱、數量或時態而固定型式的詞語。**

相反地，當以 go 為例子來說明所謂的「固定動詞」時，就會看到如「主詞是 I／時態是現在式 → 固定使用 go」、「主詞是 He／時態是現在式 → 固定使用 goes」之類的內容，就像這樣，一般動詞會按照當下條件，以固定的表達型式來使用。

反觀不定詞，不管主詞是 I 還是 He，表達型式都是「to ＋原形」，不會按各種條件來進行「固定」的變化。在英文的世界，會將這種「總是不

改變的型式」解釋成「不固定」，所以才取名叫做「不定詞」。

※上面的解說，其實只是我想要帥炫耀說我知道這些罷了，忽略也沒關係啦

12-1-2　名詞用法

「to＋原形」和名詞擁有相同的功能。

「to＋原形」發揮**名詞功能**時，稱之為（不定詞的）**名詞用法**。

核心重點「to＋原形」發揮名詞功能（做為 S、O、C 之一）的意思，即是使「to＋原形」變得像名詞，表達「做～的事」的意思。下面就來確認將不定詞用作名詞的感覺吧。

① 做為 S

The book is difficult. 那本書很難。

　　↓ 名詞 The book → 名詞用法，換成 To swim 的感覺

To swim is difficult. 游泳 很難。

×）Swim is difficult.　※動詞無法成為主詞！

※ swim 雖然可以當名詞（一般會用 a swim），但為方便起見，這裡只考慮動詞詞性

② 做為 O

He wants the book . 他想要 那本書 。

　　　　↓ 名詞 the book → 名詞用法，換成 to swim 的感覺

He wants to swim .「他想要 游泳 」→「想游泳」

×）He wants swim .　※動詞無法成為受詞！

③ 做為 C

My dream is a secret . 我的夢想是 一個祕密 。

　　　　↓ 名詞 a secret → 名詞用法，換成 to be an architect 的感覺

My dream is to be an architect . 我的夢想是成為 一名建築師 。

×）My dream is be an architect .　※動詞無法成為補語！

虛主詞句型（It ~ to ~）

It is rude to send text messages from your phone when someone is making a presentation.

有人在做簡報時，你用手機傳訊息是不禮貌的。

將原本句子 To send text messages from your phone when someone is making a presentation is rude. 中的**主詞整個往後移**（有關於虛主詞的說明，請參照 p.328）。雖然上面這個句子的主詞真的長到很極端，不過就像下面這個句子所呈現的，即使 to ~ 的內容很短，也會使用虛主詞。

It is safe to walk about the cabin now.

現在在機艙內走動是安全的。

※ 飛機座艙內的廣播／walk about ~（走動～）

常常出現在對話之中的虛主詞 延伸

虛主詞 It、真主詞 to 的例句，幾乎都是「It is 形容詞 to ~」的型式，但其實 It 的後面也可以接其他表達型式（經常在對話時出現）。

It never hurts to try.

試試看又沒關係。

※ hurt 是動詞「疼痛」的意思／字面翻譯是「做嘗試的事絕對不會疼痛」（所以應該要去碰運氣試試看）

It is like pulling teeth to make him talk.

要讓他開口真的很困難。

※ 做為補語的介系詞片語 like pulling teeth 是表達「（像拔牙一樣）極度困難」的慣用表達

長句中的「解釋和句型的思考方式」

在 I want to swim in the sea. 這個句子中，want 的受詞是 to swim in the sea。這個 to ~ 就是**名詞用法**（因為可以做為受詞的是名詞）。

I want to swim in the sea.
S　V　　　O　　　　M　→　第 3 句型

這句嚴格來說是 SVO 句型，不過之後在面對長句的時候，還是將 want to swim 直接看作**一個動詞詞組**，反倒會更容易理解。

I want to swim in the sea.
S　　　V　　　　M　→　第 1 句型

當 to 之後出現的是及物動詞時，這個思考方式就會發揮效果了。就讓我們一起來仔細思考看看吧。

I want to study English.
S　V　O　(v)　　(o)　→　第 3 句型　　※這是 (v) 和 (o) 出現在「O 之中」的句子

就算把 to study English 整個看成一個受詞，但裡面卻還有一個及物動詞 study 和一個受詞 English（真有點麻煩啊）。因為現在最優先考量的是文法，所以雖然思考得仔細一點比較能培養**文法分析能力**，但將來還是把 **want to ~ 直接視為一個詞組來理解**會比較輕鬆。

I want to study English.
S　　　V　　　　　O　→　第 3 句型

They are planning to have a surprise birthday party for Suzu.
他們打算為 Suzu 辦一場驚喜生日派對。
※把 are planning to have 整個當成 V 來思考

追加英文

請翻譯以下句子。

(1) Your goal will be to sign up ten new customers.

(2) It has been a pleasure to speak with you today.

解答範例

（1）你的目標是要簽下十個新客戶。

　　※to sign up ~ 做為補語／sign up（簽署）

（2）今天和您談得很愉快。

　　※ 以 has been 表達「直到目前為止都一直很愉快」的感覺

12-1-3　形容詞用法

形容詞用法是「從後面修飾名詞」

　　當不定詞的功能是用來修飾名詞時，稱為（不定詞的）**形容詞用法**。中文通常會將形容詞**放在前面修飾**，但英文不定詞的形容詞用法卻是**從後面修飾**。

　　※ 如果放在前面修飾的話，就會變成像 ×) to study time 這樣奇怪的表達型式了，因為這樣一來 study 的受詞會變成 time，意思也會變成「研究時間（這個對象）」

形容詞用法可以「有彈性地～翻譯」

　　形容詞用法比較常翻成「用來～的」和「要做～的」，直接套用的話，的確多半都能順利翻出來，不過畢竟這兩種翻譯，也只是**其中一小部分的翻法**，重要的還是**從後面修飾名詞的內容**，只要能傳達這部分內容，保有某種程度的彈性（按照你認為合適的方式）來翻譯是 OK 的。舉例來說，請看看以下例句，不用「用來～的」來翻譯是不是反倒更自然了。

a place to visit	可以去的地方
a lot of homework to do	很多要做的回家作業
a friend to help me	可以幫我的朋友

　　對學生而言，直接用翻法來學會更好學，所以才會有用這種直接套用翻譯的教學方式，不過這只是輔助而已，**核心重點** **重要的還是「to 不定詞是在修飾名詞」的概念**。

使用形容詞用法的「條件」

問題：以下兩個句子的差別是什麼？

> (a) I want someone to love me.
> (b) I want someone to love.

　　乍看之下好像只差在有無 me，可是句意卻大不相同。其實若要使用 to ~ 修飾名詞的話，**下列其中一項關係必須成立**才行。

※「後置修飾」雖然是形容詞用法的特徵，但並非「只要是從後面修飾，就一定是形容詞用法」。實際上必須符合一定「條件」才可以使用形容詞用法

使用形容詞用法的條件　　※以下只要成立其中一項就 OK

(1) **SV 關係**

　　I have <u>no friends</u> <u>to help</u> me. 我沒有可以幫我的朋友。
　　　　　　　 S　　　　 V　　　　　　　　　　※no friends 是 S，to help 是 V

(2) **VO 關係**

　　① 及物動詞　I have <u>no friends</u> <u>to help</u>. 我沒有需要幫助的朋友。
　　　　　　　　　　　　　　　 O　　　 V　　※no friends 是 O，to help 是 V
　　② 不及物動詞＋介系詞　I have <u>no friends</u> <u>to play with</u>.
　　　　　　　　　　　　　　　　　　　　 O　　　 V
　　　　　　　　　我沒有可以一起玩的朋友。
　　　　　　　　　※no friends 是 O，to play with 是 V（「不及物動詞＋介系詞」當成一整個及物動詞）

(3) **同位語關係**　　※「抽象名詞＋to ~」的型式

　　① 修飾原本使用 to 的表達方式經名詞化後的詞語
　　　　He has <u>the ability</u> <u>to do the work</u>. 他有做那份工作的能力。
　　　　　　　　　　　　　　　　　　　　　　※be able to ~ 變成 ability to ~
　　② 修飾「時間、地點、方法」等特定名詞（多是關係副詞的「先行詞」）
　　　　I haven't had <u>time</u> <u>to read the report</u> yet. 我還沒有時間看報告。

問題中（a）的 someone to love me 是 **SV 關係**（Someone loves me.）成立為前提，也就是「想要有某人愛我」的意思。

（b）的 someone to love 是以 **VO 關係**（love someone）成立為前提，也就是「（比如說是因為想談戀愛）想要有可以愛的某人」的意思。

> ※ 這句英文的重點在「及物動詞 love 沒有受詞」，看出「VO 關係」成立的決定性關鍵，在於「love 的後面缺了一塊」

「VO 關係」的注意事項（something cold to drink 的表達型式）

形容詞用法比較有名的是 **to ~ 在 -thing 的後面做修飾的表達型式**。像 something to drink（可以喝的東西）、something to eat（可以吃的東西）、nothing to do（無事可做）等都是常見的表達方式。

> ※ 以上都成立「VO 關係」（drink 和 eat 的受詞是 something，do 的受詞是 nothing）

A: May I help you find something?
B: Yes, I'm looking for something to wear to a formal party.
A：您在找什麼嗎？
B：對，我想找可以穿去正式派對的東西。
※A 是店員，B 是客人／wear 的受詞是 something

另外，-thing 的後面接形容詞，「something 形容詞 to do」的表達型式也經常用到。**形容詞和 to ~ 兩者都是從後面修飾 something**。舉例來說，像是 something cold to drink（可以喝的冰的東西）、something hot to eat（可以吃的熱的東西）之類的。

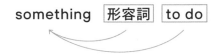

something　形容詞　to do

I have something urgent to tell you.
我有緊急的事要告訴你。
※urgent（緊急的）（形容詞）

補充 **some 的前面不可以放形容詞**

　　本來 ×)「形容詞＋something」的順序就是 NG 的，因為 some 具有和冠詞一樣的功用，所以 some 的前面根本不可能出現形容詞（p.322, 357）。

　◎) some good boys
　×) good some boys　　※形容詞 good 不能跳過 some 修飾 boys

「VO 關係」的注意事項（保留介系詞的型式）　應用

　　除了「及物動詞＋受詞」的類型（something to drink）以外，**VO 關係還有「不及物動詞＋介系詞＋受詞」的類型**。這時會視為「**不及物動詞＋介系詞＝一個及物動詞**」（前面(2) VO 關係中的②）。

　　必須特別留意的是「可以寫的東西」，這句話可以有三種不同意義解讀的英文寫法（① something to write with / ② something to write on / ③ something to write about）。① 的出發點是 write with a pen（使用工具的 with），所以 something to write with 是「書寫工具」的意思。② 的出發點是 write on a sheet of paper（表示「在紙上」的 on），所以 something to write on 是「紙」的意思。

> Take out something to write with and write on.
> 拿出可以寫的東西寫在上面。
> ※上課時老師會說的話／其實是「拿出紙筆」的意思／take out（取出）

　　③ 是以 write about a topic（寫與某主題有關的事）為出發點，因此 something to write about 是指「可以寫的內容（主題、發燒話題等等）」的意思。

> I'm trying to think of something to write about on Facebook. Any ideas?
> 我正在想可以寫在 Facebook 上的東西。有什麼想法嗎？

　　不管是這三種的哪一種，翻譯時都**不會特別把介系詞翻出來**（介系詞的差異難以表達），因此在寫作或口說時，記得並正確使用介系詞是很重要的。

同位語關係中「抽象名詞」是重點

　　SV 關係和 **VO 關係**所修飾的多半都是**具體名詞**（friend / book / house 等具體可以看得見、摸得到的東西）（不過也不是絕對，還是會出現修飾抽象名詞的情況）。另一方面，當某些特定的**抽象名詞**（time / ability 等眼睛看不見的抽象概念）後面接 to ~ 時，大多會成立**同位語關係**。例如以 time to study English 來說，抽象名詞 time 受到 to study English 的修飾，但這種表達型式被認為是將 **time 和 to study English 並列擺放，形成同位語關係的說法**。可以成立同位語關係的「抽象名詞」可分為以下兩種類型。

① 修飾原本使用 to 的表達方式經名詞化後的詞語

> plan（計畫）/ need（必要性）/ wish（希望）/ promise（承諾）/
> decision（決定）/ ability（能力）/ attempt（企圖）/ intention（意圖）/
> tendency（傾向）

　　像 be able to ~ 這種原來就與 to 搭配使用的單字，即使經過名詞化（變成 ability 等等），to 也會原封不動的保留下來。

be able to ~「能夠做～」
　↓
ability to ~「做～的能力」　　※to ~ 修飾前面的 ability

Rhinos have the ability to run at 50 kilometers per hour.
犀牛可以用每小時 50 公里的速度奔跑。
※ 字面翻譯是「擁有～的能力」／rhino（犀牛）（另一個說法是 rhinoceros／發音是 [raɪˋnɑsərəs]）

補充 會出現在寫作測驗中的「～的能力」

　　把「～<u>的</u>能力」翻成英文時，許多考生會把「～的」寫成 ability of ~，不過下面這些「～的」其實應該要好好推敲才對。

「～的能力」┬「做～的能力」　 → ability to ~
　　　　　　└「具有～的能力」→ ability of ~ / ~'s ability

　　舉例來說，如果是「學習外語的能力」，那應該是 ability to pick up a foreign language（pick up 是「養成」），「小孩的能力」則是 ability of children。

※ 也可以都用 ability of ~ to ~ 表達「～（具備的）做～的能力」

The ability of children to pick up a foreign language rapidly is amazing.
孩子（具備的）快速學會外語的能力令人驚嘆。

② 修飾「時間、地點、方法」等特定名詞　※多是關係副詞的先行詞！

> **時間**：time（時間）/ chance、opportunity（機會）
> **地點**：place（地點）
> **方法**：way（方法）/ money（金錢）　※money 是「買東西的方法」

　　特定的名詞可以接 to。因為這些名詞沒有規則，所以一般文法書只會把單字列出來而已，但實際上這些字是**可以做為關係副詞先行詞的名詞**（時間、地點、方法），先知道這點會很有用。

※ 關係副詞也是「修飾前面的名詞」，因此只要想成「time 等名詞，後面不管是接 to 還是接關係副詞，多半都是從後面開始解釋起」就 OK 了

Do you know the best way to find out when the movie starts?
你知道查電影開演時間的最佳辦法嗎？

思考轉換 因為是同位語，所以是名詞用法？

一些學者將這種同位語關係視為名詞用法（名詞和同位語），但我在這裡把分類的爭議留給學者們去煩惱，我覺得最好的思考方式，就是想著「不定詞之所以是不定詞，正是因為不一定可以被精準分類」。

不保留介系詞也行的情況 延伸

　　時間、地點、方法的相關單字，越來越常出現不保留介系詞的情況。舉例來說，將「買房子的錢」翻成英文時，寫成 the money to buy a house **with** / the money to buy a house 兩者皆可，因為 money 同時可以是具體名詞和抽象名詞。

money 做為具體名詞和抽象名詞

> ① 具體名詞的「錢」　　　　 the money to buy a house with　　※VO 關係
> ② 抽象名詞的「金錢手段」 he money to buy a house　　※同位語關係

　　對 money 的看法會隨著人與情況的不同而變化，但這兩種字義解釋都很常用到。

※順道一提，對於這部分的表達方式 Karl 表示 Without "with" is also OK.（沒有 with 也 OK）（Without "with" 當作主詞的句子實在很少見）

Where are you going to get the money to buy a house {with}?
你打算要去哪裡弄來買房子的錢？　※有沒有 with 都可以

追加英文

請翻譯以下句子。

(1) The reporter gathered information to be used in a feature article about recent advances in cancer treatments.

(2) Would you like something cold to drink?

(3) I'd like to have a chance to speak with some end users directly.

※ end user 是「終端用戶」或「最終消費者（實際使用商品的顧客）」的意思，在這裡翻成「顧客」比較好

解答範例

(1) 這名記者收集了在寫與癌症治療最新進展有關的特別報導時會用到的資訊。

※ 雖然 information 是抽象名詞，但這裡是「SV 關係」，因此 information 是 S、to be used 是被動語態的 V／字面翻譯是「被用來～的資訊」／advance in ~ 表示「在～有進展」或「～的進步」（in 用在領域或範圍內，表示「在～方面」 p.683）

(2) 你想要喝點冰涼的東西嗎？　※Would you like ~?（你想要來點～嗎？）

(3) 我想要有機會能直接與一些顧客談談。

※ 這裡的 chance to ~ 是「同位語關係」

12-1-4 副詞用法的角色與整體概念

用 to 不定詞來「修飾名詞以外」

可以將 to 不定詞區分成形容詞用法是**修飾名詞**、副詞用法是**修飾名詞以外**。我們先來感受一下一般副詞（hard）修飾動詞（studied）的感覺吧。

He studied English |hard|. 他 |努力地| 念英文。

即使把副詞 hard 替換成其他的 to 不定詞，同樣也會**從後面修飾 studied**。

He studied English |hard|.

↓

He studied English |to be a pilot|. 他 |為了成為飛行員| 念英文。

因為這裡的 to 不定詞是**修飾名詞以外 → 副詞作用**，因此稱為**不定詞的副詞用法**。副詞用法的語意在一般文法書裡會列出七種左右，不過這裡只會大致分成三組，並將詳細說明細節內容。

副詞用法的整體概念

> **(1) 目的・結果類**
> ① 目的：「為了～」 【判別】出現具有意志的動作動詞（study 等等）
> ② 結果：「結果是～」 【判別】出現無意志動詞（live 等等）
> **(2) 理由類**
> ① 情感原因：「原因是～」 【判別】「情感表達＋to ~」的型式
> ② 判斷根據：「竟然～」【判別】評判或主觀的表達方式（人的特質等）
> **(3) 片語類**
> ① 限定（其一）：「就～這點而言」 【判別】出現 too 或 enough
> ② 限定（其二）：「就～這點而言」 【判別】出現在難易形容詞的後面
> ③ 假設語氣的條件：「如果～」 【判別】有過去式助動詞　p.188

12-1-5　副詞用法的意義（1）
目的・結果類①目的：「為了～」

抱持意志做某事是有「目的」的

當出現具有意志的動作動詞時，to ～ 表示**目的**（為了～）。舉例來說，study 需要「意志」，所以各位現在 study 應該都是有「目的」的。

> That guy wants to go to Keio University to be popular with girls.
> 那個傢伙想去慶應義塾大學是想要受女孩子歡迎。
> ※to be popular with girls（想要受女孩子歡迎）是修飾動詞 go

> A: Why did you go there?　B: To see her.
> A：你為什麼去了那裡？　B：為了去見她。
> ※回答 Why 疑問句也可以使用不定詞／I went there to see her. 的意思

出乎意料的「目的」用法　延伸

want to ～ 的 to 是名詞用法，不過有時會遇到看上去型式相同（都是「動詞＋to ～」），但卻是**副詞用法的 to ～**。

「**動詞＋to ～**」的「**出乎意料的副詞用法**」　※這裡的動詞全都是不及物動詞

> write to ～（為了～寫（信、電子郵件等））/ call to ～（為了～打電話）/
> wait to ～（等著去做～）※字面翻譯是「為了做～而等待」／can't wait to ～ 請參照
> p.218 / work to ～（為了～努力）/ serve to ～（有助於～）

> I'm writing to inquire about the job opening listed on your company's website.
> 我寫信是想詢問與貴公司網站上列出的職缺有關的事。

+α 表示「為了～」的不定詞與 for 的區別

大致上來說，**to** 不定詞是「動作的目的」，**for** 則是「用途」（a tool for cutting wood 是「用來切割木材的工具」）。

12-1-6　副詞用法的意義（1）目的・結果類②結果：「結論是～」

「目的」和「結果」是一體兩面　應用

I went to the library to study.
【目的】我（為了）念書而去了圖書館。　　※這是一般的翻譯方式
【結果】我去了圖書館念書。　　※按當下情境來翻，這個句子更常用到

一般看到這個句子會用**目的**去翻，但其實也可以用**結果**下去解釋。嚴格來說，去圖書館不一定是念書，用**目的或結果**去翻譯都可以的句子有很多（以我的經驗來看大概有 90%）。另外，有時「不用這兩個意思下去翻的話，翻譯出來的東西就會變得不自然」，因此**了解目的和結果在（某程度上）意思是重疊的**這點，對於把難懂的英文句子翻譯成自然的中文是很有幫助的。

 我認為差不多就是「90%」的感覺

We live to die.
【目的】我們向死而生。　　※有點耍帥的翻譯方式
【結果】我們活著，然後死去。　　※自然的翻譯方式

在這裡用**目的**去翻會有點難懂對吧，用**結果**的方式來翻會比較自然。像這樣**從目的切換到結果**有兩個好處，一是可以直接從左到右來解讀英文句子（解讀時不用重新排列組合翻譯內容），另外就是翻譯出來會比較自然。

We ought to check the airline's website to see if Ms. Kato's flight has landed.

我們應該要確認一下航空公司的網站，看看 Kato 小姐的航班是否已經到了。

※ to see 用結果去翻：「確認網站，看看（see）結果」／也可以用目的翻譯：「為了看航班到了沒有，我們應該要去確認網站」／主詞是 We，所以是「一起做吧」的語氣

證明「目的和結果是一體兩面」 應用

　　雖然 Come see me.（來見我）這個表達型式的文法並不正規（連續出現兩個動詞），但卻經常出現在日常對話之中。原本 Come see me. 是「目的（為了見面而來）」切換成「結果（來，然後見面）」，然而，如果是「結果」的話，用 and 取代 to 也是一樣，所以最後變成了 Come and see me 的型式，再加上在對話中，and 的發音容易被忽略，最後就變成了乾脆不說 and 的型式（Come see me.）。

Nicole was just released from the hospital. We ought to go see her.

Nicole 才剛出院。我們應該要去看看她。

※go to see 或 go and see 都 OK／release 是「釋放，解放」→「出院」

必定會以「結果」解讀的情況

　　雖然目的和結果是一體兩面，但若是「**無意志動詞＋to ~**」的表達型式，則必定會是結果的意思。無意志動詞是指無法用自己的意志來控制的動作（像 live / grow up / wake[awake] 等等）。

　　※wake（清醒）這個動作，無法靠意志或精神叫自己「差不多該清醒了」吧？

「結果類用法」中使用的無意志動詞

live to ~（活到~）　※直譯是「活著然後~」
grow up to ~（長成~）　※直譯是「成長然後~」
wake[awake] to ~（醒來做~）　※直譯是「醒來然後~」

Shibusawa Eiichi lived to be ninety-one years old.
Shibusawa Eiichi 活到了 91 歲。

He awoke to find himself in the hospital.
他醒來發現自己在醫院裡。
※awoke to find ~ 照字面翻譯的話是「醒來然後發現~」

片語化的結果類用法

　　副詞用法的意思有很多種，加上 only（僅僅只是~）或 never（絕對不再~）可以使**結果**的語意更加清晰。

「結果類」用法中的重要片語

SV only to ~	雖然 SV，但只是~
SV never to ~	SV，然後絕對不再~

I hurried to the station only to find that the train had already left.
我趕到了車站，卻只發現火車已經開走了。

<u>+α</u> **only to ~ 的句型**

　　照字面翻譯是「（就像是）只是為了~而已」，然後進一步變成「雖然~，但結果只是~」的意思（帶有「覺得可惜」的情緒）。這個英文句子照字面翻譯就是「雖然我急忙去了車站，但結果（就像是）只是為了發現火車已經離開了」。

<u>FAQ</u> **不是應該要加上逗號（SV, only to ~）嗎？**

　　only to / never to 的例句幾乎都有加上逗號，因此各位容易誤解成「一定要加逗號」，但其實不加逗號的型式也經常使用（雖然多半會加上逗號，但有時會在考試中出現沒有逗號的英文句子，讓考生感到困擾）。

　　※ 有些文法書會註明「一般 never to ~ 使用時會加逗號」，但其實並非如此（而是按照個人喜好），所以還是早點習慣沒有加逗號的用法比較好

I hurried to the station only to find that the train had already left.

這一塊是一個段落（斷句的地方一看就知道！）

※ 從句子的結構來看，可以清楚知道斷句是在 only to 的前面，因此沒有逗號也 OK

【注】表示「目的」的 in order to ~ / so as to ~ 會在 p.516 詳細解說。

12-1-7　副詞用法的意義（2）理由類

表示「因為～」或「由於～」的情感原因
【判別】「情感表達＋to ~」的型式

　　在情感表達（happy / glad / sad / sorry / surprised 等等）的後面接 to 不定詞，可以表達**產生該種情感的理由**。突然對你說一句「很驚訝」，當然你就會想反問「為什麼？」來了解原因吧？在順序上是**先表達情感再加上產生情感的原因**。

I was surprised to learn that he is an amateur stand-up comic.

我很驚訝地發現他是一個業餘的單口喜劇演員。

※stand-up（單人脫口秀）／comic（喜劇演員（comedian））

表示「竟然～」的判斷根據
【判別】評判或主觀的表達方式（人的特質等）

　　在使用 must（一定是～）來評判，或以 mad（發瘋的）做出主觀判斷之後，後面再接 to ~ 來**表達支持這項判斷的理由**。既然**表達了主觀意見，就要說明理由**，這也是使用英文時的禮節之一。

You must be mad to send him 30 emails a day.

一天寄 30 封信給他，你一定是瘋了。

※ 即使只看到 must 或 mad 的其中一個，也能知道這裡的 to ~ 是「判斷的根據」，不過在這個句子裡是兩者都有

+ α be glad that ~ 和 be glad to ~ 的差異

① I was glad that I met her. 我很開心和她見面。　※副詞子句 that
② I was glad to meet her. 我很開心能見到她（見到她讓我很開心）。

　　以上兩句都是「因為見面而覺得開心」（沒有事先約好、偶遇的情況也適用），② 也可以表達「（在見面之前就）非常期待見面」→「很開心見到面」的意思。特別是現在式 am[is / are] glad[happy] to ~ 經常用來表示「樂意~」的意思。

I am glad[happy] to meet you at 5:00 p.m. today.
我很樂意今天下午 5 點與你見面。　※待會才見面

12-1-8　副詞用法的意義（3）片語類

限定（其一）「就~這點而言」
【判別】出現 too ~ to ~ / ~ enough to ~

It may be too late to change our departure date.
現在要改我們的出發日期可能已經太晚了。
※這裡的 It 是表示「時間」或「狀況」的 it

　　一般學到的 too ~ to ~ 翻法是「太~以致於不能~」，但原本 to 不定詞就沒有「無法」的意思，所以這個 to ~ 的用法是把形容詞或副詞的意思限定在 to ~ 的範圍之內。字面翻譯是「就更改出發日期這點（限定在更改的這件事上）而言，可能已經太晚了」。

　　※從這裡可以看出，「太~以致於不能~」只是由某人整理出來的公式化翻法而已，套用公式翻成「太晚了以致於不能改」，或直接照字面翻譯成「要改已經太晚了」，這兩種翻法都滿自然的

It's too good to be true.
這好到讓人難以置信。
※ 在對話中做為慣用表達使用／字面翻譯是「就真實這點而言，超過了 good 的範圍」→「這（談及的內容）實在是太好了，（感覺）不是真的吧」

~ enough to ~（足以～）也同樣是**限定用法**。

> That tiny tablet computer is small enough to fit in your shirt pocket.
> 那款很小的平板電腦小到可以放進你的襯衫口袋裡。
> ※ 字面翻譯是「就可以放進口袋裡的這點而言是足夠小的」／這裡的 you 是「總稱」
> p.325

補充 too vs. very

　　too 和 very 都有「強調的作用」，但語氣不同。very 是表示在**可接受範圍內**，very big 是「非常大（但沒問題）」的感覺。另一方面，too 是**超出**可接受範圍，所以 too big 是「太大了（所以不行）」的感覺。從這個感受的角度下去想，too ~ to ~ 其實就是「對～而言太過～（超出可以接受的範圍了，不行！）」的感覺，所以才衍生出了「不能」的意思。

+α 「限定」的感覺不斷出現在 too ~ to ~ 的否定句中

　　too ~ to ~ 的公式翻法「太～以致於不能～」不適用於否定句（因為出現兩個否定，會讓句意變得無法理解）。不過這點可以透過了解**限定語意**來解決。諺語 One is never too old to learn.（活到老學到老）的字面翻譯是「就學習這方面（to learn）來說，絕對不會（never）有年紀太大（too old）的人」，用這種方式理解就 OK 了。順道一提，這裡的 one 是「一般人」的意思（這是比較生硬的書面用語 p.325）。

限定（其二）「就～這點而言」

【判別】修飾難易形容詞

> This dictionary is difficult for me to read without my glasses.
> 不戴眼鏡我很難閱讀這本字典。
> ※字面翻譯是「這本字典對我來說不戴眼鏡地閱讀是很困難的」

　　如果只有 This dictionary is difficult，一般會理解成「內容難以理解」，但加上**限定的 to ~** 就會變成「不戴眼鏡很難閱讀」的意思（for me 是不定詞在意義上的主詞，會在 p.507 解說）。這種限定用法經常和「困難的」或「簡單的」形容詞一起使用。

常見難易形容詞

困難類：difficult、hard、tough（棘手的，困難的）/ dangerous（危險的）/
bad（不適合的；不好的）/ unsafe（不安全的，危險的）/
impossible（不可能的）

簡單類：easy（簡單的；不費力的）/ pleasant（愉快的）/ interesting（有趣
的）/ convenient（便利的，方便的）/ comfortable、nice（舒適
的）/ good（適合的）/ safe（安全的）

可以照著「困難的（difficult）」→「危險的（dangerous）」→「不可
能的（impossible）」，或「簡單的（easy）」→「愉快的（pleasant）」的順
序來聯想並統整就可以了。　※「難易形容詞」是我們這本書自創的說法

難易形容詞的用法

(a) 用於虛主詞 It 的句子（名詞用法）

It is 難易形容詞 to ~

↑ ※to ~ 的部分「完整」

(b) 將不定詞內的「受詞」放在句首使用（副詞用法）

S is 難易形容詞 to ~

↑ ※to ~ 的部分「不完整」

It is dangerous to swim in this river in September.
九月的時候在這條河裡游泳很危險。

使用虛主詞的句子（1）中沒有什麼特別的，所以很簡單，但句子
（2）就有必須要特別留意的地方了。透過將（1）改寫成（2）來看這部
分，就會更容易理解。

(1) It is dangerous to swim in this river in September.

(2) This river is dangerous to swim in _____ in September.

缺少的狀態（＝不完整）

請把 this river 想成是一張卡片，將 (1) 改寫成 (2) 就是把這張卡片剪下來、移到句首的感覺。剪下來的部分當然就是什麼都沒有的狀態，也就是（缺少名詞）**不完整的狀態**，這部分是重點。

◎）This river is dangerous to <u>swim in</u> in September.

※swim in 是「不完整」的狀態

×）This river is dangerous to <u>swim</u> in September.

※不及物動詞 swim 是「完整」的狀態

順道一提，前面出現的英文句子（This dictionary is difficult for me to read without my glasses.）中，及物動詞 read 的後面也是**不完整的狀態**（欠缺受詞）。

FAQ 以前學過「hard 和 impossible 不能以人當作主詞」

這是考生們經常會提出的問題，以結論來說，這個說法是錯誤的。的確，難易形容詞的句子多半是以事物為主詞（就像前面英文句子裡的 dictionary 或 river），可是**以人當作主詞也是沒問題的**。

Diane is hard to talk to.

Diane 很難聊。

※這是將 It is hard to talk to Diane. 中的 Diane 放到句首的句子

就像這樣，**人隨時都可以移到主詞的位置**。所以要告訴考生的正確說法應該是「雖然 hard 或 impossible 以人為主詞是 OK 的，可是這時必須留意**後面接的是否是『不完整』的型式**」。

資料 看起來像難易形容詞，但卻不能使用 (b) 用法的形容詞

important（重要的）/ necessary（必需的；必然的）/ natural（理所當然的，自然而然的）/ possible（可能的）。

※ 只有 possible 可以在否定句或疑問句中做為難易形容詞使用（因為意思會接近於 impossible）

總結 副詞用法的判斷方法

- ☐ 出現具有意志的動作動詞 → 用目的「為了～」來思考
- ☐ 無意志動詞後面接 to ~ → 用結果「結論是～」來思考
- ☐ 情感表達之後接 to ~ → 用產生情感的原因「因為～，而～」來思考
- ☐ 評判或主觀的表達方式 → 用做出判斷的根據「竟然～」來思考
- ☐ too ~ to ~ / ~ enough to ~ → 用限定「就～這點而言」來思考
- ☐ 難易形容詞的後面接 to ~ → 用限定「就～這點而言」來思考
- ☐ 過去式助動詞 → 用假設語氣的條件「如果～」來思考

※ 副詞用法可以「取代（假設語氣的）if 子句」。不會嚴格使用完整的副詞子句（if sv），而是使用較輕鬆的副詞片語（to ~）來表達　p.188

CHAPTER 12-2

不定詞的各種型態（不定詞的變化）

12-2-1　不定詞在意義上的主詞
（for 人 to ~ 表示「人 做～」）

「for＋人」並非「對 人 而言」，要翻成「人 做～」！

　　在表示 to 不定詞的動作「是由誰做」時，會採用「for 人 to ~」的型式，稱為（不定詞）**在意義上的主詞**。由於英文句子的主要主詞應該在別處（因為不定詞不會是主要動詞），所以終究**表示的只是不定詞中做動作的主詞**。

① It is easy to answer the question. 回答那個問題很容易。（一般說法）
　　　　↓ 加上「for＋人」
② It is easy for me to answer the question. 對我來說要回答那個問題很容易。

※ 雖然「for＋人」常會被教成是「對 人 而言」的意思，但因為「for＋人」是當作主詞，所以基本上應該要翻成「人 做～」。但當在翻成「人 做～」會顯得很不自然的情況下，還是會改用「對 人 而言」來翻，這是最有效率的翻譯方式

也會在名詞用法之外使用

> There is hardly any chance for ordinary fans to meet soccer players in Serie A.
>
> 普通球迷幾乎沒有機會可以見到 Serie A（義大利甲級足球聯賽）的足球選手。
>
> ※to meet ~ 是形容詞用法修飾 chance／to meet 在意義上的主詞是 for ordinary fans

> I stepped aside for the woman to pass.
>
> 我讓開給那個女人過去。
>
> ※ to pass 是副詞用法（修飾動詞 step aside（讓開））／to pass 在意義上的主詞是 for the woman／如果把這句英文的「for ＋人」翻譯成「對人而言」的話，會變成「我讓開對那個女人而言可以通過」這種不自然的翻譯

for 和 of 的區別

　　意義上的主詞一般會使用 for，不過在「It is 形容詞 to ~」的型式中，如果接的是**表示「人的特質」的形容詞**時，不是「for ＋人」而是「**of ＋人**」。

表示「人的特質」的形容詞

> **正面類型**：kind、nice、good、sweet（溫柔、善良、貼心的）／
> smart、wise、intelligent、clever、sensible（聰明的；明智的）／
> conscientious（有良心的）／ responsible（可靠的）／
> thoughtful（深思熟慮的、體貼的）／ brave（勇敢的）／
> polite（有禮貌）
>
> **負面類型**：careless、thoughtless（粗心大意的；欠考慮的）／
> foolish、absurd、stupid、silly（愚蠢的；荒謬的）／
> rude、bad（無禮的）／ cruel（殘酷的）／ mean（惡意的）／
> selfish（任性自私的）／ ignorant（無知的）／
> irresponsible（不負責任的）

　　要死背這些**採用 of 的形容詞**很辛苦，所以請用「**人的特質**」→可以說「**你真的很～**」的形容詞這個方式來思考看看。

×）「你真 easy」→ 不自然 → 不用 of，用 for

◎）「你真 kind」→ 自然 → 用 of

It was smart of him to take a battery charger on the trip.

他真聰明，在旅行時帶了充電器。

※ 因為可以說「你真聰明（smart）」所以用 of

It's very kind of you to come.

謝謝你的到來。

※ 雖然照字面翻譯成「能夠來，你真是非常體貼」也可以，但 It is kind of you to ~ 表達「謝謝你願意做~」的說法，常用到可稱之為慣用表達

資料 也有不使用 of 而使用 for 的形容詞 ※通常考試不會出現

也有本來應該用 of 後來卻變成使用 for 的形容詞。比起「人的特質」，更注重評價有關「人所做的行為」時，就會使用 for，特別是 wise 之類的字尤其明顯。

12-2-2 不定詞否定型式（not to ~）與分裂不定詞

前面只放 not

在**否定** to 不定詞所做的動作時，**not 要放在 to 的前面**（呈現 not to ~ 的型式）。

I told him to go there. 我告訴他去那裡。

↓

I told him <u>not to go</u> there. 我告訴他<u>不要去</u>那裡。

參考：I <u>didn't tell</u> him to go there. <u>我沒有告訴</u>他要去那裡。

to 前面的 not 單純**只是否定不定詞**（在這裡是否定 to go there），不管怎麼樣都不會是否定 told（「告訴他」的這個事實不會被否定）。如果是否定 told 的話，那麼主要動詞當然就會變化成否定型式（didn't tell）。

Visitors to the Perth Zoo are asked not to feed the animals.

請造訪伯斯動物園的遊客不要餵食動物。

※動物園的廣播／字面翻譯是「造訪伯斯動物園的遊客們被要求不要餵食動物」

需要特別注意的「為了不做～」 應用

　　要否定副詞用法的**目的**（為了～）語意時，會使用 **not to ~**（為了不做～）的型式。但是這個型式只能和**提醒對方注意的表達方式**（careful / take care / sure 等等）一起使用（在寫作測驗的題目中經常會考驗考生是否具備這方面的知識）。

　　※除此之外的情況（沒有 care 等等的字），則會用 in order to ~ 等表達型式　p.517

Be careful not to say anything that would upset him.

小心不要説任何會惹惱他的話。

※因為有 careful 所以 not to ~ 是 OK 的／upset（使心煩意亂；使生氣）

Be sure not to leave the lights on when you go out.

外出時記得關燈（請一定不要在外出時讓燈開著）。

※Be sure not to ~ 是「請一定不要做～」

分裂不定詞 延伸

　　因為「to ＋原形」是一個詞組，所以原則上 not 不會夾在中間，但因為每個人的書寫習慣差異，有時也會看到「to not ＋原形」出現（看到的話請靈活反應，不過自己還是不要用會比較保險）。

　　※「to not ＋原形」的表達型式在 p.112 也出現過（As you said, it's better to take an umbrella and {to} not use it than to not have one when it rains.）

　　另外，除了 not 以外，有時也會出現**副詞插在 to 和原形的中間**。這種表達型式被稱為**分裂不定詞**。特別我們經常會在新聞中聽到 to fully understand（為了充分理解）這種表達方式。

　　※因為幾乎不會出現在考題之中，所以通常在文法書中會被當成比較不重要的文法，但實際上的使用頻率卻很高。我想這部分也是往後應該要留意的測驗重點

A strong background in biochemistry is necessary to fully understand how the medicine works.

必須要有深厚的生物化學背景才能充分理解這項藥物的作用機制。

※ background（背景；背景知識，基礎知識）／biochemistry（生物化學）／work（（藥等）發揮作用）

　　如果副詞放在原本該放的位置（例如在受詞後面之類的），可能反倒會讓人不太清楚修飾的對象是什麼，所以才改用分裂不定詞來明確修飾「to ＋原形」。

> 有時在文法上會認為應避免使用分裂不定詞，不過在某些英文句子中這種用法會顯得非常自然

12-2-3 完成式不定詞（to have p.p.）

普通的不定詞，基本上是「同時」

　　目前為止我們學到的都是**普通的不定詞（to ＋原形）**，表達的都是**主句時間點之後的時態（未來）**，或是**與主句相同的時態**。

He seems to be rich. 他似乎很有錢。　　※「現在」是 rich、「現在」的推測
　　　↑ 和 seems 同時態（＝ It seems that he is rich.）

　　主句的時態是**現在式**（seems），to ～ 表達的也是**現在**，表現出「（看著眼前的人推測）這個人，似乎很有錢」這種情境。

完成式不定詞是「前一個」的時態

to 的後面接**完成式（have p.p.）**的型式稱為**完成式不定詞**。完成式不定詞（to have p.p.）表達的是**比主句時間點再往前一個的時態**。

> He seems <u>to have been</u> rich in his thirties.
> ↑ 比 seems 再往前一個的時態（＝ It <u>seems</u> that he <u>was</u> rich in ~）
> 他 30 幾歲的那個時候似乎很有錢。　　※「過去」是 rich、「現在」的推測

這裡的 to have been 表示**比現在式的 seems 再往前一個時態＝過去**，用在「（眼前這個人現在看起來不怎麼有錢，但從他的舉止和談吐來看）似乎以前曾經很有錢」的情境。

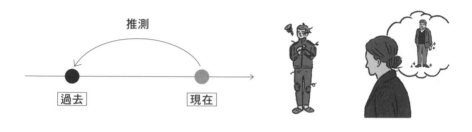

會用在各種英文句子之中的完成式不定詞

> Queen Cleopatra is said to have bathed in milk baths to make her skin more beautiful.
> 埃及豔后據說曾用牛奶沐浴來讓她的皮膚更加美麗。
> ※ to make OC（為了讓 O 變成 C）（這裡的 to ~ 是副詞用法）／bathe（浸泡；沐浴）

當然，除了 seem to ~ 以外，完成式不定詞也會用在其他的表達型式之中。

前面這句英文是在 be said to ~（據說~）句型裡使用完成式不定詞。另一方面，下面這個句子是按照 There <u>is</u> ~（有~）→ There <u>seems</u> <u>to be</u> ~（似乎有~）→ There <u>seems to have been</u> ~（似乎曾經有~）的變化順序所產生的句子。

> There seems to have been some misunderstanding between you and me.
> 我們之間似乎曾經有一些誤會。

　　很多人不擅長使用完全式不定詞，不過，我們到目前為止所學的內容，應該已經可以解決大多數的考題了（如果有時間的話，可以試著研究一下後面的應用和延伸內容）。

要注意的完成式不定詞重點（主句是「過去式」的情況）　應用

　　大家經常會有「完成式不定詞全都代表過去」的誤解，但完成式不定詞表達的其實只是**前一個時態**。的確，在 He seems to have been rich in his thirties. 這句裡的 to have been 表現的是**過去**，但若主句的時態已經是過去（seemed）的話，則表現出來的是再往前一個的時態（過去的過去）。現在先從普通的不定詞（to＋原形）類型（而不是完成式不定詞）開始慢慢理解吧。

① 主句是過去式＋普通的不定詞（to＋原形）

> He seemed to be rich when I met him. 他在我遇到他的那時似乎很有錢。
> 　　　　　↑ 和 seemed 同時態（＝ It seemed that he was rich when I ~）

　　這裡用 to be 表示和**主句（seemed）是相同時態＝過去的事物**。表現的是在過去的某個時間點（遇到他的那個時候），看著眼前的他想著「這個人似乎很有錢」。

② 主句是過去式＋完成式不定詞（to have p.p.）

> He seemed to have been rich. 他那時似乎曾經很有錢。
> 　　　　　↑ 比 seemed 往前一個時態
> 　　　　　（＝ It seemed that he had been rich.）

　　to have been 表示**比主句的時間點（seemed）再往前一個時態＝過去的過去**（過去完成式的感覺）。意思是「（在過去的某個時間點看起來沒有錢，但仔細觀察後發現）在過去時間點之前似乎曾經很有錢」。

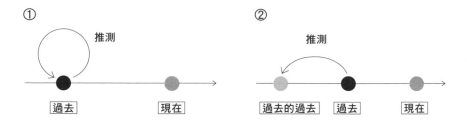

要注意的完成式不定詞重點（「到某個時間點完結」的情況） 延伸

原則上 to have p.p. 是表示**前一個時態**，但在不同情境下，也有可能是表達**到某個時間點完結的完成式**。判別的方式很簡單，如果按照原則用「前一個時態」去解讀，意思卻變得很奇怪，只要改想「那麼應該就是代替完成式吧」就行了。另外，因為有很多句子的內容，都會明顯表現出**「到某個時間點都持續受影響」**，或是在句中**出現完成式的暗示（如 for 等等）**，因此很好分辨。

You seem to have lost weight.

你看起來瘦了。

※ to have lost weight 表示「到現在為止的完成式」／表現出「看起來變瘦的結果一直持續到現在」的意思（和 It seems that you have lost weight. 意思相同）

When I met him yesterday, he appeared to have been ill for several days.

我昨天見到他時，他看起來像是已經病了好幾天。

※「到過去的某個時間點（When I met him yesterday）為止都還在生病」／for several days 是完成式的暗示（和 When I met him yesterday, it appeared that he had been ill for several days. 意思相同）

+α 有時也會不使用完成式不定詞

完成式不定詞有時對母語人士來說似乎也很麻煩，所以如果不是會被誤解的情況，有時也會選擇不用（以「to＋原形」代替）。

I'm sorry to keep you waiting.

※ I'm sorry to ~（抱歉讓你～）是副詞用法（產生情感的原因）／這句不管是「等待的過程中（還在等）」還是「等待已結束」的情況都可以用

「覺得抱歉」的是現在、「讓對方等待」的是過去，因此這裡原本應該使用完成式不定詞（I'm sorry <u>to have kept</u> you waiting.），但實際上用 to keep 代替的情況很常見。

※ 因為上面這個句子的使用情境不會產生誤解，且一定程度上這已經是慣用的表達方式了，所以（除了這裡表達方式以外）平常還是好好使用完成式不定詞會比較保險

12-2-4　代 不 定 詞

注意保留 to 的表達型式

對話中經常看到像 I'm happy to. 這樣以 to 結尾的句子。這類句子藉由保留 to 來暗示**後面有「動詞的省略」**。像這樣的 to 不定詞，被稱為代不定詞，意思是**具有取代（被省略的）動詞作用的不定詞**。

※ 省略 to 之後的動詞是為了「避免重複」／也有像 to be 這樣保留 be 動詞的表達方式

A: Would you come to the party?　B: Yes, I'm happy to.

A：你要來派對嗎？　B：好啊，我很樂意。※ to {come to the party} 的意思

經常會有人問：「這個 to 有必要嗎？」這種問題，但是如果只回答 I'm happy. 的話，就會變成「要來派對嗎？」→「我很快樂」這種牛頭不對馬嘴的對話內容。

The boy used his father's computer, even though his father had told him not to.

這個男孩用了他父親的電腦，即使他父親曾跟他說過不要用。

※ 是 not to {use his computer} 的意思／not 和代不定詞的組合很常出現

雖然代不定詞一般不被重視，但日常對話中卻經常使用，且也經常出現在考題之中。核心重點 **看到以 to 結尾的句子，請留意後面其實有省略**的部分。

追加英文

請翻譯以下句子。

(1) She did it because she wanted to.

(2) The cherry trees in Washington, D.C. are said to have been a gift from the Mayor of Tokyo to the United States in 1912. ※mayor（市長）

解答範例

（1）她做了是因為她想這麼做。 ※wanted to {do it}

（2）據說華盛頓特區的櫻花樹是 1912 年的東京市長送給美國的禮物。

※完成式不定詞（to have been）在此表示「過去」

CHAPTER 12-3

使用不定詞的常用表達方式

12-3-1 in order to ~ / so as to ~

明確表示「目的」的表達方式

副詞用法有很多種不同意思，**當想要既刻意又清楚地表達「這是目的」時**，to ~ 會採用 **in order to ~ / so as to ~** 的型式。

You need to learn English grammar in order to speak logically.
你必須學習英文文法才能有邏輯地說話。

Ms. Durant turned her smartphone off so as to keep the battery from running down.
Durant 小姐把她的手機關機，以免電池沒電。
※keep 人 from -ing（以免 人 做～）的表達型式（在這裡 人 部分是 the battery）

放「意義上的主詞」時

當**主句的主詞**和 in order to ~ 中**做動作的主詞不同時**，會採用 **in order for 人 to ~** 的型式。

※ 也就只是「將 for 人 放到 to ~ 前面」的概念　p.507

I stepped aside in order for her to pass.

我讓開給她過去（為了讓她通過）。

※ for her 被放在 to pass 前面的型式／= I stepped aside so that she could pass.／順道一提，不可以說 ×）I stepped aside in order to pass.（我讓開以便通過）（缺了意義上的主詞 → to pass 中做動作的主詞會變成主句的 I）

+α 「in order for 人 to ~」OK，但「so as for 人 to ~」NG

so as to ~ 不能加意義上的主詞（即使是母語人士也可能會用錯）。原本 so as to ~ 是將連接詞 as 子句中的 s + be 省略後所產生的表達型式。s + be 省略的前提是 s 必須和**主句的主詞相同**，因此若在這裡刻意加上意義上的主詞，那就完全互相矛盾了。　※ s + be 的省略請見 p.133

表達「為了不做～」的否定

想要表達「為了不做～」時會使用 not to ~，不過只有在想要**引起對方注意或進行呼籲**時才能使用 not to ~ 型式，其他情況下不能使用（p.510）。因此在其他情況下會使用 in order to ~ / so as to ~ 的**否定型式 in order not to ~ / so as not to ~**（只是在 to ~ 的前面加上 not）。

In order not to wake her baby, the mother tiptoed into the room to get her smartphone.

為了不吵醒寶寶，媽媽躡手躡腳地進房間拿手機。

※ tiptoe（踮起腳尖（悄悄地）走）（tip（前端）、toe（腳趾））／不知道 tiptoe 是什麼時，可以透過 SVM 的型式及 into 來推測出「移動」的意思

He wrote down the password so as not to forget it.

他把密碼寫下來以免忘記。

※ write down（寫下來）／= He wrote down the password so that the he wouldn't forget it.

總結 「為了～」的比較

	否定	意義上的主詞	方便程度
to ~ （副詞用法）	× 想要引起注意或進行呼籲時可以使用 not to ~	○ for 人 to ~	好用
so as to ~	○ so as not to ~	不可以用 × so as for 人 to ~	有點不好用 （語氣生硬）
so that ~	○ so that s 助動詞 not ~	○ that 子句的主詞沒有限制	好用
in order to ~	○ in order not to ~	○ in order for 人 to ~	好用（但有點生硬）
in order that ~	○ in order that s 助動詞 not ~	○ that 子句主詞沒有限制	普通（語氣生硬）

※ 不用勉強自己全部都要會用。只要看到時能理解就夠了。自己在用時，只要能正確使用方便好用且母語人士也常用的 to ~ 以及 so that ~ 就十分足夠了。另外，so as to 不好用的原因在 p.520 的 資料 中有提到

12-3-2

so ~ as to ~ 和
so as to ~ 的區別

和 that 一起思考

as ~ as to ~ 和 so as to ~ 看起來很像且容易搞混，但其實只要和 **that 的型式**一起搭配整理，就會變得很簡單。

核心重點 **so 分開（so ~ as to ~ ＝ so ~ that ~）及 so 緊連在一起（so as to ~ ＝ so that ~）的型式，在語意上是相同的**（當然，to 的後面接「原形動詞」、that 的後面接「主詞＋動詞」，這方面並不相同）。

so ~ as to ~ vs. so as to ~

	分開 → 結果 或 程度 「因為非常~，所以~」 「到~那樣的程度」	緊連在一起 → 目的 「以便~」
so / as to	so ~ as to ~ ※不常用的型式	so as to ~
so / that	so ~ that ~	so that s＋助動詞 ※助動詞多為 will / can

分開的類型：so ~ as to ~ 和 so ~ that ~ 相同

　　so 分開的這類，只要用「**so ~ as to ~** 和我們熟悉的 **so ~ that ~ 相同**」去想，自然就能理解以下內容了。

so ~ as to ~ 的特徵（和 so ~ that ~ 相同）

① 有兩種意思：**結果**（因為非常~，所以~）、**程度**（到~那樣的程度）

② 先用**結果**來思考
　→ 如果語意顯得不自然就切換成**程度**，這樣比較有效率

③ 否定句時用**程度**來思考

④ so 的核心是「**那樣地**」※so ~ that ~ 的解說請參照 p.145

Professor Mikami was so kind as to hold a special review session for students.

◎）結果：因為 Mikami 教授人非常好，所以他為學生們辦了複習特別課程。

◎）程度：Mikami 教授人好到為學生們辦了複習特別課程。

I'm not so stupid as to believe everything I read on the Internet.

×）結果：因為我不是非常笨，所以會相信我在網路上看到的一切。

◎）程度：我沒有笨到會相信我在網路上看到的一切。

※ 從 so 的核心「那樣地」來思考的話，應該就可以抓到這個英文句子的「我沒有那
樣地笨／到會相信在網路上看到的一切那樣的程度」的語意　p.146

緊連在一起的類型：so as to ~ 和 so that ~ 相同

這裡也是 so as to ~ 和 so that ~ 擇一記下來就可以了，可以把重點
放在你比較偏好的表達型式就好。　　※so that ~ 請參照 p.149

My mother went on a diet so as to lose weight.

我媽媽為了減重而節食。

She whispered the information in my ear so as not to be overheard.

她在我耳邊悄聲說了這些資訊，以免被人無意中聽到。

※overhear（無意中聽到）

資料 so as to ~ 需要「必然性」（重要的延伸內容）

A so as to B（為了 B 而做 A）」其實有著「做 A 的話會引起 B（必然
的結果）」的這個前提，所以 so as to ~ 較準確的翻譯應該是「為了帶
來~的結果」的感覺。

他想去美國研究美國歷史。

×）He wants to go to America so as to study American history.

◎）He wants to go to America {in order} to study American history.

因為並非「去了美國 → 會進行研究（必然的結果）」（研究還需要意
志及努力），所以在這裡使用 so as to 會不自然。

※這部分比較特別，不過只要「明白 so as to 的意思就 OK，自己不要用」就可以了

I turned off the lights so as to save electricity.

我為了省電而關燈。　※關燈 → 必定會省電

12-3-3　使用不定詞的各種常用表達方式

使用不定詞的常用表達方式 ① 句子型式、動詞、介系詞是重點的表達

All s have to do is {to}＋原形（s 只要做～就行了）/ know better than to ~（知道不做～比較好、沒有笨到會做～）p.785 / have no choice but to ~（別無選擇而做～）※but（除～以外）是介系詞 / be to blame（應該怪～）p.744 / feel free to ~（隨意做～）/ cannot bring oneself to ~（提不起勁做～（不想做的事））/ go out of one's way to ~（特地去做～）※字面翻譯是「為了做～而偏離某人的路」

All you have to do is answer the question.
你只要回答那個問題就好。

補充　理解 All you have to do is ~ 的重點

(a) **省略關係代名詞 that／整體型式是 SVC：** All {that} you have to do is {to} ~ 的表達型式，字面翻譯是「所有你必須要做的事是～」。

(b) **可以省略補語的 to：** 當「to 不定詞是 be 的補語」和「主詞包含 do」時，會有一個奇特的規則，就是補語之中的 to 可以省略，這部分只要理解成「在這個片語中補語的 to 經常被省略」就可以了。

(c) **all 表示「只有」的感覺：** 這裡的 all 是強調**極限所在**，有時可表示「只有」的意思。如果是 This is all.，原始是由「這就是全部（極限就在這裡，不會超過）」衍生為「就這樣」的語意。

使用不定詞的常用表達方式 ② 形容詞用法是重點的表達

have much [a lot] to do with ~（與～有相當大的關係）　　※ 表示關連的 with
have nothing to do with ~（與～完全沒有關係）
have something to do with ~（與～有某種關係）
leave much to be desired（有很大的改善空間）　　※leave（留下）
leave nothing to be desired（無可挑剔）
take the trouble to＋原形（不辭辛勞地去做～）
　　　　　　　　　　　　　※ 字面翻譯是「承擔麻煩地做～；吃力地做～」

Her work leaves much to be desired.

她的工作成果有很大的改善空間。

　　to be desired 修飾 much，字面翻譯是「留下（leave）許多想要的事項（much to be desired）」→「覺得可以更好的地方很多」（這裡的 much 是代名詞，做為 leave 的受詞）。舉例來說，就像是看到考試結果的老師可能會說的「真希望你們這個那個都能答對」，表現出「期待越大」→「失望越大」的感覺。

　※leave nothing to be desired 的話是指「沒有留下任何想要的事項」→「無可挑剔」

補充 leave 的核心概念是「放著不管」

　　leave 本來是「放著不管」的意思，進而延伸出「將某地點放著不管」→「離開～」或「留下；使保持（某種狀態）」的意思。Leave me alone!（不要管我！）其實就是「把我留下不要管我，讓我保持孤獨的狀態」的意思。

使用不定詞的常用表達方式 ③ 做為副詞片語使用的表達

to be honest {with you}（老實説）/ to be frank {with you}（坦白説）/ to be sure（的確）/ to tell {you} the truth（老實説）/ to make a long story short（長話短説）/ to sum up（總而言之）/ to begin with、to start with（首先）/ to do 人 justice（公平對待 人 ）※do 人 物 （把 物 給 人 ），這是 do 的第 4 句型　p.452 / to make matters worse（更糟的是）※make OC 的型式 / to say the least（至少可以説）/ to say nothing of ~、not to speak of ~、not to mention ~（更別提～）/ not to say ~（即使説不上～）/ strange to say（説來奇怪）/ needless to say（不必説）/ so to speak（可以説是）/ come to think of it（回過頭來想想、這樣一想）※原本是 {When I} Come to think of it（雖然以 Come 開頭）做為副詞片語，用來「追加或修正資訊」

To be frank, I can't bring myself to apologize to him.

坦白説，我不想向他道歉。

　※ bring oneself to ~ 的字面翻譯是「把自己帶到～」→「讓自己想做～」／frank 最原始是「像法蘭克人（Frank）一樣自由」→「坦白的」／在世界史課堂上可能會提到法蘭克人（古代的地區性民族）。另外，法國（France）的語源是指「法蘭克族的土地」

使用不定詞的常用表達方式 ④「be 形容詞 to ~」的表達

be able to ~（能夠~）/ be unable to ~（不能夠~）/ be about to ~（即將~、正要~）※字面翻譯是「接下來會在做~的周圍（about）」，about 的核心概念是「在周圍」p.701 / be eager to ~、be anxious to ~（非常想要做~、渴望做~）/ be sure to ~（必定會做~）/ be due to ~（預定做~）/ be likely to ~（很可能會~）/ be unlikely to ~（不大可能會~）/ be certain to ~（一定會~）/ be ready to ~（準備好做~）/ be willing to ~（願意做~、樂意做~）※不一定是正面表達 / be unwilling to ~、be reluctant to ~（不情願做~）/ be apt to ~、be liable to ~、be prone to ~（傾向於做~）/ be bound to ~（必定做~）

※可以將「be 形容詞 to 原形」視為一個動詞（把「be 形容詞 to」當成助動詞）

💬 The Spanish national team is likely to win the World Cup.
西班牙國家隊很可能會贏得世界盃。

💬 Brian is anxious to buy that new video game.
Brian 非常想要買那台新的電動。

※ anxious 的核心是「靜不下來的感覺」，be anxious to ~ 是「想到要做~感到靜不下來」→「非常想要做~」（有關 to 的「未來方向性」將在下一頁講解），be anxious for ~ 是「對於（for）~感到靜不下來」→「因為~感到渴望」，be anxious about ~ 是「對於（about）~靜不下來」→「焦慮不安~」。

資料 be sure to ~ 和 be sure of ~

　　be sure to ~（一定會~、必定會做~）是**說話或寫字的人**認為的確信，be sure of ~（對於~感到肯定）則是**英文句子主詞**的確信。

💬 Emma is sure to like that new movie, so we should invite her to go with us.
Emma 一定會喜歡那部新電影的，所以我們應該邀她和我們一起去看。
※只表達了說話者認為的確信（沒有提到 Emma 實際上喜不喜歡）

💬 Emma is sure of her decision.
Emma 對於自己的決定充滿信心。　※只提到 Emma 本人的確信

CHAPTER 12-4

具有「未來方向性」的 to

12-4-1　介系詞 to 和不定詞 to

「型式」雖然不同但「圖像」一樣

　　to 有兩個詞性（介系詞和不定詞）。當然，詞性上的差異很重要，不過其實這兩者之間仍然存在共通點，就是 **核心重點** **兩者的圖像皆是箭頭（⇒）**。

to 不定詞 vs. 介系詞 to

	to 不定詞	介系詞 to
差異點：型式	to＋原形	to＋名詞（或代名詞、動名詞）
共通點：具有方向性的圖像	可以變換成箭頭（⇒）	

可以用箭頭取代 to 的感覺

> 介系詞的情況：I went to the café. 我去了那間咖啡廳。
> 　　　　　　　I went ⇒ the café.　※將介系詞 to 替換成「⇒」
> 不定詞的情況：I want to swim in the sea. 我想在海裡游泳。
> 　　　　　　　I want ⇒ swim in the sea.　※將不定詞 to 替換成「⇒」

　　to 表示「**想要做～的心情所前往的方向**」，因此 to swim 有著「**接下來要去游泳**」的語意。

　　透過上述內容，我們可以知道 **核心重點** **to 不定詞具有前瞻性及未來方向性**。To be continued.（待續）就是「前往未來方向的 to」的一個例子，在連續劇或動畫單集結束時經常看到，字面翻譯是「之後繼續」的意思。

　　和這個概念相同的還有 To be determined.（待定）（可以縮寫為 TBD）、To be announced.（即將公布）（可以縮寫為 TBA）等表達方式。

思考轉換 **介系詞 to 與 to 不定詞在歷史上是相同的單字**

數百年前的 to 原本只是介系詞，之後則分成介系詞 to 和不定詞 to 一直到現在。原本曾是同一個字的根據是，在某些字典裡「to 只有一個標題」，也就是在一個共同的標題之下處理介系詞和不定詞。

※ 比較多本字典的內容也是一件很有趣的事。我們可以這麼說，將介系詞和不定詞的內容合併在一個標題之下處理的字典，大多是「忠於歷史」，分開處理的字典（用 to¹、to² 這樣的兩個標題來處理）則是有著「避免學習者混淆」的考量

介系詞後面不會加 to 不定詞的理由

這是基本觀念，介系詞後面**加動名詞 OK**，但**加不定詞 NG**（就算是不定詞的名詞用法也 NG）。

◎）He is good at speaking English.　他擅長說英文。

✕）He is good at to speak English.

我認為是因為原本的 to 是介系詞，如果在介系詞（上面這句中是 at）的後面再加上 to，就好比連續接了兩個介系詞一樣，有種不太自然的感覺。

+α **介系詞 but / except 的後面接 to**

介系詞中只有 **but / except**（除～之外）的後面可以接 to 不定詞。也許是因為 but / except 不太像介系詞的關係，所以才能把這個用法自然保留下來吧。

> We have no choice but to end the negotiations.
>
> 我們別無選擇，只能結束談判。
>
> ※ have no choice but to ~ 字面翻譯是「除～之外（but to ~）沒有選擇（have no choice）」／出現在慣用表達內的 but 多半是介系詞，所以如果你用「除～之外」來翻譯看看，通常就能理解要表達的是什麼意思了

12-4-2 「以 to ~ 做為受詞的動詞」特徵

　　有些**動詞的受詞只能用 to ~（不能用動名詞）**。應該很多人背過「decide 的後面要用 to」吧？但是如果 核心重點 **用不定詞具有前瞻性及未來方向性的語意來理解的話，就不需要盲目死背了**。decide 是「（接著準備要做～）決定」的意思，所以和**具有前瞻性及未來方向性的 to ~** 非常契合。

> ※ 雖然下面整理的動詞中包含「不及物動詞＋to」，但這裡若以「有著『從現在開始要做～』字義的動詞」的角度來統整學習，效果會更好（整體來看，有許多字都是具有前瞻性的「積極動詞」）

後面接 to ~ 的動詞 ① 希望、計劃、決心、同意

> want to ~、hope to ~、wish to ~、desire to ~、care to ~（想要做～）/
> would like to ~（想要做～）※較客氣的表達方式 / plan to ~（計劃做～）/
> promise to ~（保證做～）/ mean to ~、intend to ~（有意做～）/
> decide to ~（決定做～）/ determine to ~（下定決心做～）/
> expect to ~（預計做～）/ agree to ~（同意做～）/ vote to ~（表決要做～）/
> offer to ~（主動提議做～）/ volunteer to ~（自願做～）/
> prepare to ~（準備做）/ arrange to ~（安排做～）

She's planning to hitchhike from New York to Los Angeles.
她正在計劃要從紐約搭便車到洛杉磯。
※hitchhike 是「搭便車」的動詞

Columbus expected to reach Asia when he sailed from Europe.
Columbus 從歐洲出海時預期他會抵達亞洲。

後面接 to ~ 的動詞 ② 挑戰、積極性

> try to ~、attempt to ~、seek to ~、look to ~（試圖做～）/
> aim to ~（目標鎖定要～、打算要達成～）/ struggle to ~（努力要達成～）/
> bother to ~（特地做～）/ manage to ~（設法達成～）/
> afford to ~（有餘力做～）/ come to ~（開始做～）/

get to ~（變得～；得到機會做～）/ learn to ~（變得會做~-）/
venture to ~（冒險做～、敢做～）/ dare to ~（敢做～）p.252

具有**前瞻性及未來方向性的語意**，讓人可以聯想到**積極的**印象。

manage 常常翻成「設法完成～」，並因此被誤解成字義偏負面，然而這個字表達的其實是「盡力辦到！」的正面意義。

※英英字典中會以 succeed（成功）來說明

The rescuers managed to get the driver out of the car wreck safely.
救援人員設法將司機從汽車殘骸中安全救出。
※wreck（嚴重受損的交通工具殘骸）

Cities throughout Europe are looking to reduce the amount of vehicle traffic in their downtown areas.
歐洲的各大城市都希望能減少市中心的車流量。
※不知為何很少提到 look to ~（希望達成～）的意思，但這是很重要的表達方式

補充 3 個「會做～」 ※×）become to ~ 是錯誤的用法

☐ come to ~ ※心情漸漸改變而開始做／後面接 like、think、know 等字
☐ get to ~ ※（幸運地）得到做～的機會
☐ learn to ~ ※（透過努力或體驗）變得會做～

I have come to realize that money doesn't buy happiness.
我開始體認到金錢買不到快樂了。

後面接 to ~ 的動詞 ③ 偶發

happen to ~（恰巧或剛好～）/ pretend to ~（假裝～）/ seem to ~、appear to ~（似乎～）/ prove to ~（證明～）/ turn out to ~（結果～）/ threaten to ~（威脅要～、恐嚇要～）

雖然這些動詞都被視為片語，但請用**偶發**的感覺來理解它們。從**未來方向性 → 接下來會發生（至少一次）**來看，在具有**偶發語意**的動詞之後會接 to ~。

happen to ~（恰巧或剛好~）就是**偶發**的感覺，pretend to ~ 是「（事實上不是但）這次就假裝~」，seem to ~ 和 appear to ~ 則是「（平常不是但）這次看起來似乎~」的意思，另外，prove to ~ / turn out to ~ 的概念是「（跟至今所認為的不同但）這次得到的結果是~」。

I just happened to be standing there when the accident occurred.

事故發生的時候我正好恰巧站在那裡。

※just（正好）常被放在 happen to 的前面。

 常用在對話之中的 Do you happen to ~?

比起直接問 Do you know ~?，改用 Do you happen to know~?（你會不會恰巧知道~?）這種加上 happen to 的句子，語氣會變得較委婉，問起來也會比較有禮貌。順道一提，我去佛羅倫斯（義大利）時，曾聽到有人在餐廳門口用 Do you happen to have Fiorentina?（你們會不會剛好有 Fiorentina（佛羅倫斯大牛排）呢?）來詢問。

「Do you happen to know of any good 複數形?」的表達型式也很常用到，實際上我和友人在信件裡就出現了 Do you happen to know of any good piano teachers for my daughter?（你有沒有剛好認識什麼很好的鋼琴老師可以教我女兒?）（know of ~ 是「（間接地）知道有~」的意思）

後面接 to ~ 的動詞 ④ 拒絕

refuse to ~、decline to ~（拒絕做~）/ hesitate to ~（對做~感到躊躇或猶豫）/ fail to ~（未能履行~；未能做到~）※請和 fail in ~（在做~上失敗）區別清楚 / never fail to ~（必定會做~）

理解這部分的動詞時，可以像「**具有前瞻性及未來方向性的語意**」這樣，只留意具有**未來方向性**的部分就可以了。這些動詞全都帶有「拒絕<u>從現在開始要去做~</u>」的語意。

 I fail to see your point.

我不明白你想要表達的重點。

※ 在爭論時用來表達「不知道對方想說什麼」的正式說法／字面翻譯是「未能（fail to）理解（see）你的重點或觀點（point）」

Do not hesitate to contact me if you have any questions or concerns.

如果您有任何問題或疑慮，請立刻與我聯繫。

※ 經常出現在商務電子郵件的結尾處／Do not hesitate to ~ 的字面翻譯是「不要對做~感到猶豫」→「請直接做~」

思考轉換 to ~ 的運用小技巧

利用 to ~ 的核心「前瞻性及未來方向性」的特性，即使在閱讀英文時遇到不認識的動詞，只要看到「動詞＋to ~」的型式，就是「從現在開始要去做~」的意思，只要像這樣思考就 OK 了。多數情況下都能順利解讀大致的意思。

※ 當然，唯一不符合這條規則的是 ④ 的拒絕（refuse 等字），也就是說，只要將這部分記下來，就可以好好使用這個方法了

追加英文

請翻譯以下句子。

(1) Legislators voted to require all new automobiles sold after 2035 to be electric vehicles.

(2) I came to know about the book from a friend.

(3) At the press conference, the CEO pretended not to know about the poor sales results.

(4) His jokes never fail to make me laugh

解答範例

(1) 議員們表決通過要求所有在 2035 年後售出的新車都必須是電動車。

※ legislator（立法者，議員）／雖然 vote to ~（表決要做~）不常出現在參考書上，但經常出現在新聞報導之中

(2) 我是從朋友那邊知道有這本書的。

※ 字面翻譯是「我從一個朋友那裡開始知道與這本書有關的事。」

(3) 在記者會上，執行長假裝不知道銷售成果很糟糕的這件事。

※ pretend not to ~ 是「假裝不做~」的意思（to 不定詞的否定型式）／poor（糟糕的；貧困的）

(4) 他的笑話總是讓我大笑。　※make OC 的表達型式

12-4-3　　　　be to 句型

傳統的 be to 句型教學方式

「be to～」的表達型式有著**類似助動詞的功能**，被稱為 **be to 句型**，通常會以「be to～有五種翻譯」這種統整方式來教學。

> **參考** 慣用英文文法中「思考 be to～ 的方法（把這五種翻譯背起來）」
>
> ① 預定：計劃做～　② 意圖：想要做～
> ③ 義務：必須做～　④ 可能：會做～　⑤ 命運：注定做～

舉例來說，They are to be married. 用「預定」去思考，就會翻成「他們<u>計劃要</u>結婚」。

be to 可以歸納成單一語意

核心重點 be to～ 的根本語意是「**接下來要做～**」的意思。如果照字面翻譯 be to～ 的話是「接下來是做（to）～的狀態（be）」。所以不需要思考「這是五種語意裡的哪一種？」。因為這**五種語意（預定、意圖、義務、可能、命運）可以全部歸納成「接下來要做～」的意思**。首先，實際在使用英文時，並不總是可以像「這是『預定』、那是『意圖』」這樣清楚分辨。換句話說，be to～ 就是這五種語意（或其中的幾個）的混合體。

They <u>are to</u> be married.
△～○）他們<u>計劃要</u>結婚。
◎）他們<u>想要</u>結婚。

單純比較翻譯的話，說「計劃」似乎比較自然，可是因為 be to～ 本身還有其他含義，所以 They are to be married. 這句可以解讀成「<u>預定</u>要結婚」、「有結婚的<u>意圖</u>」、「<u>義務</u>上要結婚」、「有<u>可能</u>會結婚」、「<u>注定</u>要結婚」等等意思。

看似互不相干的**預定、意圖、義務、可能、命運**，在語意上卻互相重疊，且可以歸納成「**接下來要做～**」的意思。

All sales personnel are to attend a special department meeting in the conference room at 1 o'clock today.

所有銷售人員必須出席今天 1 點整在會議室進行的部門特別會議。

※字面翻譯是「接下來要出席」／personnel（員工）（people 類的名詞 p.312）

補充 be to ~ 也有可能是「名詞用法」的表達型式

be to ~ 有可能是 **be to 句型**或**名詞用法做為補語的表達型式**，區分的方式很簡單。

My dream is to publish a mystery novel.
     S   V   C   ※這個 to publish 是名詞用法表示「做～的事」

我的夢想是出版懸疑小説

因為 S = C（My dream = to publish）成立，所以這只是 SVC 句型。另一方面，be to 句型的特徵在於可以被當成**一個助動詞**來對待。

They are to be married. 他們要結婚了。
S   V   ※They ≠ to be married

新聞英文也常用的 be to 應用

不知為何，be to 句型常常會被說是「考試才會出現的英文」，但這其實是一個天大的誤會，實際上在英文的新聞和報紙上都經常會用到 be to 句型。

US President to visit Japan in July
美國總統將於七月造訪日本　※英文報紙的標題

英文報紙的標題有著會**省略冠詞和 be 動詞**的規則（因為版面有限，且須突顯想傳達的內容），所以只要把省略的部分補回去，be to 句型就清晰可見了。

{The} US President {is} to visit Japan in July.
美國總統將於七月造訪日本。

※ 若依照傳統語意分類來翻，會翻成「預定（訪日）」，實際上則涵蓋了「美國總統訪日這件事有著預定、意圖、義務、可能及歷史性的命運」等語意

此外，不僅在標題中會看到，在內文（英文報紙的體育版）裡也會看到下面這種表達型式。

> Worse was to come for Japan.
> 更糟糕的事情找上了日本。
>
> ※ 這是有關日本足球代表隊的新聞／糟糕的（bad 的事）是在比賽要結束時發生了被逆轉這種更糟的（worse）情況／這個 worse 是表示「更糟糕的事」的名詞

只在必要時，考慮翻譯 [延伸]

因為只要用「接下來要做～」就能充分理解 be to ~ 的意思，所以在面對各種測驗和翻譯時，只要根據上下文，判斷可能是**預定、意圖、義務、可能、命運**中的哪一種語意，選出最適合的來翻譯，這樣就能翻出自然通順的句子了，下面這些傳統教學中出現的分類細節內容，只要大致看過就好。

[參考] **be to ~ 的分類細節**　※當然，前提是以「接下來要做～」來解讀

> ① **預定：計劃做～**　※當句子內容表示未來時會用
> We are to meet at seven.
> 我們計劃要在七點見面。
> ② **意圖：想要做～**　※用在 if 子句中
> If you are to pass the upcoming exam, you need to study a lot harder.
> 如果你接下來的考試想要過關，你得更加努力念書了。
> ※ a lot 用來強調比較級 p.776
> ③ **義務：必須做～**　※表示強烈命令
> The children are to be in bed by nine.
> 孩子們必須在九點以前上床睡覺。　※會對褓姆說的話
> ④ **可能：會做～**　※多為否定句／to ~ 之後使用被動語態（be to be p.p.）
> No stars were to be seen in the sky.
> 那時天上一顆星星都沒有（那時沒有星星會在天空中被看見）。
> ⑤ **命運：注定做～**　※使用過去式
> He was never to see his home again.
> 他注定無法再次看到自己的家鄉了。
>
> ※ be to ~ 通常多半會包含第三方的意見，如果是「預定」，就可以感受到「主詞以外的第三方意圖或安排」，如果是「義務」，則可以感受到「來自第三方的命令」，「命運」語意中的第三方則可以想成是「神」

be to have p.p. 的表達型式 延伸

I was to leave the next day.
我原本隔天就要離開的。

be to ~ 如果是過去式（was to）的話，那翻成「原本要做~的」是 OK 的。然而，單看這句英文，無法知道「實際上是否已經離開」，呈現出「也許已經離開了、也或許還沒」的感覺。

因此如果在 was to 的後面使用 have p.p.，就可以表達出「動作還沒有執行」的語意。換句話說就是變成 **was to have p.p.（原本要做~（但由於某些原因而沒有做））**的型式。

※ 雖然這個用法比較瑣碎，但偶爾還是會出現在翻譯題裡，所以為了慎重起見，追加說明一下

I was to have left the next day.
我原本隔天就已經要離開了的。（但實際上沒有離開）

資料 表示意圖或願望的動詞＋ to have p.p.

英文裡有著這樣的一條規則，「表示未來意圖的表達方式的過去式＋完成式不定詞」所**表達的是無法實現的行為**。在文法書上會看到 intended[hoped / expected] to have p.p.，意思是「原本打算做~的（但沒有做）」，但現行的英文中其實不會使用這種型式來表達。這類表達方式中唯一剩下的只有 was to have p.p.（was to 和 hoped to 表達的都是「接下來要做~」）。

思考轉換 形容詞及副詞用法都可以運用「箭頭圖像」

to 的**箭頭圖像**也可以運用在（看起來不適合這個圖像的）形容詞及副詞用法上。

① 表示**時間順序**的箭頭　※「to＋原形」有「接下來要做～」的語意
I have a lot of homework to do.
我（接下來）有很多要做的功課。　※形容詞用法

He went to the sea to swim. 他去了海邊（接下來）要游泳」
※副詞用法／介系詞 to 也可以運用箭頭圖像（He went ⇒ the sea ⇒ swim.）

② **指出理由**的箭頭
I was happy to meet him. 可以解讀成兩種意思（p.502）。
(a) 很開心要和他見面　※「開心接下來要和他見面」
(b) 因為和他見面而開心　※時間順序是「見面」→「開心」

(a) 可以用表示時間順序「接下來」的箭頭來解讀，但既然 (b) 是「見面後感到開心」，就不能用時間順序的箭頭來解釋。在這種情況下，若單從時間角度來思考就會卡住，若改以「**情感表達 ⇒ 產生情感的理由**」（英文裡常見的「重要的事 ⇒ 補充資訊」概念）這個順序的箭頭來想，就能順利解讀。下面的句子也是相同概念。

> I was surprised to find no one at home.
> ＝I was surprised that no one was at home. 我很驚訝沒有人在家。
> ※ 字面翻譯是「我因為發現沒有人在家而感到很驚訝」／be surprised to ~ 無論如何也不會是「接下來才會對～感到驚訝」的意思吧？這裡也應該要用「驚訝 ⇒ 驚訝的理由」的順序來解讀

③ 表示**具體化**的箭頭
The boy has the ability to play the instrument. 那個男孩有能力可以演奏樂器。
※箭頭的順序是「模糊的名詞 ⇒ 詳細的說明」，也就是「能力 ⇒ 演奏樂器」

就像上面所說的，我們只要**從廣義的角度來看箭頭圖像**，就可以看出各種用法之間的共通性。

動名詞

INTRODUCTION

動名詞終究是名詞

通常解釋動名詞會說它「同時具有動詞和名詞的屬性」，但這種解釋方法卻忽略了最重要的地方，也就是沒有回答「動名詞到底是動詞還是名詞？」的問題。請大家用下面這種感覺來想想看。

動**名詞**

動名詞是**動詞變化為名詞後的產物**，所以**動名詞終究是名詞**。雖然保留了動詞的特徵，但動名詞**在根本上終究是名詞**，這個觀念非常重要。

連小學程度的問題都會答錯

問題：空格裡要填入哪個選項？

---

(1) My dream is (　　) an astronaut. 我的夢想是成為太空人。

　　1. to become　　2. becoming　　3. to become 和 becoming 都可以

(2) My hobby is (　　) stamps. 我的嗜好是集郵。

　　1. to collect　　2. collecting　　3. to collect 和 collecting 都可以

可以自信滿滿回答這個問題的高中生甚至連一半都不到，我想這大概是因為曾經學過「to ~ 和 -ing 兩者的意思相同」的關係，的確，兩者意義相同的情況很多，但其實 to ~ 和 -ing 在語意上有著微妙差異，且也有一些情況是只能在 to ~ 和 -ing 中二選一的。

正確答案是 (1) 1. to become、(2) 2. collecting。

首先是 (1)，My dream 當然是「接下來要完成的夢想」，所以非常符合具有未來方向性的 to become。

　　×）My dream is becoming an astronaut. 這個英文句子是 NG 的。

　　(2) 中的 My hobby（我的嗜好）跟「具有未來方向性的 to」用起來完全不搭，而這也是動名詞呈現出來的圖像的重點之一，動名詞非常適合用來表達具重複性的語意，而嗜好就是**不斷重複再重複進行的事物**。本章將會好好說明動名詞所呈現出來的圖像，並藉此讓「動詞為什麼加 -ing」的概念變得更加清楚。

征服「動名詞」的心法

☐ 動名詞是（具有動詞性質的）「名詞」！
☐ 不用死背也沒問題！
☐ 一起徹底學會「動名詞的圖像」吧！

Take time to deliberate, but when the time for action has arrived, stop thinking and go in.

Napoleon Bonaparte

慢慢思考，但當採取行動的時候到來，就停止思考並投入行動吧。

Napoleon Bonaparte

動名詞的基本概念

13-1-1　動名詞的作用

動名詞（-ing）是「動詞變成『名詞』的產物」

[核心重點] 動名詞終究是名詞，所以會像「做～的事」這樣以名詞的「事」當成結尾。當然，動名詞會帶有動詞性質（並非 100% 的名詞），例如**可以接受詞**（如果原本是及物動詞）。

> 開發一個構想
>
> ◎）developing an idea　　※developing 是動名詞／an idea 是動名詞的受詞
>
> ×）development an idea　　※名詞 development 不能接受詞

[資料] 「名詞＋名詞」文法 NG／慣用表達 OK

以慣用表達來說可以使用「名詞＋名詞」的 a development idea（與開發有關的構想）這種說法，（development idea 視為一個名詞）。另外，a developing idea（正在開發中的構想）中的 developing 是分詞（形容詞）（從 a 的位置可以判斷 developing 修飾的是 idea）。

動名詞 -ing vs. 現在分詞 -ing

可以成為 -ing 形態的詞，除了動名詞外還有現在分詞（可以構成進行式和修飾名詞）。雖然外觀一樣都是 -ing 的形態，但因為詞性不同而必須清楚區分。

> ※ 由於同樣是 -ing 的形態，因此有時會具有「進行」或「重複」等共通的語意，但先清楚區分詞性是絕對必要的

目前只要先掌握 **-ing 可以是動名詞或分詞，其中動名詞具有名詞的作用**，這樣就可以了。

> ※ 分詞具有形容詞和副詞的作用（形容詞的作用請參考 Chapter 14，副詞的作用稱為「分詞構句」，會在 Chapter 15 中講解）

動名詞的「作用」（和名詞相同：「做為 S、O、C」）

以下請確認動名詞在名詞位置的感覺。

☑ 成為 S

The book is not easy. 那本書 不容易。　※the book 是名詞
　　↓
Swimming is not easy. 游泳 不容易。　※swimming 是動名詞

☑ 成為 O

She likes the book . 她喜歡 那本書 。
　　　　　↓
She likes swimming . 她喜歡 游泳 。

☑ 成為 C

His hobby is chess . 他的嗜好是 西洋棋 。
　　　　　　　↓
His hobby is playing chess . 他的嗜好是 下西洋棋 。

補充 在 be 動詞後面的 -ing 區別

嚴格來說，若「S is -ing」句型中 **S = -ing 成立，則 -ing 是動名詞**，若不成立則是進行式，因為語意明顯不同，所以很容易區分。

His hobby is playing the guitar. 他的嗜好是彈吉他。
※ 因為 His hobby = playing the guitar，所以 playing 是動名詞

He is playing the guitar. 他正在彈吉他。
※ 因為 He ≠ playing the guitar，所以 playing 是現在分詞（進行式）

可以成為介系詞的「受詞」

動名詞不僅可以成為動詞的受詞，還可以**成為介系詞的受詞**，成為介系詞的受詞時會是「介系詞＋ -ing」的型式。

☑ 成為介系詞的 O

I'll leave home after lunch . 我會在午餐後出門。

↓

I'll leave home after reading the book . 我會在看完那本書後出門。

使用「介系詞＋ -ing」型式的常見表達有 before[after] -ing（在做～之前（後））、by -ing（藉由做～）、without -ing（不做～）等等，除了這些之外的其他介系詞也都可以使用。

If you visit the museum on a weekday, you can get in without having to wait in a long line.

如果你在平日去那間博物館，不必大排長龍也可以進去。

※without having to ~（不必～）（have to ~（必須～）的 -ing 形態）

「介系詞＋ -ing」型式的常用片語

be interested in -ing（對做～有興趣）/ be fond of -ing（喜歡做～）/
be afraid of -ing（害怕做～）/ be good at -ing（擅長做～）/
be poor[bad] at -ing（不擅長做～）/ Thank you for -ing（謝謝你做～）

※ 其他請參照 p.554

Naoto is good at making omelets.

Naoto 擅長做歐姆蛋。

13-1-2 　　動名詞的變化

使用所有格或受格

　　表示動名詞的**動作主詞**時，會將**所有格或受格**放在 **-ing** 的前面。稱為**動名詞意義上的主詞**。

① She insisted on paying. 她（自己本身）堅持要付錢。

② She insisted on his [him] paying. 她堅持要他付錢。

　　在 ① 中 paying 的主詞和句子的主詞相同。因為有「**不表明意義上的主詞＝與句子的主詞相同**」這種不成文的規定，所以是說話者說「我來付！」的意思。

　　在 ② 中 paying 前面的 his[him] 是動名詞在意義上的主詞。insist 的主詞是 She，但 paying 的主詞是 his[him]，所以是說話者說「他去付！」的意思。

所有格或受格的使用區分（基本原則）

☑ **原則**：原則上使用**所有格**（如「my -ing」等型式），因為動名詞終究是名詞，所以基本上會像名詞一樣加上**所有格**。

　　※ 雖然使用受格的情形實際上正在增加，但似乎即使是美國學校，有時也會特別說明「使用所有格才是正確的」

☑ **亦可使用受格**：在及物動詞或介系詞之後也可能出現如「me -ing」的型式。另外，只有**及物動詞或介系詞的後面**可以使用受格（不限於動名詞）而已（I love you. 的 you 也是受格）。從這點來看，「及物動詞的後面先放受格」的這種順序是可以被接受的（因為及物動詞和受格之間有著自然的連結）。

We were all tired of him complaining.
我們全都厭倦了他的抱怨。
※be tired of ~（對～感到厭倦）／him complaining（他的抱怨）

所有格和受格的使用區分（細節及傾向） 應用

☑ **偏好使用受格的情況**：（與代名詞不同）一般名詞若加上所有格，整體長度就會變長（光是加上 's 就會變得冗長），所以比較喜歡用受格（非生物名詞的話一定是受格）。

Eliot doesn't like his girlfriend telling him how to dress.

Eliot 不喜歡他的女朋友告訴他要怎麼穿。

※ his girlfriend 是受格（如果是普通名詞，會和主格呈相同形式），做為 telling ~ 在意義上的主詞

☑ **無法使用受格的情況**：動名詞本身是主詞的情況

His moving to Dubai was a surprise to all of us.

他搬到杜拜的這件事讓我們所有人都很意外。

※His 是 moving to Dubai 在意義上的主詞／His moving to Dubai 做為 was 的主詞

像這樣，做為主詞的動名詞**只能使用所有格**。因為受格只會出現在及物動詞和介系詞的後面，所以把受格放到句首會很不自然。

※ 雖然經常使用受格，但這個用法也有其侷限性，所以「如果是你自己在用，那麼使用所有格會比較安全」

There is 句型的動名詞化 應用

My sister complained about there being little furniture in her room.

我妹妹抱怨説她的房間裡幾乎沒有什麼家具。

There is 句型會**把 there 當成意義上的主詞**（There is 的句型結構請參照 Chapter 16），呈現 there is → there being（有～）的型式。

there being 呈現的圖像 ※ 連接詞 that 的後面是 sv／介系詞 about 的後面是動名詞

My sister complained <u>that</u> there was little furniture in her room.

↓

My sister complained <u>about</u> there being little furniture in her room.

資料 **不表明意義上主詞的情況**

　　有時會出現明明「句子的主詞與動名詞的主詞不同」，卻不表明意義上主詞的情況。下面就是這種「用常識判斷，不說也知道主詞是誰」的分類例句。

① 部分的慣用表達

Thank you for coming here. 謝謝你來。

※因為是感謝對方所做某個行為，因此不需要寫成 Thank you for your coming here.

② 動作主詞是「一般大眾」

Seeing is believing. 眼見為憑。

※諺語／字面翻譯是「（用自己的眼睛）看到的就是相信的」

動名詞的否定（not -ing）

　　在否定動名詞的動作時，只要把 not 放到 -ing 之前就可以了。

He insisted on going there alone. 他堅持要一個人去那裡。

↓

He insisted on not going there alone. 他堅持不要一個人去那裡。

完成式動名詞（having p.p.）

　　表示比主句動詞「往前一個時態」或「到某個時間點時動作完成」時，會使用「having p.p.」的型式。

I'm embarrassed about having missed my flight.

我對於錯過了航班感到很不好意思。

※「覺得不好意思」是現在，「錯過航班」是過去（又或者是表達「剛剛完結」的現在完成式），因為時態有差距，所以不是 about missing，而是 about having missed 的型式／embarrass（使尷尬）

+α 沒有使用完成式動名詞的情況很多

應該使用完成式動名詞（having p.p.），實際上卻使用一般動名詞（-ing）的情況經常出現。這也許是因為動名詞（相較於不定詞的名詞用法）具有**較強烈的名詞形象**，因此反應時態的敏銳度較差（名詞沒有時態的概念）的關係。

換句話說，只要不會讓人誤解，動名詞傾向不拘泥時態，不管現在、過去還是未來皆可表達。

※ remember -ing（記得做過～）中的 -ing 表達的是過去式，但就像這樣，在某種程度上變成了慣用的表達方式 p.550

動名詞的被動語態（being p.p.）

被動語態 be p.p. 在動名詞化後就會變成「**being p.p.**」的型式。

For movie stars, being recognized everywhere they go is a
blessing and a curse.
對於電影明星來說，到哪裡都被人認出來的這件事
是幸也是不幸。
※recognize（認出）／blessing（祝福）／curse（詛咒）

總結 不定詞與動名詞的變化組合

	不定詞	動名詞
意義上的主詞	for 人 to ~	所有格 -ing／受格 -ing
否定	not to ~	not -ing
完成式	to have p.p.	having p.p.
被動語態	to be p.p.	being p.p.

追加英文

請翻譯以下句子。

Despite having read that they had reliability issues, Paul bought the new headphones because he liked the design.

解答範例

儘管曾看到過它們有可靠度問題的消息，Paul 還是買了那款新的耳機，因為他喜歡它的設計。

> ※ 介系詞 despite（儘管～）的後面接動名詞（的完成式）／reliability（可靠度）／issue（問題）

CHAPTER 13-2
受詞接「to vs. -ing」
13-2-1 動名詞的圖像（之一）重複

用圖像來處理動名詞

動名詞和不定詞（名詞用法）都具有名詞的作用，因此也可以做為**及物動詞的受詞**。換句話說，**原則上及物動詞的後面會加 -ing / to ~ 兩者其一**（start、begin（開始）/ love（喜愛）等等，The train started to move. 和 The train started moving. 一樣都是「那輛列車要出發了」的意思）。

> ※ 嚴格來說，語意的確會有著微妙的不同，但是連母語人士都覺得「不知道差在哪裡、聽你這麼一說才發現是這樣」的程度（p.552 中稍微提到了一點）

但有一部分的動詞是**固定只能接 -ing / to ~ 的其中一個**。國中的時候還可以用「enjoy / stop / finish 接 -ing」這樣記來應付，但到了高中，動詞的數量開始爆增，光靠死背根本是不切實際的作法。因此本書將**動名詞的圖像**分成三種來解說，整理出**受詞只接 -ing（不接 to ~）的動詞**。

具有「重複」圖像的動詞會接 -ing

受詞只接動名詞的動詞，特徵之一是有著**重複**的語意。核心重點 **動詞若具有重複、一遍又一遍打轉著的感覺，都會傾向於接 -ing**。舉例來說，practice 具有「重複、不斷地練習」的意思，所以會是 practice -ing。請記住以下動詞語意的基礎都是重複。

「重複」圖像的動詞 ① 本身具有重複感的動詞

practice（練習） ※重複練習
enjoy（享受） ※重複做的享受、嗜好
be used[accustomed] to -ing（習慣於～） ※不斷重複而成的習慣
be get[accustomed] to -ing（逐漸習慣～） ※表示動作的 get
take to -ing（沉迷於～；開始從事～（而成為習慣））

I'm not used to being called by my first name.
我不習慣被叫名字。

　　一般遇到 be used to -ing 只會說「to 是介系詞，所以請注意後面有時會接 -ing」，現在我們可以改用「**重複很多次就會習慣**」來想像 be used to -ing 的感覺。

　　※ 以前的 use 有「習慣於（accustom）」的意思，所以留下了 be used to -ing 的用法

在腦袋裡打轉的動詞會接 -ing

　　在腦袋裡打轉 → 在腦袋裡思考了一遍又一遍，請記住思考類的動詞也會接 -ing 當受詞。

「重複」圖像的動詞 ② 在腦海裡反覆思考類的動詞

mind（介意或反對） ※壞事不斷在腦海中反覆出現
consider（考慮） ※在腦海裡思來想去
imagine（想像） ※在腦海中反覆想像
look forward to -ing（期待做～） ※在腦中不斷想像期待的事物

Do you mind my asking you some personal questions?
我可以問你一些私人問題嗎？

※ Do you mind -ing 是常用的表達方式（請求的常用表達），意思是「你介意或反對～嗎？」→「（不反對的話）我可以～嗎？」，在 mind 之後加上意義上的主詞 my，變成 Do you mind my -ing 表示「你會介意或反對我做～嗎？」→「我可以做～嗎？」（徵求同意）／回答方式請見 p.656

I look forward to reading the reviews of our new app.

我很期待看到我們新的 App 的評論。

※ look forward to 接 -ing 其實是「imagine 接 -ing」的延伸，也可以想成是「正面地
想像」。大家明明都知道 look forward to -ing 的意思，但當考試中出現 imagine
-ing 時就不知道該怎麼辦了～這可真是奇怪，其實這兩個表達方式都可以用「在腦
海裡一遍又一遍地想像」來理解

+α **look forward to -ing 經常使用進行式**

　　look forward to -ing 很常使用進行式（be looking forward to -ing），硬
要與現在式的型式來比較的話，用進行式的感覺會比較隨意一點，而
現在式（look）給人的印象則會更正式一點。不過這種區別很細微、也
不會出現在考試裡，所以忽略也無妨。

　　我也同意這個說法，不過有些母語人士可能會說不用想太多「都一樣」就是
了。順道一提，現在式（look）表達的語氣是「這種心情會一直持續下去、
不會改變」，而進行式（be looking）則是「暫時性的心情」。這也是現在
式和進行式間的差異（p.62）

I'm looking forward to hearing from you soon.

我很期待能早點聽到你的消息。

※ 常用來表達「早點和我聯絡的話，我會很開心」的心情

衍生的思考類動詞 延伸

　　從**在腦中打轉**的圖像衍生出了其他更難的動詞，另外，可以用來
把在腦袋中思考的事情說出來的一系列動詞，也會用 -ing 當受詞。

「重複」圖像的動詞 ③ 衍生的思考類動詞

---

appreciate（感謝）　※ 感謝不斷在腦海中出現

fancy（喜愛；想要）

anticipate（預期）　※ 在腦袋中一遍又一遍地想像 → 預期

acknowledge / admit / admit to -ing（承認～）

　　　　　　　　　　※ 一遍又一遍地思考後承認／admit 的後面有沒有 to 都 OK

confess to -ing（坦承做～）

suggest（建議，提議）　※ 提出在腦中反覆思考的事

---

advise / recommend（推薦，提議） ※ 提議≒推薦

risk（冒～的風險） ※ 提議某人自己去做有風險的事

advocate（主張） ※ 提議 → 主張

She admitted taking the money.

她承認拿了那筆錢

※ 原本「拿了」的動作是前一個時態做的，應該要用 having taken，但因為這裡不會
　誤解，所以用 taking 也可以 p.544

13-2-2　動名詞的圖像（之二）中斷

具有「中斷」圖像的動詞會也接 -ing

核心重點「中斷圖像」就是把正在重複的事物中斷的感覺，這類動詞中比較知名的是 stop -ing，可以把其他同類動詞想成是其同伴，這樣就簡單多了。

順道一提，**重複類**的動詞多半具有明亮的氛圍（enjoy / look forward to 等等），但變成**中斷類**的圖像之後，給人感覺較灰暗的動詞就慢慢增加了。

※ 接下來第三個圖像（逃避）裡的動詞，多半氛圍灰暗，所以也可以用「接動名詞當受
　詞的動詞，多半比較灰暗」這樣來記

「中斷」圖像的動詞

stop / quit（停止）

give up（放棄）

finish（結束） ※ 延長「中斷」而變成「結束」，同樣會接 -ing

resume（重新開始） ※「（中斷的事物）重新開始」也是同一類動詞

Based on his doctor's advice, Mr. Inaba has decided to give up drinking coffee.

基於醫生的建議，Inaba 先生決定不再喝咖啡了。

Mr. Edwards has finished reviewing all of the applicants' résumés.

Edwards 先生看完了所有應徵者的履歷。

※review（查看；審閱）／applicant（應徵者）

13-2-3　動名詞的圖像（之三）逃避

最後的動名詞圖像是**逃避**。請把 核心重點 **「逃避圖像」想成將中斷的事物捨棄後逃避**的感覺。這種**黑暗感**也可以說是動名詞的本性。

「逃避」圖像的動詞

miss（避開；倖免於）　※「逃避」的「避」

avoid（避免；防止）　※「逃避」的「避」

escape（躲避）

help（防止）　※以 cannot help 的型式使用／詳細請參照 p.556

put off / postpone（延後）　※表達「明天再說」的「逃避現實」語意

delay（延遲）　※「延期」→「延遲」

object to -ing / be opposed to -ing（反對～）　※「逃避」→「反對」

deny（否定，否認）　※例如「否定法案」=「否決法案」

resist（抵抗；抗拒）　※「逃避」→「反對」→「抵抗」

Maria avoids drinking coffee late at night.

Maria 盡量不在深夜喝咖啡。

※ 知道 avoid -ing（避免做～）的語意之後，就可以方便地翻成「（盡量）不做～」

Ryan put off doing his assignment until the night before the deadline.

Ryan 把做功課這件事拖延到截止日期前的那個晚上。

※ assignment（作業；（分派到的）任務）

Would you object to having Chinese food for dinner instead of Indian food as we had originally planned?

你會反對晚餐改吃中華料理而不是我們原本規劃的印度菜嗎？

※ 規劃商務聚餐時

13-2-4　後面接 to 或 -ing 意思會截然不同的動詞

不定詞是「未來方向性」，動名詞是「過去方向性」

　　前面提過（p.545），有很多動詞的受詞不管是接 to ~ 還是 -ing 都可以，且所表達的意思沒有顯著差異。這裡要特別說明的是幾個**意思會有較大差異的動詞**。不過這部分並不困難，單純只是**意思不同＝突顯不定詞和動名詞的特徵**而已，只要能理解不定詞是**未來方向性**、動名詞是**過去方向性**（或說是「過去～現在」），剩下的就很簡單了。

※ 不知道為什麼，「過去方向性」是大家最知道的動名詞圖像，應該也有人已經學過了吧。可以把「過去方向性的動名詞」想成是「未來方向性的 to ~ 的相反」／對過去的事物原本應該用 having p.p.（因為是比主句動詞再往前一個的時態），但實際上只會用 -ing，因為實際表達時會比較喜歡用簡單的型式

(1) -ing 表示「過去」的類型

> ① **remember**：remember to ~ →「（接下來）記得要做～」、
> 　　　　　　　　　　　　　　　「不要忘了要做～」
> 　　　　　　　　remember -ing →「（過去）記得有做～」、「記得做過～」
> ② **forget**：forget to ~ →「（接下來）忘記要做～」
> 　　　　　　　forget -ing →「（過去）忘記做過～」※一般用在否定句
> ③ **regret**：regret to ~ →「很遺憾要做～」
> 　　　　　　　regret -ing →「（過去）後悔做了～」
>
> ※ regret to ~ 的字面翻譯是「接下來做～的話會感到遺憾（但不得不做）」→「很遺憾要做～」／常見的型式有 regret to say[tell / inform]（遺憾地說／告知／通知～）

　The last employee in the office at night should remember to lock up.

　辦公室晚上最後一個走的人要記得把門鎖上。

　※字面翻譯是「記得要上鎖」

　Do you remember locking up? Let's go back and check.

　你有記得鎖門嗎？我們回去確認一下吧。

補充 **在對話時也很重要的 to ~ 和 -ing 的差別**

　　Nice to meet you.（很高興見到你）這句對初次見面的人會說的話，大家應該都有聽過。

　　另一方面，（It was）Nice meeting you.（很開心和你見了面）這句話反倒比較少聽到人說，這部分可以透過動名詞的過去方向性來理解。

(2) -ing 表示「過去～現在」的類型

> ① **mean**：mean to ~ →「打算要做～」※mean 是「意圖」的意思
> 　　　　　　mean -ing →「是指～的意思」
> ② **stop**：stop to ~ →「停下來去做～」、「做一下～」
> 　　　　　　stop -ing →「停止做～」

The publisher stopped publishing *Teen Pop Fashion Weekly* and is considering creating a website with similar content instead.

那間出版社停止發行《Teen Pop 時尚周刊》，且正考慮要轉而建立一個內容相似的網站。

※stop -ing（停止做～）的型式（後半句是 consider -ing）

Several of the runners in the Springfield City Charity Fun Run stopped to take pictures with the city mascot, Boing.

參加 Springfield 市慈善樂跑的幾名跑者，停下來和該市吉祥物 Boing 合照。

　　stop to ~ 型式是「短暫（停下來）去做～」的意思。這裡的 stop 是不及物動詞的「停下來」、to ~ 是副詞用法（為了做～），字面翻譯是「為了做～停下來」的意思，但也經常意譯為「做一下～」（就算不是真的停下動作也可以用）。

資料 **try to ~（試圖做～）/ try -ing（試著做～看看）**

　　只要從這兩者的過去式來看，就可以明顯看出差別了，tried to ~ 是「試圖要做（但不知道實際上有沒有做到）」，tried -ing 則是「總之實際上已經試過了」。但其實這種區分就連母語人士也會感到困惑，且只用 try to 的人越來越多，所以出現了不再嚴格區分這兩者的**趨勢**，這部分有時間再研究就行了。

思考轉換 深入研究 to ~ 和 -ing

like 和 love 的受詞部分接 -ing 或 to ~ 兩者都可以（He likes to swim. ≒ He likes swimming.）。即使有很多母語人士會認為這兩者「沒有區別」，但偶爾還是會發現他們會有不自覺將兩者分開使用的傾向，一起來研究看看吧。

理論上 I like to swim. 擁有不定詞的未來方向性，所以語氣上會帶有「接下來想游泳」的感覺，另一方面，I like swimming. 的動名詞則有重複的意味，表達出「喜歡一遍又一遍地游泳」的心情，有時就會因此而不自覺地下意識使用適合當下情境的表達方式。

would like to ~（想要～）就是清楚呈現出這兩者差異的表達型式，因為想要表達的是「接下來想要～」的語意，所以當然只能用 like to ~ 了吧。另外，在 INTRODUCTION 中也稍微提過能明確傳達出 -ing 和 to ~ 兩者差異的例子：My dream is 的後面只能接 to ~、My hobby is 的後面只能接 -ing。

現在請根據上述內容來看看下面的題目。

問：請完成符合中文內容的英文句子。

> 飯後正確刷牙是維持良好口腔健康的一個有效方法。
> _____ is an effective way to maintain good oral health.

這個情境下使用 ×）To brush your teeth ~ 的型式是 NG 的。因為「刷牙」是重複的動作，所以使用動名詞（Brushing）才是比較自然的英文句子。

> 解答範例：
> Brushing your teeth properly[thoroughly] after eating[meals] is an effective way to maintain good oral health.

總結 統整 to 不定詞和動名詞

　　下面是 to 不定詞和動名詞的圖像對照統整。

　　大致可以區分成：to 不定詞是**往前**、動名詞**往後**，細分整理後則可對照得出：**過去 ⇔ 未來／消極的 ⇔ 積極的／重複 ⇔ 偶發**。

|動名詞| 往後　　　　　　　　|to不定詞| 往前

過去
消極的（中斷、逃避）
重複

未來
積極的（意志、願望）
偶發

追加英文

請翻譯以下句子。

(1) We regret to inform you that we cannot offer you a job at this time. There were many qualified candidates.

(2) Rin regrets not traveling more when she was single.

(3) I've been meaning to contact them, but I've been so busy lately.

解答範例

(1) 我們很遺憾地通知您，您並未錄取本次工作職缺。本次適任人選眾多。

　　※qualify（使具有資格；使適任）

(2) Rin 後悔單身時沒有多去旅行。　※字面翻譯是「後悔沒有旅行更多」

(3) 我一直都想和他們聯繫，但是我最近實在是太忙了。

CHAPTER 13-3

動名詞的常用表達方式

13-3-1　重點在介系詞的常用表達方式

利用「三大圖像」的 to -ing

動名詞的常用表達方式 ① 重點在介系詞意義的表達

> feel like -ing（覺得想做～）　※介系詞 like（像～一樣）
>
> It goes without saying that ~（不用説～）　※較生硬的表達方式
>
> cannot[never] ~ without -ing（沒有～的話必定無法～）
>
> 　　※字面翻譯是「在沒有～的情況下，無法～」（在雙重否定的部分也有說明 p.623）
>
> in -ing（做～的時候）　※「範圍的 in」／字面翻譯是「在做～的範圍之內」
>
> on -ing（一做～就馬上～）※「接觸的 on（動作的接觸）」／用 upon -ing 也 OK
>
> of one's own -ing（自己的～）　※「所屬的 of」
>
> How[What] about -ing（做～如何？）

I don't feel like doing anything today.

我今天什麼都不想做。

※ feel like -ing 的字面翻譯是「感覺像是～一樣」→「覺得想做～」／雖然這個說法很有名，但真正會用的人卻很少。這個英文句子在自言自語時也可以用

動名詞的常用表達方式 ② 可以用「三大圖像」理解的 to -ing 表達

> be used[accustomed] to -ing（習慣於～）
>
> get used[accustomed] to -ing（逐漸習慣～）
>
> take to -ing（沉迷於～；開始從事～（而成為習慣））
>
> look forward to -ing（期待做～）
>
> object to -ing（反對做～）
>
> confess to -ing（坦承做～）

介系詞的 to 和不定詞的 to 從外觀上無法分辨，但如果語意和**重複、中斷、逃避**有關，則可以辨別為（後接動名詞的）介系詞（上面的 ②中全都是可以用「三大圖像」來理解的表達）。另外，無法透過動名詞圖像來理解的 to -ing，就請單純利用**介系詞的原始意義（方向、到達或對比）**來理解吧。

動名詞的常用表達方式 ③ 用「介系詞 to 的圖像」理解的 to -ing 表達

> **(a)「方向、到達的 to（朝向～前進）」**
>   when it comes to -ing（說到～）
>   ※it 是意義模糊的「不具體的 it」／特別常用
>   come close to -ing / come near to -ing（很快就要～）
>   devote[dedicate / commit] oneself to -ing（某人致力於～）
>   ※ 也可以用被動語態的 be devoted[dedicated / committed] to -ing
>   with a view to -ing（為了做～）
>   ※ 可以想成是「帶著視線朝向～的狀態」或「有著～的考量」
>   confine oneself to -ing（使某人受限於～）
>   contribute to -ing（有助於～）
>   in addition to ~（此外～）
>
> **(b)「對比的 to（相較於～）」**   ※「對比或對立」的 to p.696
>   What do you say to -ing?（你覺得做～如何？）
>   ※字面翻譯是「你對於做～的意見是什麼？」／How[What] about -ing? 比較常用
>   be preferable to -ing（比較喜歡做～）   ※拉丁比較級 p.779

When it comes to planning a vacation on a budget, Aya knows all the tricks.
說到要規劃預算有限的度假行程，Aya 是最知道訣竅的人。

※ 字面翻譯是「當說到要在有限的預算內（on a budget）規劃度假的時候，Aya 知道（例如便宜的預訂網站等等的）所有的訣竅（all the tricks）」

這句裡的 it 是**狀況不具體的 it**（不需要翻出來），在這個型式中的意思大概是「話題」，也就是「當話題說到 to ~ 的地方」→「說到～」，而 come to ~（來到～）則是大家再熟悉不過的介系詞 to 用法。

What do you say to going to a movie?
你覺得去看電影怎麼樣？

13-3-2 重點在文法的常用表達方式

「理解」就自然懂得「用法」

　　如果只是把這裡出現的表達型式死背下來，最後還是有可能會用錯，所以雖然篇幅有點長，但我還是會仔細說明這些常用表達方式（這部分的內容經常用來出題）。

動名詞的常用表達方式 ④ 需要注意文法的表達

> cannot help -ing（忍不住（不由自主地）做～）
>
> It is no good -ing / It is {of} no use -ing（做～是沒用的）
>
> ※ 這裡的 It 是虛主詞，-ing 的部分是真主詞／如果用 no use，有時會加上 of （名詞的 use 是「效用；益處」的意思）
>
> There is no use[point / sense] {in} -ing（做～是沒用／沒有意義的）
>
> There is no -ing（做～是不可能的）　　※原本是 There is no {way of} -ing
>
> be worth -ing（做～是值得的）　　※worth 是介系詞（所以後面接 -ing）
>
> need -ing（需要做～）

☑ 深入探討 cannot help -ing

　　(a) help 是「避免～」的意思：help 是「（藥物）有幫助」→「預防（疾病等）」→「避免（生病）」的這種感覺（與 avoid（避免～）一樣會接 -ing）。cannot help -ing 是「無法避免做～」→「忍不住（不由自主地）做～」的意思。

　　(b) 翻譯：雖然常常會翻成「不得不～」，但實際上從「（反射性）忍不住做～」或「不由自主地做～」來理解句意會比較有幫助。就像接下來的這個句子，如果翻成「不得不打噴嚏」的話，語意就說不通了吧。

> I couldn't help sneezing.
> 我忍不住打了噴嚏。

+α **和 cannot help -ing 相似的說法**（使用 but（除了～以外）的型式）

> **cannot but ＋原形**　※直翻是「除了～以外無法」／這個說法比較舊
>
> **cannot help but ＋原形**　※混合「cannot help -ing」和「cannot but ＋原形」

Maria could not help but laugh when she saw her teacher fall into the pool.

Maria 在看到她的老師掉進池子裡的時候忍不住笑了。

※ cannot help -ing ＝ cannot but ＋原形＝ cannot help but ＋原形，這三種表達方式
經常與表示情感及思考的動詞（cry / laugh / think / feel 等等）一起使用

☑ 不用 not 而用 no 的表達方式

表達「做～是沒用的／沒有意義的」的句型 It is no good[use] -ing / There is no use[point / sense] -ing 中，用了「**no ＋名詞（good [use]）**」的型式。

It is no use crying over spilt milk.

覆水難收。

※ 諺語／字面翻譯是「為了打翻的（spilt 是 spill（「溢出；潑出」的 p.p.）牛奶哭泣
是沒有用的」

與這個表達方式看起來很像的 **There is no -ing** 也很重要。原本動名詞的否定應該是 **not -ing**（p.543），但如果從 There is no way of -ing 的角度來思考，就可以理解 no -ing（原本就是一種特殊型式）的這個表達方式。

※ 街道上看見的 No Smoking（禁止吸菸），也可以想成是 There is no smoking here
（請勿在此吸菸）的意思（說法有很多種）

There is no accounting for taste.

人各有所好。

※ 諺語／字面翻譯成「品味無法說明」也 OK／account for ～（說明～）

☑ worth 做為介系詞

> ※ 一些字典和文法書會說 worth 是形容詞，就歷史來看確實是如此，但在現代英文中，若將 worth 視為「介系詞」，則更能解釋「後面接動名詞」的用法

This symphony is worth listening to over and over again.

這首交響樂值得反覆聆聽。

> ※ listening to「沒有受詞」的理由，會在後面的 思考轉換 中詳述（over and over again（反覆）是副詞片語）

動名詞的常用表達方式 ⑤ 與分詞構句混淆而省略介系詞的詞語

be busy {in} -ing（忙著做～）
spend 時間或金錢 {in / on} -ing（花費 時間或金錢 做～）
waste 時間或金錢 {in} -ing（浪費 時間或金錢 做～）
kill time {by} -ing（做～來打發時間）
have difficulty[trouble / a hard time] {in} -ing（在做～上碰到困難）
lose no time {in} -ing（馬上做～）
be careful {in} -ing（小心做～）
take turns {in / at} -ing（輪流做～）

> ※「spend 時間 -ing」、「waste 時間 -ing」、「kill time -ing」等表達方式，不僅結構相似，意思也相近／出現在 ④ 的 There is no use[point / sense] {in} -ing 同樣也會省略介系詞

　　雖然「介系詞可以省略」的原因不明，不過我想應該是因為**與分詞構句混淆而省略了介系詞**。這裡提前說明一下分詞構句（Chapter 15）的重點……在**後半句使用分詞構句的句型（SV, -ing ~）**，表達的是「**然後～**」或「**同時～**」的意思。因為這個「同時～」的表達和這裡的常用表達方式看起來很像，所以我認為應該是與分詞構句混淆了，導致最後變得只能使用 -ing。

> ※ 要不要省略介系詞並非強制，但實際上多半會使用「省略型式」，甚至偶爾還會認為用介系詞的表達方式（be busy in -ing 等）不自然，所以最好將介系詞理解為「加上 -ing 的理由」，並在實際使用時省略，這樣會比較安全

He spent all day moving into his new apartment.

他花了一整天搬進他的新公寓裡。　　※moving ~ 的部分看起來像是分詞構句

思考轉換 | need -ing 的真相

在解釋 need -ing 時常說「-ing 有被動語意/因為是被動，所以 -ing 不需要接受詞」，但所謂的「動名詞有被動語意」卻是個其他地方都不會再看到的說法。

可以改用這種方式來思考看看。及物動詞 need 和 to 很搭，而在 need 後面出現的動名詞，（比起動名詞）只是被當成**普通名詞**看待（need 的後面接名詞，就如同大家熟悉的句子 I need you.（我需要你））。

名詞本就沒有**主動或被動**的概念，因此 need 後面接的 -ing 會被完全**視為名詞來處理**，所以也不是 -ing 轉成被動語態（being p.p.）的概念。

> My iPhone needs repairing.
> 我的 iPhone 需要修理。

這裡的 repairing 被當成跟名詞 repair（修理）一樣（而不是動名詞）。事實上，說 My iPhone needs a repair. 也 OK。

○）My iPhone needs repairing.　　◎）My iPhone needs a repair.
◎）My iPhone needs to be repaired.　×）My iPhone needs repairing it.

※ 一般 need to ~ 表達的是主詞及被動關係，因為是「iPhone 被修理」，所以會寫作 to be repaired

另外，be worth -ing 也是一樣的思考方式，在前面出現過的句子（This symphony is worth listening to over and over again.）中，listening to 被視為名詞（而不是動名詞）。

追加英文

請翻譯以下句子。

(1) Upon getting out of the taxi, he started sweating in the mid-summer sun.

(2) It's no use apologizing. What's done is done.

(3) I've been busy updating the information on the company's website.

解答範例

(1) 在盛夏的陽光下，他一下計程車就立刻開始流汗了。

　※ on[upon] -ing 是「一～就立刻～」的意思，「下車的動作」和「流汗的動作」相互「觸及（upon）」的感覺／sweat（流汗）

(2) 道歉也沒用。做都做了。

　※ 第一句的字面翻譯是「道歉沒有效用（use）」／What's done is done. 是「木已成舟（What's done 是主詞）」的慣用表達方式，與 It is no use crying over spilt milk.（覆水難收）意思相同

(3) 我一直在忙著更新公司網站上的資訊。

分詞

INTRODUCTION

分詞是「形容詞」，分詞構句是「副詞」

分詞給人的印象看似不難，但事實上很多人都會犯錯。我想這是因為在講解的時候，會將**分詞、分詞構句和在 SVOC 句型中當作 C 的分詞**，全都放進一個被稱為**分詞**的單元中一併處理的緣故。然而，分詞是**形容詞的功能**，而分詞構句則是**副詞的功能**，因此放在一起可能會造成混淆。因此，在本書中會透過不同章節將分詞解釋清楚。

※ 形容詞的功能請參照本章，副詞的功能請參照第 15 章，SVOC 句型請見第 11 章

廣泛使用於日常會話中的分詞

若有人問我：「如果我想練習英文會話的話，你能告訴我最重要的一個單元是什麼嗎？」，我的真心話是「英文文法全都很重要，所以請全部都一起學吧」。如果是已經把這本書看到這邊的各位，應該能理解我的意思。

但即便如此，如果我「硬要挑一個」的話，我會說：「分詞」。這是因為在日常談話和電影中（動作、科幻、愛情片等等的任何類型），總是會出現很多情緒表達的緣故。情緒表達中 exciting 和 excited 的差別是很重要的（如果搞錯，有時意思會變成完全相反）。本章將會解說這種分詞形態（-ing 和 -ed）的差異。

順道一提，情緒表達這部分，在分詞之前還存在誤解**情緒動詞本身語意**的問題。舉例來說，請說說看動詞 surprise 的意思是什麼。

如果回答「驚訝」的話，那就大錯特錯了，正確的意思是「使驚訝」。這兩者完全不同吧？「使驚訝」是**設下機關**（要去整人）**的那一方**，「驚訝」則是**被整的那一方**，所以立場是 180 度的不同。

再來，動詞 thrill 的字義常被翻成「驚悚」，所以會被誤以為「只能用在可怕的事情上」，但其實 thrill 可以用來表達「情緒高漲到極限」的感覺。除了看電影之外，情緒動詞還能用來在日常對話中表達自己的感受，而在理解他人的感受時，這部分也是不可或缺的文法知識。透過使用分詞，各位就能真心實意地彼此對話。

征服「分詞」的心法

☐ 透過辨別分詞（形容詞功能）和分詞構句（副詞功能）來學習！
☐ 情緒動詞，最重要的是語意（surprise 是「使驚訝」）
☐ 情緒動詞，分辨 -ing 和 -ed 也很重要

Every man's life is a fairy tale written by God's fingers.
Hans Christian Andersen

每個人的人生都是出自上帝手筆的童話故事。

Hans Christian Andersen

CHAPTER 14-1

分詞的形容詞用法

14-1-1　形容詞意識與 2 種形態

不再是「動詞」！

分詞是指**從動詞分化出來的詞**，讓動詞變成具有**形容詞或副詞功能**的詞語形態。雖然在用語上用了「分化」兩字（儘管確實留有動詞的性質），但 核心重點 **請注意分詞不再是動詞**。

※ 和動名詞概念相似：「雖然留有動詞性質，但已不再是動詞」

分詞具有**形容詞或副詞的功能**，這裡我們會先確認**形容詞的功能**。形容詞原本即具有做為**補語（C）和修飾名詞**的作用。請確認以下例句中**形容詞 → 分詞**的轉換部分（也就是將分詞放在形容詞的位置）。

① 成為 C 的例子

The girl is ⎡tall⎤. 那個女孩很高。

　　　　　↓　　※ 試著把做為補語的形容詞 tall 轉換成分詞（-ing）

The girl is ⎡dancing⎤. 那個女孩正在跳舞。

※ 這個進行式的句子，嚴格來說是 SVC（-ing 是 C），實際上只是將 dance 變化成 dancing 而已（is dancing 被視為一個動詞），用這樣來思考會比較簡單

② 修飾名詞的例子

Look at the ⎡cute⎤ baby. 看看那個可愛的寶寶。

　　　　　↓　　※ 試著把修飾 baby 的形容詞 cute 轉換成分詞（-ing）

Look at the ⎡smiling⎤ baby. 看看那個正在微笑的寶寶。

分詞分為 -ing（現在分詞）和 p.p.（過去分詞）兩種

雖然叫做現在分詞和過去分詞，但幾乎與時態（現在或過去）沒有關係。實際上它們各自具有做為 -ing 或 p.p. 時的兩種不同意思（關鍵在於兩者的字義都是「成雙成對」）。

分詞的意思

	-ing （現在分詞）	p.p. （過去分詞）
進行 or 完成	進行中 （正在做～（之中））	已完成 （做～了）
主動 or 被動	主動 （做～）	被動 （被～）

　　-ing 的「**進行中**」是用進行式（be -ing），p.p. 的「**完成**」是用完成式（have p.p.），首先在這裡希望各位能注意**主動和被動**的意思。接下來要說明的重點是「**-ing 是主動、p.p. 是被動**」。

形容詞化的過去分詞

　　分詞原本就具有形容詞的功能，但有些字的使用頻率之高，甚至被當成了**普通的形容詞**。例如 complicated（複雜的）這個單字，原本是complicate（使複雜化）的過去分詞，表示「被複雜化」，但因為這個過去分詞真的很常用到，所以大家就會想要乾脆直接把這個字記下來，以後看到就能知道它的意思。

※字典裡收錄的也是維持分詞（complicated）的形態

形容詞化的過去分詞　※全部都潛藏有「被～」的意思

① 日常使用的詞語
　used（二手的）/ customized（客製化的；特製規格的）/ closed（關閉的）/ frozen（冰凍的）/ crowded（擁擠的）/ spoken（說話～的）/ lost（迷路的；丟失的）/ experienced（有經驗的）/ inexperienced（經驗不足的）/ qualified（有資格的；適任的）/ updated（最新的）/ enclosed（附上的）/ estimated（估算的，預估的）/ scheduled（預定的）

② 會在長句或題目中出現的重要詞語
　complicated（複雜的）/ civilized（文明的；有教養的）/ sophisticated（有品味的；複雜精細的）/ cultivated（有教養的）/ organized（有系統的）/ noted（著名的）※從 note（做筆記；注意）而來，表示「知名度高到足以被注意」/ marked（顯著的）※顯眼到足以被「標記（mark）」

Patients seeing Dr. Haynes for the first time should arrive at least 15 minutes before their scheduled appointment times.

第一次看 Haynes 醫生的患者，請至少在表定約診時間前的 15 分鐘抵達。

※scheduled appointment time（表定／預定的會面或約診時間）

不及物動詞的 p.p. 是「完成」的意思 [應用]

有時會看到**不及物動詞的 p.p.**（舉例來說，不及物動詞 grow（成長）的過去分詞 grown），但**不及物動詞無法使用被動語態**，因此不可能是被動的意思（只有及物動詞可以用被動語態，詳細說明請見 p.721），而會是**完成**（grown（長大的；成熟的））的意思。

※p.p. 除「被動」外，還有「完成」的意思　p.565

Nancy and Roger Cartwright were proud of their grown children.

Nancy 和 Roger Cartwright 夫婦對於他們已長大成人的孩子們感到驕傲。

※「名字① and 名字②＋姓氏」表示夫婦關係

過去分詞為「完成（～了）」之意的不及物動詞例子

gone（走了的）/ fallen（掉落的）/ grown（長大的）/ retired（退休的）/ advanced（先進的；高等的）/ learned（有學識的；習得的）

※ 常會看到用 fallen leaves（落葉）來舉例，不過如果你是年輕人，那也有可能會在奇幻故事裡看到 fallen angel（墮天使）

+α **grown-up（成熟的；成人）**

可以的話希望各位把形容詞 grown-up 和 grown 當成一組來記，grown-up 也有名詞的「成人」語意，另外，talk like a grown-up 則是「學大人的語氣說話」的意思。

追加英文

請翻譯以下句子。

Those ripe tomatoes grown without fertilizers and pesticides are delicious.

解答範例

這些不使用肥料和殺蟲劑種植的成熟蕃茄很好吃。

※這個 grown 是及物動詞 grow（種植）的 p.p./ripe（成熟的）/fertilizer（肥料）/ pesticide（殺蟲劑）

14-1-2 分詞的位置
（分詞的前置修飾與後置修飾）

從後面修飾是理所當然的

　　首先，**單一個分詞從前面修飾、包含分詞有兩個字以上的從後面修飾**，大致上請這樣思考。

分詞的位置

① 分詞單獨修飾（單一個分詞）
　→「從前面」修飾名詞
② 與其他詞語共同修飾（包含分詞有兩個字以上的詞語）
　→「從後面」修飾名詞

※上面是原則，可是偶爾還是會出現雖然是單一個字，但是從後面修飾的例子

Look at the laughing children.
看看那些大笑的孩子們。
※laughing 從前面修飾 children

Look at the children laughing at the clown.
看看那些在對著小丑大笑的孩子們。
※laughing at the clown 從後面修飾 children

　　這種**單一個字從前面、兩個字以上從後面**的說明方式，多半會在分詞單元裡看到，但其實這原則並不限於分詞，也能套用在其他許多情境上。在後面的**總結**中，就透過表格整理出了會使用後置修飾的情境。

思考轉換 單一個字也可以從後面修飾

先複習一下形容詞的位置，「放前面 → 永久的、有時是指一般的或普通的（也可以單純指『一時的』）」、「放後面 → 一時的、具體的」（p.360）。因為分詞被用來修飾名詞（形容詞功能），所以可以適用這個法則。

舉例來說，the laughing children 是**放在前面**，所以想表達的是「常常大笑的孩子們」，或從上下文來看是「常在大笑的孩子們」的語意。另一方面，the children laughing **放在後面 → 一時的**，所以是「孩子們（當下）正在大笑」的意思。

一般常看到的解說是「單一個字從前面、兩個字以上從後面」，但其實就算**只有一個字，也還是有可能可以從後面做修飾**（這也不是什麼特別少見的表達方式）。
用起來就像 Hikaru is the girl dancing.（Hikaru 是（現在）正在跳舞的那個女孩）這個句子（實際上還經常會在句子的最後加上 over there（在那裡）、on the stage（在舞台上）等）。
不需要太過在意細節和差異，最重要的是要把「即使只有一個字，也有可能會從後面做修飾」的這點，在腦中找一個角落放好，這樣就行了。

※ 順道一提，「兩個字以上」的情況，是透過分詞加上修飾語來描述一個具體的情境，因此描述的內容會是「暫時的、具體的」，也因此可以解釋成「從後面修飾」前面的名詞

總結 後置修飾的詞語

	從**前面**修飾（前置修飾）	從**後面**修飾（後置修飾）
形容詞	the tall boy （那個高的男孩）	the boy so tall that his feet stick out past the end of the bed （那個高到雙腳伸出了床尾的男孩）
介系詞	---	the pen on the desk（在書桌上的筆）
不定詞	---	time to study（念書的時間）
-ing	the smiling baby （那個微笑著的寶寶）	the baby smiling at her mother （對她母親微笑的寶寶）
p.p.	the used car（那台二手車）	the car used by Jun（Jun 開的車）
關係詞	---	the boy who is tall（高的那個男孩）

※ 介系詞、不定詞、關係詞必定是「兩個字以上」的表達方式，所以只能後置修飾

14-1-3　分辨 -ing 和 p.p.

考慮「主動」或「被動」

請透過**名詞和分詞間的關係**來思考 -ing 和 p.p. 在使用方式上的差異。核心重點 **名詞和分詞之間必定成立 SV 關係**，請透過 S 和 V 間的**主動或被動關係**來思考和判斷。

※ 考題中經常出現「-ing 和 p.p. 要用哪一個」的題目

辨別分詞　※名詞和分詞之間存在 SV 關係

> ① 主動關係：「名詞<u>做</u>～」→ -ing
> ② 被動關係：「名詞<u>被做</u>～」→ p.p.

① 主動關係：「名詞<u>做</u>～」→ -ing

> the baby smiling at her mother 對她母親微笑的寶寶
> 　　S'　　　　V'　　※the baby 做 smile（主動關係）→ 使用 -ing

② 被動關係：「名詞<u>被做</u>～」→ p.p.

> the language spoken in that country 在那個國家中說的語言
> 　　S'　　　　V'　　※the language 被 speak（被動關係）→ 使用 p.p.

辨別時不能光看翻譯，也就是不能看到「正在做～」就用 -ing、「被～」的話就用 p.p.。舉例來說，若將上面的句子，翻成「那個國家中<u>正在說</u>的語言」這種翻譯，那就會因為變成「正在做～」而錯用了 speaking，但畢竟這裡的 S 和 V 應該是被動關係（language 是被 speak），所以要用的應該是 spoken 才對。雖然一開始會覺得這樣想很不習慣，但還是好好把 **SV 關係**的概念學起來吧。

※「思考 SV 關係」的概念可以說是英文的基礎，今後在理解分詞構句、表示附帶狀況的 with、SVOC 句型中做為 C 的分詞等等概念時，都會很有幫助

A list of recommended hotels will be e-mailed to conference attendees coming from abroad.

從國外來參加會議的人將會收到用電子郵件寄出的飯店推薦名單。

※ recommended 修飾 hotels（hotels 被 recommend 的被動關係），coming from abroad 修飾 conference attendees（conference attendees 做 come 的主動關係）／attendee（出席者）

過去分詞的進行狀態（being p.p.） 延伸

現在分詞的情況是「正在～」的意思，而過去分詞中表達**被動＋進行**（正在被～）時，會用 **being p.p.**。

The chocolate cake being baked in the oven right now is for Lucy's birthday.

現在在烤箱裡烤的巧克力蛋糕是要給 Lucy 過生日用的。

※ 意譯成「正在用烤箱烤～」也 OK，但在英文句子中是被動關係

與「動名詞＋名詞」的區別 延伸

「-ing ＋名詞」有可能是「分詞＋名詞」或「動名詞＋名詞」這兩種類型。例如常見的 smoking room（吸菸室）／ non-smoking seat（禁菸席）／ waiting room（等候室）／ sleeping car（臥鋪車廂）等等。

※ 我從還是考生時就在想「sleeping car 是什麼？什麼時候會用到啊？」，結果我在 35 歲要從威尼斯要搭臥鋪列車到維也納時，就用到這個字了（在和義大利的車站人員用英文溝通時用的）

文法書中有說：「『動名詞＋名詞』可以變成『名詞＋ for -ing』的型式」（a waiting room → a room for waiting 是可以的），可是要這樣一一變換實在很麻煩吧？事實上，只要特別留意**分詞會成立 SV 關係**，就能簡單區別了。換句話說，只要用「**SV 關係不成立 → 不是分詞 → 所以是動名詞**」的方式來思考就 OK 了。就像 waiting room 不可能成立 SV 關係（room 在 wait）吧。

※ 順道一提，waiting room 中的 waiting 要唸得重一點。名詞在原則上是「重音在前面」，而 waiting room 是一個名詞，所以前面（waiting）要唸得重一點

追加英文

請翻譯以下句子。

Information about local attractions is available at the concierge desk located in the hotel lobby.

解答範例

當地景點的相關資訊可以在飯店大廳裡的接待櫃台取得。

※the concierge desk 被 locate，所以是被動關係／locate（把～設置在）

CHAPTER 14-2

情緒動詞的分詞化

14-2-1　情緒動詞的「用法」

情緒動詞是「使～」

核心重點 如同最具代表性的 surprise（使驚訝），情緒動詞幾乎全部都有「使～」的意思，例如 interest（使有興趣）、excite（使興奮）、disappoint（使失望）、please（使開心）等等。

※雖然想起來有點麻煩，不過因為情緒動詞在英文統一都是「使做～」，所以不會混淆，但有一些字是例外，稍後會進行說明　p.574

He surprised his wife by giving her flowers on a totally normal day.
他在完全平凡無奇的一天送了花給他的太太，這讓她很驚訝。

情緒動詞的三種用法（及物動詞／-ing／p.p.）

☑ **動詞**　※及物動詞的後面會接名詞

　　情緒動詞在原則上是**及物動詞**，所以後面會接受詞，也就是「使人～」的意思，動詞後面必須要有相當於「人」的名詞。

※上面的例句就是這個用法

☑ **分詞（-ing）** ※具有形容詞功能（修飾名詞、做為補語）

動詞若是變成 -ing，那麼就會**形容詞化**。例如原本是動詞的 interest，-ing 形態的 interesting 就變成「使人有興趣的」的意思。

※原本的單字加上 -ing 並被當成形容詞來用（變成 -ing 就不再是動詞了），

☑ **分詞（p.p.）** ※具有形容詞功能（修飾名詞、做為補語）

和 -ing 一樣，動詞也會因為變成 p.p. 而**形容詞化**。interested 是動詞 interest 的 p.p. 形態，意思會從「使有興趣」變成「感到有興趣的」。

※（比起 p.p.）更常見到的是 be interested in ~（對～感到有興趣）吧。頻繁使用的分詞，會被視為形容詞並收錄進字典條裡（統稱為「分詞形容詞」）。不過，分詞和形容詞之間分界模糊，因此也可以把它們視為「動詞在變形之後的產物」

情緒動詞 -ing 和 p.p. 的使用區分

由於 **-ing 是主動「做～」**和 **p.p. 是被動「被做～」**在意義上有著差異，所以如果使用錯誤，意思就會完全不同。

分辨情緒動詞 -ing 和 p.p.

-ing →	給人有～的感覺、將情緒「給予」他人	※施加動作的那一方
p.p. →	感受到～的感覺、「被給予」情緒	※被施加動作的那一方

用 bore（使無聊）這個單字來思考的話，boring 是「給人有無聊的感覺」、bored 則是「感受到無聊的感覺」的意思。換句話說，You are bored. 是「你是感受到無聊的感覺（被給予無聊的感覺）」→「你覺得無聊」，而 You are boring. 可以解釋成「你是（給周圍的人有）無聊（的感覺）的人」→「你是無聊的人」。

※印象中我的英國朋友曾說過：「-ing 和 p.p. 的錯誤讓人非常在意」

 因為「在某種程度上來說，也是可以說得通」，所以才更讓人在意吧

FAQ **不行用「主詞是『人』的話用 -ed」來解釋嗎？**

絕對不行。以前有「主詞是『人』的話用 -ed、是『事物』的話用 -ing」的教法，但這個方法連普通的對話都無法解釋，從上面的 You are boring. 就可以看出來了吧？其他還有如 Oliver is exciting.（Oliver 是一個令（周圍的）人感到興奮的人）這種句子，或看電影時也經常會看到大人對小孩說 You are amazing!（你太棒了！）之類的話（amaze（使驚奇））。

　　的確使用 -ing 的主詞經常會是「事物」，因為它們本身沒有情感，所以總是會用 -ing，但如果描述的對象是人，那就解釋不通了，所以請把這種說明忘掉吧，請改用**「給人～」的話 -ing、「感受到～」的話用 p.p.** 這種方法來判斷吧。

※一開始可能會覺得很麻煩，但很快就會習慣，然後就能瞬間分辨和理解了

14-2-2　各式各樣的情緒動詞

利用「使～」的語意來認識各種情緒動詞

☑ 激動、感動、著迷

amuse（使開心）/ interest（使有興趣）/ excite（使興奮）/ thrill（使興奮，使激動）/ delight、please（使高興）/ satisfy（使滿足）/ relieve（使安心）
move（使感動）※（動搖）內心 / touch（使感動）※（觸及）內心 /
impress（使留下（好的）印象；使銘記）/
strike（使產生～的感覺）※不一定是正面的
attract（引起興趣）/ fascinate、enchant、charm（使著迷）/
absorb（使全神貫注）/ engage（使沉浸其中）

My daughter is excited that Santa Claus is coming.
我女兒對於聖誕老人要來感到很興奮。
※is coming 是表示「預定」的現在進行式　　p.64

I was thrilled when I shook hands with the pop idol.
我在和那個流行偶像握手時感到非常興奮。
※thrill 指的不只是驚悚，「興奮到極點」的感覺也可以使用　　p.563

The audience was enchanted by the dancer's graceful movements.

觀眾被舞者的優美動作給迷住了。

※ enchant 是「朝著心中（en = in）唸咒語（chant）」→「（因咒語、魔法等）著迷」的感覺／audience 是 family 類的名詞，在此被視為「一個團體」，所以做為單數來處理　p.312／graceful（優美的）

☑ 驚嘆、疲累、失望、生氣、狼狽、恐懼

surprise、astonish（使驚訝）/ amaze（使驚奇）※正面的驚奇 / bore（使無聊）/ tire（使疲憊）/ exhaust（使精疲力盡）/ embarrass（使尷尬；使丟臉）※使人臉紅的感覺 / confuse（使困惑）/ depress、disappoint、discourage（使失望；使沮喪）/ disgust（使厭惡；使噁心）

annoy、irritate（使煩躁；打擾）/ offend（使不舒服、生氣）/ upset（使心煩意亂；使苦惱）/ dismay（使灰心無力，使沮喪）/ shock（使感到驚嚇）

scare、frighten、terrify（使感到害怕）/ alarm（使擔心；使害怕）

Arguing endlessly about money is exhausting.

沒完沒了地為錢爭執令人精疲力盡。

※ exhaust 是「精力向外（ex）散發」→「使筋疲力盡」，雖然這個字經常用來表示肉體的疲勞，但也可以像這樣用來表示精神上的疲勞（mentally exhausting（令人心累的）這樣也可以）

I was mad at my mom for showing my girlfriend an embarrassing photograph of me.

我氣我媽給我女朋友看了一張我很丟臉的照片。

※ embarrass 是讓人臉紅的那種「真丟臉！」的感覺／mad「生氣的」（形容詞）

☑ 例外（不及物動詞）

marvel（感到非常驚訝）/ relax（變得放鬆）/ bother（煩惱；打擾）/
fear（害怕；感到憂慮）

I marveled at his ability to speak Spanish.

我對他的西班牙語能力感到非常驚訝。

※marvel at ~（對～感到驚訝）

順道一提，relax 有「使放鬆」、bother 有「使煩惱」等的及物動詞用法。fear 比較特別一點，有著「害怕～」（不是「使驚嚇」）的及物動詞用法。

代替分詞存在的形容詞 延伸

attract 的 -ing 雖然是 attracting，但實際上不會用這個形態，而是會用 attractive（有吸引力的）這個單字。反過來說，不要只是把 attractive 的字義翻譯記下來，而是要理解它具有的 attracting 圖像並正確使用（如 an attractive model（有吸引力（魅力的）模特兒））。有一些形容詞會像 -ing 一樣，可以表達**主動**的意思。

如果你不知道這一點，那你只會記得 scary 是「恐怖的」的意思，然後搞錯該怎麼用。請記得 scary 有著 scaring 的圖像，表示主動的「給予恐懼」（像 a scary movie（恐怖電影）這樣使用）。

代替分詞存在的形容詞 ※不管哪個都是像 -ing 那樣主動「給予情緒」的圖像

attractive（有吸引力的）→ attract（引起興趣）/ delightful（開心的）→ delight（使開心）/ pleasant（愉快的）→ please（使愉快）/ impressive（令人印象深刻的）→ impress（留下印象）/ offensive（冒犯的）→ offend（令人不快；令人生氣）/ scary（恐怖的，可怕的）→ scare（驚嚇，使恐懼）/ satisfactory（令人滿意的）→ satisfy（使滿意）／另外也滿常使用 satisfying（令人滿意的）/ terrible、horrible（糟糕的；可怕的）→ terrify、horrify（使非常驚嚇）

I had a delightful time.

我度過了開心的時光。 ※字面翻譯是「擁有了開心的時間」

假設這句話是在約會的最後所說的，可以解讀成「我今天玩得很開心（下一次再約我喔）」，但如果這裡講成 I'm delightful. 的話，語意上會是「我是令人開心（給予開心的情緒）的人」的意思。

整理一下重點吧！

分詞構句

INTRODUCTION

分詞構句的真面目是「充當副詞的 -ing」

分詞構句從字面上來看不知道在說什麼,但它的真面目其實就是**充當副詞的 -ing**,非常單純。換句話說,**-ing 的副詞用法**就是分詞構句,縱使有個看起來很厲害的名字,但分詞構句實際上非常簡單。

分詞構句也可以用在英文新聞裡!

以下是一些常見於英文教學中的大謊言,如果你已經學過分詞構句,應該會覺得下面這些說法很熟悉。

分詞構句的謊言:「要考慮分詞構句原本的連接詞」
　　　　　　　　「必須把常見的翻譯方式背起來」

不知道為什麼,時不時就會看到「看到分詞構句,就要考慮原本的連接詞是什麼」的說法(雖然最近越來越少看到了),不過各大考試中卻不會看到「請填入原本的連接詞」這種題目,換句話說,出題老師們應該是認為「出這種題目沒有意義」吧。

※ 順道一提,翻譯題裡經常出現分詞構句,在本 Chapter 裡有特別針對這部分講解,即使可能會翻錯,也不要用「原本的連接詞是~」的想法去思考

另外,分詞構句是**經常用到**的表達方式,不知道為什麼文法書裡都沒有特別強調這件事。打開英文報紙也可以在短短幾行文字中找到分詞構句的存在,就算只是聽一則英文新聞,也一定會聽到 1、2 個分詞構句的句子。

原本分詞構句就帶有一種「不使用連接詞,為主句添加更多內容」的「緊湊感」,而這樣一來就可以提升英文句子的氣勢及臨場感,因此新聞中才會經常用到。另外,這也是為什麼報紙在篇幅有限的情況下,經常會使用省略連接詞的分詞構句的原因之一。

沒有必要背常見譯法！

下面是在學分詞構句時一定會看到的「常見譯法」。

參考 慣用英文文法中「分詞構句的常見譯法」

① 時間:「做～的時候」、「然後～」　② 原因或理由:「因為～」
③ 條件:「如果～的話」　　　　　　　④ 讓步:「雖然～」
⑤ 伴隨情境:「然後～」、「同時～」

首先,要記住各種譯法本身就很痛苦,而且就算真的背起來,每次遇到分詞構句就要開始思考「該用哪種譯法?」也很不切實際。分詞構句經常出現在新聞裡,但就新聞的播報速度而言,要「用常見譯法來思考」根本就是強人所難。

與其死記硬背,不如正確理解分詞構詞的存在意義及真正的作用,才能看見其真實樣貌並大幅減少必須背誦的內容。

征服「分詞構句」的心法

☐ 分詞構句的真面目是「副詞」
☐ 分詞構句的使用頻率很高!
☐ 不用背「常見譯法」也沒問題!

Every morning I wake up saying, "I'm alive, it's a miracle."
And so I keep on pushing.

Jacques-Yves Cousteau

每天早上我醒來都會說:「我還活著,真是奇蹟啊。」
所以我會繼續努力下去。

Jacques-Yves Cousteau (法國海洋學家)

分詞構句的真面目和意義

15-1-1　識別 -ing 的用法

-ing 也有「三種用法」

　　大家都知道 to 不定詞有三種用法（名詞、形容詞和副詞用法），核心重點 事實上，-ing 也可以透過三種用法的觀點來整理。

-ing 的三種用法

-ing 做為**名詞**功能	→ 動名詞	※ 比較好聽版本的動詞名詞化
-ing 做為**形容詞**功能	→ 分詞	※ 動詞形容詞化，「動形詞」的感覺
-ing 做為**副詞**功能	→ 分詞構句	※ 動詞副詞化，「動副詞」的感覺

　　要是能仿效**動名詞**這種簡單明瞭的叫法，把當成形容詞的 -ing 稱為**動形詞**就好了，可是這種 -ing 在文法的世界中卻被叫做**分詞**，另一方面，發揮副詞功能的 -ing 如果叫做**動副詞**，那也容易理解得多了，可是它卻被叫做**分詞構句**。以前面的說明內容為基礎，各位只要核心重點 想成「分詞構句畢竟是『**動副詞**』啊」就行了。副詞是句子裡的**額外要素**，因此當主句（sv）確實存在，只要把在主句前後或之間插入的 -ing 詞組看作是分詞構句就可以了。

補充 分詞構句的副詞感覺

> I got injured in a car accident. 我在車禍中受傷了。
> I got injured playing tennis. 我在打網球時受傷了。

　　Karl 連續寫了兩個 injure（使受傷）相關的句子，在 Karl 的腦海中 in a car accident 和 playing tennis（分詞構句）的功能應該是相同的吧（兩者都可以當成副詞詞組）。

> ※ 已經學過分詞構句的人或許會想「playing 的前面不用加逗號嗎？」，但「必須加逗號」只是常見的誤解，沒有逗號其實也 OK（稍後會詳細說明）

15-1-2　分詞構句的構成

分詞構句的潛在意義

在想要**稍微補充句子內容**時會使用分詞構句。原本要增添內容時會使用**連接詞**，例如 She went to bed early. 這個句子，當要追加理由（She felt tired.）時，會像 She went to bed early because she felt tired.（她很早睡，因為她感到很疲憊）這樣，使用連接詞 because，對吧？

只是，每個句子都要用 because 也滿麻煩的，而且有時也會覺得沒有這個必要吧（因為只是想簡單加點內容或想補個時間點），但說是這樣說，不使用連接詞 ✕）She went to bed early, she felt tired. 的句子是不行的（因為句子（SV）之間不能用逗號 [,] 連接）。

分詞構句能同時克服**「沒必要使用連接詞」**和**「用逗號無法直接連接句子」**這兩個問題點。分詞構句的構念就是**「切掉連接詞並將句子鬆散地連接起來（做為標記會將動詞變成 -ing）」**。下面就一起來看看具體的流程吧。

分詞構句誕生的三個步驟

分詞構句誕生的三個步驟

① 去除連接詞
② 去除從屬子句的主詞（如果跟主句的主詞相同的話）

※ 如果主詞不同的話，則「保留下來」

③ 將從屬子句的動詞變成分詞（-ing）　※ 如果是 Being 則可省略

※ 沒有連接詞的句子是「主句」，有連接詞的是「從屬子句」　p.113

雖然這個改寫的方法很有名，學分詞構句的時候一定會學到，但重點其實是要透過這個改寫的方法，理解並記住**分詞構句是副詞詞組**的這件事。

※ 以前可能會說「讓我們想想原本的連接詞是什麼？」，但這其實根本就無所謂。理由會在後面說到，現在只要先記住分詞構句是副詞詞組就可以了

☑ 以 -ing 開頭的分詞構句

~~When he~~ saw a policeman, he ran away.　※去除連接詞（When）和主詞（he）

↓　※將動詞變成分詞（saw → seeing）

Seeing a policeman, he ran away. 看到警察他就逃跑了。

※「看到警察」的詞組用來修飾動詞「逃跑」（副詞用來修飾動詞）

上面的句子是從副詞子句 → 變成分詞構句（When he saw a policeman → Seeing a policeman）。也就是**從屬連接詞構成副詞子句 → 分詞構句做為副詞詞組**。

※ 嚴格來說，雖然 seeing a policeman 是副詞片語（因為有 SV 的是「子句」，沒有的是「片語」），但不管是子句或片語，最終都是「詞組」的一種

☑ 以 p.p. 開頭的分詞構句

~~When they~~ were seen from above, the cars looked like toys.

↓　※將動詞變成分詞（were → being）

{Being} Seen from above, the cars looked like toys.

※being 可以省略

從上面看下去，這些車看起來好像玩具。

※「從上面看下去」修飾動詞「看起來好像～」

在被動語態下會把 **be 動詞變成 being**，但實際上一般會省略 being。就算句子的一開頭就是過去分詞，也能清楚知道這是分詞構句，因此 being 幾乎 100% 會被省略。

透過上面的說明，可以知道分詞構句就只是**用分詞連接句子的詞組**。要從英文句子中分辨出分詞構句，重點在於 -ing 的詞組是否有**發揮副詞的作用**（變成多出來的句子構成要素）。

15-1-3 分詞構句的「意義」(之一) 基本概念

分詞構句很鬆散

因為分詞構句是**加上去當補語的東西**，會放在**覺得好銜接的地方，當成是句子的補充資訊**，所以用起來的感覺會比較鬆散。

若使用 because 之類的連接詞，就可以清楚表現出兩個句子之間的關係，但分詞構句都故意把連接詞拿掉了，所以用**不那麼嚴格（適度地）的方式**來連結句子會比較好。

※ 也許你會想「真的嗎？」，但這個「適度」可以說是分詞構句的精髓，大概呈現出來的是像「嗯，那個～你知道的吧！」這種有點隨意的感覺

再說母語人士都乾脆把連接詞去掉了，那就代表「不用執著連接詞也 OK」。當想要強調「理由」，就用 because，想要強調「時間」，就用 when。如果原本就沒用連接詞，結果我們還硬是要還原成有連接詞，這樣似乎有點蠢啊。

 也可以想成「隨意」的概念，其他的思考方式還有如 Having walked all day, Frank was tired.（走了一整天，Frank 覺得很累）這種句子，前半和後半的關係太過理所當然，根本沒有必要特地用 because 來表達，所以如果可以傳達出，說話者最想要說的其實是 Frank was tired，那麼 Having walked all day 也就沒那麼重要了

分詞構句的「語意」是根據位置來決定

分詞構句是**副詞詞組**，因此可以放在句首、句中或句尾等的**任何一個地方**（副詞位置的自由度高，放在句首、句中或句尾都 OK）。

此外，核心重點**分詞構句的語意會根據位置來決定**。只要想成：放在前面或正中間 → 「隨意大概」，放在後面 → 「然後～」或「同時～」，就沒問題了。

分詞構句的「語意」

① 句首　-ing ~, SV.　→「隨意大概」的語意
② 句中　S, -ing ~, V.　→「隨意大概」的語意（多半是主詞的補充説明）
③ 句尾　SV{,} -ing ~.　→「然後〜」或「同時〜」

分詞構句（-ing）① 和 ②，位在「前面或正中間」

核心重點 依據分詞構句和主句的關係，自己隨意大概地想一下是什麼意思。

※ 這裡的「隨意」當然不是「隨隨便便」，而是指「注意兩個句子間的關係，看到的當下再思考就行了」的「隨意」

　　比較快速的方法是將分詞構句翻成「然後〜」或「所以〜」，大部分的句子用「〜，然後 SV。」或「〜，所以 SV。」來翻，在句意上都能說得通。

※ 下面請實際感受一下「然後〜」和「所以〜」有多好用吧

「回家，然後看電視」　　※沒有清楚表達「回家之後」
「跌倒，所以受傷」　　　※沒有清楚表達「因為跌倒所以〜」
「看到，然後裝沒看見」　※這裡的「然後」是指「明明有看到」的「相反」

※ 大家在說「回家然後看電視」時，如果有人問你「這裡的然後是『時間先後順序』還是『理由』呢？」，你應該會想「這傢伙到底在問什麼？」吧。分詞構句也是一樣，帶有「不必計較成這樣吧」的感覺

Looking around the room, can you see what changed?

看看這個房間，你有看到什麼改變了嗎？

Recently discovered, the fossils are being examined by a team of researchers.

最近發現的這些化石正由一組研究人員進行檢驗中。

※省略了 {Being} recently discovered 中的 Being

Neil Armstrong, being the first person to walk on the moon, is one of the most famous astronauts.

第一個登上月球的 Neil Armstrong 是最著名的太空人之一。

分詞構句（-ing）③，位在「後面」的情況

表達出為主句**加上補充說明**的感覺。這時要用「然後～」或「同時～」的概念來理解句意，核心重點 翻成「**SV。然後～。」或「同時～，SV。」也 OK**。在大部分情況下，這兩種翻譯方式都可以說得通。可以先用「然後～」來思考（因為從前面開始想會比較好掌握語意），但如果感覺不太自然，只要改用「同時～」來思考就行了。

 在我看來，當句子比較複雜時，通常會將最重要的東西放在句子的最後，所以「當在句子前段出現分詞構句時，隨意大概地連結句子就行了」、「在句子後段出現的分詞構句，則會有明確清楚的意思」這種說明方式，會比較令人信服

> The boy stood on the top of the mountain, looking at the valley below.
>
> 男孩站在山頂，注視著下方的山谷。
>
> ※ 原本是「站在山頂。然後注視著下方」，但也可以理解成「站在山頂。同時注視著下方」

> The bee flew from one flower to another collecting pollen.
>
> 蜜蜂從一朵花飛到另一朵在採集花粉。
>
> ※ collecting pollen 是分詞構句／這句是「雖然翻成『然後～』也 OK，但翻成『同時～』比較適合」的例子

FAQ **後面接分詞構句的話，不是需要「逗號」嗎？**

大部分文法書中的例句都有加逗號，但不是絕對，像上面的英文例句那樣**不加逗號也是可以的**（實際上經常看到這種用法）。因為若獨立的句子與後方加上的 -ing 詞組之間，有著明顯要斷句的感覺的話，那麼就可以看出**多加的 -ing → 分詞構句**。

※ 當我在看英文錄音進行時，讓我印象深刻的是，身為母語人士的配音員在「後面接分詞構句（但沒有逗號）」的英文句子換氣，這就是有意識到要斷句的證明

+α **沒有逗號、僅有一個字的分詞構句**

> They were sitting on the sofa talking.
>
> 他們坐在沙發上聊天（坐在沙發上同時聊天）。
>
> ※只有 talking 一個字的分詞構句／翻成「同時聊天」也 OK

像這樣**單獨一個 -ing 接在後面的分詞構句**，雖然不太會考，但其實很常用。當然，這裡也能用「然後～」或「同時～」來理解句意。

※ 也有一種觀點認為這個 talking 就是（不是分詞構句）sit 的補語（可構成 SVO）（這是文法書中的主流意見）。但是，sit、stand 之類的動詞與 become 等字不同，不一定需要補語，所以本書認為應該將這裡的 -ing 視為「額外的東西 → 分詞構句」

思考轉換 **應對有分詞構句的翻譯題對策**

☑ **翻譯時一定要靈活應對**

升學考的翻譯題中經常出現「接在後面的類型」。但偶爾會出現，明明句子是接在後面的分詞構句，但用「然後～」或「同時～」來翻卻不太通順，改用「因為～」或「所以～」來翻會更自然。雖然先從分詞構句的位置來思考，應該有 99% 的情況都能順利解決，但如果覺得翻起來很不順，那還是應該要靈活應對，畢竟分詞構句的精髓在於適度和隨意。

☑ **也可以「利用」傳統的常見譯法**

我認為所謂的「常見譯法」是錯誤解讀了分詞構句精髓的結果。換句話說，我想可能是「分詞構句可以表達各種語意」→「那麼就把各種譯法背起來吧」→「整理成常見譯法」這樣。也就是說，當然也可以運用「分詞構句的常見譯法」（可是沒有必要拚命地背下來）。以下是整理出來可以做為參考的常見譯法。

參考 慣用英文文法中「分詞構句的常見譯法」

---

① 時間：「做～的時候」、「然後～」　② 原因或理由：「因為～」
③ 條件：「如果～的話」　④ 讓步：「雖然～」
⑤ 伴隨情境：「然後～」、「同時～」

※ 請當作參考就好，因為還是有無法適用的情形，例如表達「條件」的時候 p.588

☑ **所有文法書都遵循的「位置」規則**

如果手邊有另一本文法書的話，請查看一下例句，應該會看到被翻成「時間、原因或理由、條件、讓步」的例句，**分詞構句在前面**，然後「伴隨情境（表達「然後～」、「同時～」）」的例句，**分詞構句在後面**。

※ 分詞構句的核心終究在於「適度」的概念，幾乎所有的文法書中，分詞構句的擺放位置和翻譯，應該都和本書解釋的一致

15-1-4　分詞構句的「意義」(之二) 細節

在「句中」時的特徵 延伸

　　當分詞構句被放在**主詞後面**時，大多是在**說明主詞**。

※當然還是可以用「適度」的概念來思考，不過知道一下這個用法也沒有壞處

The Tama River, flowing on the north side of Kanagawa Prefecture, forms the border between Kanagawa and Tokyo.

流經神奈川縣北部的多摩川分隔了神奈川與東京。

※字面翻譯是「構成了神奈川與東京之間的分界」

The steak, grilled to perfection, looks delicious.

炙烤到完美的牛排看起來很好吃。

※to 表示「到達的程度」

　　順道一提，有些文法書上會說「如果主詞是代名詞，就不會用分詞構句」之類的細節規則。如果你知道出現在**句中的分詞構句 → 說明主詞**的話，就會知道這個規則的意思是：因為代名詞所指的事物很清楚，因此沒有必要再對主詞補充說明。

資料 「帶有逗號的形容詞用法」的概念 (教學觀點)

　　雖然有些人會認為，緊接在**主詞之後的分詞構句**，應該要視為「分詞 (形容詞用法) 的非限定用法」，但從學習者的角度來看，把這個用法概括進分詞構句裡，絕對比進一步劃分分詞用法來得更容易理解。因此本書將此部分歸為分詞構句的範疇。

也可以是「連接詞＋分詞構句」的型式 延伸

　　有時在分詞構句的前面放上連接詞，可以讓句意變得更加清楚。這種型式是種折衷的表達方式，試圖在保持分詞構句方便性的同時，讓句意變得更加清楚。

> If attending the meeting for the first time, be prepared to give a short self-introduction.
> 如果是第一次參加會議，請準備好做一段簡短的自我介紹。
> ※根據上下文，If -ing 也可視為「s＋be 的省略」 p.133

思考轉換 鮮少是「條件」或「讓步」的意思

分詞構句很少用來表達文法書上寫的「條件」或「讓步」的意思。雖然有像 Turning to the right, you will find the store.（如果右轉的話，你就會看到那間店）這句的表達方式，但這種句子大概只會出現在路線指南上吧（如果是對話，會說 Turn right, and you'll find the store.）。也許是不想承認單純的分詞構句可以表達「條件」或「讓步」的意思，甚至有學者主張「應該加上連接詞」（也就是主張這個句子必須要加上 If）。

以形容詞或名詞開頭的分詞構句 延伸

分詞構句會**以 -ing 和 p.p. 開頭**的印象應該是壓倒性的強烈，不過一旦 being 被省略，也會出現**以形容詞和名詞開頭**的分詞構句。

> Confident that he was the most qualified of all the candidates, *ABC Daily Voice* hired him as the new chief editor.
> 《ABC Daily Voice》聘請他擔任新的主編，他們有信心他會是所有人選中最適任的。※句首省略 Being／confident 是「有信心的」的意思（形容詞）

請用「形容詞或名詞的部分不是必備要素 → 非必備要素應該是副詞 → 是否為省略了 being 的分詞構句？」來判斷。

> The father of two young girls, he hopes for more gender equality in the future. 做為有兩個小女孩的父親，他希望在未來性別能更平等。
> ※句首省略 Being／hope for ~（希望～）／gender equality（性別平等）

就連專業的譯者中都會有人誤以為「The father of two young girls 和 he 是同位語」，但這句其實是分詞構句（如果是「同位語」的話，後面接的名詞應該會是前面名詞的補充說明）。

CHAPTER 15-2

分詞構句的變化及常用表達方式

15-2-1 分詞構句的變化（之一）
否定型式與完成式

分詞構句的否定（not -ing）

分詞構句的否定 ※用來否定分詞構句的內容

「not -ing」的型式
※not 放在 -ing 的前面（如果是 be 動詞，會變成 not being）

Not knowing what to do, I telephoned Frank.
因為不知道該怎麼辦，所以我打了電話給 Frank。

be 動詞也是同樣的情況，請留意會變成 not being 的型式。

※本來應該是 He is not kind. 的順序（be → not），但由於分詞構句（being）不再是動詞（動狀詞），所以排序下降，改將 not 擺在前面

Not being over 130 centimeters tall, Nicole could not go on many of the rides at the amusement park.
因為身高沒有超過 130 公分，所以 Nicole 在遊樂園裡有很多設施都不能玩。

分詞構句的完成式（having p.p.）

分詞構句本身沒有時態（從 -ing 的形態看不出來動作是什麼時候做的吧）。因此，**分詞構句被認為與主句的時態相同**。如果想要表達分詞構句的內容要比主句發生的時間**早一個時態**，那麼可以用 **having p.p.** 的型式，而不是只用 -ing。

分詞構句的時態　　※與主句比較後判斷

> **和主句「相同」的時態**　→　維持 -ing 的形態
> **比主句「早一個」時態**　→　having p.p.

Having worked until 3 a.m. last night, he is taking the morning off.

因為昨晚工作到凌晨 3 點，所以他早上請了假。

※ take ~ off（請～（某時段的）假）／「工作」是過去、「請假」是現在

Having been completely redesigned, the car looked very different from the old model.

在徹底重新設計之後，這輛車和舊款看起來非常不同。

※ 用 having been p.p. 的型式表達被動／redesign（重新設計）

補充 會出現許多無法嚴格遵守的情況

　　即使從上下文中可以清楚得知存在時態上的差異，實際上仍經常只以一般型式（僅 -ing 或 p.p.）來表達。即使是母語人士，也有可能會覺得要用 having p.p. 的型式很麻煩。 就像我之前已經說過很多次的：「分詞構句的精髓在於適當和隨意」，這種概念在這裡也適用。

+α 「not ＋完成式」的型式

　　把 not 放在前面，以 **Not having p.p.** 的型式表示否定（Having not p.p. ~ 的型式也可以）。至於常見的否定詞 never，一般來說用 Never having p.p. / Having never p.p. 兩種型式都 OK。

Not having met the president before, he was nervous before his presentation.

由於之前從未見過總裁，他在簡報之前覺得很緊張。

15-2-2　分詞構句的變化（之二）意義上的主詞

分詞構句會保留意義上的主詞（主格＋-ing）　應用

　　如果分詞構句的主詞**和主句的主詞一樣，那就不會寫出來**，但如果**與主句的主詞不同**（分詞構句中沒有主詞就會變得不知所云），**則會直接將主詞保留下來。**

> ※動名詞（外觀一樣是 -ing）在意義上的主詞是「所有格」或「受格」，但分詞構句在意義上的主詞是「主格」（簡而言之就是原來的形態）／「保留主詞的分詞構句」是相當正式的表達方式

① 一般「只保留主詞」的型式

Because <u>the rain</u> began to fall, <u>Haruto</u> entered the café.
　　　↓　　　　　↓　　　　↓
　　×　　<u>The rain</u> beginning to fall, <u>Haruto</u> entered the café.
　　　　因為開始下雨了，所以 Haruto 走進了咖啡廳。

② 省略 being 的類型（名詞＋p.p.）

After <u>the car</u> was washed, <u>Ren</u> went to the airport.
　　↓　　　　↓　　　　↓
　　×　<u>The car</u> being washed, <u>Ren</u> went to the airport.
　　　　　　　↓可以省略 being
　　<u>The car</u> washed, <u>Ren</u> went to the airport.
　　在洗完車之後，Ren 去了機場。　　※字面翻譯是「車子被洗」

③ There is 句型的類型　※把 There 當成主詞，改成「There being ~」的型式

Because <u>there</u> was no objection, <u>they</u> ended the meeting early.
　　　↓　　　↓　　　↓
　　×　<u>There</u> being no objection, <u>they</u> ended the meeting early.
　　　　由於無人反對，他們很早就結束了會議。

> ※ 在 There being ~ 的表達型式之中，不能省略 being（如果用的是「There ＋名詞」，也太奇怪了吧）

His internship finishing next week, David is busy preparing his final report.

因為他的實習將於下週結束，所以 David 正在忙著準備他的最終報告。

※ His internship 是分詞構句在意義上的主詞／finish 是不及物動詞的「結束」／be busy -ing（忙著做～）

乾脆不放「意義上的主詞」的情況 延伸

有時分詞構句也會遇到無法保留意義上的主詞的情況（明明與主句的主詞不同）。一般文法書不會明確解說這部分，也沒有什麼適用的規則（這部分可以說是呈現出了分詞構句的那種「就那個～你知道的吧！」的隨意感），不過下面這些常見的表達方式，要是知道的話很好用。

☑ 慣用表達

在慣用表達（如 generally speaking（一般來說）等等）中會省略意義上的主詞（p.595）。

☑ 可以從上下文理解（不會誤解）或以一般大眾為主詞

Having studied pastry making in Paris, Bella's cupcakes were always delicious.

因為曾在巴黎學過做糕點，所以 Bella 做的杯子蛋糕總是很好吃。

※ pastry making（做糕點）／主句的主詞是 Bella's cupcakes，所以 Having studied 的前面應該加上 Bella，但這裡沒有其他主詞、也不會誤解，因此保持原狀是 OK 的（但也有母語人士不喜歡這種表達方式）

☑ 「前面句子的內容」是分詞構句的主詞

當分詞構句放在句子的後段時，主句的內容（或一部分的內容）也有可能會成為分詞構句在意義上的主詞。雖然這部分不常提到，但在考試或新聞報導中經常用到。

※ 這也屬於「分詞構句是補充說明」的概念

「前面句子的內容」是分詞構句主詞的類型

① 相等類

SV, meaning ...（SV，意思是～）

SV, showing[indicating] ...（SV，表示～）

② 結果類

SV, causing ...／SV, leading to ...／SV, resulting in ...（SV，造成～）

SV, making OC（SV，使 O 變成 C）

SV, casting doubt on ...（SV，造成對～表示懷疑）

※casting doubt on ~（對～表示懷疑）

Seven freshmen joined our club, meaning that we now have over twenty members.

七名新生加入了我們社團，意思是我們現在有超過二十個社員了。

※ meaning ~ 在意義上的主詞是「前面句子的內容（七名新生加入的部分）」／over twenty 是「超過二十」所以是「二十一以上」

Because of the traffic jam, cars were only creeping forward at a snail's pace, making Mary very irritable.

因為塞車，車子們都只能像蝸牛那樣緩慢前進，這讓 Mary 非常暴躁。

※ creep（爬行；緩慢前進）／at a snail's pace（緩慢地）（把這裡的 snail（蝸牛）看錯成 snake（蛇），然後錯翻成「用像蛇一樣的速度潛行」的人非常多／irritable（暴躁的，易怒的）

因為不是「車子本身」讓人暴躁，而是「塞車且車子只能緩慢前進」的這件事讓人暴躁，所以分詞構句 making ~ 的主詞，不是主句的主詞（cars）。

總結 動狀詞的變化

	不定詞	動名詞	分詞構句
意義上的主詞〔There is 的情況〕	for 人 to ~〔for there to be ~〕	所有格＋-ing 受格＋-ing〔there being ~〕	S -ing〔There being ~,SV〕
否定	not to ~	not -ing	not -ing
完成式	to have p.p.	having p.p.	having p.p.
被動語態	to be p.p.	being p.p.	{being} p.p. ※可省略 being

15-2-3　分 詞 構 句 的 常 用 表 達 方 式

判斷或發言類的常用表達方式

因為這些常用的表達方式本身就是慣用表達，所以不需要意義上的主詞。（p.592）

分詞構句的常用表達方式 ①　具有判斷或考慮語意的表達

judging from[by] ~（從~判斷的話）/
taking ~ into consideration（將~納入考慮的話）/
compared with[to]（與~相比的話）/
looking back on[over] ~（回過頭來看~）

Judging from his sunburn he must have been working outside without putting on sunscreen.

從他的曬傷判斷，他一定是沒擦防曬油就一直在外面工作。

※sunburn（曬傷）/sunscreen（防曬油）

Taking her age into consideration, she shouldn't be left at home by herself.

考慮到她的年紀，不應該把她獨自留在家裡。

分詞構句的常用表達方式 ②　使用 speak / talk 的表達

Frankly speaking（坦白說）/ generally speaking（一般而言）/
strictly speaking（嚴格來說）/ speaking of ~、talking of ~（說到~）

Frankly speaking, I don't care.

坦白說，我不在乎。　　※字面翻譯是「坦白說，我不關心」

有著介系詞或連接詞功能的常用表達方式

分詞構句的常用表達方式 ③　做為「介系詞」使用的表達

according to ~（根據～）/ during ~（在～的期間）/ including ~（包含～）/
concerning ~、regarding ~（關於～）/ owing to ~（因為～）/
depending on ~（取決於～）

※ 雖然在字典中，這些表達方式都被當成了「介系詞」，但它們本來全都是分詞構
句，已經完全變成介系詞的 during，原本也是動詞 dure（持續）的 -ing 形態
（dure 也出現在 endure（忍受）、durable（耐用的）之中）

The total comes to 1,100 yen, including tax.
總共含稅是 1100 日元。

I'm calling regarding your job application with our company.
我打電話給您是想說與您應徵我們公司職務有關的事。

分詞構句的常用表達方式 ④　做為「連接詞」使用的表達

※ 詳細內容及例句請見 p.120

supposing / provided / providing（如果～的話）

※ 原形的 suppose 也是相同功能

分詞構句的常用表達方式 ⑤　做為「介系詞或連接詞」使用的 given

原始型式：given the fact that sv →「考慮到事實上 sv」、
　　　　　　　　　　　　　　　「假設 sv 的話」
連接詞：given {that} sv →「考慮到 sv」、「假設 sv 的話」
介系詞：given ~ →「考慮到～」

※ 從原本的 given the fact that sv 中，省略了 the fact 和 that

Given he loves traveling, I am sure he will like the idea of going to Europe in August.

考慮到他熱愛旅行，我確定他會喜歡在八月去歐洲的點子。

※ 表達 Given {that} he loves traveling 的意思／其他像 Given the fact that he loves traveling 或 Given his love of traveling（「Given＋名詞」的型式）也可以

必須從文法觀點來看的常用表達方式

大部分的常用表達方式都沒有意義上的主詞，但也有極少部分，在**使用時仍必須保留意義上的主詞**。

※這一類保留下來的主詞，都是為了要傳達重要的意思，因此不太會省略

分詞構句的常用表達方式 ⑥ 　留有意義上主詞的表達

weather permitting（天氣好的話）※ 表示「如果天候允許（permit）的話」
{all} other things being equal（如果其他條件都相同的話）
such[that] being the case（既然如此）

※such（那樣的）／the case（實際狀況或事實真相）

The soccer match will be played in the park on Sunday, weather permitting.

天氣允許的話，這場足球比賽將於週日在公園開踢。

※ 比較常見的是將 weather permitting 放在句首的句子，不過實際上也有很多會放在句尾

+α 　{all} other things being equal 的兩種語意

① 不知道其他條件是不是相同，但如果相同的話

All other things being equal, I would prefer to meet on Tuesday.

如果其他條件不變的話，我會比較想要在星期二見面。

※因為是「單純假設～」的語氣，所以使用假設語氣的 would

② 清楚知道其他條件都是相同的

All other things being equal, let's buy the cheaper one.
其他條件都一樣的話，我們買比較便宜的那個吧。　　※不需要 would

分詞構句的常用表達方式 ⑦　具有主動和被動兩種型式的表達

> considering all things / all things considered（考量到全部的狀況，總的來説）
> 　　　　　※all things 也可以改用 everything／all things considered 壓倒性地更加常用
> having said that / that said（説是這樣説，儘管如此）

　　considering all things 是主動（consider 後面接受詞 all things 的型式）的表達方式。這句如果要改成被動的話，會是 all things considered，也就是在 being considered 的前面加上意義上的主詞 all things，字面翻譯是「全部事物都被考慮的話」。

 美國的公共廣播電台有一檔節目叫 *All Things Considered*，這個節目有著會處理各種新聞（all things）、謹慎表達意見且思考周延的形象

All things considered, we are lucky no one was injured.
考量到全部的狀況，我們很幸運沒有人受傷。
※be lucky {that} ~（很幸運～）

　　having said that 變成被動的話會是 that said，原本的型式是寫成 that {being} said（這裡的 that 是意義上的主詞，表示「那個」）。
※having said that / that said 在文法書上不常見，但在對話時經常用到

Twenty thousand yen for an airline ticket to Seoul is cheap. Having said that, I still can't afford to go.
飛首爾的機票一張兩萬日元真是便宜。不過説是這樣説，我還是沒辦法負擔就是了。
※afford to ~（負擔得起做～）

資料 使用 as 的「分詞構句的強調」

　　有時也會看到 -ing as s do, SV.（因為 s 真的有做 -ing，所以 SV）這樣的表達型式。藉由「像 s 做的那樣（as s do）正在做（-ing），所以～」重複表達動作內容，來強調分詞構句中所做的動作。因為這個句型不好懂，所以很少看到。

※ 表達狀態相似的「as（和～一樣地）」，請見 p.914

Living in Tokyo as I do, I can eat world-class sushi anytime I want, as long as I have enough money.

因為我現在就住在東京，所以只要我錢夠，隨時想要就能吃到世界級的壽司。

※ 字典上多半會用 Living as I do in Tokyo 的語序，但一般較常使用 Living in Tokyo as I do 的語序

Part 4

昇華「國中文法」

這個 Part 4，乍看之下可能會覺得怎麼都是「已經知道且覺得理所當然」的內容，但這部分的每個單元，絕對都是各種新觀念的一場大秀。

此外，針對深奧的介系詞，我們將詳細解説從核心概念到應用圖像的各種內容。

一起探索更深入的新世界吧！

祈使句／
There is 句型

INTRODUCTION

並非全部都是「命令語氣」！

　　本章講解的是祈使句及 There is 句型，兩者都是在國中會學到的文法，但能夠「完全」理解的人卻是少之又少。

　　在學祈使句時，你可能沒有機會學到日常會話和廣告中常用的「語氣柔和的祈使句」，但實際上在英文中，存在很多不管怎麼看都「不像命令（語氣不嚴厲）」的句子。

Visit our website!	請來看看我們的網站！
Fasten your seatbelt.	請繫好安全帶。

※ 在飛機或計程車上

Look at that!	快看那個！
Have a nice weekend!	祝你有個愉快的週末！

　　如同上面的句子，實際上祈使句用在**不是命令**的情況非常頻繁。接下來將會探討隱藏在「祈使句」這個用語背後的本質是什麼。

很難的國中生題目

問題：請將以下句子翻譯成英文。

　　桌上有我的筆。　　※ 筆假設是「一支」

　　這是國一水準的題目，但能夠答對的高中生只有一半不到。

　　說到「有～」，應該有不少人腦海中浮現了 There is ～ 吧？但如果用 There is ～ 來翻，那就錯了。

　　×）There is my pen on the desk.

　　◎）My pen is on the desk.

　　即使寫對，我想應該也很難解釋為何用 There is ～ 翻譯是錯的。

但這也是情有可原，因為我們只有學要如何將 There is 句型翻譯成「有～」，但不知道要怎麼解釋這個句型的**起源和構成**，所以也無法正確使用它。

就像這樣，本章將詳細說明各位以為已經知道、但實際上沒有真正理解的部分，並且教大家如何實際運用。

征服「祈使句／There is 句型」的心法

☐ 請特別留意「語氣柔和」的祈使句
☐ 必須從「起源和構成」理解 There is 句型

Don't find fault, find a remedy; anybody can complain.

Henry Ford

不要只會挑錯，而是要找到解決方案，只是抱怨的話每個人都會。

Henry Ford

── CHAPTER 16-1 ──

祈使句的原則

16-1-1 祈使句的意義和使用方法

基本概念

祈使句的型式：以**原形動詞**開頭的句子（省略主詞）
動詞為 Be 動詞時：以原形 Be 開頭的句子　例：Be quite.（請安靜）
否定的祈使句：Don't ＋原形　　　　　　　例：Don't be shy.（別害羞）

※ 本來應該是「Be 動詞的後面放 not」，但 Don't 在祈使句中是特殊的優先語序

「這是無法避免的！」的心情

　　祈使句的英文叫做 the imperative mood，imperative 是「必要的」的意思。也就是說，核心重點表達「**在某些情況下這是無法避免的」的心情**，才是祈使句真正的意思。

※ mood 是「模式（mode）」的意思，這個單字在假設語氣也經常出現　p.167

　　換句話說，祈使句的語氣就是「在這個情況下，免不了一定要這樣做的！」的感覺，翻譯時多半會翻成「請～」。

★ Grow up!
（別再那麼幼稚了）該長大了！　※責罵小孩時常用的句子

+α **用英文寫寫看 to-do list（待辦事項清單）吧！**
　　用來寫 to-do list 的英文也可視為祈使句。在英文的世界，通常會用命令式的短句來寫**對自己的命令或指示**。

☐ E-mail Miku about summer vacation　寄電子郵件給 Miku 說暑假的事
☐ Do homework　　　　　　　　　　做回家功課
☐ Study for the test on 7/14　　　　念 7 月 14 日要考的東西

語氣柔和的祈使句

在學習祈使句時，不知為何不告訴我們有**不是命令語氣、非強迫性**的祈使句存在。事實上，英文裡存在著各種**語氣柔和的祈使句**表達。祈使句的核心是「無法避免，所以只能這樣做！」的心情，帶有**「為了你好，所以無法避免」**的語氣。用這個觀點來確認前面出現過的那 4 個祈使句，應該就能讀懂英文原本想傳達的訊息是什麼（下面再放一次例句）。

> ※ Visit our website!（請來看看我們的網站！）／Fasten your seatbelt.（請繫好安全帶。）／Look at that!（快看那個！）／Have a nice weekend!（祝你有個愉快的週末！）

> Visit our website for helpful information about signing up for a membership.
> 請上我們網站以了解更多有關會員註冊的有用資訊。
> ※sign up for ~（報名～；註冊～）

這裡表達出「如果你想要得到有用的資訊，上我們網站是無法避免的」的語氣。順道一提，在向計程車司機指路時，使用像 Turn right at the corner.（在那個轉角右轉）這種句子是很平常的，因為**「為了要去目的地，右轉是無法避免的」**。

> ※ 我剛開始要說這種話時也非常緊張，但從沒遇到司機因此擺臉色的情形

 在列車上會聽到的英文廣播也是使用祈使句
例如 In 300 meters, turn right.（前方 300 公尺右轉）

成為慣用表達的祈使句

有些祈使句本身已經成為慣用表達了，各位應該能從這些慣用表達之中，理解到「為什麼會用祈使句？」的感覺（而不是直接死背下來）。

成為慣用表達的祈使句

> ① Have a nice weekend! 祝你有個愉快的週末！
> ② Keep the change. 不用找了。　　※ 在計程車上等地方（零錢做為小費）
> ③ Go ahead. / Be my guest. 請便。　　※ 表示「可以喔」的意思

④ Watch ou! 小心！　※可能發生有危險時使用
⑤ Forget about it. / Don't worry about it. / Never mind. 別在意。
※用於對方發生失誤時／有關 Never mind 請參照　p.612

在計程車上說「不用找了（零錢請做為小費收下）」的時候，會使用 keep the change.。表達出「這個情況下保留零錢（the change）是無法避免的」→「請務必收下零錢」的語意變化，刻意提出的要求在這時反而表達出了禮貌的感覺。

Go ahead. 的字面翻譯是「你要做的事往前（ahead）進行（go）是無法避免的」→「請便」，而 Be my guest. 是「請當我的賓客」→「請隨意（照你想做的去做）」的概念。

今後看到祈使句時，請從**祈使句的核心**來思考。透過理解母語人士在使用祈使句時的感覺和使用時機，在累積經驗之後，各位就可以運用自如了。

一句多用的 Let me 祈使句

祈使句經常使用「**Let me ＋原形**（讓我～）」、「**Be sure to ＋原形**（一定～）」、「**Make sure to ＋原形**（一定要～／確保～）」、「**Make sure {that} sv**（sv 一定要／確保 sv）」等表達型式。

※Be sure to ~ 的英文例句見　p.510

Let me introduce myself.
請讓我自我介紹。　※「let O ＋原形」表達「讓 O 做～」的意思　p.458, 462

A: Make sure you bring me the book tomorrow.
B: OK, I won't forget this time.
A：你明天一定要把書帶來（給我）。
B：好，我這次不會忘記的。　※make sure sv 裡的 v，現在一般都會用現在式

16-1-2　祈使句的各種表達方式

加上 please 的話多少會變得柔和

　　雖然剛剛說過有**不是命令語氣、非強迫性的祈使句**存在，但當然也有真的是命令的祈使句。然而，當句子聽起來很嚴厲時，只要在句首加上 **please / just / simply**，語氣就會變得稍微柔和一些。

　　※ 雖然常聽到「加上 please 就會變得有禮貌」，但其實只是語氣變得稍微柔和一點，終　　　究仍是祈使句

Please be careful when you use a knife.
使用刀子時請小心。

Stay here, please.
待在這裡，拜託。　※please 也可以放在句尾（前面必須要有逗號）

　　順道一提，這是一位父親用安撫的語氣對著正在倫敦的超市裡走來走去的女孩（5 歲左右）所說的話。

　　※ 因為一般會說「加上 please 就會變得有禮貌」，所以可能會翻成「待在這裡，謝謝」　　　這種有點怪的翻譯，可是這句話仍然是父母的「命令」沒錯吧（只是因為 please 而讓　　　語氣變得柔和了一點而已）

　　使用 please 的祈使句經常在告示上看到，例如 Please wait.（請稍候）或 Please do not park here.（請勿在此停車）等等。

Please do not touch the pictures.
請不要觸碰這些照片。　※ 在美術館

可以讓祈使句變柔和的 just / simply

☑ just 表示「只要～」

　　「Just ＋祈使句」可以表達出「只要～（這樣就好）」的語氣。傳達出為了減輕對方的負擔，進而削弱命令強度的感覺。

　　※ 相對於一定會學到的 please，just 不知為何被忽略了。但 just 在日常對話和各種考試　　　中都經常出現（經常出現以 Just 為提示，要求選出祈使句的題目）

Just wait a moment.

稍等一下。　※也可以用不使用動詞 wait 的 Just a moment. 來表達

☑ simply 表示「只要～」

　　與 just 有類似的作用。經常以「To ~, simply ＋原形（祈使句）」的句型使用，表達「想要～，只要～就行了」。

To receive a twenty percent discount, simply enter code qh35yz when you make a purchase from our Web site.

想要獲得 20% 的折扣，只要在我們網站上購物時輸入代碼 qh35yz 就行了。

※enter（輸入）／make a purchase（購物）

　+α　**表示生氣的 just**

　　有時也會用「只要那樣做就好」→「（別的就不說了）至少～吧！」的方式表達生氣（可以透過煩躁的語氣來判斷）的語意。

Oh, just stop using your phone!

噢，至少別再玩你的手機了吧！

緊接在祈使句之後的 and / or

祈使句＋ and / or　※and 是「然後」、or 是「否則」

① **「祈使句, and ~」表達「請～，然後～」**　※and 之後接正面的內容

Hurry up, and you will catch the train.

快點，然後你就可以趕得上火車了。

※可以把 and 想成「→」，順序是「快點 → 趕得上」

② **「祈使句, or ~」表達「請～，否則～」**　※or 之後接負面的內容

Hurry up, or you will miss the trai.

快點，否則你會錯過火車。

※表現出要在「快點 or 錯過火車」之中選一個的選擇題的感覺

除了上面這些「祈使句＋and／or」的例句之外，其實在日常生活和商務場合中也經常會用到這種表達方式。現在來看看下面這些更長的句子吧。

Reserve seats for the performance now, and you will receive vouchers good for free desserts at Chez Chloe.

現在預訂表演席次，即可獲得 Chez Chloe 的免費甜點抵換券。

※ 會出現在網路及廣播中的廣告／voucher（抵換券，優惠券）／good（有效的；可用的）／Chez 是法語「在～的家裡」的意思，經常用在店名裡

┌─────┐
│ ＋α │ 「相當於祈使句的表達（使用 must／had better 或名詞的句子）」也 OK
└─────┘

You'd better be a good boy, or you won't get a present from Santa.

你最好當個乖孩子，不然你就不會從聖誕老人那裡得到禮物了。　　p.253

One more push and the baby will come out.

再用力一下，寶寶就會出來了。

※ 生產時醫生會說的話／在這種情況下，「名詞表達」的特徵是會帶有數量（one、another 等等）或比較級

能提升祈使句強度的詞語（You 和 Never）　┌延伸┐

☑ You（刻意在祈使句加上主詞）

藉由特地加上 You，來表達出強調（不是別人就是你！）和生氣的情緒及感覺。

teacher: Who wants to start?
student A: You can go first.
student B: No. You go first.

老師：誰想要先？
學生 A：你先去。
學生 B：不要，你先去。

※這就像是交情很好的國中生之間會說的話／B 用的祈使句裡有加 You

☑ **Never**（強烈否定）

相較於 Don't 表達的**一次性的否定**，加上 Never 的話就會變成**「從今以後都別〜」的強烈否定**。

> Never put off till tomorrow what you can do today.
>
> 今日事今日畢。（永遠不要把今天能做的事拖到明天）
>
> ※ 諺語／put off 的受詞是 what you can do today

+α **Never mind. 的兩種意思**

① **「別在意」的意思**（用來寬慰犯錯的對方）

雖然有時會聽到，但英文不會用 ×）Don't mind. 來鼓勵別人，而是用 I don't mind.（我不介意、我沒關係）或 Please don't mind me.（不用管我）等等的表達方式。

 Never mind. 有著「讓我們忘記這件事吧」的意思

② **用來表達「還是算了」的感覺**

> A: Can I have some cookies?
>
> B: I'm sorry, what did you say?
>
> A: Never mind.
>
> A：我可以吃些餅乾嗎？　B：不好意思，你說什麼？　A：沒什麼（還是算了）。

總結 **讓祈使句更豐富的詞語**

① **please / just / simply**：
放在句首，使祈使句的語氣變得比較柔和（ please 也可以放在句尾）
※「名詞, please.」的型式也 OK，例如 Some water, please.（請給我一點水）
② **and / or**：「祈使句, and / or ~」表達「請〜，然後／否則〜」
③ **附加問句**：「祈使句, will you?」使祈使句的語氣變得比較柔和 p.660
④ **強調的 Do**：「Do +原形」表示「務必」的強調感
⑤ **You**：刻意加上主詞，表示強調和生氣的情緒及感覺
⑥ **Never**：表示「從今以後都別〜」的強烈否定

CHAPTER 16-2

There is 句型

16-2-1　There is 句型的「真實思考方式」

基本概念

基本句型：There is ~（有～）　※句首的 There 沒有「在那裡」的意思

動詞的變化：依照「There + be 動詞」之後接的主詞，來決定是否需要做複數（are）或時態上的變化（was / were / will be 等等）

否定句：be 動詞後面放 not，例如 There isn't any sugar in this drink.（這個飲料裡沒有糖）※在口語中一定會使用縮寫 isn't／There is no sugar in ~ 也可以

疑問句：Is there ~?

例如 Is there a police station near here?（這附近有警察局嗎？）

　※回答的方式是 Yes, there is .（是的，有）或 No, there isn't.（不，沒有）

新資訊和舊資訊

　　A book is on the table.（一本書在桌上）這句英文的文法沒有錯，但總覺得有點「違和感」。A book 是「（不論哪一本，只要是書就可以的）一本書」，無法具體指出到底是哪本特定的書，這在概念上可以被認定為是**新資訊**，因為像「a + 名詞」這樣**不特定**的事物會被視為**新資訊**，另一方面，加了 the 或 my 的特定（知道具體指的是什麼的）人事物，則會被視為**舊資訊**。

> **不特定（新資訊）：** a / an / some / any / many / much / 量詞等
> **特定（舊資訊）：** the / 所有格 / this + 名詞（that、these、those 也可以）等

　　話說回來，在傳達資訊時，比較自然的語序是從**舊資訊（已知事物）→ 新資訊（未知事物）**，所以會盡量避免新資訊（A book 等等）突然出現。當然，如果是舊資訊，出現在句首是完全沒有問題的。

△～○）A book is on the table.　　　◎）My book is on the table.

There is 句型的起源和構成

因為出現了 A book 這個新資訊被放在句首的情況，所以將其移到最後面，空下來的地方則改用 There 來填補。

△～○）A book is on the table.　　　※ 想避免在句首放新資訊

　　　φ　is a book on the table.　　　※ 句首空出來了，所以……

◎）　　There is a book on the table.　　　※ 空下來的地方用 There 填補

這樣一來就產生了 There is 句型，畢竟這裡的 There **只是要填補空白**，所以不存在相對應的翻譯。

※ 因此 There is ~ 不會翻成「那裡有～」，如果要說「那裡有一本書」的話，會說 There is a book there.

核心重點 **There is ~ 扮演的是「接下來要說新資訊囉～」的提示與警告的角色。因此 There is 之後必定會接新資訊（a / some 等等）。** 反過來說就是 There is 的後面不允許出現**舊資訊**（加了 the / my 等等）。

我最喜歡的主題公園在舞濱車站附近。

×）There is my favorite theme park near Maihama Station.

◎）My favorite theme park is near Maihama Station.

補充 **There is 句型是第一句型（MVS 的型式）**

嚴格來說，There is 句型是第一句型（的倒裝）。但用「There is 句型是一個叫作『There is 句型』的特殊表達型式（無法用一般句型框架來分類）」這樣來想會比較輕鬆並符合實際。

※ 第一句型在 p.439／倒裝在 p.890

+α **「There ＋一般動詞」的型式**

There lived an old man and an old woman in a village.（在一個村子裡住著一個老先生和一個老太太）的句子，原本應該寫成 An old man and an old woman lived in ~，像這樣使用 be 動詞以外的動詞（這裡是 live），同樣也可以**避免句首出現新資訊**，只要用種方式去思考，就不會有問題了。

※live 以外，經常使用的還有 stand（處於）／exist（存在）／remain（剩下，餘留）等等

會話中經常用到的 There is 句型

☑ There is something wrong with ~（～好像有問題）

There's something wrong with my Internet connection.
我的網路連線好像有問題。

※ 在飯店或咖啡廳覺得「連線狀況不佳、無法連線」時會說的話／字面翻譯是「關於（with）網路連線好像有某些問題（something wrong）」

原本應該是 Something is wrong with ~，雖然這樣直接用也不是不可以（仍是一種慣用表達），但因為句首會想避免放表示不特定的 Some（Something），所以經常用 There is ~ 的表達型式。

※ 當在國外旅行遇到飯店設備發生故障時，像 There's something wrong with the shower.（蓮蓬頭好像有問題）這種句子用起來很方便哦！

☑ There is something 形容詞 about 人.（人 有 形容詞 的感覺）

There is something mysterious about her.
她感覺有點神祕。

原本 about 傳達的是一種「周圍」的感覺，如果知道這個意思的話，應該就可以感受到**在人的周圍散發出某種氛圍或光環等**的那種語意。　※about 在 p.701

+α **That's all there is to it.**（就只是那樣而已）

原本的表達型式是 That's all {that} there is ~~all~~ to it.（關係代名詞 that 被省略／all 是先行詞）。字面翻譯是「對於那個（to it）來說存在（there is）的，那些就是全部（That's all）」。這是很困難、也不常見的表達方式。

 帶有「沒什麼需要再多作說明的」語氣（有時會寫成 That's all there is.）

思考轉換 **There's 的後面也可以接複數名詞**

本來應該要用 There are 的地方，有時會不小心用成 There is。雖然 There were an old man and an woman in a village. 是正確的，但也有母語人士會因為不喜歡 <u>There were an</u> old man 的說法，而改說 There was an old man ~。特別是在對話的時候，經常會用「**There's ＋複數形**」（例如覺得擠的時候，會說 There's a lot of people today.（今天人好多啊））。因為使用縮寫（There's），而讓 is 和 are 之間的區別變得有點模糊。這部分不會考，有時間再注意一下就好。

16-2-2 There is 名詞 分詞（-ing / p.p.）

進行式的 There is 句型 延伸

問題：請翻譯以下英文。

> ① There is a boy running in the park.
> ② There was a bicycle stolen here.

　　若把 ① 想成「running in the park 是用來修飾前面的 boy」，就會容易把句子翻成「有一個在公園裡跑步的男孩」，但這並不是最理想的翻譯方式。請從以下的句子變化來思考看看吧。

A boy is running in the park.

　　　　　　　　 ※將新資訊（A boy）放到後面

There is a boy running in the park.

　　核心重點 這個英文句子只是想要避免把新資訊放在句首，實際上仍是原句（A boy is running ~）的意思。只要注意句子的「主詞＋動詞」，就可以翻出正確的「一個男孩正在公園裡跑步」了。

> ※ 這樣翻譯的話，就可以知道句意的重點在於「正在跑步」而不是「有一個男孩」。簡單的英文句子就已經有著巨大差異了，如果是困難的句子，差別就會更加明顯，所以就在這裡好好學會如何正確思考吧

被動語態的 There is 句型 延伸

　　不只是現在分詞（-ing），過去分詞（p.p.）的情況也一樣。② 的翻譯也不是「這裡之前有一輛被偷的腳踏車」，只要透過原始的句子結構來思考就可以知道，② 本來是 A bicycle was stolen here.，所以是「一輛腳踏車在這裡被偷了」。

　　順道一提，想要表達「之前被偷走的腳踏車在這裡（這裡有之前被偷的腳踏車）」時，會說 There was a stolen bicycle here.。

There were no cars parked in the driveway.
在私人車道上沒有停車。
※ driveway（私人車道）（歐美的獨棟房屋前，從門口連接庭院外車道的小型車道）

資料 **There is ~ 的例外** ※後面使用 the[my]＋名詞／代名詞／專有名詞的原因

① 為了表達在談話中出現的重要事項
　　☐ 針對對方的提問內容表達其存在時（針對該話題提供新資訊時）
　　☐ 強調時

② 不得不加 the 的時候
　　☐ 使用最高級時
　　☐ 原本就有加 the 時（the United States 等等）
　　☐ 被限定為後置修飾（前有 of 或關係詞等等）時

　※ 有時只是 S is there. 的倒裝句（要透過上下文判斷是否是倒裝），例如 There is the bookstore.（那間書店在那裡）（這個時候的 There 可以加強語氣）

※ 沒有必要勉強背起來，遇到時想著「啊，也可以這樣表達啊」就可以了。無論如何，想要表達的都是「出現在話題中的新資訊」

追加英文

請翻譯以下句子。

(1) Make sure to pick up your new security badge today, or you won't be able to enter the building after March 10.

(2) There is no paper in the printer.

範例解答

(1) 請務必在今天領取新的出入證，否則你在 3 月 10 日之後就無法進入這棟大樓了。
　　※公司寄發的郵件內容／「祈使句, or ~」表達「請～，否則～」的句型

(2) 那台印表機裡完全沒有紙。
　　※There is no ~（完全沒有～）

否定

【註】「not＋狀態的 as」（不像～一樣）的表達方式，會在解說 as 時一併整理 p.916

INTRODUCTION

「我們還是當朋友吧」的真正意思是什麼？

因為直接用 not 來否定，有時會讓人很「受傷」，所以不會清楚告訴對方「我<u>不要</u>和你交往」，而是改用像「我們還是當朋友吧」這種不直接否定的迂迴表達方式（也許現在的人已經不會這樣說了吧）。

英文也是一樣，存在著許多**雖然沒有 not，但實際上是否定的表達**。雖然都是需要用力背下來的片語，但如果從字面意義來思考，還是很容易理解的。

例如應該有很多高中生學過的「the last 名詞 to ~（最不可能~的名詞）」，這裡 last 給人的印象似乎是否定的意思（實際上也有許多高中生會這麼認為），但終究 last 只是「最後的」的意思，所以 the last man to tell a lie 的字面翻譯是「（在認識的人當中）會說謊的人當中的最後一個」→「最不可能說謊的人」，單純只是迂迴的說法而已。如果能掌握這種**迂迴**的感覺並直接字面解讀，一切就都能迎刃而解了。

征服「否定」的心法

☐ 具有否定意味的片語，全部都可以用字面翻譯來理解！
☐ 清楚區分完全否定和部分否定
☐ 否定表達通常是翻譯題的重點

The truth is not always the same as the majority decision.

Pope John Paul I

多數人的決定並不總是正確。

教宗 John Paul I

※ 字面翻譯是「真相並非總是和多數人的決定相同」

各式各樣的否定型式

17-1-1　完全否定和部分否定

表達完全否定的兩個公式

☑ 完全否定的公式 ① not ~ any ＝ no（一個都不～）

I don't have any money.

我完全沒有錢。　　※和 I have no money. 意思相同

「not ~ any ＝ no」公式中的重點是 any

> **(a) any 的含義：**任何都～　　※ not ~ any 的字面翻譯是「任何都不～」
>
> **(b) any 的位置：**語序一定是「not ~ any」
>
> 　　※ not 的原則是「否定自己的『右側』部分」，因此 not 的左側不可以有 any
>
> **(c) any 的搭配組合：**也可以搭配 not 以外的否定句／較常看到 without any ~（沒有任何～）和 hardly any ~（幾乎沒有～）的表達型式 p.419

☑ 完全否定的公式 ② not ~ either ＝ neither（兩者皆不～）

　　許多人會把 not ~ either 誤翻成 ×）「兩者其一不是～」（如果想表達這個意思，會用 One of them is not ~ 的型式），可以用英文「not ~ either ＝ neither」的感覺來記它的意思會比較輕鬆。

I don't like either of the plans.

這兩個計畫我都不喜歡。

not ＋全部＝部分否定

　　not ~ all 不能翻成 ×）「全部都不～」，正確應該要翻成 ◎）「**不是全部都～（有些不是）**」。像這種只否定一部分的型式被稱為**部分否定**。

※ 會讓數量變成零的否定，如 not ~ any 之類的表達，被稱為「完全否定」

部分否定的細節

> ① **型式和含義**：not ＋全部＝部分否定，表達「並非（全部都）～」
> ② **表示 全部 的詞語**　※ 以下單字用在否定句時，意思會變成「部分否定」
> 　　all（全部的）/ both（兩者的）/ every（所有的）※ 包含如 everything 等字
> 　　always（總是）/ necessarily（必定）/ completely、entirely、wholly
> 　　（全部地）/ altogether、quite（全然）

　　核心重點 部分否定表達的是，當 not 的後面出現像「全部」這樣強烈的詞語時，無法光靠 not 全部消除（所以還有部分殘骸被留了下來）的感覺。翻譯時也只要按照這種「**並非全部都是～（還殘留了一部分）**」的感覺來思考就可以了。

※ 用「像在講藉口」的語氣來翻譯的話，感覺就出來了。帶有類似於「又不是全錯」、「又不總是在玩」這樣的感覺

Not everyone likes cats.
不是每個人都喜歡貓。

Appointments at Shirokane Medical Clinic are not always required.
Shirokane 醫學診所不是一定要預約才能看（預約不是必要的）。

總結 完全否定 vs. 部分否定

	辨別方式	可與 not 搭配的單字	常見翻譯
完全否定	not ＋部分＝完全否定	either / any / ever	全部都不是～
部分否定	not ＋全部＝部分否定	all / both / always	不是（全部）～

17-1-2　　　　雙 重 否 定

使用兩個否定的「雙重否定」

重要的雙重否定表達　※使用兩個否定的表達方式稱為「雙重否定」

① never[cannot] ~ without -ing （每做～必會～（忍不住））
② never fail to ~（必定會～）　※fail to ~（沒辦法～；做～失敗）p.528
③ It is not unusual[uncommon] to ~（～是很常見的）

He never meets his girlfriend without talking of his dreams.

他每次和女朋友見面都會講到他的夢想

※ never ~ without -ing 的字面翻譯是「從來沒有不做～的時候」，從句子前段開始翻譯，翻成「每次～都會～」會比較自然通順

It is not unusual for children to cry on their first day of kindergarten.

孩子在第一天去幼兒園的時候哭是很常見的。

※ not 和否定的 un 互相抵銷，變成「肯定！」，這樣理解就能輕鬆立即掌握句意（特別是在考驗聽力的時候）／經常使用 It is not unusual for 人 to ~ 的型式（字面翻譯是「人 做～並不稀奇」）

思考轉換｜**無須強行翻成「肯定」**

通常會說雙重否定是「否定✕否定＝肯定，因此會翻譯成帶有強調的肯定」（以上的慣用表達都特別有這種感覺），但這並不絕對。從字面上來看，有時翻成「沒有不～」可能會更加自然。上面例句中的 not unusual 除了翻成帶有強調的肯定（～是很常見的）之外，直接照字面翻譯成「～沒有什麼奇怪的」，語氣上會比較自然。

 如果說 It's not impossible.，有可能是否定對方對於某件事覺得「困難」或「沒辦法」的認定，而 It might be difficult but it's not impossible. 則是「這也許困難，但並非不可能」的意思（這個情境下和 It's possible. 所表達的語氣不同）

17-1-3 不使用 not 的「否定表達」

只要用「字面翻譯」來思考就簡單多了

因為使用 not 的否定句可能會給人一種嚴厲的感覺，所以英文裡出現了很多**迂迴的否定表達**。這種表達方式只要從字面上思考，就可以輕鬆理解了。

不使用 not 的否定表達 ① 使用「分離的 from」 ※from 在 p.680

> free from ~（免於～）
> 　　　　※free 原本是「沒有（束縛之類）」的意思／free of ~（沒有～）也可以
> far from ~（絕對不～）　　※字面翻譯是「遠離～」
> refrain[abstain] from -ing（避免做～）　　※refrain、abstain 是「忍住；抑制」

If we meet in my office and close the door, we can have a discussion that is free from interruptions.

如果我們在我辦公室見面並把門關上，我們就可以不受打擾地討論了。

不使用 not 的否定表達 ② 以 to 不定詞（未來方向性）為中心

> remain to be p.p.（尚未～）　　※字面翻譯是「維持在要被～的狀態」
> have yet to＋原形（還沒有～）　　※「have to＋原形」間插入 yet 的型式
> be yet to＋原形（還沒有～）　　※「be to＋原形」間插入 yet 的型式
> be still to be p.p.（尚未～）　　※字面翻譯是「仍然呈現被～的狀態」

remain to be p.p. 的字面翻譯是「維持在（remain）接下來要被～的狀態（to be p.p.）」→「尚未～」的意思，舉例來說，「那本書維持在接下來要被讀的狀態」就是「尚未讀過」的意思。

Whether Elizabeth decides to follow in her parents' footsteps and pursue a career in acting remains to be seen.

Elizabeth 是否會決定追隨其父母的腳步從事演藝事業還有待觀察。

※ 名詞子句 Whether ~ in acting 是主詞／follow in one's footsteps（追隨某人的腳步）（footsteps（腳步））／remain to be seen（尚未下定論；有待觀察）的型式經常使用

不使用 not 的否定表達 ③ 其他

the last 名詞 to 原形 / 關係詞（最不可能做～的 名詞）

beyond / above / beside / out of ~（不處於～）　※全部都是介系詞

SV before sv.（還沒做 sv 之前做 SV ）　※詳細說明在 P.132

anything but ~（絕對不是～）

※「什麼都可以（anything）是，除了～之外（but）」→「其他都不用說，只能說
　是～」→「絕對不是～」／but 是介系詞，表示「除了～之外」／順道一提，
　nothing but ~ 的字面意思是「什麼都沒有（nothing），除了～之外（but）」→「僅
　僅是～／正是～」，所以不屬於否定表達

Our teacher was the last man we expected to see at a maid café.

我們真的完全沒想到會在女僕咖啡廳遇到我們老師。

※ 字面翻譯是「我們老師是我們預期會在女僕咖啡廳裡看到的
　人中的最後那個」→「我們真的完全沒想到會遇到老師」

The exquisite carpets sold at the store are anything but cheap.

這間店裡販售的精緻地毯絕對不便宜。

※ exquisite（精美的；精緻的）

思考轉換 介系詞的後面接形容詞！？

anything but 和 far from 都是介系詞，所以後面原本應該要接**名詞**，但這
些表達方式的後面接**形容詞**也 OK（在上面的英文句子裡，but 的後面接的是
形容詞 cheap）。我想這是因為母語人士在心中認為 anything but / far
from ＝ not，所以也不會拘泥於一定要使用介系詞的用法（後面接名詞）。

※ 順帶一提，far from ＝ not，一般來說在 free from 之後會接「名詞」。呈現出 be
　free from ＝ don't have 的圖像

＋α 常見的「far from ＋形容詞」表達（實際在對話中經常用到）

far from perfect（絕非完美）/ far from popular（非常不受歡迎）/
far from cheap（絕對不便宜）/ far from over（遠遠沒有結束）

※over 可以是形容詞或副詞，表示「結束」

CHAPTER 17-2

需要注意的否定

17-2-1　no 的概念

「no＋名詞」想成「零個的 名詞 」

I have no money. 本來是「持有零個的金錢」的意思（no 是形容詞），但這個「持有零個的金錢」的說法並不自然，所以翻成「沒有錢」這種否定了動詞（持有）的表達方式會比較自然。

這個概念在「No＋名詞」是主詞時很有幫助。字面翻譯成「零個的人」或「零個的事物」很不自然，因此才必須使用否定動詞部分內容的概念來翻譯。

> No students could answer the teacher's question.
> △）零個的學生可以回答老師的問題。　　※No 否定名詞 students
> ◎）沒有可以回答老師問題的學生。　　※No 否定動詞 could answer
>
> ※「翻譯時可以將句首的 No 分解成 not ~ any 來看」的概念很方便。因為可以用「沒有（not）任何（any）～」來否定動詞部分的內容

> +α　**No news is good news.（沒有消息就是好消息）**
> 這句英文中出現「句首的 No 只修飾後面單字」的例外。No news 是「沒有消息」的意思（因為這句話已是慣用表達，所以不會造成誤解）。

 如果要換句話說，大概會說 Receiving no news is the equivalent to receiving good news. 吧（equivalent to ~（等同於～））

17-2-2　否定的範圍

not 否定的是右側的內容

原則上 not **否定的是**自己**右側**的部分，所以 not ~ any 可以說是為了**把 any 放在受 not 所控制的右側**，而產生的表達型式。同樣的概念也適用於 Some people don't ~（部分人不會~），Some people 不在被否定的範圍之內。

※ 字面翻譯是「有些人不會~」→「部分人不會~」　p.381

另外，如果可以意識到 **not 否定右側**的話，就能清楚了解下面句子的不同之處。

> ① I didn't tell him to go home. 我沒有叫他回家。
> ② I told him not to go home. 我告訴他不要回家。

① 是否定動詞（I did<u>n't</u> | tell him to go home |. →「沒有告訴（動作）」），② 則是否定不定詞（I told him <u>not</u> | to go home |. →「不要回家」）。（p.509）

必須注意的「not ＋連接詞」重點 [應用]

雖然 **not 否定的是右側**，但不一定「一直否定到句尾」。not 的後面若出現連接詞，會產生關於**否定範圍**是否包含那個連接詞的問題。

☑ not 和對等連接詞

not A and B（不是 A 和 B）	※「A 和 B 不會同時發生」的意思
not A or B（不是 A 或 B）	※「既不是 A 也不是 B」的意思
not A but B（不是 A 而是 B）	※not A 的否定範圍停在 but 之前

想說「不是 A 也不是 B（兩者不同）」時，很多人會說 not A and B，可是「A and B」在這裡是「同時發生的 A 和 B」。換句話說，not | A and B | 是「不是 | 同時發生的 A 和 B |」→「A 和 B 這兩者不會同時發生」（A 和 B 之中，有一方會被否定）。

※ 在日常會話中，（比起 not A and B）比較常用像 You can have either A or B, but not both.（你可以拿到 A 或 B 的其中一個，但不會兩個都拿到）這種淺白易懂的句子

　　實際上較常使用的表達型式是 not A or B，用來表達「個別否定 A 和 B」→「A 和 B 兩者皆被否定」（和 neither A nor B 意思相同）。

※ 如果你能立刻就用出這個 or，會給人一種「英文高手」的感覺

> Her major was not English literature or linguistics. It was international relations.
>
> 她的主修既不是英文文學也不是語言學。是國際關係。
>
> ※major（主修）

> As today is Saturday, the last train is not at 23:50 but at 23:25.
>
> 因為今天是星期六，所以最後一班火車是在 23 點 25 分，而不是 23 點 50 分。
>
> ※not A but B 的句型（A 是 at 23:50、B 是 at 23:25）

思考轉換 **not A but B 中，but 不翻成「但是」的理由**

在 not A and B 或 not A or B 之中，**not 會影響到後面的 A 和 B**。另一方面，not A but B 則是**在 but 的地方就阻斷了 not 的否定效力，讓被否定的範圍停在了 A 的部分**，在否定 A 之後，再透過 but 傳達原本肯定的**內容**（因為不帶有反駁前方內容的意思，所以不翻成「但是」）。

☑ **not 與從屬連接詞（「not ~ because ~」的兩種解釋方法）**

　　請試著翻翻看 I don't like him because he is rich. 這個句子。只要留意**否定範圍**，就可以有兩種解釋。

① 認為 not 的效力不及於 because 之後的部分

※ 斷句在 because 之前的感覺

I don't |like him| ／because he is rich. 我不 |喜歡他|，因為他有錢。

※ 以「有錢人看起來高高在上，所以不喜歡」的假設前提來翻譯（如果看到 because 的前面出現逗號，那一定是這種翻譯方式）

② 認為 not 的效力及於 because 之後的部分　　※because 子句修飾 like him

I don't |like him because he is rich|. 我不是 |因為他有錢而喜歡他|。

17-2-3　否定的強調表達

否定的強調表達

否定的強調表達　※和 not 搭配成一組來表達

> not ~ at all（一點都不~）/ not ~ ever（絕不~）/ not ~ by any means、
> by no means ~（絕對不~）※字面翻譯是「無論使用什麼手段（means）都不~」/
> not ~ in the least、not ~ a bit（一點都不~）/ really ~ not（真的不~）/
> simply ~ not（只是不~）/ just ~ not（不得不~）※如果語序是 not just，則和
> not only 的意思相同 / not ~ a single ＋名詞（一個都不~）/
> no 名詞 whatever[whatsoever]（一點都沒有名詞）

The brand's popularity is not limited to young people by any means.
People of all ages buy the company's shoes.
喜歡那個牌子的絕對不只有年輕人。各種年齡層的人都會買那家的鞋子。
※也可以寫成 ~ is not by any means limited ~

not many / not very

　「not＋強調表達」也有「**不是很~**」的意思。特別常見的有 not many / not much（不多）和 not very / not really / not so（不是非常~）

Not many Japanese traveled abroad until the 1970s.
直到 1970 年代都沒有很多日本人會出國旅行。

While Sachi's new headphones are not very expensive, they sound quite good.
Sachi 的新耳機雖然不是很貴，但聽起來相當不錯。

17-2-4　否定的位置

原則上會「盡量放前面」

問題：請將下面的句子翻譯成英文。

> 我認為他不對。　　※「對」請用 right 表達

　　在英文的世界裡，原則上會**盡量將否定詞放在前面**，最好能直接否定主句動詞 think 的部分。如果是把 not 放到前面，句意也不會因此改變的情況，那麼盡量早一點表明「是肯定還是否定」，就可以得到更加自然的句子（因為句子內容的走向明確）。

　　△）I think that he is not right.　　※很少用到（除非為了強調否定）

　　◎）I don't think that he is right.

　　※字面上會翻成「我不認為他是對的」，不過翻成「我認為他不對（和上面的題目一樣）」也 OK

　　這個概念也同樣適用於 think 等的「思考」類動詞（believe（相信）/ suppose（認為）等等）。

表示預告的 I hope 和 I'm afraid 句型，not 不會放在前面

　　雖然不符合**盡量將否定詞放在前面**的原則，但在英文裡也會出現 I hope not. / I'm afraid not. 等表達方式。 核心重點 **因為 I hope / I'm afraid 具有預告後面要傳達的資訊，屬於正面還是負面的作用**，所以直接照原本的型式使用就好（如果用 I'm not afraid 的話，很難發現這是要用來預告句意走向的表達型式）。

　　※當然一般的句子（不是預告作用），還是會用 I'm not afraid 的型式，例如 I'm not afraid of spiders.（我不怕蜘蛛）

+α I hope / I'm afraid 的用法

雖然跟否定沒有關係，不過這裡還是解說一下 I hope / I'm afraid 的用法（因為經常出現在對話之中）。I hope 暗示後面會有**正面資訊**（接下來要說好消息囉），I'm afraid 則是會出現**負面資訊**的暗示（接下來要說壞消息了）。舉例來說，如果和你說話的人表示「想和 Luke 見面」，所以問你 Will Luke come tomorrow?（Luke 明天會來嗎？）。當你想要傳達正面資訊時，可以回答 I hope so.（（幸運的話）「可能會來吧」或「希望會來」），但若 Luke 不會來，那對於問你的人來說就是負面資訊，所以會說 I'm afraid not.（（不幸的是）恐怕不會來吧）。

※和「會來嗎？」相對的是「不會來」，所以用否定的 not

接著必須注意的是，如果和你說話的人「不想和 Luke 見面」，那麼雖然問的是同樣的 Will Luke come tomorrow?，但「Luke 會來」就變成負面資訊，所以要用 I'm afraid so.（（不幸的是）恐怕會來）回答，反之，若要傳達正面資訊，就會說 I hope not.（（幸運的話）「可能不會來吧」或「希望不會」）。

最常發生的誤解就是以為「只要是好事就用 I hope so.、壞事就用 I'm afraid not.」，這是完全錯誤的，因為其實是 4 種表達方式才對。

4 種表達方式

	so（如同對方所説的內容）	not（否定對方發言的內容）
正面資訊（I hope）	I hope so. （希望能那樣）	I hope not. （希望不要那樣）
負面資訊（I'm afraid）	I'm afraid so. （（不幸的是）恐怕如此）	I'm afraid not. （（不幸的是）恐怕不是）

順道一提，雖然這裡只解說了慣用表達（使用 so / not 的表達），但當然 I hope / I'm afraid 的後面也可以接 sv，特別是對於難以啟齒的事，常會用到 I'm afraid，像是 I'm afraid I can't.（恐怕我沒辦法）、I'm afraid I don't agree.（恐怕我無法同意）等等都是常用的句子。

補充 not 和 really ※補充 17-2-3

really not（真的不～）　※really 強調 not（否定的強調）
not really（不是真的～）　※not 否定在自己右側的 really

整理一下重點吧！

疑問詞

INTRODUCTION

成為「關係詞」的基礎！

what 之類的疑問詞連小學生都知道，但是以往的文法書通常是將 what / which / who 等分別逐一列出例句，讓人提不起勁來看（因為大半的內容都是小學或國中的程度）。

本書則將重點放在疑問詞的**文法觀點**之上，例如從詞性來切入理解，who 是**疑問代名詞**、where 是**疑問副詞**等等。話說回來，會這樣做的原因，其實是因為之後需要以**與疑問詞相同的思考方式**，來看關係詞（與疑問詞拼字相同）的緣故，例如關係代名詞與關係副詞間的不同，就像疑問代名詞與疑問副詞之間的區別一樣，所以可以直接將（熟悉的）疑問詞思考方式，套用到關係詞的理解上。

※ 「疑問詞構成關係詞的基礎」，這個事實顯而易見，但不知為何在文法書中並未得到重視（事實上，許多文法書都是先說明關係詞才說明疑問詞的……）

在對話裡經常看到的間接問句

看到這裡，各位是否已經理解到「英文文法在對話中很有用」的這點了呢？尤其疑問詞在對話中特別有用，不僅有用，還能讓你用厲害的英文進行對話。

舉例來說，對於間接問句，一般只會提到「請注意句子用的是一般的語序」這種內容，但如果知道**間接問句還可以表達禮貌**的話，用來交談就更能表達出禮貌的感覺了。

另外，外國人最常抱怨的事情之一，就是「一直被問 Where are you from?」的這點（有機會的話可以問問看母語人士，但我猜十個人裡有九個都有「突然被問而覺得不愉快」的經驗）。這時如果改用間接問句 May I ask where you are from? 來問的話，不愉快的感覺應該會大幅下降才對。

為對話增添色彩的附加問句

在文法書中都將附加問句當成不重要的文法來處理，這真是令人難以置信。附加問句在日常對話中的使用頻率極高。只要靈活運用就可以拉近對話時的距離，在國外也很有用。這是因為原本「只是自言自語」的句子，透過附加問句就可以製造出**與陌生人交流的機會**。

It's nice weather. 天氣真好。

※ 這只是自言自語

It's nice weather, isn't it? 天氣真好，對吧？

※ 開啟與他人交流的機會

在國外常都是透過這些瑣碎事物開啟對話的。這時可以派上用場的就是附加問句，可以說附加問句在對話的世界中，有著**讓交流更增色彩**的地位。就像這樣，在疑問詞這章，許多本以為已經知道了的部分，都還是會有很多新發現，最重要的是，這些內容都在英文文法中扮演了關鍵的角色，所以這章非常重要。

征服「疑問詞」的心法

☐ 看似簡單的疑問詞，第一個要特別注意的是「詞性」！
☐ 對關係詞苦惱的人，可以透過疑問詞獲得解決！
☐ 間接問句和附加問句等原本以為都懂的文法，也都會有新發現！

Reality can destroy the dream; why shouldn't the dream destroy reality?

George Moore

現實可能會毀掉夢想；那麼，為什麼不讓夢想去摧毀現實呢？

George Moore（小說家）

※ 句子的後半段是反問疑問句，字面翻譯是「為什麼夢想不該摧毀現實？」

疑問詞的「三種詞性」

18-1-1　疑問代名詞
(who / whom / whose / which / what)

疑問代名詞的後面不會有名詞

　　依據在句子中的功能，**疑問詞**可以分為**疑問代名詞、疑問形容詞和疑問副詞**。**疑問代名詞**既是疑問詞，也同時具有**代名詞的功能**（與名詞和代名詞一樣，可以做為 S、O、C）。

> What are you looking for?
> 你在找什麼？　　※look for 的受詞是 What

　　從「look for ＋物」來看，型式上「物（名詞）→ what（疑問代名詞）」出現在句首，所以這個句子是在 what 後面**沒有名詞的表達型式**（欠缺 for 後面原本應該要接的名詞）。

疑問代名詞的格 (who-whose-whom)

　　who 也有格的變化（像 he-his-him 這樣）。也就是**主格 who、所有格 whose、受格 whom** 的變化（與關係代名詞的變化方式一樣）。

> Who do you like?
> 你喜歡誰？
> ※ Who 是 like 的受詞／原本應該使用 whom，但實際上會用 who（whom 較正式）

　　和 who 不同，which / what 在**主格和受格的形態相同**。剛剛的英文句子 What are you looking for? 中，what 是受格（做為 look for 的受詞），下面這句的 What 則是主格（made 的主詞），但兩者的 What 形態是一樣的。

> What made Matthew so angry?
> Matthew 為什麼這麼生氣？　　※直譯是「是什麼讓 Matthew 如此生氣？」

18-1-2 疑問形容詞（which / what）

做為疑問詞的同時也能修飾名詞

which 和 what 都具有**形容詞的功能**，被稱為**疑問形容詞**。會以「**which＋名詞**」和「**what＋名詞**」的型式來修飾後面的名詞。

※這種「形容詞的感覺」，在之後學關係形容詞的時候會派上用場

What kind of person do you want to marry when you grow up?

你長大後想和什麼樣的人結婚？

※What＋名詞片語（kind of person）的型式／What kind of ~（什麼種類的~？）

這個句子中缺少了及物動詞 marry（和~結婚）後方應該要有的名詞，而是將做為 marry 受詞的 what kind of person 放在了句首。

「哪個」和「什麼」的區別

常見誤解：有兩個選項 → which／三個以上 → 用 what
實際運用：選項有限制（從特定事物中選擇）時 → 用 which
選項沒有限制（從不特定事物中選擇）時 → 用 what
※對話時也會出現「從特定事物中選擇」，但使用 what 的情況

區分 which 和 what 的重點不在於「數量」，而在於**特定和不特定**。從明確的選項中做選擇的話用 which，如果是模糊的選項，則使用 what。前面的英文 What kind of person do you want to marry when you grow up? 裡，使用了「沒有特定選項（想結婚的對象）」的 what。

※ 因為是 What kind of ~ 的表達，所以使用 what，但一般在表示「人」的時候，不用受「哪個」和「什麼」的翻譯束縛，簡單用 who 就可以了

Which dress looks best on me?

哪件洋裝看起來最適合我？

※ 因為是 which 所以有特定的選項，從這裡用了最高級來看，可以知道選項有三件以上（因為使用了表達「在三者以上的選項裡最~」的最高級）p.765

18-1-3

疑問副詞
(when / where / why / how)

發揮副詞的功能

在疑問代名詞和疑問形容詞之後的是疑問副詞。

※ 如果只是告訴你們疑問詞的意思,那就變得跟中小學生學的一樣了,而透過這種認識
詞性與格的方法,就能打好關係詞的基礎

疑問副詞發揮的是副詞的功能,所以重點是後面會接**完整的表達型式**。

※ 所謂「完整的表達型式」是指「沒有欠缺名詞的表達型式」,因為這部分會在關係詞的
地方帶大家完整認識與應對,所以現在先忽略就可以了(p.831)。在這裡請先確實掌
握「副詞」的概念

Why do we have to obey him?

我們為什麼必須聽他的?

※ Why 的後面接完整的表達型式(have to obey 有受詞 him)

Where are we?

我們在哪裡?

※ 在國外的街上會用到的句子/因為 be 動詞是不及物動詞「在」的意思,本來就不
需要受詞,所以是完整的表達型式/字面翻譯是「我們是在哪裡?」/×)Where
is this[here]? 的說法是 NG 的

+α **在對話裡很好用的「where in ○○」**

「where in ○○」的型式在對話裡比單獨的 where 更好用。在國外
有時會有人說「我有去過日本」(實際上我真的有遇到過),這時就可以
用 Where in Japan have you been?(你去過日本的哪裡?)來回應。

※have been to ~(有去過~)(這裡的「to ~」變成 where 的型式)

「可做為代名詞使用」的疑問副詞

　　疑問副詞也可以像疑問代名詞那樣使用。用文字解釋起來很複雜，但其實很簡單（因為只會在慣用或固定搭配的表達之中出現）。例如 where are you from?（你來自哪裡？）中的 Where 是 from 的受詞，因為 from 的後面應該要接名詞，所以這裡原本應該要放疑問代名詞，可是一般會習慣使用疑問副詞 where。

> ※ 雖然在文法上是錯的，但這個說法已經完全變成慣用表達了，較禮貌的詢問方式請見 p.650

Since when have you been learning self-defense?
你從什麼時候開始學防身術的？　※self-defense（防身術）

　　since 的後面應該要接名詞，這裡卻使用疑問副詞 when（since when ~ 搭配成一組，放在句首的型式）。

> ※ Since when?（從什麼時候開始的？）單用這兩個字的表達方式也很常用／常見的還有 Until when ~?（到什麼時候結束？）的說法

思考轉換 **不倒裝的疑問句**

原則上疑問句是以 Does he ~? 等等的語序（可以叫做倒裝）呈現，但有時在對話中會使用一般語序或文法不正確的句子當作疑問句。

① 一般語序的英文句子直接「語尾上揚」
He lives alone?（他自己住嗎？）
嚴格來說，這種說法是在表達**驚訝及想要確認**時使用的型式（並非單純的疑問句，所以主要的功能在於表示驚訝及確認，而非詢問）。
然而，當在實際對話時，如果一時想不起來疑問句的句型（Does he live alone?）該怎麼說，那就可以用這種表達方式來應急，相當方便。

※ 雖然語氣多少會帶點驚訝和確認的感覺，不過還在可以接受的範圍，應該不會被誤解

② 疑問詞不放在句首
Like what?（像是什麼？）　※ 在 p.641 會詳細解說

③ 省略 SV（多半會當成慣用表達使用）
Any ideas?（有什麼好點子嗎？）　※ 意思是 {Do you have} any ideas?

使用 what / how / why 的疑問表達

18-2-1　使用 what 和 how 的會話表達

What is S like?（S 是什麼感覺？）

這個表達方式要小心不要被翻譯誤導而錯用成 how。重點在於句子的文法結構，請注意 **What 是疑問代名詞**（因此後面接不完整的表達型式），**like 是介系詞**（像～一樣）。

She is like an angel.　她像天使一樣。

名詞 an angel → 轉換成疑問代名詞 what

what

what 放在句首／語序是疑問句的 is she

What is she like?　她是什麼樣的人？

> What is Belgium like?
> 比利時是什麼樣的國家？　※S 可以是「人以外」的詞語

What is S like? 的表達變化

☑ What does S look like?（S 看起來是什麼樣子？）

只是 be like → 變成 look like 而已。例如 What does the building look like?（那棟大樓看起來是什麼樣子？）。

☑ What is it like to ~?（做～的感覺是什麼？）

如果原本的句子是 It is like a dream to be a singer.（成為歌手就像是一個夢一樣）（It 是虛主詞、to ~ 是真主詞），將名詞 a dream → 轉換成疑問代名詞 what 的疑問句，就會變成 What is it like to be a singer?（成為歌手的感覺是什麼？）。

※ 把 to ~ 換成 -ing，例如 What is it like living in Russia?（住在俄羅斯的感覺是什麼？）的型式也 OK

☑ Like what?（像是什麼？）

原始的句子是 S is like what?，原本照規則會將 what 放在句首，但因為有時會省略 S is，所以會不將 what 放在句首，而以 Like what? 的型式來表達。

A: Some foods that are high in fat are actually good for you.
B: Really? Like what?
A: Avocados, for example.
A：有些含有高脂肪的食物其實有益健康。
B：真的嗎？像是什麼？
A：像酪梨啊。

Like what? 這種說法，在對話時很好用

Like what? 這個表達方式沒有把 what 放在句首，而是直接拿來用。當你在日常對話裡聽不懂對方在說什麼的時候，其實這個方法很好用。當你聽不清楚對方說的部分內容時，只要用 what 來取代聽不清楚的部分就 OK 了。

A: He loves surfing.
B: He loves what?
A：他熱愛衝浪。
B：你說他熱愛什麼？
※ 沒有聽到 surfing 的時候

這樣對方應該就會只清楚唸出 surfing 這個字、添加其他資訊或換個方式說明來讓你理解。

 這個用法也可以套用到 what 以外的疑問詞，像是 You're going where?（你說你要去哪裡？）、You spoke to who?（你說你跟誰說？）、The meeting starts when?（你說會議什麼時候開始？）等等，都可以自然地在對話時派上用場

表達「如何?」含義的 What 和 how

翻成「如何?」的 what 表達

> What do you say to -ing? 你覺得去做～如何?　　p.555
> What do you think of ～? 你認為～如何?
>
> 　　　　　　　　　　　　　　※不是問「方法(how)」而是問「內容(what)」
> What if sv? 如果～的話怎麼辦／如何?　　※表達「不安」或提出「建議」

　　只有 What if ~? 表達型式中的 What 是「如何?」或「怎麼辦?」的意思。What if ~? 是 What will[would] happen if ~ / What will[would] you do if ~ 在省略主句中 SV 之後的型式。

※ if 的後面有時也會接過去式(假設語氣過去式)(實現可能性低或想表示禮貌客氣時)

A: What if we don't get to the airport in time?
B: The plane will leave without us.
A:如果我們沒有及時到機場怎麼辦?
B:我們就搭不上飛機了。

翻成「如何?」的 how 表達

> How do you feel? (你覺得如何?)　　※feel 是不及物動詞「感覺」的意思
> How do you feel about ~? (對於～你覺得如何?)
> How do you like ~? (你覺得～如何?)　　※問「感想」／like 是動詞「喜歡」

How do you like living on Miyakojima Island?
你覺得住在宮古島的感覺如何?
※like 的受詞是動名詞(living on Miyakojima Island)

　　這個表達方式詢問的是**感想**(不是「做～如何?」的提議),這個句子會用來詢問剛移居不久的人的感想,回答可能是 It's really interesting. 之類的。

 剛到日本生活時,經常有人用這個方式問我「喜不喜歡住在日本的生活」

單獨的 How 表示「方法」或「狀態」

How（如何）表達的是**方法**（用什麼方法）或**狀態**（在什麼狀態）。在確認**狀態**時，會使用 How are you? 這種句子來表達「你現在是什麼狀態？」→「你好嗎？」。

How did you know she was at the party?
你怎麼會知道她那時在派對上？　※「方法（用什麼方法）」的 how

與形容詞或副詞搭配成一組的 How 是表達「程度」

「How + 形容詞‧副詞 **」表示「有多** 形容詞‧副詞 **？」**

How long（多久？）/ How old（幾歲？）※也可以用在人以外（例如建築物）的對象上 / How many（有幾個？）/ How much（有多少？）/ How often（有多常？）/ How far（有多遠？）/ How soon（有多快？）※字面翻譯是「（從現在開始）離馬上還有多久？」/ How early（有多快？）※字面翻譯是「多早？」/ How deep（有多深？）/ How thick（有多厚？）/ How wide（有多寬？）/ How tall（有多高？）/ How large（有多大？）/ How fast（有多快？）

How soon does this train leave?
這班火車還有多快會出發？

How soon 經常在各種測驗裡出現，使用在對話裡也相當方便，但必須注意回答的方式，會像（It'll leave）In five minutes.（再五分鐘（出發））這樣，使用表示**經過的 in**（在～之後）來自然地對話交流（p.683）。

思考轉換 **為何對小孩子也使用 How old 呢？**

加上 How 的瞬間，形容詞或副詞的意思就會變得**平淡**（不再超出或低於平均，原本字義上的特色消失）。舉例來說，在 old（年老的（也就是年紀超出平均的大））前面加上 How 的話，就會變成「有多少年老（的程度）？」（原本 old 的那種「特別年老」的感覺消失）這種平淡的意思。How old are you?

可以用在小孩身上，也有這個理由。

順道一提，和 How 搭配使用的多半是跟**累積有關的單字**，例如 old 和 tall 等等會**隨著時間經過而增長**的字。不管對方多麼年幼，都只會使用 How old，而不會說 How young（但若是在想要強調年輕的特殊情境下時，會使用 How young）。

Why 以外的「為何？」（使用 how 或 what 的表達）

在傾向表達明確原因和理由的英語圈文化中，存在著許多表達「為什麼」的詞語。除了大家都知道的 Why 之外，我們一起來看看其他的表達方式吧。

Why 以外的「為何？」

① How come SV?（S 怎麼會做 V 呢？）　※ 請注意是 SV 的語序
② What VS ~ for?（S 做 V 是為了什麼？）　※ 是一般疑問句的 VS 語序
※ 兩者都可以單用兩個字來表達（How come? / What for?）

How come you were late?
你怎麼會遲到了？

How come 的後面是一般句子的語序（雖是疑問句，語序卻是 SV）。原本的句子是 How did it come that SV?（怎麼會發生 that ~ 的？）（這裡的 it 是虛主詞、that ~ 是真主詞）→ 變成「怎麼會 SV 呢？」語意的型式。原始的型式是疑問句的語序（did it come），但保留了 that 之後的 SV。不過，這裡的 How 和 come 並非合而為一變成一個固定表達，請不要搞錯了（和 How long 或 How much 並不相同）。

※ 另外一種思考方式是 How {did it} come {about that} SV? → How come SV? 這樣（come about 是「發生」的意思）。這種說法一樣源自「省略並保留 that 之後的 SV」的概念

Hey! What did you do that for?
嘿！你為什麼這麼做？　※ 被騷擾時會說的句子

| +α | 只要「按照字面」就能分辨語氣差異了 |

□ **Why?**：只是單純詢問「為什麼？」
□ **How come?**：表達「什麼原因會導致這種狀況？」的感覺
□ **What for?**：表達「為了什麼（目的是什麼）？」的語氣

18-2-2　建議時的表達

使用 why 來建議

使用 why 來建議的表達方式　※反問的概念（為什麼不～ → 要不要～）

① Why don't you ~?（你為什麼不／要不要做～？）
② Why don't we ~?（我們為什麼不／要不要做～？）　※對 we（我們）的建議
③ Why not ~?（要不要做～？）　※可以用來表達 ① 和 ② 的意思

Why don't you take a couple of days off?
你要不要休個兩天啊？
※「你為什麼不請兩天假呢？」→ 提出建議「你要不要（難得）休個兩天啊？」

　　雖然這裡表達的是**建議**，但有時根據情境 Why don't you ~? 會如同字面解讀變成**責難**（你為什麼不做～？）的語氣。想要解決這種混淆，可以只留下 Why 和 not，變成「Why not 原形?」清楚表達「要不要做～？」的型式。

Why not apply for the translator position?
你要不要去應徵那份翻譯的工作？　※position（地位；職位）（和 job 同義）

Why don't we take a taxi?
我們要不要搭計程車？
※字面翻譯是「為什麼我們（we）不搭計程車？」→「（因為方便所以）我們要不要搭計程車？」

+α **對自己提出建議的 Why not ~?**

（除了 Why don't you ~? 之外）Why not ~? 也可以用來表達 Why don't we ~? 的意思（不知為何以往的題庫裡從來沒有提過，不過實際上會這樣用）。

> Why not go to a Chinese restaurant?
>
> 要不要去吃中華料理？
>
> ※ 常用的回答方式有 That sounds good[great].（聽起來不錯）等等（省略主詞用 Sounds good[great]. 也 OK）

不使用 why 來建議

不使用 why 的建議表達

> Do you want to ~? / Would you like to ~?（你會想要做～嗎？）
>
> ※ 字面翻譯是「你想做～嗎？」→「你會想要做～嗎？」／Would you like 開頭的語氣比較禮貌
>
> What do you say to -ing?（你覺得做～如何？）p.555
>
> How[What] about ~?（做～如何？） ※ 只有這個表達是 How / What 兩者皆可
>
> ※ How do you like ~?（你覺得～如何？）是用來詢問「感想」的表達，請特別注意想問的是「建議」還是「感想」 p.642

> Would you like to have dinner with me tonight?
>
> 你今天晚上會想要和我一起吃晚餐嗎？

How about 是很方便的表達方式，只要在後面加上單字就可以用來提建議了，可以像 How about some coffee?（要不要喝點咖啡？）、How about Italian food?（義大利菜怎麼樣？）這樣來使用。

> How about 11:30?
>
> 11 點半怎麼樣？ ※ 在提議見面時間時可以這樣說

+α **把話題丟給對方時用的 How about you？**

How about 除了用來提議以外，還有另一個方便的用法，就是在說完自己的意見之後、或是（因為不知道要如何回答，所以想要）反問對

方時，只要說 How about you? 就可以將話題丟回去給對方。在這種情況下，這句話強調的會是 you，因此會非常清楚地把 you 唸出來（即使是英文高手，在這裡會犯錯的人也相當多，所以要特別小心）。

推薦食物時

推薦食物時使用的表達「來點～如何？」

> Will you have ~? / Won't you have ~?　　p.209
>
> Would you like ~? / Would you care for ~?　　※like = care for（喜歡～）
>
> Why don't you have ~?

Won't you have some macarons from Pierre Hermé Paris?

你要不要吃一點 Pierre Hermé Paris（以法國為根據地的甜點店）的馬卡龍？

※這裡的 from 表示「出身」或「出處」（在對話時很好用）

追加英文

請翻譯以下句子。

(1) A: What is the weather like? B: It's very hot.

(2) How do you like natto?

(3) A: Why don't you go to the botanical gardens with Ms. Abe?

　　B: Sounds good.

(4) How about seeing what's on the radio?

解答範例

(1) A：天氣好嗎？　　B：非常熱。

　　※預設兩人身在不同的地方（例如正在進行線上會議）時的對話

(2) 你喜歡納豆嗎？（你覺得納豆怎麼樣？）　　※詢問第一次嘗試納豆的人的感想

(3) A：你要不要和 Abe 小姐一起去植物園呢？

　　B：聽起來不錯。　　※botanical（植物的）

(4) 要不要確認一下廣播在播什麼呢？　　※see（確認）

各式各樣的疑問句

18-3-1　間接問句

注意「一般語序」

　　所謂的間接問句，是指在句子之中嵌入疑問句的句型。在 I know ~ 句子中嵌入 Where does he live?，變成像 I know where he lives.（我知道他住在哪裡）這樣的句子。重點是，（在一般的疑問句中會倒裝）在這個情況下，疑問句**不會倒裝**（直接沿用一般語序的 SV）。

> I sometimes wonder what my old classmates are doing now.
> 我有時會好奇我的老同學們現在在做什麼。
> ※ what my old classmates <u>are</u> doing 的語序／不是 ×）what <u>are</u> my old classmates doing

　　順道一提，這個句子要變成疑問句的話，當然**主句會是疑問句**（Do you wonder）的語序，但間接問句的部分不受影響，仍會**維持原來的一般語序**（Do you wonder what your old classmates <u>are</u> doing now?（你會好奇～嗎？））。

補充 疑問詞是「主詞」的情況（原本就是 SV 的語序，所以維持原狀 OK）

　　I don't know who left this book here.（我不知道是誰把這本書留在這裡的）的句子中，間接問句（who left this book here）部分的 who 是主詞、left 是動詞。不管是一般疑問句還是做為間接問句的部分，都無須打亂語序。

思考轉換 對話時犯錯也別在意

在收聽英文新聞時，即使是新聞播報員或政治人物，也常常不遵循間接問句的語序（明明是間接問句卻用「一般疑問句的語序」）。有時只是一時犯錯，有時是故意**營造一種臨場感**。這是母語人士會使用的超高級技巧，而我們根本沒有必要去模仿，但如果不小心在對話時這麼說了，那麼假

裝説：「啊，我剛剛只是為了製造一些臨場感而已啦（笑）」，我想也是滿有趣的（當然這在考試時就完全行不通了，請好好遵守文法規則）。

間接問句可做為「名詞子句」

講到間接問句，就會一直花功夫在說明**語序**上，但從英文整體來看，「**做為名詞子句**」也是非常重要的內容。下面這個句子裡的間接問句就變成了 know 的受詞。

I know where you left your smartphone.
我知道你把你的手機忘在哪裡了。

間接問句的「實際」回答方式

以 Do you ~? 等等開頭的間接問句，乍看之下要**用 Yes / No 來回答**，但實際對話中也經常出現**只回答「對方尋求的資訊」**的情形。

Do you know where he lives? 你知道他住在哪裡嗎？
教科書上的回答範例：Yes, I do. He lives in Sydney, Australia.
實際常聽到的回答方式：In Sydney, Australia.　※經常不用 Yes / No 回答

間接問句的存在意義

核心重點 **使用間接問句，可以讓詢問的態度變得更禮貌**。如果是突然用 Where ~? 等疑問句來發問會覺得失禮的情況，就可以改用間接問句。

※ 比起突然問別人「哪裡？」，用「你知道是哪裡嗎？」來問會比較禮貌吧？這是因為這種詢問方式，可以留給對方回答 Yes / No 的空間

現在你已經知道**間接問句是禮貌的詢問句型**，那麼應該能從接下來的句子中，實際體會到這種感覺。

Could you tell me what your name is?

可以請你告訴我你的名字嗎？ ※What is your name? 是失禮的表達方式

May I ask where you are from?

我可以問一下你是哪裡人嗎？

※ 最好避免初次見面就問 Where are you from?，如果有必要詢問時，請使用間接問
句來禮貌地表達，這樣比較不會被對方討厭（而且聽起來比較有教養）

18-3-2　疑問句的開頭

寫作或聽力會遇到的煩惱：「該用疑問詞開頭嗎？」 應用

問題：下列哪一個句子正確？

(1) 你知道她住在哪裡嗎？
　　1. Do you know where she lives?　2. Where do you know she lives?
(2) 你覺得她住在哪裡？
　　1. Do you think where she lives?　2. Where do you think she lives?

　　如果必須硬把「Do you <u>know</u> 要放句首、do you <u>think</u> 要放句中」
背起來，應該很痛苦吧！這裡其實可以用更單純的規則來解決。

辨別「疑問句的開頭」

可以用 Yes / No 回答的疑問句　→　用倒裝（Do you ~? 等等）
無法用 Yes / No 回答的疑問句　→　用疑問詞（What ~? 等等）開頭

　　(1) 在型式上是「你知道～嗎？」這種要求回答 Yes / No 的句子，
所以答案是 1. Do you ~?（當然這只是型式，實際上這仍是間接問句，所以答
案不會結束在這裡）。

　　※ 常用在這種句型的動詞有 know（知道）、see（理解）等等

　　(2) 因為詢問「你<u>覺得</u>～？」的句子無法用 Yes / No 回答，所以答
案是 2.Where ~?。

　　※ 常用在這種句型的動詞有 think（思考；認為）、believe（認為）、guess（推測）等

> **思考轉換** 也有兩種語序皆可的類型
>
> say 這個動詞（像 think 一樣）一般是依 What do you say ~? 的語序來使用，所以一般會像 Who did she say that man was?（她之前說那個男人是誰？）這樣使用。
>
> 但根據情境不同，也有可能會是 Did she say who that man was?（她之前有說過那個男人是誰嗎？）的語序。在這個情境下，疑問句的重點在於**「說」這個動作**本身，用在詢問「有說嗎？還是沒說？」的時候。話說回來，其實不用想得太複雜，只要從**「是否要求用 Yes / No 回答？」**的觀點來判斷就可以了。

18-3-3 疑問詞＋to 不定詞

「疑問詞＋to ~ 」表示「應該 疑問詞 ~嗎？」

　　英文中有在疑問詞的後面接「to ＋原形」的表達型式，例如 what to do（應該做什麼）、where to eat lunch（應該在哪裡吃午餐）、how to play chess（西洋棋的下法）（字面翻譯是「應該如何下西洋棋」）。

> Aiko showed Karen how to make an origami crane.
>
> Aiko 示範給 Karen 看要怎麼做紙鶴。
>
> ※因為是 show 所以是「示範教學」的意思／crane（鶴）

+α **沒有 why to ~／有 whether to ~**

　　why to ~ 這個型式是不存在的。另一方面，**whether to ~（是否應該~）**這個表達型式意外地知道的人並不多。舉例來說，whether to give him chocolate on Valentine's Day 是「要不要在情人節時給他巧克力呢？」的意思。因為 whether 原本是疑問詞，所以這種表達方式就被留存了下來（p.157）。

疑問詞＋名詞 to ~ 的型式

what 和 which 也有疑問形容詞（後面緊接名詞，構成一個單一疑問詞）的用法。可以用來表達如 what book to buy（應該買什麼樣的書）、which university attend（應該上哪間大學？）等內容。

> I don't know what food to bring to the party.
> 我不知道應該帶什麼食物去派對。

構成名詞詞組

「疑問詞＋to ~」不只翻譯的方式重要，**可以做為名詞片語**的這點也很重要（疑問副詞 when / where / how 也可以構成名詞片語）。因為「**疑問詞＋to ~＝疑問詞＋s should ~**」（用前面的英文例句來看的話，會寫成 I don't know what food I should bring to the party.），所以如果把「what food to ~」想成它原本就等同於「間接問句」的話，那麼要說它是一個名詞詞組的話，也就能說得通了。

> ※ 前面出現的英文例句中，「疑問詞＋to ~」分別成為了「show 人 物」中的 物 以及 know 的受詞

> How to lose weight without feeling hungry is the subject of today's talk by diet expert Mary Jordan.
> 今天由飲食專家 Mary Jordan 所帶來的談話主題是如何減重又不覺得飢餓。
> ※How to lose weight without feeling hungry 變成主詞

+α **「疑問代名詞＋to ~」和「疑問副詞＋to ~」後面接的型式不同**

同樣做為名詞片語，疑問代名詞的後面會接**不完整**的型式，疑問副詞的後面則是接**完整**的型式。例如 what to buy（應該買什麼）中缺少 buy 的受詞、where to go（應該去哪裡）則是完整的型式（go 是不及物動詞）。　※完整和不完整請參照 p.830

請翻譯以下句子。

(1) Do you know what the weather will be like on Sunday?

(2) I'm thinking of what to write about on Twitter.

解答範例

(1) 你知道星期天的天氣怎麼樣嗎？

　　※know 的受詞是 what ~／What is S like?（S 是什麼感覺？）　 p.640

(2) 我正在想要在推特上寫什麼。

　　※ think of 的受詞是 what to write about on Twitter／think 雖是狀態動詞，但如果是「（暫時性地）想；思索」的話，因為可以「中斷後再重新開始」，所以可以用進行式

18-3-4　　否定疑問句

否定疑問句會用來「尋求否定的答案」或「確認」

　　像 Don't you ~?（你不是～嗎？）這種有著 not 的疑問句，被稱為**否定疑問句**。使用否定疑問句的意圖如下所示。

使用否定疑問句的意圖

> ① **尋求否定的答案時**，表達「不是～對吧？」的意思
> ② 尋求肯定的**「確認」或「同意」**時，表達「不是～嗎？（應該是這樣沒錯吧？）」的意思
>
> ※這部分沒有必要勉強記起來。從上下文來判斷，自然就能知道其意圖了

Aren't the cats cute?

這些貓不是很可愛嗎？

※ 用開心的語氣來說「不是很可愛嗎？」→「很可愛對吧！」，由此可知是尋求同意／「the ＋複數形」指的是「特定群體」 p.281

如果用翻譯來思考，會跟不上對話速度

關於如何回答否定疑問句，傳統教學中有「Yes / No 要反過來翻譯」的這種教法。也就是在回答否定疑問句時，Yes 翻成「不是」、No 翻成「是」。但若用這個方法來思考，一來會跟不上對話的速度，二來是容易搞混（實際上聽力測驗中經常出現否定疑問句）。

各位，接下來只要出現否定疑問句，請一律**忽略 not**。舉例來說，看到 Aren't you ~?，請把它想成是 Are you ~?。

<u>Aren't</u> the cats cute?　→　　　<u>Are</u> the cats cute?
一聽到這個否定疑問句　→　　在腦袋中轉換成沒有 not 的型式！

所以只要用回答 Are the cats cute? 的方式，肯定回答 Yes, they are.（是啊，很可愛）／否定回答 No, they aren't.（沒有，不可愛）就可以了。

※ 如果我說到這裡就結束，會讓這個方法看起來像是雕蟲小技，所以我接下來會說明背景緣由。覺得「還是有點不太明白」的人請務必繼續看下去

否定疑問句的背景「中文看對方、英文看事實」

☑ 中文是「依照對方的問法而改變回答的方式」

中文是「和對方提問的內容相符」→ 回答「是」、「和對方提問的內容不符」→ 回答「不是」。舉個例子，假設今天大家都已經吃過早餐了，一起來看看下面的對話吧。

「吃過早餐了嗎？」→「是的（吃過了）」　※ 和對方提問的內容相符 →「是」
「還沒有吃早餐嗎？」→「不是（吃過了）」※ 和對方提問的內容不符 →「不是」

「吃過了」的這個事實不變，但對方提問的內容一旦改變，「是／不是」的回答也會跟著改變。換句話說，中文是**依照對方提問的內容來回答**。

☑ 英文是「不會因為對方的問法而改變回答的方式」

在英文的世界中，回答的方式是按照事實（和對方的提問內容無關）來回答。換句話說，是那種一邊回想早上吃了什麼、一邊回答問題的感覺，而不是看著對方的臉色來決定該怎麼回答。

> 肯定的事實（吃過了）　→　用 Yes
> 否定的事實（沒有吃）　→　用 No

　　因為「吃過早餐」的事實不變，所以不論對方用什麼方式提問，答案都是不會改變的。

Did you have breakfast this morning?　　→ Yes. ※肯定的事實（吃過了）→ Yes
Didn't you have breakfast this morning? → Yes. ※肯定的事實不變 → Yes

　　回答時，「吃過」的話永遠用肯定的 Yes（Yes, I did.）、「沒吃過」的話永遠用否定的 No（No, I didn't.）。因為不管是用 Did you 還是 Didn't you **回答的方式都一樣**，所以只要在腦中轉換成比較好回答的型式就可以了。Did you ~? 和 Didn't you ~? 之中，回答起來比較簡單的當然是 Did you ~? 吧。那麼，當出現 Didn't you ~? 時，只要在腦袋裡自動轉換成 Did you ~? 就行了。根據我上面解釋的這些內容，核心重點 **否定疑問句一律忽略 not** 的方法就可以說得通了。

練習否定疑問句

　　順道一提，在實際對話中省略 Yes，只回答 I did. 的情況較多（這也是避免 Yes / No 混淆的有效方法）。然而，這究終只是取巧，所以現在請試著回答下面的英文問題來當作練習。

Haven't you received my email?
你還沒收到我的電子郵件嗎？

　　當成 Haven't you received my email? 來回答吧。肯定（有收到）的話就回答 Yes、否定（沒收到）的話就說 No 吧。

　　較自然的回答方式可以說 Yes, I have. But I didn't have time to read it.（有，我收到了。但我還沒有時間看）或 No, I haven't. When did you send it?（沒有，我還沒收到。你什麼時候寄的？）等等。

　　這種在腦中轉換的方法，對於更加複雜的句子（否定疑問句中出現多個 not 的時候）來說，應該更能發揮效果。

> Didn't your parents tell you not to eat wild mushrooms?
> 你爸媽沒跟你說不要吃野菇嗎？
> ※wild（野生的，未被人馴養的）

請把 Didn't your parents tell you <u>not</u> to eat wild mushrooms? 想成「有跟你說<u>不要</u>吃嗎？」（不管怎樣都不能刪除 not to ~ 裡的 not 喔）。這樣一來就可以將回答範圍縮小，聚焦於「說了」或「沒說」的答案之上。

可以用 Yes, they did. But I'm pretty sure it's safe to eat these.（有，他們有說。但我滿確定這些可以吃）或 No, they didn't.（沒有，他們沒說）。

18-3-5 使用 mind 來「請託」的句子

mind 是「介意」

> A: Do you mind waiting a while?
> B: No, not at all.
> A：可以請您稍等一下嗎？　B：好的，沒問題。

以前有學過，對於 Do you mind -ing?（可以請你~嗎？）的問題，回答時「OK 的話要用 No」，現在讓我們來思考一下這背後的邏輯吧。

使用 mind -ing 的客氣表達方式　※比起 Do you 用 Would you 的語氣更加禮貌

Do you mind -ing? / Would you mind -ing?（可以請你~嗎？）

這裡的 mind 是「介意」的意思，所以是**「你介意做~嗎？」**→ **轉變為「不介意的話可以請你~嗎？」**的意思。

在使用 mind 的時候，帶著「如果你不介意的話」的考量，所以這是一種很客氣的表達方式，若將 Do you 換成 Would you 的話，語氣就會變得更加禮貌（因為加上了假設語氣）。

※ 我在杜布羅夫尼克（位於克羅埃西亞）時被問到 Would you mind taking a picture of us?（可以請你幫我們拍照嗎？）（當時用了 Not at all. 來回答）／mind -ing 請參照 p.546

回答方式：OK 的情況

　　因為詢問的內容是「你介意嗎？」，所以**如果答案是「不介意」，會用 No 來回答**。前面的英文句子 Do you mind waiting a while?，意思是「你介意等一會兒嗎？」→「（不介意的話）可以請您稍等一下嗎？」。回答 No, not at all. 是「不會，一點都不介意」→ 變成「好的，沒問題」的意思。

OK 的情況　※直翻是「一點都不介意」的意思

> Not at all. / Not in the least. ※at all 和 in the least 是否定的強調　p.629
>
> Of course not. / Certainly not. ※certainly（當然）
>
> ※ 在實際對話時，也許是覺得麻煩，偶爾會用 Sure（好）或 Go ahead（請做吧）等方式來回答（這也是避免使用可能會造成混淆的 Yes / No 的一個技巧）

回答方式：拒絕的情況

　　在回答 mind 疑問句時，如果覺得 OK 的話會用 No，所以（理論上）拒絕時會用 Yes。可是如果有人問你「介意嗎？」，這時直接回答「是的！」實在很沒禮貌，所以實際上會用 I'd rather not.（我不太想這麼做）或是 I'd rather you didn't.（我會希望你不要這樣做）等句子來拒絕（如果把理由或選項加上去，就會更加禮貌）。

> ※ 因為這個說話方式比較迂迴，所以在文法書中會認為它是「客氣」的表達方式，但在實際對話時，表達的卻經常是強烈的語氣，這點在 p.198 中也有提到

Do you mind if ~? 的句子

使用 mind if ~ 的客氣表達　※比起 Do you，用 Would you 會更禮貌

> Do you mind if ~? / Would you mind if ~?（如果你不介意的話，可以～嗎？）

　　當想要**尋求許可**的時候，就會使用這個有 if 的表達方式。字面翻譯是「如果做～的話，你會介意嗎？」→「如果你不介意的話，可以～嗎？」。

Would you mind if I used your telephone?

如果你不介意的話，我可以跟你借個電話嗎？

※ 這裡受到 Would 的影響，改用過去式 used（在實際對話時，常會忽略文法而用 use 來表達）／use 是「（借來後當場）使用」的意思

思考轉換 **這裡的 if 是什麼子句？**

從結論來說，學者們對於這個 if 子句的意見似乎也有所分歧，進而沒有明確的答案。如果考慮到 mind 的受詞 -ing 被換成了這個 if 子句，那麼這個 if 子句應該是**名詞子句**，有些字典也會在**及物動詞 mind** 的欄位加進這個 if 子句，也是因為認為這個 if 子句是名詞子句。但是 if 子句的時態，在 Would you 的時候（受到假設語氣的影響）是**過去式**，Do you 的話則是**現在式**。如果是現在式，最先想到的會是**副詞子句**（表示時間或條件的副詞子句，在表達未來事物時會使用現在式）吧。針對這種名詞子句和副詞子句混在一起的表達型式，做文法分析的意義不大，所以可以隨各自的喜好來解釋。

18-3-6 　　　　附 加 問 句

附加問句是「單口相聲」的感覺

像 You are ~, aren't you? 這樣，在句尾加上（附加上）疑問句的句型，稱為附加問句。意思是「是～，不是嗎？」，表達**質疑、確認或提醒**的功能。

※「一個人說相聲」的感覺，就像「是～，<u>不是嗎？</u>」

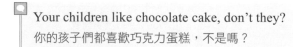

Your children like chocolate cake, don't they?

你的孩子們都喜歡巧克力蛋糕，不是嗎？

在文法書中，附加問句被視為非常次要的表達型式，可是它們在對話中卻非常好用。如果沒用附加問句，只說 Your children like chocolate cake. 就結束了的話，就會變成「你的孩子們都喜歡巧克力蛋

糕」這種一口咬定的感覺（聽的人會想「這傢伙想幹嘛」吧）。但只要在句尾加上 don't they?，就變成一段愉快的交流了。

可以彌補「漏聽」

在聽英文時，若沒聽到句子動詞的時態，有時也可以透過附加問句來獲得資訊。舉例來說，You sent the contract to Mr. Mikami, didn't you?（你寄合約給 Mikami 先生了，不是嗎？）這個句子，即使把 sent（過去式）聽成 send（現在式），也可以從附加的 didn't you? 聽出說的是「過去的內容」（不是 send 是 sent 啊），然後修正回應的方式。

※ 有時候時態會是聽力測驗的重點之一，所以這個概念很有用

附加問句的「做法」與「類型」

附加問句的做法

> **做法**：把句尾變成「~, 動詞〔助動詞〕＋主詞？」的型式
> **注意**：動詞 → 變換使用的主句動詞的肯定或否定
> 　　　　主詞 → 改成代名詞
> ※ 用文字解釋起來好像很困難，但其實直接用英文來看是很簡單的

☑ 主句是肯定句（附加是否定）

> This is delicious, isn't it?
> 這個真好吃，不是嗎？
> ※This is 變換成 isn't it?（主詞是 This / That 的話，代名詞用 it）

> These jeans come in both blue and black, don't they?
> 這條牛仔褲有藍色和黑色的，不是嗎？
> ※These jeans come 變換成 don't they?／come in ~ 表示「以～的狀態而來」→
> 「以～的方式得到；販售～（某款式）」／在國外購物時這個句型很好用，這是我在哥本哈根（位在丹麥）時用過的句子

☑ 主句是否定句（附加是肯定）

You won't go to the gym tonight, will you?

你今晚不會去健身房，對吧？

She hasn't seen this movie yet, has she?

她還沒看過這部電影，對吧？

> **補充** 用一般問句的回答方式來思考附加問句

在附加問句的句子裡，肯定及否定的確會混雜在一起，不過最終在回答時，仍然是肯定回答 Yes、否定回答 No。

※ 跟否定疑問句的回答方式概念相同　p.654

A: That hotel was built last year, wasn't it?
B: No, two years ago.
A：那間飯店是去年建的，不是嗎？
B：不是，是兩年前。

特殊的附加問句

☑ 祈使句的情況　※ 與肯定或否定無關，都是一樣的型式／只有輕微的命令感

> ① **一般祈使句**：祈使句, will you? （做～，可以嗎？）
>
> ※ 如果附加的是 won't you?，會有「邀約」的意思
>
> ② **以 Let's 開頭的句子**：Let's ~, shall we? （我們做～，好嗎？）

Leave my room, will you?

離開我的房間，好嗎？　※ 語氣嚴厲

Let's take a short break, shall we?

我們休息一下吧，好嗎？

☑ There is 句型的情況（There is ~, isn't there?）

如果是 There is 句型，會以 There 做為主詞，使用 There is ~, isn't there? 的句型。

> There is a hospital near the station, isn't there?
> 車站附近有間醫院，不是嗎？

> I don't think there are any errors in the manuscript, are there?
> 我不認為原稿有錯，沒錯吧？
>
> ※ I don't think there are ~ 是否定的句子（和 There aren't 的句意相同），所以附加問句會用肯定（are there）

資料

(1) 正式文法規則外的附加問句

☐ 祈使句：
will you / won't you 兩者皆可，但以 Don't 開頭的祈使句只能用 will you

☐ 以 I'm 開頭的句子：
正式的句型是「~, am I not?」（不存在 amn't 的縮寫形態），但實際上較常使用 aren't。例如 I'm right, aren't I?（我是對的，不是嗎？）

☐ 也會看到「肯定句＋肯定附加疑問」的表達型式：
這是特殊的表達方式，會在非常質疑並「強烈要求確認」時使用

(2) 附加問句的語尾上升或下降（可以用跟中文一樣的感覺來理解）

☐ 語尾上升：質疑、提問、確認
※「語尾上升＝一般的疑問句」這樣理解就 OK 了

☐ 語尾下降：提醒
※ 可以理解成「語尾下降＝肯定句」／藉由附加問句的語氣表示只是「提醒」或「徵求同意」

18-3-7　反問疑問句

雖是疑問句，但不真的表達疑問

所謂的反問疑問句是像「是這樣嗎？」→「不，沒那回事！」之類的表達方式，簡單來說，只要解釋成類似**自言自語**的感覺就行了。

> Who knows?
>
> 沒人説得準。　※慣用表達／字面翻譯是「誰會知道呢？」

> Who cares?
>
> 沒人在乎吧。　※慣用表達／字面翻譯是「誰會在意呢？」

在對話中使用時，只要透過上下文和說話方式就能立即理解真正的意思。另外，**否定的反問疑問句 → 表示強調的肯定句**。

> A: Have you ever heard of Tokugawa Ieyasu?
>
> B: Of course I have. Who hasn't heard of Tokugawa Ieyasu?
>
> A：你有聽過德川家康嗎？　※「你知道～嗎？」的意思
>
> B：我當然有。誰會沒聽過德川家康啊。
>
> ※字面翻譯是「誰沒有聽說過德川家康？」→「所有人一定都知道」

　+α　**反問疑問句常用的型式**　※最終仍要從上下文來判斷，不過可以做為提示

① 助動詞
  How can[could] ~? →「怎麼可以～」（不可以！）
  Why should ~? →「到底為何應該要～？」（不應該！）
② 追加或強調的表達
  How else ~? →「還能怎麼～？」（只能這樣！）」

> How could you say such a horrible thing?
>
> 你怎麼可以説這麼過分的話？（竟敢説這麼過分的話！）

感嘆句

所謂的感嘆句是指？

下面來說明一下使用 How / What 表達的感嘆句（而不是疑問句）。感嘆句會用來表達「多麼～啊！」的**欽佩、驚訝、強調**等等情緒，句尾不是句號而是「!」（exclamation mark（驚嘆號））。

※ 英文老師們很常會說「感嘆句很簡單」，我在學生時代只覺得老師敢這樣講還真是「勇敢」，不過現在變成我在教人，就連我也會忍不住覺得這部分實在很簡單

構成感嘆句的思考方法

> ① 注意 very（和加上 very 的單字）
> ② very → 變成 How / What 後，「整個一起」移動到句首
> ③ 以「!」結尾
> 完成型式：How 形容詞・副詞 SV! / What a 形容詞 名詞 SV!

How smart he is!

他真是聰明！　※smart（聰明的）／原本是 He is very smart.

What a cute baby you are!

你真是個可愛的寶寶！

※ 會跟嬰兒說的話／原本是 You are a very cute baby.，進行 a very cute baby → a what cute baby → what a cute baby（what 要放在 a 的前面）的變化

間接感嘆句 應用

就像疑問句可以成為句子的一部分，變成**間接問句**一樣，感嘆句也可以成為句子的一部分，我在本書中將這種感嘆句稱為間接感嘆句（可以當作名詞子句）。

I never knew what a gentleman you were.

我從來不知道你是這麼紳士的人。

簡化的感嘆句（省略 SV／「What a 名詞 !」的型式）

核心重點 感嘆句表達的是「喔喔！」這種脫口而出的感嘆，因此無法變成「完整的句子」，後半段的 SV 常會被省略，所以大多都是以「How 形容詞・副詞 !」、「What a 形容詞 名詞 !」等型式出現。另外，更加簡化的「What a 名詞 !」（真是～的 名詞 啊！）也經常出現。

※ 這種表達型式不需要加上形容詞（great 等等），因為這裡的 What，本身就有「非常」的語意。在看 NBA（美國職籃）時，如果看到精采的動作，就可以說 What a play!

「What a 名詞 !」表示「真是～的 名詞 啊！」

What a play!（真是厲害的表現！）/ What a surprise!（真是驚喜！）/ What a miracle!（真是奇蹟！）/ What a relief!（真是鬆一口氣！）※在感到放心時使用 / What a shock!（真是震驚！）/ What a day!（真是糟糕的一天！）※用於諸事不順時 / What a nightmare!（真是個惡夢！）※用於發生不好的事時 / What a coincidence!（真是巧合！）※ coincidence（巧合）/ What a shame!（真是可惜！）※a shame（可惜的事）

I tried to reschedule our flight, but I got put on hold for an hour. Then for some reason I got disconnected and had to call back and start all over again. What a nightmare!

我試圖要更改我們的航班時間，但我在電話線上等了一個小時。然後不知道為什麼，我就被掛斷了，結果不得不再打回去重頭來過。真是個惡夢！

※ reschedule（重新排定時間）／put A on hold（讓 A 在電話線上等候）（這句英文是用被動語態的 A is put on hold，其中的 is 改用 get）

思考轉換 感嘆句是「真是～」的感覺

因為 How 和 What 都是疑問詞，所以 How smart he is! 這個表達方式，潛藏其中的概念是「他有多聰明？」→「他真是聰明！」。

※ 中文也有「他到底有多聰明！」這種說法，表面上似乎是疑問（到底有多～），但實際上是「真的很聰明」的意思

介系詞

INTRODUCTION

從非主流的含義開始學起

被問到「by / for 的意思是什麼？」時，你會怎麼回答？當然這個字有很多種意思，所以要根據英文句子來判斷，但如果要求你一定要選出一個答案，你會怎麼回答呢？

對於這個問題，幾乎所有的高中生都會回答 by 是「透過～」和 for 是「為了～」。當然，這些也是非常重要的意思之一，但絕對不是 by 和 for 的**核心概念**。

介系詞的核心概念，無論哪一個表達的都是**具體的位置關係**，然後才再從中衍生出**抽象的含義**，只要這樣思考，就能順利理解介系詞的意思，但是 by（透過～）和 for（為了～）並沒有表達出具體的位置關係吧？其實 by 和 for 的核心概念分別是「在～的附近」和「朝向～」，並由此衍生出各種意思。

填鴨式記翻譯是行不通的

大家會覺得介系詞很難，原因之一就是「想要用背翻譯的方法來學介系詞」。舉例來說，如果用 at（在～）、to（朝向～）這些介系詞的中文翻譯來看英文句子，恐怕就連中小學生水準的英文，解讀起來都會有困難。舉例來說，下面這些句子就算都翻成「在～」、「對～」，使用的介系詞卻都不同，而這裡的 to，也不是翻成「朝向～」而是「給～」。

在冰箱裡的一顆蛋	an egg in the refrigerator
在桌上的一顆蛋	an egg on the table
在桌前	at the table
把那個給他	give it to him
對他生氣	be angry with[at] him
對他造成影響	have an influence on him

這裡的每一句都是很簡單的英文表達，但想要正確使用介系詞，單單死背中文翻譯是絕對做不到的，只會迫使你不得不把它們當成片語或慣用表達來硬背而已。

學習介系詞的好處

☑ 減少片語的背誦

　　大部分的「片語」裡都有介系詞。因此只要理解介系詞的意思就不容易忘記，而且還能感受到光從中文翻譯無法表達出來的語氣。

☑ 能推測出沒看過的片語語意

　　在「動詞＋介系詞」的表達方式中，動詞數量難以計數，但介系詞的數量卻有限。就算是不認識的片語，也可以藉由掌握介系詞來理解語意。例如 rule against ～ 這個片語，就算不知道動詞 rule 的意思，但單從介系詞 against（反對某些事物）來判斷，應該就能夠抓住片語的大概意思。**介系詞的重要性有時會大過於動詞**，這一點非常重要（正如 rule against ～ 是「決定（rule）反對（against）～」→「對～做出不利的判決」的意思）。

☑ 可以磨練英文語感並實際感受到樂趣

　　透過理解介系詞，就能夠體會到母語人士「看待世界的方法」，並能夠理解和表達出細微的語氣。藉由重新學習到目前為止看過的介系詞，也能同時磨練英文語感，讓感受更加敏銳。

征服「介系詞」的心法

- □ 重新理解各個介系詞的「核心概念」
- □ 停止用中文翻譯對照英文來學習
- □ 學得越確實、越能磨鍊英文的語感

Love is not just looking at each other,
it's looking in the same direction.

Antoine de Saint-Exupéry

愛不僅是互相注視，而是看向相同的方向。

Antoine de Saint-Exupéry

※ look at 在 p.671，in the direction 請參照 p.683

主要介系詞

19-1-1　關於介系詞的文法觀點

「介系詞＋名詞」：具有修飾作用（做為形容詞片語或副詞片語）

I took the train for Shinjuku and got off at Ikebukuro.

我搭上往新宿開的電車並在池袋下車。

※ for Shinjuku 修飾名詞 the train → 可以修飾名詞的是「形容詞」／at Ikebukuro 修飾動詞 got off → 可以修飾動詞的是「副詞」

可做為介系詞「受詞」的詞語　應用

☑ 原則：與名詞相關（名詞、代名詞、動名詞）

☑ 名詞子句

　　① whether 子句（做為名詞子句時）

　　　　※ that 子句不能成為介系詞的受詞（in that ~ 等是例外 p.142）

　　② 間接問句或間接感嘆句　※這個情況下可以省略介系詞　p.669

　　③ 關係代名詞 what 子句

☑ being 的情況

　　在慣用表達中偶爾會省略動名詞 being。

　　例如 take ~ for granted（把～視為理所當然）

　　※原本應該是 for {being} granted

☑ 不定詞的情況

　　to 不定詞不可以做為介系詞的受詞。

　　※ 但不太像介系詞的 but 或 than 等字的後面，在慣用表達中有時會接 to 不定詞或原形不定詞／例如 know better than to ~（沒有笨到會做～）p.521／cannot but ~（忍不住做～）p.557

☑ **from / till、until 等字的情況**

　　表示起點的 from 和持續的 till、until，後面有時會接名詞以外的東西（副詞或介系詞）。例如 from abroad（從國外）（abroad 是副詞）/ from behind the curtain（從窗簾的後面）/ until recently（直到最近）。

有關介系詞的省略　延伸

　　原則上「介系詞不可省略」，但在特殊情況下有時會被省略。

☑ **in 特定字詞 way 的型式**

　　在 in ~ way（用~的方法）的型式中，當 way 與特定字詞（this / that 等等）相連接，則可以省略 in。例：{in} this way（用這種方法）

　　※ 不省略也 OK

☑ **修飾詞＋時間相關表達**　※原則上會省略

　　① **特定字詞**：last / next / this / that　例：last night（昨晚）

　　　※ 也有像 at that time（在那時（當時））這種一定要有介系詞的表達方式

　　② **全部**：every / each / any / all　例：every day（每天）
　　③ **模糊**：one / some　例：one day（某一天）
　　④ **沒有修飾詞，本身即可表達特定時間**：today / yesterday / tomorrow

　　　※ 就像中文也不會說「在每天」，只會說「每天」而已，從這點來看是很類似的吧

☑ **時間或距離的 for／方法等等**

　　① 有時會省略時間或距離的 for（~的時間；~的距離）（若 for 在句首，則不可省略）

　　　例：stay {for} three days（停留三天）/ walk {for} 10 miles（步行 10 英里）
　　② **方法**　例：fly first class（飛機搭頭等艙）

☑ **和分詞構句混用**

　　spend 時間 {in} -ing（花 時間 做~）等等　p.558

☑ **of / about ＋ what 等的型式**

　　間接問句或間接感嘆句前面的 for / about（和 about 意思相似的 as to 也是）經常被省略。

　　例：I had no idea what she wanted to do.（我完全不知道她想做什麼。）

　　※ I had no idea {of} ~（我完全不知道 ~）　p.293

19-1-2　　at

at 的核心概念及基本圖像

☑ **核心概念　一點：「在～一點上」、「瞄準一點」**

　　準確來說，核心重點 at 是「一個點」。如果你把焦點放在做為目標的點上，就會發現那是「停止的一個點」，如大家所熟悉的 at the station（在車站的這一個點）、at nine（在 9 點的這一個點）等等說法。（請想像時鐘的指針準確地指向了一個點）。

　　接下來，若你把注意力改放在移動著指向目標的箭頭上，那就變成「瞄準一個點」了，例如大家熟悉的 look at（視線移動著瞄準一個點，也就是注視）。

☑ **基本用法　地點的一個點：「在～」、時間的一個點：「在～」**

　　指向時間點或地點的感覺。會用來指地名或餐廳名等，表示「特定地點的一個點」，跟地點的實際大小無關。

> You can find me at the Peninsula Hotel whenever I am in Hong Kong.
>
> 只要我在香港，你就能在半島酒店找到我。
>
> ※ 告訴他人出差時可聯絡到自己的地點／whenever（每當～）（連接詞）

　　另外，at 也可以表示網路上的地點，表達型式是「e-mail 人 at 郵件地址 / reach 人 at 郵件地址」，意思是「寄 email 到 郵件地址 的這個地點來聯絡 人」。

> Professor Sharp can be reached at his university e-mail address, t.sharp03@wash-u.edu.
>
> 可以寄 email 到他大學的電子郵件信箱 t.sharp03@wash-u.edu 來聯絡 Sharp 教授。

+α　at 和 in 的用法區分

　　如 We were at the café yesterday.（我們昨天在咖啡廳裡）這種句子，比起 in，更常用的是 at。at 是單純表示那個地點（對於「確切是在咖啡廳裡的哪裡？」不在意），如果使用 in 的話，有可能是想要強調「在咖啡廳的裡面」或「在咖啡廳裡面的某處」。

at 的使用情境

☑ 刻度上的一點：「在～的一個點」　　※箭頭指在「刻度上」的一點

The president's approval rating stood at 47 percent.
總統的支持率在 47%。　※停在刻度上 47% 的「一個點」

☑ 狀態的一點：「在～的狀態」　　※「在某狀態的一個點上」→「在～的狀態」

Please make yourself at home.
請不用拘束就當在自己家一樣。

at home 是「像在自己家裡的放鬆狀態」→「請不用拘束」。
※ home 是「雖然是可數名詞，但不加冠詞」→ 表示「待在家裡的目的（放鬆）」p.308

☑ 對象的一點：「瞄準～」

這裡的 at 像是移動著指向目標的箭頭，表現出「瞄準一點」的感覺。look at ~（注視～）是指視線移動著「瞄準一點」。

The students weren't looking at the teacher; they were all looking at their smartphones under their desks.
學生們沒有在看老師，全都在桌子下面看他們的手機。

☑ 情感的對象：「對～感到」

be surprised at ~ 的意思是「把注意力移動到被 at 的對象上，結果覺得驚訝」→「對～感到驚訝」。因為 at 具有特殊的**強烈瞄準感**，所以經常被用來**表達強烈的情緒**（be disappointed at ~（對～感到失望）、be excited at ~（對～感到興奮）等等）。

The pitcher threw the ball at the batter. After that, the batter got angry at the pitcher and ran at the pitcher with his bat.
投手將球丟向了打者。結果打者就對投手發火了，然後拿著球棒跑向投手。
※ get angry at ~（對～生氣）／另外兩個 at 是「對象的一點（瞄準～）」

19-1-3　　　　　　　　by

by 的核心概念及基本圖像

☑ 核心概念　靠近：「在～的附近」

　　因為 by 給人的「透過～」印象過於強烈，導致它失去了原本的樣貌，其實 by 本來的意思應該是表示 核心重點 「**在～的附近」的靠近**才對。在遇到困難的表達方式時，只要先從「在～的附近」的概念來思考就不會錯了。

☑ 基本用法　靠近：「在～的附近」

Vicky is standing by the vending machines.

Vicky 正站在自動販賣機旁。　　※vending machine（自動販賣機）

　　stand by 也有「待命；旁觀；（站在某一方）支持」的意思，只要透過字面翻譯與解釋，就可以得到從「在～的附近」衍生出來的語意：「站在舞台的附近」→「待命（準備好隨時可以動作）；旁觀（嚴格來說，這裡是「副詞的 by」，不過意思相同）；「（精神上）在～的附近站著」→「支持」。

by 的使用情境

☑ 經由：「透過～」

　　「經過～的附近」→ 衍生出「經由（透過～）」的意思。具代表性的片語有 by way of～（透過～）（字面翻譯是「通過～的管道」）。

> ※ 順道一提，by way of ~ ＝ via。via 原本是「道路」的意思，字源是 trivia（瑣碎小事；小知識），意指「在 3（tri）條道路（via）交錯的地點，旅人們所交換的資訊」

Santa comes in by the chimney.

聖誕老人透過煙囪進來。

※ come in（進來裡面）的 in 是副詞／chimney（煙囪）

☑ **行為者：「由～」** ※被動式常用的 by

　　意指「（經由）透過～」→「透過行為者～的」。This was invented by Edison. 的意思是「這是透過 Edison 所發明的」→「這是 Edison 發明的」。

> He has two children by his second wife.
> 他的第二任妻子替他生了兩個孩子。

☑ **方法：「經由～」** ※ by 後面接抽象名詞

　　也就是「（經由～）行為者」→「（經由～）方法」的意思。較常看到的用法有 by car（用汽車（的方法））、by e-mail（用電子郵件（的方法））等等。必須特別留意的是「方法的 by 在後面要接**抽象名詞**」，因而會使用 by car 這種表達型式，而 by my car 就不是方法的 by，而是靠近的意思，表示「在我的車旁邊」。

> ※ 這邊的抽象是指，當在使用 by car 時，不會去考慮這具體是誰的車，或使用的是什麼類型的車，重點在於「是經由『汽車』這個方法，而不是火車或腳踏車等其他方法」

> We went there by train.
> 我們搭火車去了那裡。

> We went there on a train.
> 我們搭了輛火車去那裡。
> ※ a train 是具體的名詞，可以透過「實際坐在火車上／裡」的感覺來決定使用 on（或 in 也可以）

☑ **基準：「按照～」、單位：「以～的單位」、差距：「以～的差距」**

　　By my watch, it's already nine o'clock.（我的錶上已經九點了）可以解釋成「經由（透過）我的手錶」，再進一步發展成「按照我的錶來看」的意思。語意則從「基準」→ 發展出「單位」和「差距」的意思，不過三者全都經常與數字和數量表達一起使用。

> People doing part-time jobs usually get paid by the hour.
> 做兼職工作的人通常拿的是時薪（以小時的單位給薪）。
> ※「單位」的 by／「by the ＋數字或單位」表示「以～的單位」的表達型式

Jeff is older than his sister by two years.
Jeff 比他妹妹大兩歲。　※「差距」的 by

☑ 期限：「在～以前」　cf. till / until（直到～為止）

　　「接近截止日期（再怎麼近接都沒關係，但不行超過）」→「在～以前」，進而衍生出「期限」的語意。

※ 表示「期限」的 by，連接詞版本是 by the time　p.116

Your application must be submitted by January 15.
你的申請書必須在 1 月 15 日以前提交。

補充　與「到～」的區別

by →「在～以前」　※ 表示「期限」的 by
till / until →「直到～為止」

※ 表示「持續」的 till 和 until／till 和 until 也可以加連接詞

I'll be there by five.
我會在 5 點以前到那裡。　※ be 是「移動」
I'll be there till[until] five.
我會在那裡直到 5 點為止。※ be 是「在」

思考轉換　catch 人 by the arm（抓住 人 的手臂）的型式

這是雖然會在題目裡看到、但卻無法用邏輯合理解釋的表達型式。我自己推測應該是「抓住人，經由手臂」的這種概念（兩個人透過抓手臂的方式而連結在一起的樣子）。這種解釋方式也適用於 take 人 by the hand（牽 人 的手）等其他的各種表達型式。

The mother cat was carrying her kitten by the neck.
貓媽媽叼著小貓的脖子走。　※「經由脖子」

+α catch 人 by the arm 型式的表達（V 人 介系詞 the 身體部位）

① 「經由」的 by

catch[take / hold] 人 by the arm（抓住 人 的手臂）/

take 人 by the hand（牽 人 的手）/

take 人 by surprise（讓 人 感到驚訝）※雖然不是「身體部位」，但型式相同

② 「接觸」的 on　※比起「經由」，更像是「輕輕接觸」的感覺

pat 人 on the shoulder[head / back]（輕拍 人 的肩〔頭／背〕）※像是先對別人說：「你盡力了」，然後用手輕拍對方的感覺 /

tap 人 on the shoulder[back]（輕拍 人 的肩〔背〕）※像是要引起別人注意，一邊說：「欸欸！」，一邊用手輕拍的感覺 /

touch 人 on the shoulder[back]（輕碰 人 的肩〔背〕）/

kiss 人 on the cheek（親 人 的臉頰）

③ 「裡面」的 in　　※比起「經由」，更像是「偷偷往裡面看」的感覺

look[stare] 人 in the eye[face]（注視〔瞪視〕人 的眼睛〔臉〕）

19-1-4　　　　　　for

for 的核心概念及基本圖像

☑ 核心概念　方向性：「朝向～」

說到 for，一般最先想到的多半是「為了～」，核心重點 **但 for 原本是「朝向～」**的意思，後來則從「心情朝向～」→ 衍生出了「為了～」的語意。

☑ 基本用法　方向性：「朝向～」⇒ 贊成：「贊成～」

「往新宿」的電車上會寫著 For Shinjuku，這裡的 for 就是方向性的 for。另外，一般大眾交通工具也會使用 be bound for ～ 來表示「前往～」。

※ 動詞 bind（捆綁）：「binder（活頁夾）」是「用來綑綁活頁紙的東西」）的過去分詞形態是 bound／也可以用字面翻譯：「被綑綁～朝向」→「前往～」

> This is Flight 69 bound for Hakata.
> 這是飛往博多的 69 號班機。　※bound for ～ 修飾前面的名詞（flight 69）

> Are you for or against the new policy?
> 你支持還是反對新政策？
> ※「心情朝向～」→「贊成～」／policy（方針，政策）／against（反對）在 p.705

+α 表示箭頭的 for / at / to

for：朝向～（沒有表明會不會抵達終點）
at：瞄準～（沒有表明會不會抵達終點）／有強烈直奔終點而去的感覺
to：暗示會抵達終點（多半都有這個語意）

※ 順便說一下，既然「電車」會抵達終點，理論上好像可以用 to，但卻用了 for 來表示「最終站」。這是因為「（雖然 to 會和 from 搭配使用，不過）在搭電車的時候，不需要特別注意起始站，而且 to 帶有強調一定會抵達終點的語意」，因此表示「方向性」的 for 非常適合用在這裡

for 的使用情境

☑ 目的：「尋求～」⇒「為了」

「心情朝向～」→ 衍生出「尋求～」或「為了～」的意思。look for～（尋找～）是「四處張望（look）為了（for）～」→「尋找～」的意思。

> Charlotte went to Dr. Inoue for a second opinion about how to treat her cancer.
>
> Charlotte 去看了 Inoue 醫生尋求與她的癌症治療方式相關的第二意見。
>
> ※「尋求～」的 for

☑ 交換：「與～交換」

※ 考題中常出現的片語，較困難的多半都和「交換的 for」有關

pay 1,000 yen for the plastic umbrella 可以解釋成「為了這把塑膠傘支付了 1000 日元」，但也可以解釋成「支付 1000 日元交換來了這把塑膠傘」。

> To make the recipe vegan-friendly, substitute soy milk or almond milk for the milk.
>
> 要讓吃純素的人也能用這份食譜的話，請把牛奶換成豆漿或杏仁奶。
>
> ※ make OC 的型式／vegan（純素飲食者（不食用任何動物來源產品））

雖然一般會把 substitute A for B 翻成「用 A 代替 B」，可是在實際用英文對話時，對於「結果到底是要用 A 還是 B？」可能很難立即反應過來，因此這時請改用 **substitute ≒ use**（英英字典中也會用 use 來解釋 substitute）來思考，想成「用 A 與 B 交換（for）」也就是「用 A 代替 B」。

※ for B 有著「心情朝向尋求（目標的）B」的意思

☑ 理由：「以～為理由」

在用到「理由」的 for 的表達方式之中，我們比較熟悉的有 Thank you for coming!（謝謝你來！）。thank you for ~ 是「因為～的理由感謝你」的意思。

> ※ 一般認為是從「與感謝交換～」衍生出「因為～的理由感謝你」的意思

Rachel said she quit her job and moved to Canada for personal reasons.
Rachel 說她因為個人因素辭掉了工作並搬去了加拿大。

☑ 限定範圍：「限定為～」

其實 for two months（為期兩個月）的意思，是指「在恆久流動的時間裡，限定兩個月」。這樣看來，似乎用「期間」來解釋會更容易記住，但是若能知道還有「限定範圍」的這個語意，會有助於理解片語的意思。

For my part, I'd prefer to have the meeting online.
對我來說，我比較喜歡在線上開會。
※ for one's part 是「限定在某人自己的部分（扮演的角色）」→「對某人自己來說」

＋α 「在～之間」的區別（while / during / for 的區別）

	詞性	注意
while	連接詞 （後面接 SV）	也有「另一方面」的意思
during	介系詞	被問到 when? 時使用
for	（後面接名詞）	被問到 How long? 時使用

> ※during 的特徵是「會接特定期間」（因為必須對時間的起點和終點有明確認知）

during 可以用來表示「**持續**」或是「**在一段期間中的一部分**」。during the meeting 可以是「在整場會議期間持續」，也可以是「在整場會議期間的某個時間點」的意思（必須透過上下文來判斷）。

My phone rang three times during the meeting.
我的電話在會議期間響了三次。
※ 表示「一段期間中的一部分（會議期間之中的三次）」

追加英文

請翻譯以下句子。

(1) Mozart is said to have started composing music at the age of five.

(2) COVID-19 stands for "COronaVIrus Disease 2019".

※ 引號內文字可直接引用

解答範例

(1) 據說莫札特在五歲的時候開始創作音樂。

※「表示年齡的一個點」

(2) COVID-19 代表的是「COronaVIrus Disease 2019」。

※ 字面直翻是「COVID-19 代表的是『在 2019 年的冠狀病毒疾病』」／stand for ~ 是「存在（stand）可以與～互相交換（for）」→「代表～；是～的縮寫」

19-1-5	**from**

from 的核心概念及基本圖像

☑ 核心概念　起始點：「從〜」

核心重點 from 的基本圖像是**「從某個起始點開始」**。請利用「（從起始點）離開」→「分開」→「在腦海中分開」→「辨別」來認識和理解 from 的整體圖像。

※ 較難的片語大多可用「分開」和「辨別」的概念來理解

☑ 基本用法　起始點：「從〜」

使用 from A to B（從 A 到 B）型式的常用片語，有 go from bad to worse 表示「（情勢）惡化」（字面翻譯是「從 bad（不好）往 worse（更不好）的方向發展」）和表示「從開始到結束」或「全部」的 from A to Z 等等。

> ★ This course will teach you everything you need to know about investing, from A to Z.
> 本課程將傳授您所有關於投資所需知道的一切。

from 的使用情境

☑ 原料：「以〜做為原料」

「原料」是一個物件的**起始點**對吧？關於「be made from ＋原料（由〜製作而成）」這個片語，可以統整出下面這些重點。

參考 慣用英文文法中「由〜製作而成」裡的 from 與 of 的差異

be made from ＋原料	※「原料」是從外觀無法分辨出成分的物質
be made of ＋材料	※「材料」是從外觀可以分辨出成分的物質

即使是對於母語人士來說，這種差別也是相當模糊難辨，但這是一個可以讓我們一起來思考一下 from 含義的機會。如果運用「分開的

from」（之後會解說）來理解，就是**「經過各種加工後，已經變成無法從肉眼判斷（分開）原料為何的狀態」**，這部分和 from 的圖像一致。

※ of 呈現出來的圖像是「微妙地連接著」，所以仍然「可以分辨出成分」p.686

> Bread is made from flour , yeast, and water.
> 麵包是由麵粉、酵母和水製成的。
> ※ 全部都是「分割也 OK」的不可數名詞　p.300

☑ 原因：「～是原因」

因為是「現象的**起始點**」所以是「原因」。單看 result from ～ 可以翻譯成「由於～」等語意，不過若直接記住「結果 result from 原因」會更實用。

> The delay in deciding which advertising agency to use resulted from poor communication between the marketing department and upper management.
> 造成遲遲沒有決定要使用哪家廣告公司的原因，在於行銷部門與上層管理階層間的溝通不良。
> ※ 結果（遲而未決）result from 原因（溝通不良）

☑ 分開：「從做～分開」⇒「不做～」

語意「從起始點離開」→ 變成「分開」。常用在 be absent from ～（缺席～）、graduate from ～（畢業於～）等表達方式之中。

> My poor vision kept me from becoming a pilot.
> 我糟糕的視力讓我無法成為飛行員。
> ※ S prevent[keep / stop] 人 from -ing 表示「S 阻礙 人 做～」（S 導致 人 不做或無法做～），來自於「人 從 -ing 的動作分開」→「人 不做或無法做 -ing」

☑ 辨別：「與～辨別」或「不同於～」

語意「在腦海中把事物分開」→ 變成「可以辨別」，這樣一來 from 也產生了「辨別～」的含義，表達「與～辨別」或「不同於～」的意思。常用的片語有 be different from ～ / differ from ～（與～不同）。

Hiroshima *okonomiyaki* differs from Osaka *okonomiyaki* in that it usually contains noodles.

廣島燒和大阪燒的不同之處在於廣島燒裡通常有麵條。

※ 這裡的 it 是指 Hiroshima *okonomiyaki*（當 it 是「主詞」時，大多是指前面出現過的「主詞」）

19-1-6　　in

in 的核心概念及基本圖像

☑ **核心概念　包圍：「在～之中」**

[核心重點] 只要把 in 的基本圖像想成「在裡面」，並特別注意最後的「經過」語意，這樣就 OK 了。

☑ **基本用法　包圍：「在～之中」**

in the box（在箱子裡面）、in the room（在房間裡面）、in the world（在世界上）等等的表達方式，都呈現出如同被包圍在某個空間之中的感覺。另外還有「**被衣服包圍**」→「**穿～**」的語意，不僅可以表示身體整個被包圍住的樣子（in a charcoal gray suit（穿著炭灰色的套裝）），也可以像 in a wig（戴著假髮）這樣，表示一部分的身體被包圍住的感覺。

One of the job candidates showed up to her interview in jeans.

其中一位應徵者穿著牛仔褲參加面試。　　※ show up {to ~}（出現（在～））

The sun rises in the east and sets in the west.

太陽從東邊升起，西邊落下。

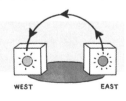

WEST　　　EAST

由於中文會說「由東往西」，所以一不小心就會翻成 ×）The sun rises <u>from</u> the east and sets <u>to</u> the west.，然而，方向和方位都應該要用 in。因為在英文裡，方向被視為**龐大的空間**，所以是將東南西北視為一個個的大箱子，而太陽就是在箱子「之中」升起和落下的感覺。

> The girls headed off in the direction of the bridge.
>
> 女孩們朝著橋的方向走去。
>
> ※ in the direction of ~ 是「朝~的方向」的意思（direction 是「走隧道（朝著~的方向前進）的感覺」，因此和 in 很搭，而絕不會用 to）／head off（朝著~離開）

in 的使用情境

☑ 形式：「用~的形式」

speak in English（用英文說）表達的是「在英文的這個空間、這個範圍裡面」→「用英文」的意思，而「用~的形式」就是這樣衍生出來的。

> Some shops in Hawaii accept payment in yen.
>
> 在夏威夷的一些店接受用日元付款。　　※字面翻譯是「接受用日元的形式支付」

☑ 領域、範圍：「在~方面」⇒ 從事：「從事~」、「專門做~」

> Australia is rich in natural resources, such as iron, coal, and lithium.
>
> 澳洲在天然資源方面很豐富，像是鐵、煤和鋰。
>
> ※「形容詞＋in ~」表示「在~方面 形容詞 」／be rich in natural resources 也可以用「在天然資源方面很豐富」→「有豐富的天然資源」來翻譯

☑ 時間的包圍：「在~」⇒ 經過：「然後~」、
　　　　　　　　　　　　「在~之後」⇔ ago cf. later

用「在 morning 的範圍之中」來理解 in the morning（在早上）沒什麼問題，不過請注意「時間的包圍」→「經過（在~之後）」這個語意。只有這個語意要留意的是「點」（而不是空間）的部分，in an hour 表達的是「在一個小時（這個時間點）之後」。

另一種解釋是 in 是 ago 的相反。換句話說，就是 an hour ago（在一個小時前）⇔ in an hour（在一個小時之後）的意思。

※ 順道一提，in 是介系詞以「in＋數字」的型式使用，和副詞 ago 的「數字＋ago」的型式不同

We will mail you the results of your blood test in a week.

我們會在一周後將您的驗血結果郵寄給您。

補充 「在〜以內」會用 within

請不要被 in 的「包圍」圖像誤導，以為 within 是「以內」的意思，其實 **within 表達的是「在〜的範圍以內（的話什麼時候都可以）」**。大家也可以把 wit<u>hin</u> 想成是「強調 in 的『包圍』圖像」的字。

 within 有著「截止期限」的感覺。如果有人跟你說他 within an hour 會到，即使他三十分鐘之後到了，那也在你的預期之內，但如果他說的是 in an hour，結果三十分鐘後就到了，你就會有種「欸？好快！」的感覺

To be effective, this medicine must be taken within 48 hours of exposure to the virus.

如果要有效，這款藥物必須在病毒感染後的 48 小時以內服用。

※ exposure（暴露）

+α 和「經過的 in」相關的延伸內容

① in 和 later 是以「時間基準點」做為使用區分

> 時間基準點是現在：「（從現在算起的）〜以後」→ in ~
>
> 　　　　　時間基準點是現在以外　→ 使用 later ~
>
> ※ 原則上經過的 in 會和「未來表達（will 等等）」一起出現，但如果是「強調經過（花費時間做〜）」等的情況，也會出現使用過去式的例外

②「現在立刻」

in a moment 是「在一瞬間以後」→「很快」／in no time 是「在 0 秒以後」→「現在立刻」。

Don't worry. You'll learn your way around campus in no time.

別擔心。你很快就會知道校園附近的路要怎麼走了。

※ one's way around（某人身處地點附近的路）

19-1-7　of

of 的核心概念及基本圖像

☑ 核心概念　分離、結合、所屬

　　of 最有名的意思是「所屬（〜的）」，不過 of 最一開始 **核心重點** 是「分離」的意思，在經年累月的使用之後演變成「分離 → 結合 → 所屬」。

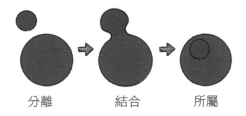

分離　　　　結合　　　　所屬

☑ 基本用法　分離：「分開〜」

　　of 最原始的「分離」語意被保留在了各個片語之中。反過來說，只要碰到讓你覺得「為什麼會用 of 呢？」的片語，就先用「分離」的語意來思考看看，多半就可以解決疑問了。

　　例如用在 be independent of 〜（從〜獨立）或 be free of 〜（免除〜）等片語中。

※ free 原本是「沒有」的意思，對吧？（p.624）。例如 barrier-free 就是「無障礙的；沒有障礙物的」

For orders of $20 or more, Serrano's Mexican restaurant delivers free of charge.

對於 20 美元以上的訂單，Serrano's 墨西哥餐廳會免費配送。

※ for 是用來「限定範圍」／deliver（配送）／free of charge 是「免除費用」→「免費」的意思

+α 從 of 衍生出了 off（off 完全只有「分離」的意思）

　　原始具有「分離」語意的 of，在中世紀時分成了 of 和 off。**off** 從那個時候開始到現在都只有「**分離**」的意思。另一方面，of 進一步衍生出了「**結合**」和「**所屬**」的意思，所以最後 of 便有了「**分離、結合、所屬**」等意思。

of 的使用情境

☑ 結合 → 起源：「以～為基礎」→ 原因：「由於～」

　　在「分離」和「所屬」之間的是（第二個核心概念）「結合」。涵蓋在這個「結合」概念裡的有這裡的「起源」，還有下一個的「材料」。表達出來的是像「雖然與本體分離，但又有部分微妙地連在一起」的感覺。

　　「起源」表達的是「從裡面往外，去到外面」的感覺，語意會是「以～為基礎」或「由於～」，所以 May I ask a favor of you? 的句意其實是「我可否（May I）要求（ask）<u>從你的裡面往外給出</u>（of you）一個恩惠（a favor）？」（p.456）。

> We stayed at a hotel within walking distance of the beach.
> 我們住在一間走路就可以到海灘的飯店。
> ※ within walking distance of ~ 的意思是「在以～為起源（起始點）～的步行距離範圍以內」→「走路就可以到～」

+α out of ~ 表示「從～（往外）」

　　當你想要確實表達出 of 那種「從裡面往外，去到外面」的感覺時，可以使用 **out of** 的型式來表達（加上 out 來讓語意更明確）。在片語中 out of 大多表示「在範圍以外」，例如 out of order（故障）、out of date（過時的）、out of the question（不可能的）等等。

☑ 結合 → 材料：「由～製作而成的」

　　在 Kumi's sweater is made of wool.（Kumi 的毛衣是羊毛做的）這句中出現的片語「be made of ＋材料」，意思是「由～製作而成的」。其中「材料是用肉眼可分辨出成分的物質」的概念，來自於 of 的圖像「微妙地連接著」→「可以分辨出原來的材料為何」（p.680）。

686

另外，其他表示「由～製作而成（構成）的」的片語 consist of ～ / be composed of ～ / be made up of ～ / be comprised of ～，也都使用了這種 of。

> Melissa's lunch consisted of a tuna sandwich, an apple, and a glass of iced tea.
> Melissa 的午餐是一個鮪魚三明治、一顆蘋果和一杯冰紅茶。

☑ 「全部」或「部分」　A of B：「在 B 之中的 A」
　　一旦 of 變成「所屬」的意思，表達出來的語意就會和最原始的「分離」完全相反。**A of B** 是「**屬於 B 的 A**」或「**在 B 之中的 A**」的意思。
　　※ 這個 of 的意思很簡單，不過要記得「『部分的 of』的後面要接特定名詞」的這個重點 p.345

> Of all the dishes Thomas's mother makes, spaghetti with meat sauce is his favorite.
> 在 Thomas 媽媽做的全部料理之中，肉醬義大利麵是他的最愛。
> ※ 句首的 of 是「在～之中」的意思

☑ 關聯：「關於～」　※「『思考』或『訴說』＋of」的表達方式
　　這個表達方式是從「在腦海之中的」→ 衍生出「關於～（思考或訴說）」的意思。只要**在具有「思考」或「訴說」意義的動詞及形容詞之後加上 of，這裡的 of 就會變成「關於～」的意思**（接近於 about）。經常看到的例子有 think of ～（思考關於～的事）和 be afraid of ～（害怕～）（字面翻譯是「害怕關於～的事」），會出現在題目中比較重要的例子有 complain of ～（抱怨關於～的事）。

> Mr. Irons always complains of back pain, but he is reluctant to see a doctor about it.
> Irons 先生老是在抱怨背痛，但他不願意去看醫生。
> ※ be reluctant to ～（不願意做～）／see a doctor（看醫生）

☑ **性質:「擁有～的性質」**　※「所屬」→「屬於抽象名詞的性質」

使用性質 of 的抽象名詞　※可以公式化成「of＋抽象名詞＝形容詞」

> of use（＝useful）（有用的）/ of help（＝helpful）（有幫助的）/
> of importance（＝important）（重要的）/ of significance（＝significant）
> （重要的）/ of value（＝valuable）（有價值的）/ of interest（＝interesting）
> （有趣的）/ of age（＝old）（有年紀的）/ of courage（＝courageous）（勇敢的）

| ＋α | **「of＋抽象名詞＝形容詞」的注意事項** |

> ① **形容詞的功用:**
> 　成為補語／修飾名詞（a man of courage（勇敢的人））
> ② **一般後面會接修飾的字詞:**
> 　「of great / much / little / no 等等 抽象名詞」
> ③ **【例外】「of＋抽象名詞＝副詞」的情況:**
> 　of necessity（不可避免地）　※和 out of necessity / by necessity 意思相同

Due to hyperinflation, money used in the country just a few years ago is of practically no value today.

由於惡性通貨膨脹,這個國家在幾年前才用的錢現在基本上毫無價值。

※ practically（實際地;幾乎）（在這裡是修飾後面的 no）／of（practically no）value 是補語

☑ **同位語關係:「～的」**

　　英文中常用的還有「抽象名詞＋of～」的表達型式,意思是「～的 抽象名詞」。可以用在這裡的抽象名詞有 fact（事實）、idea（想法）、notion / concept（概念）等等。

　※ 這裡的抽象名詞,不會是由動詞衍生出來的名詞

The idea of everyone carrying around their own cup in order to avoid wasting paper cups is gaining popularity.

所有人都帶自己的杯子以免浪費紙杯的想法越來越受歡迎了。

※ The idea ~ paper cups 是主詞／everyone 是動名詞 carrying 在意義上的主詞／carry around ~（帶著～）

19-1-8   on

on 的核心概念及基本圖像

☑ **核心概念　接觸:「附著在~」**

　　最開始在學 on 的時候,一定會學到「在~之上」的意思,但這只是因為有地心引力,造成「接觸=上」的情況比較多, 核心重點 **事實上接觸的地方不管在上下左右的哪裡,只要呈現附著的狀態,就會使用 on**。

☑ **基本用法　接觸:「附著在~」**

　　這個「附著的 on」常常會出現在像是 the TV remote control on the table (在桌上的電視遙控器)、the mirror on the wall (牆上的鏡子)、the paintings on the ceiling of the Sistine Chapel (西斯汀禮拜堂天花板上的畫)等等的情境之中。

> Look. That gecko on the window is staring at us.
> 你看。窗戶上的那隻壁虎正在盯著我們。
> ※ stare at ~ (盯著某個方向~)/根據我的經驗,我經常
> 在凱恩斯(澳洲)和宮古島(沖繩)看到壁虎(gecko)

on 的使用情境

☑ **進行中:「~正在進行中」**

　　「接觸動作」→「正在~」或「~正在進行中」的意思,在廣告中常出現的 Now on sale! 就是「接觸販售的動作」→「販售中」的意思。在考題中則是經常看到 on a diet (正在節食)、on leave (正在休假)(這裡的 leave 是名詞的「休假」)等表達方式。

on ~ leave:「正在休~假中」

> on sick leave (正在休病假中)/ on maternity leave (正在休產假或育兒假中)/
> on paternity leave (正在休育兒假中)※如果是父親的話 / on childcare leave
> 或 on parental leave (正在休育兒假中)/ on paid leave (正在休特休中)

📄 Melissa is on maternity leave.
Melissa 正在休產假。

☑ 意識上的接觸：「關於～」

「和心及思緒接觸～」→「（正在思考）關於～的事」。出現在 insist on ～（堅決要求～；堅決主張～）和 an article on ～（一篇關於～的報導）中的 on，就是「把意識附著到 on 之後所接的內容之上」。

📄 I am writing an article on the growth of the vitamin and dietary supplement industry.
我正在寫一篇關於維他命和膳食營養品產業成長的文章。
※ dietary（膳食（療法）的）

補充 表示「關於～」的 about 和 on　※about 請參照 p.701

about 的原始意義是「在周圍」，表示**內容是模糊曖昧的**（正好就是「關於」的感覺）。on 原本則是「接觸」的意思，所以使用 on 的時候，**對於後面所接的內容，會表露出十分專注或專門針對處理的語意。**

☑ 依賴：「依靠～」

「A on B」可以視為「A 被 B 背著的狀態」，由此可以延伸解釋成「依靠（A 依靠著 B）」（也可以想成是「內心的接觸」的程度提升了）。

on foot 是「依靠自己的腳」→「徒步走」、on the Internet 是「依靠網路」→「使用網路」和 depend on ～ / be dependent on ～（依靠著～）等等的許多片語都是使用「依賴的 on」。

📄 Taylor depends on the Internet for everything from groceries to movies.
Taylor 靠網路取得從食品雜貨到電影的一切。
※ depend on A for B（依靠 A 取得 B（也可以想成「請求 A 提供 B」））／depend on 的後面剛好接的是 the Internet，但這個表達型式和 on the Internet（使用網路）的意思不一樣哦

+α 可以和 on the Internet（使用網路）一起記住的表達

從 on the Internet 延伸思考，發現「網路上的東西」多半會使用 on，只要用這點來思考與網路相關的事物就可以了。on Amazon（在亞馬遜（網站））、on Facebook（在臉書上）等等都是，實際用起來就像 I looked it up on Google.（我在 Google 上查了一下）這樣。

※ looked ~ up（查詢～）

總結 和時間或日期搭配使用的介系詞

時刻：at eight（在 8 點）　※「一個點」的 at

星期：on Saturday（在星期六）

　　※ 可以想成是「依靠的 on」，例如「星期天去做禮拜」是「依靠星期天」這個時間所做的動作

日期：on July 4（在 7 月 4 日）　※「日期」＝視為「星期」來思考

週末：on[at] the weekend（在週末）

　　※ 若把週末視為日期的話，用 on／如果視為一個範圍較大的時間點，用 at

月份：in August（在 8 月）

　　※「一個月」的這種一段時間，呈現出了「寬闊」或「空間」的圖像

季節：in summer（在夏天）

年號：in 2022（在 2022 年）

世紀：in the 21st century（在 21 世紀）

☑ **影響：「對～造成影響」**

　　→ **集中：「集中於～」**　※concentrate on ~（專注於～）

如果 A 是強大或沉重的東西，那麼「A on B」就是「A 對 B 造成壓力和影響」，表達出對緊隨其後的名詞造成巨大影響的「凹陷的 on」的感覺。

※ 不知為何許多字典沒有明確說明這個意思的 on，但這個語意實際上常常用到

比較常見、有用到這個 on 的片語是 have an influence[impact] on ~（對～造成影響），意思是 influence / impact（影響）具有強大的力量，會對於 on 後面接的內容造成巨大（沉重）的影響。

※ 經常因為「對～造成影響」中的「對～」，而誤以為要用 to，但 to 其實是沒有力量的介系詞（龜兔賽跑裡烏龜的感覺）p.694

What business leaders say often has a big influence on public opinion.
商界領袖所說的話經常會對輿論造成很大的影響。

☑ 時間上的接觸

※on[upon] -ing／由動詞衍生的名詞，表示「一做～就馬上～」 p.554

On meeting for the first time, Jacob and Nathan soon became good friends.
Jacob 和 Nathan 第一次見面就很快變成好朋友了。

　　這裡的 on -ing 是「兩個動作（在時間上）互相接觸」→「一做～就馬上～」。上面的英文句子裡，互相接觸的是 meet 和 became good friends 這兩個動作。

※ on -ing 是書面用語，不太會在對話中使用，不過對於考試來說這是個重要的表達方式。另外，在 on[upon] 的後面使用 -ing 以外（動詞衍生的名詞）的字，也會是這個意思（on[upon] completion 的語意是「一完成就馬上～」）

Upon completion of the course, participants will be able to create simple Web pages.
課程一上完，學員就會擁有製作簡單網頁的能力。

補充 in -ing 表示「做～的時候」

　　in -ing 是「在做～的範圍之內」→「做～的時候」。

　　例：Be careful in crossing the street. 在過馬路的時候請小心。 p.554

※ 因為這種表達方式感覺比較生硬，所以現在多半會說 Be careful when you cross the street.

追加英文 ———

請翻譯以下句子。

(1) The worshipers prayed on their knees.

(2) A: Shall we split the bill?   B: It's on me this time.

(3) Patrick left for Switzerland on the morning of May 15th.

解答範例 ———

(1) 參拜者跪下禱告。

　※ 字面翻譯是「膝蓋接觸（到地面）」／動詞 worship 是「膜拜；敬奉」

(2) A：我們要不要分開結帳？　B：這次我請吧。

　※ split the bill 是「分開結帳」的意思（split（分開）、bill（帳單））／物 is on 人 的意思是「物 依靠 人 的錢包」→「人 請客」

(3) Patrick 在 5 月 15 日的早上出發前往瑞士。

　※ 把 in the morning 的 morning 加上修飾語（這裡是指 May 15th，不過任何修飾語都可以），「因為意識到日期的存在」in → 變成 on／這裡的 for 是「方向性」的概念

19-1-9　to

to 的核心概念及基本圖像

☑ 核心概念　方向、到達：「朝向～前進並抵達」

在解說 to 不定詞的時候，無論是不定詞還是介系詞的 to，都有提到 to 可以替換成「⇒」，更確切地說 核心重點 **to 是「朝著箭頭的方向前進（方向），並確實抵達（到達）目的地」**的圖像（後來進一步發展出「對立」的意思）。

> ※ 以「龜兔賽跑」來比喻的話，to 是雖然緩慢，但會確實抵達目的地的烏龜。順道一提，全力衝刺、但卻沒有到達終點的兔子，正好就是 at 的圖像

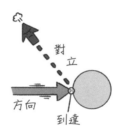

☑ 基本用法　方向、到達：「朝向～前進（且抵達）」

It is five to six now.
現在還差五分鐘就六點了。

go to the station（去車站）的意思是「朝著車站的方向前進並抵達車站」，雖然並不難以理解，但同樣表達「方向、到達」的 to，一旦用在上面這個例句之中，就有可能會被誤解成是在說「6：05」或「5：06」。事實上，這句話是 It is five {minutes} to six {o'clock} now. 的意思，從 to six →「（接下來要）朝向 6 點」，可以理解是「還差 5 分鐘就會抵達 6 點（也就是說現在是 5 點 55 分）」的意思。這是一種透過使用 past ⇔ to **把時鐘分割成兩個部分**，以表達時間的方法。

　　如果要說的是「6 點過 5 分」的話，則會用 It is five past six. 來表達（不知為何，考題中比較常見的只有使用 past（經過～）的表達）。

to 的使用情境

☑ 結果：「～的結果」

To her surprise, Haruka received a credit card bill for more than two thousand dollars.

令 Haruka 驚訝的是，她收到了超過 2000 美金的信用卡帳單。

　　「to one's ＋情緒性名詞」是「發生的事令（某人）感到～」的意思，像是 to her surprise（令她驚訝的是）、to my regret（令我遺憾的是）等等。這種表達方式常會像上面這個英文句子一樣被放在句首（To one's surprise, SV.），不過最一開始其實是放在句尾（SV to one's surprise. 表示「因為 SV，到達令某人驚訝的結果」）。這裡是把副詞片語 to one's surprise 改放到句首的用法。

　　※ 表達出「雖然結果令人驚訝，不過～」的感覺／這是一種優先傳達情感的表達方式，如果能在對話時用出來，會讓人覺得非常帥氣哦

☑ 一致：「與～一致」

　　在這個語意之下，請注意 to 幾乎沒有「方向（箭頭圖像）」的感覺。較常看到使用這種 to 的片語有 belong to ~（隸屬於～；～的東西）。另外還有 to one's like 表示「與某人的喜好一致」→「（按照）某人喜好的」的表達方式。

Excuse me, my room is on the fourth floor and isn't to my liking. Could I switch to a room on a higher floor with a view of the ocean?

不好意思，我不喜歡我的房間在四樓。我可以換到層樓比較高、又可以看到海的房間嗎？

☑ 對比：「與～相比；比起～」→ 對立：「對於～」

to 也有「對比」或「對立」的語意（請試著用「在『到達』之後，前進的反作用力造成了『對立』」來想）。也許你會對 to 有這個語意感到意外，不過如果你知道「one-on-one（一對一的，直接對立的）」是從 man-to-man 所衍生出來的表達方式（原本是 a man to a man 表示「兩個男人彼此面對、開誠布公」），那應該會比較理解這個語意所要傳達的感覺。

※ 不過，比起 man-to-man，one-on-one 更常用（one 是「一個人」／影響的 on 表示「對於～（造成影響）」）

另外，還有像 back to back 是「背對著背」→「背靠背」、「臉對著臉」的 face to face →「面對面」等常見的片語。拉丁比較級中的 be superior to ～（優於～）也是使用對比的 to。

※ face to face 請參照 p.284／拉丁比較級請參照 p.780

The score is two to one with just one minute left to play.

比分是 2 比 1，比賽時間只剩下一分鐘。　※ two to one（2 比 1）

+α 　**要注意的「對比」的 to**　※請注意會翻成「的」

the answer to the question（那個問題的答案）/ a right to the property（不動產的權利）/ access to this computer（可以使用這台電腦的權利）/ a means to an end（達到目的的手段）/ an alternative to oil（石油的替代品）

※ an alternative to ～ 的字面翻譯是「對於～的替代品」（雖然 alternative 的字義常會翻成「兩者擇一」，但若直接記住「替代品」的意思，感覺會比較簡單）

19-1-10　　　　　　　with

with 的核心概念及基本圖像

☑ 核心概念　附帶:「一起」或「持有～」

「一起」的這個意思應該很熟悉吧?不過原本的 with 是指「對象(以～為對象)」的意思,舉例來說是像「vs.」的那種感覺。很久以前,A with B 表達的是**競爭對手的關係**(A vs. B),說不定就是因為在使用的時候「A 和 B 會被分在同一組」,使「一起(附帶)」的語意占據了壓倒性的優勢,後來就變成最主流的 with 語意了。當然 核心重點 原本「對象」的意思也很重要,但在現代英文中還是以「附帶」的語意為主,所以我們就以此為核心(雖然這樣就和歷史發展的順序背道而馳了),從頭開始講解吧。

☑ 基本用法　附帶或攜帶:「持有～」⇒ 工具:「使用～」

在 A with B 中 **A 是主體、B 是附帶**。tea with lemon(加了檸檬的茶)的主體是 tea、lemon 是附帶的,對吧?如果店家的菜單上寫著 apple pie with ice cream 的話,應該可以推測是以蘋果派為主,冰淇淋放旁邊做搭配的樣子吧(口語上會翻成「蘋果派佐冰淇淋」)。

另外,從「附帶或攜帶(持有～)」也衍生出了「工具(拿在手上,使用～)」的意思。with a pen 是「用筆」的意思。

※ 既然可以用手拿,就代表是「具體的名詞」,所以會接 a pen。順道一提,意思相同的 in pen 的 in 是「形式的 in」,不是指具體的筆,而是指抽象概念的書寫(如果是 in a pen 的話,意思會變成「在筆裡面」)

The children wrote *kanji* in the air with their fingers.
孩子們用手指在空中寫漢字。
※「用手指」(工具的 with 也可以接身體部位)

with 的使用情境

☑ 狀態：「持有～」或「用～」

表達型式有時會是「**with ＋表示情況的抽象名詞**」。例如 with difficulty 表達「持有困難」→「辛苦地」、with care 表達「持有小心謹慎」→「小心謹慎地」等等詞語。順道一提，如果看到箱子上寫著 HANDLE WITH CARE 的話，意思是「小心搬運（易碎品）」（這裡出現的 handle 是動詞「搬運；處理」的意思）。

> We all completed the 10-kilometer race with ease.
> 我們全都輕鬆地跑完了 10 公里。
> ※ with ease 是「持有不費力」→「輕鬆地」的意思

總結　「of ＋抽象名詞＝形容詞」vs.「with ＋抽象名詞＝副詞」

□ **構成形容詞的 of**：of ＋ use ＝ useful
□ **構成副詞的 with**：with ＋ ease ＝ easily

※ 這裡和預期的一樣，with 是以「附帶」的意思來處理（因為副詞不是必備要素，所以也可以說是附帶的詞性）

☑ 附帶情況　with OC：「O 保持 C 的狀態」或「因為 O 是 C」

with OC 的意思是「O 保持 C 的狀態」。with 是「和～一起」→變成「保持～」的意思。

※ 舉例來說，「和一頭亂髮一起來學校」就是「保持一頭亂髮的樣子來學校」的意思，對吧／He came to school with a cowlick.／cowlick 是「蓬鬆亂髮」

原則上，介系詞的後面應該**只有一個名詞**，但在使用這種「附帶情況的 with」時，**with 的後面會有兩個要素**。另外，特別寫成 with

OC 是有意義的，這裡的 O 和 C 表示 **s'v'** 或同位語關係。

※ 這是在 SVOC 中描述的關係　p.458

The baby was sleeping with his mouth open.

這個寶寶張著嘴在睡覺。　※open 是形容詞，表示「打開的」

總結 附帶情況的 **with OC** 中「做為 **C** 的詞語」

① **C 是形容詞**　※「O 維持著形容詞的狀態」的意思

with one's mouth full（一邊吃著東西）　※字面翻譯是「嘴裡塞得滿滿地」

② **C 是現在分詞**　※O 和 C 之間是主動關係

with one's eyes shining（某人眼睛發亮地）※shine（閃亮）是不及物動詞

③ **C 是過去分詞**　※O 和 C 之間是被動關係

with one's eyes closed（某人閉著眼睛地）/ with one's arms folded（某人雙手抱胸地）/ with one's legs crossed（某人翹著腳地）

④ **C 是介系詞片語**

with tears in one's eyes（某人淚眼汪汪地）

⑤ **C 是副詞**（在例外情況下，用副詞也 OK）

with one's hat on（某人戴著帽子地）　※on 是副詞（後面不需要有名詞）

☑ **對立或對象：「對於～」或「以～為對象」／關聯：「關於～」**

　　原本的 A with B 是競爭對手的關係（A vs. B），所以當用「附帶」的意思無法解釋使用 with 的片語時，請用「對立或對象的 with」來思考看看。例如 do away with ~（廢止～；擺脫～）、part with ~（放棄～）等片語，基本上都潛藏著對立的意思（跟核心概念的「一起」完全相反）。

Miyu was angry with Liam for reading some LINE messages on her phone.

Miyu 對於 Liam 看了一些她手機上的 LINE 訊息感到生氣。

※ be angry with ~（對於～感到生氣）（理論上雖然可以翻成「和～一起生氣」，但句意上不合理）

　　再來，「對立的 with」也衍生出了比較溫和的「關聯（關於～）」語意，例如 be pleased[satisfied / content] with ~（對～感到滿意）、have nothing to do with ～（與～完全無關）、be through with ～（～已結束）等常用片語。

I don't need new clothes. I'm content with what I have in my wardrobe now.
我不需要新衣服。我對於我衣櫃裡現在有的已經很滿意了。
※wardrobe（衣櫃）

☑ 取代 as 子句（連接詞 as 有多種意思）
 表示「做～的同時」或「雖然～」等等
　　雖然有些字本身同時具有介系詞和連接詞的意思（例如 before 等字），不過也有些是介系詞和連接詞互相成對搭配的，例如「by 和 by the time」或「because of 和 because」等。

※ 同時具有介系詞和連接詞意義的字，請參照 p.118（不用說，「意思」是一樣的，只是「型式（後面接的型式）」不同）／搭配成對的介系詞和連接詞，請參照 p.116

　　事實上，**相對於介系詞 with 的連接詞是 as**。換句話說，連接詞 as 的「做～的同時」、「因為～」和「雖然～」等意思，with 也都有。使用的時候可以**先從 with 的核心概念「持有～」來思考，接著再視情況**（特別是如果想要翻得更自然時）**改用連接詞 as 的語意來想就行了**，例如 with the approach of fall 是「持有秋天的接近狀態」→「在秋天接近的時候」、with a few exceptions 是「持有一些例外」→「因為有一些例外」或「雖然有一些例外」等等，只要透過上下文來翻譯就 OK 了。

※ 絕對不是有翻就好了，而是要從連接詞 as 的意思（p.912）中選擇適合的來翻

With the coming of spring, the days get longer and warmer.
隨著春天的到來，白天變得更長更溫暖了。
※ of 是「主格」

CHAPTER 19-2

主要介系詞以外的介系詞

19-2-1 重點在於核心概念的介系詞（之一）
about / over / under

about 的核心概念是「在周圍」

☑ **核心概念和基本用法**

　　about 比較有名的意思是「大約」和「與～有關」，核心重點 但其實「在周圍」才是 about 原本的意思，就像字面上所說的，大致上呈現出了一整個包圍圈的圖像。

> The children ran about the room searching for the colorful chocolate eggs.
>
> 孩子們在房間裡跑來跑去，尋找著五顏六色的巧克力蛋。
>
>
>
> ※ 描寫的是復活節活動的場景／run about ~ 是「跑在～的周圍」→「在～跑來跑去」／searching for ~ 是分詞構句表達「同時在尋求（for）～」的意思

+α **使用 about 核心概念「在周圍」的進階表達方式**

① There is something 形容詞 about 人. →「人 有 形容詞 的感覺」 p.615
② what S is all about →「S 的本質是～」或「S 應有的特質是～」 p.855

+α **around 表示「在～的周圍」**

　　比 about 圍得更漂亮的感覺（雖然不一定會圍成一個完美的圓圈），就「在周圍」這個語意來看的話，比較常用 around 表達。

> The weather satellite orbits around the earth.
> 氣象衛星沿著軌道繞行地球。　※orbit（沿著軌道繞行）

☑ 必須注意的 about 用法

　　about 從「在周圍」衍生出了**「大約」、「大概」**和**「與～有關」**的意思。舉例來說，about 30 是「在 30 的周圍」→「大約 30」、about me 是「在我的周圍（比如興趣、家庭成員等個人相關資訊）」→「與我有關（的事）」的意思。

> Yui always eats organic vegetables and takes lots of supplements because she is worried about her health.
>
> Yui 總是吃有機蔬菜並攝取很多營養補充品，因為她很擔心自己的健康。

+α **表達「擔心～」的說法**　　※about 是「在周圍躁動不安」的感覺

worry about ~（不及物動詞 worry）/
be worried about（及物動詞 worry 的被動語態）
be concerned about ~ / be anxious about ~　　p.523
※ be concerned with ~ 是「與～有關」或「關注～」的意思，用的是「關聯的 with」

---

over 的核心概念是「覆蓋在上面」

☑ 核心概念和基本用法

　　核心重點 **如同字面所說，over 描繪出來的是「超過地」覆蓋的圖像**。只要整個覆蓋住，就不用一直把注意力放在瑣碎的小事上，所以 over 不在乎「有沒有接觸」或「有沒有移動」之類的條件，例如 The quick brown fox jumps over the lazy dog.（敏捷的棕色狐狸從懶狗的上方跳了過去）的這個句子，表達的是「狐狸從狗的上方咻地直接跳過去」的感覺。

　　※ 這個英文句子裡出現了英文全部的 26 個字母，可以用來做打字練習（原本的英文句意忽略也 OK）

The cook ladled the mushroom sauce over my pasta and sprinkled some cheese on top.

廚師用湯杓在我的義大利麵上淋了蘑菇醬，並在上面撒了一些起司。

※ over 表達出「被整個覆蓋」的感覺／這裡的「（有接觸的）上面」和 on 的概念相同，不過 over 表現出了比較強烈的「（大幅）覆蓋」感／ladle（湯杓；用湯杓舀起）／sprinkle（灑；撒）

☑ 必須注意的 over 用法

Mia and Andrew talked about their vacation plans over lunch.

Mia 和 Andrew 一邊吃午餐一邊討論了他們的度假計畫。

　　表達方式如 over lunch（一邊吃午餐）、over beer（一邊喝啤酒）等等，正如 over 的圖像，表現出「在食物上方（進行討論）」→「**一邊吃喝東西（一邊討論）**」的感覺（這種表達方式會和 talk（交談）、discuss（談論，討論）等字一起使用）。

補充 over coffee / over a cup of coffee 兩者皆可

　　就算談話的人在兩個以上，也會習慣使用 over a cup of coffee 來表達。這裡的 a cup of 並不真的是「一杯」的意思，要喝幾杯都可以，也不一定真的要喝咖啡，喝茶或其他任何東西都可以。

※ 就像我們也會說「我們去喝個茶吧」，但也是想喝幾杯、想喝什麼都可以

under 的核心概念是「（被從上方覆蓋）在下面」

☑ 核心概念和基本用法

　　核心重點 相對於 over 的「覆蓋在上面」，under 是「（被從上方覆蓋）在下面」。

I found my glasses under a newspaper on my desk.

我在我書桌上的報紙下面找到了我的眼鏡。

※ 感覺眼鏡被報紙蓋住了的感覺

☑ 必須注意的 under 用法

That building is under construction.

那棟大樓還在施工。　　※under construction（建設中，施工中）

使用 under 的片語

① 「被支配」的 under：

under control（在控制之下）/

under the circumstances（在這種情況之下）/

under the influence {of alcohol}（在酒精的影響下）

② 「過程之中」的 under：

under repair（修理中）/

under way（進行中）

※ 和「進行中的 on」不同，under 有「在建造者等人的控制之下」的感覺（因此尚未完成）

19-2-2 重點在於核心概念的介系詞（之二）
against / beyond / behind

against 的核心概念是「對抗」

☑ 核心概念和基本用法

核心重點 against 是「對抗（反對～）」，也是「贊成的 for」的反義詞（p.676）。

> ※ Are you for or against the new policy?（你贊成還是反對新的政策呢？）

另一方面，「反對」並不總是負面的，也可以是「反對壞事」→**「為抵抗～做準備」**。

> Adam's sunglasses protected his eyes against the glaring sun.
> Adam 的太陽眼鏡保護他的眼睛抵抗刺眼的陽光。
> ※ glare（發出刺眼的光）

☑ 必須注意的 against 用法

由「反對」衍生出了「對照」的意思。透過「因為反對，而讓對比（在對照之下）顯得很明顯」，表達出**「與～對照」**或**「以～為背景」**的意思。

> The blue curtains look good against the beige walls.
> 藍色的窗簾襯著米白色的牆壁，看起來很好看。

另外，against 也有強力接觸**「與～接觸」**或**「碰撞」**的意思。在 lean on the door（靠在門上）中使用了「接觸的 on」，但也可以改用 lean against the door 來表達這個語意。透過 against（反對）的意思來表達出「強力接觸」的語意，這裡說的不僅僅是「接觸」，還是「因為對抗的作用（可以感受到反作用力的程度）而帶來的強力接觸」（依照上下文來判斷，可以翻譯成「緊靠在門上」）。

Sarah put her ear against the wall to hear what they were saying in the other room.

Sarah 把耳朵緊貼在牆上，想聽他們在另一個房間裡說什麼。

※ 用 against 表達出「緊靠著」的感覺

beyond 的核心概念是「超越 (超過～)」

☑ 核心概念和基本用法

核心重點 beyond 的意思是「超越」，呈現出「跳過站在面前的東西」的圖像。

※ 如果在課堂上說「beyond 就是咻地一下跳過去」，教室就會安靜下來，這樣一來學生就會確實記住了

There is a gas station just beyond that hill over there.

只要越過那邊那座山丘就有一間加油站。

☑ 必須注意的 beyond 用法

請注意「超越」→「超出能力 (無法～)」的意思。

※ 跟「超載 (超過容量)」的感覺一樣

I don't doubt what the doctor said, but it was beyond my understanding.

我沒有懷疑醫生說的話，只是這已經超出我的理解範圍了。

※ 說 it was beyond me 也 OK／not A but B 的表達型式

變成「否定」意思的 beyond

beyond description[words]（難以言喻，難以描述）/
beyond recognition（無法辨認，無法區分）/ beyond belief（難以置信）/
beyond doubt（無庸置疑）/ beyond[above] criticism（無可挑剔，無懈可擊）/
beyond one's reach（某人難以企及）

+α **above 是「在上面」/ below 是「在下面」**

① 即使不是正上方或正下方也可以使用
② 表達「在（某個判斷標準）的上面或下面」時使用（above sea level（海拔）/ above {the} average（平均之上）/ below zero（零下））

behind 的核心概念是「背後（在～的後面）」

☑ 核心概念和基本用法

核心重點 behind 是表達「**在～的後面**」的意思。在足球轉播中會出現的「2 points behind」，就是「落後 2 分」的意思。

> When you get off the plane, please check your seat area to make sure you don't leave anything behind.
> 當您下飛機時，請檢查您的座位區以確保沒有遺落任何物品。

片語 leave ~ behind（遺忘～；遺落～）中的 behind 不是介系詞，而是副詞（這裡 behind 的後面不需要接名詞），不過意思相同。

※ 在國外的計程車中常見到這句話（會和失物招領的手機照片貼在一起）

☑ 必須注意的 behind 用法

從物理上的「後面」開始，衍生出「**在～的背後；（本人）不在場的地方；私底下**」/「**從背後支持**」/「**背景是～，原因是～（原因 is behind 結果）**」等意思。

> It's rude to say bad things about someone behind their back.
> 在別人背後說他的壞話是很不禮貌的。
> ※ behind one's back（在（某人）不在場的地方，在（某人）的背後）

另外，「在時間的後面」→ 變成「延遲」的意思，會用在 behind schedule（進度落後）等片語之中。

※ 順道一提，ahead of schedule 是「進度提前」的意思

> Flight 924 departed ten minutes behind schedule.
> 924 航班比預定的晚了十分鐘起飛。

19-2-3 必須注意衍生義的介系詞 after / through / across

after 的核心概念是「追隨（跟在～的後面）」

☑ **核心概念和基本用法**

　　after 通常只用來表達「後面」，不過 核心重點 **請把 after 的圖像想成「跟隨在後面」**的樣子。英文老師說的 Repeat after me.（請跟著我說）也表達出了「跟隨的 after」的圖像。

　　※ 藉由「跟在後面」的圖像，會更容易聯想到接下來的「仿效（跟著模仿）」語意

☑ **必須注意的 after 用法**

　　片語 name A after B（用 B 命名 A）裡使用的 after，便是**「跟在 B 之後」**或**「模仿」**的含義。take after ～（與～相像）的字面翻譯是「拿取（基因或特徵）仿效～」。

💬
Cody takes after his father.
Cody 很像他的父親。

　　+α **take after ～ 的細節用法**

　　字典上會看到「take after ～ 是用在與具有血緣關係或年紀較大的對象相像時」這種解說，若透過字面翻譯「拿取（基因或特徵）」來思考，應該就能輕鬆理解這個解說內容了（順道一提，resemble（相像於～）則不管對象是誰都可以使用）。

　　另外，take after ～ 比較常用在行為舉止上的相似，因此上面這句英文的後面，可能會出現 He studies hard and says he wants to be an engineer, just like his father.（他努力念書，並說他想成為一名工程師，就像他父親一樣）這種句子。

補充 關於反義字 before

① before 的核心概念是「前面」
② 可以是介系詞或連接詞（這點和 after 相同）
③ 會翻譯成「然後」　p.128
④ 有時會翻成否定的意思（做為連接詞時）　p.132
⑤ 相較於用來表示物理性的「前面」的 in front of ~（在～的前面），
　　before 則較常使用在其他（抽象的概念、順序、因果關係等）地方

Neanderthals lived in Europe before the arrival of Homo sapiens .
= Neanderthals lived in Europe before Homo sapiens arrived there.
尼安德塔人在智人到來之前就住在歐洲了。
※ 第二句是連接詞的 before

through 的核心概念是「貫通（經由～）」

☑ 核心概念和基本用法
核心重點 through 的圖像是「貫通」的感覺，會出現在 Monday through Friday（從週一到週五（含週五當天））這種表達方式中，進一步從「貫通」→衍生出「結束」的意思。

Are you through with my dictionary? Can I have it back now?
我的字典你用完了嗎？現在可以還我了嗎？
※ be through with ~（做完～）（關聯的 with 表示「關於～」）

☑ 必須注意的 through 用法
從「經由～」衍生出**「手段（透過～）」**以及**「原因（由於～）」**的意思，會出現在 communicate through gestures（透過手勢溝通）、through carelessness（由於粗心大意）等表達之中。

The engineers found a solution through trial and error.
工程師透過反覆試驗找出了解決方法。

across 的核心概念是「通過（橫越穿過～）」

☑ 核心概念和基本用法

核心重點 across 是「像劃十字（cross）一樣地移動」→「橫越穿過～」的意思。

> Columbus sailed across the Atlantic in 1492.
> 哥倫布在 1492 年橫越了大西洋。

☑ 必須注意的 across 用法（會使用 across 的三種表達方式）

① 貫通、滲透：「在～之中」

「通過」→「貫通（完全穿透到各個角落之中）」，會出現在如 across the county（全國各地）、across the world[globe]（世界各地）等表達方式之中。

② 「遇見」的 across

片語 come[run] across ～（偶然遇見～）經常出現在各種考題之中，其中的 across 帶有「貫通、滲透」的意思，表現出猶如在貫通的十字路口交錯（across）而過那樣，讓人感到出乎意料的相遇（不管遇到的是人還是事物都可以使用這個片語）。

※ 不用 across，也可以改用意思相同的 run into ～ 來表達，請直接把它們一起記住吧（run into 的字面翻譯是「跑著（run）衝進（into）」）

③ across from ～ 是「在～的對面」

across 給人的感覺通常是「穿越」之類的動作，不過也可以表現出「視線穿越而到達了對面的那一側」→「在～的對面」的意思。請特別注意 across from ～ 是「從～橫越穿過」→「在～的對面」的意思。

> I sat across from my boss at lunch.
> 我午餐時坐在了老闆的對面。

19-2-4　必須特別區分的介系詞
between / among / beside / besides

between / among

☑ between 的核心概念是「鎖定對方」

> This is just between you and me.
>
> 這件事只有你和我知道。
>
> ※ 字面翻譯是「這件事只存在於你我之間」

核心重點 between 是一直把注意力「鎖定」在對方身上的感覺，因此 between 的使用情境中多半只有兩個人事物。經常聽到「between 用於兩者、among 用於三者以上」的說明方式，不過這明顯就是沒有抓住核心概念的說法。

事實上，就算是三者以上，有時也可以用 between，這時表達出的是「各自和另外兩者互相握手」的感覺。言情小說中會出現的 a love triangle between three people（三角關係），就是雖然總共有三個登場人物，但各自和另外兩者之間的關係很重要，這時「鎖定」的意識就發揮作用了。

「在～之間」的區別

```
特定的兩者 → between
三者以上 ┬→ 各自和另外兩者之間都有關係 → between
         └→「被許多東西包圍著」的感覺 → among
```

> The treaty between France, Germany, and England was signed after a long negotiation.
>
> 經過長時間協商，法德英三國簽署了協議。
>
> ※ treaty（協議）／sign（簽名；簽署）

補充 使用 between 的重要表達型式與須注意重點

① the difference[gap] between A and B
→「A 和 B（之間）的差異（差距）」
② 也可以用在三者以上

☑ **among 的核心概念是「被許多東西包圍著」**
核心重點 among 表現出來的是「**在擁擠人群中，孤伶伶的一個人**」**這種感覺**（後面會接名詞複數形或集合名詞）。特別容易在升學考試中出現的是 be among，請用 be among ～＝ be one of the ～ 來思考（也可以像下面這個句子一樣，使用複數主詞 p.771）。

Apple and Amazon are among the largest companies in the world.
Apple 和 Amazon 是世界上最大的公司之一。
※字面翻譯是「在世界最大的公司之中」

beside / besides

☑ **beside vs. besides**

	介系詞	副詞
beside	在～旁邊	在附近
besides	除了～以外，還有～	除此之外、另外　p.400

※ beside 在很久之前的確有副詞用法，而且字典裡也有寫，不過這個用法卻根本不會出現在考題之中，所以可以直接想成「beside 是介系詞！」

☑ **beside**
核心重點 beside 本來是「**by（靠近）＋ side（旁邊）**」→「**在身邊**」**的意思**，只要想成是「在（be）旁邊（side）」就可以了。
※ beside oneself（因情緒或感情而難以自制）請參照 p.324

She plugged her charger into the outlet beside her bed.
她將充電器插入了她床邊的插座。
※ plug（插入；連接（電源等））／outlet（插座）

☑ besides

核心重點 besides 的圖像是「追加」，詞性有介系詞和副詞兩種
（p.400）。

In the past, many materials besides paper were used to write on, such as papyrus and sheepskins.

在過去，除了紙張以外還有許多材料會被拿來寫字，例如紙莎草和羊皮。

※ such as ~（例如～）／papyrus（紙莎草）（一種植物）

Part 5

建立「結構」的意識

到了最後一個 Part，你應該已經對英文文法的「力量、可能性及系統性」和自己的英文能力，全都充滿信心了。

讓我們一起好好花時間完成最後一個 Part，建立最完備的「英文文法的素養」！

現在，讓我們開始最後的挑戰吧。

盡情享受在英文文法世界「漫遊」的感覺吧！

被動語態

【註】關於使用 by 以外介系詞的被動語態

通常 by 接的主詞，**做的都是出自意志的動作**，而除了 by 以外的其他介系詞也可以用在被動語態裡（特別是當過去分詞形容詞化的時候）。因為這部分內容中的被動語態意識較弱，所以本書透過將它們分散在不同單元中來處理。情感表達（be surprised at ~（對~感到驚訝））放在分詞（Chapter 14）章節，其他的表達方式（be made from ~（由~製作而成））則在介系詞（Chapter 19）章節中進行講解。

※ 在 be surprised at the news（對那則新聞感到驚訝）之中，新聞本身並沒有要讓人感到驚訝的意思，所以不會使用 by，但如果是「某人設下機關，使其他人感到驚訝」這種涉及人為意志的情況，那就可以用 be surprised by ~ 的型式來表達（如果是「被動語態＋by」這種型式的話，應該就不會難懂了吧）

INTRODUCTION

充滿誤解的被動語態

在學習被動語態時，各位是否會把 Tempura was eaten by Nancy. 這句話翻成「天婦羅被 Nancy 吃掉了」呢？

我遇過很多「不擅長不定詞或關係代名詞」的學生，但卻從沒遇過「不擅長被動語態」的學生，可是又很少有文法像被動語態這樣存在著這麼多的誤解，下面是比較常見的誤解。

誤解 ①　被動語態的型式（be p.p.）只要翻成「被～」就可以了
誤解 ②　被動語態一般會加上 by，不過偶爾也會省略

別說是誤解了，各位在學的時候說不定還把這兩點當成是被動語態的特徵了吧。但是，這可真是誤會大了啊！

直接把 be p.p. 翻譯成「被～」會得到奇怪中文的原因

英文的被動語態「be p.p.」和中文的「被～」在使用時的概念不同。中文的「被～」主要用來表達**利弊**（獲利或受害）。例如「被稱讚、被認可、被接受、被求婚」是獲利，「被打、被超越、（郵件）被看、（擅自）被吃掉」是受害。除此之外，相同的一句話**可能會是獲利，但也有可能會是受害**，舉例來說，一般來說「被告白」是獲利，但若「被（不認識的醉鬼）告白」的話，應該是受害吧？

然而，在英文的世界裡，被動語態可以想用就用（跟利弊無關也能用），所以在翻譯成中文時，就不能全部都直譯成「被～」，而是只有和**利弊**有關的情況下，才能用「被～」來翻，不然翻譯出來的句子都會變得不自然。

使用被動語態的「真正理由」

那麼什麼情況下會用到英文的被動語態（be p.p.）呢？

其中最大的理由之一，就是**因為不想說出主詞是誰**。例如，說出 You made a mistake.（你做錯了）這句話，聽起來就好像是在指責犯錯的人，但如果改說被動語態的 A mistake was made. 的話，犯錯的 You 就被藏起來了，讓這個句子表達出為對方著想的感覺。當然，語氣最差的會是加上 by you 的句子，因為就會變成先昭告天下 A mistake was made.，再公開指名道姓說做錯的就是 you。因此，**一般被動語態的句子會省略 by**。

※ 在一項調查中，使用被動語態的英文句子裡，超過 80% 都沒有 by

在這個 Chapter 裡，將會仔細解說這個熟悉卻**充滿誤解**的被動語態。你會學到母語人士使用被動語態的方法，例如為何要特意使用平常不太會用的 by，也因此更能確實解讀英文句子所想要傳達的語意。當然，這也將能讓你知道該如何在適當的時機使用被動語態。

征服被動語態的心法

- ☐ 拋開固有成見和誤解（be p.p. 直接翻成「被～」，一般都會加 by）！
- ☐ 理解使用被動語態的「真正理由」
- ☐ 能夠使用被動語態的只有及物動詞

We are shaped and fashioned by what we love.

Johann Wolfgang von Goethe

我們所愛之物會形塑我們。

Johann Wolfgang von Goethe

※ fashion 是「塑造」的意思

CHAPTER 20-1

被動語態的基礎概念

20-1-1　被動語態的型式

基本概念

基本型式：be p.p. →「被～」

「否定句」和**「疑問句」型式**：以 be 動詞為中心（be 的後面接 not ／把 be 移到句首）

被動語態：從「被～」的角度來看使用的動詞形態，有時也會稱為「被動形態」

主動語態：相較於被動語態，表示「（主動）做～」，也就是一般句型

構成被動語態句型

改寫成被動語態的三個步驟　　※主詞以 S，受詞以 O 表示

① 把 O 放到前面（把 O 換到 S 的位置）
② 把動詞改成**被動語態的型式**（be p.p.）
③ 將原來的 S 改成「by ~」，再把它附加在句尾

　　來實際看看將主動語態（做～）改寫成**被動語態**（被～）的步驟流程吧。

※ 實際上 by ~ 通常會被省略（稍後會說明），但我們一開始還是先確認有 by ~ 的型式

主動語態　Edison invented the electric light.　Edison 發明了電燈。

被動語態　The electric light was invented by Edison.
　　　　　電燈是愛迪生發明的。

※ 主動語態 invented 是「發明了（過去式）」→ 被動語態 was invented 表示「過去被發明（過去分詞形態）」

只有及物動詞能使用被動語態 應用

　　想要改寫成被動語態，必須要有接受動作的對象（受詞）。這是因為改寫被動語態是一種**把 O 改成 S** 的動作。由於只有及物動詞會有受詞，所以**只有使用及物動詞的句子，才可以改寫成被動語態**。

> ※ 不及物動詞是可以回答「喔，是喔」就結束的動詞，不會接受詞／及物動詞是可以反問「什麼？」的動詞，需要接受詞（名詞） p.428

　　以句型來說，只有第 3 句型（SVO）、第 4 句型（SVOO）和第 5 句型（SVOC）可以構成被動語態的表達型式。
　　第 1 句型（SV(M)）和第 2 句型（SVC）無法改寫成被動語態的型式，這是因為**不及物動詞無法用在被動語態中**，例如 live（住）就不能改寫成被動語態的型式。

被動語態型式（be p.p.）的「完成式」 延伸

　　雖然會看到 be gone 這種表達型式，但其實因為不及物動詞的 go 無法使用被動語態，所以這裡不是被動語態，而是用**「be ＋不及物詞 p.p.」→ 表示完成**（畢竟過去分詞原本也就會用在**完成式**裡）。

> ※ 這是以前完成式遺留下來的表達方式，會出現在慣用表達中（多半會是 go / come / fall / change / finish 等等表示「移動」、「變化」或「結束」的動詞）

💬 He is gone.
他走了。

> ※ 字面翻譯是「他走了」／可以透過上下文解讀成「回家；離職；（失戀）分手；死亡」等的意思

🔈 Are you finished?
您用完了嗎？

> ※ 餐廳服務人員想要收餐具時會說的話

　　實際使用時經常會省略 Are you，只會說 Finished?。這是去國外（即使不是英語系國家）旅行時，一定會在餐廳裡被問到的一句話。

> ※ 不知為何國外的服務人員都會想要立刻把盤子收走

+α be done[finished] -ing 表示「～結束了」

這個表達方式雖然比較特殊，但經常出現在對話之中。

I'm done eating lunch.

我吃完午飯了。

※ 說 I'm finished eating lunch. 也 OK

也有無法使用被動語態的及物動詞 發展

基本原則是**不及物動詞無法使用被動語態和及物動詞可以使用被動語態**，但深入研究後就會發現：**不是所有的及物動詞都可以使用被動語態**。例如 have（持有）和 resemble（相似）等等，**「人為意志無法左右」或「表示狀態」的動詞**都無法用在被動語態的型式之中。

雖然可能本來就會覺得「被～持有」或「被～相似」的表達方式在語意上有點奇怪，但做為補充，如果改用**主詞影響受詞**（可以使用被動語態的特徵之一）的觀點來思考，例如 Daniel has blue eyes.，這個句子沒有「Daniel 對藍色眼睛造成影響」的意思，所以像這類的句子就無法改寫成被動語態。每次看到被動語態的句子，就可以想「啊，這種句子也可以用被動語態啊」，久而久之就會對被動語態越來越有經驗了。不過，現在如果能先記住**被動語態中的動作者會造成某種影響**的概念，也會很有幫助。

追加英文

請將以下句子改寫成被動語態並翻譯成中文。

Charles Darwin proposed the theory of evolution by natural selection.

解答範例

The theory of evolution by natural selection was proposed by Charles Darwin.

物競天擇的演化論是由 Charles Darwin 提出的。

※ the theory of evolution by natural selection 是一個完整的名詞詞組（並非表示被動語態句中的行為者的 by）

20-1-2 被動語態的「結構」與「各種型式」

被動語態的後面不會接名詞

問題：請翻譯以下句子。

> 我的背包被偷了。　　※「我的背包」請用 my bag

原本及物動詞 steal 的使用型式是「steal ＋物」，所以寫成被動語態時，會是「物 is stolen.」。如果這裡把句子寫成 ×）I was stolen ~ 的話，那麼原本的型式則必須是「×）steal ＋人」才行，但這種型式根本不存在（這是考試裡常考的重點）。

> ×）I was stolen my bag.　　　◎）My bag was stolen.
>
> ※ 寫成 I had my bag stolen. 也 OK（這裡使用使役動詞的表達型式而非被動語態）
> p.461

　另外，在常見的錯誤句子（I was stolen my bag.）中，不只是前半句（I was stolen），就連後半句也有錯。was stolen 的後面不可以接名詞 my bag。原本**及物動詞（須接受詞的動詞）是可以用在被動語態裡**的，但 核心重點 **只要是被動語態的型式，受詞就應該已經不存在了**才對（因為受詞已經被移動到主詞的位置了）。

> 主動語態　Natsuki baked this cheesecake.　　※有受詞
> 　　　　　Natsuki 烤了這個起司蛋糕。
> 被動語態　This cheesecake was baked by Natsuki.
> 　　　　　這個起司蛋糕是 Natsuki 烤的。　　　※沒有受詞／by ~ 是副詞片語

　被動語態 was baked 的後面沒有名詞。**be p.p. 的後面不會接名詞**。因此，was stolen my bag 這種英文表達型式是不成立的。簡而言之，可以用「所謂的被動語態是把及物動詞，變成叫做 be p.p. 的不及物動詞型式」來解釋。

> ※ 覺得「有點不知道這是在說什麼……」的人可以跳過，我只是覺得這樣的解釋方法很帥，所以想說說看而已

　　這個「**被動語態的後面不會接名詞**」的概念，一般很少會特別強調，可是它卻非常重要，因此請確實掌握這個概念。

※ 順道一提，若你有想到「那如果是 SVOO 的句子呢？」，那你真的是非常敏銳的人，不過還是請你先掌握 SVO 的原則。稍後便會說明 SVOO 和 SVOC 的情況 p.735

被動語態的各種型式

☑ 加上助動詞　助動詞＋ be p.p.

Engraved rings cannot be returned or exchanged.

有刻印的戒指無法退換。

※ engraved 是 engrave（銘刻）的過去分詞，用來修飾後面的 rings／因為是 {cannot be} exchanged，所以 returned 和 exchanged 都是被動語態中使用的過去分詞

☑ 完成式　have been p.p.

All flights have been canceled due to the fog.

所有航班均因大霧而取消。　　※ 這是機場廣播／due to ~（由於～）

☑ 進行式　be being p.p.

Tonight's concert is being recorded for a live album.

今晚的演唱會將錄製成現場演出專輯。

※ 如果是藝人在演唱會期間（歌與歌之間）說這句話，表示錄製「正在進行中」，但如果是進場前看到的注意事項，則可以解釋成「用現在進行式表達的『預定行程（預計會錄製）』」

補充 be being p.p. 的圖像

be	p.p.
↓	↓
be being	p.p.

※ be 變成 be -ing／句中的 p.p. 會維持原狀！

　　被動語態的進行式不會讓句子變成 ×）be p.p. being 的型式。考慮到英文會**早早在句子的前段**（句子左半部的要素）**裡表達出時態**，例如看到 have p.p. 的話，會用 have 表示時態（在左半部）吧。同樣地，在 be being p.p. 的句子裡，會先以 **be being** 表達出時態（進行式），因此進行式（be -ing）會先（在左半部）出現。

CHAPTER 20-2

運用「結構」的真正理由

20-2-1 「不想說出主詞」時的 被動語態

兩個使用被動語態的最大理由

使用被動語態的理由，大致上可分為**「不想說出主詞」**和**「想變換主詞與受詞位置」**這兩點。

使用被動語態「真正的理由」

> (1)**不想說出 S！** ※不用 by ~
> 具體來説……① S 明確 or 不明確　② 隱藏 S 以逃避責任
>
> (2)**想要變換 S ⇔ O 的位置！** ※使用 by ~
> 具體來説……① 想把 S 放到後面（要讓 S 當壓軸）
> ② 想把 O 放到前面

　　英文句子通常會以主詞開頭（除了祈使句以外），但有時也會遇到「不想說出主詞」或「很難說出主詞」的情況，可是又不能隨意省略主詞，這種時候被動語態就發揮作用了。只要改寫成被動語態並將 by ~ 省略的話，就可以把主詞隱藏起來了（by ~ 是副詞片語，所以沒有主詞也 OK）。

不想說出主詞 ① 　S 明確 or 不明確

　　如 Eggs <u>are sold</u> at that store.（那間店有賣蛋）、English and French <u>are spoken</u> in Canada.（在加拿大會說英文和法文）等句子，就是省略 by ~ 的例子。我們在學校一定學過「表示不明確的行為者（如店員或某國人）時會省略原本應該要加上的 by them」。

　　但在這裡是 核心重點 **因為沒有必要刻意說出主詞，所以使用被動語態**（當然也不會加 by them），運用這樣的方式來思考，比較能看到

英文被動語態的本質。最能體現這點的關鍵英文句子就是 I was born in Kumamoto.（我在熊本出生），這個句子其實就是被動語態。

※ born 是 bear（生產）的過去分詞形態（bear-bore-born）／如果在句尾加上 by my mother 的話，就會變成強調「被我的母親（而不是他人）」，句子就會變得極為不自然 p.729

另外，He was killed in the war.（他在戰爭中死了）的這個句子，雖然當然可以解釋成「明顯就是敵軍殺的」，但另一方面卻也可以說是「不知道具體是哪個敵軍的人殺的」，因此在不想要表明主詞為何的情況下，這裡使用了被動語態。

被動語態的句子裡多半沒有 by ~

因為**不想說出主詞**，所以才使用被動語態，因此實際上大多是「省略在被動語態中的 by ~」的情況。

※ Made in Japan（日本製造）（This was made in Japan.）也省略了 by ~，對吧

沒有 by ~ 的被動語態

Service charge is included.（含服務費（不須支付小費））

Tax is included.（含稅）　※ 也可以用 tax included 簡稱

This file type is not supported.（不支援這個檔案格式）

※ 電腦相關表達／support 是「支援」→「應對」／省略 by this computer

不想說出主詞 ②　隱藏主詞以逃避責任

如果用 I think that ~，那就會明確表達出「這是我的想法」，說出口的話也會因此產生相應的責任，但如果使用被動語態 It is thought that ~（It 是虛主詞，that ~ 是真主詞），就可以把主詞 I 隱藏起來，表達出「（這說的不是我的個人意見，而是）大家一般都是這麼想的吧」的語氣，核心重點 換句話說，改用這種說法就可以「逃避責任」了。這種逃避責任，未必只用在壞事上，也可以像 INTRODUCTION 中提到的那樣，在想要保護行為者時使用被動語態。

A mistake was made.

犯了一個錯。

※ 犯錯的人被隱藏了，傳達出客氣、柔和的感覺

「鬼屋」寫成「Haunted Mansion」的理由 應用

The mansion is haunted.

那間房子鬧鬼。

英文裡有 be haunted（鬧鬼）這個片語，基本上動詞 haunt 原本的用法是「人 haunt 地點（人 經常出沒於 地點）」，She haunts the café. 的意思則是「她經常出沒於那間咖啡廳」，所以若把主詞換成「鬼（ghost）」，寫出「Ghosts haunt the mansion.（鬼經常出沒於那間房子）」這個英文句子也是可以的。然而，基於一般心理上會對這句的主詞（Ghosts）感到難以啟齒，最後就演變成以被動語態表達了。

Ghosts haunt the mansion.

→ The mansion is haunted {by ghosts}.

由於 be haunted 的句子將表達「（鬼）出沒」的 by ghosts 藏了起來，所以在翻譯時沒有必要拘泥於被動語態，只要有翻出「（有鬼）在那間房子出沒」的語意就 OK 了（硬翻成「被出沒」的話，滿難理解的吧）

※ 順道一提，haunted mansion[house]（鬼屋）也可以指遊樂園中的遊樂設施。這個 haunted 是「分詞（形容詞用法）」 p.564

被動語態沒有必要勉強翻成「被～」

☑ 翻譯被動語態時，只要以上下文通順為優先就 OK

使用被動語態的理由之一是「不想說出主詞」，只要知道這點，就知道沒有硬性規定一定要把「被～」翻出來。

☑ 若談及利弊（獲利或受害），則經常可以翻成「被～」

Is your smartphone fully charged?

你的手機被充滿電了嗎？　※「電 100% 充滿」是獲利

My car was stolen yesterday.

我的車昨天被偷了。　※因為是受害，所以可以翻成「被偷」

☑ 補充（也有看上去不像利弊的表達）

　　有些句子看上去跟**利弊**毫無關係，但翻成「被～」卻會感覺比較自然，例如「會被說成」或「可以被用來」等等，會有這種情形，可能是因為這些語意，對部分人而言是獲利，但對其他人來說卻是受害。實際上，會發生這種情形的句子多半非常簡單，因此如果**翻成「被～」很自然的話，就維持原狀，如果覺得不自然，那就改用主動語態來翻**就行了（下面這兩個例句，應該都可以輕鬆決定要怎麼翻才對）。

What languages are spoken in Singapore?

新加坡説什麼語言？

※ 新加坡有四種官方語言：英文、華語、馬來語和坦米爾語

A temperature of 54°C was recorded in Death Valley in 2021.

死亡谷在 2021 年有被記錄到出現攝氏 54 度的情形。

※ 很難將其包含在「利弊」中，但直接翻成數據「被記錄」是不會有問題的

＋α　haunt（苦惱；縈繞在心頭）的被動語態

　　The mansion is haunted. 這句會用主動語態的「鬧鬼」來翻，而同樣的 haunt 這個字也有著「（某個想法）經常在某人的腦袋中出沒」→「苦惱；縈繞在心頭」的意思，若使用被動語態，即是表達「被～所苦惱」的受害語意，直接翻譯也很自然。

　　用在英文句子裡，就像 Many Japanese people are haunted by the assumption that they must use "SARERU" when they translate the passive voice.，表達「許多日本人都被他們在翻譯被動語態時一定要使用

『SARERU』的推想所苦惱」的句意（assumption that ~（～的推想）／the passive voice（被動語態））。

20-2-2 「想變換主詞與受詞位置」時 使用的被動語態

想變換主詞與受詞位置 ①　想讓主詞當壓軸並強調

　　資訊出現得越晚，地位越顯得重要。例如 Jun broke the window.（Jun 打破了窗戶）這個句子，重點在 the window，會用來回答 What did Jun break?（Jun 打破了什麼？）的問題。

　　另一方面，被動語態的句子 The window was broken by Jun.（窗戶是被 Jun 打破的），透過 by Jun 突顯了做動作的主詞，會用來回答 Who broke the window?（是誰打破了窗戶？）的問題。就像這樣，核心重點 **不想太快說出想當成壓軸並強調的資訊時**，就會改用被動語態。

★
This program is presented by Streamliner.
本節目由 Streamliner 呈獻。
※ 在電視節目中介紹贊助商／用 by ~ 將贊助商的名字放在後面做強調

關於 Tempura was eaten by Nancy. 這個句子的翻譯

　　直接翻成「天婦羅被 Nancy 吃掉了」會感覺有點不自然。原因在於，這句英文想要強調的是「Nancy 吃掉了」的這件事，所以才特別將 by Nancy 放在了句尾，也因此可以用在「討厭吃日本料理的 Nancy 吃了天婦羅！」的這類情境之中，所以在翻譯的時候不用拘泥於「被～」的翻法，可以直接想成「Nancy 竟然吃了天婦羅啊！」，這樣也能更加正確理解英文句子所想表達出來的語氣。

　　另一方面，雖然一看就知道 I was born in Kumamoto. 這個句子是「因為主詞明確，所以不需要 by ~」，但各位應該也可以理解 ×）I was born in Kumamoto by my mother. 這樣的句子，是超級奇怪的吧？

這句如果真的要翻，就會變成「我在熊本出生……把我生出來的竟然是我媽！」這種沒有意義、硬要強調的感覺。

+α 如果是代理孕母的話，那就有可能加 by ~

★ The Santoses' daughter Silvia was borne by a surrogate mother.

Santos 的女兒 Silvia 是由代理孕母所生。

※ surrogate（替代的）／強調「生孩子」的行為時，（比起 bear-bore-born）大多會使用 bear-bore-borne 以區分語意／「The ＋姓氏的複數形」表達「○○家族的人」 p.281

想變換主詞與受詞位置 ② 想把受詞放到前面 [應用]

與**想讓主詞當壓軸的概念**相反，核心重點 **當想把受詞放到前面**時，也會使用被動語態。在想將受詞放在句子前段的理由之中，（雖然有好幾個）下面兩個是最重要的。

把受詞放到前面的理由

（a）想和前面的句子「統一成相同的主詞」 ※增加句子的流暢度
（b）想表示主詞 → 受詞的「時間順序」 ※最具代表性的是動詞 follow

（a）想和前面的句子「統一成相同主詞」（突顯英文句子的一致感）

Ms. Ono worked really hard last year, so she was promoted to section chief.

Ono 小姐去年工作非常努力，所以被提拔為課長了。

※ promote（晉升）／兩個句子的主詞相同（Ms. Ono 和 she）／section（課；部門）

（b）想表示主詞 → 受詞的「時間順序」

問題：下面這句英文裡的紅酒和食物，哪一個會先上？ ※盡可能立即回答

Wine followed the food.

follow 是「跟隨」的意思，所以使用上是「後 follow 先」的型式。如果將 follow 改成**箭頭**（←）來思考的話，就可以知道是「Wine ← the food」表達「紅酒後、食物先」。

※ 解答：食物先上／翻譯是「在上菜之後上了紅酒」

如果在主動語態的句子裡使用 follow 的話，會變成「在英文句子中出現的順序（Wine 先出現，the food 後出現）」和「實際的順序（餐廳是 Wine 後上，the food 先上）」不同，理解起來相當麻煩。因此為了要讓這個句子更加流暢好懂，所以會改用被動語態，只要將主詞和受詞互換位置就可以了。

The food <u>was followed by</u> wine. 在上菜之後上了紅酒。

　　　　　食物　　　　　　 → 　　　　紅酒　　※ 和英文句子中出現的順序相同（食物 → 紅酒）

不要把 be followed by 翻成「被～跟隨」，只要按照**由左往右的箭頭**（→）來思考，也就是想成「先 is followed by 後」的型式，這樣就很簡單了。

※ 當然，也有使用 S follow O 的情況（用於想要強調 O 的時候）

The presentation was followed by a twenty-minute question-and-answer session.
簡報結束後是 20 分鐘的 Q&A（問答）時間。

+α 　**也會用在分詞構句之中**（SV, followed by ~. 的型式）

be followed by ~ 經常被用於分詞構句的句子裡（箭頭的思考方式相同）。

主要動詞　 S <u>is followed by</u> ～.　　S 之後是～。
分詞構句　 SV, <u>followed by</u> ～.　　SV，之後是～。
　　　　　　　　 → 　　　　　　　 ※ 省略 being　p.582

這個表達型式在表示**名次**時很方便，因此經常在考題裡的長句、英文報紙、新聞中出現。特別是在聽力測驗中出現時，只要利用箭頭的概念來思考，就能立刻理解。

David finished the 800 meter race in first place, followed by Robert and James.

David 在 800 公尺賽跑中排名第一，第二和第三名分別是 Robert 和 James。

※ 這是用來列舉前三名時的典型表達方式（David 第一名，Robert 第二名，James 第三名）

+α be followed by 在表示「受害（被跟蹤）」時，可以直翻

Beware! Someone is watching you. You are being followed by someone.

注意！有人正在注視著你。你被跟蹤了。

※ 進行式 are being followed／順道一提，這裡也是源自於箭頭的概念（You → someone 的順序）／看動畫時看到的句子，出現在「死神在提醒某個人」的時候

FAQ 看不懂考試的「題目說明」在寫什麼……

The last paragraph of this passage would most likely be followed by（   ）.

在這篇文章的最後一段之後，最有可能會接續（   ）。 ※選項省略

　　這是某次考試中出現在題目中的英文句子，很多考生在開始解題前，就已經被 be followed by 搞糊塗了。不過各位如果用「The last paragraph →（   ）」的順序來思考，就可以知道題目要求填入空格的是「接續在最後一段之後，最有可能的『後續發展』預測」了。

追加英文

請翻譯以下句子。

(1) The train was delayed by bad weather.

(2) Most men will be survived by their wives.

解答範例

(1) 由於天氣不好，火車誤點了。 ※delay（使延遲）

(2) 妻子多半比丈夫活得更久。

　　※ 這裡使用的是 S survive O（S 比 O（尤指家人）活得更久）的被動語態（變換 S ⇔ O 的位置）／will（必定會～（表示性質））不需要翻釋／wives 是 wife（妻子）的複數形

深入理解被動語態的結構

20-3-1 「動詞片語」的被動語態

將片語視為一個動詞

像 laugh at ~（嘲笑～）這樣的片語，會被視為**一個動詞**來處理，因為可以構成 SVO 句型（對 O 會造成影響），所以可以改寫成被動語態的句子。由於整個 laugh at 是一個動詞，所以在改寫成被動語態時，會變成 be laughed at（重點在於必須留下 at）。

Noah's classmates laughed at Noah. Noah 的同學們嘲笑 Noah。
       S   V   O

→ Noah was laughed at by his classmates. Noah 被他的同學們嘲笑。

×) Noah was laughed by his classmates.

如果你因為覺得「留下 at 太奇怪了吧」、「at 和 by 放在一起不好吧」，就擅自把 at 刪掉，這可是不被允許的。原因在於 laugh at 整個是一個動詞，所以以「刪除 at」等同於「擅自把動詞單字拼字中的字母刪掉」，根本亂來又沒有邏輯。

補充 **沒有 O 的話，無法用在被動語態之中**

如果把 laugh 和 at 分開思考的話（沒有 O），就會變得無法用在被動語態裡。

Noah's classmates laughed (at Noah).
       S   V   M

※ 這樣一來就沒有 O 了 → 無法用在被動語態裡

可以用在被動語態裡的「片語」（有介系詞或副詞的片語）

在英文裡有無數個片語都必須像 laugh at 那樣，被視為一個動詞來處理，但常出現在入學測驗或資格考試裡的卻有限，因此若能事先掌握這些片語，會非常有幫助。

經常以被動語態出現在題目中的「片語」

(1) 由兩個字組成的片語

laugh at ~（嘲笑～）/ speak to ~（向～說話）/ run over ~（（車子等）輾過）/
cut down ~（砍倒～）/ call on ~（拜訪～；（老師向學生等）號召）/
hear from ~（接到來自～的消息）/ deal with ~（處理～；對待～）/
put off ~（延後～）/ call off ~（中止～）/ put away ~（收拾好～）/
throw away ~（丟棄～）/ bring up ~（扶養～；提起～）/
bring about ~（引起～）

(2) 由三個字以上組成的片語

① 「動詞＋副詞＋介系詞」的片語

look up to ~（景仰～）/ look down to ~（輕視～）/
do away with ~（廢除～）

② 「動詞＋名詞＋介系詞」的片語

take care of ~（照顧～（＝look after ~））/
take advantage of ~（利用～）/ make fun[a fool] of ~（捉弄～）/
catch sight of ~（瞥見～）/ lose sight of ~（看不見～）/
pay attention to ~（留意～）/ make use of ~（利用～）

Maria's snowman was run over by a truck last night.

Maria 的雪人昨晚被卡車輾了過去。

Our class's turtle is taken care of by everyone.

我們班的烏龜是大家一起照顧的。

※ 字面翻譯是「被所有人照顧」／這個表達型式是將出現在片語裡的名詞，當成受詞
來處理（例如 Good care was taken of the child by him.（把孩子照顧的很好的人
是他）），很多人會覺得這種寫法很不自然

20-3-2 「第 4 句型（SVOO）」的 被動語態

be p.p. 的後面會接名詞！？

被動語態的大原則是 **be p.p. 的後面不接名詞**，但第 4 句型（SVOO）和第 5 句型（SVOC）的被動語態，卻會打破這個原則（be p.p. 的後面會接名詞）。**改寫成被動語態＝把受詞當成主詞，但如果有兩個受詞的話**（give 人 物），**一個會放在句首，那麼另一個應該就會被留了下來**（變成「be p.p. ＋名詞」的型式）。

※ 雖然看起來很麻煩，但 SVOO 和 SVOC 的句型本來就比較少用到，所以其實不難

Test takers are sent their admission tickets two weeks before the examination date.

應考人會在測驗日期的兩週前收到入場證。

※ admission ticket（入場證，入場券）／two weeks before ~（～的兩週前）／「限定」副詞請見 p.422

將「send 人 物（送 人 物）」寫成被動語態的話，會變成「人 is sent 物（人 收到 物）」的型式。上面這句中 Test takers 是 人，are sent 的後面接了做為 物 的 their admission tickets。

「物 is p.p. 人」的型式中夾著介系詞 延伸

「write 人 物（寫 物 給 人）」的被動語態型式，理論上應該是「物 is written 人」。然而，在現實中的絕大多數人，都傾向使用中間夾著介系詞的變形型式（write 人 物 → write 物 to 人），並以這個型式下去改寫成被動語態。換句話說，一般較常看到的是像「**物 is p.p. 介系詞 人**」這樣，中間夾著介系詞的表達型式。

The nice thank you note sitting on the desk was written to me by Chloe.

桌上放著的那張漂亮的感謝函是 Chloe 寫給我的。

※ note（短箋）／sit（位於）

A delicious beef stew was cooked for Julia's children by Julia.

Julia 做了一道美味的燉牛肉給她的孩子們。

資料 接在 be p.p. 後面介系詞的有無

雖然文法書中會寫「『物 is p.p. to 人』的 to，在 人 是代名詞的情況下可以省略（但如果是「物 is p.p. for 人」的情況，for 不可省略）」，但比起背這種內容，還不如用「只要使用介系詞就 OK」來思考比較好。

資料 理論上兩種被動語態都可以，但實際上有限制

可以做「SV 人 物」→「SV 物 for 人」改寫的動詞有 buy / make / cook 等等（p.453）。然而，對於大多數**會使用 for 的這種動詞**來說，**「以 人 做為主詞的被動語態」**的句子會被認為不自然。這可能是因為在說 I was cooked 的時候，會有「我被煮了」的怪異感吧。

但在現實之中，不同國家、人或字典，對於這件事都意見紛歧，特別是美式英文在文法上的可接受範圍較為寬鬆。例如 buy 可以想成「買給（≒ give）」，所以有時也可以當成 give 來用（所以也可以說 I was bought）。

上面提到的各種表達方式，請先都放在心裡就好，用的時候還是用絕對有信心的表達方式，這樣才是最安全的。

Walter 買了一打紅玫瑰給他女朋友。

Walter bought his girlfriend a dozen red roses.

→ Walter's girlfriend was bought a dozen red roses by Walter.

※ 有優點也有缺點

→ A dozen red roses were bought for Walter's girlfriend by Walter. ※OK

追加英文

請翻譯以下的句子。

You will be asked some questions about your satisfaction with the service you received. ※ 投宿飯店後的調查

解答範例

將詢問您一些與您所使用的服務相關的滿意度問題。

20-3-3 「第 5 句型（SVOC）」的 被動語態

C 的型式有兩種

由 SVOC 改寫而成的被動語態，在將 O 提到句首之後，處理 C 的方法有兩種。

(1) 直接保留：C 是原形以外的字詞（名詞、形容詞、to 不定詞、分詞等等）時

☑ **名詞**：被動語態是「be p.p. ＋名詞」的型式

The lion is often called "the king of beasts."

獅子常被稱為「萬獸之王」。

※ 省略 by people／寫成主動語態是 People often call the lion "the king of beasts."

☑ **形容詞**：被動語態是「be p.p. ＋形容詞」的型式

Prostitution was made illegal in Japan in 1956.

日本在 1956 年開始認定賣淫是違法的。

※ 這句是 make OC（使 O 變成 C）的被動語態／prostitution（賣淫）這個字會自然地出現在新聞報導之中

☑ **to 不定詞**：被動語態是「人 is p.p. to 原形」的型式

The students were told to go home by the teachers.

老師叫學生們回家。

※ 主動語態是 The teachers told the students to go home.／會使用「SV 人 to ~」的動詞 p.469

(2) 變換型式：C 是原形時 ※原形 → 變換成 to 不定詞

在 C 是**原形動詞**的情況下，就會啟動「**原形 → 變換成 to 不定詞**」的特別規則，要做的就只是把原形動詞（不是直接保留）變成 to ~。

Rina was made to work till late at night.

Rina 被迫工作到深夜。　※字面翻譯是「被要求去工作」

Mr. Wada was seen to come out of the supermarket.

Wada 先生被看到從超市裡出來。

※ 也有人認為感官動詞的被動語態（be p.p. to＋原形）是「不能用」的，可是這種表
　達型式會在測驗裡出現

補充 **詳細說明「原形變換成 to 不定詞」的規則**

　　因為 OC 之間的關係可以用 s'v' 來解釋，所以 SVOC 的英文句子
裡，會呈現出**有兩組 SV 存在**的感覺。

　They made Rina work till late at night. 他們要求 Rina 工作到深夜。

　S　　V　　s'　v'　※句中出現 SV 和 s'v' 這兩種組合

　　在這個句子中，SV 和 s'v' 和諧共存，但在改寫成被動語態後，
會以 Rina 開頭，使得 Rina 和 was made 形成了新的一對 SV，反而讓
動詞 work 多了出來。

　　They made Rina **work** till late at night.

　　　　　　　↓ 如果直接保留原形動詞的話……

×）Rina was made **work** till late at night.

　　S　　　V　　　V 會多出來（V 變成自己孤單一個……）

　　於是，失去了夥伴的 work，只好退而求其次變成了 to 不定詞的
型式，而不是動詞。如果不是原形不定詞，而是 to 不定詞的話，那就
可以接在動詞之後了。×）I like sing. 是 NG 的，但 ◎）I like to sing.
是 OK 的吧。

×）Rina was made **work** till late at night.

　　　　　　↓ 原形變成 to 不定詞

◎）Rina was made **to work** till late at night.

※ 順道一提，在使役動詞（make / have / let）中，能使用被動語態的只有 make 而已

FAQ 「在 C 的位置上出現 -ing」，這時該怎麼辦？

C 如果是分詞（-ing / p.p.），**直接保留**就好了。

They heard her **singing**. 他們聽到她在唱歌。

↓ -ing 直接保留就 OK

→She was heard **singing**. 她被聽到在唱歌。

※ singing 是分詞（動狀詞），因此直接保留就 OK／這本身是很正常的處理方式，但因為有很多人會過度解讀「變換成 to 不定詞」的規則，所以要小心

20-3-4　疑問詞與被動語態

Who ~ by? 的型式

Who was this novel written by?

這本小說（到底）是誰寫的？

※ 字面翻譯是「這本小說是被誰寫出來的？」／答案是 {This novel was written} By Hana.（Hana 寫的）

原本的問句是 Was this novel written by Hana?（這本小說是 Hana 寫的嗎？），句中人名（Hana）應該要用 whom（在 by 的後面是受格），如果將 whom 放到句首，就會變成 △）Whom was this novel written by? 這個句子。

可是這種表達型式在現代英文中很少見，且感覺上也比較生硬，所以這裡會以 Who 取代 Whom 來寫上面那個問句。

※ 如果和 By whom 搭配，寫成 By whom was this novel written? 的話，（雖然比較生硬）比較有可能被接受

What is S called?（S 叫做什麼？）

call OC（把 O 稱為 C）的被動語態是 S is called C，若**將 C 變換成 what 並放到句首**，就會構成 What is S called? 的型式。在國外旅行時，可以指著某個事物說 What is this called in English?（這個的英文叫做什麼？）。

※ 順道一提，What do you call this in English?（你們（大家）都叫這個的英文是什麼？）這個句子，來自主動語態 call OC（將 C 變換成 what 放在句首）的型式／下面這個句子中，S 是具體的事物而不是 this

A: What is "phak chi" called in English?
B: It's called "cilantro."
A:「phak chi」的英文叫做什麼？
B: 叫做「cilantro（香菜）」。

※ phak chi 本身是泰文，因此英語系國家通常聽不懂是什麼（根據我的經驗，在新加坡的餐廳說「phak chi（香菜）」行不通）

CHAPTER 20-4

其他的被動語態（須留意的細節、特殊型式、使用被動語態的片語等）

20-4-1 被動語態表達的「動作」和「狀態」

「被」與「被～著」

　　be 動詞雖然比較常用來表示狀態（是～），但有時也可以代表動作（成為；前來）（表示「我馬上回來」的 I'll be back soon. 裡的 be 是動作）。be p.p. 的 be 也有狀態、動作的意思，一般可以透過上下文來判斷，但如果想讓句意更清楚，便可使用 get 等動詞。

明確表示「動作」或「狀態」

> 明確表示【動作】：get p.p.、become p.p. →「被～」
> 明確表示【狀態】：keep p.p. →「持續著～」／
> 　　　　　　　　　　remain p.p. →「維持著～」

Matthew is married to Sophia.

Matthew 和 Sophia 結婚了。

※ be married →「結婚了（狀態）」

Matthew and Sophia got married right after they graduated from high school.

Matthew 和 Sophia 高中一畢業就立刻結婚了。

※ get married →「結婚了（動作）」

My bicycle remains broken, as I haven't had time to take it to get repaired.

我的腳踏車還是壞的，因為我沒時間把它拿去修。

※ remain p.p. 是表示「狀態」，get p.p. 表示「動作」／as 表示「理由」p.920

補充 **其他重要的 get p.p.** ※多半用來表達「事件」或「事故」的感覺

get tired（變得疲憊）/ get lost（迷路了）/ get fired（被開除了）※ fire 是動詞「開火（槍、砲等）」→「將員工趕出公司」→「開除」/ get damaged（被損壞了）

20-4-2 think / say 等動詞的被動語態

It is p.p. that ~ 的被動語態

　　「認知」或「傳達」類的動詞（如 think / believe / say / expect 等等），受詞會接 that 子句，而被動語態的句子是透過兩個階段變化而來的。

They say that ~ .

>◁ 變化① 構成被動語態：將受詞（that 子句）放到句首

That ~ is said {by them}.

>◁ 變化② 使用虛主詞：做為主詞的 that 子句太長，改放到後面

It is said that ~ .

>◁ 完成：虛主詞 It、真主詞 that ~ 的型式

In the Bible it is said that the earth was created in 6 days.

聖經裡説世界是在六天內創造的。

※ it is said that ~ 是表達「據説～」的型式（放在句首的 In the Bible 是副詞片語）／
　 that 子句內省略了行為者 by God

be p.p. to ~ 的被動語態

　　「認知」或「傳達」類的動詞，除了可以用 It is p.p. that ~ 的型式以外，也可以使用「S is p.p. to ~」這種特殊的表達型式。特別是 be thought[believed] to ~（被認為〔相信〕是～），這種表達型式經常用於學術研究方面，表示「雖然沒有確切的證據，但很可能是～」的意思。

Asthma is thought to be caused by both genetic and environmental factors.

氣喘被認為是由遺傳和環境這兩方面因素所造成的。

※ asthma（氣喘）／be caused 也是被動語態（在這個句子裡直接翻成「造成」就可以了，這樣思考會比較方便，這部分內容整理在 p.908）

補充 **不要把 It is said that ~ 和 S is said to ~ 混在一起用！**

據説土星環正在消失。

　　◎) It is said that Saturn's rings are disappearing.

　　◎) Saturn's rings are said to be disappearing.

　　✕) Saturn's rings are said that they are disappearing.

　　※ 把兩個片語混在一起的 ✕) S is said that ~ 是 NG 的！

追加英文

請將下面句子改成被動語態並翻譯成中文。

(1) They made Meg work ten days in a row.

請翻譯以下句子。

(2) The salesperson was persuaded by Mr. Carter to give him a discount.

(3) The door was left unlocked by mistake.

(4) In Japan it used to be believed that catfish were responsible for earthquakes.
　　※ catfish（鯰魚）

解答範例

(1) Meg was made to work ten days in a row.

　　 Meg 被迫連續工作了 10 天。

　　　※in a row（連續）／Meg 是 Margaret 的暱稱

(2) 銷售人員被 Carter 先生說服而給了他折扣。

　　　※ persuade 人 to ~ 是「說服 人 做~」的意思／was persuaded to ~ 之間插入 by Mr. Carter 的部分，使被動語態（be persuaded）和行為者（by ~）之間的關係更加明確

(3) 門不小心忘了鎖。

　　　※ 這個句子是 leave OC（讓 O 保持 C 的狀態）的被動語態，直接保留 C（在這裡是 unlocked）的型式

(4) 日本曾認為鯰魚是造成地震的元凶。

　　　※ 在 It is believed that ~ 型式中插入 used to 的句型／原因 is responsible for 結果
　　　p.908

20-4-3 使用「特殊被動語態」的動詞

即使不是 be p.p. 也有被動含義的動詞 應用

　　　有些動詞雖然不會使用被動語態的型式（be p.p.），但在意義上卻帶有被動的意思。

　　　舉例來說，sell 幾乎都是做為及物動詞「販售」的意思來用，但 sell 卻也有不及物動詞「賣得很好；受歡迎」的意思，會搭配副詞像 sell well[best]（賣得〔最〕好）這樣使用。

　　　※ 最有說服力的解釋是將 sell oneself（推銷某人自己）的 oneself 省略後，sell 會轉為不及物動詞化

Surprisingly, *oden* sells best in October, when people are starting to think of fall and winter, rather than when the weather is actually the coldest.

令人驚訝的是，關東煮在人們會開始想到秋天和冬天的十月賣得最好，而不是在天氣實際上最冷的時候。

表面上是「主動」，實際上是「被動」的動詞　※多具有「有能力」的語意

read（可以讀）/ sell（賣得很好；受歡迎）/ wash（可以洗）/ cut（可以切斷）/ feel（摸起來感覺～）/ keep（持有）/ blame（責怪）/ let（出租）※會以「to let」的型式來使用，表示「出租（招募租客）」（這個 let 是及物動詞「租出去」的意思，而不是不及物動詞的「被租走」）

His translation reads well.

他的翻譯很容易閱讀。

※ read 維持主動語態，表達出「可以讀」的意思

You are to blame.

要怪的是你。

※ be to blame 是「怪罪～」的意思

　　嚴格來說，「你被責怪」應該算是一種被動語態，但這部分的表達習慣直接用主動語態（blame）的型式（be to 句型，表達出「應該～」的語意 p.530）。

※ 大約 1000 年前剛開始使用這個說法的時候，被動語態的概念還很薄弱，所以不會特別區分主動和被動，一般認為就是在那個時候開始流傳下來的。有些字典會說「也可以用 be to be blamed 的型式」，但我覺得你實際上大概一輩子都不會有機會看到有人真的這樣用

比較

INTRODUCTION

一眼看懂大家都討厭的「鯨魚」句子

在學「比較」句型時，有時會看到一個相當令人討厭的句子：A whale is no more a fish than a horse is.（鯨魚就算長得像魚，但也不是魚，就像馬不是魚一樣）（字面翻譯：鯨魚不會比馬更是一條魚），如果只是把這個句子翻成中文再叫大家背起來，那能學到的極其有限。雖然有很多人會覺得，這種句子只會出現在「考古題」裡，但實際上，這種表達型式不僅會出現在入學測驗裡，也會在論文、報紙、小說等各種地方出現。

然而，如果學會本書獨創的解讀技巧，就能輕而易舉地理解這類型的句子，請務必看到最後。

大家都會答錯的 as ~ as 題目

問題：請在空格中填入適當的選項。　　※請一併思考其他選項錯誤的理由

> He likes to keep fit, so he goes to the gym as（　　　）as he can.
> 1. many　　　　2. every　　　　3. busy　　　　4. often

as ~ as 看似簡單，但很多人都會在這裡犯錯。這個句子的意思是「因為他想保持身材，所以他盡可能地常去健身房」。

※ keep fit 常被誤翻成「保持身體健康」，但事實上，比起「身體狀況」，更應該先想到是「（鍛鍊身體）保持身材」的意思

光從翻譯來思考的話，也許會選 1. many。選了其他選項的人也請一起來思考看看：「為何 many 不行？」。為了能在寫作及口說上實際派上用場，必須理解其背後邏輯。

※ 在正式進入本章後，就會立即說明 p.750

順道一提，動詞最原始的形態被稱為「原形」，形容詞和副詞的原始形態則稱為「原級」。雖然各位如果叫它們「形容詞／副詞的原形」，也不會造成什麼困擾或丟臉的，但我們好歹是一本「英文文法書」，所以還是要用正確的名稱才對。

比較像在講邏輯

問題：請將下面的句子翻譯成英文。

> Miku 的腿比 Jun 更長。　　※「腿」是 legs

如果直接照字面翻成英文，會出現 Miku's legs are longer than Jun.（Miku 的腿比 Jun（整個人的身高）還長）（如果 Miku 是高中生，Jun 才 2 歲的話是有可能啦）。如果比較的是腿長，那就必須用 than Jun's legs 才正確。雖然中文裡不會斤斤計較到一定要完整說出「Jun 的腿」，但改用英文時就必須精準描述相比較的事物。

> Miku's legs are longer than Jun's legs {are}.
>
> Miku 的腿比 Jun（的腿）更長。
>
> ※ 為避免 legs 重複出現，只用 than Jun's 也可以

就像這樣，比較句型有著相當講究邏輯的一面。不過不用擔心，我們這本書打從一開始就徹底是從邏輯的角度來切入思考，所以只要繼續保持這樣的態度來學習，就能確實理解。

征服「比較級」的心法

☐ 比較的「邏輯」很重要！
☐ as ~ as 的內容很深奧（不要隨便跳過！）
☐ 「no more than ~」很簡單，一定要掌握！

Done is better than perfect.

Mark Zuckerberg

完成比完美更重要。

Mark Zuckerberg

※ 「Done（做完）」比「追求 perfect（完美的）」更重要

748

CHAPTER 21-1

原級（as ~ as）

21-1-1　　　as ~ as 的基礎概念

as ~ as 的構成

在比較兩項事物之後，如果想說「大致上差不多」時，就會使用 as ~ as ~ 表達「和～相同地～」，用起來就是把形容詞或副詞夾在 as ~ as 中間的感覺。

> Going by *Shinkansen* is as expensive as flying.
> 搭新幹線跟搭飛機一樣貴。

構成 as ~ as 句子的步驟

【構成英文句子】Hina 的西班牙語說得和 Kai 一樣流利。

① 準備好「兩個」英文句子

　(a) Hina speaks Spanish fluently.　(b) Kai speaks Spanish fluently.

② 用 as ~ as 把做為比較標準的單字夾在中間，並將兩個句子連接在一起

Hina speaks Spanish as fluently as Kai speaks Spanish fluently.

　　(a) 的句子　　　　比較標準　　　　(b) 的句子

※ 前面的 as 是副詞「同樣地」，後面的 as 是連接詞「像～一樣」p.910

③ 「簡化」後面的 as 所接的句子

Hina speaks Spanish as fluently as Kai speaks Spanish ~~fluently~~.

　　　　　　　　　　　　　　↳ 換成「does」或「省略」

絕對必做：刪除重複出現的「比較標準」（在這裡是 fluently）

盡力做到：使用代替動詞的字詞或直接省略等（在這裡變成 Kai {does}）

【完成】Hina speaks Spanish as fluently as Kai {does}.

先把構成 as～as 句子的步驟重點記住，再回頭看 INTRODUCTION 裡的題目吧。

He likes to keep fit, so he goes to the gym as（　　）as he can.

1. many　　　　　2. every　　　　　3. busy　　　　　4. often

把 as～as 去掉之後，句子就會變成 he goes to the gym（　　）。這個空格裡不會放形容詞（many 等的其他所有選項）（因為沒有要修飾名詞，也不會變成補語，只是單獨留在那裡的感覺，所以不會放形容詞）。從文法結構上來看，如果不放形容詞，那麼空格應該填入**副詞**，所以副詞 often（經常地，頻繁地）是正確答案（答案：4. often）。

把「many＋名詞」／「much＋名詞」完整夾住

「many[much]＋名詞」被 as～as 夾住時，一不小心就會只夾住 many / much，但其實應該要整個夾住，變成「**as many[much] 名詞 as**」的表達型式。

This puzzle has as many pieces as that one.

這個拼圖的片數和那個的一樣。

※ 如果寫成 as many as 的話，就會多出名詞（pieces），所以必須完整夾住原來句子 This puzzle has many pieces 裡的 many pieces

「簡化 as 後方內容」的應用（其一）　應用

出現在第二個 as 後方的英文，常有著會利用「代名詞」、「代替動詞的字詞（do / does / did）」或「省略」來簡化句子的特徵，但如果做過頭，也可能造成誤解。

請用 I love you as much as Momoko. 這個句子來思考看看。

一般名詞（girl 等等）和專有名詞在**主格和受格的形態相同**，所以句尾的 Momoko 可以解釋成主詞，但也可以解釋成受詞（只要補上省略的部分，就一目瞭然了）。

① 原本 Momoko 是主詞的情況

I love you as much as Momoko {loves you}.

我像 Momoko 一樣愛你。

※ 帶有「我愛你的程度不輸給 Momoko 喔！」的對抗心理

② 原本 Momoko 是受詞的情況

I love you as much as {I love} Momoko.

我愛你就像我愛 Momoko 一樣。

※ 正大光明的劈腿宣言，但也可能是對朋友或小孩說的話

　　其實可以透過上下文來判斷句意，如果是 ① 的情況，只要改成 I love you as much as Momoko <u>does</u>. 的話，語意就很清楚了（Momoko does = Momoko loves you）。

「簡化 as 後方內容」的應用（其二） 應用

　　as 後方（不一定會保留 sv）有時只會**留下比較的要素**。

There were as many people at the reception as at the workshop.

出席招待會的人數和工作坊上的一樣多。

※ 比較 at the reception 和 at the workshop 的人數／嚴格來說應該是 There were as many people at the reception as {there were} ~~many people~~ {at} the workshop.（省略 at 也 OK）／只是「人數相同」（不一定是「多的」）

思考轉換 夾在 as ~ as 之間，就會「失去原本的強度」

做為比較標準的單字會被刪除的理由，是因為**被 as ~ as 夾住的單字，會失去原本的強度**。變成 as old as 的瞬間，old 就會失去原本「年老的」的意思（I'm as old as Haruma. 中的 Haruma 如果是 18 歲的話，主詞的 I 也會是 18 歲），這時若在句尾放著 old，那麼這個 old （因為沒有被 as ~ as 夾住）會是「年老的」的意思，讓整個句子的意思變得相當奇怪。

✕）I'm as <u>old</u> as Haruma is <u>old</u>. ※第二個 as 是「年老的」的意思

只要這樣去想的話，就不用死背「規則上必須刪除」，反而能夠感受到「這裡有 old 的話，句子會很怪」這種英文最原始的思考邏輯。

※ 這種句子（把原來的 old 留下）的型式，曾經出現在「改錯類」的題目之中，一般認為這是特殊題型，可是我覺得這種是考驗原始英文思考邏輯的好題目

21-1-2 not as ~ as（不像～那麼～）

not as ~ as 不會翻成「不同」！

感覺 as ~ as 的否定型式（not as ~ as）應該可以翻成「不同」，但請想成表示必定會有差異的**「並沒有像～那樣」**的意思。

※ 因為翻成「不同」，無法清楚表達出大小關係，而 not as ~ as 表達的是明確的差距

Sapphires do not cost as much as diamonds.

藍寶石不像鑽石那麼貴。

※ 如果只是表達「不同」的話，會寫成 The prices of sapphires and diamonds are not the same.（藍寶石和鑽石的價格不同）

比較「外觀」和「過去」 應用

not as ~ as 經常用來表達「沒有外觀看起來那樣～」或「沒有以前那樣～」等意思。

That restaurant's hamburgers are not as big as they look in the photos on the menu.

那家餐廳的漢堡沒有菜單圖片上看起來那麼大。

※ 原本應該是 as they look ~~big~~ in the photos on the menu，比較「現實」和「照片上看起來的外觀」

I'm not as young as I used to be.

我老了。

※ 字面翻譯是「我不像我曾經的那麼年輕了」／常用來表達感到「已經老了」時的心情／used to ~ 的後面，一般動詞會因為重複而省略，但 be 動詞一定會保留下來

as ～ as 是「相同或大於」的意思 應用

核心重點 X is as ～ as Y. 有時會是「X 和 Y 相同」或「X 大於 Y」(X≧Y) 的語意 (而不僅僅是「相同」)。

※ 如果我一開始就講這個，那麼各位可能會因為這和之前所學到的內容間有落差，進而覺得困惑，所以我一開始只「大致上差不多地」說明了語意 (雖然我的確是想說「差不多的」語意啦)

not only A but also B ≒ B as well as A　不只 A 連 B 也～
　　　　　　　　　　 B 　≧　 A

　　只有在使用常見的片語 as well as 時，大家才會發現「as ～ as 不是等於（＝），而是大於等於（≧）」，不過現在各位既然都知道「as ～ as 是大於等於（≧）」，那麼應該可以理解會有這種表達方式，在某種意義上是理所當然的吧。

not as ～ as ～ 變成「並沒有像～那樣」的原因 延伸

　　否定 as ～ as（X≧Y）的話，會變成 not as ～ as（X＜Y）。

X is as ～ as Y.　　　　　X≧Y　X 和 Y 相同或大於 Y
↓←否定　　　　　　　　　↓←否定
X is not as ～ as Y.　　　X＜Y　X 沒有像 Y 那樣～

　　用具體的數字舉個例子來思考看看吧。**X≧1,000** 的否定是 **X＜ 1,000**。

≧的語意	持有 1000 元以上（X≧1,000）
≧的否定	<u>沒有</u> 1000 元以上
	↓ 意味著……
	擁有不到 1000 元（X＜1,000）

+α B as well as A 的隱藏意義

　　當然，as ～ as 有時也會單純當成等號來用，且這種等號的概念，後來也延伸到了 B as well as A（不只 A 連 B 也～）上，而 B 和 A 在強調程度上並無區別，僅是表達「B 還有 A」的並列意味，另外，只有這個片語有時會用來「強調 A」(p.110)。

「大家都知道」和「不為人知的另一個」的 as ~ as 意思

	as ~ as~	B as well as A
大家都知道的意思	差不多相同	不只 A 連 B 也～
不為人知的另一個意思	差不多相同或超過	B 還有 A（B and also A）

21-1-3 使用 as ~ as 的常用表達方式

強調的 as ~ as

☑ 表達「盡可能」的 as ~ as possible / as ~ as 人 can

Could you please provide me with the finalized meeting minutes as soon as possible?

可以請您盡快提供我最終版的會議紀錄嗎？

※ finalized（最終確定的）／{meeting} minutes（會議紀錄）這個字，除了可以解釋成「記錄每 1 分鐘（minute）」的意思之外，還有「瑣細的；詳細的（這個意思的 minute 的發音是 [maɪˋnjut]）的文字」等意思

　　在商務對話中經常用到的 as soon as possible（盡快），有時也會用首字母縮寫詞「ASAP」（發音是 [ˌeɪˌesˌeɪˋpi] / [esˋæp]）。

☑ 強調後面單字的 as ~ as

The doctors at the hospital see as many as 25 patients per day.

這間醫院的醫生每天要看多達 25 名病人。

※ as many as 是強調的作用／利用 many 表達出 25 patients 的「大量」，強調「足足有 25 名病人這麼多」

找出強調的 as ~ as 的方法

① 成為句子的一部分 → 一般的 as ~ as
② 拿掉也沒關係　　　→ 強調的 as ~ as
※ 被 as ~ as 夾在中間的形容詞或副詞，表示「強調對象的『程度高低』」

　　和一般的 as ~ as（大致上差不多）不同，強調的 as ~ as 是就算從句子裡**拿掉也 OK** 的片語。換句話說，**看到多餘的 as ~ as，就可以判斷是強調的 as ~ as**。只要能掌握在想要強調的對象前面放 as ~ as 的感覺，就可以知道（句型上）多餘的 **as ~ as，表達的是強調**。就上面這句來看，as many as **沒有也 OK**（句子仍然可以成立）。The doctors at the hospital see ~~as many as~~ 25 patients per day. 即「這間醫院的醫生每天要看 25 名病人」的意思。另一方面，若將一般的 as ~ as 句子（I am as tall as Greg.（我和 Greg 一樣高））中的 as ~ as 拿掉的話，句子就會出現缺口，變成完全不同的意思（I am ~~as tall as~~ Greg）。

> ### ┌+α┐ 了解後面的句子「要如何處理」

> 🔊 It is possible to buy advance tickets for as low as $12.
>
> 用低到像 12 美金的這種價格買到預售票是有可能的。
>
> ※ 即使沒有 as low as，這個英文句子仍然可以成立／可以知道是用 low 強調「便宜」／如果 as much[high] as $12 的話，就會變成是強調價格的高昂／advance（預先的，事先的）／交換的 for

> ### ┌資料┐ 隱藏在「強調的 as ~ as」中的「上限」

　　「強調的 as ~ as」有時內含著「上限」的意思。以 The doctors at the hospital see as many as 25 patients per day. 這句來看，雖然不一定每天都是 25 人，而是「最多會到 25 人」的意思，而以 It is possible to buy advance tickets for as low as $12. 這句來看，意思是最便宜的票價是 12 美元，但有時也暗示著還有價格更高的票。取決於上下文，意思可以是「強調」或「上限」，也有可能是兩者皆有。話雖如此，這部分是連英文高手都不太清楚的內容，所以其實只要確實掌握「強調」的感覺，就已經非常夠用了。

使用 not as ~ as 的片語

　　as ~ as 的否定，除了 not as ~ as 以外，還有 not <u>so</u> ~ as 的型式，雖然在現代英文中幾乎不太會用到這個表達方式，不過 not so ~ as 仍被視為慣用表達之一。

使用 **not so ~ as** 的重要表達型式

> ☑ not so much A as B →「與其說是 A，不如說是 B」
>
> ※ 稍微改變一下型式，使用 not A so much as B / not so much A but B 也可以
>
> ☑ do not[cannot] so much as ＋原形 →「連～都不做（無法做）」
>
> ☑ without so much as ~ →「連～都不」
>
> ※「～」的部分多半會放 -ing（動名詞），但像 without so much as a goodbye（連再見都沒有）這樣放名詞也 OK

🧑 雖然把這三個片語裡的 so 替換成 as 也沒有什麼違和感，但我查了一下，在片語中用 so 的人（相較於用 as）似乎多了 10 倍以上

Smartphones are not so much phones as pocket-sized computers.

智慧型手機與其說是電話，不如說是口袋型電腦。

※ 從前面開始照字面翻譯型式的話是「沒有（not）十分地 A（so much A），而是像 B（as B）」，也就是「與其說是 A，不如說是 B」的意思。因為是 not so ~ as 的型式，所以總之只要注意是「A ＜ B」的語意就 OK 了

The guard did not so much as blink.

這名警衛甚至連眼睛都不眨一下。

※ 型式的字面翻譯是「甚至連～的程度（so much as ~）都不做（do not）」／guard 雖然可以翻成「警衛」，但英文不會說 X）guard man／blink（眨眼）

Linda signed the contract without so much as reading it.

Linda 連合約都沒怎麼看就簽下去了。

※ 型式的字面翻譯是「甚至連～的程度（so much as ~）都沒有（without）」（想成在 without -ing 之間插入 so much as 也 OK）

「相當於最高級」的 as ~ as 表達 應用

「相當於最高級」的 as ~ as 表達

> ☑ as ~ as any~ →「不亞於任何～」、「非常地～」
>
> ☑ as ~ as ever lived →「有史以來最～」※用 as ~ as has ever lived 也 OK
>
> ☑ as A as can be →「沒有辦法更 A 了」、「極度地 A」
>
> ※用 as A as {A} can be 也 OK

如果一味把 as ~ as 想成「相同」的意思，那碰到這些片語就只能死背了，但如果能用核心概念來直接翻譯，想成「大致上差不多或超過」，就可以理解了。

This hotel is as good as any in the city.

這家飯店不會比這座城市裡的其他任何一家來得差。

※ 字面翻譯是「與這座城市中的任何一家（any）飯店相比，都一樣好或更好」（如果是強調的 as ~ as，可以簡單翻成「非常好」）／any {hotel} 省略

He felt he was as fortunate a man as ever lived.

他覺得自己是有史以來最幸運的人。

※ 字面翻譯是「跟從以前開始活到現在的（ever lived）任何人相比，都與其相同或更加幸運」／as 是任性副詞 p.409

as ever lived 這個型式比較特別，請把它和用上最高級的「the 最高級 that[who] ever lived」一併記住吧。

　　例：Mr. Misawa was the strongest man that ever lived.
　　　　Misawa 先生是有史以來最強壯的男人。

The baby is as cute as can be.

那個寶寶真是可愛極了。

※ 原本是 The baby is as cute as <u>cute</u> can be.（直接這樣說也可以）。cute can be 是「可愛所『能夠（can be）』到達的極限」的意思，由「可愛到極限的程度，表達大致相同或更加可愛」→「可愛極了」

+α 使用 as ~ as 的其他片語

□ as ~ as ever →「照常」、「老樣子」※字面翻譯是「無論何時（ever）都相同」
□ as good as ~ →「和～差不多」、「相當於～（almost）」

追加英文

請翻譯以下的句子。

(1) Your guess is as good as mine.

(2) Jane earns as much money in her new job as she did in her old job.

解答範例

（1）我跟你一樣也不知道。

> ※ 在被詢問某事而想要回答「自己也不知道」時的慣用表達／字面翻譯是「你的猜想和我的大致上差不多」→「你不知道的事，我也不知道」，已失去 good 的「好」的意思

（2）Jane 在新工作裡賺的和她之前賺的一樣多。

> ※ 透過將整個 much money in her new job 夾在中間，與句尾 in her old job 的比較就會變得更加明顯

21-1-4　倍數的表達型式

as ～ as 是「1 倍」

在表示「○倍～」時，會在 **as ～ as 的前面放上「○倍」的數字表達**。例如「3 倍」的話會是 three times as ～ as、「2 倍」時一般則比較常用 twice as ～ as（不用 two times 而是用 twice）。

as ～ as 表達的是「相同」＝「1 倍」，所以 1 倍的時候可以直接使用 as ～ as，就像數學算式一樣，「1 X a」的結果不是「1a」而是「a」，表現出來的就是那種不一定每次都會把 {one time} as ～ as 裡的 one time 寫出來的感覺。

表達倍數的型式

> **型式**：X times as ～ as A →「A 的 X 倍」　※X times 表示「X 倍」
> **表達倍數的特殊說法**：twice →「2 倍」/ half →「一半」、「二分之一倍」

Smartphones today cost twice as much as those on the market ten years ago.
現在的智慧型手機比十年前在市場上販售的那些要貴兩倍。

「差不多相同」時

因為「差不多相同」＝「大約是 1 倍」，所以會**在 as ～ as 的前面放上 about（大約）**，變成 **about as ～ as** 的型式。另外，about twice as ～ as（大約 2 倍～）、almost[nearly] as ～ as（幾乎相同～）、just as ～ as（就和～相同～）等等表達方式都很重要。

There are about as many people in Kanagawa as in Osaka.

神奈川的人口與大阪差不多。

※ 這是把 many people in Kanagawa「完整夾住」的表達型式，且還進一步在前面加上 about 的句子

The movie sequel was nearly as popular as the original movie.

這部續集電影幾乎和第一部一樣受歡迎。

※ nearly[almost] 表達出「稍嫌不足」的感覺　p.420／sequel（後續；續集）／original（最初的）

as ～ as 以外的倍數表達型式 (1) 利用名詞表達 應用

原本使用 as ～ as 的倍數表達型式，可以改寫成使用名詞的型式。

改寫成使用名詞的倍數表達型式

型式：X times as ～ as ～ → X times the 名詞 of ～（名詞是～的 X 倍）
注意 ① the 的位置：用 X times 修飾一整個的「the 名詞 of ～」的感覺
注意 ② 改寫成名詞：large、big → size（大小）／ long → length（長度）／
high → height（高度）／ heavy → weight（重量）／ old
→ age（年齡）／ many → number（數）／ much →
amount（量）／ expensive → price（價格）

First class tickets are three times as expensive as economy tickets.
→ First class tickets are three times the price of economy tickets.

頭等艙的票價是經濟艙的三倍。

759

as ～ as 以外的倍數表達型式 (2) 利用比較級 　延伸

　　近年來在考題中逐漸開始出現**使用比較級的倍數表達型式**。

※ 雖然在文法書中不是特別重要，也很少在題庫裡看到，但近年來開始會出現這類的內容

改寫成使用比較級的倍數表達型式

> **型式**：X times as ～ as A → X times 比較級 than A（A 的 X 倍 比較級）
>
> **注意**：twice / half 主要只會用 as ～ as
>
> ※ 有一個說法是「two times 比較級」的話可以用，但這個用法評價兩極，還是不要
> 　 用比較安全
>
> **疑問句**：How many times 比較級 ～?（比較級 幾倍？）

> The Internet connection at Carol's office is four times faster than her connection at home.
>
> Carol 辦公室的網路連線速度是她家裡的四倍快。

CHAPTER 21-2

比較級（-er / more ～）和
最高級（-est / most ～）

21-2-1　　　比較級的基礎概念

比較級和最高級的變化方式（規則變化）

　　在中文裡，不管是「她很高」還是「她比他還高」，「高」這個字本身不會有任何變化，當然也可以說「更高」，但就算什麼都不加也不會不自然。但在用英文做比較時，核心重點**單字本身會像 tall → taller 這樣發生變化**。這種變化後的形態稱為**比較級**。

※ 雖然看起只是一個小細節，但在口語上經常會犯錯（沒有變化成比較級形態）

比較級和最高級的變化方式

單字特徵		比較級和**最高級**的 變化方式	範例
短單字	原則	加上 **-er / -est** （字尾是 e 時只加 **-r / -st**）	tall-taller-tallest wise-wiser-wisest
	字尾是「**子音＋y**」^{註1}	y → i 變化後加 **-er / -est**	easy-easier-easiest
	字尾是「**短母音＋ 子音**」^{註2}	重複子音後加 **-er / -est**	big-bigger-biggest hot-hotter-hottest
長單字^{註3} （少部分的雙音節單字或 多音節單字）		前面加上 **more / most**	famous- more famous- most famous

比較級和最高級（比較三者以上的對象）的形態變化，原則上是加上 **-er / -est**，長單字則是在**前面加上 more / most**。雖然註釋裡的瑣碎細節很麻煩，但這些內容是本書特有的理解方法。

註 1：「字尾是『子音＋y』的話，y → i 變化後加 -er / -est」和過去式的變化方式（-ed）是相同的概念 p.903

註 2：最常看到的就是 big 和 hot，首先請把這兩個單字確實記住

註 3：要把符合這個規則的「雙音節」單字背起來實在很累人。這時只要把「長單字」想成是由 6 個字母以上拼成的單字，就會輕鬆許多，例如「famous 有 6 個字母」→「因為是長單字，所以加上 more / most」，只要用這種方式思考就可以了。不過，有些重要的單字並不符合這個規則（雖然有 6 個以上的字母，卻是加上 -er / -est），例如 pretty（prettier-prettiest）和 strong（stronger-strongest）。做為參考，其他例外單字還有 bright / simple / bitter / narrow 等等（這些單字全都「只是子音字母比較多」，實際上會被視為短單字來處理）

I saw him at the café earlier.

我剛剛在咖啡廳有看到他。

※ earlier 是「比現在時間點再早一點」→「剛剛」，這個字在對話時很好用。嚴格來說 earlier 也可以指「同一天再早一點的時間（就算現在是下午 3 點，而看到他的時間是早上 10 點，一樣也 OK）」，所以比「剛剛」能表達的範圍更廣，是相當好用的單字。另外，「剛才」用 just（放在動詞前面）、just now（放在句尾）也 OK

比較級的句子構造

在 INTRODUCTION 中出現的英文句子 Miku's legs are longer than Jun's legs {are}.（Miku 的腿比 Jun（的腿）更長）是如何構成的，一起透過下面的步驟來確認一下吧。

構成比較級句子的步驟

> ① 寫出**兩個**英文句子
> Miku's legs are long. / Jun's legs are long.
> ② 將做為**比較標準的單字變化成比較級**，用 than 連接兩個句子
> Miku's legs are <u>longer</u> than Jun's legs are long.
> ③ 簡化 than 之後的內容（運用刪除「比較標準」及省略等簡化方法）
> Miku's legs are longer than Jun's legs {are} ~~long~~.
>
> ※ 刪除 long／不只 are，連 legs 也可以一併省略，只剩 ~ than Jun's 也 OK

<u>＋α</u> **than me 的型式**（than ＋受格）

原本正確的句子是 He is older than I am.。雖然省略 am（只留 than I）也可以，但母語人士卻因為對用主格結尾的句子感到奇怪，而開始改用**受格**（He is older than me.），現在這個說法已經完全固定下來了（雖然在英文測驗裡不太會強調這點，但這個說法在口語上很自然，實際對話時也經常用到）。

※ 總結一下……◎）than I am、△）than I（舊說法）、○）than me（口語使用 OK）

21-2-2　不規則變化的單字

不規則變化的基本單字

不規則變化的單字　※本身形態完全改變的字詞

原級	比較級	最高級
good（好的） well（出色地，好地）	better	best
many / much（許多的）	more	most

little（小的；少的）	less	least
bad（壞）/ ill（生病的；不舒服的） badly（壞地；嚴重地）	worse	worst

I will bring you more water in just a moment.
我馬上為您加水。
※ 餐廳服務人員會說的話／much 變化成 more

+α **不會有比較級和最高級的單字**（因為原本就具有最高級的意思）

perfect（完美的）/ excellent（極為優秀的）/ favorite（最喜愛的）

總結 more / most 的整理　※ 有兩種功能，請清楚區分

☐ 將長單字變成比較級或最高級　例：more interesting（← interesting）
☐ many / much 的比較級或最高級　例：more friends（← many friends）

資料 ill 也有規則變化

　　ill 也可以使用 -er / -est 和 more / most（我在新聞曾經看到 the most ill COVID-19 patients（新冠病毒感染最嚴重的患者）的說法）。

因字義不同而變化方式不同的單字　應用

　　即使是同一個單字，也會因為字義的不同，而有著不同的變化方式。

※ 雖然有點麻煩，不過最重要的只有三個字，所以一定要仔細看過！

因字義不同而變化方式不同的單字

☑ **late**
late – later – latest　※ 表示「時間較晚、較遲」／latest（最新的）
late – latter – last　※ 表示「順序較晚、較遲」／latter（後面的，後者的）（僅有
　　　　　　　　　　　　限定用法）p.354

☑ **far**

far – farther – farthest　※表示「距離較遠」

far – further – furthest　※表示「程度較大」／further（更加，更進一步）

※ 請想成「物理的距離」的話（far 的拼字會保留原樣）會是 <u>farther</u>，「比喻的距離」則會是 further

☑ **old**

old – older – oldest　※表示一般「上了年紀的；老舊的」

old – elder – eldest　※兄弟姐妹之間「年長的」

※ elder / eldest 原則上只有「限定用法」　p.354

Next, movie director Vicky Yang will join us to talk about her latest film, *The Ninja*.

接下來，電影導演 Vicky Yang 將和我們一起談談她最新的電影《The Ninja》。

※ latest 表示「最新的」（在這裡用所有格 her 取代 the）

He can throw the ball farther than any of us.

他可以把球扔得比我們任何人都遠。

※ 表示物理的距離，使用 farther

Are there any further questions?

還有其他問題嗎？

※ 表示比喻的距離，使用 further

---

less 的兩種意思「比～少」和「沒有像～」 應用

①「比～少」意思的 less

People in the UK drink a lot of tea, but they drink less tea than people in Turkey do.

英國人喝很多茶，但他們沒有土耳其人喝的多。

※ 字面翻譯是「喝茶的量比土耳其人喝的量要來得少」／順道一提，土耳其在紅茶上的消費是世界第一

②「沒有像～」意思的 less ※帶有否定（not）的圖像

這個意思很容易被忽略，所以請仔細看過。

※ 從這個意義來看的話，會覺得 little 和 less 之間沒有一貫性，但這是因為這兩者的字源不同

less 的思考方式：可以視為「less 是 more 的相反」

> more A than B →「B 不如 A」※A > B
> less A than B →「A 不如 B」、「A 小於 B」※A < B

　　「less A than B」也可以字面翻譯成「A 比 B 少」，如果能意識到 **A < B（A 小於 B）**，那就更可以照著由左到右的順序來理解英文句子了。這種表達方式和 A is not as ~ as B 傳達的是同樣的關係（實際對話中比較喜歡用這個說法）。

> Farmers are less busy in the winter than in other seasons.
> 農民們在冬天沒有像在其他季節那樣忙碌。
> ※ 字面翻譯是「和在其他季節相比，在冬天比較不忙」

＋α 「less ＋可數名詞」也 OK

　　less 是 little 的比較級，所以原本應該只能用在「量（不可數名詞）」，而「數（可數名詞）」則應該用 fewer。但實際上，**可數名詞有時也可以使用 less**（例如「再不到兩週」的翻譯，不只可以說 in fewer than two weeks，也可以說 in less than two weeks）。也許在 little 變化成 less 的時候，原本那種「量」的意識也跟著淡化了。

※ 這部分也適用於 no less than ~ / not less than ~ 裡的 less　p.798

21-2-3　最高級的基礎概念

the -est 或 the most

　　在比較三者以上的事物並想表達「最～」時，會使用**最高級（the -est / the most）**的表達型式。這裡會加上 the，是因為「最～」的這件事來自於**共同認知**的建立。

※ 只要一說「班上身高最高的」時，應該就會知道是在說誰吧

Sota is the most popular boy in our school.
Sota 是我們學校裡最受歡迎的男生。

表達「第〇名~的」

在發表第二名以後的名次時，the 的後面（最高級的前面）會放上**序數**，例如「第三大」會寫成 the third largest。

The white rhinoceros is the third largest land mammal in the world.
白犀牛是世界第三大的陸地哺乳動物。

※ 如果要說得更加仔細，在這個句子的後面加上 after the African elephant and the Asian elephant（排在非洲象及亞洲象之後）也 OK

另外，如果使用的是比較長的單字，只要像 This is the third most important picture.（這是第三重要的照片）這樣就 OK 了。

最高級的「範圍」

即使說的都是「最受歡迎」，但聽到「班上最受歡迎」和「日本最受歡迎」的震撼度是完全不同的。另外，表達「在什麼範圍以內」時經常會使用 of 和 in。

最高級的「範圍」　區分 of 和 in 的使用方式

☑ **of 的後面接** → 表示**複數**的詞語（數字 / all / 代名詞 / the year 等等）
☑ **in 的後面接** → 表示**範圍或地點**的詞語（the world / family 等等）

先確認**「使用 of 的情況」**，接著再整理**「使用 in 的其他情況」**，這種區分方式是最輕鬆的。請注意使用 of 的是**數字 / all / 代名詞**和 **the year**（the year = twelve months，所以也可以想成是「因為有數字（12）所以用 of」）。

※ 汽車廣告中經常會看到「獲得 CAR OF THE YEAR 大獎」的宣傳詞

The smallest of the three diamonds is actually the most valuable.

這三顆鑽石當中最小的那顆其實是最有價值的。

※ The smallest 的範圍是 of the three diamonds／除此之外，雖然沒有寫出來，但 the most valuable 的範圍也是 of the three diamonds

Horyuji Temple in Nara is the oldest wooden building in the world.

奈良的法隆寺是世界上最古老的木造建築。

各種「表示範圍的說法」 應用

☑ 放在句首的 Of（在～之中）

Of all the proposals, I found Daiki's the most interesting.

在所有提案之中，我認為 Daiki 的提案最有趣。

※ 表示範圍的 of ~ 被放在句首的型式（有很多考生不擅長這種型式，請特別注意）／ Daiki's {proposal}

☑ among （在～之間）

Among diabetes, cancer and heart disease, heart disease is the ailment people are most likely to die from.

在糖尿病、癌症和心臟疾病之間，心臟疾病是最有可能造成病患死亡的。

※ 和 of 一樣，among 也可以放在句首使用／這個句子的排序是「在三者之間最高致死率的」，Among 的受詞是 diabetes、cancer 和 heart disease 這三種疾病／ diabetes（糖尿病）、ailment（疾病）／省略了 {that} people are ~ 的關係代名詞 ／die from ~（死於～的原因）

☑ that I have ever p.p.（在我曾經做過的～之中（表達經驗））/ that I know（就我所知）

　　使用關係代名詞 that，構成「the 最高級 名詞 {that} I have ever p.p.（在我曾經做過的～之中最～的 名詞）」的表達型式（當然，使用 I 以外的主詞也 OK）。這個句型中的最高級範圍是「自己的經驗範圍以內」，另外，that I know 表達的則是「自己所知道的範圍以內」。

That is the craziest thing that I have ever heard.

那是我曾經聽過的事情當中最瘋狂的。

Kaela is one of the most creative people I know.

Kaela 是我認識的人當中最有創意的人之一。

※ 省略 that／one of the 最高級 複數形（最～的 複數形 之中的一個；非常～的 複數形 之一） p.771

☑ ever（曾經；到目前為止）

上面的 that I have ever p.p. 是「自己的經驗範圍以內」，但如果只有 ever 的話，**範圍就會擴展到「歷史上」**。

She must be one of the greatest musicians ever.

她一定是有史以來最偉大的音樂家之一。

☑ yet（目前為止）

yet 有和 ever 相似的意思，以「**最高級＋yet（目前為止最～）**」的型式使用。

Hosoda Tomoyuki's latest documentary is his most interesting yet.

Hosoda Tomoyuki 最新的紀錄片是他目前為止最有趣的。

不加 the 的最高級　延伸

原則上最高級都會加 the，但偶爾也會出現不加 the 的最高級。這部分只要看過並記得「也有這種用法」就可以了，總的來說可以分為三種類型。

☑ **副詞的最高級／形容詞做為補語**：除了原本 **the 就是與名詞相連接**之外，另一個 the 被隱藏起來的理由就是，在看到 the 的時候，會讓人在腦中預設後面出現的將會是名詞，例如最高級的 the tallest 背後表達的其實是 the tallest {boy} 這樣。但如果是副詞或形

容詞做為補語的情況，原本就不會預設後面出現的會是名詞，因此也就不需要加 the 了。正如 He speaks French {the} best.（他法語說得最好）這個句子，句中的 best 是 well 的最高級。不過就算不知道這點，只要一直都在前面加 the，就不會有什麼問題，所以也不用太在意。

☑ **自我比較**：雖然在現代英文中不用太在意這類的表達方式，但我們仍會在 p.790 中說明這部分的表達方式。

☑ **「所有格＋最高級」**：所有格同時具有 the 所擁有的**表示特定的功能**。使用這類表達方式的例子隨處可見，例如 our lowest price（我們（店家或公司）能提供的最便宜的價格）、Mami's greatest success（Mami 最偉大的成就）、his most recent novel（他最新的小說）等等（前一頁最後的例句也是這類）。

　※ 有關「the 和所有格不會並列」的內容，可參考 p.321

追加英文

請翻譯以下的句子。

(1) The least expensive of the rental cars is the compact car.
(2) The flight Jeff took from Singapore to New York was the longest he had ever taken.

解答範例

(1) 出租車中最便宜的是小輪車。

　※ least（最不～）／用 of ~ 表達出最高級的範圍

(2) 從新加坡飛到紐約是 Jeff 曾搭過的航班中最長的。

　※ 大概要飛 18 個小時左右，據說是世界上最長的航班（2021 年時）／在這裡也可以用 been on 取代 taken

使用「比較級」或「最高級」的重要表達型式

21-3-1 使用「比較級」或「最高級」的基本表達型式

和 like 搭配使用的 better / best

使用 like 表達「比～喜歡」或「最喜歡」

> ☑ like A better[more] than B →「比起 B 更喜歡 A」
>
> ☑ like A {the} best[most] →「最喜歡 A」
>
> ☑ Which do you like better[more], A or B? →「你比較喜歡 A 還是 B？」
>
> ※ 原本是 I like ~ very much.，所以將 much 改成 more 或 most 都可以，但現在已經越來越習慣使用 better 或 best

---

I like dogs better than cats.

我喜歡狗勝過貓。

※ 也可以用 more 取代 better

I like dogs the best of all animals.

所有動物之中我最喜歡狗。

※ 也可以用 the most 取代 the best／可以省略 the

Which do you like better, rice or bread?

你比較喜歡飯還是麵包？

※ 用 more 代替 better 也可以／可以用 I like bread better {than rice}. 等方式回答

容易搞混單複數形態的表達方式

該用單數形還是複數形？

☑ 比較級 than any other 單數形 →「比其他任何的 單數形 ～」
☑ one of the 最高級 複數形 ＝ among the 最高級 複數形
　→「最～的 複數形 其中之一」、「非常～的 複數形 之一」

Asia is larger than any other continent.
亞洲比其他任何洲都大。

　　這個句子之所以使用單數形（continent），原因在於這裡是將主詞 Asia 和 any other continent 放在一起做**一對一的比較**，換句話說，就是透過 any other continent 表達出「其他任何哪一個洲都行，逐一拿來和亞洲做比較」的感覺，因此使用單數形來表達。

　※ 絕對不是「亞洲 vs. 合在一起的複數個洲」

Chocolate is one of the most popular sweets in Belgium.
巧克力在比利時是最受歡迎的甜點之一。

※ 「數量眾多的其中一個」所以使用複數形（sweets）

思考轉換 「最～的其中一個」這個翻譯的矛盾感

「one of the 最高級 複數形」一般會教說要翻成「最～的其中一個」，可是如果仔細想想這個翻譯，就會發現雖然是「最～（的一個）」，但實際上卻存在有複數個，這實在會讓人覺得很奇怪吧？

其實，這個表達型式傳達的是「最高級的那個群體（頂尖的那一群）裡的一個」的感覺。另外，在無法一口咬定「最～的就是那個」的時候，也可以使用這個表達型式（例如沒有客觀排名的「最會唱歌的人」等等）。

She must be one of the greatest artists of her generation.
她一定是她那一個世代中最偉大的藝術家之一。

這個型式有時也可以直接翻譯成「最～之中的一個」，有時也會運用翻譯技巧，將句子翻成「為數不多的～」、「首屈一指的～」或「最高級的～」等語意。

 我的感覺也是這樣。如果再進一步說明的話，就是我會有「在排行前〇名以內」的感覺。這邊的排名會透過上下文來判斷，例如在聽到 one of the tallest boys in the class，會覺得大概是指身高前三高的人，如果是 one of the biggest cities in the world 的話，指的或許是前 20 大的城市。各位可以依據自己當下的感受來判斷語意

+α 使用最高級的常用表達

☐ 使用「一點的 at」

as last（終於）/ at {the} most（最多（也不過））/ at least（至少）/
at {the} best（再好（也不過））/ at {the} worst（再壞（也不過））/
at one's best（以某人最好的狀態）/ at one's worst（以某人最壞的狀態）/
at the latest（最遲）/ at the earliest（最快）

☐ 其他

to the best of one's knowledge（據某人所知～）/
to the best of one's ability（據某人能力所及～）/
make the best of ~（盡～的最大力量）※「盡全力做到最好」的感覺 /
make the most of ~（充分利用～）※「充分利用某物的一切」的感覺 /
get the most out of ~（發揮～的最大作用）/
for the most part（～的大部分）/ best[most] of all（最重要的是～）

21-3-2　「實質上」的最高級表達

主詞是 Nothing 的類型

　　有時也會不清楚明白地說「最棒！」，而是用「不輸給任何人」這種**迂迴的方式來傳達**。

主詞是 Nothing 的類型　※下面的改寫句看似複雜，但全都可以透過直譯來理解

Time is <u>the most</u> precious thing of all. 時間是最珍貴的。
= <u>Nothing</u> is <u>more</u> precious <u>than</u> time. 沒有什麼比時間更珍貴。
= <u>Nothing</u> is <u>as</u> precious <u>as</u> time. 沒有什麼是和時間一樣珍貴的。

※ Nothing is 比較級 than ~ 和 Nothing is as ~ as ~ 這兩個句型，嚴格來說其實應該要用 Nothing else（沒有其他～），但實際上（因為不會造成誤解）多會省略 else

Nothing {else} is more important than love.
最重要的就是愛。　※字面翻譯是「（其他）沒有什麼東西是比愛更重要的」

主詞是「No ~」的類型

「No other 名詞＋比較級或原級」的類型

He is <u>the tallest</u> boy in his class. 他是他們班上最高的男孩。
= <u>No other</u> boy in his class is taller <u>than</u> he is.
他們班上沒有其他男孩比他高。　※No other 單數形 is 比較級 than ~
= <u>No other</u> boy in his class is <u>as</u> tall <u>as</u> he is.
他們班上沒有其他男孩和他一樣高。　※No other 單數形 is as ~ as ~

※ 嚴格來說應該需要有 other，但實際上只要不會造成誤解，就可以省略 other（其實經常省略）

No Japanese food is more popular among foreign tourists than sushi.
沒有比壽司更受外國遊客歡迎的日本料理了。
※ popular among（在～之間受歡迎）／原本是 No other Japanese food

21-3-3　比較級和最高級的強調

表示「差距」的大小時

在表示「差距有多少？」時，會在比較級的前面加上表示**差距的詞語**。

☑ 用「具體的數字」來表達差距

I am | three years | older than Shota. 我比 Shota 大三歲。

＝ I am older than Shota by three years.　　※ 表示差距的 by（（表程度）相差）

※ 雖然使用的是比較級的倍數表達型式（three times more ~），但其實也只是「在比較級前面放數字的句型結構」 p.760

☑ 用「模糊的方式」來表達差距

The mushroom omelet tastes a little better than the plain one.

蘑菇歐姆蛋比原味的更好吃一點。

※ 在比較級之前放了 a little、a bit（一點點）和 somewhat（稍微）等詞語

Making a YouTube video is much more complicated than watching one.

製作 YouTube 影片要比用看的來得複雜多了。

※ 「much ＋比較級」是「更加／遠遠地 比較級 」的意思

整理 very 和 much

關於表達「更加／遠遠地 比較級 」的「much ＋比較級」，在文法書中會用「much 無法修飾原級」來說明，但與其把這個說明當成新的知識記住，不如像下面這樣，將 much 和我們熟悉的強調表達 very 整理在一起來看，反倒更能看清整體概念。

強調表達整理（very vs. much）

	very	much
原級	very good ※一般型式	~~much good~~ ※不可
比較級	~~very better~~ ※不可	much better ※常見
最高級	~~very the best~~ ※不可	much the best ※注意 the 的位置
	the very best	~~the much best~~ ※不可

　　核心重點 **把 very 和 much 當成「感情很差」的感覺**來試著統整看看吧。也就是用「very 做的工作 much 不會做，much 做的工作 very 沒有興趣」的感覺來整理，可以整理出像是 **very good 正確 → much good 不正確 → much 的後面加比較級 → very 的後面不可以加比較級**的記法。

　　另外，**請注意最高級 the 的位置**（much <u>the</u> best / <u>the</u> very best）。

※ 順道一提，the very 的後面不可以加 most 形的最高級，因此 ×）the very most ~ 的型式 NG（這部分因為太專業，建議直接跳過）

The combination of exercise and a low-carb diet is considered by many to be much the best way to lose weight without feeling hungry.

許多人認為運動搭配低醣飲食是最好且不會感到飢餓的減肥方法。

※ is considered to ~ 之間插入 by many {people} 的型式 p.743／carb（碳水化合物）（carbohydrate 的簡稱）／用 much 來強調的最高級是英式英文，最常看到的用法是 much the best 和 much the most interesting

---

「強調的 much」的細節 　延伸

問題：選出下方句子中一項錯誤的地方（沒有錯誤的話請選 ⑤）。

There were ①<u>much more people than I</u> ②<u>had expected</u> ③<u>standing</u> ④<u>in a long line</u> around the theater to buy an advance ticket.
⑤NO ERROR

（早稻田大學入學測驗）

　　這道題有一定數量的英文老師會選 ⑤。文法書中會提到「當想強調可數名詞的數量時，不會使用 much，而會破例使用 many」，所以正

確答案是 ①，不過本書現在想用不考慮例外規則的方式來思考看看。

若將 ① 中的 much more people 理解為「much 的作用是強調比較級（more）」，一切就說得通了。因為母語人士一般都不太喜歡「much＋可數名詞」的感覺，所以不會使用這個型式，所以就變成**「會使用和可數名詞搭配的 many 來取代」**的說法。

× ）much more people　※ 不喜歡在 much 的後面接可數名詞（people）

◎ ）many more people　字面翻譯是「更多的人」

另一方面，改用「在比較級的前面加上**表示差距的詞語**」來思考也是 OK 的。換句話說，可以用 two more books → three more books → four more books ~ many more books 的步驟來思考。接續在 four 之後的會是 many（不是 much）。

※ 解答：① much more people／正確寫法是 many more people（更多的人）／翻譯是「在劇院周圍大排長龍要買預售票的人比我之前預期的還要多得多。」

「（比之前所想的）多得多的～」

> **many more ＋可數名詞**
> 例 many more people（（比之前所想的）多得多的人）
> **much more ＋不可數名詞**
> 例 much more money（（比之前所想的）多得多的錢）

順道一提，如果擔心實際使用時會不知道要用 many 還是 much，那就把 far more ~ / a lot more（多得多的～）當成口訣記起來，用起來很方便哦！

 原來如此！

各種強調表達　應用

☑ 用來強調比較級的「非常」、「遠遠地」、「更加」

> **基本的模糊強調**：much / a lot / way
> **升學考題中常見**：still / even / by far / far
> **其他**：yet / rather / a great deal / significantly 等等
> **強調用 ever**：ever ＋比較級（越來越 比較級 ）※ever（一直地；不斷地）

The library is even quieter than the park.
圖書館遠比公園更安靜。

＋α even 和 still 的語氣差異

　　雖然不曉得強調表達在語氣上的差異，也不會為你的學習帶來困擾，但以防萬一還是進一步說明一下。前面的英文句子中，even（更加）表達出「公園很安靜，但圖書館更加安靜」的語氣。另一方面，still older than you 表達的則是「（雖然你已經有一定的年紀了）即使如此還是比你更加年長」，其中的 still 帶有「即使如此還是更加～」的語氣。

補充 「even ＋比較級」和「even the ＋最高級」

　　「even ＋比較級」是「比較級的強調」，但「even the ＋最高級」則僅僅是「即使是最～的也～」的意思（就算省略了 even，意思也一樣）。

Even the best headphones do not sound as good as a live concert.
即使是最好的耳機也比不上聽現場音樂會。

☑ 強調最高級的詞語

> by far ※「by far the ＋最高級」的型式
> very ※「the very ＋最高級」的型式
> possible（盡可能）/ imaginable（能想像得到的）※放在最高級的後面

The novel coronavirus pandemic was by far the most important news of 2020.
新型冠狀病毒的疫情是 2020 年截至目前為止最重要的新聞。
※ novel（新的）／pandemic（（疾病的）流行；疫情）

Your test results will be sent to you in the shortest time possible.
您的檢驗結果將盡可能在最短的時間內寄送給您。
※ possible 修飾最高級 the shortest（the shortest possible time 的語序也 OK）

使用強調詞語的常用表達 應用

表示「不～更不用說～」 ※以「否定句, much less ~」的型式使用

> much less ~ / still less ~ / even less ~

　　這些表達方式已經被視為片語了，不過其實只是在**比較級 less** 的前面加上「**強調的 much / still / even**」而已。「否定句, <u>much</u> less ~」若照字面翻譯，則是「不～，<u>更加</u>不～」→「不～更不用說～」。

Daniel doesn't like okra, much less *natto*.

Daniel 不喜歡秋葵，更不用説納豆了。

※ 字典上「秋葵」的英文是 okra

補充 **可以忽略的 much more ~ / still more ~**

　　在過去的考題中，曾出現以 much[still] more ~ 來表達「不～更不用說～」（這個片語我也背過），不過現在已經不太會用到且也不會出現在考題裡。

※ 如果是肯定意味的「不用說～」，可以用 to say nothing of ~ / not to mention ~ 等等來表達

資料 **very vs. much**

※very 和 much「感情很差」的這個思考方式，也適用於其他情境

	very	much
大致特徵	**修飾詞語**（只是針對單字本身做修飾）	**修飾表達要素**（比起 very，可以修飾較長的敘述詞語及變化過的單字）
修飾的詞性	主要修飾**形容詞和副詞**	主要修飾**動詞** ※ 也可以修飾以 a- 開頭的形容詞（afraid 等等）和原級（多以 very much 的型式修飾）／在疑問句或否定句時可以單獨使用／肯定句會用 very much 的型式／有時會在表達感謝或情緒的動詞之前加上 much（I would much appreciate it if ~ 表示「如果～的話，我會非常感謝」）

分詞	修飾現在分詞 ※ 可以修飾雖然是過去分詞，但被視為形容詞的詞語（surprised 等等）	修飾過去分詞
比較	修飾原級 ※「the very ＋最高級」的型式 OK	修飾比較級或最高級 ※ 可以用來修飾帶有比較意義的形容詞（preferable 等等）
其他	the very ＋名詞 （正是 名詞）	① 強調「相同」類（much the same 表示「大致相同」、much as ~ 表示「大致像～一樣」） ② much too ~ 表示「遠遠超過～」

CHAPTER 21-4

「比較級」相關的重要表達型式

21-4-1　源於拉丁文的比較級
（不使用 than 而使用 to）

有些特殊的 superior 和 junior

有些字用於比較時不用 than，而會使用 to（這個 to 是介系詞）。

重要的拉丁比較級　※ 因為全部都是拉丁文起源的單字，所以稱為「拉丁比較級」

> **優劣**：be superior to ~（優於～）/ be inferior to ~（劣於～）
>
> **喜好**：prefer A to B（比起 B 更喜歡 A）/ be preferable to ~（更喜愛～）
>
> **其他**：prior to ~（在～之前）
>
> ※ be senior[junior] to ~ 也有表示「比～年紀大〔年紀小〕」的意思，但實際上這個語意不太會用到（多半 senior 是「較資深的；職位較高的」，而 junior 是「較資淺的；職位較低的」）

Carol's programming skills are superior to mine.
Carol 的程式設計技巧比我的要好。

拉丁比較級的重點

☑ 不用 than 而用 to
☑ 特別注意拼字：以 -or 結束的單字較多（prefer / preferable 除外）
☑ 不需要加 more　X）more preferable　※單字本身就有「比較～」的意思
☑ 可以用 much / far 來強調（不可用 very）　例如 much[far] superior

補充　「拉丁文」是什麼？

　　拉丁文曾經是羅馬帝國的官方語言（到現在仍然是梵蒂岡城的官方語言），且被認為是「貴族及教會曾使用的困難語言」，舉例來說，superior（和 good 比起來）給人一種又長又正式的感覺。另外，疾病名稱（osteoporosis（骨質疏鬆症）/ tuberculosis（結核病）等等）也殘留著拉丁文的困難感。

　　※ 這種字通常會出現在長句中

prefer 的細節　應用

prefer 的表達型式

☑ prefer A to B →「比起 B 更喜歡 A」 ※to 是介系詞
☑ prefer to V →「比較想做 V」 ※to 是不定詞／would prefer to ≒ would rather
☑ prefer to V₁ rather than {to} V₂ →「比較想做 V₁ 而不是 V₂」
　　※ 使用 rather than／rather than 之後可以省略 to（因為 to V₁ 裡已經有 to 出現過了）
☑ prefer that s {should} →「s 做 v～比較好」、「比較想要 s 做 v」
　　※ 假設語氣現在式的型式 p.243

Carol prefers relaxing at home on the weekend to going out somewhere all the time.
Carol 週末比較喜歡在家裡休息而不是一直出門。
※ 這句使用 prefer A to B 的句型，其中 A 和 B 都是動名詞／all the time 是「一直（always）」的意思

I would prefer to talk to you in private.

我會希望能夠私下與您談話。

※ prefer to V 是「希望做 V」的意思／would prefer to ~ 和 would like to ~ 的翻譯雖然相同，但 prefer 必定帶有「和其他選項相比」的意思（在這裡是「和有其他人的地方相比，比較希望～」）

　　如果在 prefer A to B 句型中的 A 和 B 之間放入「to V」，就會變成連續出現 to 的奇怪型式（prefer to V₁ to to V₂），因此在這個情況下只能用 rather than。

※ 明明討厭用 than，這時卻又改變態度說：「比起用 to，用 than 就不會誤會了♪」

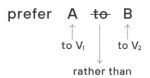

Cindy prefers to play sports rather than to watch them.

Cindy 更喜歡參加體育運動而不是當觀眾。

21-4-2　使用「the ＋比較級」的表達型式

雖然是比較級，卻使用 the 的 3 類表達型式

　　雖然最高級會使用 the，但是比較級並不需要加 the，可是英文中卻有一部分的常用表達，即使是**比較級但卻會和 the 搭配使用**。

「the ＋比較級」的常用表達

☑ the 比較級 of the two →「兩者之中比較～的」
☑ all the 比較級 for[because] ~ →「～（原因）只是造成 比較級（結果）」
　　※for 的後面接名詞／because 的後面接 SV
☑ The 比較級 ①, the 比較級 ② →「越 比較級 ① 越 比較級 ②」

> I decided to rent the cheaper of the two apartments I looked at.
> 我決定租我看的那兩間公寓中比較便宜的那一間。

比較兩者（使用比較級）　　　　　　　the 比較級 of the two
↓　　　　　　　　　↓
比較三者（以上）（使用最高級）　　　　the 最高級 of the three

資料 口語中也會出現「the 最高級 of the two」

　　在混用比較級和最高級時，偶爾會使用「the 最高級 of the two」（語意不會因此改變），不過我們沒有必要故意使用這種表達方式（這種說法不會出現在考題裡）。

需要仔細分析的 all the 比較級 for[because] ~

　　如果照字面翻譯 all the 比較級 for[because] ~，就可以知道語意變化是「都只是 比較級（all the 比較級），會這樣是因為～（for / because ~）」→「～（原因）只是造成 比較級（結果）」。

「all the 比較級 for[because] ~」的重點

(a) all 是強調的作用　※強調作用不強，所以省略也沒關係
(b) the 是「僅僅只有那個部分」的意思　※稱為「限定詞的 the」的用法
(c) for / because 表示「理由」　※比較常用 for

> He is all the more charming for his faults.
> 他的缺點只是讓他更有魅力。
> ※ charming（迷人的；有魅力的）

+α 「none the 比較級 for ~」是「完全不會因～而 比較級」

　　因為**強調的 all → 變成了否定的 none**，所以當然可以翻出否定的意思，思考方式（和「all the +比較級」時）是一樣的。字面翻譯是「完全不是（none）比較級 的情形（the 比較級），就算因為～的理由（for / because ~）」→「完全不會因～而 比較級」。

His health was none the worse for eating fast food every day.

他的健康完全沒有因為每天吃速食而惡化。

思考轉換 並不總是會照著固定型式來用！

在說明這個表達型式的時候，必定會介紹搭配使用 for / because 的型式，但其實句型中只要有「相當於理由或目的的表達」就可以了。

※ 想要應對這種可以靈活變換的句型，重要的不是把表達型式死記硬背下來，而是理解「句子成立的基礎」。下面就讓我們來看看《小紅帽》（*Little Red Riding Hood*）的英文吧（R 是「小紅帽」、W 是表示「假扮奶奶的大野狼（wolf）」）

R: Oh, Grandma, what big ears you have!

W: All the better to hear you with, my dear.

R: Oh, Grandma, what big eyes you have!

W: All the better to see you with, my dear.

R: Oh, Grandma, what big teeth you have!

W: All the better to EAT you with!

R: 噢，奶奶，妳的耳朵好大啊！

W: 因為要聽妳說話聽得更清楚啊，寶貝。

R: 噢，奶奶，妳的眼睛好大啊！

W: 因為要看妳看得更清楚啊，寶貝。

R: 噢，奶奶，妳的嘴巴好大啊！

W: 因為要**吃掉**妳啊！

※ my dear 是親密的稱呼方式／最後的大寫（EAT）具有強調作用

這些句子裡雖然沒有 for / because，但 All the better to hear you with 的型式，可以直接照字面翻譯成「都是因為要更好地（用耳朵）聽妳說話」這種帶有理由或目的的意思。

※ with 是「使用～（工具）」p.697

「The 比較級, the 比較級」是「越～，越～」

The longer they worked, the more tired they became.

他們工作的時間越長，就變得越累。

※ 將 They worked long ＋ they became tired. 這個句子中 框起來的單字，改寫成「the 比較級」的型式再放到句首

「The 比較級, the 比較級」的重點

(a) 原則上會和「主詞＋動詞」搭配使用：

「The 比較級 sv, the 比較級 SV」的型式

(b)「主詞＋動詞」的部分經常會有省略或倒裝的情形（因為韻律的關係）

※ 做為參考……最前面的 The 是類似從屬連接詞的作用，後面的 the 表示「僅僅那個部分（限定詞的 the）」

The sooner, the better.

越快越好。　　※這是慣用表達／省略「主詞＋動詞」

＋α 使用片語時應該注意的重點

The sooner we leave, the more likely we are to avoid getting caught in rush hour traffic.

我們越早離開，就越有機會能避免被卡在尖峰時刻的車陣之中。

※ 原來的句子，前半是 we leave soon，後半則是 we are likely to avoid ~（改寫成 the more likely 的型式，且會放在句首）。小心不要被片語 be likely to ~（很可能～）影響，寫成典型的錯誤句型 X) the more we are likely to avoid ~

21-4-3 　其他「使用比較級的 常用表達方式」

考試很好用的 More and more ~ 和 know better than to ~

使用比較級的常用表達

> ☑ 比較級 and 比較級 →「越來越 比較級」
> ☑ more or less →「或多或少」/ sooner or later →「早晚」
> ☑ no longer →「已經不再是～」　※「not ~ any longer」的型式也 OK
> ☑ 比較級 + than expected →「比預期更 比較級」
> ☑ know better than to ~ →「知道最好不要做～」、「不會笨到去做～」

More and more couples these days are deciding not to have children.

最近決定不要生孩子的夫妻越來越多了。

※ 也可以透過字面翻譯：「越來越多的 名詞 做 V」→「做 V 的 名詞 增加了」，也是
很自然的翻譯方式／這個「More and more 名詞 V」的型式在寫作測驗中非常實用
p.381／有關「比較級 and 比較級」這種「利用重複來強調」請參考 p.889

You should know better than to lend your friends money.

你應該知道最好不要借錢給你的朋友們吧。

※ 這個型式的字面翻譯是「應該（should）知道比起做～，做（其他事）會更好」

「know better than to ~」的思考方式及注意事項

> ① 直翻是「比起做（than to ~）～知道做（其他事）會更好（know better）」
> ② 「知道最好不要做～」也可以翻譯成「不會笨到去做～」（可以選自己
> 喜歡的翻譯方式來記，但在測驗時不管看到哪種翻譯，都要能夠快速反應）
> ③ 不需要 not（不要被「知道最好不要做～」或「不會笨到去做～」的意思影響
> ／這是 than（比～更～）的語意會讓整體句意變成帶有否定意味的現象）
> ④ 表示後悔也會使用 should have p.p. 的型式來表達。should have
> known better than to ~ 是「那個時候應該要知道～」→「早知道不要
> 做～就好了」／I should have known better. 是「我真是太蠢了。」

> I should have known better than to go out without an umbrella.
> 出門沒帶傘我真是太蠢了啊。

more than ~ 的三種意思

☑ 「more than ＋ 數字」是「比 數字 多」

嚴格說來 more than one 是「比一個更多」，所以是「兩個以上」的意思（現在先看自然數就好，小數部分先忽略）。不過在英文的世界裡不太會在意這部分，所以 more than 40 不會翻譯成「41 以上」，而會翻譯成「40 以上」，這種翻譯方式在某種程度上已經成為一種默契，不過嚴格來說會有下面這些表達方式。

「比～多」或「比～少」

比 X 多：more than X / over X / above X ※不包含 X 本身
X 以上：X or more ※字面翻譯是「X 或以上」/
        at least X / not less than X（不少於 X）
比 X 少（不到 X）：fewer than X / less than X / under X / below X
X 以下：X or less ※字面翻譯是「X 或更少」/
        at most X / not more than X（不超過 X）

> More than one in four Japanese people believe in fortune tellers.
> 超過四分之一的日本人相信算命師。

☑ 強調的 more than ~ 　※強調後面的單字

more than welcome（非常歡迎）/ more than happy（非常高興）等等

☑ 範圍外的 more than ~ 表示「並非～」或「不只是～」

直接字面翻譯的話是「比做～的更多」，有時也會變成 **not 的意思**，表示「並非～」或 **not only** 的「不只是～」的意思（經常在考題中的長句裡出現）。

> This is more than I can bear.
> 這超出我能承受的範圍了。　※字面翻譯是「這個比我能夠承受（bear）的更多」

21-4-4　省略比較對象的比較

It couldn't be better! 是「好」還是「壞」？

> A: How's it going?
> B: It couldn't be better!
> A：順利嗎？　B：好到不能再好了！
> ※和 How's it going? 意思相同（狀況不具體的 it）

　　It coul**dn't** be **better**! 不是「不好」的意思。的確「not ＋ good」是「不好」，可是「not ＋ better」卻是另外一回事。 核心重點 **因為比較級中經常省略「than ~」**，而 better 是 **good** 的比較級，所以如果沒有出現 than ~，這時就得考慮被省略掉的部分。

　　在這裡可以加上 than now 表示「和現在（的狀態）相比」來讓句意更加完整，也就是句子會變成 It couldn't be better {than now}.，字面翻譯是「就算是假設也無法（couldn't be）比現在的狀態（than now）更好（better）了」→「不可能獲得比現在更好的狀態了」→「好到不能再好了」。舉例來說，就算各位現在的狀態是 95 分，那也還是有可以成長的空間，對吧？可是如果已經是 100 分（絕佳狀態），那就沒辦法再成長了，也就是「好到不能再好了」。

　　※不翻出「狀況不具體的 it」也 OK／could 是假設語氣，表示「假想的狀態」

　+α **Couldn't be better. 和 Never better. 也是相同意思**

　　同樣省略主詞的表達型式 Couldn't be better. 或 not → never 的 Never better.，表達的也都是相同的意思。

> A: How are you doing?
> B: Never better.
> A：你好嗎？　B：好到不能再好了。
> ※How are you doing? 和 How are you? 的意思相同

 Never better. 是我以前同事的口頭禪

把 than now 和 than this 補上 　延伸

　　最理想的做法是每次都透過上下文來思考被省略掉的內容究竟是什麼，核心重點 **不過其實只要補上 than now（和現在（的狀態）相比）或 than this（和（剛剛說過的）這件事相比），在大部分情況下都可以順利解決**。

※ 在知道這個解決方法之後，就算看到比較不常用的表達方式，也能靠自己理解語意

> It couldn't be worse!
>
> 這真是糟到不能再糟了！
>
> ※ 這是航班在蒙古機場被取消時，坐在我旁邊看起來像美國人的女人所說的話

　　字面翻譯是「就算是假設也不可能（couldn't）比現在的狀態（than now）更糟（worse）了」，也就是「最糟」的意思。只要將這個表達型式中的 couldn't be → couldn't have been，就可以用來表達**發生在過去的事物**了。

> A: How was your summer vacation?
>
> B: It couldn't have been worse.
>
> A：你的暑假過得怎麼樣？
>
> B：糟到不能再糟了。

＋α 「as ~ as ~」也會「省略比較對象」

　　有時也會省略「as ~ <u>as ~</u>」後半句中的 as ~，不過這時多半只要把 as now / as this 補上就 OK 了，但是現在讓我們一起來看看，必須透過上下文來判斷的英文句子吧。

> Rebecca thought she would save money by changing her mobile phone plan. However, she had to buy a new phone, and now her monthly bill is twice as high.
>
> Rebecca 以為換手機方案可以幫她省錢。但是因為她得先買一支新手機，結果現在她每個月的帳單費用都是以前的兩倍。
>
> ※ 這個句子要補上的內容是 twice as high <u>as before</u>

使用「省略比較對象」的常用表達 發展

☑ I couldn't agree more. →「我完全同意」

像這樣補上 more {than now} 的話，字面翻譯就會是「就算是假設我也無法（I couldn't）比現在更同意（agree more than now）」→「完全同意」、「非常贊成」。

☑ I couldn't care less. →「我完全不在意」

像這樣補上 less {than now} 的話，字面翻譯就是「就算是假設我也無法（I couldn't）比現在更不在乎（care less than now）」→「完全不在意」。

☑ Could be better. →「不太好」/ Could be worse. →「還可以」

若在這兩種表達型式中補上 than now，那麼 Could be better. 的字面翻譯會是「有可能會比現在還要好」，也就是「還有更好的可能」或「應該可以更好」的意思。另一方面，Could be worse. 的字面翻譯則是「有可能會比現在還要差」，意思變成「還有更差的可能」或「應該可以更差」的意思（這種表達方式多用來鼓勵沮喪的人）。

☑ earlier this month   ※和 early this month 的區別

early this month 的 early 是「（時間點）較早」，表示「（該月份）上旬左右的時間點」（概念相同的 early in May（五月初）等表達方式經常出現）。

另一方面，earlier this month 省略了比較對象，其實是 earlier this month {than now}，僅僅表示「比現在更早」的意思。如果今天是一個月的最後一天，那麼 earlier this month 完全可以涵蓋到「20 號左右」。

※ 有次在對社會人士演講時解釋到了這一點，一位曾經被外派到紐約的人對我說：「真是太感動了！」。據說那個人曾因為不知道這兩者間的差異，而在行程安排上發生失誤，讓上司非常生氣

追加英文

請翻譯以下句子。

(1) Of the two countries, Norway has the higher taxes.

(2) He believes that the work will be more expensive than expected.

※ the work 是「這項作業程序」

解答範例

（1）在這兩個國家中，挪威的稅率較高。

※ the 比較級 of the two（在這兩者之間比較～的），這是把 of the two 改放到句首的型式

（2）他認為這項作業程序會比預期來的更加昂貴。

※ 原本是「比較級＋than {s＋be} expected（比預想的更 比較級）」的型式／其他常用的表達型式「比較級＋than planned（比計畫的更 比較級）」和「比較級＋than scheduled（比預定的更 比較級）」也很重要

21-4-5 自我比較
（比較同一人事物中的兩個屬性）

「特殊的比較」使用「特殊的型式」 應用

相對於一般的比較（與「其他」做比較）而言，**比較同一人事物中的兩個屬性稱為「自我比較」**，此時會使用「**more 原級 than 原級**（比起～更是～）」的型式。

※ 請思考成「（跟一般的情況不同）特殊的比較」→「特殊的型式」

The students at that school are more diligent than naturally gifted.
那所學校的學生比起天生有才華更該說是勤奮。
※ diligent（勤奮的）／gift（天賦；才華）

如果是名詞，則是「more of a 名詞 than a 名詞（與其說是～不如說是～）」的型式。

The thick and creamy banana shake was more of a dessert than a drink.
濃厚綿密的香蕉奶昔與其說是飲料不如說是甜點。

思考轉換 連母語人士都會覺得混亂的最高級自我比較

最高級也有所謂的自我比較，型式是「不加 the 的最高級」（果然是「特殊的型式」吧）（可以看接下來的例句），不過實際上還是會用一般型式（the ＋最高級）替代。

I'm happiest when I'm reading comics.

我最開心的時候就是我在看漫畫的時候。

※ 比較的對象是「心中的各種開心時刻」（原則上應該用 happiest，但加上 the 也 OK）

+α 「絕對比較級」和「絕對最高級」（原本就不跟其他做比較的用法）

英文中還有不跟其他做比較、**單純表示強調**的「絕對比較級」和「絕對最高級」。常見的絕對比較級片語有 the younger generation（年輕一代）、the upper class（上層階級）、higher education（高等教育）等等。絕對最高級的標誌性型式是不加 the 的最高級（使用 most / a most ~ 等等），如 a most interesting story（一個非常有趣的故事）。只要想成「不是最高級的 most，意思會跟 very 一樣」就 OK 了。

CHAPTER 21-5

no 比較級 than ~

21-5-1　no 比較級 than ~ 的基本概念和整體圖像

「no 比較級 than ~」的思考方式

使用「no 比較級 than ~」的表達

- ☑ no more ~ than A →「不會比 A 更加～」
- ☑ no less ~ than A →「不會比 A 更少～」
- ☑ no more than ~ →「不超過～」、「只有～」= only ~
- ☑ no less than ~ →「不少於～（之多）」、「至少～」
  = as many[much] as ~（強調的 as ~ as）

The test was no more difficult than the homework assignment.

這次測驗不會比回家作業更難。

※assignment（被指派的作業）

多年來讓人感到苦惱的「no 比較級 than ~」可以用兩種思考方式來分析和理解。

(1) 改用「差距是零」來思考

a little more difficult than ~ 是「比～稍微困難一點」的意思，這個句子中的 a little 表示的是差距。在這裡將 a little 替換成 no 之後，**難易度差距就變成零了。**

   (a) The test was a little more difficult than the homework assignment.

                ↓

   (b) The test was no more difficult than the homework assignment.

句子 (a) 表達「測驗比回家作業難一點」，在難易度上有著少許差距，但如果將 a little → 換成 no，**在難易度差距上就會變成零**。換句話說，「將測驗和回家作業放在一起做比較，在難易度上的差距是零（no more difficult）」→「測驗和回家作業的難易度相同」。

※ 這種思考方式應該更好理解吧。接下來在 (2) 中會告訴大家我自創的解讀技巧，雖然本書非常認真看待英文文法，但對於「no 比較級 than ~」來說，這個技巧非常好用

(2) 征服「no 比較級 than ~」的必殺技「兩個箭頭」

在看到「no 比較級 than ~」之後，請從 no 之後拉出**兩個箭頭指向後方**。一個指向**比較級**、另一個指向 **than ~**。

                                   ① 是「相反的意思」
                                   ② 翻成「和～大致相同」

關於 ① 的「相反的意思」

「no ＋比較級」是強烈的否定，表達「根本不是～（或者是完全相反）」。這裡透過使用 no 表示**強烈的**「根本不是～，恰好相反！」否定意味。

所以 no more difficult 是「根本不難」→「應該說是超簡單」的意思。如果只是翻成「不難」的話，語意就會變成「這不難，難度很普通」，雖然也可以說得通，但其實是錯誤的翻譯方式。

※ no 和 not 的否定程度不同（有關 not 的部分會在 p.798 詳細解說）

關於 ② 的「和～大致相同」

　　than 是**表示差距**，即是**「用 no 否定其差距」→「沒有差距」**、
「大致相同」。

①「根本不難」→「應該說是超簡單」

The test was no more difficult than the homework assignment.

②「和回家作業大致相同」

　　透過上述內容來看，可以知道句意其實是「測驗超簡單，跟回家
作業大致相同」的意思。用**兩個箭頭**的概念來理解還有一個好處，就
是可以**直接從前面開始解讀，不用回頭看**（不需要從 than ~ 再回頭看整
句）。當然，這個技巧在聽力上也非常實用哦！

 使用 no 也可以表達出「出乎預料」的感覺。就像 actually（實際上，其
實）會帶有「其實不是～，恰好相反」的語意

明確理解論點 [應用]

　　在典型的表達型式中，**「no 比較級」**的部分是（充滿個人因素的）
論點，然後以**「than ~」**提出**具體實例**（希望別人可以理解）。（雖然在透
過上下文判斷後，會有少數句子表達的是「僅是相同程度」的意思，但請還是先
用「相反的意思」來思考，如果因此覺得句意不自然，再改用「僅是相同程度」
來判斷，這樣就 OK 了）

The test was no more difficult than the homework assignment.
① 論點：「測驗非常簡單哦」 ② 實例：「你看，就跟回家作業一樣」

　　② 的部分是前提（已經知道「回家作業是簡單的」），踩在這個基礎之
上，再傳達論點「其實測驗也是一樣簡單」（依照上下文來看，是「僅是相
同程度的難易度」）。如果用其他英文句子來看的話，如 He is no more
intelligent than a monkey. 的 ① no more intelligent 是「根本和 intelligent
完全相反」→「超級不聰明」的意思。這時聽的人也許只會想說「他
頭腦是不太好啦」，可是因為這個句子在後面還加上了 ② no ~ than a
monkey（和猴子差不多）的具體實例，就會更加強調了「超級不聰明」
的論點，所以這個句子也可以翻成像在說壞話的語氣，變成「他根本
就笨得跟猴子一樣」。

解決討厭的「鯨魚」句子　應用

本章最前面出現過的那個討人厭的句子：A whale is no more a fish than a horse is.，也可以用「兩個箭頭」來處理。

A whale is no more a fish than a horse is.

首先，① no more a fish 是「根本不是魚」的意思。（跟形容詞不同）名詞 fish 沒有「相反」的概念，因此會翻成「根本不是魚」（理解成和「魚」恰好相反的存在）的意思。② no ~ than a horse is 則理解成「和馬大致相同」就可以了。

這句英文在一開始先提出論點「鯨魚根本不是魚」，接著再舉出大家都知道的具體實例「馬不是魚吧」來說明。這樣去思考就知道，句意是「鯨魚根本不是魚，不是魚的程度跟馬差不多」→「鯨魚就算長得像魚，但也不是魚，就像馬不是魚一樣（鯨魚和魚（在生物學上的）不同的程度，就像馬和魚一樣）」，就像這種感覺。

一併也來看一下 no more 後面接名詞的英文句子吧。

> He is no more an artist than I am.
> 他和我都一樣不是藝術家。
> ※ 表達「兩個人都沒有藝術家的那種才能」

也可以用相同的概念來掌握 no less ~ than ~

> He is no less intelligent than Einstein.
> 他的聰明程度不亞於愛因斯坦。

在面對 no less ~ than ~ 這個句型（雖然因為 more → less 語意會改變）時，運用兩個箭頭的解讀方式也完全一樣。

He is no |less intelligent| than Einstein.
　　　　　　　　　①　　　　　②

　　首先，① no less intelligent 是「絕對沒有（no）比較不聰明（less intelligent）這件事」→「非常聰明」的意思。雖然在型式上是 no 否定 less intelligent，但在句意上主要「no less」會互相抵消，所以若想成「**no less＝非常**」，就會更加容易理解一點。

no less intelligent
非常　　聰明

　　接下來，就像是對方說「我知道他很聰明哦」，再以「不不不，他不是一般程度的聰明啦」的語氣，舉出 ② no ~ than Einstein 表示「跟愛因斯坦差不多」的實例。

　　順道一提，依照使用情境的上下文來判斷，這個句子也有可能會是「僅是相同程度」的意思，例如 He was no less intelligent than other children his age. 也就是「他和其他同齡的孩子一樣聰明」（his age 修飾前面的名詞）。

21-5-2 使用「no 比較級 than ~」的片語

「兩個箭頭」也可以搞定片語

使用「no 比較級 than ~」型式的片語

☑ no more than ~ →「不超過～」、「只有～」＝ only ~
☑ no less than ~ →「不少於～（之多）」、「至少～」
　　＝ as many[much] as ~（強調的 as ~ as）

> I have no more than 1,000 yen.
> 我身上只有 1000 日圓。

　　no more than 只是把「no 比較級 than ~」中 比較級 的部分，放進**表示數量的 more / less** 而已，所以仍然可以用**兩個箭頭**來解讀。

I have no more than 1,000 yen.

② 和 1000 日圓大致相同

① 非常少

　　① no more 表示「根本不多」→「非常少」，② no ~ than 1,000 yen 是指「和 1000 日圓大致相同」的意思。所以整句英文解讀起來就是「持有的金額非常少，少到跟 1000 日圓大致相同」→「只有 1000 日圓」的意思。

> ※ 概念也一樣，① 是「論點」，② 是「任何人都知道的具體實例（在這句英文中實例是數字）」

　　另外，I have no less than 1,000 yen.（我至少有 1000 日圓）也是相同概念，① no less →「非常多」、② no ~ than 1,000 yen →「和 1000 日圓大致相同」，所以字面翻譯是「持有的金額非常多，多到跟 1000 日圓大致相同」變成「至少有 1000 日圓」。

　　如上所述，雖然 no more than ~ / no less than ~ 的**論點**不同（多和少的認定不同），但**事實**是一樣的（都持有 1000 日圓）。

> ※ 像這樣使用 no 的片語，會用來表達「就只有~」，這點之後在區分與 not 的差別時很重要，請務必先掌握這個觀念

　　另外，這個片語也可以用在**數字之外**，例如 no more than a rumor 是「只是謠言罷了」的意思。

> The news that all employees can work from home starting next month is no more than a rumor.
> 從下個月開始所有員工都可以在家工作的消息，只是謠言罷了。
> ※ work from home（在家工作，遠距工作）／starting ~（從~開始）（可以當成介系詞來用）

「no 比較級 than ~」的例外（相當於最高級的表達方式） 應用

　　雖然**兩個箭頭**在解讀「no 比較級 than ~」句型時相當好用，但是**若主詞是 Nothing，那麼意思就不一樣了**（變成相當於最高級的表達方式）（p.773）。

> ※ 也許會覺得「又是例外……」好麻煩，老實說，我到目前為止從來沒在上課時提過這部分內容，而且也從未有人問過我相關問題（因為只要直翻就好，所以似乎可以靠自己就搞定這部分）

Nothing is more important than having a dream.
沒有什麼比擁有夢想更重要。

　　假如因為看到 Nothing 和 more 而想要使用兩個箭頭這招，應該也會猶豫該把箭頭往哪裡指才好吧（箭頭指向要從 Nothing 跳過 is，感覺有點勉強）。

　　「箭頭行不通的話，直接照字面翻譯」來解決吧。

There may be nothing more important than having a purpose in life.
可能沒有什麼是比擁有人生目標更加重要的。

> ※ There is nothing ~ 和「Nothing 是主詞」的概念相同／字面翻譯是「也許沒有什麼東西比擁有人生的目標更加重要」

　　最後是表達「我從未～」的 I have never p.p. 類的句子，在使用兩個箭頭來解讀之前，應該就已經知道句意了吧。

I have never seen a prettier girl than Julia.
我從未見過比 Julia 更漂亮的女孩。

> ※ 只是在現在完成式（have never p.p.）句型的受詞部分擺入比較級而已

21-5-3「no 和 not 片語」的整理

用一般方式思考 not 就行了

使用 no 和 not 的片語

> ☑ no more than ~ →「不超過～」、「只有～」= only ~
> ☑ no less than ~ →「不少於～（之多）」、「至少～」
> 　= as many[much] as ~
> ☑ not more than ~ →「頂多～」= at most
> 　※ 使用最高級的表達方式請見 p.772
> ☑ not less than ~ →「至少～」= at least

　　no 的片語是**兩個箭頭**，核心重點 **但 not 表示的卻是除外（不是～）**。He is not a doctor.（他不是醫生）是「醫生這個選項被排除在外」，但不管是公務員還是職業摔跤選手等其他的選項都有可能，單純表達「不是醫生」的意思。

　※「not 是除外」沒有什麼特別的，就是按照到目前為止的邏輯解讀而已

使用 not 的片語應按照「字面翻譯」理解

　　not more than 1000 yen 是指「頂多 1000 日圓」。
　　只要想成**用 not 排除** not more than 1000 yen 框起來的部分（「比 1000 日圓多」的部分）就可以了。

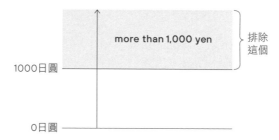

　　也就是「用 not 排除比 1000 日圓多的部分」→「1000 日圓以下的任何金額都 OK（不超過 1000 日圓就行）」→「頂多 1000 日圓」。
　※ 順道一提，「頂多 1000 日圓」也包含「剛好 1000 日圓」

同樣地，not less than 1000 yen 是指「排除比 1000 日圓少的部分」→「1000 日圓以上的任何金額都 OK（不低於 1000 日圓就行）」→「至少 1000 日圓」。

※ 若一時無法想像的話，可以試著親手畫畫看前面的圖

Takumi is looking for an apartment that is not more than five minutes from the station.

Takumi 正在尋找距離車站五分鐘以內的公寓。

※ 字面翻譯是「離車站不超過五分鐘」→「五分鐘以內」

就像這樣，使用 not 的片語可以只用一般**直接翻譯的方式**來解決。因為 not 本身並不特別（不像 no 那樣會有箭頭方向性）。

思考轉換 no 是「精確」，not 是「範圍」

He is not a doctor. 是「有除了醫生以外的其他可能」，也可以説 **not 會表達出一個可能範圍的感覺**。因此 not more than ~ 是上限，而 not less than ~ 則只是下限而已，不管哪一個，**在語意上都存在著一個可能範圍**。另一方面，不管是 no more than ~ / no less than ~，傳達出來的語意都是「精準、單獨的一個點」。

從另一個角度來看，也可以用「意外性」來區分 no 和 not。no 帶有「覺得意外的感覺」，而 not 則「不一定會有覺得意外的感覺」

母語人士也會混淆的 no more than ~ 延伸

就連母語人士都會有混淆 no 和 not（不區分用法）的時候，**也就是會把 no more than ~ 當成「頂多」的意思來用**（其實應該用 not more than ~）。

※ 現在這個用法已經固定了下來，也會出現在考題之中

原本 no more than 5 minutes 是「只有五分鐘」的意思，但如果將這個意思放在上下文語境中，反倒會讓語意不通的話，那就請用「頂多五分鐘」來解讀看看（換句話說就是必須透過上下文來確認語意是什麼）。

因為 no 可以表達出「意外性」，所以可以用 no 來強調像「原本以為會很花時間，結果沒有」的語氣

> The task will take no more than 5 minutes. I'm sure you can do it in 2 or 3 minutes.
>
> 這項工作頂多花你 5 分鐘。我相信你可以在 2、3 分鐘內就完成。

總結 混淆的 no more than ~ 和 not more than ~

意思 no vs. not	只有～	頂多～
no more than ~	◎（本來的用法）	× → ○ （原本是誤用，但現在 OK）
not more than ~	×	◎（本來的用法）

其他同樣容易混淆的片語 延伸

前面說到的用法混淆的情形，也會發生在其他「no 比較級 than ~」的片語之上。

混淆 no 和 not 的例子

把 no more than ~ 當成 not more than ~ →「頂多～」
把 no less than ~ 當成 not less than ~ →「至少～」
把 no later than ~ 當成 not later than ~ →「最晚～」

> Passengers must check in no later than 90 minutes before their scheduled departure time.
>
> 乘客最晚必須在預定起飛時間前的 90 分鐘辦理登機手續。
>
> ※ no later than ~ 原本是「不晚於～，早於～」／在這裡是當成與 not later than ~ 所表達的「排除比～更晚的時間」→「最晚～」相同意思來使用

總結 no 比較級 than ~ vs. not 比較級 than ~

☑ no 比較級 than ~ → 使用兩個箭頭解讀　※no 是「精準、單獨的一個點」
☑ not 比較級 than ~ → 直接翻譯即可　　　※not 是「排除～」

※ 但如果用 no 來翻譯會語意不通，則請轉換成 not 來解讀

關係詞

INTRODUCTION

不懂關係詞等於不會英文

　　關係代名詞與關係副詞等等會被統稱為「關係詞」。很多人都不擅長關係詞，而且還會說：「老被要求使用那些要非常講求邏輯的關係詞，就是我們無法好好說英文的原因」，但是關係詞卻真的很常出現在各種考試之中，這不禁讓我覺得，出題老師們會不會是想告訴我們：「不懂關係詞，怎麼可能說好英文！」。

※ 在慶應義塾大學醫學院的入學考裡，出了五題關係詞相關的長句讀解題（2020 年）

　　另一方面，關係詞除了會出現在長句讀解題裡，還會出現在日常對話、電影台詞和歌詞裡。此外，如果去查英英字典，也會在單字的解釋裡看到關係詞。換句話說，在對外國人說明某些內容時，關係詞是非常實用的。

　　這種會在各種情境中使用關係詞的情況，也說明對於母語人士來說，關係詞是相當簡便好用的詞語。希望各位能透過本章節掌握關係詞並進一步靈活運用。

徹底分析會覺得「關係詞很難」的原因

【原因 ①】就算說「連接詞和代名詞的功能」……

　　解釋關係詞的時候，一開始總是會說「關係代名詞具有連接詞和代名詞的功能」，但如果光看這種說明就能理解的話，那大家就都不用學得這麼辛苦了。重複同樣的說明方式是沒有用的，所以在本書中，我將從不同的角度切入解釋。

　　在學習策略上，最重要的就是具備對於「**這是什麼子句？**」的意識。若被問到「關係代名詞 who 構成的是什麼子句？」，那你會怎麼回答呢？就算詢問很擅長英文的高中生，常常也沒辦法立刻得到答案，而且（被關係<u>代名詞</u>影響）回答「名詞子句」的人非常多。

可是正確來說應該要立刻回答**「形容詞子句！」**才對。當然，在本章中將會針對這部分詳細解說，所以現在只要掌握「這是什麼子句？」的意識就好。

【原因 ②】放錯重點！

問題：空格裡應該填入哪一個選項？

> This is the place (　　) he lived in.
> 1. which　　2. where

雖然有很多人會想「空格的前面出現 place，那應該放關係副詞 where」，但正確答案其實是 1. which。

在提到關係詞時，往往會把注意力**放在前面的事物上**，比如「先行詞是人還是東西？」、「先行詞是地點的話就是 where」等等，但其實最應該要優先考慮的是**後面的型式**。

接下來的另一個重點，則是**判別及物動詞**。換句話說，如果你**無法正確理解及物動詞**，那就**無法理解關係詞**。如果你是「關係詞的題目都只看前面出現的東西」或「對及物動詞不熟」這種情況，那「不擅長關係詞也是理所當然」（在本章內會有更加詳細的說明）。

【原因 ③】沒有特別強調「『功能』比『翻譯』更重要！」

在翻譯關係詞的時候，常會隨著上下文而**改變相對應的翻譯方式**。然而，關係詞最終的**「功能」只是修飾名詞**而已。沒有特別強調**「關係詞沒有固定的相對應翻譯，功能才是重點」**，正是讓許多學習者感到混亂的原因。不強調這個基礎觀念，卻只強調關係代名詞 what 的翻譯是「事物」或「什麼」等等，才是造成混亂的原因（而且 what 的重點在於特殊的用法，而不是翻譯方式）。這種在教學上的不重視，造成鬆散的關係詞學習現況。

上面所說的三種原因，哪怕只符合了其中一項，都會讓你覺得關係詞困難無比。但是，反過來說，若你越明確知道自己為何不擅長關係詞，那就越能針對問題來解決。換句話說，在找到絆腳石之後，接下來就可以透過本章的解說來克服遇到的問題了。

因為關係詞「具有邏輯」，所以其實很簡單

　　因為關係詞很講究邏輯，所以只要按照邏輯堆疊規則就行了，不需要考慮語感。相信到目前為止絞盡腦汁**思考英文文法**的各位，絕對都能掌握這個單元。

　　此外，若將關係代名詞和關係副詞拿來比較，關係代名詞其實重要非常多。

　　許多人會感到困惑，是因為在國中階段沒能真正搞懂關係代名詞，然後就這樣接著在高中開始學習關係副詞的詳細用法。因此我會先從關係代名詞開始詳細解說，請仔細看完，相信各位也會覺得這部分的內容值得一讀。另外，即使碰到你覺得自己已經會了的部分，也請仔細確認內容，不要跳過。

征服「關係詞」的心法

☐ 在對話時，關係詞很重要又好用！
☐ 首先解決讓你覺得「關係詞很難」的原因！
☐ 關係詞原則上不存在固定的相對應「翻譯」！
☐ 運用邏輯來處理關係詞！
☐ 關係代名詞是關係詞的基礎！

Experience is the name everyone gives to their mistakes.

Oscar Wilde

經驗就是每個人所犯下的錯誤。

Oscar Wilde

※ the name 和 everyone 之間省略了關係代名詞 which[that]／字面翻譯是「經驗是每個人為自己的錯誤所取的名字」

第 1 類關係詞　純關係詞（1）　關係代名詞
who / which / whom / whose

22-1-1　關係詞的整體圖像

理解關係詞必備的「兩個觀點」

核心重點 精通關係詞必須要有大小觀點（「宏觀」和「微觀」）。大觀點是「**在句子中構成的是什麼子句？**」，小觀點則是「**關係詞後面的是完整 or 不完整子句？**」。

☑ 宏觀觀點：在整體句子中「構成什麼子句？」的觀點

在「關係詞構成什麼子句？」的觀點之下，可以分成三組，統整之後可以得到以下內容。不過現在的重點是**關係詞的整體圖像**，因此只要先注意各組的**特徵**就 OK 了（稍後會解釋關係代名詞或關係副詞構成形容詞子句的理由）。

※ 下面三組各自有著不同的規則。請想成是三個有各自不同法律的國家，在一個國家中可以做的事，在另一個國家可能就是犯罪，就像這樣有著明顯不同

(1) 純關係詞組　特徵：構成形容詞子句

> **關係代名詞：**who / which / whom / that / whose
> **關係副詞：**when / where / why / how
> **介系詞＋關係代名詞：**in which / of whom 等等（任何介系詞都 OK）
> ※ 這裡的字詞全部都有「可以構成形容詞子句」的共通點

(2) what 組　特徵：構成名詞子句

> **關係代名詞 what／關係形容詞 what**
> ※ which 也是關係形容詞，關於 which 會在 p.868 解說

(3) -ever 形態　特徵：不能構成形容詞子句（可以構成名詞子句和副詞子句）

> 複合關係代名詞：whoever / whomever / whichever / whatever
> 複合關係副詞：whenever / wherever / however
>
> ※ 複合關係形容詞的 whatever / whichever 目前可以先跳過，之後會在 p.867 解說

☑ **微觀觀點：關係詞「後面的是完整 or 不完整子句？」的觀點**

　　小觀點就是只注意關係詞構成的子句，而不是句子整體。透過這個**微觀觀點**能有效區分關係代名詞及關係副詞。

　　※ 完全沒學過關係副詞的人，可以跳過以下的內容

區分關係代名詞和關係副詞

> 關係代名詞的後面是**不完整子句**　※「不完整」是指欠缺主詞或受詞的子句
> 關係副詞的後面是**完整子句**　※「完整」是指沒有欠缺主詞或受詞的子句

　　如同在解說 INTRODUCTION 裡的題目時提到的，「因為有 place 所以用關係副詞 where」是錯誤的概念，這部分只要從**完整或不完整**來思考就能理解了。

　　This is the place（　　）he lived in 　.

　　　　　　　　　　　　　　　↑

　　　　　　　介系詞 in 沒有受詞 → 不完整！

　　空格之後是**不完整子句**，因為**不完整子句 → 關係代名詞**，所以正確答案是 1. which。

22-1-2　關係代名詞的基本概念

關係代名詞可以「構成形容詞子句」

關係代名詞有**修飾前面名詞**的功能（可以想成「和前面的名詞發生關係」）。使用**分詞**表達的相同內容，可改用關係代名詞表達。

使用分詞「修飾名詞」的句子

Look at the cat sleeping under the table. 看睡在桌子底下的那隻貓。

使用關係代名詞「修飾名詞」的句子

Look at the cat that is sleeping under the table.

※ 關係代名詞子句（that ~）修飾前面的名詞（the cat）

核心重點關係代名詞不存在固定的對應翻譯，僅具有修飾前面名詞的「功能」。請特別注意形容詞的功能（從後面修飾名詞）。

※ 在古老的參考書中，通常會用「正在做～的」來勉強翻譯，但這只是為了應付「每個英文單字都要有對應翻譯」的成見所採用的權宜之計。比起翻譯，構成的子句「功能」更加重要。另外，雖然嚴格來說應該是「關係詞引導的子句會用來修飾先行詞」，但其實就算說「關係代名詞具有形容詞功能」，也不會造成誤解，所以本書會用比較簡單的表達方式來解說

關係代名詞的種類（必須對應格與先行詞來區分使用）

關係代名詞的格變化

先行詞 ＼ 格	主格	受格	所有格
人	who ※ 較少使用 that	whom ※ 經常省略	whose
物 （包含動物）	which ※ 動物一般是 that	which ※ 較常省略或改用 that	whose

※ 除了 whose 以外（who / whom / which），都「可以用 that 取代」（that 的解說在 p.823）

+α 關係代名詞的使用區分（實際使用方式）

　　前面有說明過「可以用 that 取代 who / whom / which」，但實際上有一些細節必須注意。

☑ 對人物先行詞使用 that，可能會讓別人覺得你很沒禮貌

☑ that 通常用在動物上／which 感覺比較冷淡（卡通人物或寵物會用 who）

　　※ 現在寵物一般會用 he / she，由於這種趨勢，有時會說「關係代名詞也會用 who / whom」，但現實中在遇到卡通人物和寵物以外的動物時，絕大多數還是會使用 that（如果卡通裡的動物角色用 who 的話，可能會有加深印象的效果）

　　　例　The dog that was barking last night is quiet now.
　　　　　昨晚在吠的那隻狗，現在安靜了。

如何構成關係代名詞子句呢？

　　我們從這裡開始得經歷一些很麻煩的步驟，但為了能在未來理解複雜的英文句子，這是無可避免的過程。只要短短幾頁，就能清楚了解關係詞的結構。

使用關係代名詞連接兩個子句的步驟流程

> ① **尋找、變換**：找到指稱相同人事物的字詞，
> 　　　　　　　　將代名詞變換為關係代名詞
> ② **移動、加上**：將關係代名詞移動到開頭，加在先行詞的後面
> 　　　　　　　　　　　　　　　　※「在 ① 時，不是代名詞的名詞」是先行詞

☑ **連接兩個句子（主格的情況）**

Ted has a smartphone.　　It has an excellent camera.

① **尋找、變換**：在指稱相同人事物的字詞下劃底線，將代名詞（It）→
　　　　　　　　變換成關係代名詞（which）

Ted has a smartphone.　It has an excellent camera.　※ It 是指 a smartphone
　　　　　　　　　　　　　　　↓ It 是主詞，所以用主格關係代名詞 which
　　　　　　　which

② **移動、加上**：將 which 移到開頭，放到先行詞（a smartphone）之後
關係代名詞是連接句子和句子的**黏著劑**，所以必須移動到句子相連
接的地方（不過若是像這個句子一樣，原本代名詞就在開頭的話，那就不需
要移動）。

Ted has <u>a smartphone</u>. + which has an excellent camera.

> Ted has a smartphone which has an excellent camera.
> Ted 有一台相機很好的智慧型手機。

補充 **注意直接插入子句的型式**（直接加在先行詞之後）

> The boy who won the speech contest practiced a lot.
> 在演講比賽獲勝的男孩做了很多練習。

　　上面這個句子原本是「The boy practiced a lot. + He won the speech
contest.」這兩句，兩個句子在合併後變成將 who won the speech
contest，直接加在 **The boy** 的後面（在第一句之中直接插入第二句的型
式）。請注意不能隨意加在句子的後段，也就是不能使用 ×）The boy
practiced a lot who won the speech contest. 這種型式。

☑ **連接兩個句子**（受格的情況）

The tea is from Sri Lanka.　We drank it this morning.

① **尋找、變換**：在指稱相同人事物的字詞下劃底線，將<u>代名詞</u>（it）→
變換成關係<u>代名詞</u>（which）

The <u>tea</u> is from Sri Lanka.　We drank <u>it</u> this morning.　　※The tea = it
　　　　　　　　　　　　　　　↓ it 是<u>受詞</u> → <u>受格</u>的 which
　　　　　　　　　　　　　which

② **移動、加上**：將 which 移動到開頭，直接放到先行詞（The tea）的後
面

The <u>tea</u> is from Sri Lanka. + which we drank　　this morning.

　　關係代名詞必須移動到開頭（和主格不同，這個「移動的步驟」是必要的），而且會是直接在先行詞之後**插入子句**的型式。

> The tea which we drank this morning is from Sri Lanka.
>
> 我們今天早上喝的茶是從斯里蘭卡來的。
>
> ※ it 變換成 which 了，所以不可以保留 it。主格的後面「缺少主詞」、受格的後面是
> 「缺少受詞」，這種概念對於之後的句型理解來說非常重要 p.830

22-1-3　掌握含有關係詞的句子 「結構」和「語意」

含有關係詞的句子必須「掌握結構」

　　在此說明掌握含有關係詞的句子結構的方法。

　　※ 由於是適用「所有關係詞」的概念，所以改用「關係詞」來表示「關係代名詞」比較恰
　　當，不過不必太在意這點

掌握結構的方法　　※ 使用〔方形括號〕標記形容詞子句

---
① 看到關係詞時，立刻加上〔　〕　※ 從關係詞開始括號
② 〔　〕停在第二個動詞之前（如果沒有第二個動詞就停在句號之前）

The building [which is being built across the street] is going to be a hospital.

　　　　　　　　↑ 第一個（be being p.p.）　↑ 停在第二個之前

〔對街正在蓋的〕那棟建築物將會是醫院。

※ 用括號框起來，就可以確認「關係子句是從哪裡到哪裡」

補充 **可以用數動詞的方式，掌握關係詞的範圍**

（a）一出現關係詞就開始數（關係詞之前的動詞不算）。

（b）「動詞詞組」視為一個動詞。進行式、完成式、被動語態、伴隨不
　　定詞的動詞型式（want to do），皆視為一個動詞（上面句子裡的第一個
　　動詞是 is being p.p.（進行式＋被動語態））。

（c）沒有第二個動詞的話，括號停在句子的最後。

Harry wants some shirts [that | don't need to be ironed].
　　　　↑ 這個動詞不算　　　　　　↑ 第一個　　　↑ 沒有第二個動詞
Harry 想要一些〔不需要熨燙的〕襯衫。

掌握句意（1）由後往前看（掌握結構 → 由後往前看）

The new smartphone which will go on sale tomorrow looks really cool.
明天上市的新款智慧型手機看起來真的很酷。

　　加上關係詞構成的形容詞子句，功能是**修飾（說明）先行詞**。
　　在 The new smartphone〔 which | will go on sale tomorrow 〕looks really cool. 之中，which ~ 的部分從後面修飾前面的 The new smartphone，這一整個長主詞的動詞是 looks。

補充　在基礎階段也需要「由後往前看」

　　為了理解「英文句子的結構」，一開始先由後往前看也 OK（因為如果你養成隨意連接單字的習慣，那之後就沒辦法處理困難的英文句子）。另外，因為由後往前看的這個方法，和接下來的**代入法**有著一體兩面的關係，所以就這點來看，「由後往前看」也是必要的。

　　※「由後往前看」的方法，就像是腳踏車的輔助輪，一開始請先讓自己能夠使用輔助輪正確前進，等到完全學會後再將輔助輪拆下就可以了

　　我自己平時看英文當然很順暢，但是當內容變複雜時，我就會切換到「閱讀模式」，有意識地透過句子結構來閱讀。「由後往前看」是用來理解複雜句子的好方法，也可以說是「培養英文能力的一個切入點」

掌握句意（2）　代入法（掌握結構 → 代入法）　應用

　　等你學會由後往前看之後，接下來的目標是**由左往右**（不使用由後往前）來解讀語意。這個方法來自於代入先行詞的概念，所以我想稱這種方法為**代入法**（在口譯時使用這個方法感覺滿帥的）。

代入法的翻譯方式

① **切斷**：把句子切斷在關係詞之前　　※把兩個句子分開，較容易掌握句子結構
② **代入**：將先行詞代入到關係詞裡
③ **放回**：（依照情況）將代入後的先行詞放回到後面

Luke used the pen which Donna had given him for his birthday.
Luke 用的筆是 Donna 送給他的生日禮物。

① 切斷

Luke used the pen ／ which Donna had given him for his birthday.

※ 句子切斷在關係代名詞 which 之前

② 代入

Luke used the pen ／ which Donna had given him for his birthday.

※ 先行詞（the pen）代入 which

　　所謂代入，是指**將先行詞「放到關係詞之中」**的感覺，原本關係代名詞就是代名詞的一種，所以代名詞的圖像會變得更加鮮明。

③ 放回

Luke used the pen ／ ~~the pen~~ Donna had given him the pen for his ~.

※ 回到本來的位置

　　把 the pen 放回本來受詞應該放的位置之後，句子的結構就更加清楚好懂了。

※ 在習慣這個解讀方式之後，就算不特意放回去，也能理解句意。當然，如果是主格的話就沒有必要放回去

Luke used the pen ／ Donna had given him the pen for his birthday.
Luke 用了那支筆／Donna 送給他那支筆當作生日禮物。

　　分成兩個句子後，就可以從左看到右來理解句意，也能同時提升閱讀速度。代入法只是把**一個句子分成兩個部分**。如果你能把**兩個句子合而為一**，那要分開也不會是什麼難事。

補充 句子在「插入」關係子句後，翻譯會片斷化

💬 The mask that Michael is wearing will not protect him from the virus.
Michael 戴著的口罩沒辦法保護他不受病毒感染。

在句子中間插入關係子句時，必須要留意「子句是從哪裡到哪裡？」。前面這句英文必須切斷兩次，分別**中斷在關係詞之前及關係子句結束時**。

The mask ╱ that Michael is wearing ╱ will not protect him from the
virus.　　↑ 中斷在關係詞之前　　　　　↑ 中斷在關係子句結尾處

之後的步驟（代入 → 放回 → 翻譯）和前面提到的幾乎一模一樣。

The mask ╱ ~~the mask~~ Michael is wearing the mask ╱ will not ~.

代入先行詞　放回原本的受詞位置
那個口罩／Michael 戴著的那個口罩／沒辦法保護他不受病毒感染

※ 遇到這種簡單的句子時，前半部分就會尷尬的只剩下「那個口罩」，所以其實代入法
在句子又長又難時更能發揮效用

思考轉換 關係代名詞 who 和疑問詞 who 的共通點

雖然這兩者被認為是完全不同的東西，不過一樣是 who，一定還是會有共通點。相較於疑問詞 who 的「誰？」，**關係代名詞 who 則是「誰？」＋「要說是誰，就是～」**這種自問自答的感覺。以 I talked to the man who was sitting on the bench.（我和那個坐在長椅上的男人說了話）這個句子來看，大概會是下面這種感覺。

I talked to the man ╱ 　who 　 was sitting on the bench.
我和那個男人說了話／要說那個男人是誰，就是～ 坐在長椅上的那個男人。

（跟疑問詞沒有共通點的）關係代名詞 that 也和指示代名詞 that 的「那個」有共通點，表達的是「是那個。那個其實是～」的概念。例如 We ate tacos that Ryo's father made.（我們吃了 Ryo 的父親做的墨西哥捲餅）這句的感覺，可以像下面這樣思考。

We ate tacos　／	that	Ryo's father made.
我們吃了墨西哥捲餅／	那個墨西哥捲餅，其實是～	Ryo 的父親做的。

大家在學關係代名詞的時候，應該常常會想到（但是後來絕對會被忽略就是了）「為什麼和疑問詞長得一模一樣？」，只要改用這種方式來想就可以解決了。

22-1-4　關係代名詞的應用方式

who 後面接 SV 的型式（主格的應用方式）

問題：請選擇適合填入空格的選項。

The woman（　　）I thought was an American was in fact a Canadian.
1. who 　　　2. whom

　　我想應該有很多人以前曾經學過「後面有動詞就是主格」或「後面出現 sv 就是受格」這種說法，但這種判斷方式只是治標不治本，請忘了它們吧。如果看到上面這道題目，然後想著「因為後面出現了 I thought，所以該選 whom」，那就答錯了啊（這類題目很常出現在大學入學考之中）。

　　本書則是一直都用「**主格關係代名詞後面不會出現主詞**」和「**受格的關係代名詞後面不會出現受詞**」來說明，對吧？

The woman [(　　)|I thought {that} ☆ was an American|] was ～
　　　　　　　　S　　V　　　　　　v　※ was 的前面（☆ 的部分）沒有 s

　　原本的 I thought {that} [s] was an American. 裡，**缺了 was 的主詞**，因此這裡要填入的是主格關係代名詞的 who。

　　※ 答案：1. who（我以為是美國人的那個女人，其實是加拿大人。）

補充 注意數動詞數量的方式

「thought 是第一個、後面的 was 是第二個」是錯的。

原本的句子是 I thought {that} the woman was an American.，所以和先行詞的 The woman 連接的 was 才是第一個動詞。如果以為「thought 後面的 was 是第二個動詞」，那到了後面 was（in fact a Canadian）的動詞部分，就會發現自己數錯了（因為那個動詞 was 就變成多出來了的）。

> Billy has a dog that his neighbors think is cute.
> Billy 養了一隻鄰居們都覺得可愛的狗。
> ※ 原本的句子是 His neighbors think {that} the dog is cute.／字面翻譯是「他的鄰居們認為那隻狗可愛」

思考轉換 I thought 不是「插入語」！

有很多考生會用「因為 I thought 是插入語，所以不用理它，只要把重點放在 was 上就可以了」來解這道題，但這種解題方式其實很牽強。如果 I thought 是插入語，那一般會在前後加上逗號（~, I thought, ~ 的型式）。為什麼我會這麼堅持要用正確的方式解題呢？那是因為，如果利用像「（不是插入語卻）把 SV 刪除」這麼瘋狂的想法來解題，那麼以後一碰到困難的英文句子，就會開始想「如果是插入語的話，可以刪除吧？」，漸漸就會養成用這種牽強方式來思考的習慣。

另一方面，有些母語人士會在這裡使用 whom，結果導致「可以放 whom」的教法開始增加了起來，但各種考試的出題老師們追求的是**正確理解英文並具備邏輯思考的能力**。請各位正確理解「（ ）SV v」的型式，之所以必須**填入主格關係代名詞，是因為缺少主詞**。透過這種方式學會的英文，在世界上的任何地方、任何情況下都可以使用。

+ α 關於插入語

除了**前後要加上逗號**之外，使用 **that 子句的表達型式**（例如 I think that sv. → S, I think, V.）也是插入語的特徵。

This path, I think, will take us to the park entrance.

我覺得我們走這條路可以到公園入口處吧。

※ This path will take us to ~ 的字面翻譯是「這條路會帶我們到～」→「我們走這條路可以到～」

Rice, it is said, was first grown in China about 10,000 years ago.

據說稻米第一次被拿來種是在大約一萬年前的中國。

※ 原本的句子是 It is said that rice was first grown in ~，只要意識到句子的原本型式，翻譯就 OK 了（可以翻成「據說～」）

「名詞＋sv」的型式是「省略關係代名詞」

關係詞是「從現在開始要詳細說明前面這個名詞了」的標記，不過這個標記有時會被省略，而**可以省略的只有受格關係代名詞（whom / which / that）**而已。

※ 一般特別會省略 whom（因為用 whom 感覺有點老派）

Plastic pollution is a problem we must solve right away.

塑膠污染是我們必須立即解決的一個問題。

※ 在 a problem {that} we must solve right away 中，缺少 solve 的受詞

要辨別省略的方法很簡單。只要利用**受格關係代名詞可以省略的**這個規則，**看到「名詞＋sv」出現，就知道這裡省略了關係代名詞。**

使用受格的型式：名詞（先行詞）　~~whom~~ sv（不完整）
　　　　　　　　　　　　　　　　↓ 省略
省略的型式：　名詞（先行詞）　　×　sv（不完整）

We regret any inconvenience you may have experienced as a result of the delay.

我們對於可能造成的任何不便致上歉意。

※ 機場廣播（班機延誤時）／any inconvenience you may have experienced 是「名詞＋sv」的型式（欠缺 experience 的受詞）／字面翻譯是「我們對於您可能因延誤而遭受的任何不便感到遺憾」

22-1-5　　　　　所 有 格

使用所有格連接子句（順序與主格和受格相同）

Shaun is a boy.　　His eyes sparkle when he smiles.　　※ sparkle（閃閃發亮）

① **尋找、變換：** 在相同的字詞下劃底線，將代名詞（His）→ 變換成關
　　　　　　　　　係代名詞（whose）

Shaun is a <u>boy</u>. <u>His</u> eyes sparkle when he smiles.

　　　　　　　↓ His 是<u>所有格</u> → <u>所有格</u>關係代名詞 whose

　　　　　whose

※ 雖然都是指 Shaun，但不會把底線畫在 Shaun 的地方（因為專有名詞後面不會接關係
　詞。理由和例外的部分請見 p.837）

② **移動、加上：** 將關係代名詞移動到開頭，放到先行詞（a boy）的後面

Shaun is a <u>boy</u>. + whose eyes sparkle when he smiles.

※ whose eyes 是一個詞組（因為本來就在句首，所以不用特別移動）

　Shaun is a boy whose eyes sparkle when he smiles.
　Shaun 是一個微笑起來眼睛會閃閃發亮的男孩。
　※ 利用代入法來翻是「Shaun 是一個男孩／他的眼睛在微笑時會閃閃發亮」

whose 的現況與特徵

☑ whose 是較生硬正式的表達方式

　　關係代名詞 whose 其實是比較生硬正式的表達方式，因此並不是
很常見，特別如果「先行詞是事物」就幾乎不會使用 whose。儘管以
前我曾在考題中看過 the house whose roof is red（有紅色屋頂的房子）這
種表達方式（現在還可能會在題庫裡看到），但最近也都沒有再看到過
了。

　　※ 一般會用 with，寫成 the house with the red roof，使用 that 的 the house that has
　　the red roof 也可以

☑ whose 的常見用法

whose 原本是**所有格**（my 等等），所以後面會接**無冠詞名詞**。

舉例來說，在 my name 中的 my，後面接的會是（沒有加 a / the）name，對吧？升學考中經常會出現和 whose 相連接的無冠詞名詞，這類題目只要事先看過，解題就沒有什麼難度了。接在 whose 後面的名詞，都歸屬於先行詞**所有**，因此這些名詞經常都是**某事物的一部分**。

常與 whose 相連接的名詞

> ① 家族的「一部分」：father / mother / parents / brother / sister / son /
> 　　　　　　　　　　daughter
> ② 身體的「一部分」：eyes / hair / ears / nose / name

 這些的確都是在現實生活中經常使用的名詞

I have a friend whose brother has his own YouTube channel.

我有一個朋友的哥哥（或弟弟）有他自己的 YouTube 頻道。

+α 「**whose ＋各種無冠詞名詞**」的例子

當然 whose 也會跟沒列在上面的其他名詞相連接。

Meal vouchers will be given to passengers whose flights have been cancelled.

將分發餐券給班機被取消的乘客們。

※ 這是機場廣播（飛機停飛時）／voucher（抵用券，兌換券）

22-1-6 「介系詞＋關係代名詞」的思考方式

「介系詞＋關係代名詞」搭配使用

「介系詞＋關係代名詞」的型式，例如 in which 和 of whom 等等，可以利用我們前面學到的「**將兩個句子合而為一**」的思考方式來理解。

This is the house.   He lives in it.

① **尋找、變換**：在相同的字詞下劃底線，代名詞（it）→ 變換成關係
代名詞（which）

This is the house. He lives in it.

                  ↓ it 是介系詞 in 的受詞 → 受格的 which

              which

※ 這裡的 This 指的雖然也是「相同事物」，但請先忽略它，因為 this 在做為代名詞（其
中已包含所有資訊）時，沒有必要在後面加上補充說明（沒必要連接關係詞）

② **移動、加上**：將關係代名詞移動到開頭，放到先行詞（the house）的
後面

（接下來可以有兩種思考方式，因此分為（a）和（b）來解說）

(a) 按照前面學到的方式：只將 which 移動到開頭

This is the house. + which he lives in   .

【完成】This is the house which he lives in. 這是他住的房子。

　雖然介系詞留在後面，但**關係代名詞的後面會是不完整子句**（in
的後面「欠缺」受詞），所以按照前面學到的方式來想是 OK 的。請注意
不要留下 it 變成 ×）This is the house which he lives in it.。

(b)「整個詞組」的概念：in which 整個詞組移動到開頭

　原本 in it 就是一個詞組（因為不能將這兩個字分開），所以變成 in
which 後就以**整個詞組的型式來移動**。

This is the house. + in which he lives   .

【完成】This is the house in which he lives. 這是他住的房子。

　只將 which 移動到開頭和**把 in which 當成一個詞組移動到開頭**
的句子，句意雖然相同，但在英文**句型結構上**卻有著決定性的不同。

① 關係代名詞的後面是**不完整子句**

This is the house |which| he lives in.

代名詞 it 變換成 which 移動到開頭。因為變成**欠缺名詞（代名詞）的型式**，所以關係代名詞的後面是**不完整子句**。

② 「介系詞＋關係代名詞」的後面是**完整子句**

This is the house |in which| he lives.

原本是**副詞片語**的 in which 就算移動到開頭，也不會影響子句本身。

※ 不會因為副詞的移動（或消失），而讓句子變成「欠缺」要素的狀態（因為沒有副詞也 OK）。這個「完整」和「不完整」稍後會詳細說明　p.830

The hotel at which we stayed in Sapporo will be renovated next year.
我們在札幌住的那家飯店明年會重新整修。

要注意的「介系詞＋關係代名詞」重點

☑ 介系詞的後面是「受格」

　╳）with who　　◎）with whom　　╳）with that　　※ 有關 that 請參照 p.823

　　介系詞後面出現的代名詞會是受格（例如 at him），而與代名詞類似的<u>關係代名詞</u>的後面也會接**受格**（whom / which）。

☑ 「介系詞＋關係代名詞」中的關係代名詞不可省略

　╳）This is the house in ~~which~~ he lives.　　※ 省略的話會變成奇怪的型式
　◎）This is the house {which} he lives in.　　※ 介系詞留在後面時可以省略

☑ 形容詞子句「從介系詞」開始

　◎）This is the house [in which he lives].

　　　　　　　　　　　　　　　　　※「介系詞＋關係代名詞」均視為一個詞組

　╳）This is the house in [which he lives].　　※ 在這種情況下，先行詞變成 in

原則上**形容詞子句都會從關係代名詞開始**，但在「**介系詞＋關係代名詞**」的情況下，請特別注意**形容詞子句是「從介系詞」開始**。

☑ **也可以使用代入法** ※只須特別注意「從介系詞開始，變換成形容詞子句」的部分

This is the house ／ in the house he lives.

↑ 用 which 代入先行詞（the house）

這是那間房子／在那間房子裡，他居住。

※ 原本會將 in the house 放到後面，但因為這是副詞片語，就算不放到後面也還是能理解句意

由「前面或後面」來決定使用哪個介系詞 應用

前面這句英文 This is the house in which he lives. 中的 in which，原本是「live in ＋地點」的型式（live 和 in 之間具有關聯性）。那麼下面這個句子呢？

My boss is pleased with the speed at which the new printer prints documents.

我的老闆對於新印表機的文件列印速度感到滿意。

at which（指的是 at the speed）和在它後面出現的表達（the new printer prints documents）之間沒有關聯性。這時，請留意**前面**（先行詞是 the speed）而不是後面。在 at the speed（以那種速度）中的介系詞 at，表示的是「在速度或比例刻度上的一點」，所以可以判斷 speed 和 at 之間具有關連性。

※ 現在看起來可能很難，不過一旦你把這些慣用的表達方式好好記住，之後運用「兩個句子合而為一」或「代入法」來思考的時候，就會發現這些關聯性了

資料 **書面上會優先使用「介系詞＋關係代名詞」……**

關於前面提到的兩種思考方式「只移動關係代名詞／移動『介系詞＋關係代名詞』整個詞組」，其實會根據說話者的喜好及當下情境而變化，所以不需要太過在意，不過在這裡還是稍微說明一下。

□ 「介系詞＋關係代名詞」→ 書面上會優先使用（比較保守的母語人士

會避免句子結束在介系詞／美國的學校有時會這樣教）／如果是比較長的介系詞（beyond / during 等等），現在傾向於將整個詞組移動到開頭

□ 只有關係代名詞 → 在口語中（會自然使用關係代名詞）比較不會對用介系詞結尾感到牴觸，這是口語上主流的表達型式

22-1-7　關係代名詞 that 相關

that 給人「萬能」的印象

　　主格（who / which）和受格（whom / which）關係代名詞都可以用 that 代替。換句話說，**whose 之外的關係代名詞，改用 that 代替也 OK。**

　　※ 就是這樣，that 可以在各種情境下取代其他的關係代名詞，給人如同撲克牌裡的小丑牌那樣萬能的印象

　　另外，**在某些情況下會特別喜歡用 that**。當先行詞加上下列字詞時，一般來說都會使用 that。

偏好使用關係代名詞 that 的情況

> ☑ **先行詞表示「特定」**
> 　最高級 / 序數 / best / the only / the same / the very（正是～）等等
> ☑ **先行詞表示「全部 or 無」**
> 　all / every / any / no / 其他複合字（everything / anything）等等
> ☑ **先行詞是「人 and 物（動物）」**

This is the same hotel that we stayed in when we came to London two years ago.

這間飯店和我們兩年前來倫敦時住的是同一家。

※ 因為先行詞有 the same，所以偏好使用 that／in 欠缺受詞

This is all the money that I have.

這是我所有的錢。

※ 因為先行詞帶有 all，所以偏好使用 that／有時語氣會是「這是全部了」→「就只有這樣」p.521

+α **忽略 Who that ~ 也 OK**

雖然有很多文法書會說「當先行詞是疑問詞時，會偏好使用 that（Who that ~ 表示「做～的是誰」）」，但現代英文裡其實不會使用這種表達型式。

順道一提，和上面所說的那類句子不同，現代英文中倒是會出現，因為「句子中出現疑問詞的 who，所以不想使用關係代名詞的 who」，結果改用 that 的情況。

> Who is the chef that made this soup? It's delicious.
>
> 做這道湯的主廚是哪位？真好吃。
>
> ※ 也可以說 Who is the chef who made this soup?，但一個句子裡出現兩個 who，就有種沒那麼好吃的感覺

無法使用關係代名詞 that 的情況

雖然前面說過，關係代名詞的 that 是「撲克牌裡的小丑牌」，但另一方面，小丑牌仍然並非萬能，還是具有使用限制（舉例來說會有「小丑牌不可以最後出」等限制）。**關係代名詞 that 也是一樣，仍然會出現因為一些限制條件，而無法使用 that 的情況**（下面這些限制雖然看起來很瑣碎，可是卻經常被用來出題）。

① 「介系詞＋that」→ NG

in which 等型式中，不可以用 that 取代 which。

※ 順道一提，「連接詞 that」的前面也不可以放介系詞（解說和例外請參照 p.142）

② 「非限定用法（在 that 的前面加逗號的用法）」→ NG

在「SV, which ~」這種**非限定用法**中，不可以用 that 取代 which。

※ 非限定用法請參照 p.834

上面這些說明似乎太細節了，但其實重點就是關係代名詞 that 的前面**不能有介系詞或逗號**。

思考轉換 非限定用法不能使用 that 的理由

關係代名詞的 that，原本和指示代名詞的 that（那個）一樣，都具有**直接指向名詞的性質**。換句話說，that 具有**強烈的限定能力**，因此和非限定用法（不限定或限定能力較弱的用法）互相牴觸。

※ 反過來說，如果將先行詞加上 the only 等來加強限定能力時，就會偏好使用 that，這點應該也能理解了吧

CHAPTER 22-2

第 1 類關係詞　純關係詞（2）
關係副詞

22-2-1　關係副詞的思考方式

使用關係副詞連接兩個子句（和關係代名詞的思考方式相同）

用關係副詞來連接 I went to that new restaurant. 和 They serve panini sandwiches there. 這兩個句子吧。

I went to that new restaurant.　 They serve panini sandwiches there.

副詞 there → 變成關係副詞 where　　↓

where

將 where 移動到開頭，接在先行詞（that new restaurant）的後面，句子就完成了。

I went to that new restaurant where they serve panini sandwiches.

我去了那家有賣帕尼尼的新餐廳。

※ 使用代入法的翻譯是「我去了那家新餐廳，在那裡有賣帕尼尼（義式三明治）」／They 是指「店家（店員等等）」／serve（提供（餐點等））

關係副詞的句型結構（構成形容詞子句、後面接完整子句）

　　關係副詞的宏觀觀點是**「構成形容詞子句」**，微觀觀點則是**「後面接完整子句」**（請不要誤解成「因為是關係副詞，所以會構成副詞子句吧」）。前面連接而成的那句英文，只是把**副詞 there 變換成關係副詞 where 而已**，不會因為將副詞移動到前面，而對句子造成影響，因此關係副詞的後面會接完整子句。下面都是利用關係詞所構成的形容詞子句，讓我們用 ① 關係代名詞 → ②「介系詞＋關係代名詞」→ ③ 關係副詞的順序，一起來看看句型結構吧（三句的意思都相同）。

①I went to that new restaurant [which they serve panini sandwiches at].
②I went to that new restaurant [at which they serve panini sandwiches].
③I went to that new restaurant [where they serve panini sandwiches].

關係副詞的使用區分

　　副詞 there 會變換成關係副詞 where，不過其實關係副詞總共有四個（where / when / why / how），必須依照先行詞來決定該使用哪一個關係副詞。

關係副詞的使用區分

	先行詞（範例）	關於「省略」
where	「地點」相關（place 等等）	可任意省略 ※ 如果是典型的先行詞， 經常會省略　p.827
when	「時間」相關（time / day 等等）	
why	「理由」相關（只有 reason）	
how	「情況狀態」相關（只有 way）	如果是 the way 或 how， 則一定會發生省略

　　關係副詞原本就是**副詞**，因此沒有**格**的變化。代名詞會因為格的改變而發生變化（主格、所有格、受格），但副詞是不會變的。

※ 但副詞會有比較變化（early-earlier-earliest）

The place where the conference was held is conveniently located across from the station.

會議召開的地點位在交通便利的車站對面。

※ locate 是「把～設置於～」的意思（be located 則是「位於～」）

Marina is at an age when she is sensitive to criticism.

Marina 正處於對批評很敏感的年紀。

※ at an age when ～ 經常出現在日常對話中，表達「正處於～的年紀」的意思／criticism（批評）

補充　「介系詞＋關係代名詞＝關係副詞」的爛公式

　　這個公式已經流傳很久了，而且每次只要出現關係副詞，就會出現「這個關係副詞可以改寫成 of which 或 in which 嗎？」這種題目，不過，這的確是一個值得思考的問題。沒錯，它們的**後面同樣都會接完整子句**，而且前一頁英文句子裡的 where 可以替換成 at which 沒問題，可是，重點其實應該要放在理解句型結構的變化過程才對，應該要知道關係副詞是**由副詞變化而來**，而「介系詞＋關係代名詞」是由**介系詞詞組（副詞片語）變化而來的**，這才是最重要的。

關係副詞的「省略」　應用

關於關係副詞的「省略」

☑ 關係副詞可以省略　※可以和關係代名詞的受格一樣省略
☑ 有時會省略先行詞　※當然不能先行詞和關係副詞都省略
☑ the way 和 how 不會一起出現　※the way 和 how 一定會省略其中一方

　　省略關係副詞的話，表達型式會變成**「名詞＋sv」**（sv 的部分會是**完整**子句）。雖然在省略關係代名詞（受格）時，也會是「名詞＋sv」的型式，但這裡的 sv 會是**不完整**子句。

　　另外，有時候也會省略關係副詞的先行詞。

Rome is where many ancient ruins can still be found.

羅馬是一個仍然可以看到許多古代遺蹟的地方。

※ 先行詞 place 被省略了／Rome is {a place} where ~（世界上會看到遺蹟的地點不只羅馬，羅馬是其中的一個，所以加上 a）／ruin 在 ruins 的形態下，是「遺蹟」的意思

　　請特別注意關係副詞 how，×）the way how ~ 是 NG 的表達方式，正確的說法是必須省略關係副詞的 how，或是省略先行詞 the way。理由則單純是**因為 how 的先行詞明顯就是 way**，所以如果兩者一起出現，就會變成「那種方法的方法」這種讓人覺得累贅的說法。

This is how he met her.

這就是他怎麼和她相遇的。

※ 省略了先行詞 the way／This is how[the way] ~ 表達「這就是~的方法」→「這就是怎麼~」

　　順道一提，the way <u>in which</u> ~ 和 the way <u>that</u> ~ 是 OK 的（因為不會讓人覺得累贅）。但平常比較常用的是（上面那句的）how sv 和下面這句的 the way sv 這兩種表達型式。

That is the way Miu became a YouTuber.

這就是 Miu 怎麼成為 YouTuber 的。　※省略 how

＋α 除了 how 以外，還有很多地方會發生省略

　　除了任何文法書都有說到的「the way 和 how 之間一定要省略其中一個」之外，其實 how 之外的關係副詞也經常被省略（the time when ~、the reason why ~ 等等，都是因為顧忌語意重複，而會省略先行詞的典型例子）。當先行詞是與 place / where 有關的字（somewhere 和 nowhere 等等）時，where 可以省略，但如果是其他的關係副詞，則不能省略。

必須注意的關係副詞細節重點 延伸

☑ 用 that 替代

　　關係副詞也可以用 that 替代。但學者們對於具體細節的意見不一（有的學者覺得 where 不能用 that 替代），所以自己用的時候，最好還是**不要用 that 替代**，比較保險。

☑ 各式各樣的先行詞都可以用 where

※ 下面這些字在「比喻情境」中可做為 where 的先行詞

situation、circumstances（情況，情境）/ stage（階段）/ instance（事例）/ point（點）/ future（將來）/ case（情況，情境）※ 可以想成是「地點」的一種（可以放入物品的箱子（case）→ 代入情境）

※ 比較極端的例子：在先行詞是 time 的情況下，卻使用 where（雖然不會出現在考題裡，但有在英文新聞中聽過）/ case 以前比較常使用 when，但現在比較常用 where

總結 關係副詞統整表

關係副詞	先行詞 （範例）	省略先行詞	省略關係副詞	非限定 用法
where	「地點」相關 （place 等等）	○	△ ※ 有時省略會變得不自然	○
when	「時間」相關 （time / day 等等）	○	○	○
why	「理由」相關 （只有 reason）	◎	○	×
how	「情況狀態」相關 （只有 way）	◎ ※ the way 或 how 必定省略其一		×

22-3-2 判別關係代名詞與關係副詞

注意「後面」而非「前面」

之所以會想在這裡好好整理關係代名詞和關係副詞，是希望各位能**統整和複習截至目前為止的所學內容，理解該如何正確運用在寫作及口說上，並對各種考題做好準備**。判別關係代名詞與關係副詞時，必須要留意的是**後面**（完整子句 or 不完整子句），而不是**前面**（先行詞）。

※ 一開始在學關係代名詞時，會聽到「先行詞是人的話，使用 who / whom，是事物的話，就用 which」這種說法，但這種判斷方式會使目光一直停留在「前面」，進而忽略對判別關係詞來說真正重要的「後面」

判別關係代名詞和關係副詞

① 關係代名詞 ＋**不完整子句** ※不完整是指「欠缺 S 或 O」
② 關係副詞 ＋**完整子句** ※完整是指「沒有欠缺 S 或 O」
③ 介系詞＋關係代名詞 ＋**完整子句**

（從名詞或代名詞變化而來的）關係代名詞之後會接**不完整子句**（子句中欠缺 S 或 O）。（從副詞變化而來的）關係副詞的後面則接**完整子句**。（原本是副詞片語的）「介系詞＋關係代名詞」之後也是接**完整子句**。

※ 可以藉由連接兩個句子的步驟，實際理解句型結構。如果不確定該怎麼做的話，請務必好好複習

 這種「判別」，即使是母語人士也無法光靠直覺來解決，因此絕對必須好好熟悉這部分的理論

首先，理解「不完整子句」

關於完整子句和不完整子句的判別，先從不完整子句開始判斷起會比較輕鬆。這是因為 核心重點 **看到子句少了 S 或 O 的那一塊，馬上就能判斷出「啊，那裡不完整」**。重要的不完整子句類型全都很簡單，只有**及物動詞**的地方需要注意。

※ 覺得「關係詞真棘手啊……」的人，絕對是「沒有完全理解及物動詞」，所以先搞懂及物動詞才是最重要的。可以反問「什麼？」的是及物動詞，對吧？（有關及物動詞請參照 p.428）

「不完整子句」的類型

(1) 欠缺 S：使用主格關係代名詞
　　① 單純欠缺 S → ~（　）V
　　　　例　~（　）has ~　※ has 欠缺 S
　　② 欠缺 that 子句中的 s → ~（　）SV v
　　　　例　~（　）I thought was ~　※ was 欠缺 s

(2) 欠缺 O ：使用受格關係代名詞
　　① 欠缺及物動詞的 O → ~（　）SV（及物動詞）
　　　　例　~（　）I make.　※ 及物動詞 make 欠缺 O
　　② 欠缺介系詞的 O → ~（　）~ 介系詞
　　　　例　~（　）I live in.
　　　　※ 介系詞 in 欠缺 O／介系詞後面接的名詞叫做「介系詞的受詞」，總之，只要想成「介系詞的後面應該要接名詞，這裡沒有名詞，所以『不完整』」這樣就行了

Greg bought the ring the salesperson showed him.

Greg 買了銷售人員拿給他看的那枚戒指。

※ {which} the salesperson showed him／應該要有兩個 O（show 人 物），缺了一個 O 物

理解「完整子句」！

　　關係副詞和「**介系詞＋關係代名詞**」的後面會接**完整子句**。順道一提，這裡的「完整」是文法用語，表示「滿足句子的構成要素」，例如 **I live 是完整子句**（live 是不及物動詞，所以後面不需要名詞）。雖然從翻譯「我居住」來看，不會覺得這個句子完整，但那只是「意思」上的問題，核心重點 **完整或不完整是從型式來判斷的**。

　　那麼接著來確認一下**完整子句的類型**，坦白說，只要**把不是不完整的子句，全部當成「完整」子句**就解決了，所以這裡不需要太過仔細確認。

　　※ 在看英文句子的時候，如果出現「這是完整子句嗎？」的懷疑，再到這裡確認相關內容，這樣就可以了

「完整子句」的類型

(1) 後面是不及物動詞

① 接第 1 句型 → ~（　）SV（不及物動詞）

例　~（　）I live. ※ live 在第 1 句型裡是不及物動詞

② 接第 2 句型 → ~（　）SVC

例　~（　）I am happy. ※ SVC 是完整的句子

(2) 雖然後面是及物動詞，但確實有 O 或為被動語態

① 完整（有 O）的第 3 句型 → ~（　）SVO

例　~（　）I have breakfast ※ SVO 是完整的句子（SVOO 也一樣）

② 被動語態 → ~（　）S be p.p.

例　~（　）the book was written. ※ 在被動語態下，沒有 O 也可以

※ 被動語態（be p.p.）的後面「不接名詞」，因此被視為「完整」（沒有欠缺要素）p.723

總結 關係代名詞和關係副詞的「共通點和差異點」

	關係代名詞	關係副詞	介系詞＋關係代名詞
構成什麼子句？	形容詞子句		
後面接什麼型式？	不完整子句	完整子句	完整子句

「不完整子句」的應用 　應用

英文中也會出現實際應用不完整子句的情形。請留意下面這個句子中**不完整的地方**。

The person I got the DVD player from no longer had the manual.

給我 DVD 播放器的人沒有說明書。

※ 字面翻譯是「那個我從他那裡得到 DVD 播放器的人」

千萬不能把 from no longer 看成一個詞組。整個 The person I got the DVD player from 是主詞，no longer（不再）僅是副詞，had 則是動詞。這句英文中只有 I got the DVD player 的部分是**完整**的（SVO），但

接在後面的 from 之後卻沒有接名詞，而介系詞 from 欠缺名詞，所以是**不完整的型式**。

※ 在口說能力測驗的朗讀題中（考生必須大聲朗讀題目），如果出現這句話，知道要在 from 之後停頓（換氣）是很重要的。可以透過這種方式展現自己「理解句型結構」的能力（當然可能會因此有加分效果）

資料 **「關係代名詞既是連接詞又是代名詞」的說法**

　　突然提到這個說法，各位可能一時也無法意會它的意思，但在 INTRODUCTION 中曾說明過，所謂「連接詞」，是「與前面的句子相連接」，而「代名詞」，則是指「在關係子句中扮演代名詞的角色」。不過，由於大家都已經（透過將兩個句子合而為一的步驟）「實際體驗」過關係詞的句型結構了，所以這種說法其實已經不重要了，但我覺得現在的各位應該都能輕鬆理解這個說法，所以姑且在這裡提一下。

CHAPTER 22-3

關係代名詞與關係副詞的運用

22-3-1 限定用法和非限定用法

所謂的限定用法是什麼？

雖然關係詞的功能是**修飾（說明）名詞**，但從另一個角度來看的話，這種**修飾或說明**，也可以說是一種對名詞的**限制或限定**。

※ 形容詞的限定用法也是相同感覺　p.352

The boy who is playing the piano on stage is my son.

舞台上正在彈鋼琴的那個男孩是我兒子。

※ 即使舞台上有好幾個男孩，但藉由 The boy who ~ 來限制（限定）指稱的「男孩」是「現在正在舞台上彈鋼琴的那個男孩」

關係代名詞的這種用法被稱為**限定用法**。到目前為止我們說到的關係代名詞使用方式，全部都是限定用法（這是基本用法）。

所謂的非限定用法是什麼？

在關係代名詞前面加上逗號的型式（~, who ~）稱之為**非限定用法**。對逗號前面的名詞**不加以限定**，主要傳達到逗號為止的資訊，逗號之後的內容僅是**補充說明**的感覺。

※ 補充的感覺就像「～，對了還有那個是（那個人是）～」這樣

He has three daughters, who are married.

他有三個女兒，（三個人）都結婚了。

※ 非限定用法／主要資訊是「總共有三個女兒」，再補充「三個都已經結婚了」

He has three daughters who are married.

他有三個已婚的女兒。

※ 限定用法／只說「有三個已婚的女兒」，可能還有「未婚的女兒」

 實際上，這句話表達的多半是「還有其他女兒」的情況

各種非限定用法（whose／關係副詞） 應用

非限定用法的例子裡，出現的多半是 who / which，但其實也經常使用其他詞語來表達。

My aunt lives next to the Waltons, whose dog often barks at night.

我阿姨住在 Walton 家的隔壁，他們家的狗經常在晚上叫。

※「the 名字＋-s」是「～一家（的人）」的意思　p.281

Welcome to "Fabulous Fashion Fridays," where we talk about what's going on in the fashion world.

歡迎收看《Fabulous, Fashion, Fridays（電視節目名稱）》，我們會在這裡（這個節目裡）一起聊聊時尚圈的大小事（時尚界現在的動態）。

※ 關係副詞 where 表達的是「在這個節目裡」／這句話是在談話性節目的開頭，主持人會說的話／fabulous（極好的）／*Fabulous, Fashion, Fridays* 是虛構的節目名稱，壓 F 開頭的頭韻　p.32

特殊的非限定 which 用法 應用

關係詞的先行詞應該是**名詞**，只有在以非限定用法使用 which 時（發揮補充說明或發表評論的功能），前面的**子句或子句的一部分**才能做為先行詞。

☑ 前面子句的「全部」做為先行詞

He came back, which was a big surprise.

他回來了，這真是非常出乎意料。

※ which 的先行詞是「前面子句的全部（He came back）」

嚴格來說，which 代表的是「他回來了」的這件事，但翻譯時只要簡單翻成「這件事」或「這個」就 OK 了。

☑ 前面子句的「一部分」做為先行詞

The woman said that she had nothing to do with the incident, which is unbelievable.

那個女人說她與這件事毫無關係，但我不相信。

※ 先行詞是「前面子句的一部分（that she had nothing to do with the incident）」

如果把先行詞想成是「前面子句的全部（<u>The woman said</u> that she had nothing to do with the incident）」的話，which is unbelievable 就會變成「不相信她做過說這種話的行為」的意思。雖然若按照不同的上下文來解釋，這個句意也不是不可能（表達「她竟然敢說這種話！」的感覺），但在這裡是以「無法相信所說的內容」來解釋（無論是哪一種解釋，which 本身只要翻成「這件事」或「這個」就 OK 了）。

> **補充** **基本用法是「名詞是先行詞」**

在學到**將子句做為先行詞的 which** 之後，有些學習者會變成看到 which 就只想到這個用法，然而，非限定用法其實還是以基本用法（先行詞是名詞）為基礎才對。

> He sent me a pair of shoes, which didn't fit me at all.
> 他寄了一雙鞋子給我，但根本不合我的尺寸。
> ※ which 的先行詞是名詞（a pair of shoes）

這個句子終究想表達的是「鞋子根本不 fit」，所以如果把先行詞想成是前面的整個子句（He sent me a pair of shoes）的話，就會變成「他寄鞋子給我的這個動作根本不 fit」這種奇怪的意思。

> 追加英文

請翻譯以下的句子。

(1) That is why we have to start working right now.

(2) Matt doesn't like to ride trains during rush hour, when there are so many passengers.

> 解答範例

(1) 這就是為什麼我們必須現在立刻開始作業。

　　※ That is why ~ 表示「這就是為什麼～」

(2) Matt 不喜歡在尖峰時刻搭火車，因為那個時間的乘客超多。

　　※ 這裡的 when 是關係副詞的非限定用法（主要傳達的資訊到 during rush hour）／雖然翻成「乘客超多」就 OK 了，但若加上補充語意的「因為～」會更好

22-3-2　專有名詞後的非限定用法

補充說明專有名詞 [應用]

　　關係詞具有**從不特定的大範圍人事物中，限定某一特定人事物的**功能，但當先行詞是專有名詞時，情況就不一樣了。[核心重點]**由於專有名詞本來就是唯一的存在（只有一個），所以沒有必要用關係詞來限定**。因此在專有名詞的後面只會使用**非限定用法**（而不是限定用法）。

> Lake Biwa, which is the largest lake in Japan, is completely surrounded by Shiga Prefecture.
> 日本最大的湖泊琵琶湖完全被滋賀縣所包圍。
>
> ※ 字面翻譯是「琵琶湖，它是日本最大的湖泊，完全被滋賀縣包圍」／關於比較好的翻譯方式，可以參照 p.840

　　在這裡 Lake Biwa 的後面使用「逗號＋which」來補充說明。這種**「專有名詞, which[who] ～」**的表達型式，在說明某些人事物（這類內容會出現在各種考題裡的英文長句或聽力測驗之中）或是在新聞報導中都經常出現。

　　※ 請試著以向不知道琵琶湖的外國人介紹的感覺，重新唸唸看這個英文句子。這是非常實用的口說測驗練習方法

「等同於專有名詞的名詞」也是相同概念 [延伸]

　　不要只是死背「專有名詞的後面是非限定用法」，如果能先理解「因為專有名詞是唯一的存在，所以才會用非限定用法」的話，那就一定能輕易理解**「等同於專有名詞的名詞」**也會使用非限定用法的這件事。

　　曾經在某個改錯題裡看到「請指出 my father who is a researcher 這句錯誤的地方」這種內容。雖然這題被說是超難的一題，但我想大家應該都已經察覺到問題出在哪裡了。

　　這個句子的意思是說話者擁有「是研究員的父親」和「不是研究

員的父親」。但若加上逗號變成 my father, who is a researcher，那麼句意就合理了。就像這樣，對等同於專有名詞的名詞，也就是唯一的存在（father 等等），會使用後面加上逗號的非限定用法。

※ 新聞也會出現 the queen, who ~ 這種型式（就國家而言，queen 是唯一的存在）

Todd has never met his father, who died before he was born.
Todd 從未見過他的父親，他在 Todd 出生前就去世了。

「刻意使用限定用法」的情況 延伸

以前的書裡有沒有出現不知道，不過從現在開始，像 I have two fathers. 這種句子，應該會越來越多吧（同性婚姻及領養小孩的情形，在全世界都呈增加趨勢）。這時就不會用非限定，而是會用限定用法。

I'm talking about my father who is a university professor, not my father who stays at home.
我說的是我那個在大學當教授的爸爸，不是在家當家庭主夫的那個。
※ 這裡的 stay at home 是指「當家庭主夫」的意思

此外，在「想要限定專有名詞」時也可以使用限定用法。例如出現**同名的人**時，就必須使用限定用法。

A: Do you know Mary from our class?
B: There are two Marys in our class. Do you mean the Mary who comes from New York, or the Mary who always asks the teacher questions?
A：你認識我們班的 Mary 嗎？
B：我們班有兩個 Mary。你說的是來自紐約的那個，還是一直問老師問題的那個？

這裡的 Mary who ~ 用的是沒有逗號的型式對吧？另外，這裡還出現了 Marys（複數形）和 the Mary（限定在兩個人當中的特定一個，所以加上 the）的型式。

※ 後來更進一步發展出表達「雖然是同一個人，卻擁有不同的面孔」的用法（例如想要描寫某人有「私底下的另一面」時），像是 the Yukiho who ~（~（另一面）的 Yukiho），在小說中會出現這種表達型式

22-3-3 在對話中大量使用的非限定用法

用關係代名詞開頭的句子！？

在特殊的非限定 which 用法（以子句做為先行詞）中，有時 which 和後面的內容會變成**一個獨立的句子**。

Aki got the most votes. Which means she will be the next student council president.
Aki 獲得了最多票。這也就是說，她會是下一屆的學生會主席。

上面的例句原本是寫成 Aki got the most votes, which means she will be the next ~，因為 which 和後面的內容是一個獨立的句子，所以在這個情況下，就算把句子切斷，意思也不會改變，因此 **Which means ~** 是表達「**這也就是說～**（或「**這也就意味著～**」）」的型式。

A: Movie theaters are always so crowded on the weekend.
B: Which is why I prefer to go during the week.
A：週末時的電影院總是非常擁擠。
B：這就是為什麼我比較喜歡在平日去。
※ Which is why ~ 是「這就是為什麼～」的意思

用來改變話題很好用的表達方式 延伸

從上面提到的這個「獨立的 Which 子句」延伸出了 **Speaking of which, SV.**（說到這個，SV。）這種慣用表達。這個型式的結構是在 Speaking of ~（說到～）這個片語（p.595）之後，加上用來補充前面所說內容的 which。 ※經常用來表達像「這讓我想起了～」或「話說回來～」的意思

A: I've been thinking of studying in Canada for a semester next year.
B: Speaking of which, have you met the new exchange student from Canada? She's really friendly.
A：我正在想明年要去加拿大念個一學期。
B：說到這個（這讓我想起了），你見過從加拿大新來的交換學生了嗎？她人真的很好。 ※ semester（學期）

22-3-4 統整關係詞的「翻譯方法」

「由後往前看」和「代入法」的使用區分

(1) 限定用法

> ☑ **由後往前看**：留意形容詞子句是從哪裡到哪裡，「從後面」開始翻譯
> ☑ **使用代入法**：將先行詞代入關係詞，「從前面」開始翻譯

(2) 非限定用法

> ☑ **使用代入法**：留意補充說明的部分，「從前面」開始翻譯
> ☑ **由後往前看**：只要不會誤解，「從後面」開始翻譯也 OK　※ 新觀念
>
> ※ 非限定用法原本就會用逗號分隔，所以可以自然地使用代入法。平常只要用代入法
> 　就已足夠，但如果目標是想要翻出漂亮的句子，請好好看過接下來的「就算是非限
> 　定用法，也試著由後往前看」

就算是非限定用法，也試著由後往前看 延伸

　　一般會認為「翻譯非限定用法時一定要中斷」，但這其實是個誤會（英文越是拿手的考生越容易誤解）。

　　若想翻譯得更自然一點，那麼就算是**非限定用法，也可以「由後往前看」來翻譯**。這是因為（與英文不同）中文**在說的時候無所謂限定或不限定**。

　　一起用剛剛那句英文 Lake Biwa, which is the largest lake in Japan, is completely surrounded by Shiga Prefecture. 來思考看看吧。

　　一般看著句子會想翻成「琵琶湖，是日本最大的湖泊，完全被滋賀縣包圍」。當然，這樣翻也不是不行，但這個句子實在有些生硬，對吧（說明的語氣太明顯了）？

　　※ 平時也不會用「法拉利，是義大利製造的，世界上最好的車」這種方式說話吧

　　從中文來看，以後置修飾（由後往前看）的角度來翻譯，得到的句子明顯會更加自然通順，就像上面這個句子，翻成「日本最大的湖泊琵琶湖」會比較自然吧。英文在碰到專有名詞時，原則上都會用非限定用法，但中文就沒有這個要求。

22-3-5 先行詞和關係詞分離的情況

先行詞不一定是「前面的名詞」 應用

原則上先行詞會是關係詞**前面的名詞**，但隨著使用情境的不同，有時也會**稍微分開**。

☑ **可以從上下文和動詞形態（有無三單現的 s 等等）來判斷先行詞**

Salzburg is the city in Austria where Mozart was born.

奧地利城市薩爾斯堡是莫札特出生的地方。

※ 專有名詞 Austria 不會被關係詞限定╱先行詞是 the city

☑ **SV ＋ S 的說明**

有一個鮮為人知的規則，**若第 1 句型中的主詞很長，則能放到後面的只有用來說明主詞的修飾語**（說明的部分不管是同位語的 that 還是不定詞等的表達都 OK）。

The time will come when humans will build cities and form communities on the moon. 人類在月球上建造城市和形成群體的時刻將會到來。

※ 關係副詞 when 的先行詞是（當然是名詞）The time

上面這個英文句子，原本的主詞很長（The time when humans will ~ on the moon will come.），其中只有 做為修飾語的部分 能夠放到後面。

※ 這裡的 when 不是連接詞。因為如果是連接詞的話，基於「表示時間或條件的副詞子句中，必須用現在式表達未來」的規則，就不能使用 will 了 p.160

☑ **使用 that / those 表明先行詞**

在先行詞前加上 that / those，（不同於「那個」的字義）具有**表明先行詞**的功能。

He is one of those students liked by teachers who always pay attention in class. 他是老師們喜歡的那些總是專心上課的學生之一。

※ who 的先行詞是 those students（配合複數形，使用不加三單現 s 的 pay）╱pay attention（專心，注意）╱in class（上課）

22-3-6 關係代名詞 which 的特殊 「補格」用法（欠缺補語時的關係代名詞）

不是主格也不是受格的 which [延伸]

雖然關係代名詞的 which 主要做為**主格或受格**，但除此之外還有**做為補語**的次要用法。

> My father is a doctor, which I don't want to be.
> 我的父親是醫生，而我不想當醫生。

這裡 which 的先行詞是 a doctor，把 which 放回原本的位置後，就會變成在 be 的後面（I don't want to be a doctor.）。乍看之下會以為是受格，但實際上欠缺的是（在 be 動詞後面的）**補語**。這種 which 的用法我想叫它**「補格」**。在理解的時候，只要想成 **which 除了主格和受格以外，還有補格**就可以了。

※ 雖然這個用法本身會出現在文法書裡，但卻沒有固定使用的術語，進而給人一種不清不楚的感覺，所以我們在這裡以「補格」的名稱來說明

另外，萬能的 that 也可以用在補格上。但上面這句英文中，在關係代名詞的位置之前出現了逗號（非限定用法），所以只能使用 which。一起來看看限定用法的英文句子吧。

※「~, that」的型式是 NG 的 p.824

> She is not the woman that she used to be.
> 她不再是從前的她了。
> ※ 字面翻譯是「她不是那個她曾經是的女人了」／欠缺句尾 be 的補語

思考轉換 也可以透過語意來思考「補格的 which」

剛剛是透過「型式中欠缺補語」的角度來說明補格，除此之外，還可以透過語意來思考。補語可以是人的特質、狀態（如第二句的 the woman）或職業（第一句的 a doctor），而特質、狀態或職業等，都不是指那個人本身，因此無法使用代表人本身的 who / whom。因此有將**特質、狀態或職業等「視為物品」**，使用 which / that 的思考方式。

CHAPTER 22-4

關係詞的衍生表達型式

22-4-1 「名詞＋介系詞＋
關係代名詞」的型式

「放到開頭」的三種類型　應用

　　由「**介系詞＋關係代名詞**」所衍生出來的表達型式中，有一種是
「**名詞＋介系詞＋關係代名詞**」。這種句子乍看之下好像很難，但如
果改從原本的兩個句子來思考，就會變得很簡單。

| The room was full of girls. | Three of them were her own children. |

① **尋找、變換：**找出相同的字詞，並在下方劃底線，將<u>代名詞</u>（them）
　　　　　　　→ 變換成<u>關係代名詞</u>（whom）

　　The room was full of <u>girls</u>. Three of <u>whom</u> were her own children.

② **移動、加上：**分成下面的 (a)～(c) 三種類型來思考

(a) 只將 whom 移動到開頭，放在先行詞（girls）的後面

　　The room was full of girls whom three of 　　 were her own children.

　　　　　　　　　　　　　　　　　　　↑

　　　　　　whom 的後面「欠缺 of 的受詞」，因此是是不完整子句

　　這個英文句子在邏輯上是正確的，但卻透出一股說不上來的不對
勁感。這是因為在 three of whom 的一整個詞組之中，只有 whom 被
移動到了開頭的關係。

(b) 將 of whom 一起移動到開頭

　　The room was full of girls <u>of whom</u> three were her own children.

　　　　　　　　　　　　　　　　　　　S　　V　　　C　　※ 完整子句

　　雖然只將 of whom 移動到開頭（three of whom 被分割了），感覺還是
有點不自然，但仍可以表達出 of whom（在那些女孩們之中）的意思，雖
然聽起來有點生硬，但已經比剛剛那類（只把 whom 移動到開頭的類型）
自然多了。

我也這樣覺得。只將 of whom 移動到開頭是 OK 的，而剛剛那句只將 whom 移動到開頭的句子，給人的感覺則相當不自然

(c) 將 three of whom 整個一起移動到開頭

The room was full of girls <u>three of whom</u> were her own children.

　　果然給人感覺最自然的，會是「不分割 three of them[whom]」的表達方式。這裡只是直接使用 three of whom 而已（與其說是移動到開頭，應該說是原本就已經在開頭了）。

　　如果只單看 girls three 的部分，會覺得這個英文句子不太自然，但在看到 three of whom 的部分時，就會知道「啊，這是將整個 three of whom 放到開頭的類型」，只要這樣思考就 OK 了（事實上，經常出現「girls 的後面加逗號」的情況，但逗號不一定每次都會有，所以若能單從型式結構就看出來的話，會比較理想）。

> ※ 總結一下上面的內容，雖然「無論哪一類都正確」，不過 (a) 不自然 → (b) 可接受（大概有兩成的人使用）→ (c) 最自然（約有八成的人會使用）

使用「代入法」可以輕鬆理解句意 　應用

　　原本代入法的概念，就是**將原本的兩個句子分開思考**，對吧？這次的英文例句，如果你知道要在 girls 和 three 之間斷句的話，那麼使用代入法來翻譯會是最自然的。

　　　　The room was full of girls ／ three of whom were her own children.
【代入法】　這個房間裡全都是女孩／之中的三個女孩是她自己的孩子
　　　　　　這個房間裡全都是女孩，其中三個是她自己的孩子。

　　就像這樣，在先行詞的後面加上「<u>名詞</u>（代名詞）＋<u>介系詞</u>＋<u>關</u>係代名詞」的表達型式，也就是**「名＋介＋關」的型式**（長句中經常出現）。

> I met Ayano at a friend's party, the exact date of which I cannot remember.
> 我是在一個朋友的派對上見到 Ayano 的，但我不記得確切的日期了。
> ※ 這個句子有逗號來分段，很好理解／這是將 the exact date of which 一整個移動到開頭的類型（從原本 remember 之後的位置，移動到前面開頭的地方）

22-4-2 「介系詞＋名詞＋介系詞＋關係代名詞」的型式

「介＋關」→「名＋介＋關」→「介＋名＋介＋關」 延伸

Kayla constructed a huge ice cream sundae, on top of which she placed a maraschino cherry.

Kayla 做了一個巨大的冰淇淋聖代，並在最上面放了一顆酒漬櫻桃。

※ construct（建造；人為製造）／maraschino cherry 是指用黑櫻桃酒醃漬的櫻桃，經常放在聖代上面當配料

　　如果透過原本的句子來看「介＋名＋介＋關」的句子，也會變得比較簡單，不過這次我們先從上面那句完成的句子來看起。句子可以分成兩個部分，請先思考原來的句子，再確認一下完成的句子（斷句的地方會有逗號，所以很好分辨）。

① Kayla constructed a huge ice cream sundae.

＋

② She placed a maraschino cherry on top of it.

　　將 ② 句尾的 it 變換成 which，再將一整個 on top of which 放到開頭。**介系詞（on）＋名詞（top）＋介系詞（of）＋關係代名詞（which）**的型式，也可以叫做「**介＋名＋介＋關**」的型式。

※ 如果覺得「有點暈頭轉向……」的話，不用再翻回去，請看看下面的解說內容

最終要用「是名詞還是介系詞？」來思考 發展

　　到目前為止，我們已經說明過「**名＋介＋關**」和「**介＋名＋介＋關**」這兩個型式了，接下來則會改用**後面接完整 or 不完整子句**的角度來統整看看。首先請注意，「**名詞（＋介系詞＋關係代名詞）**」終究是名詞詞組，核心重點 **因為只是將名詞詞組移動到開頭，所以後面仍然是欠缺名詞的狀態 → 後面接不完整子句。**

The room was full of girls three of whom were her own children.

名＋介＋關

後面接不完整子句（欠缺 were 的主詞）

另外還有加上了介系詞的**「介＋名＋介＋關」**型式，一樣用剛剛的句子來確認一下吧。

Kayla constructed ~, on top of which she placed a maraschino cherry.

介＋名＋介＋關　s　v　o　（完整子句）

「介系詞＋名詞＋介系詞＋關係代名詞」中的介系詞之後會接名詞詞組。核心重點**可以得到一個結論，當前面是介系詞詞組（副詞片語）時，後面會接完整子句。**

為了想讓各位**實際體會**句子是怎麼組合而成的，所以我到目前為止都還沒有把規則仔細列出來，但如果你知道了下面的這些規則，那之後就能輕鬆判斷後面該接完整 or 不完整子句了。

關係代名詞 → 名詞 → 後接 不完整子句
介系詞＋關係代名詞 → 介系詞詞組 → 後接 完整子句
名詞＋介系詞＋關係代名詞 → 名詞詞組 → 後接 不完整子句
介系詞＋名詞＋介系詞＋關係代名詞 → 介系詞詞組 → 後接 完整子句

結論就是，只要將名詞移動到開頭，後面就會變成欠缺名詞的**不完整子句**。另一方面，如果將介系詞移動到前面，則後面就會變成**完整子句**。因此（雖然實際上不太會出現這種情形），理論上可以像下面那樣永遠繼續下去。

名詞＋介系詞＋名詞＋介系詞＋關係代名詞 →
後接 不完整子句
介系詞＋名詞＋介系詞＋名詞＋介系詞＋關係代名詞 →
後接 完整子句
名詞＋介系詞＋名詞＋介系詞＋名詞＋介系詞＋關係代名詞 →
後接 不完整子句

⋮

22-4-3　其他的衍生表達型式
（「介系詞＋關係代名詞＋to 不定詞」／雙重限定／省略主詞）

「介系詞＋關係代名詞＋to 不定詞」的類型　延伸

Michelle needs a well-equipped office in which to work.

Michelle 需要在設備齊全的辦公室裡工作。

※well-equipped（設備齊全的）

　　「介系詞＋關係代名詞」的後面（原本應該接「主詞＋動詞」）偶爾會接 to 不定詞。這只是因為「介系詞＋關係代名詞」的後面省略了「主詞＋be 動詞」而已，所以上面這個句子其實是 in which {she is} to work 的意思。is to work 原本是 **be to 句型**（p.530）。

　　雖然 in which 的後面出現省略，但不變的是，**在看（或聽）到英文句子中出現 in which 時，就代表「形容詞子句開始！」**。不管後面接的型式發生什麼變化（就算出現省略），會構成形容詞子句的這點也一樣沒有改變。因此在看到「**介＋關＋to ~**」的型式時，只要留意構成的會是**形容詞子句**，這樣就 OK 了。

　　※ 被省略的「主詞＋be」，有可能「和主要子句的主詞相同」，但也有可能是指「一般大眾」，這部分可以透過上下文理解，不用太過在意

雙重限定　延伸

One web designer I know who has experience making a website for an online store could help us with our project.

我認識的一個擁有為網路商店架網站經驗的網頁設計師，或許可以協助我們做這個專案。

※ experience -ing（有～的經驗）是常見的表達方式（字典裡也有記載這個用法），和 experience in -ing 的意思相同

　　也有表達型式的結構是一個先行詞**接兩個關係子句**。上面這句英文的表達型式是 One web designer [{whom} I know] [who has experience making a website for an online store]，句中利用兩個關係子句修飾 One web designer。因為 who 的先行詞當然是**名詞**（人），所以可以判斷先行詞是 designer。

一開始先將先行詞限定為 I know（我認識的），接著再限定是認識的人當中「擁有架網站經驗的」，所以可以知道是「我認識的人當中擁有～的人」的意思。這種表達方式稱為**雙重限定**，先用第一個關係子句初步限定範圍，接著再用第二個關係子句進一步縮小限定範圍。

省略主格　延伸

可以省略的關係詞是**受格關係代名詞**和**關係副詞**，但也有少數**主格關係代名詞**是可以省略的。條件如下。

(1) 後面接「sv」時　※因為會和受格混淆，所以省略

> ☑ **扮演補格（發揮補語功能的關係代名詞）角色時**　p.842
> He is not the man {that} he once was. 他不是曾經的他了。
> ☑ **「( ) SV v」的句型**　p.815
> I was deceived by a man {who} I thought was my friend.
> 我被一個我之前以為是朋友的男人騙了。　※deceive（欺騙）
> ☑ **接「there is」時**　※外表看上去好像是 there is 句型，但實際上是 sv 的關係
> This is all {that} there is to this story.
> 這個故事全部就是這樣了。
>
> ※和「That's all there is to it.（就只是那樣而已）」的概念相同　p.616

(2) 在 There is ~ 的後面　※雖然文法書上有，但許多母語人士並不認同這種省略

> There is somebody {who} wants you on the phone.
> 有人想要跟你講電話。
>
> ※ There is 是「出現新資訊的記號」，單純只是介紹和提示的作用（在 There is 的後面接「原本的 SV」的感覺）p.614／與出現在 (1) 的 all there is to ~ 完全不同，這個 (2) 是在 There is「後面的」省略

　+α　**「主格＋be 動詞」的詞組也可以省略**
主格關係代名詞和 be 動詞搭配使用時，經常會被省略。例如 those present 本來的型式是 those {who are} present（出席者）（p.358）。

第 2 類關係詞　關係代名詞 what

22-5-1　what 的兩個特徵

what 構成名詞子句，後面接不完整子句

　　what 常被解釋為「包含先行詞意義的關係代名詞／翻成『事』或『物』」，**核心重點** 理解的重點在於要以宏觀（構成名詞子句）和微觀（後面接「不完整」子句）的角度來切入。

　　主要的關係代名詞（who 等等）構成的是形容詞子句，而獨特的 what 構成的卻是名詞子句，這就是它們**所屬分類不同**的原因。

① 宏觀觀點：構成**名詞子句**

　　文法書上針對「包含先行詞意義」的說明，若將其從**包含名詞 →** 解釋為**組成名詞詞組**會更加實用好懂。

He'll buy me 〈the thing which I want〉. 　※ 先行詞是 the thing

↓

= He'll buy me 〈what I want〉. 　※ what 包含 the thing 名詞詞組的意義
他會買我想要的東西給我。

　　因為**構成**的是**名詞子句**，所以意思會變成類似名詞的「**事**」或「**物**」，也是理所當然的吧。

② 微觀觀點：後面接**不完整子句**

　　雖然包含了先行詞意義，但 what 畢竟仍然是**關係代名詞**，自然**後面會接不完整子句**。例如前面框框內的英文句子，及物動詞 want 就缺了受詞。

Do you remember what I told you?
你記得我告訴了你什麼嗎？　　※ 欠缺 tell 人 物 型式中的 物

名詞子句 what 的功能（成為 S、O、C）

會構成名詞子句的 what 當然具有**跟名詞相同的功能**（成為 S、O、C）。※ 會以 O → C → S 的順序來解說（因為這樣最淺顯易懂）

☑ 成為 O

I like what you're wearing.

我喜歡你的打扮。

※ 宏觀：what 子句做為 like 的受詞／微觀：what 子句中，欠缺 wear 的受詞／I like ~ 常用來稱讚

☑ 成為 C

That's what I meant.

我的意思就是這樣。

※ 宏觀：what 子句做為 is 的補語／微觀：what 子句中，欠缺 mean 的受詞／字面翻譯是「那就是我所指稱的事物」

☑ 成為 S

What I'm about to say is very important.

我接下來要說的事非常重要。

※ 宏觀：what 子句做為句子的主詞／微觀：what 子句中，欠缺 say 的受詞／be about to ~（正打算要做～）

補充 what 的「格」

what 的主格和受格的形態相同，而疑問詞的 what 也是相同形態，主格（做為主詞的 what）如 What brought you to Japan?（你為什麼會來日本？），受格（做為受詞的 what）如 What did you buy at that store?（你在那間店買了什麼？）。不管是哪一種格的 what，本身在形態上都沒有任何改變。

22-5-2　關係代名詞 ｗｈａｔ 的結構
（和 ｔｈａｔ 的區別／「介系詞＋ｗｈａｔ」）

關係代名詞 what 和連接詞的 that

　　關係代名詞 what 和連接詞的 that 擁有同樣可以**構成名詞子句**的功能，且有著都會被**翻譯成「事物」**的共通點，但因為兩者原本就**詞性不同**，所以只要特別注意這點，就能簡單整理出兩者間的差異為何。關係代名詞 what 的後面接**不完整子句**，連接詞 that 的後面則是**完整子句**。

　※ 本來英文就會自然傾向於使用「完整」的子句，只是關係代名詞不照著這種規則走，改接「不完整」的子句而已。這種差異在寫作和口說上非常重要

關係代名詞 what vs. 連接詞的 that

	關係代名詞 **what**	連接詞 **that**
構成什麼**子句**？	名詞子句	
後面接什麼**型式**？	不完整子句	完整子句

> What I really like about the tablet is that the battery lasts all day.
> 我真正喜歡這款平板的地方是它的電池可以撐一整天。
> ※ What I really like about the tablet 中的 like 欠缺受詞／連接詞 that 的後面會接完整子句（last 是不及物動詞，表示「維持」的意思）

補充｜**疑問詞 what 和關係代名詞 what 有時難以區分**

　　我在 p.814 有提過疑問詞 who 和關係代名詞 who 具有共通點，但這兩者在**詞性**上仍然完全不同。話說回來，如果是 what 的話，經常發生疑問詞的「什麼」和關係代名詞所表達的「（什麼）事物」難以區別（因為這兩種意思都可以解釋得通）的情況。

　　例如 Let's talk about what we did over the weekend. 這句，以關係代名詞來解釋是「我們來說說週末做的<u>事</u>吧」，以疑問詞來看的話是「我們來說說週末做<u>什麼</u>吧」的意思，兩個解釋都 OK。

　※ 只要先知道「有時兩種解釋都可以」，就能減少因為想不出答案而煩惱的時間

關於「介系詞＋what」 應用

在「介系詞＋關係代名詞」的型式中，「介系詞＋whom / which」是很和諧的一個搭配組合，就拿 This is the house in which I lived. 這句來看，裡面的 in which 就是**整個一起和諧地移動到了開頭**，另外，in which 會構成**形容詞子句**的這點也非常重要。

但若改成「介系詞＋what」的話，思考方式就會完全不同。

I was impressed by what he said.
我被他說的話感動了。
※be impressed by ~（對～留下深刻印象；被～感動）

這裡會搭配成一組的不可能是 by what，構成的也不是形容詞子句。介系詞 by 的後面會接名詞，只是這裡的名詞是用**名詞子句**（what he said）的型式而已。

※ 呈現出 I was impressed by 是一段，what he said 則是另一段的感覺

「介系詞＋whom / which」vs.「介系詞＋what」

	介系詞＋ **whom / which**	介系詞＋ **what**
印象	和諧的一個搭配組合	介系詞的後面會接名詞子句
構成什麼**子句**？	形容詞子句	副詞片語或形容詞片語 ※ 單純是介系詞詞組
後面接什麼**型式**？	完整子句	（what 的後面接）不完整子句

總結 主要的關係代名詞和 what 的比較

	關係代名詞 （who / which 等）	**what**
構成什麼**子句**？	形容詞子句	名詞子句
後面接什麼**型式**？	不完整子句	

22-5-3　包含關係代名詞 what 的「常用表達方式」

使用 what 的表達方式（其一）

☑ **what I am 型**　※「時態」決定意義

> what I am →「現在的我」　※字面翻譯是「我是什麼」
> what I was / what I used to be →「以前的我」
> what one should be →「一個人應該要有的樣子」
>
> ※這裡的 one 是「不特定的大眾」
>
> what she looks like →「她的樣子」　※字面翻譯是「她看起來像是什麼」

💬 I am not what I was.
我不是以前的我了。　※字面翻譯是「我現在不是以前的我」

💬 His parents have made him what he is.
他的父母造就了現在的他。　※字面翻譯是「他的父母使他變成現在的他」

☑ 對話中常出現的表達方式

> I'll tell you what I can do. →「（這樣的話）我跟你説我這樣好了。」
> {I'll} Tell you what. →「（那麼）這樣好了」、「我跟你説」
> ※會用來提出建議或當成説故事的開頭

　　如果照字面翻譯的話，會是「我會告訴你我能做什麼」→「我跟你說我這樣好了」，在**開啟話題**或**提出建議**時可以使用這類表達方式。

A: I like the green sweater, but 150 euros is a bit expensive for me, so I guess I'll get the blue one for 100 euros.
B: I'll tell you what I can do.[I'll tell you what.] How about if I reduce the price of the green one to 120 euros? Would you be able to afford it then?

A：我喜歡那件綠色的毛衣，但是 150 歐對我來説有點貴，所以我想我還是買 100 歐的藍色那件好了。
B：這樣好了。綠色那件我算 120 歐給你怎麼樣？這樣你應該就能買了吧？
※ can afford 表示「能夠負擔；買得起」（這裡把 can 變成 be able to）

另外，I'll tell you what. 也可以只是「我跟你說」的意思。

> A: Have you seen that movie with newcomer Henry Johnson?
> B: It was awesome. I'll tell you what. I think he's going to be a major
>   star in the not-so-distant future.
> A：你看過那個新人 Henry Johnson 演的那部電影嗎？
> B：那部片超棒。我跟你說，我覺得他很快就會變成大明星了。
> ※ awesome（令人驚嘆的；非常棒的）（口語上是「棒呆了」的感覺）

使用 what 的表達方式（其二） 應用

☑ 插入語或看起來像副詞片語的表達方式

what we[you / they] call / what is called →「所謂的～」
what is more →「更加」/ what is better[worse] →「更好〔糟〕的是～」
what with A and {what with} B →「因為 A 和 B 的關係」
※ 常用來表達負面理由／也可以只用 what with A

He is what is called a bookworm.
他就是所謂的書蟲。

+α　what is called 的用法

在考生之間，what is called（所謂的～）是很多人都知道的片語，但實際在寫作時能正確使用的人卻很少，英文越好，就越有可能會在前後都加上逗號，寫成 ×）He is, what is called, a bookworm. 這種句子。事實上，如果從母語人士的角度來看，這個句子可是相當扭曲。

原本這句話是根據表達「把 O 叫做 C」的 call OC 的被動語態「S is called C.」為基礎，將 S 變換成 what，寫成 **what is called C 的句型**，表示「（一般）被稱為 C」→「**所謂的 C**」。（從 what is called 後面）到 C 結束是一個詞組，因此在 what is called 的後面放逗號是 NG 的。

This chair is very comfortable, and what is more, it goes well with our sofa.

這把椅子非常舒服，而且，它和我家的沙發很搭。

※ go with ~（與～相配）

　　「what is 比較級」跟後面的單字沒有關聯性，所以只是一個**多加上去的副詞片語**，因此可以加上逗號（不知為何，只有這個表達方式比較廣為人知）。

☑ 句型結構很重要的常用表達

A is to B what C is to D →「A 和 B 的關係就像是 C 和 D 的關係」
what S is all about →「S 的重點在於～」、「S 在本質上是～」

Reading is to the mind what food is to the body.

閱讀之於心靈，就像是糧食之於身體。

　　其實這個句子的結構很單純，只是「**S is ~（SVC）**」句型而已。
　　「A is（to B）what C is to D.」如果單純從字面翻譯會是「A（對於B）就像 C 對於 D 的關係」。用 **A:B ＝ C:D** 的感覺來翻就可以翻得很自然。

Playing is what childhood is all about.

童年的重點在於玩樂（童年在本質上是玩樂）。

　　原來的句子是 **S is about A** 表示「**S 的本質是 A**」，字面翻譯是「S 在 A 的周圍」→「（因為 S 總是離不開 A，所以）S 的重點（在本質上）是 A」。

　　※ 這種英文句子很少出現在考題中，屬於偶爾才會出現的冷門句型，但在現實生活中卻是經常出現在英文新聞裡的表達方式

　　【註】除了關係代名詞的 what 以外，被分為第 2 類的還有「關係形容詞的 what」，這部分之後會和「關係形容詞」一起整理說明 p.865

CHAPTER 22-6

第 3 類關係詞　-ever 形態

22-6-1 複合關係詞 (-ever) 的「形態」

所謂「關係詞＋ever」的型式

　　加上（也就是「複合」）-ever 的關係詞，稱為**複合關係詞**。關係代名詞加上 -ever 是**複合關係代名詞**，而在關係副詞加上 -ever 的話，就是**複合關係副詞**。

複合關係詞 (複合關係代名詞和複合關係副詞)

> **複合關係代名詞**：whoever / whomever / whichever / whatever
> **複合關係副詞**：whenever / wherever / however
>
> ※ thatever 不存在，而 whyever 雖然存在，但大概一輩子都看不到

宏觀觀點：-ever 會構成什麼子句？

　　第 1 類的**主要關係詞**會構成形容詞子句，第 2 類的關係代名詞 what 會構成名詞子句。核心重點**最後這一類的複合關係詞，重點就是「只無法構成形容詞子句」**。「只無法構成形容詞子句」也就是「可以構成名詞子句 or 副詞子句」的意思。要判斷構成的是哪一種子句，只要在看到的當下好好思考就 OK 了（不是用死背的）。

問題：請思考看看這裡的 whoever 分別構成了什麼子句？

> ① Whoever may object to this plan, I will carry it out.
> ② Whoever breaks the law will be punished.
>
> ※ 提示：多餘的部分會是副詞／可以做為 S、O、C 的是名詞

　　這兩句都是以 whoever 開頭的句子，只看 Whoever 就要正確判斷（就算是母語人士也）是不可能的。請從英文句子的結構來思考。

① Whoever may object to this plan, I will carry it out.

　　雖然不知道是什麼子句，　　　→ 在這裡發現 SV 的存在！

　　　不過這部分是一段

句子整體是「Whoever ~, SV.」的型式。因為已經有 SV 了，所以 Whoever 所在的這段是**多餘的** → 可以想成是**副詞子句**。

② Whoever breaks the law will be punished.

　　雖然不知道是什麼子句，　　→ 只有 V 的存在！

　　　不過這部分是一段

句子整體是「Whoever ~ V」的型式。Whoever 這段的後面（欠缺 S）只出現了 V，因此知道 **Whoever 這段是做為主詞** → 可以想成是**名詞子句**（① 和 ② 的翻譯請見下一頁）。

> **補充**　複合關係副詞也可以當成「副詞子句」來記

　　雖然已經統整出**複合關係詞只無法構成形容詞子句**的結論，而且只要在看到的當下再判斷子句種類就行了。可是嚴格說起來，**複合關係代名詞會構成名詞子句或副詞子句，而複合關係副詞只會構成副詞子句**。因此如果看到複合關係副詞，就可以立即判斷構成的是**副詞子句**。

微觀觀點：後面接完整還是不完整子句？

　　複合關係代名詞和複合關係副詞的共通點是**只無法構成形容詞子句**，而差異點在於**後面所接的型式**。複合關係代名詞的後面會接**不完整子句**，複合關係副詞的後面則接**完整子句**。

※ 只要把「複合」兩字拿掉，就和關係代名詞及關係副詞間的概念相同

複合關係代名詞和複合關係副詞

	關係代名詞	複合關係代名詞	關係副詞	複合關係副詞
構成什麼**子句**？	形容詞子句	只排除形容詞子句	形容詞子句	副詞子句
後面接什麼**型式**？	不完整子句		完整子句	

22-6-2　複合關係詞的「意義」

加上 -ever 就會有「讓步」的意思

　　一般會分別按照名詞子句和副詞子句來說明**翻譯複合關係詞的方**法，但用這種方法來學卻會變得非常麻煩（請參照下表）。

參考　傳統複合關係詞的翻譯方式

複合關係詞	名詞子句	副詞子句
whoever	不管是誰、～的人	不管是誰
whomever	不管是誰、～的人	不管是誰
whatever	不管是什麼、～的東西	不管是什麼
whichever	不管是哪個、～的那個	不管是哪個
whenever	（不構成名詞子句）	不管是何時
wherever	（不構成名詞子句）	不管是何處
however	（不構成名詞子句）	不管有多麼、不管用什麼方法

　　核心重點本書中會用「讓步」的意思來統整複合關係詞。所謂的「讓步」是指「不管是～」的語意，換句話說，whoever 的意思是「不管是誰～」，而 whatever 是「不管是什麼～」。如果以這種**讓步**為基礎，那麼兩者唯一的差異只在於整個子句究竟是**做為名詞還是副詞**而已。請用前面出現的英文例句來確認一下吧。

① Whoever may object to this plan, I will carry it out.
　　<u>不管是誰</u>反對這個計畫，我都會繼續進行。　※副詞子句

② Whoever breaks the law will be punished.
　　<u>不管是誰</u>犯法都會受到懲罰。　※名詞子句
　　→ <u>犯法的人</u>都會受到懲罰。

　　在構成名詞子句的情況下，翻譯時會出現像「不管是誰」、「～的人」這樣名詞化（最後加上名詞）的感覺。不過，雖然對名詞化的部

分有意識是很重要，可是翻譯時還是要按照當下的情況來判斷（不翻「～的人」也沒關係，選擇比較自然的翻法就 OK）。

Whoever is hungry may help themselves to whatever is in the refrigerator.

誰餓了都可以自己隨便去拿冰箱裡的任何東西來吃。

※ 雖然主詞 whoever is hungry 是名詞子句，但不用「～的人」來翻也 OK／whatever is in the refrigerator 也是構成名詞子句（做為 to 的受詞）／help oneself to ~（某人自己取用～（飲食））p.324

I'll follow you wherever you go.

不管你去哪裡，我都會跟著你。　※副詞子句

Dr. Inoue has office hours whenever Dr. Nishimura is away from the clinic.

每當 Nishimura 醫生不在診所時，Inoue 醫生就會來看診。

※ office hours（上班時間；營業時間）

補充 **明明是關係詞，複合關係詞卻有「自己的翻譯」**

　　原本關係詞是**沒有固定翻譯**的（只有修飾名詞的「功能」，有翻譯的關係詞只有 what 而已），但複合關係詞是有**「自己的翻譯」**的。除此之外，即使複合關係詞是「關係詞」，但它們自己的翻譯卻和**疑問詞的翻譯方式類似**。

　　在英文文法的世界中，複合關係詞雖被歸類為關係詞，但在**意義上卻是疑問詞的同伴**。正因如此，複合關係詞其實是獨立存在的，所以本書把它們歸類在第 3 類，以單獨的篇幅進行解說。

+α **複合關係詞很常和 want 搭配使用**

　　複合關係詞經常和 want 搭配使用。

I'll eat whatever I want.	我想吃什麼就吃什麼。
I'll wake up whenever I want to.	我想起床的時候就會起床了。
I'll go wherever I want to.	我想去哪裡就去哪裡。

※ 句子 I'll eat whatever I want. 裡 want {to eat} 的 eat 欠缺受詞／want to 是「代不定詞」，省略了動詞 p.515／這個情況下不會誤解，因此經常省略到只剩下 to 的部分

-ever 也有強調的功能 延伸

　　英文中有一些字詞，明明不是複合關係詞，但卻在拼字上同樣有著 -ever。

☑ **whenever** →「無論何時」、「到底是何時」

　　※ 連接詞或疑問詞 when 的強調　p.118

☑ **wherever** →「無論何處」、「到底在哪裡」

　　※ 連接詞或疑問詞 where 的強調　p.125

☑ **however** →「到底怎麼」、「到底如何」　　※ 疑問詞 how 的強調

> However you remember is not as important as the fact that you remember.
> 你到底怎麼記的，沒你實際記得多少來的重要。

　　However you remember 是 is 的主詞（這個 remember 是不及物動詞）。因為複合關係副詞的 however 絕對不會構成名詞子句（複合關係詞的 however 只能構成副詞子句），因此這個 however 是疑問詞 how 的強調（這裡由於是間接問句，所以會是「名詞子句」）。

總結 **複合關係詞的特徵**

	複合關係**代名詞**	複合關係**副詞**
構成什麼**子句**？	**副詞**子句或**名詞**子句	**副詞**子句
後面接什麼**型式**？	不完整子句	完整子句
意思是什麼？	讓步（不管是～）	

22-6-3 須注意的複合關係詞重點（之一） 分解

分解型式 ① 副詞子句：可以分解成 3 個字（no matter ＋疑問詞）

　　複合關係詞是可以**分解**的。名詞子句和副詞子句下的分解型式並不相同。首先，在構成副詞子句時，可以分解成 **3 個字**（no matter ＋

疑問詞），也就是 whoever ＝ no matter who、however ＝ no matter how 等等。

My dog follows me wherever I go.
→ My dog follows me no matter where I go.
不管我去哪裡，我的狗都跟著我。

＋α 形成「no matter ＋疑問詞」的背景

「no matter ＋疑問詞」的型式總給人一種「扭曲」感，對吧？其實本來的表達型式是「It doesn't matter ＋疑問詞 ～」（不管是不是 疑問詞 ～ 都無所謂）（It 是虛主詞，疑問詞子句才是真主詞，matter 是動詞「有重要性」的意思），後來才變成「no matter ＋疑問詞」，這就是使用「no matter ＋疑問詞」構成副詞子句的歷史背景。

分解型式 ② 名詞子句：可以分解成等同於「～的～」的名詞表達

名詞子句下的分解型式沒有一定的規則（只要意思通順合理，怎麼分解都 OK），這裡只針對 whoever ＝ anyone who ～ 和 whomever ＝ anyone whom ～ 的部分來確認，因為常出現在考題裡的只有這兩種分解型式而已。除此之外，學會這種分解方式後，也能一併輕鬆理解下面這句英文裡的「**介系詞＋複合關係代名詞**」的型式。

Ruiko is so friendly that she often starts talking to whoever sits next to her on the plane.
Ruiko 友善到她常常會在飛機上和坐在她旁邊的任何人搭話。
※ 字面翻譯是「她常常會和在飛機上坐在她旁邊的<u>不管是誰</u>搭話」／這句話說的就是我母親

句中的 to whoever 部分，只要分解成「whoever ＝ anyone who」的話便能理解了。因為 to <u>whoever</u> sits ＝ to <u>anyone who</u> sits，所以會使用 whoever（who 和動詞 sits 相連接）。

FAQ 介系詞 to 的後面不放 whoever，而是 whomever？

請改將 whomever 放進去分解看看，就會得到 ×）whomever sits ＝ anyone whom sits 這種錯誤的表達方式。可能你的腦海中會閃過「介系詞後面會放受格 whom」的念頭，但那是「（第 1 類）純關係詞」的情況，而現在討論的是「（第 3 類）複合關係詞」，因為**分類不同 →和介系詞的關係也不同**，所以必須分開思考。

 連母語人士也經常搞錯 whoever 和 whomever

順道一提，改用 whomever 其實也可以造出跟剛剛那個例句意思差不多的句子：Ruiko is so friendly that she often starts talking to whomever she sits next to on the plane。

在分解之後會得到 to whomever she sits ~ ＝ to anyone whom she sits next to on the plane。next to ~（在~的旁邊）的後面欠缺名詞，所以用 whomever 是 OK 的。

追加英文

請翻譯以下的句子。

(1) Whoever told you Daiki and I are getting married is mistaken.
(2) Some pens are available for whoever doesn't have something to write with.

解答範例

（1）不管是誰跟你說 Daiki 和我要結婚了都是搞錯了。

　※ Whoever ~ married 是名詞子句（做為 is 的主詞），whoever 子句內運用「tell 人 {that} sv」的型式／字面翻譯是「告訴你~的不管是誰都是搞錯的」

（2）對於沒有書寫工具的人提供了一些可以用的筆。

　※ Some pens are ~ 表示「有一些筆~」→「提供了一些~的筆」／available（可利用的）／something to write with（書寫工具）（工具的 with）

22-6-4 須注意的複合關係詞重點（之二） however 的用法

將 how 和 however 當成一組來思考

how 可以整理出**兩種用法（後面接形容詞或副詞／單獨使用）**，however 也可以用相同的方式來整理。

how 和 however 的用法

	疑問詞的 how	複合關係副詞的 however
意思	① how 形容詞或副詞 →「多麼～」 ② how →「如何～」	① however 形容詞或副詞 →「不管有多麼～」 ② however →「不管用什麼方法～」
其他的詞性	關係副詞　※沒有固定翻譯	副詞 →「然而」 p.399

類型 ① However 形或副 sv, SV.（不管有多麼～，SV。）

however 的後面加上形容詞或副詞的型式，構成副詞子句。

※ however 也是屬於「任性副詞」，因此「會把形容詞或副詞拉到自己的身邊」（雖然嚴格來說應該是複合關係副詞，而不是副詞，但一樣都是拉過來的感覺） p.409

However hard he tries, I don't think he will be able to finish the work by the deadline.

無論他多麼努力，我都不認為他可以在截止日期前把工作完成。

※ 這個 hard 是副詞「努力地」／從 he tries hard 中把 hard 拉到 however 的旁邊／另一種較生硬的講法是 However hard he <u>may</u> try

However hard the work is, we should not complain.

不管這項工作有多辛苦，我們都不應該抱怨。

※ 這個 hard 是形容詞「困難的；辛苦的」／從 the work is hard 中把 hard 拉到 however 的旁邊

補充 須注意欠缺形容詞的型式

「However 形或副 sv, SV.」的型式中,形容詞或副詞都會移動到句首,所以後面會變成**欠缺形容詞或副詞的型式**。欠缺副詞對於句型結構來說不會有影響,但如果欠缺的是**做為補語的形容詞**,那麼就會**看起來像不完整子句**。就像在這句 However hard the work is, we should not complain. 中,is 後面的部分看起來不見了,這是因為 hard 被移動到了前面(因為 is 欠缺的是補語,所以可以判斷「hard 是形容詞」)。

※ 嚴格來說,所謂的不完整是指「欠缺名詞」,而 however 的情況是「只是將形容詞或副詞移動到前面而已」。會解釋成「看起來」不完整,也是這個原因

類型 ②　However sv, SV.（不管用什麼方法 sv 都 SV。）

在 however 之前先確認一下 how。和「how 形容詞或副詞」的型式(例如 How long ~?)不同,「單獨的 how」詢問的是**方法**(如何;用什麼方法)的意思。

> How do you go to the office?
> 你是怎麼去辦公室的?
> ※ 字面翻譯是「你如何/用什麼方法去辦公室?」

however 則只要想成是「how 的**方法** + -ever 的**讓步**」就可以了。「However sv」構成的副詞子句會是「不管用什麼~(方法)」的意思。

> However you pay, the price is the same.
> 無論您用何種方式付款,金額都是相同的。
> ※ 店員會說的話(表示不管用現金、信用卡還是電子錢包等方法付款,售價都一樣)

總結 整理 however 的詞性相關細節

許多字典會將 however 的詞性全都當作「副詞」,但我覺得這樣只是更容易讓人覺得困惑,請試著像下面這樣整理看看吧。

□ 副詞 →「然而」　※ 單獨使用 however／連接副詞在 p.399
□ 複合關係副詞 →「不管有多麼~」、「不管用什麼方法~」
□ 疑問副詞 how 的強調 →「到底怎麼」、「到底如何」　p.860

關係形容詞與複合關係形容詞

22-7-1　關係形容詞 what

what / which 是關係代名詞也是關係形容詞　應用

　　除了關係代名詞和關係副詞，英文裡還有**關係形容詞**（what /
which）。這個專有名詞看起來似乎很難，但如果你能利用疑問詞和關
係詞間的共通性來思考，那就會變得很簡單。

wh- 的詞性

who / which / whom / what 等等	→	疑問代名詞或關係代名詞
when / where / why / how	→	疑問副詞或關係副詞
what / which	→	疑問形容詞或關係形容詞

　　what book（什麼書）、which book（哪本書）的 what / which 就是**疑
問形容詞**，對吧？（p.637）核心重點 **what / which 不僅可以做為代名
詞，同時也具有形容詞功能，這一點也可直接套用在關係詞上，因此
what / which 是關係代名詞的同時，也是關係形容詞**。在這裡請試著
運用疑問詞和關係詞間的共通性來思考看看。我們可以先從疑問詞的
what 開始，用「疑問代名詞 → 疑問形容詞 → 關係代名詞 → 關係形
容詞」來想，就能輕鬆理解了。

確認疑問詞的 what　應用

　　突然有人問你 What do you like? 時，該回答什麼呢？其實怎麼回
答都可以吧，畢竟這個問題實在滿模糊的。因此為了讓想問的內容變
得更具體一點，就會在 What 的後面加上名詞，**擴張成「What →
What ＋名詞」**。

① <u>What</u> do you like?（你喜歡什麼？）※What 是疑問代名詞（做為 like 的受詞） 　　↓ 具體化 ② <u>What fruit</u> do you like?（你喜歡什麼水果？） 　　　　　　　　　　　　　　※What 是疑問形容詞（修飾後面的名詞 fruit）

試試看將共通的疑問詞概念應用在關係詞上 應用

③ I gave him <u>what</u> I had. 我把我有的<u>東西</u>給他了。　　※關係代名詞
　　　　　　　　↓ 具體化
④ I gave him <u>what money</u> I had.
　　我把我有的<u>錢（具體的東西）</u>給他了。　　※關係形容詞

　　和疑問詞一樣，只有關係代名詞 what 的 ③ 的句意模糊不清，而在後面加上 money 變成 what money 的 ④，則表現出 What → What money 的擴張感。在文法上，③ 使用的是關係代名詞 what，④ 用的則是關係形容詞（修飾後面的名詞 money → 形容詞的功能）。

　　核心重點 結論就是，「what → what ＋名詞」只是讓意思更具體（擴張）而已，且和關係代名詞 what 有著相同的特徵（構成名詞子句且後面接不完整句）。另外，因為終究只是把 what 的內容具體化，所以在翻譯時不用一定要翻出來。

　　※ 若用分類來看，關係形容詞 what 是（和關係代名詞 what 一樣）分在第 2 類，which 則是（和關係代名詞 which 相同）分在第 1 類（純關係詞），但不需要太過在意這些分類方式

關係形容詞 what　※與關係代名詞 what 的特徵相同

宏觀觀點：構成名詞子句
微觀觀點：後面接不完整子句　　※what money I had 中 had 欠缺受詞
翻譯方法：可以忽略
　　　　　　　※ 只是將意思模糊的關係代名詞 what 所表示的「事」或「物」具體化而已

　　+α 關係形容詞的「語氣」

　　雖然關係形容詞的翻譯會隨上下文而改變解讀方式，不過關係形容詞有時所表現出的語氣會帶有「雖然不是很多，但已是所擁有的全部～」的意味。

　　※ 這是我的個人觀點，就像 whatever 帶有「不管是什麼都行」的語意，那麼 what 是不是也隱含著「不管什麼都～」的意思呢？

I gave him what help I could give.
我盡我所能地幫他了。　　※「能做多少就做多少了、盡力了」的語氣

22-7-2 複合關係形容詞 whatever

就算加上 ever，終究也只是擴張而已 〔延伸〕

　　「關係代名詞 what ＋ -ever → whatever」的 whatever，在經過擴張之後會變成 whatever money（複合關係形容詞）（以下按照③→⑤→⑥的順序）。

複合關係形容詞 whatever 的組成由來　※③、④ 和前面的英文句子相同

③ I gave him <u>what</u> I had.　　　　→ ⑤ I gave him <u>whatever</u> I had.
　　　　↓ 具體化　　　　　　加上 ever　　　　↓ 具體化
④ I gave him <u>what money</u> I had.→ ⑥ I gave him <u>whatever money</u> I had.

※ 按照 ③ → ④ → ⑥ 的順序也可以，但從 ⑤ 的複合關係代名詞來看「擴張感」，會比較容易理解「具有複合關係詞的特徵」是什麼意思

　　雖然叫做複合關係形容詞，但總歸會和複合關係代名詞 whatever 具有相同的特徵，一樣**可以構成名詞子句和副詞子句**，且後面接**不完整子句**。在句子 ⑥ 中做為 give 的受詞（give 人 物 的 物 是 whatever 子句），whatever money I had 中欠缺 had 的受詞。

複合關係形容詞的翻譯方式 〔延伸〕

⑤ I gave him <u>whatever</u> I had.　　　　<u>不管我有什麼</u>，我都給了他。
⑥ I gave him <u>whatever money</u> I had.　<u>不管我有多少錢</u>，我都給了他。

　　翻譯方式和其他複合關係詞一樣，只要加上**讓步**的語意就 OK 了。另外，雖然 ⑥ 的 whatever 構成的是名詞子句（跟其他複合關係詞一樣），但也可以用來構成副詞子句。

Whatever person told you the story, it cannot be true.
不管這個故事是誰跟你說的，都不可能是真的。
※ whatever 修飾 person／whatever person told you the story 是副詞子句

複合關係形容詞 whatever ※結論是和複合關係代名詞 whatever 具有相同的特徵

① 只不構成形容詞子句（可以構成名詞子句或副詞子句）
② 後面接**不完整子句**

22-7-3　關係形容詞 which／複合關係形容詞 whichever

和 what 一樣，可以修飾名詞的 which 延伸

核心重點 關係形容詞 which 也可以用「只是擴張關係代名詞 which 而已」（和 what 一樣）的概念來理解，但 what 是構成名詞子句，which 是構成形容詞子句。

☑ 關係形容詞 what：擴張關係代名詞 what → 構成名詞子句
☑ 關係形容詞 which：擴張關係代名詞 which → 構成形容詞子句

關係形容詞 which　※只是「擴張」關係代名詞 which 而已！／只用在非限定用法

> 宏觀觀點：構成形容詞子句
> 微觀觀點：後面接不完整子句

關係代名詞 which → 關係形容詞 which 的變化過程 延伸

☑ 普通的關係代名詞 which　※非限定用法　p.834

> She gave me a book, which I couldn't understand.
> 她給了我一本我看不懂的書。

這個句子中 which 的先行詞可以用兩種思考方式來解讀。一是先行詞單純是**前面名詞**的情況，二是先行詞是**前面子句**的情況（非限定用法下，which 可以「把子句當先行詞」）。

 沒錯，正是如此。光看這個句子無法判斷應該用哪一種思考方式

which I couldn't understand 的意思：先行詞是……
名詞（a book）的情況：「我無法理解她給我的<u>書的內容</u>」
子句（She gave me a book）的情況：「我無法理解<u>她給我書的這個行為</u>」

☑ 使用關係形容詞 which 來表明先行詞是什麼

就像當 what 的語意模糊時，會以「what ＋名詞」來具體擴張語意一樣，想要消除 which 的模糊空間，只要把它變成「**which ＋名詞**」就可以了。

> ※ 順道一提，關係形容詞 which 只能用在「非限定用法」。非限定用法的 which 可以把子句當作先行詞，所以這是為了消除所指先行詞的模糊空間而發展出來的 which 用法

(a) which → 變成 which book，表明先行詞是「書」

> She gave me a book, which book I couldn't understand.
>
> 她給了我一本書，一本我看不懂的書。
>
> ※ 關係形容詞 which 本身沒有相對應的固定翻譯（如果硬要翻，也只能翻「是指那個，一本書」→「那一本書」）

(b) which → 變成 which fact，表明先行詞是「前面的子句」

> She gave me a book, which fact I couldn't understand.
>
> 她給了我一本書，我無法理解她為什麼要這麼做。
>
> ※ which fact 是指「那個事實」（「她給了我一本書」的這個事實或行為）

但是在實際情況中，很少會出現這種語意不清的問題（因為通常可以從上下文和當下情境來理解句意），所以多半都只會用 which 而已。

介系詞＋關係形容詞 which ＋名詞 〔延伸〕

當「介系詞＋ which」的型式無法表明所指為何時，為了使先行詞更加明確具體，表達型式就會變成「**介系詞＋ which ＋名詞**」（和擴張 which 的概念相同）。

> Our Service Center will be closed on June 15, after which date technical assistance will no longer be available.
>
> 我們的服務中心將於 6 月 15 日關閉並不再提供技術支援。
>
> ※ after which 是「在此之後」→ 擴張後變成 after which date 的型式，表明「在那個日期之後」

+α 非限定用法中的 whose vs. which

① ~ 先行詞 , whose 名詞 ~ →「先行詞's 名詞」（所屬關係）成立
② ~ 先行詞 , which 名詞 ~ →「叫做先行詞的名詞」（同位語關係）成立

複合關係形容詞 whichever 延伸

只要將關係形容詞 which 加上 -ever，就會變成複合關係形容詞 whichever。

I'll watch whichever TV channel I want to.

我想看哪一個電視頻道就看哪一個。

※ whichever 修飾後面的 TV channel／句尾 want to 的後面省略了 watch（代不定詞） p.515／複合關係詞經常會和 want 搭配使用　p.859

+α 在對話中使用 -ever

在對話時，偶爾會用 -ever 的複合字來表示「什麼～都可以」的意思。例如可以用 Whatever（什麼東西都可以）、Whenever（什麼時候都可以）等等。

A: What should we have for dinner?

B: Whatever.

A：我們晚餐要吃什麼？　B：都可以。

※ 是「信任（全交給你囉！）」還是「漠不關心（隨便啦！）」可以從當下的語氣及狀況來判斷

22-7-4 準關係代名詞 (as / than / but)

真正常用的是 as 　應用

　　這種用法比較少見，不過 as / than / but 也有做為關係代名詞的用法，但因為它們看起來**不太像關係代名詞**，所以文法書上會用準關係代名詞來稱呼。

> ※ 通常會將這三個字放在一起說明，但實際上常用的只有 as（考題中常出現的也只有 as）。than 很偶爾會出現（不過意思很好理解），but 則不會在現代英文裡使用

☑ **限定用法**　※ 先行詞有加 the same / such 時

> I want to go to the same university as my favorite idol went to.
> 我想跟我最喜歡的偶像念同一間大學。
> ※ 字面翻譯是「我想去和我最喜歡的偶像去的同樣的那間大學」

　　請用「**先行詞被加上的 the same / such 影響，結果不自覺就用了 as**」的感覺來思考（the same as ~ 是「與~相同」、such A as B 是「像是 B 一樣的 A」等等，the same 和 such 都經常會和 as 搭配使用，對吧），雖然在文法上會被歸類於關係代名詞，但只要以「出現 the same 就用 as 吧」的這種感覺來應對就行了。

☑ **非限定用法**　※ 先行詞是「子句（或是一部分的子句）」時
　　英文中有 **As is often the case with ~, SV. / As is usual with ~, SV.（就像~通常是~的情況，SV。）的表達型式**。be often the case with ~ 的意思是「關於~（with）的情況常是~」→「~常常是~的情況」。

> As is often the case with children, Rumi had recovered by the time the doctor arrived.
> 就像孩子們經常發生的狀況一樣，Rumi 在醫生抵達時就已經好了。

　　雖然也可以直接把這個句型當成片語記下來，但還是說明一下背後的邏輯比較好。關係代名詞 which 在非限定用法時，**可以把子句（或是一部分的子句）當成先行詞**，做為關係代名詞的 as 也是相同的用法。

SV,│as│is often the case with ~.　SV，│SV 也就是│～通常的情況。

在這個情況下，as 的先行詞是**前面的子句**。但是（和 which 不同）as 的特徵是**可以移動到開頭**，在移動到開頭後，就會變成「│As│is often the case with ~, SV.」的型式，這個 As 的先行詞就是（出現在後面的）主句。雖然把<u>在後面的子句</u>叫做先行詞有點奇怪，但比起糾結用語，還是請先注意 As 擁有可以移動到開頭的特權比較重要。

總結　**關係代名詞 which**（非限定用法）**vs. 準關係代名詞 as**（非限定用法）

	which	as
構成什麼子句？	形容詞子句 ※先行詞是「子句」或「一部分的子句」	
可以放哪裡？	主句的後面 （原則上不可放在句首）	任何位置皆可 （較常放在句首或句中）

關係代名詞的 than　延伸

先行詞加上比較級時會使用關係代名詞的 than。這裡也可以想成是「**被比較級影響，結果不自覺就用了 than**」的感覺。

※ 一般（用在比較級裡的）than 的後面經常會有省略的情形，所以常常很難與關係代名詞的 than 做區分（這種區分的意義不大，而且有時根本辦不到），所以不用特別思考區分的問題

Yuta always takes more food than he can eat at the buffet.

Yuta 在吃自助式吃到飽時，總是會拿比他吃得下的還多的食物。

※ 字面翻譯是「在自助式吃到飽，總是拿超過他能吃得下的食物」／因為被先行詞 more food 影響而用 than（eat 欠缺受詞）

＋α　**關係代名詞的 but 是「帶有否定意味的關係代名詞」**

關係代名詞的 but 是帶有否定意味的特殊關係代名詞，因此，也可以在先行詞中加上否定表達，構成雙重否定的句子。但現代英文中已不會使用這種表達方式，大概只剩下 There is no rule but has some exceptions.（沒有規矩是沒有例外的）等俗諺了（but has 是「沒有」的意思）。

強調句型 · 倒裝

INTRODUCTION

幾十年都沒進步的強調句型教法

　　所謂的「強調句型」，是指將想要強調的部分用「It is ~ that 句型」夾住，凸顯出想要強調的內容（將想要強調的部分放到「~」裡）。這種強調句型經常出現在各大考試的題目之中。

　　當然，在長句中看到強調句型時，就可以知道這部分是寫句子的人所主張的論點，也就很有可能是會劃線出題的地方。就算沒有劃線，也很可能會以這部分的內容來出題，或是做為歸納類題型的答題關鍵句，因此，**若能辨認出強調句型，就很有可能可以直接拿到分數**（這不僅可以用在考試，看英文新聞時也好用）。

　　然而，說到「如何辨認」強調句型的技巧，卻幾十年來都一成不變，總是要我們「從 It is 和 that 來看吧」，簡直毫無進步（這部分之後也會說明）。

　　令人覺得可惜的是，一旦使用這個老方法，就會沒辦法看清強調句型的真實面貌。話又說回來，這個方法只有在覺得「這會不會是強調句型啊？」時才能發揮功效（有點像是數學裡「驗證」的感覺）。絕對不是那種可以一看到英文句子，就能直接判斷「啊，這是強調句型！」的方法。因此本章將會解說強調句型的真實面貌，並且教大家如何在閱讀長句時，**能知道且辨認出「啊，這是強調句型！」的概念。**

　　※ 在文法專有名詞上，強調句型又叫做「分裂句」，但因為「強調句型」更好懂，所以變成了固定的說法，本書中也會使用這個專有名詞

不知為何被忽視的「倒裝」

　　將「紅豆布丁，我吃掉了」的語序調換之後，變成「我吃掉了，紅豆布丁」。將「吃掉了」擺到前面，可以引起對方的注意及興趣，並產生想詢問「吃掉什麼？」的念頭，隨後再回答「紅豆布丁」，這樣一來就可以達到強調的效果。

　　在英文裡也有會改變語序的表達方式，叫做**倒裝**。在文法書上，倒裝被認為是沒那麼重要的「特殊句型」，但實際上無論是在長句還是英文新聞裡，都經常可以看到倒裝用法。最重要的是，當說話者特地變換句型（企圖造成影響力），那麼這個句子就會**具有某種強烈的含義**。　※ **因此倒裝的部分特別容易被拿來出題**

　　除此之外，想要找到不輕忽倒裝重要性的文法書，也就是將倒裝用法和其他章節一樣，列出倒裝的「表達型式」，清楚說明「句型結構」和「為什麼要倒裝」等概念的文法書，幾乎不可能。這樣一來，英文學習者當然會覺得「不太清楚」倒裝是什麼。本書的學習方針是「不需要死背」，這點當然也適用在倒裝用法的講解上，接下來將會確實解說倒裝的背後邏輯。

倒裝有兩種類型

　　在學英文時，不管是文法還是閱讀理解都經常會用到「倒裝」一詞。然而，倒裝主要可以分成兩種類型，如果沒有注意到這點，就會容易感到混亂。

倒裝的整體圖像（倒裝的兩種類型）

> **(1) 任意倒裝：**只是變換語序而已（整體句型有固定型式）
> **(2) 強制倒裝：**否定表達出現在句首時，變換成疑問句的語序

　　在文法類的考古題裡必定會出現強制倒裝的身影，所以很多考生只要聽到「倒裝」，就會直接想到「就是那個否定表達放句首的用法吧？」，但當在題庫或課堂上看到「倒裝」時，仍舊有必要判斷使用的是哪一種倒裝。

征服「強調句型」和「倒裝」的心法

□ 「強調句型」和「倒裝」的重要性不可輕忽！
□ 強調句型也要從「基本型式」開始掌握
□ 務必留意倒裝有兩種類型
□ 倒裝有固定型式，不是隨興發揮

It is in your moments of decision that your destiny is shaped.
Anthony Robbins

你的決定塑造了你的命運。

Anthony Robbins（美國作家）

強調句型

23-1-1 強調句型的構成和原始概念

把重要的部分「夾在中間」

　　通常解釋強調句型時會說「把想要強調的部分夾在 It is ~ that 的中間」。這種解釋當然沒什麼問題，不過我們還是把握現在這個難得的機會，體驗一下用強調句型造句的過程吧。下面這個英文句子，可以造出四種強調句型的句子。

---

①Van Gogh painted ②this painting ③in his studio ④while he was living in Paris.
梵谷住在巴黎期間，在他自己的畫室裡畫了這幅畫。

　　當想要分別強調 ① ~ ④ 各個部分時，只要將各部分的內容改放到前面，**用 It is ~ that 夾住**，這樣就可以了。

※ 因為是過去發生的事，所以會用 It <u>was</u> ~ that 來造句（如果強調的本身是「現在」事實，那麼使用 It <u>is</u> 也是 OK 的）

☑ 想要強調 ①Van Gogh 的情況

It was Van Gogh that painted this painting in his studio while he was living in Paris.
住在巴黎期間，在他自己的畫室裡畫了這幅畫的（不是別人）正是梵谷。

☑ 想要強調 ②this painting 的情況

It was this painting that Van Gogh painted in his studio while he was living in Paris.
梵谷住在巴黎期間，在他自己的畫室裡畫的（不是別的）正是這幅畫。

☑ 想要強調 ③in his studio 的情況

It was in his studio that Van Gogh painted this painting while he was living in Paris.

梵谷住在巴黎期間畫的這幅畫，（不是在別的地方）正是在他自己的畫室裡畫的。

☑ 想要強調 ④while he was living in Paris 的情況

It was while he was living in Paris that Van Gogh painted this painting in his studio.

梵谷在他自己的畫室裡畫這幅畫的時候，（不是別的時間）正是他住在巴黎的期間。

補充 能夠強調的「詞性」

　　強調句型可以夾住的只有**名詞和副詞**而已（動詞和形容詞無法用強調句型來強調）。in his studio 是副詞片語，而 while he was living in Paris 則是副詞子句（含有 SV 的是「子句」）。順道一提，「It is 形容詞[p.p.] that ~」的型式是「虛主詞或真主詞的句型」（這個知識很有用哦）。

參考 參考書裡的「強調句型的說明」

> ① 要強調的部分用 It is 和 that 夾住
> ② 想要辨認強調句型，方法就是將 It is 和 that 拿掉，如果可以變成完整的句子，那就是「強調句型」。在把 It is 和 that 拿掉後，有時也會需要移動句子要素（例如原來強調的是受詞，那就必須把受詞放回到動詞的後面）

　　強調句型是「用 It is 和 that 夾住要強調的部分」，因此「把 It is 和 that 拿掉」就會變回原來的句子。② 就是利用這點來辨認，像 ~~It was~~ Van Gogh ~~that~~ painted this painting in his studio while he was living in Paris. 這樣，把 It is 和 that 拿掉，確實可以得到 Van Gogh painted this painting ~. 的句子。

　　※ 就像在 INTRODUCTION 裡提到過的，這個方法最大的缺點就是「無法自己主動辨認出強調句型」。那麼該怎麼做才好呢？下一頁將繼續解說

23-1-2　真正的強調句型思考方式
（基本和常用表達型式）

強調句型的基本型式（It is not A but B that ~）

強調句型的基本型式

> It is not A but B that ~. →「絕對不是 A 而是 B～」

核心重點 強調句型是在比較兩項人事物後，著重強調其中一方，**因此永遠都是以「對比」做為前提**，而對比的基本表達型式就是上面的 not A but B，強調「不是 A 而是 B」。

※ 例如當想說「那傢伙的說話方式真是令人火大」時，有時也會把對比當作前提來表達（not 說話內容 but 說話方式），這時強調句型就派上用場了

> It was not what he said but the way he said it that made me angry.
> 讓我生氣的（絕對）不是他說了什麼（說話內容），而（其實）是他說話的方式。

補充 強調句型的翻譯方法（小訣竅）

只要在 not 的翻譯之前加上「絕對」，在 but 之後加「其實」，這個英文句子的語意就會更加清楚易懂。

雖然這樣翻比較麻煩（就像上面的翻譯裡，多用了括號把「絕對」和「其實」括了起來），但在寫翻譯練習題的時候，這種寫法就等於告訴批改者：「我有看出這邊用的是強調句型」，所以如果句子看起來不會太不自然，那麼這種寫法說不定還會有一點加分效果。

強調句型的常用表達型式（對比）

基本型式的 not A but B 用起來會有點做作感，所以其實比較常用簡化後的型式（如 not A 或 but B 這種，只強調其中一方的型式）。

☑ **強調 not A** ※想強調「絕對不是 A！」時

只留下 not A，把 but B 移動到後面，變成「It is not A that ~, but B.」。

It is not A but B that ~. → It is not A that ~, but B.

除此之外，如果將 but B 和前面的句子分開，那就不再需要加連接詞 but 了。

把 but B 移動到後面：It is not A that ~, but B.　　※沒有逗號也 OK
斷開前句，拿掉 but：It is not A that ~. B（肯定句）.　※ B 是「主張的論點」

首先，「It is not A that ~.」是強烈否定 A（A 通常多是「一般大眾認定的論點」），但如果只是否定 A，可能會被反問「那你主張的論點是什麼？」，所以後面才接「是 B！」的型式（主張的論點是 B）。

It is not what you do that makes a date fun, but who you do it with.
約會好玩不是因為做了什麼，而是和誰一起做。

☑ **強調 but B**　※只著重強調「主張的論點」時

如果只想要大力強調 but B，那麼 not A 就會被趕去前面或後面。

（a）not A 移動到「前面」　※前面是否定句，再接強調句型
It is not A but B that ~. → ... not A. It is but B that ~. 不是 A。是 B～。

（b）not A 移動到「後面」　※突然用強調句型表達，再追加補充 not A
It is not A but B that ~. → It is but B that ~, not A. 是 B～，不是 A。

在移動 not A 之後（不管是移動到前面還是後面），原本的 but 就可以拿掉了（因為突然出現 but，會讓人覺得有點莫名其妙）。在 but 消失後，型式就變成 **It is B that ~**。

※ 各位在一開始學強調句型時，學的就是這個型式（It is B that ~），但這樣一來就容易忽略最基本的強調句型及變化型式（It is not A that ~）

It is what you do that counts, not what you say.
重要的是你做了什麼，而不是說了什麼。
※ count（具有重要意義）／字面翻譯是「你做的事情才是重要的，不是你說的話」／
這裡的 you 是指「一般大眾」或「大家」　p.325

23-1-3　快速辨認強調句型

強調句型快速辨認法 (1)
以基本型式「It is not A but B that ~」為基礎

接下來我會以強調句型的基本和常用表達型式為基礎，介紹我自己研究出來的**強調句型快速辨認法**。對於長句來說，這種辨認方法非常好用。

※ 不需要強迫自己死背這種辨認方式，只要腦袋裡有概念，之後就會自然而然用出來

① **對比**　※① 的這部分已經說明過了　p.879

> ☑ It is not A that ~, but B. →「絕對不是 A~，（其實）是 B。」
> ☑ It is not A that ~. B（肯定句）. →「絕對不是 A~。（其實）是 B。」

在長句中**看到 It is not 的話，先預測是強調句型 → 後面出現 that，可以辨認出是強調句型**。如果仍然覺得不放心的話，可以再用「參考書裡必學的規則（拿掉 It is 和 that 後，如果句子仍可成立的話，那麼就是強調句型）」來確認就可以了。

補充　**無法強調形容詞！**

當然「**It is not 形容詞[p.p.] that ~**」不會是強調句型，因為強調句型無法用來強調形容詞，所以只是**虛主詞句型**而已。

② **對比 & 追加**

> ☑ It is not only A but also B that ~. →「不只 A，其實連 B 也~」
> 　= It is not only A that ~, but B.
> ☑ It is B as well as A that ~. →「其實不只 A，B 也~」

It is not only birds that migrate, but whales, butterflies, salmon, and some types of deer, too.

不只鳥會遷徙，其實鯨魚、蝴蝶、鮭魚和某些品種的鹿也會。

※ 看到 It is not only 的當下，就可以預測這個句子會是強調句型，再從後面出現 that 來再次確認／migrate（移居；遷徙）／salmon 和 deer 都是單複數同形　p.313

③ 比較

☑ It is not so much A as B that ~. →「比起說是 A，不如說是 B～」
　= It is not so much A that ~, as[but] B.　※有時 as 會和 but 混用
☑ It is B rather than A that ~. →「比起 A，不如 B～」
☑ It is 帶有比較級的表達 that ~. →「（比起～，）其實是
　　　　　　　　　　　　　　　　　　　　　帶有比較級的表達 ～」

※比較級也是以「對比」為前提（「比起～」有比較的意思）

It is the poorer countries that will suffer more from climate change.

受氣候變遷影響較嚴重的其實是比較貧窮的國家。

※ 句意帶有 not the richer[wealthier] countries（而不是較富裕的國家）的意思

強調句型快速辨認法 (2) 以「It is B that ~」為基礎

　　使用「It is B that ~」型式時，為了更加凸顯 B，經常會用到**強調表達**（如 only 等等）。如果反過來利用這一點，就可以建立一個快速辨認強調句型的規則**「看到 It is only ~ 的話，找找看有沒有 that，有 that 的話就是強調句型！」**。

① 限定或強調

☑ It is only B that ~. →「只有 B 才～」
☑ It is the very B that ~. →「正是 B～」
☑ It is this B that ~. →「正是這個 B～」※不是「那個」而是「這個！」
☑ It is the B ~（修飾用的關係詞等等）that ~. →「正是～的 B 才～」

It is only Hanako that I love.

我只愛 Hanako。

※強調句型的「It is only ~」極為常見

② 強調副詞類

- ☑ It is really B that ~. →「真的是 B～」
- ☑ It is actually B that ~. →「其實是 B～」
- ☑ It is indeed B that ~. →「其實是 B～」
- ☑ It is precisely B that ~. →「準確來說是 B～」
- ☑ It is mainly B that ~. →「主要是 B～」
- ☑ It is in fact B that ~. →「事實上是 B～」

※ mainly 雖然只是翻作「主要」，但有些英英字典裡會寫著 used to talk about the most important reason（在談論最重要的理由時使用）

It is really Antarctica that is the world's largest desert, not the Sahara.

其實世界上最大的沙漠是南極洲，不是撒哈拉。

※ 以降雨率的觀點來看，會認為是南極洲（Antarctica）

強調句型快速辨認法 (3) 從詞性來判斷

強調句型可以強調的**只有名詞（主要是做為主詞或受詞）和副詞**而已，換句話說就是「無法強調動詞、形容詞和做為補語的名詞」，而以上述內容為基礎，可以整理出下面這些規則。

從詞性快速辨認出強調句型的方法

- ☑ It is 副詞 that ~ ※ 副詞 可以是副詞片語或副詞子句
- ☑ It is 代名詞 that ~
- ※ 順道一提，It is 形容詞[p.p.] that ~ 是虛主詞的句型 p.878, 881

It is because she always eats ice cream late at night that she has pre-diabetes.

就是因為她總是在深夜吃冰淇淋，她才會罹患糖尿病前期。※ diabetes（糖尿病）

It is you that are wrong.

錯的是你。

※ 想表達「不是我而是你」的時候會這樣說／有時會被 that 影響，導致 are 變成 is

補充 **無法快速辨認的類型（沒有可供快速辨認的記號／只有名詞的型式）**
用 that 之後所接的內容來判斷

It is 名詞 that ~ ┬→ that 後面接「完整子句」→ 虛主詞或真主詞句型
└→ that 後面接「不完整子句」→ 強調句型

23-1-4 翻譯強調句型的方法

充滿誤會的「強調句型譯法」

在教翻譯強調句型的方法時，從以前開始就流傳著「強調句型只要從後面開始翻就行了（把用 It is 和 that 夾住的部分放到最後再翻，可以表現出強調的效果）」。現在請用這個概念，翻翻看 It is Paul that stole the book. 這個句子吧。

一般正確答案會翻成「偷了那本書的是 Paul」，不過這種翻法其實很難期待可以拿到高分。為什麼我會這麼說呢？原因在於，這種翻法無法向評分者傳達「我懂強調句型」的這件事。假如把這個英文句子拿去給國中生翻，翻出來大概也是這樣吧。換句話說，「了解強調句型的考生翻的」和「國中生翻的」根本一樣，**無法區別**。因此在考試時這樣翻，會有種「這種答案也不能說你錯，但不是題目真正要你回答的內容，所以就給你不好不壞的分數吧」的感覺。因此「從後面開始翻」，只能說是沒有抓到題目重點的翻法。

在「翻譯」裡加上強調

核心重點 **在翻譯強調句型的句子時，必須在需要特別強調句意的地方，加上強調表達**。這點很重要，只要有意識到這點，就算從前面開始翻也無所謂。

強調句型的「翻譯方法」

① **單純加上強調表達**：加上「其實是～」、「不是其他，正是～」等表達
② **特別強調對比**：(a) It is not ~ that 的型式 → 強烈否定一般認定的情況
　　　　　　　　　　(b) It is ~ that 的型式 → 特別注意 not ~ 的句意／
　　　　　　　　　　　　　　　　　　　　　　強調主張的論點

前面那句英文（It is Paul that stole the book.）如果翻成「偷了那本書的不是別人，<u>正（其實）是</u> Paul」的話，應該可以拿到比較高的分數。

> ★ It is you that the fans came to see.
> 粉絲們過來要看的是你（不是其他人）。
> ※ 鼓勵在現場表演前緊張的表演者時會說的話／在這裡用
> 　「不是其他人」來強調

接下來只要再多了解一下「② 特別強調對比」，就可以翻得很完美了。以下分別詳細說明 (a) 和 (b) 兩種翻譯方法。

(a) It is not ~ that 的型式　※強烈否定一般認定的情況

因為 **not 否定的是「一般認定的情況」**，所以使用時必須特別注意這一點。It is not Nancy that stole the book. 表達的語意，其實是「偷了那本書的人，（和大家所認定的 Nancy 不同）絕對不是 Nancy！」的意思，可以像這樣翻成**「不是大家所想的那樣，其實是～」，或甚至不翻出來，只是單純在心中吶喊**，都可以讓你理解到這句英文所想表達的真實語意是什麼。

(b) It is ~ that 的型式　※特別注意 not ~ 的句意／強調主張的論點

這種表達型式**強調「說話者主張的論點」**，比較好的翻法是將上下文中相當於 not A 的部分翻出來，翻成**「絕對不是 A，其實是 B！」**。當然，也不一定真的都要翻出來，就算只是單純**在心中吶喊**，也可以加深自己對句意的理解。前面出現過的句子 It is you that are wrong.，就可以補上「不是我」，翻成「錯的（不是我）是你！」（不過最終還是得看上下文來解讀就是了）。

補充 不好好表達就傳達不了

　　很多第一次聽到這種譯法說明的人可能會疑惑：「考試時真的可以做這種事嗎？」，正如我前面說過的：「如果只是照字面翻譯，那水準就和國中生沒什麼兩樣」。我不打算要求所有人都「相信我」，而是希望各位**「相信英文真實傳達的語意」**。按照我們在這裡說明的方法來翻譯，英文句子的語意就會變得更加清晰。當在各大考試的翻譯題中遇到底線畫在強調句型的地方時，請務必用中文好好告訴閱卷老師「我有發現這是強調句型！」才行。

總結 翻譯強調句型時的步驟

> ① **預測**：從 It is not ~ 等型式來預測該句使用的是強調句型
> ② **辨認**：看到 that，辨認出強調句型
> ③ **確認**：慎重起見，先將 It is 和 that 拿掉看看，確認是否的確是強調句型
> ④ **掌握型式**：忽略 It is 和 that，掌握原本的表達型式（翻譯時必須注意原句句型）
> ⑤ **強調**：請確實在需要特別強調的地方加上中文的強調表達
> ⑥ **補充**：透過上下文來解讀句意，將一般認定的情況（not ~）補上

23-1-5　強 調 句 型 的 變 化

次要的變化型式（that／時態變化）

強調句型的 that／時態變化

> ☑ It is 人 who ~　　※ 有時會 that → who（應該說母語人士較偏好使用 who）
> ☑ It is 物 which ~　　※ 有時會 that → which
> ☑ It is X {that} ~　　※ 有時也會省略 that（極為少見）
> ☑ It was X {that} ~
>
> 　※ is → was（「強調」是現在做的動作，所以用 is 也 OK，如果強調的是發生在過去的事件，有時也會配合其內容改用過去式）

> It is actually the Vikings who were the first Europeans to sail to North America.
>
> 其實維京人才是第一批航行到北美洲的歐洲人。
>
> ※ who 和 which 的使用概念相同（在這裡可以透過 actually 快速辨認出強調句型）／是不是真的是「維京人」仍眾說紛紜，不過這個句子只是用來表現「其實我的想法是這樣！」的英文例句而已

資料 強調 I 的兩種變化型式

> It is I that[who] am[have 等等] ~ → 文法上正確
>
> It is me that[who] is[has 等等] ~ → 口語上使用（不會出現在考題裡）
>
> ※ It is 的後面不喜歡接主格，因此改用 me（結果就會改用 is 等等的動詞來表達）

使用疑問詞的強調句型

用強調句型「強調疑問詞」

> **型式**：「疑問詞＋is it that ~?」
>
> ※ 可以立即判斷這個型式是強調句型／任何 疑問詞 皆可
>
> **語意**：「到底是 疑問詞 呢？」 ※用「到底」等表達來強調疑問詞
>
> **注意**：間接問句時會使用一般語序（it is）例：I know 疑問詞 it is that ~.

> What is it that made her so angry?
>
> 她到底是為了什麼這麼生氣？
>
> ※ 原本的句子是 SVOC（What ~~is it that~~ made her so angry?）

> I wonder what it is that made her so angry.
>
> 我很納悶她到底是為了什麼這麼生氣。
>
> ※ 因為是間接問句，所以語序是 It is

補充 構成「疑問詞＋is it that ~?」型式的步驟

① 把疑問詞夾在 It is 和 that 的中間（構成強調句型）→ It is 疑問詞 that ~.
② 將 疑問詞 移動到句首／構成疑問句的語序（is it）→ 疑問詞 is it that ~?

It was not until ~ that SV（直到～才 SV）

如果改用強調句型表達「Until ~, SV（否定句）」的話，型式會變成 It was not until ~ that SV，表示「直到～之前都沒有 SV」→「直到～才 SV」，就像是「到昨天之前都不知道」亦即「直到昨天才知道」的感覺。

※ until 有兩種詞性，介系詞和連接詞

It was not until nightfall that the vampires woke up.
一直到了夜幕低垂，那名吸血鬼才終於清醒。　　※ nightfall（夜幕低垂）

補充 構成「It was not until ~ that SV」型式的步驟

<u>Until he turned forty</u> he did not start thinking that he needed to take care of his body.

↓　　※ 把 Until ~ 夾在 It was 和 that 的中間

It was <u>until he turned forty</u> **that** he did not start thinking that he ~.

※ 把 not 移動到前面（否定表達會放到前面）

It was not **until** he turned forty **that** he <u>started</u> thinking that he needed to take care of his body.　　※「did＋start」＝started

他一直到了 40 歲才開始意識到自己必須照顧好身體。

總結 「強調」的重點整理
☐ **強調名詞或副詞**（前提是「對比」時）：使用強調句型
☐ **強調形容詞**：使用副詞（very／just 等等）／使用「抽象名詞＋itself」
　　　　　　　（He is kindness itself.（他是親切的化身＝他人非常好））／
　　　　　　　用 as ~ as 的強調表達型式，請參照 p.754，比較級的
　　　　　　　強調表達型式，請參照 p.774

☐ **強調否定：** 使用 not ~ at all〔in the least / by any means〕/ simply〔really / just〕~ not 等等 p.629

☐ **強調疑問詞：** 使用強調句型 p.887／使用強調表達（on earth / in the world / ever / should 表示「到底～」、「究竟～」，具有強調疑問詞的作用）

☐ **強調動詞：** 使用助動詞 do〔does / did〕（會加上「的確」等翻譯）
Yet the earth does move.（然而地球的確在轉動）（這是伽利略說過的話）p.277

☐ **利用重複來強調（相同單字用 and 重複）：**
比較級（more and more（越來越））／副詞（again and again（一再））／動詞（The phone rang and rang.（電話響個不停））

☐ **以「the very ＋名詞」強調「正是 名詞」**
（「this very ＋名詞」的型式也可以）

> It is the very nature of humans to compete with each other.
> 彼此競爭正是人類的天性。　　※ It 是虛主詞，to ~ 是真主詞

追加英文

請翻譯以下的句子。

It is adults who create the world their children will grow up.

解答範例

孩子成長的世界（不是孩子，其實）是大人打造的。

※ 這句英文曾出現在考題之中。雖然不是能運用快速辨認規則的句子，但從內容上可以讀出「大人和小孩」的對比。換句話說，It is adults who ~ 的部分，可以解釋成 It is not children but adults who ~

倒裝
（任意倒裝和強制倒裝）

23-2-1　任意倒裝的整體圖像與第 1 及第 2 句型的倒裝

每種句型都有自己的「任意倒裝」型式

核心重點「任意倒裝」只是將語句的順序調換而已，且每種句型都有固定的「任意倒裝」型式（如果沒有固定型式，則句子會變得亂七八糟、無法理解）。另外，沒有必要暈頭轉向地背這些固定型式，請特別注意各句型旁邊的 ※ 的部分。

任意倒裝：各句型的固定型式　　※ 代名詞做為主詞的情況可以是例外　p.894

第 1 句型	SVM → MVS	※ M 移動到句首，SV 位置互換／M 是地點等副詞
第 2 句型	SVC → CVS	※ S＝C，只是左右互換而已
第 3 句型	SVO → OSV	※ 只是將 O 移動到句首
第 4 句型	SVOO → OSVO	※ 只是將 O 移動到句首
第 5 句型	SVOC ┬ OSVC	※ 只是將 O 移動到句首
	└ SVCO	※ O＝C，只是左右互換而已

第 1 句型　SVM → MVS

> ★ Out of the darkness came an army of zombies.
> 從黑暗之中出現了一大群殭屍。　　※an army of ~（一大群的～）

　　介系詞 out of ~（從～出來）無法成為主詞。out of the darkness 的後面接動詞 came（也就是到目前為止都還沒有出現主詞），所以可以想成是 MVS 的型式。在 came 後面的名詞 an army of zombies 則做為主詞。原本的語序是 An army of zombies came out of the darkness.（一大群殭屍從黑暗中出現）。　　※ 介系詞片語會當成形容詞片語或副詞片語　p.668

補充　**任意倒裝的翻譯**

　雖然英文句子的句意在倒裝後也不會改變，但傳達出來的**畫面**會

發生變化。在遇到翻譯題時，基本上只要做到以下要求中的一個，應該就可以順利拿分。

> **基本：**回復成原來的型式後翻譯　※可以展現出「我知道這裡有倒裝」的態度
> **應用：**按照英文句子的語序翻譯（靈活運用助詞）
>
> ※可以直接傳達英文句子所呈現的畫面
>
> ※剛剛那句英文（Out of ~）的中文是使用應用翻法，基本翻譯的話是「一大群殭屍從黑暗之中出現了」

第 2 句型　SVC → CVS

　　SVC 句型中 S＝C，所以左右調換變成 C＝S，換句話說，倒裝的型式會變成 CVS。先用簡單的句子來看看，Miki is happy. → 變成 Happy is Miki.（快樂的是 Miki）。形容詞 Happy 無法做為主詞，因此其後出現的 is 是辨認倒裝句型的重點。

Enclosed is a copy of the revised contract for you to sign and return.

隨信附上一份修改過的合約供您簽署後寄回。

※ enclose（隨信（或包裹）附上）／a copy of ~（一份～）／本來是 A copy of the revised contract for you to sign and return is enclosed.（供您簽署後寄回的一份修改版合約已隨信附上）

　　接下來的這句是新聞節目主持人（主播）常會用到的慣用表達句。請想像在實況轉播中和海外分公司同事連線的情境（就像說「人在當地的○○！」這樣）

Joining us now is our Singapore correspondent, May Tan.

現在加入我們的是我們的新加坡特派記者 May Tan。

※ 這裡的 our 是「和我們同一間電視台的」（這是在播報新聞時會說的話）／「Joining us is＋人」的型式是「人＋is joining us」的倒裝／correspondent（特派記者）

補充　**被動語態或進行式的句型，原本是 SVC**

　　平時被動語態（be enclosed）或進行式（be joining）都會被當成是**一整個動詞來處理**（這樣比較容易掌握英文句子的結構），但在倒裝的情況下，為了掌握句子細節並考慮到被動語態及進行式會做為 SVC 的 be 動詞補語，倒裝會採用 CVS 的型式。

23-2-2　倒裝的「背景」

強調「後面」

我想大部分人都學過「倒裝是強調出現在前面的人事物」（實際去問考生，九成以上的人都這麼以為，我在進大學之前也是如此），但其實這是誤解。不是強調「出現在前面的人事物」，而是 **核心重點** **因為出現在前面的人事物，而使被移動到後面的部分得以被強調**。

> Here comes the bus!
> 公車來了！
> ※ MVS 的型式／原本是 The bus comes here.／直翻成「來了，公車！」也 OK

這個句子經常是用倒裝的型式，而且強調的應該是 the bus 才對，明明人都已經在公車站牌（或附近）等車了，結果還要特別強調 Here，這樣很奇怪吧？

> ★ Impossible is nothing.
> 沒有不可能。
> ※ CVS 的型式／原本是 Nothing is impossible.（萬事無絕對）

這個句子強調的也是移動到後面的 nothing，語意因此變成強調的「絕對沒有東西是不可能的！」（這是某知名運動品牌拿來當作廣告口號的句子，想強調的不可能是 Impossible 吧？）。

　※ 做為參考，這句也可以解釋成 (What people call the) impossible is (actually) nothing.
　　表示「人們所說的不可能，（其實）沒有這回事」，但我比較想將它視為倒裝句

使用倒裝的「理由」

在下面的其中一個或多個原因交織在一起時，就會使用倒裝。雖然不用特別去記「為什麼要用倒裝？」的原因，但如果你知道箇中原由，就更能真實感受到英文句子所想傳達的訊息。

☑ 理由 (1) 表現壓軸效果（想強調被保留在後面的內容）

這個概念前面已經說明過了，可以說是最主要的理由。

※ 英文的世界裡有個術語叫做 end-focus（句尾焦點），表達「將焦點（focus）放在句尾（end）」的概念

☑ 理由 (2) 連結前句內容

這個理由的概念是透過改變語序，讓句子自然與前面的內容建立連結。藉由**舊資訊 → 新資訊**的順序（已知事物 → 新資訊），最終達成**「強調被移動到後面的內容」**的效果。例如 Worse than that is S.（倒裝前是 S is worse than that.）這句，在它的前面一定有「某些 bad 的內容」，並由此擴張連結到後面的句子，表達「除此（bad 的內容）之外，還有更糟糕（worse）的～」。

※ 可以用這個方法來理解長句，請試著讀讀看下面這個有關非洲探險隊的句子吧

The heavy rains every day made the roads exceedingly muddy, making it difficult for the expedition party to make progress through the thick jungle. Worse than that was the danger of being bitten by malaria-carrying mosquitos.

連日來的大雨造成道路泥濘不堪，使探險隊難以在茂密的叢林中前進。更糟的是還有被瘧蚊叮咬的風險。

※ 順序是：bad 的事（「道路泥濘不堪」及「在叢林中難以前進」）→ worse 的事（有被瘧蚊叮咬的風險）／「~, making ~」是以前面子句內容做為主詞的分詞構句 p.592／exceedingly（極為）（可以想成是「非常」 p.404）／muddy（泥濘的）／expedition（探險）／party（團體；一行人）／thick（密集的；茂密的）

☑ 理由 (3) 其他（平衡 SV、節奏和氣勢／針對主題的提示或對比）

(a) 因為主詞很長，改放在後面可以使**句子的整體感與節奏**更好。

(b) 放在句首的詞語會被當成一個話題或談話主題，像是「**接下來要說的是～**」或「**說到○○～**」之類的句子。

(c) 有時會先說出腦海中突然出現的名詞，之後才繼續使用 SV 表達，結果（為了讓句子平衡）就會變成第 3 句型的倒裝（OSV）句子。

※ 用 (b) 和 (c) 解釋的是「第 3、4、5 句型的倒裝」。這三個句型中的 SV 語序沒有改變，僅僅是「移動受詞」，因此與第 1、2 句型的情況不同（雖然沒有必要太在意這些，但還是以防萬一地說明一下）

倒裝的例外（代名詞做為主詞的情況） 發展

> Under the tree he sat.
> 他坐在那棵樹下。

　　雖然第 1 句型的倒裝是 MVS，但若把句子變成 ×）Under the tree sat he. 卻是 NG 的。因為代名詞（he）屬於「前面已經出現過的『舊資訊』」，所以把它放在句尾來強調是很奇怪的。因此**當主詞是代名詞時，不會使用倒裝**（仍然維持 SV 的語序）。代名詞做為主詞時，第 1 句型的倒裝是 **MSV**、第 2 句型的倒裝則是 **CSV**。

追加英文

請翻譯以下句子。

(1) In front of the building stands a security guard cabin.

※ cabin（小木屋；艙室）

(2) So old was the house that no one in the neighborhood could remember a time when it had not stood there.

解答範例

(1) ① 一間警衛室設在那棟大樓的前面。　※原本的 SVM 句型結構非常清楚
　　② 在那棟大樓的前面有一間警衛室。　※出現的資訊順序和英文句子相同

　※ 兩種翻譯方式都 OK。原本的句子型式是 A security guard cabin stands in front of the building.

(2) 這棟房子實在太老了，老到附近的人都覺得有記憶以來它就在那裡了。

　※ 原本的句子是 The house was so old that ～／so ～ that ～（太～以致於～）是很常見的倒裝表達

23-2-3　第 3 句型、第 4 句型及第 5 句型的倒裝

第 3 句型　SVO → OSV

　　SV 的順序不變，**只是把 O 移動到句首而已。**

　　不同於「SVC → CVS」，SVO 句型的倒裝不會是左右互換的型式（OVS）。原本的句型 SVO 中 S ≠ O，因此如果左右互換的話，句意就會改變。

> ※ I love you. 和 You love me. 意思不同吧？有一個浪漫的補習班學生跟我強調「這是一樣的！」，可是不一樣的東西就是不一樣

> This 500-piece jigsaw puzzle I can do in about an hour.
>
> 這個 500 片的拼圖我可以在大約一個小時內完成。
>
> ※ do 的受詞（this 500-piece jigsaw puzzle）移動到句首／do a jigsaw puzzle（拼拼圖）

補充　看到「名詞＋SV」時……

> The man Sandra married works at a bank.
>
> 和 Sandra 結婚的男人在一家銀行工作。
>
> ※ The man 的後面省略了 whom／The man Sandra married 是主詞（不是倒裝）

　　不要一看到 The man Sandra married 就斷定這是「倒裝」的句子。因為使用**長主詞（省略關係代名詞）**的實際上多半都是「**名詞＋[sv] V**」的型式，所以如果沒有出現主要動詞（在上面那句裡是 works），才可以判斷是倒裝句。

> The man Sandra married.
>
> 和 Sandra 結婚的那個男人。
>
> ※ OSV（原本的句子是 Sandra married the man.）

先移動台詞到句首才倒裝

"What big teeth you have!" said Little Red Riding Hood to the wolf.

小紅帽對狼說：「你的牙齒好大啊！」。

※ p.783 中的感嘆句語意是「妳的嘴巴好大啊！」，不過這裡是照著字面翻譯

　　最常見的 SVO 倒裝是**台詞移動到前面的型式**，也就是將 say 的受詞（台詞）移動到句首。不過，這種型式的使用情況比較特別一點，有時可能會發生「強調的是前面的台詞」或「說話者被移動到句尾（「say 人」的語序）」等的情況（因為只有這種情況下會是 OVS，所以應該可以輕鬆察覺）。

　　除此之外，因為**不會在句尾放代名詞主詞**，所以當主詞是代名詞時，語序會是普通的 SV，也就是「"What big teeth you have!" she said to the wolf.（p.894）」。

※ 上面的解說可能看起來很麻煩，但其實這些型式我們都已經看過了，所以不必強迫自己硬是要記住它們

第 4 句型　SVOO → OSVO　延伸

　　第 4 句型（SVOO）的倒裝，是將句子裡的兩個 O 中的其中一個，移動到前面的句型（仍維持 SV／和第 3 句型 SVO → OSV 的概念相同）。

※ 第 4 句型（SVOO）的倒裝很少出現，可以看過就好（和 OSV 一樣，只要特別注意關係代名詞的省略就好）

A Dolce & Gabbana perfume I gave her, not a Bvlgari perfume.

我給她的是 Dolce & Gabbana 的香水，不是 Bvlgari 的。

※ 這是「放在句首的部分做為句子主題，並與句尾的部分做對比」的表達方式（對比兩款香水）

第 5 句型　SVOC → OSVC / SVCO　應用

☑ **類型 ①　OSVC**　※和 SVO／SVOO 的概念相同，都是「將 O 移動到前面」

SVOC 的倒裝有兩種型式，第一個是 OSVC 的型式。

This dinner I found scrumptious.

我覺得今天的晚餐超級好吃。

※ scrumptious（非常美味的）／字面翻譯是「這頓晚餐我覺得非常美味」／find OC
　（認為 O 是 C）

☑ **類型 ②　SVCO**　※O＝C，所以是 O 和 C 互換的型式

His explanation made clear what the issue was.

他的解釋清楚說明了問題所在。

※ 原本是 make O clear（讓 O 變得清楚）／issue（問題）

　　會用在 SVOC 句型中的動詞（主要是使役動詞 make 和感官動詞 find）的後面，如果出現了形容詞，即是使用倒裝的提示（原本應該要接做為 O 的名詞）。如果形容詞之後接了獨立的名詞，那麼這個名詞就是 O（前面句中的 clear 不是修飾 what 子句，因此 what 子句是「獨立的名詞」）。

　　※ 這裡動詞的受詞單純是「形容詞＋名詞」的詞組（例如 make big pies（製作很大的派）），因為句型簡單，所以馬上就能察覺

補充　**請不要混淆倒裝和虛受詞的型式！**

基本：make X clear　　**倒裝**：make clear X　　**虛受詞**：make it clear X

※ 三者的意思都相同，都是「使 X 清楚」

Would you make it clear how you are going to solve the problem?

可以請你清楚說明你計劃如何解決這個問題嗎？

※ it 是虛受詞，真受詞則是「how you are going to solve the problem」

在商務上會用到的第 5 句型倒裝句 延伸

> Please find attached to this email a copy of the contract I'd like you to sign.
>
> 隨信附上要請您簽名的合約，請查收附檔。
>
> ※ 原本是 find OC（發現 O 是 C）╱attach（隨信附上）╱字面翻譯是「請見這封電子郵件所附上的一份合約，我想要請你簽名」

　　這個句子會倒裝是因為「做為 O 的名詞太長，所以擺到後面」，像這樣的商務信件，倒裝的原因也會帶有「希望能盡快告訴對方有附件的這件事，所以把 attached to this mail 放到前面」的考量。

　　順道一提，有時也會使用 CVS（SVC 的倒裝）來表達這種內容。

> Attached to this email is a copy of the contract I'd like you to sign.
>
> 隨此封電子郵件附上的是我希望您簽署的合約。
>
> ※ 原本是 A copy of the contract I'd like you to sign is attached to this mail.

23-2-4　強制倒裝的基本概念

「句首的否定表達＋倒裝」的型式

　　所謂的強制倒裝，指的是**在句首出現否定表達時，後面就會使用倒裝的規則**。倒裝部分會變成**疑問句的語序**（有時也會突然出現 do、does 或 did）。

> Never did Noah imagine becoming CEO.
> Noah 從來沒想過自己會成為 CEO。
> ※ CEO 是「執行長」（chief executive officer 的縮寫）／imagine- ing 請見 p.546

強制倒裝中常見的否定表達

① **完全否定：Not / Never / Little**（倒裝的 Little 是「完全否定」的意思）p.901
② **準否定表達：Hardly / Scarcely**（幾乎不～）
　　　　　　　　Rarely / Seldom（很少～，難得～）
③ **要小心的否定表達：Only**（只有～）**/ Nowhere**（任何地方都不～）

總結 任意倒裝 vs. 強制倒裝

	任意倒裝	**強制**倒裝
特徵	不同句型使用不同型式	句首出現否定表達
倒裝的型式	變換語序的倒裝	變成疑問句型式的倒裝
倒裝的強制性	任意（不倒裝也可以）	強制（必須倒裝）

思考轉換 強調的當然是「後面」

　　如果強調的是出現在句首的否定表達，就會變成沒有理由的大聲說「不！」，對吧？因此強制倒裝的意思，其實是在句首表明「我接下來要傳達的是否定！」，接著再**強調後面的內容**。

23-2-5 　強制倒裝的應用型式

強制倒裝的應用型式（插入副詞）　應用

　　不管是哪本參考書，在解說強制倒裝時，都只會出現像前面那句英文 Never did Noah imagine becoming CEO. 那樣「否定表達的後面使用倒裝」的型式。當然，這種型式是最基本且常用的，但實際上也經常會使用**在否定表達之後插入副詞**的表達型式。

　　「 否定表達 （副詞） VS. 」的型式，即是**在副詞之後再使用倒裝**。

> Never before have land prices in Ginza dropped so quickly.
>
> 銀座的地價之前從來沒有下跌地這麼快過。
>
> ※ 倒裝的不是 Never 之後，而是在副詞 before 之後（have p.p. 的 have 移動到前面的型式）

　　副詞可以不只是單一個字（before），有時也會放比較長的表達內容（使用副詞片語或副詞子句）。

> Only when all attendees have arrived will we start the meeting.
>
> 我們將在所有與會者都抵達後開始會議。
>
> ※ 字面翻譯是「等所有與會者都抵達的時間點（一抵達）才打算開始開會（在那之前絕對不會開始）」

　　在句首的否定表達（Only）之後，插入了副詞子句（when all attendees have arrived）並使用倒裝（will we）。

　　※ 如果沒有特別注意到這個型式，那看到 will we 的時候可能會有點慌張

強制倒裝的應用型式（介系詞詞組做為否定表達）　延伸

　　英文中有像 Under no circumstances（不管在任何情況下都～）和 At no time（絕對不～）等等，**將介系詞的受詞加上否定表達 → 視整個介系詞片語為一個否定表達**的表達型式。

　　※ 再怎麼樣也不會突然在介系詞的前面放一個 no 吧

> ⭐ Under no circumstances should the device be allowed to get wet.
> 本器材請勿碰水。
> ※ 使用說明書上會看到的句子／字面翻譯是「沒有任何情況應該允許這件設備變濕」

> ⭐ At no time during the match did Manchester United FC lead.
> 整場比賽曼聯（曼徹斯特聯足球俱樂部）都沒有領先過。
> ※ did S lead 的倒裝型式

在強制倒裝裡出現的 Little 是「完全否定」 延伸

　　little 是「幾乎不～」的意思（a little 的話是「少許」），對吧？修飾動詞時，若放在**動詞後面**的話，意思會維持原來的「幾乎不～」，但當 little 出現在**動詞前面**時，就會變成加強否定力度，成為「完全不～」的意思。

　　※ 這部分相當細節，但這種表達方式有可能會出現在**翻譯題裡**

little 的翻譯方式

> ☑ **V 的後面（V very little）**：「幾乎不～」　※通常會和 very 一起使用
> ☑ **V 的前面（little V）**：「完全不～」
> 　① 多半「放在動詞之前」或「放在句首構成強制倒裝」
> 　② 這個情況下會使用「思考」或「認知」相關的動詞
> 　　（know / think / dream / imagine / believe / expect / guess / realize /
> 　　suspect / understand 等等）

> ✏ Little did she dream that she would marry him one day.
> 她做夢也沒想過有一天會嫁給他。

句首出現否定表達，卻不使用倒裝的情況 延伸

☑ No / Not 修飾主詞

　　這部分雖然多半會用「否定單字的 not 出現在句首時，不會使用倒裝」來說明，不過其實只要想成**「No ＋名詞」或「Not ＋名詞」當主詞時不會倒裝**，就可以了。可以這樣想，是因為這裡只是單純把「No ＋名詞」當作是**一個主詞**而已。

No person can live forever. 沒有人可以長生不老。

Not a single voice was heard. 一點聲音都聽不到。

☑ 實質上是「肯定句」

　　不僅限於主詞，即使出現在句首的副詞是否定表達，但如果否定的範圍只是接在後面的單字，那就不是否定句，也就不會使用倒裝。說得更簡單一點，No doubt SV.（毫無疑問 SV）/ Not surprisingly, SV.（不出所料，SV）/ In no time SV.（立刻 SV）等等，都是表達**肯定含義**的說法，因此不會使用倒裝。

In no time the tickets sold out.

立刻門票就賣光了。

※ in no time 是「在 0 秒以後」→「立刻」　p.684

資料 其他倒裝（除了任意倒裝和強制倒裝之外）

□ 疑問句（Do you ~? 等等）

□ There is 句型　※ is 是動詞，後面接主詞　p.613

□ 因省略假設語氣 if 而使用倒裝　p.185

□ So VS（S 也是）　※會出現在肯定句的後面

　　例：I was born in Okinawa. So was my sister.

　　　（我在沖繩出生。我妹妹也是。）

□ Neither VS / Nor VS（S 也是）（＝也不是）　※會出現在否定句的後面

　　例：I don't like spicy food and neither does my wife.

　　　（我不喜歡吃辣，我老婆也是。）

□ The 比較級 sv, the 比較級 SV　※sv / SV 的部分經常會使用倒裝　p.781

□ than 和 as 的後面　※透過將比較的對象放在最後來強調

□ 讓步的慣用表達　例：Come what may, SV.（無論發生什麼，SV。）

□ 讓步的 as　※「形容詞 / 副詞 / 名詞 / 動詞 as sv, SV.」的型式　p.917

□ VOM → VMO　例：apply A to B → apply to B A

　　　　　　　　　　　「將 A 應用於 B 上」→「在 B 上應用 A」

　　　　　　　　　　　※語意相同

□ V M₁ M₂ → V M₂ M₁　例：depend on A for B → depend for B on A

　　　　　　　　　　　　　「B 取決於 A」→「為了 B 依靠 A」

　　　　　　　　　　　　　※語意相同

　※ 最後兩項與其說是倒裝，不如說是「移動語序」

過去式和 -ing 的變化方式

一般動詞的規則變化

類型	過去式的變化方式	範例
基本原則	加上 -ed	played / walked
以 -e 結尾	只加 -d	like → liked / use → used
以「子音＋y」結尾	y 變成 i 加上 -ed	study → studied
以「短母音＋子音」結尾	重複子音加上 -ed	stop → stopped

-ed 的發音：由「前面的發音」來決定

字尾發音	-ed 發音	範例
有聲（母音或子音）	[d]	loved [lʌvd]
無聲（只發氣音）	[t]	liked [laɪkt]
字尾為 t	[ɪd]	wanted [`wɑntɪd]
字尾為 d		needed [`nidɪd]

※ 「有聲」指的是會發出聲音（聲帶會振動），「無聲」則是只有氣音（聲帶不振動）

-ing 的變化方式

類型	-ing 的變化方式	範例
基本原則	加上 -ing	study → studying
以 -e 結尾	去掉 e 加上 -ing	write → writing / 例外有 being 等等
以 -ie 結尾	ie → y 加上 -ing	die → dying / lie → lying
以「短母音＋子音」結尾	重複子音後加上 -ing	run → running / swim → swimming / begin → beginning / stop → stopping

「去掉 e 加上 -ing」在基本動詞中很常見（write → writing / use → using / take → taking）。「以『短母音＋子音』結尾 → 重複子音後加上 -ing」比較少見，遵循這個規則的常見單字只有 running / swimming / beginning / stopping（請利用兩兩一組的「run & swim」和「begin & stop」來記）。順道一提，「3 單現的 s」和「過去式」的形態變化規則中，雖然有「y → i 的規則」（例如 study → studies / studied），但 -ing 的變化中沒有這個規則，因此 study 只是加上 -ing 而已（studying）。

附錄 2　應注意的及物動詞（容易被認為是不及物動詞的「及物動詞」）

有些及物動詞在使用時不能反問「什麼？」，就讓我們來看看常出現在題目裡的這種及物動詞吧。看到下方列出的單字清單，你可能會想「真是一大堆例外」，但其實除了這些字以外、多到數不清的動詞，大多可以適用反問「什麼？」的規則，真的只有少數動詞是例外（請相信我……）。

把這些動詞拿來出題的人，心裡想的是「知道可以反問『做什麼？』來判斷及物動詞是理所當然的，只有例外的單字才需要特別記，那就拿來當考題吧」，所以才會在文法題裡看到大量的例外單字。請各位掌握反問「什麼？」的概念，同時確認在本篇中的內容（裡面也有些字可以用「做～（什麼）」來解釋，及物動詞的用法很重要，因此請全部一起確認吧）。

☑ 帶有「朝向～」語意的及物動詞

resemble（與～相像）/ answer（回答～）/ strike（（想法）浮現在腦海中（strike 人 的型式））/ address（對～說話；處理～）/ telephone、phone（打電話給～）/ follow（跟隨～）/ accompany（陪同～）/ face（面對～）/ confront（對抗～）/ obey（遵守～）/ oppose（反對～）（＝ be opposed to ~）/ deserve（應得～）/ greet（向～問好）/ touch（接觸～）/ contact（聯絡～）/ consult（諮詢～）

☑ 受詞是「地點」或「群體」的及物動詞

reach（抵達～）（＝ arrive at ~ / get to ~）/ approach（接近～）/
visit（造訪～）/ leave（離開～）/ join（參加～）/ attend（出席～）/
inhabit（居住於～；棲息於～）/ enter（進入～）

※ 請注意不及物動詞的 attend：attend to ~（致力於～；照顧～）（＝ pay attention to ~ 兩者看起來很相似）/ attend on ~（服侍～）

※ 請留意不及物動詞 enter：enter into ~（參與（協商或事務））（當字義是「進入」抽象的事物或某個行為時是不及物動詞）

☑ 受詞接「對象」的及物動詞

marry（和～結婚）（＝ get married to ~）/ divorce（和～離婚）/
survive（比～長壽）/ excel（勝過～，優於～）/ exceed（超越～）

☑ 帶有「關於～」語意的及物動詞　※也可以想成「做～（什麼）」

discuss（討論有關～，論及有關～）（＝ talk about[over] ~）/
mention（提及有關～，說起有關～）/ consider（考慮有關～）

☑ 其他的及物動詞　※可以用「做～（什麼）」來理解，這些字也會出現在考題裡

await（等待～）/ target（鎖定～）/ respect（尊敬～）/ regret（後悔～）/
explain（說明～）/ suggest（建議～）/ cancel（取消～）/ disclose（揭露～）

＋α 同字源受詞

　　雖然這些字一般來說都是「不及物動詞」，但有時後面會接和這些動詞同字源的名詞，整體做為一個受詞接在後面，而這個動詞就變成「及物動詞」了。舉例來說，live 平時是不及物動詞，但卻有著 live a ~ life（過著～的生活）的表達型式，這裡的 life 稱為「同字源受詞」，也就是「與動詞有著相同字源關聯性的名詞（主要是從動詞衍生出來的名詞）」。

smile a ~ smile（帶著～的微笑）/ dream a ~ dream（做著～的夢）/
live[lead] a ~ life（過著～的生活）/ die a ~ death（以～的方式死亡）

※ 原則上「～」的部分都會放形容詞／也有少數不是放形容詞，例如歌劇《悲慘世界》中有一首叫做《I Dreamed a Dream（我曾有夢）》的知名歌曲

I want to live a fulfilling life.
我想要過著充實的生活。

變化方式容易混淆的動詞

類型（1）部分重複（除了 lie / lay 以外的常見動詞）

動詞	及物 不及物	意思	變化	重點、範例、 發音等等
find	及物	找到	find-found-found	—
found	及物	設立	found-founded-founded	可以像 founded in 1993（1993 年創立）使用
bind	及物	束縛	bind-bound-bound	be bound to ~（有義務做～）
bound	不及物	跳躍；彈回	bound-bounded-bounded	常用來表達「球反彈」
wind	及物	纏繞；轉動（把手、螺絲等）	wind-wound-wound	[waɪnd]-[waʊnd]-[waʊnd]
wound	及物	傷害	wound-wounded-wounded	[wund]-[ˋwundɪd]-[ˋwundɪd]
see	及物	看	see-saw-seen	—
saw	及物	鋸；鋸開	saw-sawed-sawed ※ 只有這個動詞比較特別	jigsaw puzzle（拼圖） ※ jigsaw（線鋸；七巧板）

※ 各組之中都有一個動詞只是單純的「規則變化（加上 -ed 而已）」

Does Big Ben need to be wound up?

大笨鐘需要上發條嗎？

※「大笨鐘」是倫敦有名的鐘塔／順道一提，英文的回答是 Yes

The soldier was wounded in battle.

士兵在戰鬥中受傷。

※ be wounded 的意思是「被傷害」→「受傷；負傷」

類型（2）　拼字相同，因「字義」而變化方式不同的動詞

動詞	及物不及物	意思	變化	重點和使用範例等等
lie	不及物	存在；躺	lie-lay-lain	請留意及物動詞 lay（lay-laid-laid）
	不及物	說謊	lie-lied-lied	「lie to ＋人」表示「對人說謊」
hang	及物	懸掛	hang-hung-hung	衣架（hanger）
	及物	處以絞刑	hang-hanged-hanged	很多母語人士會用 hung 來取代 hanged 的

※ 各組之中都有一個動詞只是單純的「規則變化」

統整「因果關係」的表達型式

1. 使用動詞表達因果關係

(1) 使用「原因 V 結果」型式的片語 →「由於 原因 導致 結果」

原因 cause 結果　　　　　　　原因 bring about 結果

原因 lead {up} to 結果　　　　原因 contribute to 結果

原因 give rise to 結果　　　　原因 result in 結果

原因 is responsible for 結果

原因 trigger 結果　　※ trigger 原本是「（槍械的）扳機」的意思

原因 spark {off} 結果　　※ spark 原本是「點燃；發出火花」的意思

原因 mean 結果　　※ 其實也有字典會寫是「意圖產生～的結果」的意思

(2) 使用「結果 V 原因」型式的片語 →「結果 的起因是 原因」

結果 result from 原因　　　　結果 come from 原因

結果 arise from 原因　　　　結果 derive[stem] from 原因

結果 is attributable to 原因　　※ attributable ＝ attributed

(3) 使用「V 結果 to 原因」型式的片語 →「將 結果 歸因於 原因」

owe 結果 to 原因　　　　　　attribute 結果 to 原因

ascribe 結果 to 原因　　　　credit 結果 to 原因　※ credit 原因 with 結果

應用 使用被動語態的常用片語　※請確實掌握原因和結果！

結果 is caused by 原因

結果 is brought about by 原因

結果 is attributed to 原因

2. 使用介系詞表達因果關係

(1) 由於～

because of 原因
due to 原因
owing to 原因
　　　※ 將「owe 結果 to 原因」中 結果 的部分省略，變換為分詞構句的句型
on account of 原因　　※ 字面翻譯是「基於（on）～的說明（account）」
as a result of 原因
　　　※「原因. As a result, 結果.」表示「因為 原因 ～。結果 結果。」的意思
in the wake of 原因
　　※ wake 是「（船經過後留下的）波紋」的意思，和動詞 wake（叫醒）的語源不同
by virtue of 原因　　※ 正式的表達方式
through 原因
what with A and B（因為 A 和 B）　　※ 用來陳述負面理由
＝ because of A and B

(2) 多虧～

thanks to 原因

(3) 使用 behind 的型式

原因 is behind 結果 ※ be behind ~ 表示「在～的背後」→「～的背後原因是～」

特別補充講解
「as 的判別」

as 的整體圖像

看到 as，第一個要先考慮「詞性」

當看到 as 出現時，常會不小心就被各種「翻譯方式」分散了注意力，因此首先要做的應該是**判別詞性**。

會這麼做的原因，在於 核心重點 判別詞性能夠縮小可能語意的**範圍**（例如 as 做為介系詞，只有「做為～」及「身為～的時候」這兩個意思）。

※ 最重要的是「連接詞」，不過一開始還是先看看 as 整體在各詞性下的含義吧！

as 的整體圖像（詞性）

詞性	型式	意思	備註
副詞	「as ~ as ~」中，前面的 as	「大致相同」	後面的 as 是連接詞
介系詞	「as＋名詞」	「做為～」、「身為～的時候」	大部分會是「做為～」的意思
連接詞	從屬連接詞「As sv, SV.」	「當～的時候」等等	留意判別方式 p.913
關係代名詞	先行詞加上「the same / such」的時候	無 ※ 修飾的「功能」	準關係代名詞 p.871
其他	構成片語的 as 等等	例如 such A as B（像 B 那樣的 A）	比起詞性，記得意思就 OK

「連接詞」以外的 as

☑ **副詞的 as**（「as ~ as ~」中，前面的 as）→「**大致相同**」

　　大家比較熟悉、會在比較時出現的 as 是副詞，型式（後面接形容詞或副詞）及意思都很簡單，沒有特別需要留意的地方（順道一提，後面的 as 是連接詞）。

> ※ 這個 as 在「任性副詞」（so / as / too / how / however）中出現過 p.409

☑ **介系詞的 as**（「as＋名詞」）→「**做為～**」、「**身為～的時候**」

　　如果 as 的後面只有一個名詞，則可判定為介系詞的 as。介系詞 as 的基本意思是「做為～」（as a doctor 表示「做為醫生」），但如果是「as ＋年齡相關表達」的型式，意思則是「身為～的時候」（as a child（小時候）/ as a young man（年輕時））。

> As the editor in chief of *International Adventures*, I am pleased to announce that we will be launching a new magazine, *Wilderness Adventures*.
>
> 做為《International Adventures》的主編，我很高興宣布我們將發行新雜誌《Wilderness Adventures》。
>
> ※ the editor in chief（主編）／雜誌名等會用斜體表示／launch（發行）

　　這個句子使用的是「As 職稱, SV.」表示「做為 職稱，SV。」的重要句型。

> ※ 雖然很少特別提及，但這個句型其實經常在商務場合及聽力測驗中出現

＋α 介系詞 as 的細節重點

① as a young man 的 as 是**介系詞**，因此會是「年輕時」的意思，而在 as he was a young man 中的 as 是**連接詞**，表達的是「理由（因為他那時很年輕）」。

② 使用 regard 類動詞的句型（V A as B）中，介系詞 as 的後面常出現「形容詞」或「分詞」（p.472）。

☑ 關係代名詞的 as　p.871

☑ 其他（構成片語的 as 等等）

> such A as B（A such as B）（像 B 那樣的 A）/ the same A as B（和 B 相同的 A）/ as it were（可以說是；在一定程度上）/ as ⓢ go（就一般的 ⓢ 來說）/ as compared with ~（和~相比）
>
> ※ as it is、as they are（像現在這樣的）p.915／as if ~（彷彿~一樣）p.198

「連接詞」的 as（整體圖像）

連接詞 as 的重點

> 型式：As sv, SV.　※ 從屬連接詞的型式
> 核心：「同時」　※ 不管翻譯為何，背後意義都是「同一時間」
> 辨別方式：只要事先知道辨別方式，就能有效率地判斷語意

　　透過型式確認是連接詞之後，就可以判斷含義。翻開字典，光是連接詞的 as，字義就有 10 個左右。本書在這裡將最重要的幾個意思分成 3 組（合計共 7 個字義），並在統整後解說。必須特別注意的是，核心重點 **無論字義翻成什麼，其實全部都具有「同一時間」的潛在含義**。請牢牢記住這點，再確認個別語意吧。

　　※ as 和 also（也；同樣地）的語源相同，原本是 all so →「全部（all）像那樣（so）」→「全部相同」，也因此帶有「同時」的潛在語意

連接詞 as 的意思

> **第 1 組　as 特有的含義（升學考中特別常考）**
> (1) 比例：「隨著~」
> (2) 狀態：「和~一樣地」
> (3) 讓步：「雖然~」
>
> **第 2 組　as 特有的含義（第 1 組之外）**
> (1) 比較：「和~大致相同」
> (2) 限定名詞：「像~一樣」

第 3 組　其他的含義

(1) 時間：「當～的時候」、「在～的同時」

(2) 理由：「因為～」

※ 使用狀態的 as 的「分詞構句的強調」（「-ing as s do, SV.」表示「因為 s 真的有做 -ing，所以 SV」）請參照 p.599

連接詞 as 的細節
（as 特有的含義「比例」）

比例的 as 表達「隨著～」　　※兩個動作「同時」發生

核心重點「As sv, SV.」中，如果有表示變化的單字（比較級、變化類動詞、移動類動詞），請把這個 as 想成是「比例的 as（隨著～）」。

※ 表現變化的單字在英文句子中「出現任何一個、放在哪個位置都 OK（出現在 as 子句或主句中都可以）」／但最後還是必須透過上下文來判斷語意，利用這個方式來辨別的話，九成以上都可以瞬間判斷

「比例 as」的辨別方式　　※請留意以下「表示變化的單字」

① 比較級
② 變化類動詞：「成為～」／「改變」
become、grow、turn、get（成為～）/ change、vary（改變）等等
③ 移動類動詞（地點的改變）
go（去）/ pass（經過）/ increase（增加）/ rise（上升）/ climb（攀登）/
appear（出現）等等

As the temperature rises in early summer, fewer and fewer people wear suits.

隨著初夏氣溫的上升，越來越少人穿西裝了。

※ 移動類動詞 rise 和比較級 fewer and fewer 都是「比例」的 as 的標記

另外，請留意這裡潛藏在 as 裡的「同時」語意。從上面這句英文來看，「氣溫上升」和「穿西裝的人越來越少」是**同時**發生的。

連 接 詞 as 的 細 節
(as 特有的含義「狀態」)

狀態的 as 表達「和～一樣地」　　※兩個動作「同時」發生

　　型式「As sv, SV.」的意思是「和 sv 一樣，SV。」，在這個片語中，「as 子句（sv）」和「主句（SV）」的**意思相同**，這時一般會在句型中改用「取代主要動詞的助動詞」或「省略」。反過來說，核心重點**只要句子中出現取代主要動詞的助動詞或省略的話，就可以判斷是「狀態的 as」。**

> ※ 很多人會煩惱：「省略之後就無法翻譯，那就不知道 as 的意思了」，但其實正好相反。正確的思考方式應該是「有省略 → 內容應該有重複吧 → 是狀態的 as！」才對

「狀態的 as」的辨別方式

> ① 重複出現類似的表達方式
> ② 取代主要動詞的助動詞（do / does / did）
> ③ 省略
>
> ※因重複而省略／省略 sv／省略常用表達／省略「認知」或「傳達」類的動詞等等

Do to others as you want others to do to you.

己所不欲，勿施於人（以你希望他人對待你的方式對待他人）。

※ 重複出現類似的表達方式（這個 do 是一般的「動詞」，不是取代主要動詞的助動詞的 do）

Emily wants to be like her mother, so she speaks as her mother does.

Emily 想要像她媽媽一樣，所以她說話的方式和她媽媽一樣。

※ 取代主要動詞的助動詞 does

常用的「省略類型」 應用

(1)「as p.p.」型式的常用表達　※意指「as {s+be} p.p.」

as scheduled（按照預定地）/ as planned（按照計劃地）/
as discussed（按照（之前）所討論地）/ as mentioned、as stated、be
outline（按照（之前）所說地）/ as announced（如同先前所宣布地）/
as expected、as predicted（如預料地）/ as feared（如同所（擔心）害怕地）/
as hoped（如同所希望地）/ as foretold（如預言（超自然的特殊能力）所說
地）※ 會在聖經中出現

※ as scheduled 主要表達「按照排定好的時間」（在學校及運動賽事中經常看到），
as planned 則可表達「按照預定的時間」或「按照計劃好的方式」，兩者皆可

(2) 已成為常用表達的詞語　※因為有省略，所以實際上是「狀態的 as」

as it is、as they are（像現在這樣（原始樣貌）的）/ as if ~（彷彿～一樣）

Children want their parents to love them as they are.
孩子們希望他們的父母愛他們原本的樣子。

(3) 出現「認知」或「傳達」類動詞時

（「就像你說的」、「如我所說明的」等等）

在 as you said（就像你說的）等等的表達中，狀態的 as 會和「認
知」或「傳達」類的動詞搭配使用。會有這種情形，是因為「先前所
說的內容」與「（接下來要傳達的）主句內容」重複，因此會省略發話內
容本身（say 的後面接 that ~）。

As you said, nobody's perfect.
就像你說的，沒有人是完美無缺的。
※ 原本的型式是 As you said {that nobody is perfect}, ~.

「狀態的 as」的標記（說話者、書寫者使用「狀態的 as」的暗示）

「狀態的 as」的標記 ※看到這些型式，就可以立即判斷使用的是「狀態的 as」

> ① Just as sv, SV. →「就像 sv 一樣，SV。」　※表示「完全相同」
> ② Much as sv, SV. →「大概像 sv 一樣，SV。」　※much（差不多，幾乎）
> ③ As sv, so SV. →「如同 sv 一樣，SV。」　※用「Just as sv, so SV.」也 OK
> ※ as 子句是舊資訊，而主要子句是新資訊（主要想傳達的內容）

> {Just} As the use of smartphones has largely replaced calling from payphones these days, so are chat and posting to social media replacing email.
>
> 就像現在手機已經很大一部分取代了用公用電話打電話一樣，在社群媒體上聊天和發文也差不多取代了電子郵件。
>
> ※ S replace O（S 取代 O）／payphone（公用電話）／動詞 post 是「（在網路上）發文」的意思

　　透過「As sv, so SV.」的型式可以立即判斷，這裡用的是**狀態的 as**（使用「Just as sv, so SV.」的型式也 OK）。假如用的不是 so 或 just，也可以從 replace 所呈現的「重複相似的表達方式」判斷是狀態的 as。另外，so 的後面經常會出現倒裝（so + VS）（這次是出現在 are 的前面）。

對比的 as ｜延伸｜

問題：請翻譯以下的英文句子。　※請務必拿紙筆練習寫寫看

> He didn't study all night long as he always did.

　　從取代主要動詞的助動詞 did 來辨別，就知道可以用**狀態的 as**（和～一樣）來翻譯，可以翻成「他沒有整個晚上都在念書，和平常一樣」，但這個句子有兩種可能的解釋方式。

① 平常很認真 →「他沒有**和平常一樣**整個晚上都在念書」
② 平常不認真 →「他沒有**整個晚上都在念書**，和平常一樣」

因為句子裡的是 as he always **did**（＝studied all night long），所以意思是「和平常整個晚上都在念書一樣」（所以 ① 的解釋是正確的）。did 不會取代否定（didn't study），所以也可以想成「not 的否定沒有影響到 as 子句」。

He did**n't** study all night long as he always did.
　　※ not 影響的只有劃底線的部分

在否定句時，狀態的 as（和～一樣）經翻譯後，語意會變得模糊，因此只要想成「not ＋狀態的 as ＝對比的 as（和～不同）」就可以了，也就是從狀態的 as 變成對比的 as。翻譯也只要翻成「他**不像**平常一樣整個晚上都在念書」就很完美了。

　　※ 順道一提，如果是「平常不認真」的話，會是 As always, he didn't study all night long.（和平常一樣，他沒有整個晚上都在念書）

連接詞 as 的細節
（as 特有的含義「讓步」）

讓步的 as 表達「雖然～」　　※兩個動作「同時」發生

「讓步的 as」的辨別方式（從型式來判斷）

> 「X as sv, SV.」→「雖然 sv 是 X，但 SV。」　　※X 跑到前面的感覺

「獨特的語序」是**讓步的** as 的特徵。

　　※ 「讓步的語意」本身不是 as 所特有（though／although 等字也有這種語意），但因為型式特別而經常出現在考題之中，在此稍作解說

Unusual as the guest's request was, the hotel staff brought three towels and two buckets of ice to her room.
雖然客人的要求不尋常（不是客人一般會提的要求），但飯店員工還是拿了三條毛巾和兩桶冰（裝滿冰塊的兩個水桶）到她的房間。
※ her 對應 the guest（亦即是女客人）／bucket（（有提把的）桶子）

「讓步的 as」的相關細節知識 延伸

☑ 有時句首會加 As（型式變成「As X as sv, SV.」）※意思不變

As brilliant as she is, she won't be able to solve the riddle without a clue.

雖然她很優秀，但她無法在沒有線索的情況下解開這個謎語。

※ brilliant（光輝的；優秀的）／riddle（謎語）／clue（線索）

　　雖然單純記住「會在句首加 As」也行，但我還是想解釋一下這個句型怎麼來的。其實**讓步的 as** 是從分詞構句的「Being as ~ as ~, SV.」衍生而來的句型。原本應該是 Being as brilliant as she is, she won't be ~.，字面翻譯是「雖然和她一樣地（as she is）優秀」。

　　因為一般分詞構句的 Being 會省略，所以其實 As ~ as 才是原本的型式。句首加 As 的說法是後來才逐漸減少的（這是 18 世紀以後的事）。因此，在正式的文章中，有時反倒更喜歡使用在**句子的開頭加上 As 的型式**。

☑ 有時表達的是「因果」

　　因為原本就是分詞構句，所以當然會根據上下文來變換語意。（分詞構句的解說在 p.583）

「因果」的語意並不罕見，而且很常用

Cold as it was, we stayed inside by the fire.

因為很冷，所以我們待在裡面烤火。

☑ 能夠用 though 取代（although 比較少見）

Old as it is, the DVD player still works perfectly.

= Old though it is, the DVD player still works perfectly.

△）Old although it is, the DVD player still works perfectly.

雖然很老舊，但這台 DVD 播放器仍然運作地很順暢。

☑ 有時也會放「無冠詞名詞」或「動詞」

在「X as sv, SV.」句型中，有時會在 X 的部分放上（形容詞或副詞之外的）不加冠詞的名詞或動詞（名詞在省略冠詞之後，就能像形容詞一樣運用）。

※ 但能放入 As ~ as 型式中的只有形容詞和副詞而已

Perfectionist as he is, only 10 minutes before the deadline, he submitted his work without reviewing it at all.

雖然他是完美主義者，但他在離截止期限只剩 10 分鐘的時候，完全沒檢查就把作業交了出去。

※ 這句話中的名詞 perfectionist（完美主義者）不需要冠詞

若句首放的是動詞，就會變成如 Try as you may[might]（不管你多努力嘗試）這樣的句子。

※ may 是「50% 一半一半」的感覺，所以很適合和「讓步」的語意搭配使用

Try as he might, the wolf could not blow the brick house down.

不管他多努力嘗試，大野狼都沒辦法吹倒磚造的房子。

※ 普通的句子應該會寫成 Even though he tried really hard[No matter how hard he tried], the wolf could not ~／blow ~ down（吹倒）／brick（磚造的）／he 是指 the wolf（因為是故事中的人物，所以會用 he / she 來表示）

連接詞 as 的其他細節
（比較、時間、理由、限定名詞）

比較的 as 表達「和～大致相同」

※「比較的 as」是指比較表達中常出現的 as ~ as 句型中，後面的 as

Frank is not as heavy as he looks.
Frank 沒有像他看起來那麼重。

時間的 as「當～的時候」、「在～的同時」／理由的 as「因為～」

　　跟其他的連接詞一樣，as 也有「時間」和「理由」的語意。雖然不太會出現在文法題裡，但「時間的 as」經常出現在長句及對話之中（「理由的 as」在現代英文中則越來越少見）。

　　※ 由於沒有明確的辨別方式，所以如果一般的辨別方法都不適用，那就會使用刪除法來判斷。當然，只要是 as，背後就隱含著「同時」的意思

　💬 As I was going out, it started to rain.
　　就在我要出門的時候，開始下雨了。
　　※「正要出門」和「開始下雨」同時發生

　💬 As he was away on business, he couldn't attend the meeting.
　　因為他去出差，所以無法出席這場會議。
　　※「出差」和「不參加會議」同時發生

　　| 思考轉換 | 為何理由的 as 傳達的是「舊資訊」呢？

　　理由的 as 傳達的通常是**補充資訊**，內容會是「對方已知的理由」或「彼此了然於心的理由」。

　　※ since 和 as 傳達的同樣都是舊資訊，而 because 則多半是傳達新資訊 p.124

　　在原本「as ~ as A（跟 A 一樣～）」的型式中，A 的部分會放具有常識性、彼此都了解的人事物，例如 Kodama is not as fast as Nozomi.（回聲號沒有像希望號那麼快），就是把「回聲號」跟「（眾所皆知的知名新幹線列車）希望號」做比較。**連接詞 as 後面會放已知的人事物**的這個概念，繼續在**理由**的 as 的語意中沿用。

限定名詞的 as 表達「像～一樣」　延伸

　　如同字面上的意思，「限定名詞」就是**把名詞限定住**的用法，可以**修飾名詞**（具有形容詞的功能）。一般來說，用連接詞構成副詞子句可以說是一種特殊用法（但實際上也滿常見的）。

「限定名詞的 as」的辨別方式

① as 子句中有「代名詞（如 it 等等）」（這個代名詞是指稱「在 as 之前出現過的名詞」）。

② as 子句中大多會省略「s＋be」，型式就會變成「as＋形容詞」或「as＋p.p.」（這種型式連 ① 中的「代名詞」也會一併省略）。

※ 如果是準關係代名詞的 as，則「後面應該是不完整子句」。限定名詞的 as 後面接的必定是「完整子句」，也因此這裡的 as 被視為連接詞（「完整子句」或「不完整子句」請參照 p.830）

Sushi, as it is prepared in America, is significantly different from that served in Japan.

在美國做的壽司和在日本吃到的截然不同。

※ it＝Sushi／prepare（準備（餐點等））／有時也會省略 it is

　　限定名詞的 as 可以傳達出將某個名詞「限定在某一個範圍之後，再進行說明」的感覺。以上面這個英文例句來說，在世界上有各式各樣的壽司（sushi），不過這裡用限定名詞的 as 將其限定為「（不是日本的而是）在美國做的壽司」。

※ 題外話，在日本以外的壽司店及超市裡看到的壽司都很有意思。我在義大利、荷蘭、波蘭等地，都看過使用在日本不會用的食材（蔬菜等等）所做的壽司

+α 「as p.p.」的辨別方式（限定名詞 vs. 狀態）

　　在限定名詞的 as 型式中省略「s＋be」的話，看上去會和「狀態的 as（出現省略時）」的型式相同。但實際上可以透過含義（和～一樣）和功能（不能修飾前面的名詞）來判斷。

Even if it rains tomorrow, the game will still be played as planned.

即使明天下雨，比賽還是會按照計畫進行。

※ as planned（按照計劃地）用的是「狀態的 as」（p.914）。可以從含義（「和之前計劃地一樣」）與型式（前面沒有名詞）來判斷

本書的複習方法

想要怎麼複習其實都可以，不過如果各位希望能有些「方法」或「技巧」當作參考的話，可以看看以下內容。

☑ 以例句為中心來複習

如果對文法解說的內容已經有印象了，那就不需要逐字逐句重新看，直接看例句來複習也行。如果發現自己已經「完全理解英文句子的語意」且「大致掌握重要的文法細節」，那這部分就可以跳過了。

☑ 將本書當成範例集來運用

比起透過冗長的句子來複習，直接看本書收錄的各種範例更能掌握「重要文法的細節內容」，這樣做的好處就是能在有限的時間中，發揮最大的學習效果。書中的範例數量非常充足，仔細閱讀這些範例也能提升閱讀能力。

☑ 培養寫作和口說的實力

如果目標是想要成為英文達人的話，可以一邊看著中文翻譯，一邊嘗試將它「還原」成英文句子，如果可以把它寫下來或大聲唸出來也很不錯。這種練習雖然很困難，但可以非常有感的提升寫作和口語能力。最重要的是，如果能看到各位有能力靈活運用書中各種範例的話，那真的是非常棒的一件事！

【關於書中例句的補充】

　　本書對於收錄的「例句」非常講究，這點在一開始就已經說明過了。下面這是 Karl 的意見，雖然是英文，但我刻意不放翻譯，這段內容中用到許多出現在本書裡的文法細節內容，在看過本書之前，或許會覺得這段內容很困難，但我想如果是現在，也就是在看完本書的現在，才會真正感受到文法的力量吧。

　　In writing the sample sentences for this book, I tried to make each sentence entertaining, interesting, and authentic.

　　The minimum requirement for sample sentences in grammar books is that they be grammatically correct. However, studying grammar can be tedious, so I hope the irony and interesting tidbits of information that I included in the sentences will keep your mind fresh as you read these pages.

　　Moreover, I wanted the sentences to be something a native speaker might actually say. If you read or hear a sentence that is very similar to one in this book, that will make me very happy.

Karl Rosvold

【單字】　※列出幾個較難的詞語

☐ authentic（真正的；可信賴的，真實可靠的）

　　　　　（這個單字的意思很適合形容本書收錄的例句）

☐ tedious（乏味的）

☐ tidbits of ~（些微的~）

在看完這本書之後的英文學習

我想回答「念完英文文法後，應該做什麼？」這個問題。

☑ 高中生或考生

請著手針對「理解英文和長句」來規劃學習吧。所謂的「理解英文」是指「掌握『主詞＋動詞』及『修飾關係』等英文句型結構的過程」，這部分的基礎全都是英文文法，此外，在本書中提及的「分詞構句是扮演副詞的功用／關係詞構成的是形容詞子句」等等，皆是以「理解英文和長句」為核心來解說的，比起一般的學習方法，更能大幅減輕學習負擔。在可以理解英文和長句之後，接著請開始加強聽力及寫作。這部分應該是能確實奠定英文文法基礎的最佳起點。

☑ 準備證照測驗（英檢、TOEIC 測驗等等）

透過「各測驗用的單字集 → 文法書 → 考古題或模擬試題」這種方式來學習是最有效率的。如果有特別不擅長的領域（閱讀、聽力、寫作、口說），就針對該領域做題目來加強練習吧。順道一提，TOEIC 測驗的單字只有「日常」或「商務英文用語」，內容比較特別，本書用了很多這類單字，因此備考時會看到許多已經學過的單字哦。

☑ 在職場中運用

「商務英文」的內容多樣性常會被忽略，但其內容其實包含了如「日常工作（溝通、聊天）／客服應對（說明產品、顧客服務）／展示／協商／實務考察（理解和提問）」等等，因此，想要有效學習，訣竅在於必須視情況來縮小學習範圍（但也沒有必要過度縮小），同時請找一本專門的商務英文書來學習。

☑ 個人學習（為了進行英文對話、旅行、看新聞、看電影等等目的）

運用「解說英文會話的書」來學習吧。如果看到「這是慣用語，所以就背起來吧」這種說明，現在的各位也應該可以靠自己的力量，分析並理解大部分慣用語背後的文法邏輯了。與此同時，你需要徹底訓練聽力技巧。先掌握聽力，再進行口語，學習會更有效率。

結語

有人說：「語言是一門沒有盡頭的學問」，大多數的學習者會在某個時間點開始想要學好英文，或者至少學好英文文法，以便他們可以專注於「用英文做想做的事情」。為了達到這樣的目標，本書提供了各位「應該至少學習到什麼樣的程度」、「判斷的標準」和「欲達成的目標」的建議。這是一項非常艱鉅的工作，但能夠透過在內容審視上毫不妥協，並勇敢縮小範圍，使「英文文法的基準」和「作者的決心」都得以展現，這讓我感到相當自豪。因此，我可以帶著自信說：

英文文法的全部就是本書。

當然，如果要追究細節，那是沒完沒了的，但如果好好掌握本書內容，英文文法不僅對各種考試有幫助，也是出國生活或工作的好幫手。文法能成為幫助你理解對方意圖並確實傳達意見的工具。有時也可以透過正確又簡潔有力的文法來掩飾其他的英文弱點，因為優美的英文能提升表達內容的可信度。之前有說過，我在 28 歲前都沒出過國，在 42 歲後半移居到新加坡兩年。結合我在英語系國家生活及迄今為止的工作經驗，我深信各位能透過本書獲得英文文法的力量。

＊ ＊ ＊

據說世阿彌是在 37 歲開始創作《風姿花傳》，而新渡戶稻造 38 歲才寫完《武士道：日本之魂》。我也以 40 歲時能集大成為目標，但最終我到 46 歲才完成。不過當我知道達文西是在 46 歲完成《最後的晚餐》時，我感到莫名的欣喜和神清氣爽。這本書受到了許多人的協助與幫忙。編輯城戶千奈津及 KADOKAWA 株式會社的各位工作人員，特別是負責編輯和實務參與的田代裕太與黑田光穗，當我在社群上宣布要寫這本書時，最常與我聯繫的細田朋幸，以及在我從 2012 年開始策劃本書以來，整整 10 年間不斷關注及鼓勵我的川金正法，還有在這本書被送到各位手中之前，參與作業的大家。最後，感謝一直看到這裡的所有讀者們，在此獻上最誠摯的感謝。我會繼續努力，未來有一天再次帶著文法以外的書與您見面。由衷感謝您。

關　正生

備考全民英檢、多益測驗、雅思

無論是單字、文法、聽力、閱讀、解題策略、

語言檢定

托福、新日檢JLPT、韓檢TOPIK
題庫，你需要的都在國際學村！
唯一選擇！

台灣廣廈 國際出版集團
Taiwan Mansion International Group

國家圖書館出版品預行編目（CIP）資料

真英文文法大全/關正生著；程麗娟譯.
-- 初版. -- 新北市：國際學村出版社, 2024.3
面；　公分
ISBN 978-986-454-309-0(平裝)

1.CST: 英語 2.CST: 語法

805.16　　　　　　　　　　　　　　112015329

🌐 國際學村

真英文文法大全

作　　者／關　正生　　　　　　編輯中心編輯長／伍峻宏
翻　　譯／程麗娟　　　　　　　編輯／徐淳輔
　　　　　　　　　　　　　　　封面設計／林珈仔・內頁排版／菩薩蠻數位文化有限公司
　　　　　　　　　　　　　　　製版・印刷・裝訂／東豪・紘億・秉成

行企研發中心總監／陳冠蒨　　　線上學習中心總監／陳冠蒨
媒體公關組／陳柔彣　　　　　　數位營運組／顏佑婷
綜合業務組／何欣穎　　　　　　企製開發組／江季珊、張哲剛

發　行　人／江媛珍
法 律 顧 問／第一國際法律事務所 余淑杏律師・北辰著作權事務所 蕭雄淋律師
出　　版／國際學村
發　　　行／台灣廣廈有聲圖書有限公司
　　　　　　地址：新北市235中和區中山路二段359巷7號2樓
　　　　　　電話：（886）2-2225-5777・傳真：（886）2-2225-8052
讀者服務信箱／cs@booknews.com.tw

代理印務・全球總經銷／知遠文化事業有限公司
　　　　　　地址：新北市222深坑區北深路三段155巷25號5樓
　　　　　　電話：（886）2-2664-8800・傳真：（886）2-2664-8801
郵 政 劃 撥／劃撥帳號：18836722
　　　　　　劃撥戶名：知遠文化事業有限公司（※單次購書金額未達1000元，請另付70元郵資。）

■ 出版日期：2024年03月　　　ISBN：978-986-454-309-0
　　　　　　　　　　　　　　　版權所有，未經同意不得重製、轉載、翻印。

SHIN・EIBUMPO TAIZEN
©Masao Seki 2022
First published in Japan in 2022 by KADOKAWA CORPORATION, Tokyo.
Complex Chinese translation rights arranged with KADOKAWA CORPORATION, Tokyo through jia-xi books co.,ltd.